中国历代
白话小说 精选读本

丽 编注

中国书籍出版社
China Book Press

图书在版编目（CIP）数据

中国历代白话小说精选读本/李晓丽编注. —北京：
中国书籍出版社，2010.1
（美丽中文悦读书系/乔继堂主编）
ISBN 978-7-5068-2048-6

Ⅰ．①中…Ⅱ．①李…Ⅲ．①小说—文学欣赏—中国
Ⅳ．①I207.4

中国版本图书馆CIP数据核字（2009）第241713号

中国历代白话小说精选读本

李晓丽　编注

责任编辑	牛　超　武　斌
责任印制	孙马飞　马　芝
出版发行	中国书籍出版社
地　　址	北京市丰台区三路居路97号（邮编：100073）
电　　话	（010）52257143（总编室）　（010）52257140（发行部）
电子邮箱	chinabp@vip.sina.com
经　　销	全国新华书店
印　　刷	三河市华东印刷有限公司
开　　本	700毫米×1000毫米　1/16
字　　数	398千字
印　　张	25
版　　次	2014年1月第2版　2019年5月第3次印刷
书　　号	ISBN 978-7-5068-2048-6
定　　价	68.00元

版权所有　翻印必究

前　言

任何一种语言的美丽都有其载体，那就是它千古流传的华章；与此相应，我们要领略一种语言的美丽，乃至感受一个民族的精神气质和生活趣味，也必然要通过它那些千古流传的华章。我们从康德的哲学著作中揣摩德文的严谨，从蒙田散文中领略法文的优雅，从莎翁戏剧中体会英文的矜重，从普希金诗歌中见识俄文的奔放，从川端康成随笔中品味日文的暧昧……

当然，一种美丽的语言肯定不会是单调平板的，它的美丽自有其丰富性和灵动性。而各体文章则从不同的角度全面体现着这种美丽语言的丰富和灵动。诸如诗歌体现的结构美和音乐美，论说文体现的严密性和规范性，戏剧、小说体现的丰富表现力和感染力，乃至于日常书牍体现的周详礼貌、曲尽人情……

在人类语言的百花园中，中文是一朵绚烂夺目的奇葩。它的表意文字特点，它的四声变化，它的整饬对偶，它的表现能力都是出类拔萃的。尤其是其文体之丰赡，可谓举世罕匹。人们熟知的诗词曲赋、书论传赞、传奇话本、宫调杂剧，以及相对专门的奏疏、对策、序跋、碑铭……几乎不胜枚举。而中文的美丽，也就体现在这千古流传的各体华章中。

为了与广大读者一起领略中文之美，品赏中文之精妙，我们专门编写了这套"美丽中文悦读"书系。书系按体裁分册，计有《中国历代诗词精选读本》、《中国历代散文精选读本》、《中国历代白话小说精选读本》、《中国历代文言小说精选读本》、《中国历代传记精选读本》、《中国历代戏剧精选读本》六种，基本上涵盖了中国古典文学的重要作品和经典篇章。

《中国历代诗词精选读本》选录从先秦至近代的诗词佳作。其中既有民众的集体创作，更多的是文人的作品，也有无名氏的篇什。

选目突出一个"美"字，所以那些时代印迹突出而文采不彰的作品未予收录。同时，基于诗词自身发展的特点，更多地选取了古典诗词最为辉煌的唐宋时代的作品。

《中国历代散文精选读本》选录从先秦至近代的散文。体裁上涉及各种文体，只是传记作品留给了书系中专门的一种。选录的标准仍旧是名家名篇，尤其注重作品的抒情、叙事、说理之美，而不以存史料、明学术为尚。

《中国历代白话小说精选读本》主要选收宋代的话本和明代的拟话本。选收时除注重文字之美外，特别考虑了三个方面，一是反映我国古代白话短篇小说的总体发展脉络；二是兼顾各种题材；三是考虑作品的知名度及其与姊妹艺术的关系。

《中国历代文言小说精选读本》主要选录魏晋以来直到晚清的作品。文言短篇小说是中国叙事文学的宝藏，如今人们耳熟能详的各类故事（表现为小说、戏曲、曲艺）有许多本于文言短篇小说。这也正是本书选目所依据的一个主要因素。与此同时，选目还考虑了题材因素，较多地选取了虚构作品而少选依托真实历史人物的作品，以充分体现"小说"的本色。

《中国历代传记精选读本》选收从先秦至近代的传记作品。之所以单列传记为一册，缘于我国自古以来书史不分的传统，缘于千百年来脍炙人口的华章美文有相当一部分是传记作品的状况。本书所录，正史中的著名列传占了相当的比例，此外则是其他散见的精彩篇什。体裁上除了史传外，还有叙、记、状等；篇幅上，有《项羽本纪》那样的"长篇"，也有《芋老人传》那样的"短幅"。

《中国历代戏剧精选读本》选录自元至清的作品。由于篇幅所限，多为节选。且由于是文学选本，晚近的演出本未能入选。尽管如此，中国古典戏剧的精美之处已尽在其中。戏剧作为一门综合艺术，兼有诗、文、小说的特点，或许更能体现中文的美丽和精妙。

美丽的中文也要"悦读"才好。为此，编写这套丛书时，我们除着意选取美文外，还在编排上作了适应时代的人性化设计：作者简介，侧重文采而非功行；题解导读，三言两语，留不尽余味请读者细品；注释注音，则尽可能全面详尽，扫清通向美的路障。特别值得一提的是，本套书的注释随文侧排，与正文一一对应，极大地免除了读者的翻检之劳，可以最大限度地方便读者阅读，使读者轻松享受探美历程的娱悦。与坊间流行的各种古典文学注释本相比，这样的编排方式是一种新颖的创造，它的诸种优点读者在使用后一定能切实体会到。

那么好吧，现在就让我们捧起这套书，满心喜悦地出发，踏上品赏中文之美的浪漫、快乐旅程。

编　者

2010 年 1 月

目 录

快嘴李翠莲记 ………………………………………………（1）
碾玉观音 ……………………………………………………（17）
错斩崔宁 ……………………………………………………（33）
滕大尹鬼断家私 ……………………………………………（52）
金玉奴棒打薄情郎 …………………………………………（75）
沈小霞相会出师表 …………………………………………（88）
玉堂春落难逢夫 ……………………………………………（124）
白娘子永镇雷峰塔 …………………………………………（170）
杜十娘怒沉百宝箱 …………………………………………（204）
卖油郎独占花魁 ……………………………………………（224）
灌园叟晚逢仙女 ……………………………………………（270）
乔太守乱点鸳鸯谱 …………………………………………（296）
刘东山夸技顺城门 …………………………………………（323）
女秀才移花接木 ……………………………………………（336）
转运汉巧遇洞庭红 …………………………………………（369）

快嘴李翠莲记

《清平山堂话本》

【题解】

　　《快嘴李翠莲记》是元人话本，辑存于《清平山堂话本》。《清平山堂话本》为明人洪楩所编，辑录宋、元、明三代话本小说六十篇（今存二十七篇）。

　　作品叙述民间女子李翠莲快言快语，在家不为父母兄嫂所容，出嫁后又不为舅姑姑嫂所容，最后被迫出家为尼。女主人公善良、朴实，又有才华，但一张利口不合封建妇德，从而上演了一出人生悲剧。作品自始至终充满喜剧色彩，但戏谑中不无深沉悲愤。李翠莲的说话全用唱词，一来为了表现主人的"快嘴"，也反映了早期话本韵散结合的特色。

入话①：

　　　　出口成章不可轻，
　　　　开言作对动人情②；
　　　　虽无子路才能智③，
　　　　单取人前一笑声。

　　此四句单道：昔日东京有一员外④，姓张名俊，家中颇有金银。所生二子，长曰张虎，次曰张狼。大子已有妻室，次子尚未婚配。本处有个李吉员外，所生一女，小字翠莲，年方二八。姿容出众，女红针指⑤，书史百家⑥，无所不通。只是口嘴快些⑦，凡向人前，说成篇，道成溜⑧，问一答十，问十道百。有诗为证：

　　　　问一答十古来难，
　　　　问十答百岂非凡。
　　　　能言快语真奇异，

① 入话：话本小说的开头，引入话题。
② 作对：说话成对句，合辙押韵。对，指对仗，这里指四六对句，押韵顺口溜。
③ 子路：即孔子的学生仲由。子路是他的字。仲由是一个勇敢而有才干的人。才能智：才能、智慧。
④ 东京：指北宋都城汴梁。
⑤ 女红（gōng）针指：女工针线。红，通"工"。指，多作黹（zhǐ）。
⑥ 书史百家：即任史百家，泛指古代典籍等。
⑦ 口嘴快：指口齿伶俐，出口成章。
⑧ 溜：顺口溜。

莫作寻常当等闲①。

　　话说本地有一王妈妈，与二边说合，门当户对，结为姻眷，选择吉日良时娶亲。三日前，李员外与妈妈论议②，道："女儿诸般好了，只是口快，我和你放心不下。打紧她公公难理会③，不比等闲的，婆婆又兜答④，人家又大，伯伯、姆姆⑤，手下许多人，如何是好？"妈妈道："我和你也须分付她一场。"只见翠莲走到爹妈面前，观见二亲满面忧愁，双眉不展，就道：

　　"爷是天⑥，娘是地，今朝与儿成婚配。男成双，女成对，大家欢喜要吉利。人人说道好女婿，有财有宝又豪贵；又聪明，又伶俐，双六象棋通六艺⑦；吟得诗，做得对，经商买卖诸般会。这门女婿要如何？愁得苦水儿滴滴地。"

　　员外与妈妈听翠莲说罢，大怒曰："因为你口快如刀，怕到人家多言多语，失了礼节，公婆人人不喜欢，被人笑耻，在此不乐。叫你出来，分付你少作声，颠倒说出一篇来⑧，这个苦恁的好⑨！"翠莲道：

　　"爷开怀，娘放意；哥宽心，嫂莫虑。女儿不是夸伶俐，从小生得有志气。纺得纱，续得苎⑩，能裁能补能绣刺；做得粗，整得细，三茶六饭一时备⑪；推得磨，捣得碓⑫，受得辛苦吃得累。烧卖匾食有何难⑬，三汤两割我也会⑭。到晚来⑮，能仔细，大门关了小门闭；刷净锅儿掩厨柜，前后收拾自用意⑯。铺了床，伸开被，点上灯，请婆睡，叫声'安置'进房内⑰。如此伏侍二公婆，他家有甚不欢喜？爹娘且请放心宽，舍

①等闲：平常，一般。
②论议：议论，谈论。
③打紧：要紧。难理会：难办。
④兜答：啰唆。
⑤伯伯、姆姆：妇女对婆家哥哥、嫂嫂的称呼。
⑥爷：子女称呼父亲，即下文的"爹"。《木兰辞》有句"朝辞爷娘去"。
⑦双六：也叫"双陆"，一种类似下棋的游戏。六艺：礼、乐、射、御、书、数。这里泛指各种技艺。
⑧颠倒：反倒，反而。
⑨恁（nèn）的：怎的，怎样。
⑩苎（zhù）：麻。
⑪三茶六饭：泛指一切吃的和喝的。
⑫碓（duì）：舂米用具。
⑬烧卖：也叫"稍麦"等。类似煎饺一类的面食。匾食：也叫"扁食"。类似蒸饺一类的面食。
⑭三汤两割：泛指筵席的菜肴。
⑮到晚来：到了傍晚。
⑯用意：留心，用心。
⑰安置：安歇，就寝。这是晚上临睡之前问候长辈的话。旧时子女对父母昏定晨省的一部分。

此之外值个屁！"

翠莲说罢，员外便起身去打。妈妈劝住，叫道："孩儿，爹娘只因你口快了愁！今番只是少说些。古人云：'多言众所忌。'到人家只是谨慎言语，千万记着！"翠莲曰："晓得。如今只闭着口儿罢。"

妈妈道："隔壁张太公是老邻舍①，从小儿看你大，你可过去作别一声。"员外道："也是。"翠莲便走将过去，进得门槛②，高声便道：

"张公道，张婆道，两个老的听禀告：明日寅时我上轿③，今朝特来说知道。年老爹娘无倚靠，早起晚些望顾照！哥嫂倘有失礼处，父母分上休计较。待我满月回门来，亲自上门叫聒噪④。"

张太公道："小娘子放心，令尊与我是老兄弟，当得早晚照管；令堂亦当着老妻过去陪伴，不须挂意⑤！"

作别回家，员外与妈妈道："我儿，可收拾早睡休，明日须半夜起来打点。"翠莲便道：

"爹先睡，娘先睡，爹娘不比我班辈⑥。哥哥嫂嫂相傍我，前后收拾自理会⑦。后生家熬夜有精神⑧，老人家熬了打盹睡。"

翠莲道罢，爹妈大恼曰："罢，罢，说你不改了！我两口自去睡也。你与哥嫂自收拾，早睡早起。"

翠莲见爹妈睡了，连忙走到哥嫂房门口高叫：

"哥哥嫂嫂休推醉，思量你们忒没意⑨。我是你的亲妹妹，止有今晚在家中。亏你两

①太公：大伯。邻舍：邻居。
②槛：读 kǎn。
③寅时：早晨三时至五时。
④聒噪（guō zào）：这里是打扰的意思。
⑤挂意：在意，挂怀。
⑥班辈：指一班人、一辈人，是从年龄和辈份两个方面说的。
⑦理会：知道，处理。
⑧后生家：青年人。
⑨忒（tuī）：太。

口下着得①，诸般事儿都不理。关上房门便要睡，嫂嫂你好不紧急②。我在家，不多时，相帮做些道怎地？巴不得打发我出门，你们两口得伶俐③？"

翠莲道罢，做哥哥的便道："你怎生还是这等的？有父母在前，我不好说你。你自先去安歇，明日早起。凡百事④，我自和嫂嫂收拾打点⑤。"翠莲进房去睡。兄嫂二人，无多时，前后俱收拾停当，一家都安歇了。

员外、妈妈一觉睡醒，便唤翠莲问道："我儿，不知甚么时节了⑥？不知天晴天雨？"翠莲便道：

"爹慢起，娘慢起，不知天晴是下雨。更不闻⑦，鸡不语，街坊寂静无人语。只听得：隔壁白嫂起来磨豆腐，对门黄公舂糕米。若非四更时，便是五更矣。且待奴家先起，烧火、劈柴、打下水。且把锅儿刷洗起。烧些脸汤洗一洗⑧，梳个头儿光光地。大家也是早起些，娶亲的若来慌了腿！"

员外、妈妈并哥嫂一齐起来，大怒曰："这早晚⑨，东方将亮了，还不梳妆完，尚兀自调嘴弄舌⑩！"翠莲又道：

"爹休骂，娘休骂，看我房中巧妆画。铺两鬓，黑似鸦，调和脂粉把脸搽⑪。点朱唇，将眉画，一对金环坠耳下。金银珠翠插满头，宝石禁步身边挂⑫。今日你们将我嫁，想起爹娘撇不下；细思乳哺养育恩，泪珠儿滴湿了香罗帕。猛听得外面人说话，不由我不心中怕。今朝是个好日头，只管都噜都噜说甚么！"

翠莲道罢，妆办停当，直来到父母跟前，说道：

①下着得：睡得着。
②紧急：着急。
③伶俐：干净、痛快的意思。
④凡百事：所有的事情。
⑤打点：安排，准备。
⑥时节：时光，时候。
⑦更（gēng）：此指更鼓。
⑧脸汤：也叫面汤，洗脸热水。
⑨早晚：时候。
⑩兀（wù）自：独自，自顾自。调嘴弄舌：指耍贫嘴。
⑪搽（chá）：涂沫。
⑫禁步：古代挂在妇女裙子下端的装饰物，以约束妇女迈大步。一般多用玉石制成。

"爹拜禀，娘拜禀，蒸了馒头索了粉①，果盒肴馔件件整②。收拾停当慢慢等，看看打得五更紧③。我家鸡儿叫得准，送亲从头再去请。姨娘不来不打紧，舅母不来不打紧，可耐姑娘没道理④，说的话儿全不准。昨日许我五更来，今朝鸡鸣不见影。歇歇进门没得说⑤，赏她个漏风的巴掌当邀请⑥。"

员外与妈妈敢怒而不敢言。妈妈道："我儿，你去叫你哥嫂及早起来，前后打点。娶亲的将次来了⑦。"翠莲见说，慌忙走去哥嫂房门口前，叫曰：

"哥哥、嫂嫂你不小，我今在家时候少。算来也用起个早，如何睡到天大晓？前后门窗须开了，点些蜡烛香花草。里外地下扫一扫，娶亲轿子将来了。误了时辰公婆恼，你两口儿讨分晓⑧！"

哥嫂两个忍气吞声，前后俱收拾停当。员外道："我儿，家堂并祖宗面前⑨，可去拜一拜，作别一声。我已点下香烛了。趁娶亲的未来，保你过门平安！"翠莲见说，拿了一炷⑩，走到家堂面前，一边拜，一边道：

"家堂，一家之主；祖宗，满门先贤：今朝我嫁，未敢自专⑪。四时八节⑫，不断香烟。告知神圣，万望垂怜！男婚女嫁，理之自然。有吉有庆，夫妇双全。无灾无难，永保百年。如鱼似水，胜蜜糖甜。五男二女，七子团圆。二个女婿，达礼通贤；五房媳妇，孝顺无边。孙男孙女，代代相传。金珠无数，米麦成仓。蚕桑茂盛，牛马挨肩。鸡鹅鸭鸟，满荡鱼鲜。丈夫惧怕，公婆爱怜。妯娌和气，伯叔忻然⑬。奴仆敬重，小姑有缘。不上三年之内，死得一家干净，家

① 索了粉：压好了粉条。
② 果盒：水果点心盘盒。肴馔（yáo zhuàn）：鱼肉一类的菜。
③ 打：指敲梆子打更。
④ 可耐：怎奈，可恨。姑娘：姑妈。
⑤ 歇歇：等一歇，等一会儿。
⑥ 漏风的巴掌：指手指张开所扇的巴掌。意思是狠狠地打。
⑦ 将次：就要。
⑧ 讨分晓：知道厉害。
⑨ 家堂：家中祭祖的地方。
⑩ 一炷（zhù）：指一炷香。炷，香的计量单位，也指点燃的香。
⑪ 自专：自作主张。旧时婚嫁要凭父母之命、媒妁之言，青年男女不得自主。
⑫ 四时八节：指一年四季的所有节日。四时，指四季。八节，专指四立（立春、立夏、立秋、立冬）和二分（春分、秋分）、二至（夏至、冬至），泛指所有节日。
⑬ 忻（xīn）然：欢喜，高兴。忻，同"欣"。

财都是我掌管,那时翠莲快活几年!"

翠莲祝罢①,只听得门前鼓乐喧天,笙歌聒耳,娶亲车马,来到门首。张宅先生念诗曰②:

>高卷珠帘挂玉钩,
>香车宝马到门头。
>花红利市多多赏③,
>富贵荣华过百秋。

李员外便叫妈妈将钞来④,赏赐先生和媒妈妈,并车马一干人。只见妈妈拿出钞来,翠莲接过手,便道:"等我分!"

"爹不惯,娘不惯,哥哥、嫂嫂也不惯。众人都来面前站,合多合少等我散⑤。抬轿的合五贯,先生、媒人两贯半。收好些,休嚷乱,掉下了时休埋怨!这里多得一贯文,与你这媒人婆买个烧饼,到家哄你呆老汉。"

先生与轿夫一干人听了,无不吃惊,曰:"我们见千见万,不曾见这样口快的!"大家张口吐舌,忍气吞声,簇拥翠莲上轿。一路上,媒妈妈分付:"小娘子,你到公婆门首,千万不要开口。"

不多时,车马一到张家前门,歇下轿子,先生念诗曰:

>鼓乐喧天响汴州⑥,
>今朝织女配牵牛。
>本宅亲人来接宝,
>添妆含饭古来留⑦。

且说媒人婆拿着一碗饭,叫道:"小娘

①祝:祷告,祷祝。
②先生念诗:先生,迎亲的司仪。古时婚礼娶亲时,男女迎亲队伍到女家,女家不开门,先生要念些祝颂的诗句,求利市酒钱。
③花红利市:花红原指插金花、披红绸表示喜庆,利市原指商人走运获利,这里都是指喜庆时节用以赏赐的钱物。
④将钞:拿钱。
⑤合多合少:该多该少。
⑥汴州:即北宋都城汴京(今河南开封)。即前文所说的东京。
⑦添妆:旧时婚礼仪俗,指亲迎之前男家给女方衣服钱物。含饭:旧时婚礼上的一种仪式,给初来的新娘喂饭。

子，开口接饭。"只见翠莲在轿中大怒，便道：

"老泼狗，老泼狗，叫我闭口又开口。正是媒人之口无量斗①，怎当你没的翻做有②。你又不曾吃早酒，嚼舌嚼黄胡张口。方才跟着轿子走，分付叫我休开口。甫能住轿到门首③，如何又叫我开口？莫怪我今骂得丑，真是白面老母狗！"

先生道："新娘子息怒。她是个媒人，出言不可太甚。自古新人无有此等道理！"翠莲便道：

"先生你是读书人，如何这等不聪明？当言不言谓之讷④，信这虔婆弄死人⑤！说我婆家多富贵，有财有宝有金银，杀牛宰马做茶饭⑥，苏木、檀香做大门，绫罗缎匹无算数，猪羊牛马赶成群。当门与我冷饭吃，这等富贵不如贫。可耐伊家忒恁村⑦，冷饭将来与我吞。若不看我公婆面，打得你眼里鬼火生！"

翠莲说罢，恼得那媒婆一点酒也没⑧，一道烟先进去了⑨；也不管她下轿，也不管她拜堂。

本宅众亲簇拥新人到了堂前，朝西立定。先生曰："请新人转身向东，今日福禄喜神在东⑩。"翠莲便道：

"才向西来又向东，休将新妇便牵笼⑪。转来转去无定相，恼得心头火气冲。不知哪个是妈妈？不知哪个是公公？诸亲九眷闹丛丛⑫，姑娘小叔乱哄哄。红纸牌儿在当中，点着几对满堂红⑬。我家公婆又未死，如何点盏随身灯⑭？"

张员外与妈妈听得，大怒曰："当初只

①无量斗：即无梁斗，宋元时代有"无梁斗——休提（谐休题）"的歇后语，这里是"不可信"的意思。
②翻：指颠倒糊弄。
③甫能：刚刚。
④讷（nè），说话迟顿。
⑤虔（qián）婆：花言巧语的老太婆。
⑥茶饭：酒饭。茶，在宋元时常作"酒菜"解。
⑦恁村：那样粗俗。
⑧一点酒也没："没"字下面可能脱掉一个"吃"或"喝"字。
⑨一道烟：一溜烟。
⑩福禄喜神在东：旧时婚礼拜堂时，行礼要向喜神方位，如此则吉。
⑪牵笼：牵牲口。笼，笼头，指代牲口。
⑫闹丛丛：闹哄哄，形容人多杂乱。
⑬满堂红：用红彩绢制成的方灯笼。
⑭随身灯：死人灵前点的灯。俗称长命灯或引魂灯。

说要选良善人家女子，谁想娶这个没规矩、没家法、长舌顽皮村妇！"

诸亲九眷面面相觑①，无不失惊②。先生曰："人家孩儿在家中惯了，今日初来，须慢慢的调理她。且请拜香案，拜诸亲。"

合家大小俱相见毕。先生念诗赋，请新人入房，坐床撒帐③：

新人挪步过高堂，
神女仙郎入洞房。
花红利市多多赏，
五方撒帐盛阴阳。

张狼在前，翠莲在后，先生捧着五谷，随进房中。新人坐床，先生拿起五谷念道：

撒帐东，帘幕深围烛影红。佳气郁葱长不散，画堂日日是春风。

撒帐西，锦带流苏四角垂④。揭开便见姮娥面⑤，输却仙郎捉带枝。

撒帐南，好合情怀乐且耽⑥。凉月好风庭户爽，双双绣带佩宜男⑦。

撒帐北，津津一点眉间色。芙蓉帐暖度春宵，月娥苦邀蟾宫客⑧。

撒帐上，交颈鸳鸯成两两。从今好梦叶维熊⑨，行见蜄珠来入掌⑩。

撒帐中，一双月里玉芙蓉。恍若今宵遇神女，红云簇拥下巫峰⑪。

撒帐下，见说黄金光照社⑫。今宵吉梦便相随，来岁生男定声价。

撒帐前，沉沉非雾亦非烟。香里金

① 觑（qù）：看。
② 失惊：吃惊。
③ 坐床撒帐：传统婚礼的仪俗，以祝福新婚夫妇白头偕老、早生贵子。
④ 流苏：帐幕或旌旗上用丝结成垂下的穗子。
⑤ 姮（héng）娥：嫦娥。
⑥ 耽：尽情欢乐。
⑦ 宜男：即萱草。俗信孕妇佩萱草花兆生男孩，故名宜男。
⑧ 蟾宫客：这里是指新郎。
⑨ 好梦叶维熊：《诗经·小雅·斯干》："吉梦维何，维熊维罴。"又："大人占之，维熊维罴，男子之祥。"意思是说，梦见熊罴是生男的预兆。这里预示新婚夫妇早生贵子。
⑩ 蜄珠来入掌：蜄珠即蚌珠，蜄珠入掌，比喻宝贝儿子到手。
⑪ 恍若……巫峰：这里用楚怀王梦见巫山神女的典故，比喻新婚夫妇的欢爱。
⑫ 黄金光照社：古代俗信认为"非常之人"降生的时候往往有异兆，如室内大放光明，称"照室"或"照社"。

虬相隐映①，文箫今遇彩鸾仙②。

撒帐后，夫妇和谐长保守。从来夫唱妇相随，莫作河东狮子吼③。

说那先生撒帐未完，只见翠莲跳起身来，摸着一条面杖，将先生夹腰两面杖，便骂道："你娘的臭屁！你家老婆便是河东狮子！"一顿直赶出房门外去，道：

"撒甚帐？撒甚帐？东边撒了西边样。豆儿米麦满床上，仔细思量像甚样？公婆性儿又莽撞，只道新妇不打当④。丈夫若是假乖张⑤，又道娘子垃圾相。你可急急走出门，饶你几下擀面杖。"

那先生被打，自出门去了。张狼大怒曰："千不幸，万不幸，娶了这个村姑儿！撒帐之事，古来有之。"翠莲便道：

"丈夫丈夫你休气，听奴说得是不是？多想那人没好气，故将豆麦撒满地。倒不叫人扫出去，反说奴家不贤惠。若还恼了我心儿，连你一顿赶出去，闭了门，独自睡，晏起早眠随心意⑥。阿弥陀佛念几声，耳伴清宁倒伶俐⑦。"

张狼也无可奈何，只得出去参筵劝酒⑧。至晚席散，众亲都去了。翠莲坐在房中自思道："少刻丈夫进房来，必定手之舞之的⑨，我须做个准备。"起身除了首饰，脱了衣服，上得床，将一条绵被裹得紧紧地，自睡了。

且说张狼进得房，就脱衣服，正要上床，被翠莲喝一声，便道：

"堪笑乔才你好差⑩，端的是个野庄家⑪。你是男儿我是女，尔自尔来咱是咱⑫。你道我是你媳妇，莫言就是你浑家。哪个媒

①虬（qiú）：古代传说中的一种双角龙。
②文箫、彩鸾：相传唐朝太和末年，有进士文箫在洪州歌场遇见仙女吴彩鸾，两人一见钟情，结为夫妇。
③河东狮子吼：比喻妇人的凶悍。
④打当：打点，收拾。
⑤乖张：性情怪僻。
⑥晏（yān）：晚。
⑦清宁：清静安宁。伶俐：此处是安静、洒脱的意思。
⑧参筵劝酒：即在筵席上给来客敬酒。
⑨手之舞之：套用"手之舞之，足之蹈之"的套语，原本指高兴，这里应有高兴和动手动脚两重意思。
⑩乔才：坏小子。
⑪庄家：庄稼人，粗俗的人。
⑫尔：你。

人哪个主？行甚么财礼下甚么茶①？多少猪羊鸡鹅酒？甚么花红到我家？多少宝石金头面？几匹绫罗几匹纱？镯缠冠钗有几付？将甚插戴我奴家？黄昏半夜三更鼓，来我床前做甚么？及早出去连忙走，休要恼了我们家！若是恼咱性儿起，揪住耳朵采头发，扯破了衣裳抓破了脸，漏风的巴掌顺脸括，扯碎了网巾你休要怪，擒了你四鬌怨不得咱②。这里不是烟花巷③，又不是小娘儿家④，不管三七二十一，我一顿拳头打得你满地爬。"

那张狼见妻子说这一篇，并不敢近前，声也不作，远远地坐在半边。将近三更时分，且说翠莲自思："我今嫁了他家，活是他家人，死是他家鬼。今晚若不与丈夫同睡，明日公婆若知，必然要怪。罢，罢，叫他上床睡罢。"便道：

"痴乔才，休推醉，过来与你一床睡。近前来，分付你，叉手站着莫弄嘴。除网巾，摘帽子，靴袜布衫收拾起。关了门，下幔子⑤，添些油在晏灯里⑥。上床来，悄悄地，同效鸳鸯偕连理⑦。休则声，慎言语，雨散云消脚后睡⑧。束着脚，拳着腿⑨，合着眼儿闭着嘴。若还蹬着我些儿，那时你就是个死！"

说那张狼果然一夜不敢作声。睡至天明，婆婆叫言："张狼，你可叫娘子早起些梳妆，外面收拾。"翠莲便道：

"不要慌，不要忙，等我换了旧衣裳。菜自菜，姜自姜，各样果子各样妆；肉自肉，羊自羊，莫把鲜鱼搅白肠；酒自酒，汤自汤，腌鸡不要混腊獐。日下天色且是凉⑩，便放五日也不妨。待我留些整齐的，三朝点

①茶：即聘礼。古时订婚以茶为聘礼，故云。
②鬌（gōng）：头发蓬乱。
③烟花巷：妓院。
④小娘儿：妓女。
⑤幔子：帐子。
⑥晏灯：夜灯，终夜不熄的灯。
⑦效鸳鸯：仿效鸳鸯。比喻夫妻和谐，形影不离。连理：原指两树枝杈连合生长在一起。这里比喻夫妻相亲相爱。
⑧雨散云消：指云雨之后。脚后：脚底。
⑨束：收缩。拳：弯曲。
⑩日下：目下，当前。

茶请姨娘①。总然亲戚吃不了②，剩与公婆慢慢噇③。"

婆婆听得，半晌无言，欲待要骂，恐怕人知笑话，只得忍气吞声。耐到第三日，亲家母来完饭④。两亲家相见毕，婆婆耐不过，从头将打先生、骂媒人、触夫主、毁公婆，一一告诉一遍。李妈妈听得，羞惭无地，径到女儿房中，对翠莲道："你在家中，我怎生分付你来？叫你到人家，休要多言多语，全不听我。今朝方才三日光景，适间婆婆说你许多不是，使我惶恐万千，无言可答。"翠莲道：

"母亲你且休吵闹，听我一一细禀告。女儿不是村夫乐⑤，有些话你不知道。三日媳妇要上灶⑥，说起之时被人笑。两碗稀粥把盐蘸，吃饭无茶将水泡⑦。今日亲家初走到，就把话儿来诉告，不问青红与白皂，一味将奴胡厮闹。婆婆性儿忒急躁，说的话儿不大妙⑧。我的心性也不弱，不要着了我圈套⑨。寻条绳儿只一吊，这条性命问他要！"妈妈见说，又不好骂得，茶也不吃，酒也不尝，别了亲家，上轿回家去了。

再说张虎在家叫道："成甚人家？当初只说娶个良善女子，不想讨了个五量店中过卖来家⑩，终朝四言八句⑪，弄嘴弄舌，成何以看⑫！"翠莲闻说，便道：

"大伯说话不知礼，我又不曾惹着你。顶天立地男子汉，骂我是个过卖嘴⑬！"

张虎便叫张狼道："你不闻古人云：'教妇初来⑭。'虽然不至乎打她⑮，也须早晚训诲；再不然，去告诉她那老虎婆知道！"翠莲就道：

①三朝：指新妇进婆家的第三天。这一天新妇要下厨做饭给公婆尝。点茶：这里指办酒饭。

②总然：纵然，即使。

③噇（chuáng）：贪吃而无节制。

④完饭：婚后三天，女家送礼物到男家，叫做"送三朝礼"。"完饭"当指此。

⑤村夫乐：粗俗鄙俚的意思。

⑥三日媳妇要上灶：即传统婚礼的三日下厨仪节。

⑦茶：这里是指菜肴。

⑧不大妙：不太好，话不太中听。

⑨着了我圈套：落在我的手里。

⑩五量店：即酒店。"五"通"无"，"五量店"即"无量店"，旧有"唯酒无量"的话，故称酒店为无量店。

⑪终朝：整天。

⑫成何以看：成什么样子。

⑬过卖：酒店饭铺的伙计。

⑭教妇初来：旧时俗谚有"教子婴孩，教妇初来"。教妇初来，即教诲媳妇要在她初来的时候，这样才有作用。

⑮不致乎：不至于。

"阿伯三个鼻子管①,不曾捻着你的碗②。媳妇虽是话儿多,自有丈夫与婆婆。亲家不曾惹着你,如何骂她老虔婆?等我满月回门去,到家告诉我哥哥。我哥性儿烈如火,那时叫你认得我。巴掌拳头一齐上,着你旱地乌龟没处躲!"

张虎听了大怒,就去扯住张狼要打。只见张虎的妻施氏跑将出来,道:"各人妻小各自管,干你甚事?自古道:'好鞋不踏臭粪!'"翠莲便道:

"姆姆休得要惹祸,这样为人做不过③。尽自伯伯和我嚷,你又走来添些言。自古妻贤夫祸少,做出事比天来大。快快夹了里面去,窝风所在坐一坐④。阿姆我又不惹你,如何将我比臭污?左右百岁也要死⑤,和你两个做一做⑥。我若有些长和短,阎罗殿前也不放过!"

女儿听得,来到母亲房中,说道:"你是婆婆,如何不管?尽着她放泼⑦,像甚模样?被人家笑话!"翠莲见姑娘与婆婆说,就道:

"小姑你好不贤良,便去房中唆调娘⑧。若是婆婆打杀我,活捉你去见阎王!我爷平素性儿强,不和你们善商量。和尚道士一百个,七日七夜做道场⑨。沙板棺材罗木底⑩,公婆与我烧钱纸⑪。小姑姆姆戴盖头⑫,伯伯替我做孝子。诸亲九眷抬灵车,出了殡儿从新起。大小衙门齐下状⑬,拿着银子无处使。任你家财万万贯,弄得你钱也无来人也死!"

张妈妈听得,走出来道:"早是你才来得三日的媳妇⑭,若做了二三年媳妇,我一家大小俱不要开口了!"翠莲便道:

①三个鼻子管:有三个鼻孔。俗语,多管闲事的意思。
②捻:端,捏。这句意思是不吃你的饭。
③做不过:做得不好,说不过去。
④窝风所在:没有风的地方,旮旯(角落)里,即靠边的意思。
⑤左右:反正。
⑥做一做:做一做对,拼一拼命。
⑦放泼:撒泼,放刁。
⑧唆调:调唆,挑拨。
⑨道场:旧时为死去的人所做的法事,意在超度亡魂。
⑩沙板、罗木:均指上好的木材。
⑪烧钱纸:即烧纸钱。纸钱是旧时用麻纸剪或凿出铜钱的形状,烧给死者的。这里烧纸钱及下文戴头盖,都是做孝子的意思。
⑫盖头:头巾。这里指孝巾,也叫孝帽子。
⑬下状:告状。
⑭早是:多亏。

"婆婆休得要水性①,做大不尊小不敬②。小姑不要忒侥幸,母亲面前少言论。訾些轻事重报③,老蠢听得便就信。言三语四把吾伤,说的话儿不中听。我若有些长和短,不怕婆婆不偿命!"

妈妈听了,径到房中,对员外道:"你看那新媳妇,口快如刀,一家大小,逐个个都伤过。你是个阿公,便叫将出来,说她几句,怕甚么!"员外道:"我是她公公,怎么好说她?也罢,待我问她讨茶吃,且看怎的。"妈妈道:"她见你,一定不敢调嘴。"只见员外分付:"叫张狼娘子烧中茶吃④!"

那翠莲听得公公讨茶,慌忙走到厨下,刷洗锅儿,煎滚了茶,复到房中,打点各样果子,泡了一盘茶,托至堂前,摆下椅子,走到公婆面前,道:"请公公、婆婆堂前吃茶。"又到姆姆房中道:"请伯伯、姆姆堂前吃茶。"员外道:"你们只说新媳妇口快,如今我唤她,却怎地又不敢说甚么?"妈妈道:"这番,只是你使唤她便了。"

少刻,一家儿俱到堂前,分大小坐下,只见翠莲捧着一盘茶,口中道:

"公吃茶,婆吃茶,伯伯、姆姆来吃茶。姑娘、小叔若要吃,灶上两碗自去拿。两个拿着慢慢走,泡了手时哭喳喳⑤。此茶唤作阿婆茶,名实虽村趣味佳⑥。两个初煨黄栗子⑦,半抄新炒白芝麻⑧。江南橄榄连皮核,塞北胡桃去壳楂⑨。二位大人慢慢吃,休得坏了你们牙齿。"

员外见说,大怒曰:"女人家须要温柔稳重,说话安详,方是做媳妇的道理。哪曾见这样长舌妇人!"翠莲应曰:

①水性:随波逐流,没有见识。
②做大不尊小不敬:当大(年纪、辈份大)的人不自尊,小辈或年轻人就不会敬重。
③訾(zǐ):诋毁,说别人坏话。这句可能漏了落一字。
④中:即"盅"。
⑤泡:烫。哭喳喳:哭着嚷叫。
⑥村:土气。趣味:意思、意味。
⑦煨:在火中烤。
⑧半抄:半把。
⑨胡桃:核桃。楂(zhā):原是一种野果,这里借指胡桃果实。

"公是大，婆是大，伯伯、姆姆且坐下。两个老的休得骂，且听媳妇来禀话：你儿媳妇也不村，你儿媳妇也不诈。从小生来性刚直，话儿说了心无挂。公婆不必苦憎嫌，十分不然休了罢①。也不愁，也不怕，搭搭凤子回去罢②。也不招③，也不嫁，不搽胭粉不妆画。上下穿件缟素衣④，侍奉双亲过了罢⑤。记得几个古贤人：张良、蒯文通说话⑥，陆贾、萧何快掉文⑦，子建、杨修也不亚⑧，苏秦、张仪说六国⑨，晏婴、管仲说五霸⑩，六计陈平、李左车⑪，十二甘罗并子夏⑫。这些古人能说话，齐家治国平天下。公公要奴不说话，将我口儿缝住罢！"

张员外道："罢，罢，这样媳妇，久后必被败坏门风，玷辱上祖！"便叫张狼曰："孩儿，你将妻子休了罢！我别替你娶一个好的。"张狼口虽应承，心有不舍之意。张虎并妻俱劝员外道："且从容教训。"翠莲听得，便曰：

"公休怨，婆休怨，伯伯、姆姆都休劝。丈夫不必苦留恋，大家各自寻方便。快将纸墨和笔砚，写了休书随我便。不曾殴公婆，不曾骂亲眷，不曾欺丈夫，不曾打良善，不曾走东家，不曾西邻串，不曾偷人财，不曾被人骗，不曾说张三，不与李四乱，不盗不妒与不淫，身无恶疾能书算，亲操井臼与庖厨⑬，纺织桑麻拈针线。今朝随你写休书，搬去妆奁莫要怨。手印缝中七个字：'永不相逢不见面。'恩爱绝，情意断，多写几个弘誓愿⑭。鬼门关上若相逢，别转了脸儿不厮见！"

① 十分不然：意思是无论如何也看不上。
② 凤子：轿子。
③ 招：招婿。
④ 缟素衣：白色丧服。
⑤ 过了：过世。
⑥ 张良、蒯（kuǎi）文通：与下文的陆贾（gǔ）、萧何都是汉初的谋臣和名士。
⑦ 快掉文：指写文章手笔快。
⑧ 子建、杨修：曹操第三子曹植，字子建，他和杨修都是三国时期很有才学的文人。
⑨ 苏秦、张仪：战国时期有名的纵横家，能言善辩，权倾天下。
⑩ 晏婴、管仲：春秋时代齐国的名相。五霸：春秋时代五个诸侯国的国君，他们都先后做过诸侯领袖。
⑪ 陈平、李左车：均为汉初有计谋的人。
⑫ 甘罗：战国时秦国人，相传他十二岁时就在秦相吕不韦手下担任官职。子夏：孔子弟子卜商，字子夏，春秋时卫国人。有治政之才。
⑬ 井臼与庖厨：家务劳动。井指汲水，臼指舂米，庖厨指做饭。
⑭ 弘：大。

张狼因父母作主,只得含泪写了休书,两边搭了手印①,随即讨乘轿子,叫人抬了嫁妆,将翠莲并休书送至李员外家。父母并兄嫂都埋怨翠莲嘴快的不是。翠莲道:

"爹休嚷,娘休嚷,哥哥、嫂嫂也休嚷。奴奴不是自夸奖,从小生来志气广。今日离了他门儿,是非曲直俱休讲。不是奴家牙齿痒,挑描刺绣能绩纺。大裁小剪我都会,浆洗缝联不说谎。劈柴挑水与庖厨,就有蚕儿也会养。我今年小正当时,眼明手快精神爽。若有闲人把眼观②,就是巴掌脸上响。"

李员外和妈妈道:"罢,罢,我两口也老了,管你不得,只怕有些一差二误,被人耻笑,可怜!可怜!"翠莲便道:

"孩儿生得命里孤,嫁了无知村丈夫③。公婆利害犹自可,怎当姆姆与姑姑?我若略略开得口,便去搬唆与舅姑④。且是骂人不吐核⑤,动脚动手便来拖。生出许多情切话,就写离书休了奴。指望回家图自在,岂料爹娘也怪吾。夫家、娘家着不得⑥,剃了头发做师姑⑦。身披直裰挂葫芦⑧,手中拿个大木鱼。白日沿门化饭吃,黄昏寺里称念佛祖念南无,吃斋把素用工夫。头儿剃得光光地,哪个不叫一声小师姑。"

说罢,卸下浓妆,换了一套绵布衣服,向父母前合掌问讯拜别⑨,转身向哥嫂也别了。

哥嫂曰:"你既要出家,我二人送你到前街明音寺去。"翠莲便道:

"哥嫂休送我自去,去了你们得伶俐。曾见古人说得好:'此处不留有留处。'离了

①搭:按。
②把眼观:指不怀好意地偷窥。
③村丈夫:指愚昧俗气的丈夫。
④舅姑:公婆。
⑤不吐核:指骂人不打结巴,不留情面。
⑥着不得:方言,指看不惯、容不下。
⑦师姑:尼姑或道姑。
⑧直裰(duō):这里指道袍,即僧人穿的宽大长袍。挂葫芦:这又是道士的披挂。
⑨问讯:出家人向人合掌行礼叫做问讯。

俗家门,便把头来剃。是处便为家①,何但明音寺②?散淡又逍遥③,却不倒伶俐!"

不恋荣华富贵,一心情愿出家,身披一领锦袈裟④,常把数珠悬挂⑤。每日持斋把素,终朝酌水献花。纵然不做得菩萨,修得个小佛儿也罢⑥。

①是处:处处,到处。
②何但:何只,为什么一定要。
③散淡:随便,自在。
④袈裟:高级僧人的衣服。
⑤数珠:即捻珠。僧人拿在手中捻着数数,故称。
⑥小佛儿:佛家以为人人均可成佛,但佛有等级,最高的是佛、菩萨。

碾玉观音

《京本通俗小说》

【题解】

《碾玉观音》为宋代话本小说，选自《京本通俗小说》（最早刊于缪荃孙的《烟画堂小品》）。明代冯梦龙所编《警世通言》卷八的《崔待诏生死冤家》即本于此。

作品以碾玉观音为线索，叙述了王府婢女璩秀秀追求爱情和自由的悲剧，塑造了一个爱憎分明、勇敢顽强的下层女子的形象，反映了下层民众在官僚豪强高压之下受到的残酷迫害，以及要求幸福生活的强烈愿望。故事内容有现实生活的基础，但主人公生死与共、人鬼交织的情节又具有奇幻色彩。开头以十多首春词入话，又体现了早期话本小说名为"诗话"、"词话"的特点。

上

山色晴岚景物佳①，暖烘回雁起平沙。东郊渐觉花供眼，南陌依稀草吐芽。　堤上柳，未藏鸦②，寻芳趁步到山家。陇头几树红梅落，红杏枝头未着花。

这首《鹧鸪天》说孟春景致③，原来又不如"仲春词"做得好④：

每日青楼醉梦中⑤，不知城外又春浓。杏花初落疏疏雨，杨柳轻摇淡淡风。　浮画舫⑥，跃青骢⑦，小桥门外绿阴笼。行人不入神仙地，人在珠帘第几重？

这首词说仲春景致，原来又不如黄夫人

① 晴岚（lán）：山林间晴天的雾气。
② "堤上柳"二句：说堤上柳树的枝叶还不茂密，藏不住乌鸦。
③ 孟春：春季第一个月。
④ 仲春词：写仲春（春季第二个月）的词。
⑤ 青楼：妓女居住的地方。后文"神仙地"，亦指此。
⑥ 画舫（fǎng）：画船。彩绘雕镂的游船。
⑦ 青骢（cōng）：毛色青黑的骏马。

做着"季春词"又好①:

先自春光似酒浓,时听燕语透帘栊②。小桥杨柳飘香絮,山寺绯桃散落红③。　莺渐老,蝶西东④,春归难觅恨无穷。侵阶草色迷朝雨⑤,满地梨花逐晓风。

这三首词,都不如王荆公看见花瓣儿片片风吹下地来⑥;原来这春归去,是东风断送的,有诗道:

春日春风有时好,
春日春风有时恶。
不得春风花不开,
花开又被风吹落。

苏东坡道⑦:不是东风断送春归去,是春雨断送春归去。有诗道:

雨前初见花间蕊,
雨后全无叶底花。
蜂蝶纷纷过墙去,
却疑春色在邻家。

秦少游道⑧:也不干风事,也不干雨事,是柳絮飘将春色去。有诗道:

三月柳花轻复散⑨,
飘扬澹荡送春归⑩。
此花本是无情物⑪,
一向东飞一向西。

① 黄夫人:当指宋代女词人孙道绚,为黄铢之母。季春:春季第三个月。
② 帘栊(lóng):带帘子的窗户。
③ 绯(fēi)桃:指粉红色的桃花。
④ 莺渐老,蝶西东:是说莺的叫声渐渐稀少,蝴蝶也各自东西飞去。
⑤ "侵阶"句:侵阶的草色在早晨的雨中迷迷蒙蒙。侵阶,指草长得探到了台阶上。
⑥ 王荆公:王安石世称王荆公。这里的诗王安石集中不载。
⑦ 苏东坡:苏轼号东坡居士。此诗实为唐代诗人王驾所作,《全唐诗》卷六百九十所载王驾《晴景》诗,原本与此稍异:"雨前初见花间蕊,雨后兼无叶里花。蛱蝶飞来过墙去,却疑春色在邻家。"
⑧ 秦少游:秦观字少游,宋代词人,苏门四学士之一。此诗秦观集中不载。
⑨ 轻复散:指轻飏飘散。
⑩ 澹荡:恬静和畅之意。此处形容柳花舒缓地飘扬。
⑪ "此花"二句:俗有"水性杨花",即此意。柳花,亦称杨柳花。

邵尧夫道①：也不干柳絮事，是蝴蝶采将春色去。有诗道：

　　花正开时当三月，
　　蝴蝶飞来忙劫劫②。
　　采将春色向天涯，
　　行人路上添凄切。

曾两府道③：也不干蝴蝶事，是黄莺啼得春归去。有诗道：

　　花正开时艳正浓，
　　春宵何事恼芳丛④？
　　黄鹂啼得春归去⑤，
　　无限园林转首空。

朱希真道⑥：也不干黄莺事，是杜鹃啼得春归去。有诗道：

　　杜鹃叫得春归去，
　　吻边啼血尚犹存⑦。
　　庭院日长空悄悄，
　　教人生怕到黄昏！

苏小妹道⑧："都不干这几件事，是燕子衔将春色去。"有《蝶恋花》词为证：

　　妾本钱塘江上住⑨，花开花落，不管流年度。燕子衔将春色去，纱窗几阵黄梅雨⑩。　　斜插犀梳云半吐⑪，檀板轻敲⑫，唱彻《黄金缕》⑬。歌罢彩云

①邵尧夫：邵雍字尧夫，宋代理学家、诗人。有《击壤集》。邵集中不载此诗。
②劫劫：同"汲汲"，忙碌的样子。
③曾两府：指曾公亮或曾布。宋代中书省与枢密院分掌政、军大权，为两府。做过中书省长官（宰相）或枢密使的人，都称两府。曾公亮、曾布都做过宰相。
④芳丛：花丛。
⑤黄鹂（lí）：即黄莺。
⑥朱希真：朱敦儒字希真，宋代词人。
⑦吻边：嘴角。吻，嘴。
⑧苏小妹：民间传说中苏轼的妹妹。
⑨妾：女子自称。
⑩黄梅雨：江南黄梅成熟时节的雨。特点是连续不断，细雨迷蒙。
⑪犀梳：犀牛角制的梳子。云半吐：是说头发一半露在梳子外面。以云形容发是古诗文的常例。
⑫檀板：檀木做的拍板，歌唱时用来打拍子。
⑬《黄金缕》：《蝶恋花》词牌的别名。

无觅处，梦回明月生南浦①。

王岩叟道②：也不干风事，也不干雨事，也不干柳絮事，也不干蝴蝶事，也不干黄莺事，也不干杜鹃事，也不干燕子事；是九十日春光已过，春归去。曾有诗道：

怨风怨雨两俱非，
风雨不来春亦归。
腮边红褪青梅小③，
口角黄消乳燕飞。
蜀魄健啼花影去④，
吴蚕强食柘桑稀⑤。
直恼春归无觅处，
江湖辜负一蓑衣⑥！

说话的，因甚说这春归词⑦？绍兴年间⑧，行在有个关西延州延安府人⑨，本身是三镇节度使咸安郡王⑩，当时怕春归去，将带着许多钧眷游春⑪。至晚回家，来到钱塘门里，车桥前面。钧眷轿子过了，后面是郡王轿子到来。则听得桥下裱褙铺里一个人叫道⑫："我儿出来看郡王！"当时郡王在轿里看见，叫帮总虞候道⑬："我从前要寻这个人，今日却在这里。只在你身上，明日要这个人入府中来。"当时虞候声诺来寻⑭。这个看郡王的人，是甚色目人⑮。正是：

尘随车马何年尽？
情系人心早晚休。

只见车桥下一个人家，门前出着一面招

①南浦：泛指水边送别之地。
②王岩叟：字彦林。宋哲宗时为侍御史。
③腮边红褪（tuì）：指黄莺毛色的变化。
④蜀魄：杜鹃鸟的别名。相传杜鹃是古代蜀帝的魂魄所化，故称。
⑤柘（zhè）：一种叶子可喂蚕的树。
⑥一蓑衣：一渔翁。这里是诗人的自指。
⑦说话的：指说书人。
⑧绍兴：宋高宗赵构年号（1131～1162年）。
⑨行在：皇帝外出巡行的驻地，这里是指南宋都城临安（今杭州）。
⑩三镇节度使：镇南、武安、宁国节度使。咸安郡王：南宋抗金名将韩世忠的封号。
⑪将带：带领。钧眷：对官员或别人家属的尊称。
⑫裱褙（biǎo bèi）铺：装裱字画的铺子。
⑬帮总虞候：虞候是唐宋时皇帝禁军的官名。这里的帮总当指虞候副职。
⑭声诺：唱诺，答应。
⑮甚色目人。甚么人，即什么人。

牌，写着"璩家装裱古今书画"①。铺里一个老儿②，引着一个女儿，生得如何？

　　　　云鬓轻笼蝉翼，蛾眉淡拂春山，朱唇缀一颗樱桃，皓齿排两行碎玉。莲步半折小弓弓③，莺啭一声娇滴滴。

便是出来看郡王轿子的人。虞候实时来他家对门一个茶坊里坐定，婆婆把茶点来。虞候道："启请婆婆，过对门裱褙铺里请璩大夫来说话④。"婆婆便去请到来，两个相揖了就坐。璩待诏问⑤："府干有何见谕⑥？"虞候道："无甚事，闲问则个⑦。适来叫出来看郡王轿子的人⑧，是令爱么⑨？"待诏道："正是拙女，止有三口。"虞候又问："小娘子贵庚⑩？"待诏应道："一十八岁。"再问："小娘子如今要嫁人，却是趋奉官员⑪？"待诏道："老拙家寒⑫，那讨钱来嫁人？将来也只是献与官员府第。"虞候道："小娘子有甚本事？"待诏说出女孩儿一件本事来，有词寄《眼儿媚》为证⑬：

　　　　深闺小院日初长，娇女绮罗裳。不做东君造化⑭，金针刺绣群芳。
　　　　斜枝嫩叶包开蕊⑮，唯只欠馨香。曾向园林深处，引教蝶乱蜂狂。

原来这女儿会绣作。虞候道："适来郡王在轿里，看见令爱身上系着一条绣裹肚⑯。府中正要寻一个绣作的人，老丈何不献与郡王？"璩公归去，与婆婆说了。到明日写一

① 璩：读 qú。
② 老儿：老头儿。
③ 莲步半折：形容脚步很小。古代称女子之纤足为金莲。《南史·齐东昏侯纪》："又凿金为莲花以帖地，令潘妃行其上，曰：'此步步生莲华（花）也。'"折，拇指和食指伸开时的间距。小弓弓：指缠过的弯曲的小脚。
④ 大夫：本是官名，这里用作对手工艺人的尊称。
⑤ 待诏：宋代对手工艺人的尊称。比大夫更为常用。
⑥ 府干（gàn）：对官府或富贵人家办事人的敬称。
⑦ 则个：语助词。
⑧ 适来：刚才。
⑨ 令爱：对人女儿的尊称。
⑩ 小娘子：古时对年轻女子的通称。贵庚：多大年纪。问人年龄的常用语。
⑪ 却：还。趋奉：伺候。
⑫ 老拙：老汉的谦称。家寒：家境贫寒。
⑬ 词寄《眼儿媚》：用《眼儿媚》的词牌填词。
⑭ 东君：春天之神。
⑮ 包开蕊：含苞待放和已经盛开的花朵。
⑯ 裹肚：围裙。

纸献状①，献来府中。郡王给与身价，因此取名秀秀养娘②。

不则一日③，朝廷赐下一领团花绣战袍，当时秀秀依样绣出一件来。郡王看了欢喜道："主上赐与我团花战袍，却寻甚么奇巧的物事献与官家④？"去府库里寻出一块透明的羊脂美玉来，实时叫将门下碾玉待诏⑤，问："这块玉堪做甚么？"内中一个道："好做一副劝杯⑥。"郡王道："可惜恁般一块玉⑦，如何将来只做得一副劝杯⑧？"又一个道："这块玉上尖下圆，好做一个摩侯罗儿⑨。"郡王道："摩侯罗儿，只是七月七日乞巧使得，寻常间又无用处。"

数中一个后生，年纪二十五岁，姓崔，名宁，趋事郡王数年⑩，是升州建康府人⑪。当时叉手向前⑫，对着郡王道："告恩王，这块玉上尖下圆，甚是不好，只好碾一个南海观音⑬。"郡王道："好，正合我意！"就叫崔宁下手。不过两个月，碾成了这个玉观音。郡王实时写表进上御前，龙颜大喜。崔宁就本府增添请给⑭，遭遇郡王⑮。

不则一日，时遇春天，崔待诏游春回来，入得钱塘门，在一个酒肆，与三四个相知方才吃得数杯，则听得街上闹吵吵，连忙推开楼窗看时，见乱烘烘道："井亭桥有遗漏⑯！"吃不得这酒成，慌忙下酒楼看时，只见：

　　初如萤火，次若灯光，千条蜡烛焰难当，万座糁盆敌不住⑰。六丁神推倒宝天炉⑱，八力士放起焚山火⑲。骊山

① 献状：献奉女儿的字据，实际上等于变相的卖身契。
② 养娘：婢女。
③ 不则一日：不止一日，过了些天。
④ 物事：东西。官家：宋代俗称皇帝为官家。
⑤ 实时：即时，立刻。叫将：叫来。
⑥ 劝杯：一种长颈的大酒杯，专做劝酒用。
⑦ 恁（rèn）般：这样。
⑧ 将来：拿来。
⑨ 摩侯罗儿：又作"魔合罗"，一种形似小儿的玩偶。
⑩ 趋事：跟着侍奉。
⑪ 升州建康府：今江苏省南京市。
⑫ 叉手：拱手。
⑬ 南海观音：指观音菩萨，又称南海观世音菩萨。
⑭ 请给：薪俸或粮饷等费用。
⑮ 遭遇：受到赏识。
⑯ 遗漏：失火。犹如今方言称失火为"跑水"。
⑰ 糁（sǎn）盆：也作"籸（xīn）盆"。旧时除夕人家往往架松柏树枝在院子里焚烧，意在驱邪逐祟。
⑱ 六丁神：民间传说的火神。
⑲ 焚山火：指晋文公焚山逼介子推出山受封事。

会上，料应褒姒逞娇容①；赤壁矶头，想是周郎施妙策②。五通神牵住火葫芦③，宋无忌赶番赤骡子④。又不曾泻烛浇油，直恁的烟飞火猛⑤。

崔待诏望见了，急忙道："在我本府前不远。"奔到府中看时，已搬挈得罄尽⑥，静悄悄地无一个人。崔待诏既不见人，且循着左手廊下入去。火光照得如同白日。去那左廊下，一个妇女，摇摇摆摆，从府堂里出来，自言自语，与崔宁打个胸厮撞⑦。崔宁认得是秀秀养娘，倒退两步，低身唱个喏⑧。原来郡王当日，尝对崔宁许道："待秀秀满日⑨，把来嫁与你。"这些众人，都撺掇道⑩："好对夫妻！"崔宁拜谢了，不则一番⑪。崔宁是个单身，却也痴心；秀秀见恁地个后生，却也指望。当日有这遗漏，秀秀手中提着一帕子金珠富贵⑫，从左廊下出来，撞见崔宁，便道："崔大夫，我出来得迟了。府中养娘各自四散，管顾不得，你如今没奈何，只得将我去躲避则个。"

当下崔宁和秀秀出府门，沿着河走到石灰桥。秀秀道："崔大夫，我脚疼，走不得。"崔宁指着前面道："更行几步了，那里便是崔宁住处。小娘子到家中歇脚，却也不妨。"到得家中坐定，秀秀道："我肚里饥，崔大夫与我买些点心来吃。我受了些惊，得杯酒吃更好。"当时崔宁买将酒来，三杯两盏，正是：

三杯竹叶穿心过⑬，

①褒姒（bāo sì）：周幽王的宠妃。这两句指周幽王在骊山点起告急烽火，以博褒姒一笑。
②周郎：即周瑜。这两句指周瑜火烧赤壁之事。
③五通神：民间传说中的火神；也指财神。
④宋无忌：道教传说中的火仙，经常骑着一匹红色的骡子。
⑤直恁的：竟如此。
⑥搬挈（qiè）：搬运。挈，手提。罄（qìng）尽：一点也不剩。罄，尽。
⑦打个胸厮撞：撞个满怀。
⑧唱个喏（rě）：即"唱喏"。古时男子作揖时发出"喏"声致敬。
⑨满日：满期。指做奴婢期满。
⑩撺掇（cuān duō）：怂恿，鼓动。
⑪不则一番：不只一次。
⑫富贵：指贵重的东西。
⑬竹叶：酒名，指竹叶青。

两朵桃花上脸来①。

道不得个"春为花博士，酒是色媒人②"。秀秀道："你记得当时在站台上赏月③，把我许你，你兀自拜谢④，你记得也不记得？"崔宁叉着手，只应得"喏"。秀秀道："当日众人都替你喝采：'好对夫妻！'你怎地到忘了⑤？"崔宁又则应得"喏"。秀秀道："比似只管等待，何不今夜我和你先做夫妻⑥？不知你意下何如？"崔宁道："岂敢！"秀秀道："你知道不敢，我叫将起来，教坏了你⑦。你却如何将我到家中？我明日府里去说！"崔宁道："告小娘子：要和崔宁做夫妻不妨，只一件，这里住不得了。要好趁这个遗漏人乱时，今夜就走开去，方才使得。"秀秀道："我既和你做夫妻，凭你行⑧。"当夜做了夫妻。

四更已后，各带着随身金银物件出门。离不得饥餐渴饮⑨，夜住晓行，迤逦来到衢州⑩。崔宁道："这里是五路总头⑪，是打那条路去好？不若取信州路上去⑫，我是碾玉作，信州有几个相识，怕那里安得身⑬。"即时取路到信州。住了几日，崔宁道："信州常有客人到行在往来，若说道我等在此，郡王必然使人来追捉，不当稳便⑭。不若离了信州，再往别处去。"两个又起身上路，径取潭州⑮。

不则一日，到了潭州，却是走得远了。就潭州市里讨间房屋，出面招牌，写着"行在崔待诏碾玉生活⑯"。崔宁便对秀秀道："这里离行在有二千余里了，料得无事，你我安心，好做长久夫妻。"潭州也有几个寄

①桃花上脸来：指面颊泛红。
②道不得：有道是。博士、媒人：意大体相同，即媒介的意思。以下两句是当时话本中的常用语。
③站台：楼台，亭阁，或高台。
④兀自：还。
⑤怎地：怎么。
⑥比似……何不：与其……何不。
⑦教坏了你：让你坏了名声。坏，毁坏。
⑧凭你行：任你安排。行，行事。
⑨离不得：少不得，免不了。
⑩迤逦（yǐ lǐ）：曲曲折折。衢州：今属浙江。
⑪五路总头：五路总汇。
⑫信州：今江西省上饶地区。
⑬怕：恐怕，或许。
⑭不当稳便：不大稳当。
⑮径取潭州：直奔潭州。潭州，即今湖南省长沙地区。
⑯生活：生意。

居官员，见崔宁是行在待诏，日逐也有生活得做①。崔宁密使人打探行在本府中事。有曾到都下的②，得知府中当夜失火，不见了一个养娘，出赏钱寻了几日，不知下落。也不知道崔宁将他走了，见在潭州住③。

时光似箭，日月如梭，也有一年之上。忽一日，方早开门④，见两个着皂衫的⑤，一似虞候府干打扮，入来铺里坐地⑥，问道："本官听得说有个行在崔待诏⑦，教请过来做生活。"崔宁分付了家中，随这两个人到湘潭县路上来⑧。便将崔宁到宅里相见官人⑨，承揽了玉作生活⑩。回路归家，正行间，只见一个汉子头上带个竹丝笠儿⑪，穿着一领白段子两上领布衫⑫，青白行缠扎着裤子口⑬，着一双多耳麻鞋⑭，挑着一个高肩担儿，正面来，把崔宁看了一看。崔宁却不见这汉面貌，这个人却见崔宁，从后大踏步尾着崔宁来⑮。正是：

　　谁家稚子鸣榔板⑯，
　　惊起鸳鸯两处飞。

下

　　竹引牵牛花满街，疏篱茅舍月光筛⑰。琉璃盏内茅柴酒⑱，白玉盘中簇豆梅。　　休懊恼，且开怀，平生赢得笑颜开。三千里地无知己，十万军中挂印来。

这只《鹧鸪天》词，是关西秦州雄武军

① 日逐：每天。
② 都下：指都城。
③ 见在：现在。见，同"现"。
④ 方早开门：早晨才开门。
⑤ 着皂衫的：穿黑衫的人。古代官衙里的差役都身穿黑衫。
⑥ 坐地：坐着。
⑦ 本官：这里是官府中人对自家长官的称呼。
⑧ 湘潭县：今湖南湘潭地区。
⑨ 官人：这里指县官。
⑩ 玉作：玉器制作行业。
⑪ 带：同"戴"。
⑫ 段："缎"的简写。两上领：衣领用别种料子做成。这里是布衫缝缀白缎领。
⑬ 行缠：裹腿。
⑭ 多耳麻鞋：有许多鞋绊的麻鞋。
⑮ 尾着：尾随，跟踪。
⑯ 鸣榔（láng）板：渔人在捕鱼的时候，用木板敲打船沿，使惊动鱼乱游乱动，使其入网。
⑰ 筛：指月光从茅檐、草篱中漏进来。
⑱ 茅柴酒：一种味苦性烈的烧酒。

刘两府所作①。从顺昌大战之后②,闲在家中,寄居湖南潭州湘潭县。他是个不爱财的名将,家道贫寒,时常到村店中吃酒。店中人不识刘两府,欢呼罗唣③。刘两府道:"百万番人④,只如等闲,如今却被他们诬罔⑤!"做了这只《鹧鸪天》,流传直到都下。当时殿前太尉是阳和王⑥,见了这词,好伤感:"原来刘两府直恁孤寒!"教提辖官差人送一项钱与这刘两府⑦。今日崔宁的东人郡王⑧,听得说刘两府恁地孤寒,也差人送一项钱与他,却经由潭州路过。见崔宁从湘潭路上来,一路尾着崔宁到家,正见秀秀坐在柜身子里,便撞破他们道:"崔大夫,多时不见,你却在这里。秀秀养娘他如何也在这里?郡王教我下书来潭州,今日遇着你们。原来秀秀养娘嫁了你,也好。"当时吓杀崔宁夫妻两个,被他看破。

那人是谁?却是郡王府中一个排军⑨,从小伏侍郡王,见他朴实,差他送钱与刘两府。这人姓郭名立,叫做郭排军。当下夫妻请住郭排军,安排酒来请他,分付道:"你到府中,千万莫说与郡王知道!"郭排军道:"郡王怎知得你两个在这里。我没事却说甚么?"当下酬谢了出门,回到府中,参见郡王,纳了回书⑩,看着郡王道:"郭立前日下书回,打潭州过,却见两个人在那里住。"郡王问:"是谁?"郭立道:"见秀秀养娘并崔待诏两个,请郭立吃了酒食,教休来府中说知。"郡王听说,便道:"叵耐这两个做出这事来⑪!却如何直走到那里?"郭立道:

① 秦州:今甘肃省天水县。刘两府:指南宋名将刘锜。他曾任枢密使副都承旨,加太尉(武官中的最高级别)。按《宋史》本传,刘锜为德顺军(今甘肃静宁县)人,此处说话人误作了雄武军。军是宋代的地方行政单位。
② 顺昌大战:刘锜曾在顺昌(今安徽阜阳)用计以少胜多,把金兀术所率金兵打得大败而归。
③ 欢呼罗唣(zào):骚扰吵闹。
④ 番人:这里是指金兵。
⑤ 诬罔:这里是蔑视欺侮的意思。
⑥ 殿前太尉:以太尉领殿前都指挥使。
⑦ 提辖官:宋代提辖官有文、武之分。武官是在各州郡掌管统领军旅、维持地方秩序的官,文官则是掌管府库和采办的事务官。这里当指后者。
⑧ 东人:东家,主人。
⑨ 排军:也作"牌军",手持盾牌或其他武器的卫兵,也作一般军卒的通称。
⑩ 纳:交。
⑪ 叵(pǒ)耐:不可忍耐,可恶。

"也不知他仔细①,只见他在那里住地②,依旧挂招牌做生活。"郡王教干办去分付临安府③,实时差一个缉捕使臣④,带着做公的⑤,备了盘缠,径来湖南潭州府,下了公文,同来寻崔宁和秀秀。却似:

皂雕追紫燕⑥,猛虎唛羊羔⑦。

不两月,捉将两个来,解到府中。报与郡王得知,实时升厅。原来郡王杀番人时,左手使一口刀,叫做"小青";右手使一口刀,叫做"大青"。这两口刀不知刹了多少番人。那两口刀,鞘内藏着,挂在壁上。郡王升厅,众人声喏,即将这两个人押来跪下。郡王好生焦躁⑧,左手去壁牙上取下"小青"⑨,右手一掣,掣刀在手,睁起杀番人的眼儿,咬得牙齿剥剥地响。当时吓杀夫人,在屏风背后道:"郡王,这里是帝辇之下⑩,不比边庭上面。若有罪过,只消解去临安府施行⑪,如何胡乱凯得人⑫?"郡王听说道:"叵耐这两个畜生逃走,今日捉将来,我恼了,如何不凯?既然夫人来劝,且捉秀秀入府后花园去,把崔宁解去临安府断治。"

当下喝赐钱酒,赏犒捉事人⑬。解这崔宁到临安府,一一从头供说:"自从当夜遗漏,来到府中,都搬尽了。只见秀秀养娘从廊下出来,揪住崔宁道:'你如何安手在我怀中?若不依我口,教坏了你!'要共崔宁逃走⑭。崔宁不得已,只得与他同走。只此是实。"临安府把文案呈上郡王,郡王是个刚直的人,便道:"既然恁地,宽了崔宁,且

①仔细:详细情况。
②住地,住着。
③干办:官吏名。宋代许多重要衙门都设有干办或干办公事,随时准备差遣。
④缉捕使臣:捕捉盗贼、人犯的差役头目。
⑤做公的:干公事的。公,公差。
⑥皂雕:黑色的老鹰。
⑦唛(dàn):吞吃。
⑧好生焦躁:非常恼火。
⑨壁牙:墙壁上挂东西的钉橛。
⑩帝辇(niǎn)之下:皇帝车驾所在的地方。此处指南宋都城临安。
⑪只消:只要。施行:处理。
⑫凯:砍。不直说,谐音假借。
⑬捉事人:捉拿罪犯的人,即上文的缉捕使臣和做公的。
⑭要共:要和。

与从轻断治。崔宁不合在逃①,罪杖发遣建康府居住②。"

当下差人押送,方出北关门,到鹅项头,见一顶轿儿,两个人抬着,从后面叫:"崔待诏,且不得去!"崔宁认得像是秀秀的声音,赶将来又不知怎地,心下好生疑惑。伤弓之鸟③,不敢揽事,且低着头只顾走。只见后面赶将上来,歇了轿子,一个妇人走出来,不是别人,便是秀秀④,道:"崔待诏,你如今去建康府,我却如何?"崔宁道:"却是怎地好?"秀秀道:"自从解你去临安府断罪⑤,把我捉入后花园,打了三十竹篦,遂便赶我出来。我知道你建康府去,赶将来同你去。"崔宁道:"怎地却好。"讨了船,直到建康府。押发人自回。

若是押发人是个学舌的⑥,就有一场是非出来。因晓得郡王性如烈火,惹着他不是轻放手的;他又不是王府中人,去管这闲事怎地?况且崔宁一路买酒买食,奉承得他好,回去时就隐恶而扬善了⑦。

再说崔宁两口在建康居住,既是问断了⑧,如今也不怕有人撞见,依旧开个碾玉作铺。浑家道⑨:"我两口却在这里住得好,只是我家爹妈自从我和你逃去潭州,两个老的吃了些苦。当日捉我入府时,两个去寻死觅活。今日也好教人去行在取我爹妈来这里同住。"崔宁道:"最好。"便教人来行在取他丈人丈母,写了他地理脚色与来人⑩。到临安府寻见他住处,问他邻舍⑪,指道:"这一家便是。"来人去门首看时,只见两扇门关着,一把锁锁着,一条竹竿封着。问邻舍:"他老夫妻那里去了?"邻舍道:"莫说!

①不合:不该。
②罪杖:以杖责罪。
③伤弓之鸟:受过弓箭之伤的鸟。比"惊弓之鸟"更进一层。
④便是:这里"正是"的意思。
⑤解(jiè):押送。
⑥学舌:指爱传闲话。
⑦隐恶而扬善:只说好的,不说坏的。
⑧问断:已经判决定罪。
⑨浑家:妻子。
⑩地理、脚色:地理,住址;脚色,年龄、相貌、身份等。
⑪邻舍:邻居。

他有个花枝也似女儿，献在一个奢遮去处①。这个女儿不受福德②，却跟一个碾玉的待诏逃走了。前日从湖南潭州捉将回来③，送在临安府吃官司，那女儿吃郡王捉进后花园里去④。老夫妻见女儿捉去，就当下寻死觅活，至今不知下落，只怎地关着门在这里。"来人见说，再回建康府来，兀自未到家。

且说崔宁正在家中坐，只见外面有人道："你寻崔待诏住处？这里便是。"崔宁叫出浑家来看时，不是别人，认得是璩父璩婆，都相见了，喜欢的做一处⑤。

那去取老儿的人，隔一日才到，说如此这般，寻不见，却空走了这遭，两个老的且自来到这里了。两个老人道："却生受你⑥，我不知你们在建康住，教我寻来寻去，直到这里。"其时四口同住，不在话下。

且说朝廷官里⑦，一日到偏殿看玩宝器，拿起这玉观音来看。这个观音身上，当时有一个玉铃儿，失手脱下⑧。实时问近侍官员："却如何修理得？"官员将玉观音反复看了，道："好个玉观音！怎地脱落了铃儿？"看到底下，下面碾着三字："崔宁造"。"怎地容易，既是有人造，只消得宣这个人来⑨，教他修整。"

敕下郡王府⑩，宣取碾玉匠崔宁。郡王回奏："崔宁有罪，在建康府居住。"实时使人去建康，取得崔宁到行在歇泊了⑪。当时宣崔宁见驾，将这玉观音教他领去，用心整理。崔宁谢了恩，寻一块一般的玉，碾一个铃儿接住了，御前交纳⑫。破分请给养了崔宁⑬，令只在行在居住。崔宁道："我今日遭

① 奢遮：了不起，显赫。
② 不受福德：没有福伤。
③ 前日：前些日子，前些时。
④ 吃：被。
⑤ 做一处：相聚，住在一起。
⑥ 生受：难为，辛苦。
⑦ 官里：即"官家"，指皇帝。
⑧ 脱下：指脱落摔碎了。
⑨ 宣：召。
⑩ 敕（chì）：皇帝的令旨。
⑪ 歇泊：安顿，住下。
⑫ 交纳：交进去。
⑬ 破分请给养：破例给工钱。

际御前①，争得气，再来清湖河下，寻间屋儿开个碾玉铺，须不怕你们撞见②！"

可煞事有斗巧③，方才开得铺三两日，一个汉子从外面过来，就是那郭排军。见了崔待诏，便道："崔大夫恭喜了！你却在这里住？"抬起头来，看柜身里却立着崔待诏的浑家。郭排军吃了一惊，拽开脚步就走④。浑家说与丈夫道："你与我叫住那排军，我相问则个。"正是：

平生不作皱眉事⑤，
世上应无切齿人。

崔待诏实时赶上扯住。只见郭排军把头只管侧来侧去，口里喃喃地道："作怪！作怪！"没奈何，只得与崔宁回来，家中坐地。浑家与他相见了，便问："郭排军，前者我好意留你吃酒⑥，你却归来说与郡王，坏了我两个的好事。今日遭际御前，却不怕你去说。"郭排军吃他相问得无言可答，只道得一声"得罪"。相别了，便来到府里，对着郡王道："有鬼！"郡王道："这汉则甚⑦？"郭立道："告恩王，有鬼！"郡王问道："有甚鬼？"郭立道："方才打清湖河下过，见崔宁开个碾玉铺，却见柜身里一个妇女，便是秀秀养娘。"郡王焦躁道："又来胡说！秀秀被我打杀了，埋在后花园，你须也看见，如何又在那里？却不是取笑我！"郭立道："告恩王，怎敢取笑！方才叫住郭立，相问了一回。怕恩王不信，勒下军令状了去⑧。"郡王道："真个在时，你勒军令状来。"那汉也是

①遭际御前：受到皇帝的赏识。
②须：应当，该是。
③可煞：可是。
④拽开：拉开。
⑤皱眉事：让人皱眉的事，或皱着眉去做的事。意即龌龊事、见不得人的事。
⑥前者：前次，上一次。
⑦则甚：做什么。
⑧勒下：写下。军令状：古代军队里下级军官对上级军官保证完成任务的字据。

合苦①，真个写一纸军令状来。郡王收了，叫两个当直的轿番②，抬一顶轿子，教："取这妮子来③。若真个在，把来凯取一刀；若不在，郭立，你须替他凯取一刀！"郭立同两个轿番，来取秀秀。正是：

麦穗两歧④，农人难辨。

郭立是关西人，朴直，却不知军令状如何胡乱勒得！三个一径来到崔宁家里，那秀秀兀自在柜身里坐地，见那郭排军来得恁地慌忙，却不知他勒了军令状来取你⑤。郭排军道："小娘子，郡王钧旨，教来取你则个。"秀秀道："既如此，你们少等，待我梳洗了同去。"实时入去梳洗，换了衣服出来，上了轿，分付了丈夫。两个轿番便抬着，径到府前。郭立先入去，郡王正在厅上等待。郭立唱了喏，道："已取到秀秀养娘。"郡王道："着他入来！"郭立出来道："小娘子，郡王教你进来。"掀起帘子看一看，便是一桶水倾在身上，开着口则合不得，就轿子里不见了秀秀养娘。问那两上轿番道："我不知，则见他上轿，抬到这里，又不曾转动。"那汉叫将入来道⑥："告恩王，恁地真个有鬼！"郡王道："却不叵耐⑦！"教人："捉这汉，等我取过军令状来，如今凯了一刀。"先去取下"小青"来。那汉从来伏侍郡王，身上也有十数次官了⑧，盖缘是粗人⑨，只教他做排军。这汉慌了，道："见有两个轿番见证，乞叫来问。"实时叫将轿番来道："见他上轿，抬到这里，却不见了。"说得一

①合苦：该当受苦，活该倒霉。
②当直的轿番：值班的轿夫。轿番，轿班，轿夫。
③妮子：丫头。
④麦穗两歧：一根麦杆上长出两支麦穗来。
⑤你：这里指郭排军自己。
⑥叫将入来：喊叫着进来。
⑦却不叵耐：意即可恶。
⑧有十数次官：指立过功劳，因而有过十几次做官提升的机会。
⑨盖缘：都因为。

般，想必真个有鬼，只消得叫将崔宁来问①。便使人叫崔宁来到府中。崔宁从头至尾说了一遍，郡王道："恁地又不干崔宁事，且放他去。"崔宁拜辞去了。郡王焦躁，把郭立打了五十背花棒②。

　　崔宁听得说浑家是鬼，到家中问丈人、丈母。两个面面厮觑③，走出门，看着清湖河里，扑通地都跳下水去了。当下叫救人，打捞，便不见了尸首。原来当时打杀秀秀时，两个老的听得说，便跳在河里，已自死了，这两个也是鬼。

　　崔宁到家中，没情没绪，走进房中，只见浑家坐在床上。崔宁道："告姐姐，饶我性命！"秀秀道："我因为你，吃郡王打死了，埋在后花园里。却恨郭排军多口，今日已报了冤仇，郡王已将他打了五十背花棒。如今都知道我是鬼，容身不得了。"道罢起身，双手揪住崔宁，叫得一声，四肢倒地。邻舍都来看时，只见：

　　　　两部脉尽总皆沉④，
　　　　一命已归黄壤下⑤。

崔宁也被扯去，和父母四个，一块儿做鬼去了。后人评论得好：

　　　　咸安王捺不下烈火性，
　　　　郭排军禁不住闲磕牙⑥，
　　　　璩秀娘舍不得生眷属⑦，
　　　　崔待诏撇不脱鬼冤家⑧。

①只消得：只要。
②背花棒：一种体罚，指把脊背打得开花。
③面面厮觑（qù）：面面相视。你看着我，我看着你。
④两部脉尽总皆沉：两个手腕上的脉搏都沉了下去。两部，指左右手。
⑤黄壤：黄土。
⑥闲磕牙：多嘴多舌。
⑦生眷属：活着的眷属（丈夫）。
⑧换冤家：做了鬼的冤家。冤家，夫妻、情人间的亲昵称谓。

错斩崔宁

《京本通俗小说》

【题解】

《错斩崔宁》为宋代话本小说，选自《京本通俗小说》。冯梦龙《醒世恒言》卷十三题为《十五贯戏言成巧祸》。

作品写刘贵戏言卖掉小娘子（妾），由此引出一连串曲折奇谲的故事，诸凡市井里社、山寨草堂、官府衙门的偷窃、杀人、剪径、受贿、断案、雪冤等一应事情几乎都有涉及，是对当时社会生活比较全面的反映。作品不涉神怪，以奇巧取胜，独具特色。后来演变为戏曲《十五贯》，成为以平冤狱为题材的公案性作品。

聪明伶俐自天生，
懵懂痴呆未必真①。
嫉妒每因眉睫浅②，
戈矛时起笑谈深③。
九曲黄河心较险，
十重铁甲面堪憎。
时因酒色亡家国，
几见诗书误好人。

这首诗，单表为人难处。只因世路窄狭，人心叵测④，大道既远⑤，人情万端。熙熙攘攘⑥，都为利来；蚩蚩蠢蠢，皆纳祸去⑦。持身保家，万千反覆。所以古人云："颦有为颦⑧，笑有为笑。颦笑之间，最宜谨慎。"

这回书，单说一个官人，只因酒后一时戏笑之言，遂至杀身破家，陷了几条性命。且先引下一个故事来，权做个得胜头回⑨。

我朝元丰年间⑩，有一个少年举子⑪，姓魏名鹏举，字冲霄，年方一十八岁。娶得

①懵（měng）懂：糊涂。
②眉睫浅：目光短浅。
③戈矛时起笑谈深：意思是说争端往往是因玩笑开得太过分而引起的。
④叵（pǒ）测：不可测。
⑤大道：做人的正道。
⑥熙熙攘攘：闹闹哄哄。
⑦蚩蚩蠢蠢：傻傻乎乎。纳：获致。
⑧颦（pín）有为颦：颦要有所为而颦，不好太随便。颦，皱眉头。
⑨得胜头回：古代说书的一个关目。说书人在正式开讲前先讲一两个短小故事，或串讲几首诗词，以等候更多听众到场，叫"得胜头回"，也叫"入话"。
⑩元丰：宋神宗赵顼（xū）的年号（1078～1035年）。
⑪举子：应举之士。

一个如花似玉的浑家①，未及一月，只因春榜动，选场开②，魏生别了妻子③，收拾行囊，上京取应④。临别时，浑家分付丈夫："得官不得官，早早回来，休抛闪了恩爱夫妻⑤。"魏生答道："功名二字，是俺本领前程，不索贤卿忧虑⑥。"别后登程到京，果然一举成名，除授一甲第二名榜眼及第⑦。在京甚是华艳动人，少不得修了一封家书，差人接取家眷入京。书上先叙了寒温及得官的事，后却写下一行，道是："我在京中早晚无人照管，已讨了一个小老婆，专候夫人到京，同享荣华。"

家人收了书程⑧，一径到家⑨，见了夫人，称说贺喜。因取家书呈上⑩。夫人拆开看了，见是如此如此，这般这般，便对家人道："官人直恁负恩⑪。甫能得官⑫，便娶了二夫人。"家人便道："小人在京，并没见有此事。想是官人戏谑之言。夫人到京，便知端的⑬，休得忧虑。"夫人道："恁地说，我也罢了。"却因人舟未便，一面收拾起身，一面寻觅便人⑭，先寄封平安家书到京中去。那寄书人到了京中，寻问新科魏榜眼寓所，下了家书，管待酒饭自回，不题。

却说魏生接书拆开来看了，并无一句闲言闲语，只说道："你在京中娶了一个小老婆，我在家中也嫁了一个小老公，早晚同赴京师也。"魏生见了，也只道是夫人取笑的说话，全不在意。未及收好，外面报说有个同年相访⑮。京邸寓中⑯，不比在家宽转⑰，那人又是相厚的同年⑱，又晓得魏生并无家眷在内，直至里面坐下，叙了些寒温。魏生起身去解手，那同年偶翻桌上书帖，看见了

①浑家：妻子。
②春榜动，选场开：科举时代，进士考试（即会试）多在春天举行。这两句意思是说，春天要举行会试了。
③生：旧时小说戏剧里对年轻男子的称谓。
④取应：应试。
⑤抛闪：耽搁，冷落。
⑥不索：不须。
⑦除授：拜官授职。
⑧书程：书信和路费。程，送给出远门的人的盘缠。
⑨一径：一直，直接。
⑩因：于是。
⑪官人：这里是对男人的尊称。恁（nèn）：那么，那样。
⑫甫能：刚刚。
⑬端的：究竟，底细。
⑭便人：方便之人。
⑮同年：同一榜考中的人，互称同年。
⑯邸（dǐ）：府第，官府。
⑰宽转：宽展，宽敞。
⑱相厚：交情较深。

这封家书，写得好笑，故意朗诵起来。魏生措手不及，通红了脸，说道："这是没理的话。因是小弟戏谑了他，他便取笑写来的。"那同年呵呵大笑道："这节事却是取笑不得的。"别了就去。

那人也是一个少年，喜谈乐道，把这封家书一节，顷刻间遍传京邸也有一班妒忌魏生少年登高科的，将这桩事只当做风闻言事的一个小小新闻①，奏上一本②，说这魏生年少不检③，不宜居清要之职④，降处外任。魏生懊恨无及⑤。后来毕竟做官蹭蹬不起⑥，把锦片也似一段美前程，等闲放过去了⑦。这便是一句戏言，撒漫了一个美官⑧。

今日再说一个官人，也只为酒后一时戏言，断送了堂堂七尺之躯，连累两三个人，枉屈害了性命。却是为着甚的？有诗为证：

世路崎岖实可哀，
旁人笑口等闲开。
白云本是无心物，
又被狂风引出来。

却说高宗时⑨，建都临安⑩，繁华富贵，不减那汴京故国⑪。去那城中箭桥左侧，有个官人，姓刘名贵，字君荐，祖上原是有根基的人家。到得君荐手中，却是时乖运蹇⑫。先前读书，后来看看不济，却去改业做生意。便是半路上出家的一般，买卖行中一发不是本等伎俩⑬，又把本钱消折去了。渐渐大房改换小房，赁得两三间房子⑭，与同浑家王氏，年少齐眉⑮。后因没有子嗣，娶下一个小娘子，姓陈，是陈卖糕的女儿，家中

① 风闻言事：风闻，传闻；言事，向皇帝奏事。意思是说把不可靠的传闻上奏给皇帝。
② 本：奏章。
③ 不检：不检点，太轻浮。
④ 清要之职：指接近皇帝、参与机要的职位，如翰林等。
⑤ 懊(ào)恨：懊恼、愤恨。
⑥ 蹭蹬(cèng dēng)：受挫折，不得志。
⑦ 等闲：轻易，随便。
⑧ 撒漫：抛撒，糟踏。
⑨ 高宗：南宋第一个皇帝赵构，公元1127～1162年在位。
⑩ 临安：南宋都城，今浙江省杭州。
⑪ 故国：故都，此指汴京（今河南省开封）。
⑫ 时乖(guāi)运蹇：时运不好。
⑬ 行(háng)：行业。一发：更加。本等伎俩：本分技能。
⑭ 赁(lìn)：租。
⑮ 年少齐眉：指夫妻互敬互爱。《后汉书·梁鸿传》："（鸿）为人赁舂，每归，妻为具食，不敢于鸿前仰视，举案齐眉。"案，盛饭菜的托盘。

都呼为二姐。这也是先前不十分穷薄的时，做下的勾当①。至亲三口，并无闲杂人在家。那刘君荐，极是为人和气，乡里见爱②，都称他："刘官人，你是一时运限不好③，如此落寞④。再过几时，定须有个亨通的日子⑤。"说便是这般说，哪得有些些好处⑥？只是在家纳闷⑦，无可奈何。

却说一日闲坐家中，只见丈人家里的老王，年近七旬，走来对刘官人说道："家间老员外生日⑧，特令老汉接取官人、娘子，去走一遭。"刘官人便道："便是我日逐愁闷过日子⑨，连那泰山的寿诞也都忘了⑩。"便同浑家王氏，收拾随身衣服，打叠个包儿，交与老王背了，分付二姐看守家中⑪："今日晚了，不能转回，明晚须索来家⑫。"说了就去。离城二十余里，到了丈人王员外家，叙了寒温。当日坐间客众，丈人、女婿不好十分叙述许多穷相。到得客散，留在客房里宿歇。

直至天明，丈人却来与女婿攀话，说道："姐夫⑬，你须不是这般算计⑭。'坐吃山空，立吃地陷'；'咽喉深似海，日月快如梭'。你须计较一个常便⑮。我女儿嫁了你，一生也指望丰衣足食，不成只是这等就罢了⑯。"刘官人叹了一口气道："是。泰山在上，道不得个'上山擒虎易，开口告人难'⑰。如今的时势，再有谁似泰山这般怜念我的？只索守困⑱。若去求人，便是劳而无功。"丈人便道："这也难怪你说。老汉却是看你们不过，今日赍助你些少本钱⑲，胡乱去开个柴米店⑳，赚得些利息来过日子㉑，却不好么？"刘官人道："感蒙泰山恩顾，可

①勾当：事情。
②乡里见爱：乡亲们都喜欢、看重。
③运限：时运，运道。
④落寞：冷落，困顿。
⑤亨通：发达。
⑥些些：一点点。
⑦纳闷：这里指愁苦、烦闷。
⑧家间：家里。员外：指城乡绅士。
⑨日逐：天天，一天挨一天。
⑩泰山：岳父。
⑪分付：即吩咐。
⑫须索：一定。
⑬姐夫：丈人对女婿的客气称呼。
⑭须：应。
⑮常便：长久之计。
⑯不成：难道。
⑰告：这里指求人，央告。
⑱只索守困，只好过穷日子。
⑲赍（jī）：以物助人。些少：不多一些。
⑳胡乱：随便，任意。
㉑利息：这里指盈利、生息。

知是好①。"当下吃了午饭,丈人取出十五贯钱来②,付与刘官人道:"姐夫,且将这些钱去③,收拾起店面,开张有日,我便再应付你十贯④。你妻子且留在此过几日,待有了开店日子,老汉亲送女儿到你家,就来与你作贺。意下如何?"刘官人谢了又谢,驮了钱一径出门。

到得城中,天色却早晚了。却撞着一个相识,顺路在他家门首经过⑤。那人也要做经纪的人,就与他商量一会,可知是好。便去敲那人门时,里面有人应喏⑥,出来相揖,便问:"老兄下顾,有何见教?"刘官人一一说知就里⑦。那人便道:"小弟闲在家中,老兄用得着时,便来相帮。"刘官人道:"如此甚好。"当下说了些生意的勾当。那人便留刘官人在家,现成杯盘,吃了三杯两盏。刘官人酒量不济,便觉有些朦胧起来,抽身作别,便道:"今日相扰,明早就烦老兄过寒家,计议生理⑧。"那人又送刘官人至路口,作别回家,不在话下。若是说话的同年生,并肩长,拦腰抱住,把臂拖回⑨,也不见得受这般灾晦⑩,却教刘官人死得不如:

《五代史》李存孝⑪,
《汉书》中彭越⑫。

却说刘官人驮了钱,一步一步捱到家中敲门⑬,已是点灯时分。小娘子二姐独自在家,没一些事做,守得天黑,闭了门,在灯下打瞌睡。刘官人打门,他哪里便听见?敲了半晌,方才知觉,答应一声"来了",起身开了门。

①可知:当然。
②贯:古代钱的计量单位。因铜钱是用绳子贯穿起来的,故称。
③将:带,拿。
④应付:这里有资助的意思。
⑤门首:门头,门前。
⑥应诺:答应。
⑦就里:内情,底细。
⑧生理:做生意的事情。
⑨把臂:抓着臂膀。
⑩灾晦:灾祸、晦气。
⑪李存孝:后唐李克用的养子,屡立战功,官至汾州刺史。后被人陷害,被迫投奔安知建、王溶。李克用亲自带兵,把李存孝捉回,并处以车裂之刑(俗称"五马分尸")。
⑫彭越:汉初名将,刘邦统一天下后,有人告发他谋反,被刘邦处以醢刑(剁成肉酱)。
⑬捱:同"挨"。

刘官人进去，到了房中，二姐替刘官人接了钱，放在桌上，便问："官人何处挪移这项钱来①，却是甚用？"那刘官人一来有了几分酒，二来怪他开得门迟了，且戏言吓他一吓，便道："说出来，又恐你见怪；不说时，又须通你得知。只是我一时无奈，没计可施，只得把你典与一个客人②。又因舍不得你，只典得十五贯钱。若是我有些好处③，加利赎你回来；若是照前这般不顺溜④，只索罢了⑤。"那小娘子听了，欲待不信，又见十五贯钱堆在面前；欲待信来，他平白与我没半句言语⑥，大娘子又过得好，怎么便下得这等狠心辣手？疑狐不决⑦，只得再问道："虽然如此，也须通知我爹娘一声。"刘官人道："若是通知你爹娘，此事断然不成。你明日且到了人家，我慢慢央人与你爹娘说通，他也须怪我不得。"小娘子又问："官人今日在何处吃酒来？"刘官人道："便是把你典与人，写了文书，吃他的酒，才来的。"小娘子又问："大姐姐如何不来？"刘官人道："他因不忍见你分离，待得你明日出了门才来。这也是我没计奈何⑧，一言为定。"说罢，暗地忍不住笑，不脱衣裳，睡在床上，不觉睡去了。

那小娘子好生摆脱不下⑨："不知他卖我与甚色样人家⑩？我须先去爹娘家里说知。就是他明日有人来要我，寻到我家，也须有个下落。"沉吟了一会⑪，却把这十五贯钱，一垛儿堆在刘官人脚后边，趁他酒醉，轻轻的收拾了随身衣服，款款的开了门出去⑫，拽上了门⑬。却去左边一个相熟的邻舍，叫做朱三老儿家里，与朱三妈宿了一夜，说道：

①挪移：转借。
②典：典押，典卖。
③有些好处：指生计好转，有了钱。
④不顺溜：不顺利，不吉利。
⑤只索：只好，索性。
⑥平白：平素。言语：指口角。
⑦疑狐：即狐疑。
⑧没计奈何：指束手无策，无计可施。
⑨好生：十分，非常。摆脱不下：指放不下，不能释怀。
⑩甚色样：什么样。
⑪沉吟：迟疑。
⑫款款的：慢慢的。
⑬拽（zhuài）：拉。

"丈夫今日无端卖我①,我须先去与爹娘说知。烦你明日对他说一声,既有了主顾,可同我丈夫到爹娘家中来讨个分晓②,也须有个下落。"那邻舍道:"小娘子说得有理,你只顾自去,我便与刘官人说知就理③。"过了一宵,小娘子作别去了,不题。正是:

> 鳌鱼脱却金钩去,
> 摆尾摇头再不回。

放下一头。却说这里刘官人一觉,直至三更方醒,见桌上灯犹未灭,小娘子不在身边。只道他还在厨下收拾家伙,便唤二姐讨茶吃。叫了一回,没人答应,却待挣扎起来,酒尚未醒,不觉又睡了去。不想却有一个做不是的④,日间赌输了钱,没处出豁⑤,夜间出来掏摸些东西⑥,却好到刘官人门首。因是小娘子出去了,门儿拽上不关⑦。那贼略推一推,豁地开了,捏手捏脚,直到房中,并无一人知觉。到得床前,灯火尚明。周围看时,并无一物可取。摸到床上,见一人朝着里床睡去,脚后却有一堆青钱⑧,便去取了几贯。不想惊觉了刘官人,起来喝道:"你须不近道理⑨。我从丈人家借办得几贯钱来养身活命,不争你偷了我的去⑩,却是怎的计结⑪?"那人也不回话,照面一拳,刘官人侧身躲过,便起身与这人相持⑫。那人见刘官人手脚活动⑬,便拔步出房。刘官人不舍,抢出门来,一径赶到厨房里,恰待声张邻舍⑭,起来捉贼。那人急了,正好没出豁,却见明晃晃一把劈柴斧头,正在手边。也是

①无端:无缘无故。
②讨个分晓:说个明白。
③就理:即就里。
④做不是的:做坏事的,这里是指小偷。
⑤出豁:想办法。
⑥掏摸:指偷窃。
⑦关:门闩。不关,指没上门闩。
⑧青钱:铜钱。
⑨须:真当,真个是。
⑩不争:如果,若是。
⑪计结:了结,结局。
⑫相持:相争,相打。
⑬活动:灵活。
⑭恰待:且待,就要。

人极计生①，被他绰起②，一斧正中刘官人面门，扑地倒了。又复一斧，斫倒一边③。眼见得刘官人不活了，呜呼哀哉，伏惟尚飨④。那人便道："一不做，二不休，却是你来赶我，不是我来寻你。"索性翻身入房，取了十五贯钱。扯条单被，包裹得停当，拽扎得爽俐，出门，拽上了门就走，不题。

次早邻舍起来，见刘官人家门也不开，并无人声息，叫道："刘官人，失晓了⑤！"里面没人答应。捱将进去，只见门也不关。直到里面，见刘官人劈死在地。"他家大娘子两日家前已自往娘家去了，小娘子如何不见？"免不得声张起来。却有昨夜小娘子借宿的邻家朱三老儿说道："小娘子昨夜黄昏时到我家宿歇，说道刘官人无端卖了她，她一径先到爹娘家里去了，教我对刘官人说，既有了主顾，可同到她爹娘家中，也讨得个分晓。今一面着人去追她转来⑥，便有下落；一面着人去报他大娘子到来，再作区处⑦。"众人都道："说得是。"

先着人去到王老员外家报了凶信。老员外与女儿大哭起来，对那人道："昨日好端端出门，老汉赠他十五贯钱，教他将来作本⑧，如何便恁的被人杀了？"那去的人道："好教老员外大娘子得知⑨，昨日刘官人归时，已自昏黑，吃得半酣⑩，我们都不晓得他有钱没钱，归迟归早。只是今早刘官人家，门儿半开，众人推将进去，只见刘官人杀死在地，十五贯钱一文也不见，小娘子也不见踪迹。声张起来，却有左邻朱三老儿出来，说道他家小娘子昨夜黄昏时分，借宿他家。小娘子说道刘官人无端把她典与人了。

①人极生计：意同"急中生智"。
②绰（chāo）：抓取。
③斫（zhuó）：砍。
④呜呼哀哉，伏惟尚飨（xiǎng）：祭文末尾常用语，意思是表示对死者的哀悼，并请灵魂前来享祭。这里是说书人加进来的套话，有加重语气、烘托效果的用意。
⑤失晓：睡过时辰了。
⑥着人：派人。
⑦区处：处置，处理。
⑧将来作本：拿来做本钱。
⑨好教……得知：即给……说个明白。
⑩半酣（hān）：半醉。酣，酒喝得多了。

小娘子要对爹娘说一声，住了一宵①，今日径自去了。如今众人计议，一面来报大娘子与老员外，一面着人去追小娘子。若是半路里追不着的时节②，直到他爹娘家中，好歹追他转来，问个明白。老员外与大娘子，须索去走一遭③，与刘官人执命④。"老员外与大娘子急急收拾起身，管待来人酒饭，三步做一步，赶入城中，不题。

却说那小娘子清早出了邻舍人家，挨上路去，行不上一二里，早是脚疼走不动，坐在路旁。却见一个后生⑤，头带万字头巾⑥，身穿直缝宽衫，背上驮了一个搭膊⑦，里面却是铜钱，脚下丝鞋净袜，一直走上前来。到了小娘子面前，看了一看，虽然没有十二分颜色，却也明眉皓齿，莲脸生春，秋波送媚⑧，好生动人。正是：

　　野花偏艳目，
　　村酒醉人多。

那后生放下搭膊，向前深深作揖："小娘子独行无伴，却是往哪里去的？"小娘子还了万福⑨，道："是奴家要往爹娘家去⑩。因走不上，权歇在此。"因问："哥哥是何处来？今要往何方去？"那后生叉手不离方寸⑪："小人是村里人，因往城中卖了丝帐，讨得些钱，要往褚家堂那边去的⑫。"小娘子道："告哥哥则个，奴家爹娘也在褚家堂左侧，若得哥哥带挈奴家⑬，同走一程，可知是好？"那后生道："有何不可。既如此说，小人情愿伏侍小娘子前去。"

①宵：夜晚。
②时节：这里有情况、光景的意思。
③须索：定要。
④执命：索命，讨命。
⑤后生：青年。
⑥万字头巾：一种折叠头巾。
⑦搭膊：一种搭在肩上，前后都有开口可盛放东西的布袋。也叫褡裢。
⑧莲脸：指如莲花一般姣好的面容。秋波：指如秋波一般的眼睛。
⑨万福，旧时妇女对人行礼，一面用双手在左衣襟前拜一拜，一面口称"万福"。
⑩奴家：古妇女的自称。
⑪方寸：心，这里是指胸前。
⑫褚家堂：在杭州东城，相传为唐代褚遂良故里。
⑬带挈：带领。

两个厮赶着①，一路正行，行不到二三里田地，只见后面两个人脚不点地赶上前来②，赶得汗流气喘，衣襟敞开，连叫："前面小娘子慢走，我却有话说知。"小娘子与那后生看见赶得蹊蹊③，都立住了脚。后边两个赶到跟前，见了小娘子与那后生，不容分说，一家扯了一个，说道："你们干得好事。却走往哪里去？"小娘子吃了一惊，举眼看时，却是两家邻舍，一个就是小娘子昨夜借宿的主人。小娘子便道："昨夜也须告过公公得知，丈夫无端卖我，我自去对爹娘说知。今日赶来，却有何说？"朱三老道："我不管闲帐，只是你家里有杀人公事，你须回去对理④。"小娘子道："丈夫卖我，昨日钱已驮在家中，有甚杀人公事？我只是不去。"朱三老道："好自在性儿！你若真个不去，叫起地方有杀人贼在此⑤，烦为一捉。不然，须要连累我们⑥，你这里地方也不得清净。"

　　那个后生见不是话头⑦，便对小娘子道："既如此说，小娘子只索回去，小人自家去休⑧。"那两个赶来的邻舍，齐叫起来，说道："若是没有你在此便罢，既然你与小娘子同行同止，你须也去不得！"那后生道："却也古怪！我自半路遇见小娘子，偶然伴他行一程路儿，却有甚皂丝麻线⑨，要勒背我回去⑩？"朱三老道："他家现有杀人公事，不争放你去了，却打没对头官司？"当下不容小娘子和那后生做主。看的人渐渐立满⑪，都道："后生你去不得。你日间不作亏心事，半夜敲门不吃惊，便去何妨？"那赶来的邻舍道："你若不去，便是心虚，我们却和你

①厮赶着：结伴同行，一起赶路。
②脚不点地：形容走路很快的样子。
③蹊蹊（qiāo qī）：奇怪。
④对理：见官。理，官。
⑤地方：基层地方的保长、里正之类。
⑥须要：一定是要。
⑦不是话头：指话头不对，情况不妙。
⑧自家去休：自己回家去算了。休，算了。
⑨皂丝麻线：黑丝线和白麻线搅缠在一起。比喻牵涉，关连。
⑩勒背：勒逼，强逼。
⑪立满：站满了周围。

罢休不得！"四个人只得厮挽着一路转来①。

到得刘官人门首，好一场热闹！小娘子入去看时，只见刘官人斧劈倒在地死了，床上十五贯钱分文也不见。开了口合不得，伸了舌缩不上去。那后生也慌了，便道："我恁的晦气。没来由和那小娘子同走一程，却做了干连人②。"众人都和闹着。正在那里分豁不开③，只见王老员外和女儿一步一颠走回家来，见了女婿身尸，哭了一场，便对小娘子道："你却如何杀了丈夫？劫了十五贯钱，逃走出去？今日天理昭然，有何理说？"小娘子道："十五贯钱，委是有的④。只是丈夫昨晚回来，说是无计奈何，将奴家典与他人，典得十五贯身价在此，说过今日便要奴家到他家去。奴家因不知他典与甚色样人家，先去与爹娘说知。故此趁他睡了，将这十五贯钱，一垛儿堆在他脚后边，拽上门，借朱三老家住了一宵，今早自去爹娘家里说知。临去之时，也曾央朱三老对我丈夫说，既然有了主顾，便同到我爹娘家里来交割，却不知因甚杀死在此？"那大娘子道："可又来⑤！我的父亲昨日明明把十五贯钱与他驮来作本，养赡妻小⑥，他岂有哄你说是典来身价之理？这是你两日因独自在家，勾搭上了人，又见家中好生不济，无心守耐⑦，又见了十五贯钱，一时见财起意，杀死丈夫，劫了钱，又使见识⑧，往邻舍家借宿一夜，却与汉子通同计较，一处逃走。现今你跟着一个男子同走，却有何理说，抵赖得过？"众人齐声道："大娘子之言，甚是有理。"又对那后生道："后生，你却如何与小娘子谋杀亲夫？却暗暗约定在僻静处等候一同去，

① 厮（sī）挽：拉扯。
② 干（gān）连人：有牵连的人。干，涉及。
③ 分豁：分辩，分解。
④ 委是：确实是。
⑤ 可又来：宋元时的口语，含有"说得好听"、"亏你说得出来"等意思。
⑥ 养赡（shàn）：即赡养。
⑦ 守耐：坚守，忍耐。
⑧ 使见识：耍心眼儿，用计谋。

逃奔他方，却是如何计结？"那人道："小人自姓崔名宁，与那个娘子无半面之识。小人昨晚入城，卖得几贯丝钱在这里，因路上遇见小娘子，小人偶然问起往那里去的，却独自一个行走。小娘子说起是与小人同路，以此作伴同行，却不知前后因依。①"众人哪里肯听他分说，搜索他搭膊中，恰好是十五贯钱，一文也不多，一文也不少。众人齐发起喊来道："是天网恢恢，疏而不漏②！你却与小娘子杀了人，拐了钱财，盗了妇女，同往他乡，却连累我地方邻里打没头官司！"

当下大娘子结扭了小娘子③，王老员外结扭了崔宁，四邻舍都是证见，一哄都入临安府中来。

那府尹听得有杀人公事④，即便升厅⑤，便叫一干人犯⑥，逐一从头说来。先是王老员外上去，告说："相公在上⑦，小人是本府村庄人氏，年近六旬⑧，只生一女。先年嫁与本府城中刘贵为妻⑨。后因无子，娶了陈氏为妾，呼为二姐。一向三口在家过活，并无片言⑩。只因前日是老汉生日，差人接取女儿、女婿到家，住了一夜。次日，因见女婿家中全无活计，养赡不起，把十五贯钱与女婿作本，开店养身。却有二姐在家看守。到得昨夜，女婿到家时分，不知因甚缘故，将女婿斧劈死了，二姐却与一个后生，名唤崔宁，一同逃走，被人追捉到来。望相公可怜见老汉的女婿身死不明⑪，奸夫淫妇，赃证现在，伏乞相公明断⑫。"府尹听得如此如此，便叫陈氏上来："你却如何通同奸夫杀死了亲夫⑬，劫了钱，与人一同逃走，是何理说？"二姐告道："小妇人嫁与刘贵，虽是

① 因依：缘由经过。
② 天网恢恢，疏而不漏：语出《庄子》。意思是说，上天的法网广大无边，虽说网眼很大，但却漏不掉一个犯法的人。恢恢，广大，宽广。
③ 结扭：捆绑着押解。
④ 府尹：一府的最高行政长官。
⑤ 即便：当时就。
⑥ 一干：所有涉及的。
⑦ 相公：旧时百姓对知县、知府等官长的尊称。
⑧ 六旬：六十。一旬等于十。
⑨ 先年：前些年。
⑩ 片言：同上文"言语"，也是"口角"的意思。
⑪ 可怜见：也作可怜价。意思是好可怜。
⑫ 伏乞：恭敬请求。
⑬ 通同：串通。

做小老婆，却也得他看承得好①，大娘子又贤慧，却如何肯起这片歹心？只是昨晚丈夫回来，吃得半酣，驮了十五贯钱进门。小妇人问他来历，丈夫说道，为因养赡不周，将小妇人典与他人，典得十五贯身价在此，又不通我爹娘得知，明日就要小妇人到他家去。小妇人慌了，连夜出门，走到邻舍家里，借宿一宵。今早一径先往爹娘家去，教他对丈夫说，既然卖我有了主顾，可到我爹娘家里来交割②。才走得到半路，却见昨夜借宿的邻家赶来，捉住小妇人回来，却不知丈夫杀死的根由③。"那府尹喝道："胡说！这十五贯钱，分明是他丈人与女婿的，你却说是典你的身价，眼见得没巴臂的说话了④。况且妇人家，如何黑夜行走？定是脱身之计。这桩事须不是你一个妇人家做的，一定有奸夫帮你谋财害命。你却从实说来！"

那小娘子正待分说，只见几家邻舍一齐跪上去告道："相公的言语，委是青天⑤。他家小娘子，昨夜果然借宿在左邻第二家的，今早她自去了。小的们见她丈夫杀死⑥，一面着人去赶，赶到半路，却见小娘子和那一个后生同走，苦死不肯回来⑦。小的们勉强捉她转来，却又一面着人去接他大娘子与他丈人，到时，说昨日有十五贯钱，付与女婿做生理的。今者女婿已死，这钱不知从何而去。再三问那个小娘子时，说道：他出门时，将这钱一堆儿堆在床上。却去搜那后生身边，十五贯钱，分文不少。却不是小娘子与那后生通同作奸？赃证分明，却如何赖得过？"

①看承：对待。
②交割：交涉，把事情弄清楚。
③根由：原因，究竟。
④没巴臂：没有把柄，没有凭据。
⑤委是青天：的确是青天。委，的确，确实。青天，赞扬审案官案子断得英明。
⑥小的们：百姓、下属的谦称。
⑦苦死：拼死，无论如何也。

府尹听他们言言有理①,便唤那后生上来道:"帝辇之下②,怎容你这等胡行!你却如何谋了他小老婆,劫了十五贯钱,杀死了亲夫,今日同往何处?从实招来!"那后生道:"小人姓崔名宁,是乡村人氏。昨日往城中卖了丝,卖得这十五贯钱。今早偶然路上撞着这小娘子,并不知她姓甚名谁,那里晓得她家杀人公事?"府尹大怒,喝道:"胡说!世间不信有这等巧事!他家失去了十五贯钱,你却卖的丝恰好也是十五贯钱。这分明是支吾的说话了③。况且'他妻莫爱,他马莫骑④',你既与那妇人没甚首尾⑤,却如何与他同行共宿?你这等顽皮赖骨⑥,不打如何肯招?"

当下众人将那崔宁与小娘子,死去活来,拷打一顿。那边王老员外与女儿并一干邻佑人等⑦,口口声声咬他二人。府尹也巴不得了结这段公案。拷讯一回⑧,可怜崔宁和小娘子,受刑不过,只得屈招了,说是一时见财起意,杀死亲夫,劫了十五贯钱,同奸夫逃走是实。左邻右舍都指画了"十"字⑨,将两人大枷枷了,送入死囚牢里。将这十五贯钱,给还原主,也只好奉与衙门中人做使用,也还不够哩。

府尹迭成文案⑩,奏过朝廷,部覆申详⑪,倒下圣旨,说:"崔宁不合奸骗人妻,谋财害命,依律处斩。陈氏不合通同奸夫,杀死亲夫,大逆不道,凌迟示众⑫。"当下读了招状,大牢内取出二人来,当厅判一个"斩"字,一个"剐"字⑬,押赴市曹⑭,行刑示众。两人浑身是口,也难分说。正是:

①言言有理:句句在理。
②帝辇之下:皇帝的车辇跟前。指都城。
③支吾:掩盖,抵赖。
④他妻莫爱,他马莫骑:当时俗语,意思是不要爱慕别人的妻子,不要骑别人的马。
⑤首尾:瓜葛,前后关系。
⑥顽皮:此处是指死硬不肯认罪。
⑦邻佑:邻居。
⑧拷讯:拷打讯问。
⑨画了"十"字:在供词上画了押,即承认罪行。
⑩迭成文案:做成公文案卷。
⑪部覆申详:刑部复查,签署意见并上报皇帝。
⑫凌迟:剐,零刀割死。为古代酷刑之一。
⑬剐(guǎ):即凌迟,一刀一刀地把犯人身上的肉割下来,直到其死去。
⑭市曹:街市上。

哑子谩尝黄檗味①,
难将苦口对人言。

看官听说:这段公事,果然是小娘子与那崔宁谋财害命的时节,他两人须连夜逃走他方,怎的又去邻舍人家借宿一宵?明早又走到爹娘家去,却被人捉住了?这段冤枉,仔细可以推详出来。谁想问官糊涂,只图了事,不想捶楚之下②,何求不得?冥冥之中③,积了阴骘④,远在儿孙近在身。他两个冤魂,也须放你不过。所以做官的切不可率意断狱⑤,任情用刑⑥,也要求个公平明允⑦。道不得个死者不可复生,断者不可复续⑧,可胜叹哉⑨!

闲话休题。却说那刘大娘子到得家中,设个灵位,守孝过日⑩。父亲王老员外劝他转身⑪,大娘子说道:"不要说起三年之久,也须到小祥之后⑫。"父亲应允自去。

光阴迅速,大娘子在家,巴巴结结⑬,将近一年。父亲见他守不过,便叫家里老王去接他来,说:"叫大娘子收拾回家,与刘官人做了周年⑭,转了身去罢。"大娘子没计奈何,细思父言亦是有理,收拾了包裹,与老王背了,与邻舍家作别,暂去再来。一路出城,正值秋天,一阵乌风猛雨⑮,只得落路⑯,往一所林子去躲。不想走错了路,正是:

猪羊入屠宰之家,
一脚脚来寻死路。

走入林子里来,只听他林子背后,大喝

① 谩:莫,不要。黄檗(bò):即黄柏,一种苦味的中药。
② 捶楚:也作"箠楚",即拷打。
③ 冥(míng)冥之中:看不见的地方。
④ 阴骘(zhì):阴德。这里是反用其意。
⑤ 率意:随意,任性。
⑥ 任情:任性,感情用事。
⑦ 明允:是非清楚,判断确当。允,恰当。
⑧ 断者:指被砍头的人。
⑨ 可胜叹哉:不胜感叹。
⑩ 守孝:按礼法规定为死去的人戴孝守丧。旧时规定妻为夫守孝三年。
⑪ 转身:再嫁。
⑫ 小祥:死者一周年祭叫小祥。
⑬ 巴巴结结:紧巴巴的,比喻过得艰难。
⑭ 做了周年:即给死者作了周年之祭。
⑮ 乌风:黑风。指狂风。
⑯ 落路:下了路,离开了路。

一声:"我乃静山大王在此。行人住脚,须把买路钱与我!"大娘子和那老王吃那一惊不小,只见跳出一个人来:

  头带乾红凹面巾,身穿一领旧战袍,腰间红绢搭膊裹肚,脚下蹬一双乌皮皂靴,手执一把朴刀。

舞刀前来。那老王该死,便道:"你这剪径的毛团①!我须是认得你,做这老性命着,与你兑了罢②!"一头撞去,被他闪过空。老人家用力猛了,扑地便倒。那人大怒道:"这牛子好生无礼③!"连搠一两刀④,血流在地,眼见得老王养不大了⑤。那刘大娘子见他凶猛,料道脱身不得,心生一计,叫做脱空计,拍手叫道:"杀得好!"那人便住了手,睁圆怪眼,喝道:"这是你甚么人?"那大娘子虚心假气的答道:"奴家不幸,丧了丈夫,却被媒人哄诱,嫁了这个老儿,只会吃饭⑥。今日却得大王杀了,也替奴家除了一害。"那人见大娘子如此小心⑦,又生得有几分颜色,便问道:"你肯跟我做个压寨夫人⑧?"大娘子寻思,无计可施,便道:"情愿伏侍大王。"那人回嗔作喜⑨,收拾了刀杖,将老王尸首撺入涧中⑩,领了刘大娘子到一所庄院前来,甚是委曲⑪。只见大王向那地上,拾些土块,抛向屋上去,里面便有人出来开门。到得草堂之上,分付杀羊备酒,与刘大娘子成亲。两口儿且是说得着。正是:

  明知不是伴,事急且相随。

①剪径的毛团:劫路的畜生。剪径:拦路抢劫。
②兑:换,指相拼。
③牛子:蛮货,畜生。
④搠(shuò):用刀戳刺。
⑤养不大:当时俗语,指活不成了。
⑥只会吃饭:这里是说老儿毫无本事。
⑦小心:指领情,感激。
⑧压寨夫人:占山为王的土匪强盗头子的老婆。
⑨嗔(chēn):发怒。
⑩撺(cuān):抛掷。
⑪委曲:曲折。

不想那大王自得了刘大娘子之后,不上半年,连起了几注大财①,家间也丰富了。大娘子甚是有识见,早晚用好言语劝他:"自古道:'瓦罐不离井上破,将军难免阵中亡。'你我两人,下半世也够吃用了,只管做这没天理的勾当,终须不是个好结果。却不道是梁园虽好,不是久恋之家②。不若改行从善,做个小小经纪,也得过养身活命。"那大王早晚被他劝转,果然回心转意,把这门道路撇了③,却去城市间赁下一处房屋,开了一个杂货店。遇闲暇的日子,也时常去寺院中,念佛持斋。

忽一日在家闲坐,对那大娘子道:"我虽是个剪径的出身,却也晓得冤各有头,债各有主。每日间只是吓骗人东西,将来过日子④。后来得有了你。一向不大顺溜,今已改行从善。闲来追思既往,止曾枉杀了两个人,又冤陷了两个人,时常挂念。思欲做些功德⑤,超度他们⑥,一向未曾对你说知。"大娘子便道:"如何是枉杀了两个人?"那大王道:"一个是你的丈夫,前日在林子里的时节,他来撞我,我却杀了他。他须是个老人家,与我往日无仇,如今又谋了他老婆,他死也是不肯甘心的。"大娘子道:"不恁地时,我却哪得与你厮守⑦?这也是往事,休题了。"又问:"杀那一个,又是甚人?"那大王道:"说起来这个人,一发天理上放不过去⑧,且又带累了两个人无辜偿命。是一年前,也是赌输了,身边并无一文,夜间便去掏摸些东西。不想到一家门首,见他门也不闩。推进去时,里面并无一人。摸到门里,只见一人醉倒在床,脚后却有一堆铜钱,

①连起了几注大财:即接连劫获了几笔数目较大的财货。
②梁园:汉代梁孝王刘武在开封东南建造了一所大花园,名为梁园。每天接待各方文士、宾客。可对宾客们来说,梁园虽然很好,但不是自己的家,难以久留。所以后来有"梁园虽好,不是久恋之家"的话。
③道路:行当,行径。撇:搁下,抛开。
④将来:拿来。
⑤功德:指念佛诵经,超度亡灵。
⑥超度:佛教用语。念经、做佛事等使死去的人脱离苦难,超升乐境。
⑦厮守:相守,在一起。
⑧一发:越发,更加。

便去摸他几贯。正待要走,却惊醒了。那人起来说道:'这是我丈人家与我做本钱的,不争你偷去了,一家人口都是饿死。'起身抢出房门,正待声张起来。是我一时见他不是话头,却好一把劈柴斧头在我脚边,这叫做人极计生,绰起斧来,喝一声道:'不是我,便是你①。'两斧劈倒。却去房中将十五贯钱,尽数取了。后来打听得他,却连累了他家小老婆,与那一个后生,唤做崔宁,说他两人谋财害命,双双受了国家刑法。我虽是做了一世强人②,只有这两桩人命,是天理人心打不过去的③。早晚还要超度他,也是该的。"

那大娘子听说,暗暗地叫苦:"原来我的丈夫也吃这厮杀了④!又连累我家二姐与那个后生无辜被戮。思量起来,是我不合当初执证他两人偿命⑤。料他两人阴司中,也须放我不过。"当下权且欢天喜地,并无他话。明日捉个空⑥,便一径到临安府前,叫起屈来。

那时换了一个新任府尹,才得半月,正值升厅,左右捉将那叫屈的妇人进来⑦。刘大娘子到于阶下,放声大哭。哭罢,将那大王前后所为:"怎的杀了我丈夫刘贵。问官不肯推详,含糊了事,却将二姐与那崔宁,朦胧偿命⑧。后来又怎的杀了老王,奸骗了奴家。今日天理昭然,一一是他亲口招承⑨。伏乞相公高抬明镜⑩,昭雪前冤。"说罢又哭。

府尹见她情词可悯,即着人去捉那静山大王到来,用刑拷讯,与大娘子口词一些不

①不是我,便是你:即有你无我、有我无你的意思。
②强人:意犹强盗。
③打不过去:说不过去,饶不了。
④这厮:这家伙。
⑤不合:不该。执证:对证。
⑥捉个空:逮个空,抓个空。
⑦左右:站立在公堂左右两边的公差。
⑧朦胧:糊里糊涂。
⑨招承:招供承认。
⑩高抬明镜:这是恭维官员断案明察的话。

差。即时问成死罪，奏过官里①。待六十日限满，倒下圣旨来："勘得静山大王谋财害命，连累无辜，准律②：杀一家非死罪三人者，斩加等，决不待时③。原问官断狱失情④，削职为民。崔宁与陈氏枉死可怜，有司访其家⑤，量行优恤⑥。王氏既系强徒威逼成亲，又能伸雪夫冤，着将贼人家产⑦，一半没入官⑧，一半给与王氏养赡终身。"

刘大娘子当日往法场上，看决了静山大王⑨，又取其头去祭献亡夫，并小娘子及崔宁，大哭一场。将这一半家私，舍入尼姑庵中，自己朝夕看经念佛，追荐亡魂⑩，尽老百年而绝。有诗为证：

> 善恶无分总丧躯，
> 只因戏语酿殃危。
> 劝君出话须诚实，
> 口舌从来是祸基。

① 官里：官家。指上级主管衙门。
② 准律：比照法律。
③ 决不待时：古代处决死罪犯人，多在秋后执行；但对于重要罪犯则不必等到秋后，可以立即执行。
④ 失情：失察，没有弄清案情。
⑤ 有司：主管的官员。
⑥ 量行优恤：看情况给予优待抚恤。
⑦ 着（zhuó）：旧时公文用语，表示命令的口气。
⑧ 没入官：没收给官府。
⑨ 决：处决。
⑩ 追荐：追悼、供祭。

滕大尹鬼断家私

《古今小说》

【题解】

《古今小说》，冯梦龙编著。冯梦龙（1574～1646），明代文学家。字犹龙，别号茂苑野史、墨憨斋主人，长洲（今江苏苏州）人。编有白话小说集"三言"，著有《平妖传》、《新列国志》，辑有民歌《山歌》、《挂枝儿》等。

《古今小说》是"三言"的第一部，即《喻世明言》。冯氏本拟把自己收集和创作的小说以"古今小说"的总名刊印，后来为相互区别，才用《喻世明言》、《警世通言》、《醒世恒言》之名分别称初、二、三刻的各集，故后来只有《喻世明言》别称《古今小说》。

这篇小说写封建家庭内部围绕财产继承展开的激烈冲突，反映了当时社会尔虞我诈、弱肉强食的现实。结局虽然由"清官""鬼断"而主持了"正义"，却进一步暴露了社会丑恶。作品的主要特色是善于讽刺，描写人物（如倪善继和滕大尹）也比较成功。

> 玉树庭前诸谢①，紫荆花下三田②。埙篪和好弟兄贤③，父母心中欢忭④。
>
> 多少争财竞产，同根苦自相煎。相持鹬蚌枉垂涎，落得渔人取便。

这首词名为《西江月》，是劝人家弟兄和睦的。

且说如今三教经典，都是教人为善的。儒教有十三经、六经、五经⑤，释教有诸品《大藏金经》⑥，道教有《南华冲虚经》及诸品藏经⑦，盈箱满案，千言万语，看来都是赘疣⑧。依我说，要做好人，只消个两字经，是"孝弟"两个字⑨。那两字经中，又只消理会一个字，是个"孝"字。假如孝顺父母的，见父母所爱者，亦爱之；父母所敬者，

① 玉树：芝兰玉树的简写，比喻子弟的优秀。
② 紫荆花下三田：用汉代田氏三兄弟因受紫荆树感动而不再闹分家的典故。
③ 埙篪（xūn chí）：古代乐器，常用以比喻兄弟和睦。
④ 欢忭（biàn）：欢喜。
⑤ 十三经、六经、五经：儒家经典的几种概称。
⑥ 诸品大藏金经：各种佛教经书。
⑦《南华冲虚经》：《庄子》的异称。
⑧ 赘疣（yóu）：多余之物。
⑨ 弟（tì）：同"悌"。

亦敬之；何况兄弟行中，同气连枝，想到父母身上去，哪有不和不睦之理？就是家私田产，总是父母挣来的，分什么尔我①？较什么肥瘦？假如你生于穷汉之家，分文没得承受②，少不得自家挽起眉毛③，挣扎过活。见成有田有地④，兀自争多嫌寡⑤，动不动推说爹娘偏爱，分受不均。那爹娘在九泉之下，他心上必然不乐。此岂是孝子所为？所以古人说得好，道是："难得者兄弟，易得者田地。"怎么是"难得者兄弟"？且说人生在世，至亲的莫如爹娘，爹娘养下我来时节⑥，极早已是壮年了，况且爹娘怎守得我同去？也只好半世相处。再说至爱的莫如夫妇，白头相守，极是长久的了。然未做亲以前，你张我李，各门各户，也空着幼年一段。只有兄弟们，生于一家，从幼相随到老。有事共商，有难共救，真像手足一般，何等情谊！譬如良田美产，今日弃了，明日又可挣得来的；若失了个弟兄，分明割了一手，折了一足⑦，乃终身缺陷。说到此地，岂不是"难得者兄弟，易得者田地"？若是为田地上⑧，坏了手足亲情，到不如穷汉，赤光光没得承受，反为干净，省了许多是非口舌。

如今在下说一节国朝故事⑨，乃是"滕大尹鬼断家私⑩"。这节故事是劝人重义轻财，休忘了"孝弟"两字经。看官们或是有弟兄没兄弟⑪，都不关在下之事，各人自去摸着心头，学好做人便了。正是：

　　善人听说心中刺，
　　恶人听说耳边风⑫。

① 尔我：你我。尔，你。
② 承受：继承，接受。
③ 挽起眉毛：皱着眉头。这里的意思是吃苦耐劳。
④ 见成：即现成。见，同"现"。
⑤ 兀自：还，而且。
⑥ 养下来：指把子女抚养成人。
⑦ 折（shé）：断。
⑧ 为田地上：为了田地，在田地的问题上。
⑨ 在下：自称谦词。国朝：本朝人自指，这里指明朝。
⑩ 大尹：旧时对知府、知县的尊称。鬼断，借装神弄鬼判案。家私，家产。
⑪ 看官们：看书的人们。看官，旧小说中常用之语，是对看书人的客气称呼。
⑫ 这两句是劝诫之语，意为善人听了存在心中、时刻挂念，恶人听了就如同耳边风一般毫不在意。

话说国朝永乐年间①，北直顺天府香河县②，有个倪太守，双名守谦，字益之，家累千金，肥田美宅。夫人陈氏，单生一子，名曰善继，长大婚娶之后，陈夫人身故。倪太守罢官鳏居③，虽然年老，只落得精神健旺。凡收租、放债之事，件件关心，不肯安闲享用。其年七十九岁，倪善继对老子说道："人生七十古来稀。父亲今年七十九，明年八十齐头了，何不把家事交卸与孩儿掌管，吃些见成茶饭④，岂不为美？"老子摇着头，说出几句道：

"在一日，管一日。替你心，替你力，挣些利钱穿共吃。直待两脚壁立直⑤，那时不关我事得。"

每年十月间，倪太守亲往庄上收租，整月的住下。庄户人家，肥鸡美酒，尽他受用⑥。那一年，又去住了几日。偶然一日，午后无事，绕庄闲步，观看野景。忽然见一个女子同着一个白发婆婆，向溪边石上捣衣。那女子虽然村妆打扮⑦，颇有几分姿色：

发同漆黑，眼若波明。纤纤十指似栽葱⑧，曲曲双眉如抹黛⑨。随常布帛，俏身躯赛着绫罗⑩；点景野花，美丰仪不须钗钿。五短身材偏有趣⑪，二八年纪正当时⑫。

倪太守老兴勃发，看得呆了。那女子捣衣已毕，随着老婆婆而走。那老儿留心观看，只见他走过数家，进一个小小白篱笆门内去

① 永乐：明成祖朱棣的年号（公元1403～1424年）。
② 北直顺天府香河县：北直，即北直隶，由京师直接管辖的地区，大约位于现在的河北省。顺天府，府治在今北京大兴。香河县，今属河北，在大兴东南。
③ 鳏（guān）居：独居。鳏，指老而无妻。
④ 茶饭：即饭菜。
⑤ 两脚壁立直：两腿挺直，意即死掉。
⑥ 受用：享受。
⑦ 村妆：农村人的妆扮。
⑧ 纤纤：长而细。栽葱：指葱，尤指葱白。古人常以葱来比喻女子手指的洁白细润。
⑨ 抹黛（dài）：抹了黛色。黛，墨黑色。
⑩ 赛：胜过。
⑪ 五短：指四肢和躯干都短小。
⑫ 二八年纪：十六岁。泛指青春年华。

了。倪太守连忙转身，唤管庄的来对他说①，如此如此，教他访那女子跟脚②，曾否许人，若是没有人家时，我要娶他为妾，未知他肯否？管庄的巴不得奉承家主③，领命便走。

原来那女子姓梅，父亲也是个府学秀才。因幼年父母双亡，在外婆身边居住。年一十七岁，尚未许人。管庄的访得的实了④，就与那老婆婆说："我家老爷见你女孙儿生得齐整⑤，意欲聘为偏房⑥。虽说是做小，老奶奶去世已久，上面并无人拘管。嫁得成时，丰衣足食，自不须说；连你老人家年常衣服、茶、米，都是我家照顾，临终还得个好断送⑦，只怕你老人家没福。"老婆婆听得花锦似一片说话，即时依允。也是姻缘前定，一说便成。管庄的回覆了倪太守，太守大喜。讲定财礼，讨皇历看个吉日⑧，又恐儿子阻挡，就在庄上行聘，庄上做亲。成亲之夜，一老一少，端的好看！真个是：

　　恩爱莫忘今夜好，
　　风光不减少年时⑨。

过了三朝⑩，唤个轿子，抬那梅氏回宅，与儿子、媳妇相见。阖宅男妇⑪，都来磕头，称为"小奶奶"⑫。倪太守把些布帛赏与众人，各各欢喜。只有那倪善继心中不美⑬，面前虽不言语，背后夫妻两口儿议论道："这老人忒没正经⑭！一把年纪⑮，风灯之烛⑯，做事也须料个前后。知道五年十年在世，却去干这样不了不当的事⑰！讨这花枝般的女儿，自家也得精神对付他，终不然担

① 管庄的：地主田庄的管事人，也叫做庄头。
② 跟脚：根底，指家庭出身等情况。
③ 奉承：巴结。
④ 的实：确实。
⑤ 齐整：端正，好看。
⑥ 偏房：小老婆。
⑦ 断送：人死之后的发送，包括棺材衣饰、礼仪祭祀等一切开销费用。
⑧ 皇历：历书的别称。旧时的历书由朝廷（钦天监）颁行，所以叫皇历。也叫黄历。
⑨ 风光：风流。
⑩ 三朝：指成婚第三天。旧时婚礼，三朝之内新娘不外出。
⑪ 阖（hé）宅男妇：全家男男女女。
⑫ 小奶奶：旧时奴仆对家主小老婆的称呼。
⑬ 不美：不是滋味，不开心。
⑭ 忒（tuī）：方言，太。
⑮ 一把年纪：年纪很大的意思。
⑯ 风灯之烛：即风烛残年。灯烛在风中容易熄灭，比喻老年人寿命有限。
⑰ 不了不当：不干净、没了结。

误他在那里①,有名无实。还有一件,多少人家老汉身边有了少妇,支持不过②;那少妇熬不得,走了野路③,出乖露丑,为家门之玷④。还有一件,那少妇跟随老汉,分明似出外度荒年一般,等得年时成熟,他便去了。平时偷短偷长,做下私房⑤,东三西四的寄开;又撒娇撒痴,要汉子制办衣饰与他;到得树倒鸟飞时节,他便颠倒嫁人⑥,一包儿收拾去受用。这是木中之蠹⑦,米中之虫。人家有了这般人,最损元气的。"又说道:"这女子娇模娇样,好像个妓女,全没有良家体段⑧,看来是个做声分的头儿⑨,擒老公的太岁⑩。在咱爹身边,只该半妾半婢,叫声姨姐,后日还有个退步。可笑咱爹不明,就叫众人唤他做'小奶奶',难道要咱们叫他娘不成?咱们只不作准他⑪,莫要奉承透了⑫,讨他做大起来,明日咱们颠倒受他呕气。"夫妻二人,唧唧哝哝,说个不了⑬。早有多嘴的,传话出来。倪太守知道了,虽然不乐,却也藏在肚里。幸得那梅氏秉性温良,事上接下,一团和气,众人也都相安。

过了两个月,梅氏得了身孕,瞒着众人,只有老公知道。一日三,三日九,捱到十月满足,生下一个小孩儿出来,举家大惊。这日正是九月九日,乳名取做重阳儿⑭。到十一日,就是倪太守生日,这年恰好八十岁了。贺客盈门,倪太守开筵管待。一来为寿诞,二来小孩儿三朝⑮,就当个汤饼之会⑯。众宾客道:"老先生高年,又新添个小令郎,足见血气不衰,乃上寿之征也⑰。"倪太守大喜。倪善继背后又说道:"男子六十

①终不然:难道,总不至于。
②支持不过:指身体吃不消,支撑不了。
③野路:邪路。指私通男人、另谋婚配等。
④玷(diàn):原指玉石上的斑点,这里指名声不好。
⑤私房:私下里积攒下来的钱财。
⑥颠倒:反而。
⑦蠹(dù):蛀虫。
⑧体段:举止。
⑨做声分:装腔作势。下文"做大",义同。
⑩擒老公:制服丈夫。太岁:民间信仰里的凶神,俗说谁触犯了就会倒霉。
⑪不作准:不承认,不买账。
⑫透:过分。
⑬不了:没完没了。
⑭重阳儿:九月九日又称重阳,所以孩子取名如此。
⑮三朝(zhāo):新生儿纪念日,指出生三天。旧俗三朝有洗三仪俗等,下文的汤饼之会即是一些地方的三朝仪俗。
⑯汤饼之会:生子三天,设宴庆贺,叫汤饼会。也叫汤饼筵。汤饼,汤煮的面食。
⑰上寿之征,高寿的征兆。

而精绝,况是八十岁了,哪见枯树上生出花来?这孩子不知那里来的杂种,决不是咱爹嫡血①,我断然不认他做兄弟。"老子又晓得了,也藏在肚里。

光阴似箭,不觉又一年。重阳儿周岁,整备做晬盘故事②。里亲外眷,又来作贺。倪善继倒走了出门,不来陪客。老子已知其意,也不去寻他回来,自己陪着诸亲,吃了一日酒。虽然口中不语,心内未免有些不足之意③。自古道:子孝父心宽。那倪善继平日做人,又贪又狠,一心只怕小孩子长大起来,分了他一股家私,所以不肯认做兄弟。预先把恶话谣言,日后好摆布他母子。那倪太守是读书做官的人,这个关窍怎不明白④?只恨自家老了,等不及重阳儿成人长大,日后少不得要在大儿子手里讨针线⑤;今日与他结不得冤家,只索忍耐⑥。看了这点小孩子,好生痛他;又看了梅氏小小年纪,好生怜他。常时想一会,闷一会,恼一会,又懊悔一会。

再过四年,小孩子长成五岁。老子见他伶俐,又忒会顽耍,要送他馆中上学⑦。取个学名,哥哥叫善继,他就叫善述。拣个好日,备了果酒,领他去拜师父⑧。那师父就是倪太守请在家里教孙儿的,小叔侄两个同馆上学,两得其便。谁知倪善继与做爹的不是一条心肠。他见那孩子取名善述,与己排行⑨,先自不像意了⑩。又与他儿子同学读书,倒要儿子叫他叔叔,从小叫惯了,后来就被他欺压;不如唤了儿子出来,另从个师父罢。当日将儿子唤出,只推有病,连日不到馆中。倪太守初时只道是真病。过了几日,

① 嫡血:嫡亲骨肉,指亲生儿女。
② 晬(zuì)盘:民间风俗,小孩周岁时,用盘子盛上弓箭、纸笔、珍宝等物,任其抓取,以试孩子的性格爱好,预卜将来的前途。这种仪俗称抓周,也叫试儿。所用的盘即晬盘。晬周岁。
③ 不足之意:不满的意思。
④ 关窍:机关,窍门。
⑤ 讨针线:讨生活。指依靠别人过日子。
⑥ 只索:只得。
⑦ 馆:家庭学塾。
⑧ 师父:家学里的老师。
⑨ 排行(háng):排在同一行辈。旧时取名,同族同辈的人有行辈字或偏旁,以表示相互间的关系。这里善继、善述的"善"是行辈字,而且继、述语义也有一定的联系。
⑩ 不像意:不惬意,不痛快。

只听得师父说:"大令郎另聘了个先生,分做两个学堂,不知何意?"倪太守不听犹可,听了此言,不觉大怒,就要寻大儿子问其缘故。又想到:"天生恁般逆种①,与他说也没干②,由他罢了!"含了一口闷气,回到房中,偶然脚慢③,拌着门槛一跌。梅氏慌忙扶起,搀到醉翁床上坐下④,已自不省人事。急请医生来看,医生说是中风。忙取姜汤灌醒,扶他上床。虽然心下清爽,却满身麻木,动掸不得。梅氏坐在床头,煎汤煎药,殷勤伏侍,连进几服,全无功效。医生切脉道:"只好延捱日子⑤,不能全愈了。"倪善继闻知,也来看觑了几遍⑥。见老子病势沉重,料是不起,便呼幺喝六⑦,打童骂仆,预先装出家主公的架子来。老子听得,愈加烦恼。梅氏只得啼哭,连小学生也不去上学,留在房中,相伴老子。

倪太守自知病笃⑧,唤大儿子到面前,取出簿子一本,家中田地、屋宅及人头帐目总数⑨,都在上面,分付道:"善述年方五岁,衣服尚要人照管;梅氏又年少,也未必能管家。若分家私与他,也是枉然,如今尽数交付与你。倘或善述日后长大成人,你可看做爹的面上,替他娶房媳妇,分他小屋一所,良田五六十亩,勿令饥饿足矣。这段话,我都写绝在家私簿上⑩,就当分家,把与你做个执照⑪。梅氏若愿嫁人,听从其便;倘肯守着儿子度日,也莫强他⑫。我死之后,你一一依我言语,这便是孝子,我在九泉⑬,亦得瞑目。"倪善继把簿子揭开一看,果然开得细,写得明,满脸堆下笑来,连声应道:

① 恁(nèn)般:那样。
② 没干(gān):没用。干,牵扯。
③ 脚慢:脚下疏忽。
④ 醉翁床:一种可以倚、可以躺的小床,专供酒后休息之用。
⑤ 延捱:拖延。
⑥ 看觑(qù):看望。
⑦ 呼幺(yāo)喝六:原本指赌博时掷骰子的呼喊,这里指喝叱这个,责骂那个。
⑧ 病笃(dǔ):病重。
⑨ 人头帐目:写着别人欠债情况的帐目。
⑩ 写绝:写得清楚分明。家私:家产。
⑪ 执照:凭证。
⑫ 莫强他:这里指不要强迫她改嫁。
⑬ 九泉:阴曹地府。

"爹休忧虑，恁儿——依爹分付便了①。"抱了家私簿子，欣然而去。

梅氏见他走得远了，两眼垂泪，指着那孩子道："这个小冤家，难道不是你嫡血？你却和盘托出，都把与大儿子了②，教我母子两口，异日把什么过活？"倪太守道："你有所不知，我看善继不是个良善之人，若将家私平分了，连这小孩子的性命也难保；不如都把与他，像了他意，再无妒忌。"梅氏又哭道："虽然如此，自古道子无嫡庶③，忒杀厚薄不均④，被人笑话。"倪太守道："我也顾他不得了。你年纪正小，趁我未死，将儿子嘱付善继。待我去世后，多则一年，小则半载，尽你心中，拣择个好头脑⑤，自去图下半世受用，莫要在他们身边讨气吃。"梅氏道："说那里话！奴家也是儒门之女，妇人从一而终⑥；况又有了这小孩儿，怎割舍得抛他？好歹要守在这孩子身边的。"倪太守道："你果然肯守志终身⑦？莫非日久生悔？"梅氏就发起大誓来。倪太守道："你若立志果坚，莫愁母子没得过活。"便向枕边摸出一件东西来，交与梅氏。梅氏初时只道又是一个家私簿子，却原来是一尺阔、三尺长的一个小轴子⑧。梅氏道："要这小轴儿何用？"倪太守道："这是我的行乐图⑨，其中自有奥妙。你可悄地收藏，休露人目。直待孩子年长，善继不肯看顾他，你也只含藏于心。等得个贤明有司官来⑩，你却将此轴去诉理，述我遗命，求他细细推详，自然有个处分⑪，尽够你母子二人受用。"梅氏收了轴子。

①恁（nín）：同"您"。
②把与：拿给，交给。
③子无嫡庶：封建礼教妻分嫡庶，但子女不分嫡庶，都归在嫡妻名下，妾所生子女也以父亲的正妻为母，称自己的母亲为"庶母"。
④忒杀：太过份。
⑤头脑：主儿，人物。
⑥从一而终：封建礼教对出嫁妇女的一种规范，即终生从属于一个丈夫。
⑦守志：即坚守贞节，不改嫁。
⑧小轴子：小画轴。
⑨行乐图：指画像，个人肖像。
⑩有司官：主管官员。这里是指县官。
⑪处分：处理。

话休絮烦，倪太守又延了数日，一夜痰厥①，叫唤不醒，呜呼哀哉死了，享年八十四岁。正是：

> 三寸气在千般用，
> 一日无常万事休②。
> 早知九泉将不去③，
> 作家辛苦着何由④！

且说倪善继得了家私簿，又讨了各仓各库钥匙，每日只去查点家财杂物，哪有功夫走到父亲房里问安？直等呜呼之后⑤，梅氏差丫环去报知凶信，夫妻两口方才跑来，也哭了几声"老爹爹"。没一个时辰，就转身去了，倒委着梅氏守尸⑥。幸得衣衾棺椁诸事都是预办下的⑦，不要倪善继费心。殡殓成服后，梅氏和小孩子两口，守着孝堂⑧，早暮啼哭，寸步不离。善继只是点名应客，全无哀痛之意，七中便择日安葬⑨。回丧之夜⑩，就把梅氏房中，倾箱倒箧⑪；只怕父亲存下些私房银两在内。梅氏乖巧，恐怕收去了他的行乐图，把自己原嫁来的两只箱笼，到先开了，提出几件穿旧衣裳，教他夫妻两口检看。善继见他大意⑫，倒不来看了。夫妻两口儿乱了一回，自去了。梅氏思量苦切⑬，放声大哭。那小孩子见亲娘如此，也哀哀哭个不住。恁般光景：

> 任是泥人应堕泪，
> 从教铁汉也酸心⑭。

次早，倪善继又唤个做屋匠来看这房子，

①痰厥：指气管被痰堵死，呼吸被阻塞而昏厥。
②无常：佛家所谓生灭变化不定叫无常。这里是指人的死亡。
③将：带。
④作家：一门心思敛财发家。
⑤呜呼：指人死。
⑥委：托付。
⑦棺椁（guǒ）：传统棺材有两重，在里面的是棺，在外面的是椁。
⑧孝堂：灵堂。
⑨七中：旧俗人死之后，每隔七天做一次斋醮，为死者鬼魂超荐，共做七次，须四十九天。这段时间就叫"七中"。这里说"七中便择日安葬"，意思是说丧事办得很草率。
⑩回丧：也叫回煞。旧俗认为，人死后到一定日期，鬼魂回家，有害生人；这一天，家里人要供好祭品，加以回避。
⑪箧（qiè）：小箱子。
⑫大意：大方。
⑬苦切：悲苦，痛切。
⑭从：同"纵"，即使。

要行重新改造，与自家儿子做亲①。将梅氏母子，搬到后园三间杂屋内栖身②。只与他四脚小床一张和几件粗台粗凳，连好家火都没一件③。原在房中伏侍有两个丫环，只拣大些的又唤去了，止留下十一二岁的小使女。每日是他厨下取饭，有菜没菜，都不照管。梅氏见不方便，索性讨些饭米，堆个土灶，自炊来吃④。早晚做些针指⑤，买些小菜，将就度日。小学生倒附在邻家上学，束脩都是梅氏自出⑥。善继又屡次教妻子劝梅氏嫁人，又寻媒妪与他说亲⑦，见梅氏誓死不从，只得罢了。因梅氏十分忍耐，凡事不言不语，所以善继虽然凶狠，也不将他母子放在心上。

　　光阴似箭，善述不觉长成一十四岁。原来梅氏平生谨慎，从前之事，在儿子面前一字也不题。只怕娃子家口滑⑧，引出是非，无益有损。守得一十四岁时，他胸中渐渐泾渭分明⑨，瞒他不得了。一日，向母亲讨件新绢衣穿，梅氏回他："没钱买得。"善述道："我爹做过太守，止生我弟兄两人。现今哥哥恁般富贵，我要一件衣服，就不能够了，是怎地？既娘没钱时，我自与哥哥索讨⑩。"说罢就走。梅氏一把扯住道："我儿，一件绢衣，直甚大事，也去开口求人。常言道：'惜福积福⑪。''小来穿线，大来穿绢⑫。'若小时穿了绢，到大来线也没得穿了。再过两年，等你读书进步，做娘的情愿卖身来做衣服与你穿着。你那哥哥不是好惹的，缠他什么！"善述道："娘说得是。"口虽答应，心下不以为然。想着："我父亲万

①做亲：成亲，娶媳妇。
②栖身：安身。
③家火：家伙，日常家用器具。
④自炊：自己烧饭。
⑤针指：即针黹，针线活儿。
⑥束脩：学塾中学生给老师的学费。最初的学费由一束干肉充当，故后世即以束脩指代学费。脩，干肉。
⑦媒妪（yù）：媒婆。妪，老年妇人。
⑧口滑：口没遮拦，讲话随便。
⑨泾渭分明：泾水混浊，渭水清澈，二水合流，清浊仍很清楚。这里引申为明事理、识好歹。
⑩索讨：索要，讨取。
⑪惜福积福：珍惜福分才能积累福分。
⑫小来穿线，大来穿绢：小时候穿棉布衣，长大了才会穿上绸缎衣。

贯家私，少不得兄弟两个大家分受①。我又不是随娘晚嫁②、拖来的油瓶③，怎么我哥哥全不看顾？娘又是怎般说，终不然一匹绢儿，没有我分，直待娘卖身来做与我穿着。这话好生奇怪！哥哥又不是吃人的虎，怕他怎的？"心生一计，瞒了母亲，径到大宅里去。寻见了哥哥，叫声："作揖。"善继倒吃了一惊，问他："来做什么？"善述道："我是个缙绅子弟④，身上蓝缕⑤，被人耻笑。特来寻哥哥，讨匹绢去做衣服穿。"善继道："你要衣服穿，自与娘讨。"善述道："老爹爹家私，是哥哥管，不是娘管。"善继听说"家私"二字，题目来得大了，便红着脸问道："这句话，是哪个教你说的？你今日来讨衣服穿，还是来争家私？"善述道："家私少不得有日分析⑥，今日先要件衣服，装装体面。"善继道："你这般野种，要什么体面！老爹爹纵有万贯家私，自有嫡子嫡孙，干你野种屁事！你今日是听了甚人撺掇⑦，到此讨野火吃⑧？莫要惹着我性子，教你母子二人无安身之处！"善述道："一般是老爹爹所生⑨，怎么我是野种？惹着你性子，便怎地？难道谋害了我娘儿两个，你就独占了家私不成？"善继大怒，骂道："小畜生，敢挺撞我⑩！"牵住他衣袖儿，捻起拳头，一连七八个栗暴⑪，打得头皮都青肿了。善述挣脱了，一道烟走出，哀哀的哭到母亲面前来，一五一十，备细述与母亲知道。梅氏抱怨道："我教你莫去惹事，你不听教训，打得你好！"口里虽如此说，扯着青布衫，替他摩那头上肿处⑫，不觉两泪交流。有诗为证：

①分受：各自承受。
②晚嫁：再嫁。
③拖油瓶：旧时妇女带着前夫的子女改嫁，被人讥为"拖油瓶"。
④缙（jìn）绅：指官宦人家。缙，也作搢，插笏的意思；绅：腰间大带。原本是古代高级官员的装束。后来代指做官或做过官的人。
⑤蓝缕：衣衫破旧。
⑥分析：分理，分开。
⑦撺掇（cuān duō）：怂恿鼓动。
⑧讨野火：讨便宜、找外快的意思。野火，野食。
⑨一般：同样。
⑩挺撞：顶撞。
⑪栗暴：也叫栗凿，用手指节骨凿打小孩的头。
⑫摩：揉。

少年嫠妇拥遗孤①,
食薄衣单百事无。
只为家庭缺孝友②,
同枝一树判荣枯。

梅氏左思右量,恐怕善继藏怒,倒遣使女进去致意③,说小学生不晓世事,冲撞长兄,招个不是。善继兀自怒气不息。次日侵早④,邀几个族人在家,取出父亲亲笔分关⑤,请梅氏母子到来,公同看了,便道:"尊亲长在上,不是善继不肯养他母子,要拈他出去⑥。只因善述昨日与我争取家私,发许多说话,诚恐日后长大,说话一发多了,今日分析他母子出外居住。东庄住房一所,田五十八亩,都是遵依老爹爹遗命,毫不敢自专⑦,伏乞尊亲长作证⑧。"这伙亲族,平昔晓得善继做人利害⑨,又且父亲亲笔遗嘱,哪个还肯多嘴,做闲冤家?都将好看的话儿来说。那奉承善继的说道:"'千金难买亡人笔。'照依分关,再没话了。"就是那可怜善述母子的,也只说道:"'男子不吃分时饭,女子不着嫁时衣。'⑩多少白手成家的,如今有屋住,有田种,不算没根基了,只要自去挣持⑪。得粥莫嫌薄,各人自有个命在。"

梅氏料道在园屋居住,不是了日⑫,只得听凭分析,同孩儿谢了众亲长,拜别了祠堂,辞了善继夫妇,教人搬了几件旧家火和那原嫁来的两只箱笼,雇了牲口骑坐,来到东庄屋内。只见荒草满地,屋瓦稀疏,是多年不修整的。上漏下湿,怎生住得?将就打

①少年嫠(lí)妇拥遗孤:少年寡妇怀抱着孤儿。嫠妇,寡妇。
②孝友:这里指孝悌。
③致意:道歉。
④侵早:一大早。
⑤分关:分家字据。
⑥拈:攥,推。
⑦自专:自己作主。
⑧伏乞:敬求,恳求。
⑨利害:即厉害。
⑩男子不吃分时饭,女子不着嫁时衣:意思是男人不依靠分家时得来的饭食,女人不依靠出嫁娘家陪嫁的衣裳。指无论男女,都要自立,靠自己生活。
⑪挣持:挣取,维持。
⑫不是了日:不是长久之计。了,结束。

扫一两间，安顿床铺。唤庄户来问时①，连这五十八亩田，都是最下不堪的②：大熟之年，一半收成还不能够；若荒年，只好赔粮。梅氏只叫得苦。倒是小学生有智，对母亲道："我弟兄两个，都是老爹爹亲生，为何分关上如此偏向？其中必有缘故。莫非不是老爹爹亲笔？自古道：'家私不论尊卑'③。母亲何不告官申理④？厚薄凭官府判断，倒无怨心。"梅氏被孩儿题起线索，便将十来年隐下衷情⑤，都说出来道："我儿休疑分关之语，这正是你父亲之笔。他道你年小，恐怕被做哥的暗算，所以把家私都判与他，以安其心。临终之日，只与我行乐图一轴，再三嘱付：'其中含藏哑谜，直待贤明有司在任，送他详审，包你母子两口有得过活，不致贫苦。'"善述道："既有此事，何不早说！行乐图在哪里？快取来与孩儿一看。"梅氏开了箱儿，取出一个布包来。解开包袱，里面又有一重油纸封裹着⑥。拆了封，展开那一尺阔、三尺长的小轴儿，挂在椅上，母子一齐下拜。梅氏通陈道⑦："村庄香烛不便，乞恕亵慢⑧。"善述拜罢，起来仔细看时，乃是一个坐像，乌纱白发，画得丰采如生。怀中抱着婴儿，一只手指着地下。揣摩了半晌，全然不解。只得依旧收卷包藏，心下好生烦闷。

过了数日，善述到前村要访个师父讲解。偶从关王庙前经过⑨，只见一伙村人抬着猪羊大礼，祭赛关圣⑩。善述立住脚头看时，又见一个过路的老者，挂了一根竹杖，也来闲看，问着众人道："你们今日为甚赛神？"众人道："我们遭了屈官司，幸赖官府

① 庄户：农民。
② 最下不堪：最下等，最贫瘠。
③ 家私不论尊卑：家产的继承不论尊卑。尊卑，指妻妾地位的不同。
④ 申理：申诉道理。
⑤ 隐下衷情：隐藏下来的秘密。
⑥ 油纸：浸了油的纸，可防潮防水。
⑦ 通陈：也作"通诚"，向鬼神祝告，陈述心意。
⑧ 亵慢：亵渎简慢。
⑨ 关王庙：也叫关帝庙。供祀关羽的庙宇。相传三国时关羽死后成神，后人建庙宇奉祀。
⑩ 赛：赛神，赛会。民间习俗，在神生日的那天，迎神出庙游行，同时伴以锣鼓杂戏，叫做赛神、赛会或迎神赛会。关圣：即关圣帝君。历代封建帝王给关羽许多封号，核心即"关圣帝君"。又，关羽还是与文圣人孔子相对的武圣人。

明白，断明了这公事。向日许下神道愿心，今日特来拜偿。"老者道："什么屈官司？怎生断的？"内中一人道："本县向奉上司明文，十家为甲①。小人是甲首②，叫做成大。同甲中，有个赵裁，是第一手针线。常在人家做夜作，整几日不归家的。忽一日出去了，月余不归。老婆刘氏央人四下寻觅，并无踪迹。又过了数日，河内浮出一个尸首，头都打破的，地方报与官府③。有人认出衣服，正是那赵裁。赵裁出门前一日，曾与小人酒后争句闲话，一时发怒，打到他家，毁了他几件家私，这是有的。谁知他老婆把这桩人命告了小人。前任漆知县，听信一面之词，将小人问成死罪；同甲不行举首④，连累他们都有了罪名。小人无处伸冤，在狱三载。幸遇新任滕爷，他虽乡科出身⑤，甚是明白。小人因他热审时节哭诉其冤⑥，他也疑惑道：'酒后争嚷，不是大仇，怎的就谋他一命？'准了小人状词，出牌拘人覆审⑦。滕爷一眼看着赵裁的老婆，千不说，万不说，开口便问他曾否再醮⑧？刘氏道：'家贫难守，已嫁人了。'又问：'嫁的甚人？'刘氏道：'是班辈的裁缝⑨，叫沈八汉。'滕爷当时飞拿沈八汉来问道：'你几时娶这妇人？'八汉道：'他丈夫死了一个多月，小人方才娶回。'滕爷道：'何人为媒？用何聘礼？'八汉道：'赵裁存日⑩，曾借用过小人七八两银子，小人闻得赵裁死信，走到他家探问，就便催取这银子。那刘氏没得抵偿，情愿将身许嫁小人，准折这银两，其实不曾央媒。'滕爷又问道：'你做手艺的人，哪里来这七八两银子？'八汉道：'是陆续凑与他

①十家为甲：这里指的是保甲法（十家为甲，十甲为保），是一套管理乡村民政和治安的制度。
②甲首：甲长。
③地方：指地方上的小吏。
④不行举首：不去告发。举首，出首即告发。
⑤乡科：即乡试，合格者中举人。
⑥热审：明代制度，因夏天天气炎热，监狱里人多容易发生疫病，因此每年小满以后十多天，指令官府清理狱案，抓紧审拟发落，叫做热审。
⑦牌：官府拘捕人的凭证。
⑧再醮（jiào）：再嫁，改嫁。
⑨班辈：同辈。
⑩存日：生前，活着的时候。

的。'滕爷把纸笔教他细开逐次借银数目。八汉开了出来，或米或银共十三次，凑成七两八钱之数。滕爷看罢，大喝道：'赵裁是你打死的，如何妄陷平人？'便用夹棍夹起①。八汉还不肯认，滕爷道：'我说出情弊②，教你心服：既然放本盘利，难道再没有第二个人托得，恰好都借与赵裁？必是平昔间与他妻子有奸，赵裁贪你东西，知情故纵。以后想做长久夫妻，便谋死了赵裁。却又教导那妇人告状，拑在成大身上③。今日你开帐的字，与旧时状纸笔迹相同，这人命不是你是谁？'再教把妇人拶指④，要他承招⑤。刘氏听见滕爷言语，句句合拍，分明鬼谷先师一般⑥，魂都惊散了，怎敢抵赖。拶子套上，便承认了。八汉只得也招了。原来八汉起初与刘氏密地相好，人都不知。后来往来勤了，赵裁怕人眼目，渐有隔绝之意⑦。八汉私与刘氏商量，要谋死赵裁⑧，与他做夫妻。刘氏不肯。八汉乘赵裁在人家做生活回来⑨，哄他店上吃得烂醉，行到河边，将他推倒，用石块打破脑门，沉尸河底。只等事冷⑩，便娶那妇人回去。后因尸骸浮起，被人认出，八汉闻得小人有争嚷之隙⑪，却去唆那妇人告状⑫。那妇人直待嫁后，方知丈夫是八汉谋死的；既做了夫妻，便不言语。却被滕爷审出真情，将他夫妻抵罪，释放小人宁家⑬。多承列位亲邻斗出公分⑭，替小人赛神。老翁，你道有这般冤事么？"老者道："恁般贤明官府，真个难遇！本县百姓有幸了。"

倪善述听在肚里，便回家学与母亲知道，如此如此，这般这般："有恁地好官府，

①夹棍：一种夹腿用的刑具。
②情弊：隐情。弊，同"蔽"。
③拑：安，捏。
④拶（zǎn）指：用拶子夹手指。古代刑罚之一。拶，拶子，一种夹手指用的刑具。
⑤承认招：承认，招供。
⑥鬼谷先师：即鬼谷子，战国时隐士。相传他能预卜过去未来，是算命起课等迷信职业的祖师，故这里称鬼谷先师。
⑦隔绝：遮掩断绝。
⑧谋死：设计害死。
⑨做生活：做生意。
⑩事冷：事情平静。
⑪隙：裂痕，矛盾。
⑫唆（suō）：挑唆，怂恿。
⑬宁家：回家。
⑭斗出公分：即大家凑钱。

不将行乐图去告诉①，更待何时？"母子商议已定，打听了放告日期②，梅氏起个黑早③，领着十四岁的儿子，带了轴儿，来到县中叫喊。大尹见没有状词④，只有一个小小轴儿，甚是奇怪，问其缘故。梅氏将倪善继平昔所为，及老子临终遗嘱，备细说了。滕知县收了轴子，教他且去，"待我进衙细看。"正是：

　　一幅画图藏哑谜，
　　千金家事仗搜寻。
　　只因嫠妇孤儿苦，
　　费尽神明大尹心。

不题梅氏母子回家。且说滕大尹放告已毕，退归私衙⑤，取那一尺阔、三尺长的小轴，看是倪太守行乐图：一手抱个婴孩，一手指着地下。推详了半日⑥，想道："这个婴孩就是倪善述，不消说了；那一手指地，莫非要有司官念他地下之情，替他出力么？"又想道："他既有亲笔分关，官府也难做主了。他说轴中含藏哑谜，必然还有个道理。若我断不出此事，枉自聪明一世。"每日退堂，便将画图展玩⑦，千思万想。如此数日，只是不解。

也是这事合当明白，自然生出机会来。一日午饭后，又去看那轴子。丫环送茶来吃，将一手去接茶瓯⑧，偶然失挫⑨，泼了些茶，把轴子沾湿了。滕大尹放了茶瓯，走向阶前，双手扯开轴子，就日色晒干⑩。忽然日光中照见轴子里面有些字影。滕知县心疑，揭开看时，乃是一幅字纸，托在画上，

①告诉：这里指告状。
②放告：官府在一定日期受理诉讼，叫做放告。
③黑早：指早晨天尚黑的时候。
④状词：这里指诉状。
⑤私衙：即私邸。旧时地方官多有住在衙署后院的，这个生活起居区与前面审案断事的大堂区别，叫私衙。
⑥推详：研究。
⑦展玩：展开来观看、玩味（体会）。
⑧茶瓯（ōu），茶碗。
⑨失挫：失误，疏忽。
⑩日色：亦即下文的"日光"。

正是倪太守遗笔。上面写道：

老夫官居五马①，寿逾八旬②。死在旦夕，亦无所恨。但孽子善述③，方年周岁，急未成立④。嫡善继⑤，素缺孝友，日后恐为所戕⑥。新置大宅二所及一切田产，悉以授继。惟左偏旧小屋，可分与述。此屋虽小，室中左壁埋银五千，作五坛；右壁埋银五千，金一千，作六坛，可以准田园之额⑦。后有贤明有司主断者，述儿奉酬白金三百两。八十一翁倪守谦亲笔。

年　月　日花押⑧

原来这行乐图，是倪太守八十一岁上与小孩子做周岁时，预先做下的。古人云"知子莫若父"，信不虚也⑨。滕大尹最有机变的人⑩，看见开着许多金银⑪，未免垂涎之意。眉头一皱，计上心来："差人密拿倪善继来见我，自有话说。"

却说倪善继独罟家私⑫，心满意足，日日在家中快乐。忽见县差奉着手批拘唤⑬，时刻不容停留。善继推阻不得，只得相随到县。正直大尹升堂理事，差人禀道："倪善继已拿到了。"大尹唤到案前，问道："你就是倪太守的长子么？"善继应道："小人正是。"大尹道："你庶母梅氏有状告你，说你逐母逐弟，占产占房。此事真么？"倪善继道："庶弟善述，在小人身边，从幼抚养大的。近日他母子自要分居，小人并不曾逐他。其家财一节，都是父亲临终亲笔分析定

①五马：汉代太守车用五马，所以后代以五马为太守的美称。
②八旬：八十。十为一旬。
③孽子：庶子，偏房所生之子。
④成立：成人，立身。
⑤嫡：嫡子，正室所生之子。
⑥戕（qiāng）：杀害。
⑦准：抵。
⑧花押：订立契约文书时的草书签名或代替签名的特定符号。也称花书、押字。
⑨信不虚：真不假。信，实在，真。
⑩机变：机谋权变。
⑪开着：列着。
⑫独罟（gǔ）：独吞，全部占有。罟，网。这里是网尽、占用的意思。
⑬手批：大尹签发的拘唤人犯的文件。

的,小人并不敢有违。"大尹道:"你父亲亲笔在那里?"善继道:"见在家中,容小人取来呈览。"大尹道:"他状词内告有家财万贯,非同小可;遗笔真伪,也未可知。念你是缙绅之后,且不难为你。明日可唤齐梅氏母子,我亲到你家查阅家私。若厚薄果然不均,自有公道,难以私情而论。"喝教皂快押出善继①,就去拘集梅氏母子,明日一同听审。公差得了善继的东道②,放他回家去讫,自往东庄拘人去了。

再说善继听见官府口气利害,好生惊恐。论起家私,其实全未分析,单单持着父亲分关执照,千钧之力,须要亲族见证方好。连夜将银两分送三党亲长③,嘱托他次早都到家来。若官府问及遗笔一事,求他同声相助。这伙三党之亲,自从倪太守亡后,从不曾见善继一盘一盒④,岁时也不曾酒杯相及⑤。今日大块银子送来,正是闲时不烧香,急来抱佛脚,各各暗笑,落得受了买东西吃。明日见官,旁观动静,再作区处。时人有诗云:

> 休嫌庶母妄兴词⑥,
> 自是为兄意太私。
> 今日将银买三党,
> 何如匹绢赠孤儿?

且说梅氏见县差拘唤,已知县主与他做主。过了一夜,次日侵早,母子二人,先到县中去见滕大尹。大尹道:"怜你孤儿寡妇,自然该替你说法⑦。但闻得善继执得有亡父亲笔分关,这怎么处?"梅氏道:"分关虽写

① 皂快:官府里的衙役。州、县衙役分壮、皂、快三班。
② 东道:一般指请客吃饭。这里指私下贿赂。
③ 三党:父党、母党、妻党,合称三党。这里是泛指族人和亲戚。
④ 一盘一盒:指食物礼品。
⑤ 岁时:指逢年过节。酒杯相及:碰到酒杯,请吃酒宴。
⑥ 兴词:告状。词,讼词,状纸。
⑦ 说法:即说动、劝转的意思。

得有，却是保全孩子之计，非出亡夫本心。恩相只看家私簿上数目①，自然明白。"大尹道："常言道，'清官难断家事'。我如今管你母子一生衣食充足，你也休做十分大望②。"梅氏谢道："若得免于饥寒足矣，岂望与善继同作富家郎乎？"

滕大尹分付梅氏母子："先到善继家伺候③。"倪善继早已打扫厅堂，堂上设一把虎皮交椅，焚起一炉好香。一面催请亲族："早来守候。"梅氏和善述到来，见十亲九眷都在眼前，一一相见了，也不免说几句求情的话儿。善继虽然一肚子恼怒，此时也不好发泄。各各暗自打点见官的说话④。

等不多时，只听得远远喝道之声⑤，料是县主来了。善继整顿衣帽迎接；亲族中，年长知事的，准备上前见官；其幼辈怕事的，都站在照壁背后张望⑥，打探消耗⑦。只见一对对执事两班排立⑧，后面青罗伞下⑨，盖着有才有智的滕大尹。到得倪家门首，执事跪下，吆喝一声。梅氏和倪家兄弟，都一齐跪下来迎接。门子喝声⑩："起去！"轿夫停了五山屏风轿子⑪，滕大尹不慌不忙，踱下轿来。将欲进门，忽然对着空中，连连打恭；口里应对，恰像有主人相迎的一般。众人都吃惊，看他做甚模样。只见滕大尹一路揖让⑫，直到堂中，连作数揖，口中叙许多寒温的言语。先向朝南的虎皮交椅上打个恭⑬，恰像有人看坐的一般⑭；连忙转身，就拖一把交椅，朝北主位排下；又向空再三谦让，方才上坐。众人看他见神见鬼的模样，不敢上前，都两旁站立呆看。只

①恩相：旧时百姓对官长的尊称。
②大望：大的希望，奢望。
③伺候：等候。
④打点：准备，盘算。
⑤喝道：旧时官长出门，衙役们要在前面吆喝开路，称喝道。
⑥照壁：屏门的墙壁。
⑦消耗：消息。
⑧执事：侍从官长身边操持仪仗及供差遣的衙役。
⑨青罗伞：明制，五品官用青罗。青罗，淡绿色绸绢。
⑩门子：本指官府的守门人，明清也称官员身边的听差为门子。
⑪五山屏风：轿子上画有山水的挡风帘子。
⑫揖让：行礼、谦让。这里指滕大尹仿佛对着主人一样，边走边施礼、推让。
⑬打恭：即打躬，弯身作揖。
⑭看坐：让坐。

见滕大尹在上坐拱揖①，开谈道："令夫人将家产事告到晚生手里②，此事端的如何？"说罢，便作倾听之状。良久，乃摇首吐舌道："长公子太不良了。"静听一会，又自说道："教次公子何以存活？"停一会，又说道："右偏小屋，有何活计③？"又连声道："领教，领教。"又停一时，说道："这项也交付次公子？晚生都领命了。"少停又拱揖道："晚生怎敢当此厚惠？"推逊了多时，又道："既承尊命恳切，晚生勉领，便给批照与次公子收执④。"乃起身，又连作数揖，口称："晚生便去。"众人都看得呆了。

只见滕大尹立起身来，东看西看，问道："倪爷哪里去了？"门子禀道："没见什么倪爷。"滕大尹道："有此怪事？"唤善继问道："方才令尊老先生，亲在门外相迎，与我对坐了，讲这半日说话，你们谅必都听见的。"善继道："小人不曾听见。"滕大尹道："方才长长的身儿，瘦瘦的脸儿，高颧骨，细眼睛，长眉大耳，朗朗的三牙须⑤，银也似白的，纱帽皂靴，红袍金带⑥，可是倪老先生模样么？"唬得众人一身冷汗，都跪下道："正是他生前模样。"大尹道："如何忽然不见了？他说家中有两处大厅堂，又东边旧存下一所小屋，可是有的？"善继也不敢隐瞒，只得承认道："有的。"大尹道："且到东边小屋去一看，自有话说。"众人见大尹半日自言自语，说得活龙活现⑦，分明是倪太守模样，都信道倪太守真个出现了⑧，人人吐舌，个个惊心。谁知都是滕大尹的巧言。他是看了行乐图，照依小像说来，何曾有半句是真话！有诗为证：

①拱揖：拱手作揖。
②晚生：旧时后进对于先辈的自称谦词。
③活计：这里指东西。
④批照：即下文的"照帖"，官府发给的执照。
⑤朗朗的三牙须：清清爽爽的三绺胡须。
⑥纱帽皂靴，红袍金带：这是当时太守的官服。
⑦活龙活现：意同活灵活现。是说真的龙（活龙）真的显现。
⑧信道：相信滕大尹所说。

圣贤自是空题目，
惟有鬼神不敢触①。
若非大尹假装词②，
逆子如何肯心服？

倪善继引路，众人随着大尹，来到东偏旧屋内。

这旧屋是倪太守未得第时所居③，自从造了大厅大堂，把旧屋空着，只做个仓厅，堆积些零碎米麦在内，留下一房家人④。看见大尹前后走了一遍，到正屋中坐下，向善继道："你父亲果是有灵，家中事体，备细与我说了。教我主张，这所旧宅子与善述，你意下何如？"善继叩头道："但凭恩台明断⑤。"大尹讨家私簿子细细看了，连声道："也好个大家事⑥。"看到后面遗笔分关，大笑道："你家老先生自家写定的，方才却又在我面前，说善继许多不是，这个老先儿也是没主意的⑦。"唤倪善继过来："既然分关写定，这些田园帐目，一一给你，善述不许妄争。"梅氏暗暗叫苦，方欲上前哀求，只见大尹又道："这旧屋判与善述，此屋中之所有，善继也不许妄争。"善继想道："这屋内破家破火，不直甚事，便堆下些米麦，一月前都粜得七八了⑧，存不多儿，我也够便宜了。"便连连答应道："恩台所断极明。"大尹道："你两人一言为定，各无翻悔。众人既是亲族，都来做个证见。方才倪老先生当面嘱付说：'此屋左壁下，埋银五千两，做五坛，当与次儿。'"善继不信，禀道："若果然有此，即使万金，亦是兄弟的，小人并不敢争执。"大尹道："你就争执时，我

①"圣贤"二句意思是说：圣贤的道理（如上面讲的"孝弟"等）都是空话，没人照办；只有鬼神，谁也不敢得罪。触，冒犯。
②假装词：装模作样编出一套说词。
③得第：做官。
④家人：指与主家有主从关系的仆人或佃户。房，即户。
⑤恩台：同上文"恩相"，旧时百姓对官长的尊称。
⑥家事：家当，家产。
⑦老先儿：老先生。对前辈老人的俗称。
⑧粜（tiào）得七八：十成卖出了七八成。粜，出售粮食。

也不准。"便教手下讨锄头、铁锹等器,梅氏母子作眼①,率领民壮②往东壁下掘开墙基,果然埋下五个大坛。发起来时,坛中满满的,都是光银子③。把一坛银子上秤称时,算来该是六十二斤半,刚刚一千两足数。众人看见,无不惊讶。善继益发信真了:"若非父亲阴灵出现④,面诉县主,这个藏银,我们尚且不知,县主哪里知道?"只见滕大尹教把五坛银子一字儿摆在自家面前,又分付梅氏道:"右壁还有五坛,亦是五千之数。更有一坛金子,方才倪老先生有命,送我作酬谢之意,我不敢当,他再三相强,我只得领了。"梅氏同善述叩头说道:"左壁五千,已出望外;若右壁更有,敢不依先人之命⑤。"大尹道:"我何以知之?据你家老先生是恁般说,想不是虚话。"再教人发掘西壁,果然六个大坛,五坛是银,一坛是金。善继看着许多黄白之物⑥,眼里都放出火来,恨不得抢他一锭。只是有言在前,一字也不敢开口。滕大尹写个照帖⑦,给与善继为照,就将这房家人,判与善述母子。梅氏同善述不胜之喜,一同叩头拜谢。善继满肚不乐,也只得磕几个头,勉强说句"多谢恩台主张。"大尹判几条封皮⑧,将一坛金子封了,放在自己轿前,抬回衙内,落得受用。众人都认道真个倪太守许下酬谢他的,反以为理之当然,那个敢道个"不"字。这正叫做鹬蚌相持,渔人得利⑨。若是倪善继存心忠厚,兄弟和睦,肯将家私平等分析,这千两黄金,弟兄大家该五百两,怎到得滕大尹之手?白白里作成了别人⑩,自己还讨得气闷,又加个不孝不弟之名,千算万计,何曾算计

①作眼:作向导。
②民壮:州县的卫兵,背后都标有"壮"字,故称。
③光银子:也叫放光银子,即白银。
④阴灵:死者的灵魂。
⑤敢不依先人之命:怎敢不依先人的遗命。敢,谦词,岂敢。
⑥黄白之物:指金银。
⑦照帖:官府出具的作为凭证的文书。
⑧封皮:封条。
⑨鹬蚌(yù bàng):鹬鸟把喙伸到蚌壳里想吃蚌肉,蚌合上壳夹住了鹬喙,二者相持不下,结果都被渔翁捕获了。这里是说只因善继、善述兄弟的争执,才让滕大尹占了大便宜。
⑩作成:成全。

得他人，只算计得自家而已！

　　闲话休题。再说梅氏母子，次日又到县拜谢滕大尹。大尹已将行乐图取去遗笔，重新裱过，给还梅氏收领。梅氏母子方悟行乐图上，一手指地，乃指地下所藏之金银也。此时有了这十坛银子，一般置买田园，遂成富室。后来善述娶妻，连生三子，读书成名。倪氏门中，只有这一枝极盛。善继两个儿子，都好游荡，家业耗废。善继死后，两所大宅子，都卖与叔叔善述管业①。里中凡晓得倪家之事本末的②，无不以为天报云。诗曰：

　　　　从来天道有何私，
　　　　堪笑倪郎心太痴。
　　　　忍以嫡兄欺庶母，
　　　　却教死父算生儿③。
　　　　轴中藏字非无意，
　　　　壁下埋金属有司④。
　　　　何似存些公道好，
　　　　不生争竞不兴词⑤。

①管业：照管、经营。
②里：邻里街坊。本末：根底，来龙去脉。
③算生儿：算计活着的儿子。
④有司：有关主管官员。这里指大尹。
⑤争竞：争斗，比拼。兴词：举起讼词，打官司。

金玉奴棒打薄情郎

《古今小说》

【题解】

　　本篇选自《古今小说》。作品写金玉奴与莫稽的婚姻故事，刻画了出身微贱、才貌双全的民女金玉奴与嫌贫爱富、忘恩负义的书生莫稽，反映了封建时代的社会现实。作品先写金玉奴的不幸，后写其贵幸和大团圆结局，始悲后喜，使作品多少体现出一些宿命的色彩。

　　　枝在墙东花在西，
　　　自从落地任风吹。
　　　枝无花时还再发，
　　　花若离枝难上枝。

　　这四句，乃昔人所作弃妇词①，言妇人之随夫，如花之附于枝。枝若无花，逢春再发；花若离枝，不可复合。劝世上妇人，事夫尽道②，同甘同苦，从一而终；休得慕富嫌贫，两意三心，自贻后悔③。

　　且说汉朝一个名臣，当初未遇时节④，其妻有眼不识泰山，弃之而去，到后来悔之无及。你说那名臣何方人氏？姓甚名谁？那名臣姓朱，名买臣⑤，表字翁子，会稽郡人氏。家贫未遇，夫妻二口住于陋巷蓬门⑥，每日买臣向山中砍柴，挑至市中卖钱度日。性好读书，手不释卷。肩上虽挑却柴担⑦，手里兀自擒着书本⑧，朗诵咀嚼⑨，且歌且行⑩。市人听惯了，但闻读书之声，便知买臣挑柴担来了，可怜他是个儒生⑪，都与他买。更兼买臣不争价钱，凭人估值，所以他的柴比别人容易出脱⑫。一般也有轻薄少年

① 弃妇词：专写被抛弃的妇女的诗歌。也叫弃妇诗、弃妇辞。
② 事夫尽道：侍奉丈夫完全遵守妇道。
③ 贻（yí）：留。
④ 未遇：尚未有好的际遇，指尚未做官。
⑤ 朱买臣：西汉会稽（今浙江绍兴）人。汉武帝时重臣，官至丞相长史（协助丞相处理政务）。后因揭露丞相张汤阴事致使张汤自杀，触怒武帝，被诛。
⑥ 陋巷蓬门：概指穷人所居。陋巷，狭小的巷子。蓬门，用蓬草编扎的门。
⑦ 挑却：挑着。
⑧ 兀自：还，尚且。擒着：拿着。
⑨ 咀嚼：体会、玩味。
⑩ 且歌且行：边吟边行。歌，指吟诵诗文。
⑪ 儒生：读书人。
⑫ 出脱：指脱手，卖掉。

及儿童之辈,见他又挑柴又读书,三五成群,把他嘲笑戏侮,买臣全不为意。

一日其妻出门汲水①,见群儿随着买臣柴担拍手共笑,深以为耻。买臣卖柴回来,其妻劝道:"你要读书,便休卖柴;要卖柴,便休读书。许大年纪②,不痴不颠,却做出恁般行径,被儿童笑话,岂不羞死!"买臣答道:"我卖柴以救贫贱,读书以取富贵,各不相妨,由他笑话便了。"其妻笑道:"你若取得富贵时,不去卖柴了。自古及今,哪见卖柴的人做了官?却说这没把鼻的话③!"买臣道:"富贵贫贱,各有其时。有人算我八字④,到五十岁上必然发迹⑤。常言'海水不可斗量',你休料我⑥。"其妻道:"那算命先生见你痴颠模样,故意耍笑你,你休听信。到五十岁时连柴担也挑不动,饿死是有分的,还想做官!除是阎罗王殿上少个判官,等你去做!"买臣道:"姜太公八十岁尚在渭水钓鱼⑦,遇了周文王,以后车载之,拜为尚父。本朝公孙弘丞相⑧,五十九岁上还在东海牧豕⑨,整整六十岁,方才际遇今上⑩,拜将封侯。我五十岁上发迹,比甘罗虽迟⑪,比那两个还早,你须耐心等去。"其妻道:"你休得攀今吊古!那钓鱼牧豕的,胸中都有才学;你如今读这几句死书,便读到一百岁只是这个嘴脸⑫,有甚出息?晦气做了你老婆!你被儿童耻笑,连累我也没脸皮。你不听我言抛却书本,我决不跟你终身,各人自去走路,休得两相担误了。"买臣道:"我今年四十三岁了,再七年,便是五十。前长后短,你就等耐⑬,也不多时。

① 汲水:提水,打水。
② 许大:这么大。
③ 没把鼻:没根据。把、鼻是器物抓握的关键,没把鼻则无法抓握、执持。
④ 八字:人的出生年、月、日、时的干支,共八个字。俗说以此可以测算人的前途命运。
⑤ 发迹:兴旺发达,这里指做官。
⑥ 料:这里是低估、小瞧的意思。
⑦ 姜太公:即吕尚,传说他八十岁时还隐居在渭水一带钓鱼为生。有一次周文王外出打猎,遇上了他,才被请去,立其为师。后来周武王又尊他为尚父。
⑧ 公孙弘:字季齐,西汉武帝时人。年轻时曾经放猪为生,四十多岁开始发愤读书,后遇上汉武帝,累官至丞相。
⑨ 豕(shǐ):猪。
⑩ 际遇:遭遇,碰上。今上:当今皇帝,指汉武帝刘彻。
⑪ 甘罗:战国时秦国下蔡人,年少有才,十二岁时即被拜为上卿,民间俗传甘罗十二拜相。
⑫ 嘴脸:模样,样子。
⑬ 等耐:等待。

直恁薄情，舍我而去，后来须要懊悔①！"其妻道："世上少甚挑柴担的汉子，懊悔甚么来？我若再守你七年，连我这骨头不知饿死于何地了。你倒放我出门，做个方便，活了我这条性命。"买臣见其妻决意要去，留他不住，叹口气道："罢，罢！只愿你嫁得丈夫，强似朱买臣的便好。"其妻道："好歹强似一分儿。"说罢，拜了两拜，欣然出门而去，头也不回。买臣感慨不已，题诗四句于壁上云：

嫁犬逐犬②，嫁鸡逐鸡。
妻自弃我，我不弃妻。

买臣到五十岁时，值汉武帝下诏求贤③，买臣到西京上书④，待诏公车⑤。同邑人严助荐买臣之才⑥。天子知买臣是会稽人，必知本土民情利弊，即拜为会稽太守，驰驿赴任⑦。会稽长吏闻新太守将到⑧，大发人夫，修治道路。买臣妻的后夫亦在役中⑨，其妻蓬头跣足⑩，随伴送饭，见太守前呼后拥而来，从旁窥之，乃故夫朱买臣也。买臣在车中一眼瞧见，还认得是故妻，遂使人招之，载于后车。到府第中，故妻羞惭无地⑪，叩头谢罪。买臣教请他后夫相见。不多时，后夫唤到，拜伏于地，不敢仰视。买臣大笑，对其妻道："似此人，未见得强似我朱买臣也。"其妻再三叩谢，自悔有眼无珠，愿降为婢妾，伏事终身。买臣命取水一桶泼于阶下⑫，向其妻说道："若泼水可复收，则汝亦可复合。念你少年结发之情，判后园隙地⑬，与汝夫妇耕种自食。"其妻随后夫走出府第，

①须要：一定要。
②逐：跟随。
③诏：诏书。
④西京：东汉迁都洛阳以后，称西汉都城长安为西京。
⑤待诏公车：公车是汉代管理公家车辆的官署。当时被朝廷征聘的一般人才都用公车迎接，安排在这个官署里，等待皇帝的诏命，叫做"待诏公车"。特别优异的人才待诏金马门。
⑥严助：汉武帝时人，曾做会稽太守。
⑦驰驿：旧时官员奉差出京，由沿路地方官按驿站供给车马杂用。
⑧长吏：汉代郡、县的次官都可以称长吏。吏，相对于官而言。
⑨役中：服役人的行列中。
⑩跣（xiǎn）足：赤脚。
⑪羞惭无地：羞愧得无地自容。
⑫"买臣"二句：据《拾遗记》记载，姜太公的妻子马氏嫌太公年老家贫而离婚，后太公受封为齐国国君，马氏要求复婚，太公取盆水泼地，让马氏来收，马氏不能，遂不复合。后人把此事牵扯到了朱买臣身上。
⑬判：分。隙地：空地。

路人都指着说道:"此即新太守夫人也。"于是羞极无颜①,到于后园,遂投河而死。有诗为证:

漂母尚知怜饿士②,
亲妻忍得弃贫儒?
早知覆水难收取,
悔不当初任读书③。

又有一诗,说欺贫重富,世情皆然,不止一买臣之妻也。诗曰:

尽看成败说高低,
谁识蛟龙在污泥?
莫怪妇人无法眼④,
普天几个负羁妻⑤?

这个故事,是妻弃夫的。如今再说一个夫弃妻的,一般是欺贫重富,背义忘恩,后来徒落得个薄幸之名⑥,被人讲论。

话说故宋绍兴年间⑦,临安虽然是个建都之地⑧、富庶之乡,其中乞丐的依然不少。那丐户中有个为头的,名曰"团头⑨",管着众丐。众丐叫化得东西来时,团头要收他日头钱。若是雨雪时没处叫化,团头却熬些稀粥养活这伙丐户,破衣破袄也是团头照管。所以这伙丐户小心低气,服着团头,如奴一般,不敢触犯。那团头现成收些常例钱⑩,一般在众丐户中放债盘利。若不嫖不赌,依然做起大家事来⑪。他靠此为生,一时也不想改业。只是一件,"团头"的名儿不好。随

① 羞极无颜:感到羞辱至极,没有脸面。
② 漂母尚知怜饿士:汉代韩信少年贫困,曾在淮阴城下钓鱼谋食,有一位漂洗茧丝的老妇人看他饿得可怜,给他一些饭吃。后来韩信受封为楚王,访得这位老妇人,赏她千金。
③ 任:听从,任凭。
④ 法眼:佛家语,洞察一切的眼力。
⑤ 负羁妻:春秋时曹国大夫僖负羁的妻子吕氏很有远见,晋国公子重耳逃避迫害投奔曹国时,曹国国君很不礼貌,吕氏却劝丈夫私下送食物、礼品给重耳。后来重耳回国做了晋国国君,出兵伐曹,唯僖负羁一族免于祸害。
⑥ 徒:只;空。薄幸:薄情,负心。
⑦ 绍兴:宋高宗(赵构)年号(公元1131~1162年)。
⑧ 临安:南宋都城,今浙江杭州。
⑨ 团头:宋元以来,各种行业都有组织,叫做"团行"。"行"的首领叫"行老","团"的首领叫"团头"。
⑩ 常例钱:犹今之份子钱。
⑪ 家事:家业。

你挣得有田有地，几代发迹，终是个叫化头儿，比不得平等百姓人家①。出外没人恭敬，只好闭着门，自屋里做大。虽然如此，若数着"良贱"二字，只说娼优隶卒四般为贱流②，倒数不着那乞丐。看来乞丐只是没钱，身上却无疤瘢③。假如春秋时伍子胥逃难④，也曾吹箫于吴市中乞食；唐时郑元和做歌郎⑤，唱莲花落⑥，后来富贵发达，一床锦被遮盖⑦，这都是叫化中出色的。可见此辈虽然被人轻贱，倒不比娼、优、隶、卒。

闲话休题，如今且说杭州城中一个团头，姓金，名老大。祖上到他，做了七代团头了，挣得个完完全全的家事。住的有好房子，种的有好田园，穿的有好衣，吃的有好食，真个廒多积粟⑧，囊有余钱，放债使婢。虽不是顶富，也是数得着的富家了。那金老大有志气，把这团头让与族人金癞子做了，自己见成受用，不与这伙丐户歪缠⑨。然虽如此，里中口顺还只叫他是团头家，其名不改。金老大年五十余，丧妻无子，止存一女，名唤玉奴。那玉奴生得十分美貌，怎见得？有诗为证：

无瑕堪比玉，有态欲羞花。
只少宫妆扮⑩，分明张丽华⑪。

金老大爱此女如同珍宝，从小教他读书识字。到十五六岁时，诗赋俱通，一写一作，信手而成。更兼女工精巧，亦能调筝弄管⑫，事事伶俐。金老大倚着女儿才貌，立心要将他嫁个士人⑬。论来就名门旧族中，急切要

① 平等：平常，普通。
② 优：优伶，戏子。隶卒：指皂隶，衙门里做杂役的人。
③ 疤瘢：疤疤。这里指污点，人格缺陷。
④ 假如：譬如的意思。伍子胥：伍员，字子胥。春秋时楚国人。因父兄被楚平王杀死，逃到吴国，盘缠用尽，只好在吴市吹箫乞食。后来帮助吴国打败楚国，报了父兄之仇。
⑤ 郑元和：元杂剧《李亚仙花酒曲江池》里的主要人物，落难时曾以为人唱挽歌（出殡时唱的歌）为生，后来在妓女李亚仙的帮助下，用心攻读，应考得中，做了洛阳县令。
⑥ 莲花落（lào）：一种民间曲艺形式，有些地区也专指乞丐唱的快板。
⑦ 一床锦被遮盖：指后来做了官，把前面丢人的事情都遮盖住了。
⑧ 廒（áo）：粮仓。
⑨ 歪缠：胡乱纠缠。
⑩ 宫妆：宫女的妆束。
⑪ 张丽华：南朝陈后主（陈叔宝）妃子，聪明美丽，最得后主宠爱。
⑫ 调筝弄管：泛指弹奏各种乐器。
⑬ 士人：读书人。

这一个女子也是少的①，可恨生于团头之家，没人相求。若是平常经纪人家，没前程的，金老大又不肯扳他了②。因此高低不就，把女儿直挨到一十八岁，尚未许人。

偶然有个邻翁来说："太平桥下有个书生，姓莫名稽，年二十岁，一表人才，读书饱学。只为父母双亡，家穷未娶。近日考中，补上太学生③，情愿入赘人家④。此人正与令爱相宜，何不招之为婿？"金老大道："就烦老翁作伐何如⑤？"邻翁领命，径到太平桥下寻那莫秀才，对他说了："实不相瞒，祖宗曾做个团头的，如今久不做了。只贪他好个女儿，又且家道富足，秀才若不弃嫌，老汉即当玉成其事⑥。"莫稽口虽不语，心下想道："我今衣食不周⑦，无力婚娶，何不俯就他家⑧，一举两得？也顾不得耻笑。"乃对邻翁说道："大伯所言虽妙，但我家贫乏聘⑨，如何是好？"邻翁道："秀才但是允从⑩，纸也不费一张，都在老汉身上。"邻翁回覆了金老大，择个吉日，金家倒送一套新衣穿着，莫秀才过门成亲。莫稽见玉奴才貌，喜出望外，不费一钱，白白的得了个美妻，又且丰衣足食，事事称怀。就是朋友辈中，晓得莫稽贫苦，无不相谅⑪，倒也没人去笑他。

到了满月，金老大备下盛席，教女婿请他同学会友饮酒，荣耀自家门户，一连吃了六七日酒。何期恼了族人金癞子⑫，那癞子也是一班正理⑬，他道："你也是团头，我也是团头，只你多做了几代，挣得钱钞在手，论起祖宗一脉，彼此无二。侄女玉奴招婿，也该请我吃杯喜酒。如今请人做满月，开宴

① 急切：一下子，仓猝间。
② 扳（bān）：这里是低就的意思。
③ 太学生：即监生，国子监（太学）里的生员。监生可以直接考取举人。
④ 入赘（zhuì）：男子就婚于女家。
⑤ 作伐：作媒。又称伐柯或执柯，语出《诗经·豳风·伐柯》："伐柯如之何，匪斧不克；取妻如之何，匪媒不得。"
⑥ 玉成：成全。这里的"玉"有"美好"的意思。
⑦ 不周：不济，缺乏。
⑧ 俯就：低就。
⑨ 乏聘：缺少聘礼。聘，聘礼，包括金钱、衣帛等。
⑩ 但是：只是，只要。
⑪ 相谅：谅解。这里的"相"偏指"朋友"。
⑫ 何期：哪里想到。
⑬ 一班：一套。

六七日,并无三寸长一寸阔的请帖儿到我。你女婿做秀才,难道就做尚书、宰相,我就不是亲叔公?坐不起凳头?直恁不觑人在眼里①!我且去蒿恼他一场②,教他大家没趣!"叫起五六十个丐户,一齐奔到金老大家里来。但见:

开花帽子,打结衫儿。旧席片对着破毡条③,短竹根配着缺糙碗④。叫爹叫娘叫财主,门前只见喧哗;弄蛇弄狗弄猢狲⑤,口内各呈伎俩。敲板唱杨花⑥,恶声聒耳;打砖搽粉脸,丑态逼人。一班泼鬼聚成群,便是钟馗收不得⑦。

金老大听得闹吵,开门看时,那金癞子领着众丐户一拥而入,嚷做一堂。癞子径奔席上,拣好酒好食只顾吃,口里叫道:"快教侄婿夫妻来拜见叔公!"唬得众秀才站脚不住⑧,都逃席去了,连莫稽也随着众朋友躲避。金老大无可奈何,只得再三央告道:"今日是我女婿请客,不干我事。改日专治一杯,与你陪话。"又将许多钱钞分赏众丐户,又抬出两瓮好酒,和些活鸡、活鹅之类,教众丐户送去癞子家当个折席⑨,直乱到黑夜方才散去。玉奴在房中气得两泪交流。这一夜,莫稽在朋友家借宿,次早方回。金老大见了女婿,自觉出丑,满面含羞。莫稽心中未免也有三分不乐,只是大家不说出来。正是:

① 直恁不觑(qù)人在眼里:怎么那样不把人放在眼里。觑,细看。
② 蒿恼:打搅,找麻烦。
③ 片:一作爿(pán),劈开的竹木片。
④ 缺糙(cāo)碗:豁口的粗碗。
⑤ 猢狲:即猢狲,指猴子。
⑥ 杨花:疑当作"莲花"。
⑦ 钟馗(kuí):神话传说人物。相传为唐玄宗时进士,死后成神,专捉鬼吃。唐明皇(玄宗)患病时曾梦见他身着蓝袍捉鬼,醒后病愈,命人画像张贴,故后世也以钟馗为门神之一。
⑧ 唬(xià):同"吓"。站:一作跕(tiē),拖着鞋走路。
⑨ 折席:一席酒菜,折合银钱送给未能出席的客人,叫做折席。

哑子尝黄柏①，苦味自家知。

却说金玉奴只恨自己门风不好，要挣个出头，乃劝丈夫刻苦读书。凡古今书籍，不惜价钱买来与丈夫看；又不吝供给之费，请人会文会讲②；又出资财，教丈夫结交延誉③。莫稽由此才学日进，名誉日起，二十三岁发解④，连科及第⑤。

这日琼林宴罢⑥，乌帽官袍，马上迎归。将到丈人家里，只见街坊上一群小儿争先来看，指道："金团头家女婿做了官也。"莫稽在马上听得此言，又不好揽事，只得忍耐。见了丈人，虽然外面尽礼，却包着一肚子忿气⑦，想道："早知有今日富贵，怕没王侯贵戚招赘成婚？却拜个团头做岳丈，可不是终身之玷⑧！养出儿女来还是团头的外孙，被人传作话柄。如今事已如此，妻又贤慧，不犯七出之条⑨，不好决绝得。正是事不三思，终有后悔。"为此心中怏怏⑩，只是不乐。玉奴几遍问而不答，正不知甚么意故⑪。好笑那莫稽只想着今日富贵，却忘了贫贱的时节，把老婆资助成名一段功劳化为春水，这是他心术不端处。

不一日，莫稽谒选⑫，得授无为军司户⑬。丈人治酒送行，此时众丐户料也不敢登门闹吵了。喜得临安到无为军是一水之地，莫稽领了妻子登舟起任。行了数日，到了采石江边⑭，维舟北岸⑮。其夜月明如昼，莫稽睡不能寐，穿衣而起，坐于船头玩月⑯。四顾无人，又想起团头之事，闷闷不悦。忽然动一个恶念：除非此妇身死，另娶一人，方免得终身之耻。心生一计，走进船舱，哄

① 黄柏：亦称黄檗（bó）一种苦味药材。
② 会：聚集，在一起。
③ 结交延誉：结交权贵或名流，扩大个人声誉。
④ 发解：唐宋取士，先在州县地方上推举出合格的人选，由所在地方发遣解送到京师。
⑤ 连科及第：乡试中举后，入京会试，又接连考中进士。
⑥ 琼林宴：宋代朝廷在琼林苑宴请新进士，称琼林宴。
⑦ 忿气：怨气。
⑧ 玷（diàn）：耻辱。
⑨ 七出之条：旧时休妻的七个条件，即一无子，二淫佚，三不事公婆，四多嘴，五盗窃，六妒忌，七恶疾。犯其中一条，就叫犯七出之条。
⑩ 怏怏（yàng）：不痛快。
⑪ 意故：缘故。
⑫ 谒（yè）选：官员到吏部听候选派。
⑬ 无为军：今安徽无为县。宋代的军是类似州县的行政区划。司户：掌管户口帐册的地方属官。
⑭ 采石江边：南京采石矶附近长江边。
⑮ 维舟：系舟。维，系。
⑯ 玩月：玩赏月亮。旧时中秋节有玩月之俗，指在月光下游玩。

玉奴起来看月华①。玉奴已睡了，莫稽再三逼他起身。玉奴难逆丈夫之意，只得披衣，走至马门口②，舒头望月③，被莫稽出其不意，牵出船头，推堕江中。悄悄唤起舟人④，分付快开船前去，重重有赏，不可迟慢。舟子不知明白，慌忙撑篙荡浆，移舟于十里之外。住泊停当⑤，方才说："适间奶奶因玩月堕水⑥，捞救不及了。"却将三两银子赏与舟人为酒钱。舟人会意，谁敢开口？船中虽跟得有几个蠢婢子，只道主母真个堕水，悲泣了一场，丢开了手，不在话下。有诗为证：

只为团头号不香，
忍因得意弃糟糠⑦？
天缘结发终难解⑧，
赢得人呼薄幸郎。

你说事有凑巧，莫稽移船去后，刚刚有个淮西转运使许德厚⑨，也是新上任的，泊舟于采石北岸，正是莫稽先前推妻坠水处。许德厚和夫人推窗看月，开怀饮酒，尚未曾睡。忽闻岸上啼哭，乃是妇人声音，其声哀怨，好生不忍。忙呼水手打看，果然是个单身妇人，坐于江岸。便教唤上船来，审其来历。原来此妇正是无为军司户之妻金玉奴，初坠水时，魂飞魄荡，已拚着必死⑩。忽觉水中有物，托起两足，随波而行，近于江岸。玉奴挣扎上岸，举目看时，江水茫茫，已不见了司户之船，才悟道丈夫贵而忘贱，故意欲溺死故妻，别图良配。如今虽得了性命，无处依栖⑪，转思苦楚，以此痛哭。见许公盘问，不免从头至尾，细说一遍。说罢，

①月华：月光。
②马门：船舱的门。
③舒头：伸头，探头。
④舟人：同下文的"舟子"，都指船工。
⑤住泊：停泊，停歇。
⑥适间：刚才，不久前。
⑦糟糠："糟糠之妻"的简称。即贫贱时所娶之妻。
⑧结发：指结成原配夫妻。古时男子二十而冠，女子十五而笄，把头发结束起来，表示已经成年、可以婚配。一些地方的婚礼仪俗中亦有结发之举，即将夫妻的头发象征性地挽结在一起。
⑨转运使：官名。最初只负责军需、粮饷的水陆转运，后来还兼管边防、盗贼、狱讼、钱粮等事。
⑩拚（pàn）着：捐弃，豁出去。
⑪依栖：依靠、安身。

哭之不已。连许公夫妇都感伤堕泪，劝道："汝休得悲啼，肯为我义女，再作道理。"玉奴拜谢。许公分付夫人取干衣替他通身换了，安排他后舱独宿。教手下男女都称他小姐①，又分付舟人，不许泄漏其事。

不一日，到淮西上任。那无为军正是他所属地方，许公是莫司户的上司，未免随班参谒②。许公见了莫司户，心中想道："可惜一表人才，干恁般薄幸之事！"

约过数月，许公对僚属说道："下官有一女，颇有才貌，年已及笄③，欲择一佳婿赘之。诸君意中有其人否？"众僚属都闻得莫司户青年丧偶，齐声荐他才品非凡，堪作东床之选④。许公道："此子吾亦属意久矣⑤，但少年登第，心高望厚，未必肯赘吾家。"众僚属道："彼出身寒门，得公收拔⑥，如蒹葭倚玉树⑦，何幸如之，岂以入赘为嫌乎？"许公道："诸君既酌量可行，可与莫司户言之。但云出自诸君之意，以探其情，莫说下官，恐有妨碍。"众人领命，遂与莫稽说知此事，要替他做媒。莫稽正要攀高，况且联姻上司，求之不得，便欣然应道："此事全仗玉成，当效衔结之报⑧。"众人道："当得，当得。"随即将言回复许公。许公道："虽承司户不弃，但下官夫妇钟爱此女，娇养成性，所以不舍得出嫁。只怕司户少年气概，不相饶让，或致小有嫌隙⑨，有伤下官夫妇之心。须是预先讲过，凡事容耐些⑩，方敢赘入。"众人领命，又到司户处传话，司户无不依允。此时司户不比做秀才时节，一般用金花彩币为纳聘之仪⑪，选了吉期，皮松骨痒，整备做转运使的女婿。

①男女：概指奴仆。
②参谒：参见，拜见。
③及笄（jī）：指十五岁。古代女子十五岁时行笄礼，即把头发簪插起来，表示成年。
④东床：女婿的代称。晋代郗鉴到王导家去挑女婿，王家许多子弟都很拘谨，只有王羲之露着肚皮躺在东床上吃东西，不以为意，结果郗鉴就选了他作女婿。
⑤属（zhǔ）意：留意。
⑥收拔：收留提拔。
⑦蒹葭倚玉树：比喻贫贱者高攀富贵者。
⑧衔结：衔环、结草，比喻报恩。衔环故事出自《续齐谐记》：汉代杨宝九岁时救了一只被枭鸟搏落的小黄雀，放飞之夜有黄衣童子衔四枚白玉环前来拜谢。结草故事出自《左传》：春秋时晋国大夫颗未让父亲的妾为父殉葬，而随其改嫁，后来魏颗与秦国力士杜回交战，有一老人结草绊杜回使颗趁机捉住杜回。当夜梦见那个老人，自称是父妾之父，特报魏颗不使女儿殉葬之恩。
⑨嫌隙：因猜疑而造成裂痕。
⑩容耐：包涵忍耐。
⑪一般：一样，同样。

却说许公先教夫人与玉奴说:"老相公怜你寡居,欲重赘一少年进士,你不可推阻。"玉奴答道:"奴家虽出寒门,颇知礼数。既与莫郎结发,从一而终。虽然莫郎嫌贫弃贱,忍心害理,奴家各尽其道,岂肯改嫁,以伤妇节!"言毕泪如雨下。夫人察他志诚,乃实说道:"老相公所说少年进士,就是莫郎。老相公恨其薄幸,务要你夫妻再合,只说有个亲生女儿,要招赘一婿,却教众僚属与莫郎议亲,莫郎欣然听命,只今晚入赘吾家。等他进房之时,须是如此如此,与你出这口呕气①。"玉奴方才收泪,重匀粉面,再整新妆,打点结亲之事。

到晚,莫司户冠带齐整②,帽插金花,身披红锦,跨着雕鞍骏马,两班鼓乐前导,众僚属都来送亲。一路行来,谁不喝采!正是:

鼓乐喧阗白马来③,
风流佳婿实奇哉。
团头喜换高门眷,
采石江边未足哀。

是夜,转运司铺毡结彩,大吹大擂④,等候新女婿上门。莫司户到门下马,许公冠带出迎。众官僚都别去,莫司户直入私宅,新人用红帕覆首⑤,两个养娘扶将出来。掌礼人在槛外喝礼⑥,双双拜了天地,又拜了丈人、丈母,然后交拜礼毕,送归洞房做花烛筵席⑦。莫司户此时心中如登九霄云里,欢喜不可形容,仰着脸,昂然而入。才跨进房门,忽然两边门侧里走出七八个老妪、丫

① 呕气:闷气,窝囊气。
② 冠带:泛指衣帽。冠指帽子,带指衣带。这在封建时代都有一定规制,是身份地位的标志,不能随便使用。
③ 喧阗(tián):声音喧闹嘈杂。
④ 大吹大擂:指鼓乐喧阗。吹,指吹锁呐。擂,指擂鼓。
⑤ 覆首:遮着头脸。
⑥ 掌礼人:即司仪。喝礼:即唱礼,朗声宣布各种礼节仪式。
⑦ 花烛筵席:传统婚礼,新婚夫妇要在洞房开筵合卺(jǐn)。

鬟,一个个手执篱竹细棒,劈头劈脑打将下来,把纱帽都打脱了,肩背上棒如雨下,打得叫喊不迭①,正没想一头处②。莫司户被打,慌做一堆蹭倒③,只得叫声:"丈人,丈母,救命!"只听房中娇声宛转分付道:"休打杀薄情郎,且唤来相见。"众人方才住手。七八个老妪、丫鬟,扯耳朵,拽胳膊,好似六贼戏弥陀一般④,脚不点地,拥到新人面前。司户口中还说道:"下官何罪?"开眼看时,画烛辉煌,照见上边端端正正坐着个新人,不是别人,正是故妻金玉奴。莫稽此时魂不附体,乱嚷道:"有鬼!有鬼!"众人都笑起来。只见许公自外而入,叫道:"贤婿休疑,此乃吾采石江头所认之义女,非鬼也。"莫稽心头方才住了跳,慌忙跪下,拱手道:"我莫稽知罪了,望大人包容之。"许公道:"此事与下官无干,只吾女没说话就罢了⑤。"玉奴唾其面,骂道:"薄幸贼!你不记宋弘有言⑥:'贫贱之交不可忘,糟糠之妻不下堂。'当初你空手赘人吾门,亏得我家资财,读书延誉,以致成名,侥幸今日。奴家亦望夫荣妻贵,何期你忘恩负本,就不念结发之情,恩将仇报,将奴推堕江心。幸然天天可怜,得遇恩爹提救⑦,收为义女。倘然葬江鱼之腹⑧,你别娶新人,于心何忍?今日有何颜面再与你完聚⑨?"说罢放声而哭,千薄幸,万薄幸,骂不住口。莫稽满面羞惭,闭口无言,只顾磕头求恕。

许公见骂得够了,方才把莫稽扶起,劝玉奴道:"我儿息怒,如今贤婿悔罪,料然不敢轻慢你了。你两个虽然旧日夫妻,在我家只算新婚花烛,凡事看我之面,闲言闲语,

①叫喊不迭:叫喊都来不及。
②正没想一头处:正想不出一个办法来。
③蹭(cèng)倒:跌倒。
④六贼戏弥陀:一种百戏(杂耍)的名称。六贼,佛教用语,指色、声、香、味、触、法。佛教传说,六贼幻化成形,去引诱佛陀,扰乱他的修行。这里是任人摆布、无可奈何的意思。
⑤没说话:没有说法。说话,要说的话,要讲的道理。
⑥宋弘:东汉光武帝刘秀的姐姐湖阳公主新死了丈夫,刘秀有意把她嫁给宋弘,宋弘说:"贫贱之交不可忘,糟糠之妻不下堂。"婉言谢绝。
⑦提救:搭救。
⑧葬:葬身,死于。
⑨完聚:团聚。

一笔都勾罢。"又对莫稽说道:"贤婿,你自家不是,休怪别人。今宵只索忍耐①,我教你丈母来解劝。"说罢,出房去。少刻夫人来到,又调停了许多说话,两个方才和睦。

次日许公设宴管待新女婿,将前日所下金花彩币依旧送还,道:"一女不受二聘,贤婿前番在金家已费过了,今番下官不敢重叠收受。"莫稽低头无语。许公又道:"贤婿常恨令岳翁卑贱,以致夫妇失爱,几乎不终。今下官备员如何②?只怕爵位不高,尚未满贤婿之意。"莫稽涨得面皮红紫,只是离席谢罪③。有诗为证:

  痴心指望缔高姻,
  谁料新人是旧人!
  打骂一场羞满面,
  问他何取岳翁新?

自此莫稽与玉奴夫妇和好,比前加倍。许公共夫人待玉奴如真女,待莫稽如真婿,玉奴待许公夫妇亦与真爹妈无异。连莫稽都感动了,迎接团头金老大在任所,奉养送终。后来许公夫妇之死,金玉奴皆制重服④,以报其恩。莫氏与许氏世世为通家兄弟⑤,往来不绝。诗云:

  宋弘守义称高节,
  黄允休妻骂薄情⑥。
  试看莫生婚再合,
  姻缘前定枉劳争⑦。

①只索:只要,只能。
②备员:官员自称谦词。
③离席谢罪:离开坐席(座位)谢罪。
④制重服:服重孝。传统丧礼服孝分为五服,其中子女对父母和妻对夫的孝为最重。此处即以亲生女儿的名义服孝。
⑤通家:经常往来的亲戚朋友。犹世交。
⑥黄允休妻:东汉黄允听说袁隗想把侄女嫁给自己,回家马上把原来的妻子休了。其妻临走的时候,请来许多宾客,当众揭露黄允隐事。黄允因此被免官,袁隗也不再肯把侄女嫁给他。
⑦枉劳争:枉费心神争斗。

沈小霞相会出师表

《古今小说》

【题解】

　　本篇选自《古今小说》第四十卷。这是一篇根据当时历史事实写成的小说，作品通过忠臣义士与权奸贪官的生死斗争，反映了明代中叶的社会现实。作品在历史事实的基础上进行加工提炼，使情节更加生动，人物性格更加鲜明，从而获得了较好的艺术效果。

　　闲向书斋阅古今，偶逢奇事感人心；忠臣翻受奸臣制，肮脏英雄泪满襟①。　休解绶，慢投簪②，从来日月岂常阴？到头祸福终须应，天道还分贞与淫③。

　　话说国朝嘉靖年间④，圣人在位⑤，风调雨顺，国泰民安。只为用错了一个奸臣，浊乱了朝政，险些儿不得太平。那奸臣是谁？姓严名嵩⑥，号介溪，江西分宜人氏。以柔媚得幸⑦，交通宦官⑧，先意迎合，精勤斋醮⑨，供奉青词⑩，由此骤致贵显。为人外装曲谨，内实猜刻⑪。谮害了大学士夏言，自己代为首相。权尊势重，朝野侧目。儿子严世蕃，由官生直做到工部侍郎⑫。他为人更狠，但有些小人之才，博闻强记，能思善算。介溪公最听他的说话，凡疑难大事，必须与他商量，朝中有"大丞相""小丞相"之称。他父子济恶⑬，招权纳贿，卖官鬻爵⑭。官员求富贵者，以重贿献之，拜他门下做干儿子儿，即得超迁显位。由是不肖之人，奔走如市，科道衙门⑮，皆其心腹

①肮脏（kàng zàng）：刚直不阿。
②解绶、投簪：指辞官。
③贞与淫：正与邪。
④嘉靖：明世宗朱厚熜的年号（1522～1566年）。
⑤圣人：对皇帝的尊称。
⑥严嵩：明嘉靖时奸相。
⑦以柔媚得幸：靠迎合献媚得到皇帝的宠幸。
⑧交通：交结。
⑨斋醮（jiào）：和尚、道士斋戒设坛祈祷。
⑩青词：道士祈祷神灵的文字，用红笔写在青藤纸上烧化。
⑪曲谨：小心谨慎。猜刻：奸诈刻毒。
⑫官生：高级官员的子弟应乡试者，称作官生。其录取另有名额。
⑬济恶：共同干坏事。
⑭鬻（yù）爵：卖官。
⑮科道：明代六科给事中、十三道监察御史的统称，主要负责稽察、弹劾内外官员。

牙爪。但有与他作对的，立见奇祸：轻则杖谪①，重则杀戮，好不利害！除非不要性命的，才敢开口说句公道话儿。若不是真正关龙逢②、比干③，十二分忠君爱国的，宁可误了朝廷，岂敢得罪宰相？其时有无名子感慨时事④，将《神童诗》改成四句云⑤：

少小休勤学，钱财可立身。
君看严宰相，必用有钱人。

又改四句，道是：

天子重权豪，开言惹祸苗。
万般皆下品，只有奉承高。

只为严嵩父子恃宠贪虐，罪恶如山，引出一个忠臣来，做出一段奇奇怪怪的事迹，留下一段轰轰烈烈的话柄⑥。一时身死，万古名扬。正是：

家多孝子亲安乐，
国有忠臣世泰平⑦。

那人姓沈名鍊，别号青霞，浙江绍兴人氏。其人有文经武纬之才⑧，济世安民之志，从幼慕诸葛孔明之为人，孔明文集上有《前出师表》、《后出师表》，沈鍊平日爱诵之，手自抄录数百遍，室中到处粘壁⑨。每逢酒后，便高声背诵。念到"鞠躬尽瘁死而后已"，往往长叹数声，大哭而罢。以此为常，人都叫他是狂生。嘉靖戊戌年中了进士⑩，

① 杖谪（zhé）：杖刑降职。
② 关龙逢（péng）：夏朝的忠臣，因谏夏桀而被杀。
③ 比干：商朝的忠臣，因谏商纣而被杀。
④ 无名子：无名氏，没有留下姓名的人。
⑤《神童诗》：封建时代的儿童启蒙读物。原诗为："少小须勤学，文章可立身。满朝朱紫贵，尽是读书人。""天子重英豪，文章教尔曹。万般皆下品，唯有读书高。"
⑥ 话柄：谈话、讲故事的资料。
⑦ 泰平：即太平。泰，平安。
⑧ 文经武纬之才：治国安邦之才。
⑨ 粘壁：粘贴在墙壁上。
⑩ 嘉靖戊戌年：嘉靖十七年，公元1538年。

除授知县之职①。他共做了三处知县，哪三处？溧阳、茌平、清丰②。这三任官做得好，真个是：

　　　　吏肃惟遵法③，官清不爱钱。
　　　　豪强皆敛手④，百姓尽安眠。

因他生性伉直⑤，不肯阿奉上官⑥，左迁锦衣卫经历⑦。一到京师，看见严家赃秽狼藉⑧，心中甚怒。忽一日，值公宴，见严世蕃倨傲之状，已自九分不像意⑨，饮至中间。只见严世蕃狂呼乱叫，旁若无人，索巨觥飞酒⑩，饮不尽者罚之。这巨觥约容酒斗余，两坐客惧世蕃威势，没人敢不吃。只有一个马给事⑪，天性绝饮⑫。世蕃故意将巨觥飞到他面前，马给事再三告免，世蕃不依，马给事略沾，面便发赤，眉头打结，愁苦不胜。世蕃自去下席，亲手揪了他的耳朵，将巨觥灌之。那给事出于无奈，闷着气，一连几口吸尽。不吃也罢，才吃下时，觉得天在下、地在上，墙壁都团团转动，头重脚轻，站立不住。世蕃拍手呵呵大笑。

沈錬一肚子不平之气，忽然揎袖而起⑬，抢那只巨觥在手，斟得满满的，走到世蕃面前说道："马司谏承老先生赐酒⑭，已沾醉不能为礼。下官代他酬⑮老先生一杯。"世蕃愕然⑯，方欲举手推辞，只见沈錬声色俱厉道："此杯别人吃得，你也吃得。别人怕着你，我沈錬不怕你！"也揪了世蕃的耳朵灌去。世蕃一饮而尽。沈錬掷杯于案⑰，一般拍手呵呵大笑。唬得众官员面如土色，一个个低

① 除授：授以官职，任命。
② 溧阳、茌平、清丰：溧阳即今江苏省溧阳县；茌(chí)平即今山东省茌平县；清丰即今河南省清丰县。
③ 吏肃：吏役守规矩。
④ 敛手：收敛手脚，不敢胡作非为。
⑤ 伉(kàng)直：刚直。
⑥ 阿(ē)奉：阿谀奉承。
⑦ 左迁锦衣卫经历：降职为锦衣卫经历。左迁，降职。锦衣卫，明代的禁卫军。经历，掌管公文出纳的官。
⑧ 赃秽狼藉：贪赃枉法，乌七八糟。
⑨ 不像意：看不过去。
⑩ 索巨觥(gōng)飞酒：要来大酒杯劝酒。
⑪ 给事：即给事中，掌管侍从、规谏和稽察朝中各部弊误的官。
⑫ 绝饮：滴酒不沾。
⑬ 揎(xuān)袖：捋袖，卷起袖子。
⑭ 司谏：对给事中的尊称。
⑮ 酬：酬谢，回敬。
⑯ 愕然：吃惊的样子。
⑰ 案：桌子，台子。

着头，不敢则声。世蕃假醉①，先辞去了。沈鍊也不送，坐在椅上叹道："咳！汉贼不两立②！汉贼不两立！"一连念了七八句。这句书也是《出师表》上的说话，他把严家比着曹操父子。众人只怕世蕃听见，倒替他捏两把汗。沈鍊全不为意，又取酒连饮了几杯，尽醉方散。

睡到五更醒来，想道："严世蕃这厮，被我使气，逼他饮酒，他必然记恨，来暗算我。一不做，二不休，有心只是一怪，不如先下手为强。我想严嵩父子之恶，神人怨怒。只因朝廷宠信甚固，我官卑职小，言而无益；欲待觑个机会，方才下手。如今等不及了，只当做张子房在博浪沙中椎击秦始皇③，虽然击他不中，也好与众人做个榜样。"就枕头上思想疏稿④，想到天明有了，起来焚香盥手，写就表章。表上备说严嵩父子招权纳贿、穷凶极恶、欺君误国十大罪，乞诛之以谢天下。圣旨下道："沈鍊谤讪大臣⑤，沽名钓誉，着锦衣卫重打一百，发去口外为民⑥。"严世蕃差人分付锦衣卫官校⑦，定要将沈鍊打死。喜得堂上官是个有主意的人⑧，那人姓陆名炳⑨，平时极敬重沈公的节气；况且又是属官，相处得好的。因此反加周全，好生打个出头棍儿⑩，不甚利害。户部注籍⑪，保安州为民⑫。沈鍊带着棒疮，即时收拾行李，带领妻子，雇着一辆车儿下，出了国门⑬，望保安进发。

原来沈公夫人徐氏，所生四个儿子。长子沈襄，本府廪膳秀才⑭，一向留家。次子沈衮、沈褒，随任读书。幼子沈袠⑮，年方周岁。嫡亲五口儿上路，满朝文武惧怕严家，

①假醉：借口喝醉。
②汉贼不两立：蜀汉、曹贼势不两立，暗喻忠臣、奸臣即沈鍊自己与严世蕃父子势不两立。
③张子房：即张良。张良本是韩国后裔，韩被秦灭亡之后，他为报仇，访得一位大力士，在博浪沙用铁椎袭击秦始皇，但未击中。
④疏稿：奏章的底稿。
⑤谤讪：诽谤。
⑥口外：长城以外。
⑦官校：军官。
⑧堂上官：官署中的长官。即下文的陆炳。
⑨陆炳：锦衣卫的长官，颇受明世宗的宠信，与严嵩父子有勾结，但不似严氏残暴，有时还设法保全、营救被他们诬陷的人。
⑩出头棍儿：旧时衙役行杖刑时的一种手法。即用棍子中间打人，棍头不着身，这样力量会大大减轻。
⑪注籍：登记户口。
⑫保安州：即今河北省涿鹿县。
⑬国门：京城的城门。
⑭廪膳秀才：府州县学里的生员，凡官给膳食者，叫廪膳生员，简称廪生。在县学的称廪膳秀才。
⑮袠：读 zhì。

没一个敢来送行。有诗为证：

一纸封章忤庙廊①，
萧然行李入遐荒②。
相知不敢攀鞍送，
恐触权奸惹祸殃。

　　一路上辛苦，自不必说，且喜到了保安州了。那保安州属宣府③，是个边远地方，不比内地繁华。异乡风景，举目凄凉。况兼连日阴雨，天昏地黑，倍加惨戚。欲赁间民房居住，又无相识指引，不知何处安身是好。正在彷徨之际，只见一人打个小伞前来，看见路旁行李，又见沈𬭎一表非俗，立住了脚，相了一回④，问道："官人尊姓？何处来的？"沈𬭎道："姓沈，从京师来。"那人道："小人闻得京中有个沈经历，上本要杀严嵩父子，莫非官人就是他么？"沈𬭎道："正是。"那人道："仰慕多时，幸得相会。此非说话之处，寒家离此不远，便请携宝眷同行到寒家权下⑤，再作区处⑥。"沈𬭎见他十分殷勤，只得从命。行不多路，便到了。看那人家，虽不是个大大宅院，却也精致。那人揖沈𬭎至于中堂⑦，纳头便拜。沈𬭎慌忙答礼，问道："足下是谁？何故如此相爱？"那人道："小人姓贾名石，是宣府卫一个舍人⑧。哥哥是本卫千户⑨，先年身故无子，小人应袭。为严贼当权，袭职者要重贿，小人不愿为官。托赖祖荫⑩，有数亩薄田，务农度日。数日前闻阁下弹劾严氏⑪，此乃天下忠臣义士也。又闻编管在此⑫，小

① 封章：奏章。庙廊：朝廷。这句是说一本奏章得罪了朝廷。
② 遐荒：偏远荒凉的地方。
③ 宣府：府治在今河北省宣化县。所辖包括北京延庆一直到大同一带。
④ 相（xiàng）：端详。
⑤ 宝眷，对别人家属的尊称。权下：暂且住下。
⑥ 区处：打算，安排。
⑦ 揖：以手作请的礼节。
⑧ 卫：明代军队编制，大者叫卫，小者叫所，以驻防的地方命名。各卫除守卫之外，还兼理屯田、漕运等事。舍人：卫、所武官应该袭职的子弟称为舍人。
⑨ 千户：卫、所武官名，统兵士一千多人。
⑩ 祖荫：祖上恩德的庇佑。
⑪ 弹劾：揭发罪状。
⑫ 编管：把发配到外地的官员编置在所配地方，由当地官吏加以管束。

人渴欲一见。不意天遣相遇，三生有幸①！"说罢又拜下去。沈公再三扶起，便教沈衮、沈褒与贾石相见。贾石教老婆迎接沈奶奶到内宅安置。交卸了行李，打发车夫等去了。分付庄客宰猪买酒②，管待沈公一家。贾石道："这等雨天，料阁下也无处去，只好在寒家安歇了。请安心多饮几杯，以宽劳顿。"沈鍊谢道："萍水相逢，便承款宿，何以当此？"贾石道："农庄粗粝③，休嫌简慢。"当日宾主酬酢④，无非说些感慨时事的说话。两边说得情投意合，只恨相见之晚。

　　过了一宿，次早，沈鍊起身，向贾石说道："我要寻所房子，安顿老小，有烦舍人指引。"贾石道："要什么样的房子？"沈鍊道："只像宅上这一所，十分足意了，租价但凭尊教。"贾石道："不妨事。"出去趐了一回⑤，转来道："赁房尽有，只是龌龊低洼⑥，急切难得中意的。阁下不若就在草舍权住几时，小人领着家小自到外家去住⑦；等阁下还朝，小人回来，可不稳便？"沈鍊道："虽承厚爱，岂敢占舍人之宅？此事决不可。"贾石道："小人虽是村农，颇识好歹。慕阁下忠义之士，想要执鞭坠镫⑧，尚且不能。今日天幸降临，权让这几间草房与阁下作寓，也表得我小人一点敬贤之心，不须推逊⑨。"话毕，慌忙分付庄客，推个车儿，牵个马儿，带个驴儿，一伙子将细软家私搬去⑩；其余家常动使家火⑪，都留与沈公日用。

　　沈鍊见他慨爽⑫，甚不过意，愿与他结义为兄弟。贾石道："小人是一介村农⑬，怎

①三生有幸：旧时俗信认为人有过去、现在、未来三世，亦即三生。三生有幸，指极为幸运。
②庄客：庄上的雇工。
③粗粝（lì）：粗糙的饭食。
④酬酢（zuò）：互相敬酒。
⑤趐（xué）了一回：兜了一圈。
⑥龌龊（wò chuò）：指狭窄而肮脏。
⑦外家：岳家。
⑧执鞭坠镫（dèng）：像仆从那样左右侍候。表示对人的高度敬仰。
⑨推逊：推让。
⑩一伙子：一起。
⑪家常动使家火：家庭中的日常生活用具。
⑫慨爽：慷慨爽气。
⑬一介村农：一个小小的乡村农民。

敢僭扳贵宦①？"沈鍊道："大丈夫意气相许，哪有贵贱？"贾石小沈鍊五岁，就拜沈鍊为兄。沈鍊教两个儿子拜贾石为义叔，贾石也唤妻子出来，都相见了，做了一家儿亲戚。贾石陪过沈鍊吃饭已毕，便引着妻子到外舅李家去讫②。自此，沈鍊只在贾石宅子内居住。时人有诗叹贾舍人借宅之事，诗曰：

> 倾盖相逢意气真③，
> 移家借宅表情亲。
> 世间多少亲和友，
> 竟产争财愧死人！

却说保安州父老，闻知沈经历为上本参严阁老贬斥到此④，人人敬仰，都来拜望，争识其面。也有运柴运米相助的，也有携酒肴来请沈公吃的，又有遣子弟拜于门下听教的。沈鍊每日间与地方人等，讲论忠孝大节，及古来忠臣义士的故事。说到关心处⑤，有时毛发倒竖，拍案大叫；有时悲歌长叹，涕泪交流。地方若老若小⑥，无不耸听欢喜⑦。或时唾骂严贼，地方人等齐声附和；其中若有不开口的，众人就骂他是不忠不义。一时高兴，以后率以为常⑧。又闻得沈经历文武全材，都来合他去射箭。沈鍊教把稻草扎成三个偶人，用布包裹，一写"唐奸相李林甫⑨"，一写"宋奸相秦桧⑩"，一写"明奸相严嵩"，把那三个偶人做个射鹄⑪。假如要射李林甫的，便高声骂道："李贼看箭！"秦贼、严贼，都是如此。北方人性直，被沈经历咶得热闹了⑫，全不虑及严家知道。

自古道："若要不知，除非莫为。"世间

①僭（jiàn）扳：超越身份高攀。僭，超越本份。扳，攀附。
②外舅：岳父。
③倾盖：车上的篷伞倾斜。指两人路上相遇，并车交谈，非常投机，以致篷伞都有些倾斜了。形容朋友之间关系亲密，所谓"倾盖之交"。也指初次交往即十分投机，所谓"倾盖如故"。
④本：奏章。参：弹劾。阁老：明清称宰相为阁老。
⑤关心处：动心处，打动人的地方。
⑥若：这里是"或"的意思。若老若小，即无论长幼。
⑦耸听：专心地听，恭听。
⑧率：总，都。
⑨李林甫：唐玄宗（李隆基）时宰相，为人奸诈，专权误国，在朝横行十九年，是酿成安史之乱的罪魁祸首。
⑩秦桧：宋高宗（赵构）时宰相，中国历史上出名的大奸臣。
⑪射鹄（gǔ）：箭靶子。
⑫咶（guā）：叫。

只有权势之家，报新闻的极多。早有人将此事报知严嵩父子。严嵩父子深以为恨，商议要寻个事头，杀却沈鍊①，方免其患。适值宣大总督员缺②，严阁老分付吏部③，教把这缺与他门下干儿子杨顺做去。吏部依言，就将杨侍郎杨顺差往宣大总督。杨顺往严府拜辞，严世蕃置酒送行，席间屏人而语④，托他要查沈鍊过失。杨顺领命，唯唯而去。正是：

　　　合成毒药惟需酒，
　　　铸就钢刀待举手。
　　　可怜忠义沈经历，
　　　还向偶人夸大口！

却说杨顺到任不多时，适遇大同鞑虏俺答⑤，引众人寇应州地方⑥，连破了四十余堡⑦，掳去男妇无算⑧。杨顺不敢出兵救援，直待鞑虏去后，方才遣兵调将，为追袭之计。一般筛锣击鼓⑨，扬旗放炮，都是鬼弄，哪曾看见半个鞑子的影儿？杨顺情知失机惧罪⑩，密谕将士："搜获避兵的平民，将他劗头斩首⑪，充做鞑虏首级，解往兵部报功⑫。"那一时，不知杀死了多少无辜的百姓。

沈鍊闻知其事，心中大怒，写书一封，教中军官送与杨顺⑬。中军官晓得沈经历是个揽祸的太岁⑭，书中不知写甚么说话，哪里肯与他送。沈鍊就穿了青衣小帽⑮，在军门伺候杨顺出来，亲自投递。杨顺接来看时，书中大略说道："一人功名事极小，百姓性命事极大。杀平民以冒功，于心何忍？

① 杀却：杀掉。
② 宣大总督：宣大，指宣府和大同一带。总督，即总督军务，是兼管数镇或数省用兵的最高军事长官。
③ 吏部：六部之一，分掌官员任免、升降事宜。
④ 屏（bǐng）人：叫无关的人走开、回避。
⑤ 鞑（dá）房：鞑靼人，"房"是对异族的蔑称。俺答：当时鞑靼族的酋长。
⑥ 应州：即今山西应县。
⑦ 堡：小城镇。
⑧ 无算：无数，无法计算。
⑨ 筛锣：敲锣。筛，方言，敲。
⑩ 失机：失掉战机。
⑪ 劗（chán）头：剪去头发。指把平民的头发剪成鞑靼人的样子。
⑫ 兵部：六部之一，掌管武官任免和军事等。
⑬ 中军官：总督直属部队的首领官。
⑭ 太岁：每年值年的神祇，相传是恶神，触犯者必死。民间也称惹不得的人为太岁。此处"揽祸的太岁"，指招惹是非的人。
⑮ 青衣小帽：明代普通百姓的日常穿戴。

况且遇鞑贼只止于掳掠，遇我兵反加杀戮，是将帅之恶，更胜于鞑虏矣！"书后又附诗一首，诗云：

> 杀生报主意何如①？
> 解道功成万骨枯②。
> 试听沙场风雨夜，
> 冤魂相唤觅头颅。

杨顺见书大怒，扯得粉碎。

却说沈鍊又做了一篇祭文，率领门下子弟，备了祭礼，望空祭奠那些冤死之鬼。又作《塞下吟》云③：

> 云中一片虏烽高④，
> 出塞将军已著劳。
> 不斩单于诛百姓⑤，
> 可怜冤血染霜刀。

又诗云：

> 本为求生来避虏，
> 谁知避虏反戕生⑥！
> 早知虏首将民假⑦，
> 悔不当时随虏行。

杨总督标下有个心腹指挥⑧，姓罗名铠，抄得此诗并祭文，密献于杨顺。杨顺看了，愈加怨恨，遂将第一首诗改窜数字⑨，诗曰：

> 云中一片虏烽高，
> 出塞将军枉著劳。

① 杀生报主：杀害百姓向主子报功。
② 解道：会说，懂得。功成万骨枯：唐代诗人曹松诗有句"一将功成万骨枯"。
③ 《塞下吟》：古时常用的诗题，也叫"塞下曲"。内容多写边塞风光和军旅生活。
④ 云中：地名，山西大同一带。烽：报警的烽火、烽烟。
⑤ 单（chán）于：匈奴首领，这里借指俺答。
⑥ 戕（qiāng）：杀害。
⑦ 假：借，借用。这里指拿老百姓的头冒充敌人的头。
⑧ 标下：部下。指挥：武官名。
⑨ 改窜：篡改。

何似借他除佞贼①,
不须奏请上方刀②。

写就密书,连改诗封固,就差罗铠送与严世蕃。书中说:"沈鍊怨恨相国父子,阴结死士剑客③,要乘机报仇。前番鞑虏入寇,他吟诗四句,诗中有借虏除佞之语,意在不轨④。"世蕃见书大惊,即请心腹御史路楷商议⑤。路楷曰:"不才若往按彼处⑥,当为相国了当这件大事。"世蕃大喜,即分付都察院便差路楷巡按宣大⑦。临行世蕃治酒款别,说道:"烦寄语杨公,同心协力,若能除却这心腹大患,当以侯伯世爵相酬⑧,决不失信于二公也。"

路楷领诺。不一日,奉了钦差敕令⑨,来到宣府到任,与杨总督相见了。路楷遂将世蕃所托之语,一一对杨顺说知。杨顺道:"学生为此事朝思暮想⑩,废寝忘餐,恨无良策,以置此人于死地。"路楷道:"彼此留心,来休负了严公父子的付托,来自家富贵的机会,不可挫过⑪。"杨顺道:"说得是。倘有可下手处,彼此相报。"当日相别去了。

杨顺思想路楷之言,一夜不睡。次日坐堂,只见中军官报道:"今有蔚州卫拿获妖贼二名⑫,解到辕门外⑬,伏听钧旨⑭。"杨顺道:"唤进来。"解官磕了头,递上文书。杨顺拆开看了,呵呵大笑,这二名妖贼,叫做阎浩、杨胤夔,系妖人萧芹之党。

原来萧芹是白莲教的头儿⑮,向来出入虏地,惯以烧香惑众,哄骗虏酋俺答⑯,说自家有奇术,能咒人使人立死,喝城使城

① 佞(nìng)贼:奸贼,奸臣。
② 上方刀:由皇帝赐与负有使命的重臣的刀剑,受赐者有专制斩杀的威权。上方,即尚方,汉代官名,主官宫禁御用的刀剑和玩好器物。
③ 阴结死士:暗里结交不怕死的勇士。
④ 不轨:不遵守法度,即谋反。
⑤ 御史:都察院的长官。
⑥ 不才:自称谦词。按:巡按,考察处理。
⑦ 都察院:明代最高监察机关,职掌考察政治、弹劾官吏。
⑧ 侯伯世爵:封建时代的爵位可以世袭,故称世爵。
⑨ 敕令:皇帝的命令。
⑩ 学生:晚辈或自居于晚辈者的谦称,多为科举出身的人使用。
⑪ 挫过:摧挫而过,浪费掉,也即错过。
⑫ 蔚州:即今河北蔚县。
⑬ 辕门:本指军营的大门,以车辕交叉而成。此处指官署的外门。
⑭ 钧旨:上级的命令、指示。
⑮ 白莲教:也叫白莲社。一种秘密结社组织。
⑯ 酋(qiú):首领。

立颏。虏酋愚甚，被他哄动，尊为国师①。其党数百人，自为一营。俺答几次入寇，都是萧芹等为之向导，中国屡受其害。先前史侍郎做总督时②，遣通事重赂虏中头目脱脱③，对他说道："天朝情愿与你通好④，将俺家布粟换你家马，名为'马市'，两下息兵罢战，各享安乐，此是美事。只怕萧芹等在内作梗，和好不终。那萧芹原是中国一个无赖小人，全无术法，只是狡伪，哄诱你家抢掠地方，他于中取事。郎主若不信⑤，可要萧芹试其术法。委的喝得城颓⑥，咒得人死，那时合当重用；若咒人人不死，喝城城不颓，显是欺诳，何不缚送天朝？天朝感郎主之德，必有重赏。'马市'一成，岁岁享无穷之利，煞强如抢掠的勾当了⑦。"脱脱点头道"是"，对郎主俺答说了。俺答大喜，约会萧芹，要将千骑随之，从右卫而入⑧，试其喝城之技。萧芹自知必败，改换服色，连夜脱身逃走，被居庸关守将盘诘⑨，并其党乔源、张攀隆等拿住，解到史侍郎处。招称妖党甚众，山陕畿南⑩，处处俱有。一向分头缉捕，今日阎浩、杨胤夔亦是数内有名妖犯。

杨总督看见获解到来，一者也算他上任一功，二者要借这个题目，牵害沈𬭚⑪，如何不喜？当晚就请路御史，来后堂商议道："别个题目摆布沈𬭚不了，只有白莲教通虏一事，圣上所最怒。如今将妖贼阎浩、杨胤夔招中⑫，窜入沈𬭚名字，只说浩等平日师事沈𬭚，沈𬭚因失职怨望⑬，教浩等煽妖作幻，勾虏谋逆。天幸今日被擒，乞赐天诛，

①国师：古代君主尊崇某些僧道人物，待以师礼，称为国师。
②史侍郎：即史道，字克弘，涿（今河北涿县）人。
③通事：翻译官。
④天朝：指明王朝。古时边疆小邦对中原王朝称天朝，中原人对他们讲话时也自称天朝。
⑤郎主：对外国国君或少数民族酋长的尊称。此处指俺答。
⑥委的：真的，确实。喝：大叫，断喝。颓（tuí）：倒塌。
⑦煞：实在。
⑧右卫：指大同右卫，在今山西省右玉县西。
⑨居庸关：长城关口之一，在北京昌平西北。
⑩山陕畿（jī）南：山西、陕西和京城以南。畿，国都周边地区。
⑪牵害：牵扯祸害。
⑫招：口供。
⑬怨望：怨恨。望，埋怨，责怪。

以绝后患。先用密禀禀知严家①，教他叮嘱刑部作速覆本②。料这番沈鍊之命，必无逃矣。"路楷拍手道："妙哉，妙哉！"

两个当时就商量了本稿③，约齐了同时发本④。严嵩先见了本稿及禀帖⑤，便教严世蕃传语刑部。那刑部尚书许论⑥，是个罢软没用的老儿⑦，听见严府分付，不敢怠慢，连忙覆本，一依杨、路二人之议⑧。圣旨倒下：妖犯着本处巡按御史即时斩决；杨顺荫一子锦衣卫千户⑨，路楷纪功，升迁三级，俟京堂缺推用⑩。

话分两头。却说杨顺自发本之后，便差人密地里拿沈鍊于狱中。慌得徐夫人和沈衮、沈褒没做理会⑪，急寻义叔贾石商议。贾石道："此必杨、路二贼为严家报仇之意。既然下狱，必然诬陷以重罪。两位公子及今逃窜远方⑫，待等严家势败，方可出头。若住在此处，杨、路二贼决不干休。"沈衮道："未曾看得父亲下落，如何好去？"贾石道："尊大人犯了对头⑬，决无保全之理。公子以宗祀为重⑭，岂可拘于小孝，自取灭绝之祸？可劝令堂老夫人⑮，早为远害全身之计。尊大人处，贾某自当央人看觑⑯，不烦悬念。"二沈便将贾石之言，对徐夫人说知。徐夫人道："你父亲无罪陷狱，何忍弃之而去？贾叔叔虽然相厚，终是个外人。我料杨、路二贼奉承严氏亦不过与你爹爹作对，终不然累及妻子⑰。你若畏罪而逃，父亲倘然身死，骸骨无收，万世骂你做不孝之子，何颜在世为人乎？"说罢，大哭不止。沈衮、沈褒齐声恸哭。贾石闻知徐夫人不允，叹惜而去。

①密禀：秘密报告。
②刑部：六部之一，掌管刑法、审判等事。作速覆本：赶快再上奏章。
③本稿：奏本的底稿。
④发本：发出奏本。
⑤禀帖：下级对上级的报告。
⑥尚书：各部的正长官。
⑦罢（pí）软：疲塌软弱。
⑧一依：完全依从。
⑨荫：上代有功，下代得官叫荫。
⑩俟京堂缺推用：等朝中缺官就马上升用。京堂，中央政府各官署的长官。推用，不待原职任满，有缺即擢用。
⑪没做理会：没有办法，无可奈何。
⑫及今：就现在，趁早。
⑬对头：冤家，仇人。
⑭宗祀：祖宗的香火。
⑮令堂：对别人母亲的尊称。
⑯央：请求，拜托。看觑：照顾。
⑰终不然：总不至于。

过了数日，贾石打听的实①，果然扭入白莲教之党，问成死罪。沈錬在狱中大骂不止。杨顺自知理亏，只恐临时处决②，怕他在众人面前毒骂，不好看相。预先问狱官责取病状③，将沈錬结果了性命。贾石将此话报与徐夫人知道，母子痛哭，自不必说。又亏贾石多有识熟人情，买出尸首，嘱付狱卒："若官府要枭示时④，把个假的答应。"却瞒着沈襄兄弟，私下备棺盛殓⑤，埋于隙地⑥。事毕，方才向沈襄说道："尊大人遗体已得保全，直待事平之后，方好指点与你知道儿，今犹未可泄漏。"沈襄兄弟感谢不已。贾石又苦口劝他弟兄二人逃走。沈襄道："极知久占叔叔高居，心上不安。奈家母之意，欲待是非稍定，搬回灵柩，以此迟延不决。"贾石怒道："我贾某生平⑦，为人谋而尽忠。今日之言，全是为你家门户，岂因久占住房，说发你们起身之理⑧？既嫂嫂老夫人之意已定，我亦不敢相强。但我有一小事，即欲远出，有一年半载不回，你母子自小心安住便了。"觑着壁上贴得有前、后《出师表》各一张，乃是沈錬亲笔楷书。贾石道："这两幅字可揭来送我，一路上做个纪念。他日相逢，以此为信⑨。"沈襄就揭下二纸，双手折迭，递与贾石。贾石藏于袖中，流泪而别。

原来贾石算定杨、路二贼设心不善⑩，虽然杀了沈錬，未肯干休。自己与沈錬相厚，必然累及，所以预先逃走，在河南地方宗族家权时居住⑪，不在话下。

却说路楷见刑部覆本，有了圣旨，便于狱中取出阎浩、杨胤夔斩讫，并要割沈錬之

①的实：确实。
②临时处决：到处决的时候。临，到。
③责取：编造。
④枭（xiāo）示：即砍头示众，杀头之后把头挂在杆子上示众。
⑤盛殓：指装殓。
⑥隙地：空地。此处应指偏僻荒芜之地。
⑦生平：平生，一生。
⑧说发：说动，劝转。
⑨为信：即作凭信。信，凭信。
⑩设心不善：存心不良。
⑪权时：暂时。

首，一同枭示。谁知沈𬭎真尸已被贾石买去了，官府也哪里辨验得出？不在话下。

再说杨顺看见止于荫子人，心中不满，便向路楷说道："当初严东楼许我事成之日①，以侯伯爵相酬。今日失言，不知何故？"路楷沉思半响，答道："沈𬭎是严家紧对头②，今止诛其身，不曾波及其子。斩草不除根，萌芽复发。相国不足我们之意③，想在于此。"杨顺道："若如此，何难之有？如今再上个本，说沈𬭎虽诛，其子亦宜知情，还该坐罪④，抄没家私。庶国法可伸⑤，人心知惧。再访他同射草人的几个狂徒，并借屋与他住的，一齐拿来治罪，出了严家父子之气，那时却将前言取赏，看他有何推托？"路楷道："此计大妙！事不宜迟，乘他家属在此，一网而尽，岂不快哉！只怕他儿子知风逃避，却又费力。"杨顺道："高见甚明。"一面写表申奏朝廷，再写禀帖到严府知会⑥，自述孝顺之意；一面预先行牌保安州知州⑦，着用心看守犯属⑧，勿容逃逸。只等旨意批下，便去行事。诗云：

　　破巢完卵从来少⑨，
　　削草除根势或然。
　　可惜忠良遭屈死，
　　又将家属媚当权。

再过数日，圣旨下了。州里奉着宪牌⑩，差人来拿沈𬭎家属，并查平素往来诸人姓名，一一挨拿。只有贾石名字，先经出外，只得将在逃开报⑪。此见贾石见几之明也⑫。时人有诗赞云：

① 严东楼：即严世蕃。东楼是他的字。
② 紧对头：犹言死对头。
③ 不足：不满。
④ 坐罪：因有牵连而治罪。
⑤ 庶：大概，差不多。
⑥ 知会：通气，告知消息。
⑦ 牌：这里是指上级给下级的指令公文。行牌，发出指令。
⑧ 着：命令，要求。
⑨ 此句用"覆巢之下，岂有完卵"的典故。指一个家庭遭遇毁灭性打击后，妻儿很难幸免。
⑩ 宪牌：这里是指刑部捕人的公文。宪，法令。
⑪ 开报：上报。
⑫ 见几：预见。下文"知几"与此同意。几，隐微，不明显。

义气能如贾石稀,
全身远避更知几。
任他罗网空中布,
争奈仙禽天外飞①?

　　却说杨顺见拿到沈衮、沈褒,亲自鞫问②,要他招承通虏实迹。二沈高声叫屈,哪里肯招?被杨总督严刑拷打,打得体无完肤。沈衮、沈褒熬炼不过③,双双死于杖下。可怜少年公子,都入枉死城中④。其同时拿到犯人,都坐个同谋之罪,累死者何止数十人⑤!幼子沈襄尚在襁褓⑥,免罪,随着母徐氏,另徙在云州极边⑦,不许在保安居住。

　　路楷又与杨顺商议:"沈錬长子沈襄,是绍兴有名秀才。他时得地⑧,必然衔恨于我辈。不若一并除之,永绝后患,亦相国知我用心⑨。"杨顺依言,便行文书到浙江,把做钦犯⑩,严提沈襄来问罪。又分付心腹经历金绍,择取有才干的差人,赍文前去⑪,嘱他中途伺便,便行谋害⑫,就所在地方,讨个病状回缴⑬。事成之日,差人重赏,金绍许他荐本超迁⑭。

　　金绍领了台旨,汲汲而回⑮,着意的选两名积年干事的公差⑯,无过是张千、李万⑰。金绍唤他到私衙,赏了他酒饭,取出私财二十两相赠。张千、李万道:"小人安敢无功受赐⑱?"金绍道:"这银两不是我送你的,是总督杨爷赏你的,教你赍文到绍兴去拿沈襄,一路不要放松他,须要如此如此,这般这般。回来还有重赏。若是怠慢,总督老爷衙门不是取笑的,你两个去回话!"张千、李万道:"莫说总督老爷钧旨,就是

①争奈:怎奈。
②鞫(jū)问:审问。
③熬炼:忍受,忍耐。
④枉死城:迷信中地狱的一部分,专收枉死之人。
⑤累死者:接连而死的人。
⑥襁褓,包裹婴儿的包袱。
⑦云州:现在河北省赤城县北。
⑧得地:出头,发迹。一说指"得第",即考中进士。
⑨相国:宰相,这里是指严嵩。
⑩钦犯:皇帝命令查办的犯人。
⑪赍(jī):送。
⑫这两句中,前一个"便"指方便,后一个"便"是就、即的意思。
⑬病状:病死的证明。
⑭荐本超迁:上奏皇帝,保荐越级提升。超迁,不受等级限制的升迁。
⑮汲汲:急急。
⑯积年:多年。
⑰无过:不过,无非。
⑱安敢:怎敢。

老爷分付，小人怎敢有违？"收了银两，谢了金经历。在本府认领下分文，疾忙上路①，往南进发。

却说沈襄，号小霞，是绍兴府学廪膳秀才。他在家久闻得父亲以言事获罪，发去口外为民，甚是挂怀，欲亲到保安州一看。因家中无人主管，行止两难。忽一日，本府差人到来，不由分说，将沈襄锁缚，解到府堂。知府教把文书与沈襄看了备细②，就将回文和犯人交付原差，嘱他一路小心。沈襄此时方知父亲及二弟，俱已死于非命，母亲又远徙极边，放声大哭。哭出府门，只见一家老小，都在那里搅做一团的啼哭。原来文书上有"奉旨抄没"的话，本府已差县尉封锁了家私③，将人口尽皆逐出。沈小霞听说，真是苦上加苦，哭得咽喉无气。霎时间，亲戚都来与小霞话别，明知此去多凶少吉，少不得说几句劝解的言语。小霞的丈人孟春元④，取出一包银子，送与二位公差，求他路上看顾女婿。公差嫌少不受。孟氏娘子又添上金簪子一对，方才收了。沈小霞带着哭，分付孟氏道："我此去死多生少，你休为我忧念，只当我已死一般，在爷娘家过活⑤。你是书礼之家，谅无再醮之事⑥，我也放心得下。"指着小妻闻淑女⑦，说道："只这女子，年纪幼小，又无处着落，合该教他改嫁⑧。奈我三十无子⑨，他却有两个半月的身孕，他日倘生得一男，也不绝了沈氏香烟。娘子你看我平日夫妻面上，一发带他到丈人家去住几时⑩，等待十月满足，生下或男或女，那时凭你发遣他去便了。"话声未绝，只见闻氏淑女说道："官人说哪里

①疾忙：赶紧，连忙。疾，快。
②备细：详尽仔细。
③县尉：县里分管捕盗、治安等事项的官员。
④春元：明朝时对举人的尊称。
⑤爷娘：即父母亲。爷，父亲。
⑥再醮（jiào）：再嫁。
⑦小妻：小老婆，妾。淑女，这里指类似夫人而级次较低的身份。
⑧合该：应该。
⑨奈：怎奈。
⑩一发：一起。

话！你去数千里之外，没个亲人朝夕看觑，怎生放下？大娘自到孟家去①，奴家情愿蓬首垢面，一路伏待官人前行。一来官人免致寂寞，二来也替大娘分得些忧念。"沈小霞道："得个亲人做伴，我非不欲。但此去多分不幸②，累你同死他乡何益？"闻氏道："老爷在朝为官，官人一向在家，谁人不知？便诬陷老爷有些不是的勾当③，家乡隔绝，岂是同谋？妾帮着官人到官申辩④，决然罪不至死。就使官人下狱，还留贱妾在外，尚好照管。"孟氏也放丈夫不下，听得闻氏说得有理，极力撺掇丈夫带淑女同去⑤。沈小霞平日素爱淑女，有才有智，又见孟氏苦劝，只得依允。

当夜众人齐到孟春元家，歇了一夜。次早，张千、李万催趱上路⑥。闻氏换了一身布衣，将青布裹头，别了孟氏，背着行李，跟着沈小霞便走。那时分别之苦，自不必说。

一路行来，闻氏与沈小霞寸步不离，茶汤饭食，都亲自搬取。张千、李万初还好言好语，过了扬子江⑦，到徐州起旱⑧，料得家乡已远，就做出嘴脸来，呼么喝六⑨，渐渐难为他夫妻两个来了。闻氏看在眼里，私对丈夫说道："看那两个泼差人⑩，不怀好意。奴家女流之辈，不识路径，若前途有荒僻旷野的所在⑪，须是用心提防。"沈小霞虽然点头，心中还只是半疑不信。

又行了几日，看见两个差人不住的交头接耳，私下商量说话；又见他包裹中有倭刀一口⑫，其白如霜，忽然心动，害怕起来，对闻氏说道："你说这泼差人其心不善，我

①大娘：旧时小妾对正妻的尊称。
②多分：多半。
③不是的勾当：不对的事情。
④妾：旧时女子自称。
⑤撺掇（cuān duō）：怂恿，鼓动。
⑥催趱（zǎn）：催赶着快走。趱，快走。
⑦扬子江：长江下游的一段称扬子江。
⑧起旱：开始走旱路。
⑨呼么喝六：指手划脚，喊叫喧闹。
⑩泼：坏，可恶。
⑪前途：前面路上。
⑫倭刀：一种日本出产的快刀。

也觉得有七八分了。明日是济宁府界上①，过了府去，便是大行山、梁山泺②，一路荒野，都是响马出入之所③。倘到彼处，他们行凶起来，你也救不得我，我也救不得你，如何是好？"闻氏道："既然如此，官人有何脱身之计，请自方便。留奴家在此，不怕那两个泼差人生吞了我！"沈小霞道："济宁府东门内，有个冯主事④，丁忧在家⑤。此人最有侠气，是我父亲极相厚的同年⑥，我明日去投奔他，他必然相纳。只怕你妇人家，没志量打发这两个泼差人⑦，累你受苦，于心何安？你若有力量支持他，我去也放胆。不然，与你同生同死，也是天命当然，死而无怨。"闻氏道："官人有路尽走，奴家自会摆布，不劳挂念。"这里夫妻暗地商量，那张千、李万辛苦了一日，吃了一肚酒，齁齁的熟睡⑧，全然不觉。

次日早起上路，沈小霞问张千道："前去济宁还有多少路？"张千道："只四十里，半日就到了。"沈小霞道："济宁东门内冯主事，是我年伯⑨，他先前在京师时，借过我父亲二百两银子；有文契在此⑩。他管过北新关⑪，正有银子在家。我若去取讨前欠，他见我是落难之人，必然慨付。取得这项银两，一路上盘缠也得宽裕，免致吃苦。"张千意思有些作难⑫，李万随口应承了，向张千耳边说道："我看这沈公子是忠厚之人，况爱妾、行李都在此处，料无他故。放他去走一遭，取得银两，都是你我二人的造化⑬，有何不可？"张千道："虽然如此，到饭店安歇行李，我守住小娘子在店上，你紧跟着同去，万无一失。"

①济宁府：今山东省济宁。
②梁山泺：即梁山泊。泺，同"泊"。
③响马：骑马的强盗。他们劫掠时往往先放响箭示威，所以称响马。
④主事：官名。明代六部中均有主事，官位次于员外郎。
⑤丁忧：因父母丧事而在家守孝。古代礼制，遇父母丧事，三年内停职、停考，并谢绝一切游历宴会。否则算违背礼制，要受到严厉责罚。丁，当，遭逢。
⑥同年：指同一年应试或中式的人。
⑦没志量：没胆量，没力量。
⑧齁齁（hōu）：打鼾声。
⑨年伯：父亲的同年。
⑩文契：文书契约。
⑪北新关：在杭州武林门外十里，明代曾在那里设有税关。
⑫作难：为难。
⑬造化：运气。

话休絮烦。看看巳牌时分①，早到济宁城外。拣个洁净店儿，安放了行李。沈小霞便道："你二位同我到东门走遭，转来吃饭未迟。"李万道："我同你去，或者他家留酒饭也不见得②。"闻氏故意对丈夫道："常言道：'人面逐高低③，世情看冷暖。'冯主事虽然欠下老爷银两，见老爷死了，你又在难中，谁肯唾手交还④？枉自讨个厌贱⑤，不如吃了饭赶路为上。"沈小霞道："这里进城到东门不多路，好歹去走一遭，不折了什么便宜⑥。"李万贪了这二百两银子，一力撺掇该去⑦。沈小霞分付闻氏道："耐心坐坐，若转得快时，便是没想头了；他若好意留款，必然有些赍发⑧，明日雇个轿儿抬你去。这几日在牲口上坐，看你好生不惯。"闻氏觑个空，向丈夫丢个眼色，又道："官人早回，休教奴久等则个。"李万笑道："去多少时，有许多说话，好不老气⑨！"闻氏见丈夫去了，故意招李万转来，嘱付道："若冯家留饭下坐得久时，千万劳你催促一声。"李万答应道："不消分付。"比及李万下阶时⑩，沈小霞已走了一段路了。李万托着大意⑪，又且济宁是他惯走的熟路，东门冯主事家，他也认得，全不疑惑。走了几步，又里急起来⑫，觑个毛坑上自在方便了⑬，慢慢的望东门而去。

　　却说沈小霞回看头时，不见了李万，做一口气急急的跑到冯主事家。也是小霞合当有救，正值冯主事独自在厅。两人京中旧时识熟，此时相见，吃了一惊。沈襄也不作揖，扯住冯主事衣袂道⑭："借一步说话⑮。"冯主事已会意了，便引到书房里面。沈小霞

①巳牌时分：上午9～11时。
②或者他家留酒饭也不见得：这句是推测之语，意思是他家也许会留下沈襄吃饭。"也不见得"有肯定的语气。
③人面逐高低：意思是人情是随着地位、情况变化的。
④唾手：轻易，容易。
⑤厌贱：让人看低。枉自讨个厌贱，有白白自取其辱之意。
⑥不折了什么便宜：不会吃什么亏。
⑦一力：极力。
⑧赍发：资助。
⑨好不老气：好不唠叨。
⑩比及：等到。
⑪托着大意：托大，自以为心中有数而不太在意。
⑫里急：急于要大便。也叫内急。
⑬毛坑：也叫茅坑，大小便的地方，厕所。
⑭衣袂（mèi）：衣袖。
⑮借一步说话：意思是请移动一步，另换个安全的地方讲话。借，有请求人的意思，例如"借光"。

放声大哭。冯主事道："年侄，有话快说，休得悲伤，误其大事。"沈小霞哭诉道："父亲被严贼屈陷①，已不必说了。两个舍弟随任的，都被杨顺、路楷杀害。只有小侄在家，又行文本府，提去问罪。一家宗祀，眼见灭绝。又两个差人心怀不善，只怕他受了杨、路二贼之嘱，到前途大行、梁山等处暗算了性命。寻思一计，脱身来投老年伯。老年伯若有计相庇，我亡爷在天之灵，必然感激。若老年伯不能遮护小侄，便就此触阶而死②；死在老年伯面前，强似死于奸贼之手。"冯主事道："贤侄不妨。我家卧室之后，有一层复壁③，尽可藏身，他人搜检不到之处。今送你在内权住数日，我自有道理。"沈襄拜谢道："老年伯便是重生父母。"

冯主事亲执沈襄之手，引入卧房之后。揭开地板一块，有个地道。从此钻下，约走五六十步，便有亮光，有小小廊屋三间，四面皆楼墙围裹，果是人迹不到之处。每日茶饭，都是冯主事亲自送入。他家法极严，谁人敢泄漏半个字？正是：

深山堪隐豹④，柳密可藏鸦。
不须愁汉吏，自有鲁朱家⑤。

且说这一日，李万上了毛坑，望东门冯家而来。到于门首，问老门公道⑥："主事老爷在家么？"老门公道："在家里。"又问道："有个穿白的官人，来见你老爷，曾相见否？"老门公道："正在书房里吃饭哩。"李万听说，一发放心⑦。看看等到未牌⑧，果然厅上走一个穿白的官人出来。李万急上前

①屈陷：枉屈陷害。
②触阶：撞台阶。
③复壁：墙避之内又有墙壁。指墙内有暗室。
④隐豹：传说豹子在毛色最美的一段时间要隐藏起来，以躲避猎人。后来亦称高人隐居或深藏不露为豹隐。
⑤不须愁汉吏，自有鲁朱家：汉高祖刘邦打败项羽后，捉拿项羽的大将季布。季布逃到鲁地侠士朱家的家里，朱家冒险藏匿了季布，使其得以免祸。事见《史记·游侠列传》。此处用来比喻冯主事藏匿沈小霞。
⑥门公：守门人。
⑦一发：越发，更加。
⑧未牌：下午1～3时。

看时，不是沈襄。那官人径自出门了。

李万等得不耐烦，肚里又饥，不免问老门公道："你说老爷留饭的官人，如何只管坐了去，不见出来？"老门公道："方才出去的不是？"李万道："老爷书房中还有客没有？"老门公道："这倒不知。"李万道："方才那穿白的是甚人？"老门公道："是老爷的小舅，常常来的。"李万道："老爷如今在哪里？"老门公："老爷每常饭后，定要睡一觉，此时正好睡哩。"

李万听得话不投机①，心下早有二分慌了，便道："不瞒大伯说，在下是宣大总督老爷差来的②。今有绍兴沈公子名唤沈襄，号沈小霞，系钦提人犯。小人提押到于贵府，他说与你老爷有同年叔侄之谊，要来拜望。在下同他到宅，他进宅去了。在下等候多时，不见出来，想必还在书房中。大伯，你还不知道，烦你去催促一声，教他快快出来，要赶路走。"老门公故意道："你说的是甚么说话？我一些不懂。"李万耐了气③，又细细的说一遍。老门公当面的一啐④，骂道："见鬼！何常有什么沈公子到来⑤？老爷在丧中，一概不接外客。这门上是我的干纪⑥，出入都是我通禀。你却说这等鬼话！你莫非是白日撞么⑦？强装甚么公差名色，掏摸东西的。快快请退，休缠你爷的帐！"

李万听说，愈加着急，便发作起来道："这沈襄是朝廷要紧的人犯，不是当耍的⑧。请你老爷出来，我自有话说。"老门公道："老爷正瞌睡，没甚事，谁敢去禀？你这獠子⑨，好不达时务！"说罢，洋洋的自去了⑩。李万道："这个门上老儿好不知事，央他传

①话不投机：这里是指话对不上茬，与事实有出入。
②在下：自己的谦称。
③耐了气：忍住气。
④啐（cuì）：唾的声音，表示愤怒或鄙夷。
⑤何常：何尝，哪里有。
⑥干纪：干系，责任。
⑦白日撞：白天闯入人家伺机行窃的小偷。
⑧不是当耍的：不是闹着玩的。
⑨獠（liáo）子：骂人的话，有轻贱、鄙夷之意。
⑩洋洋的：慢慢腾腾地。

一句话甚作难。想沈襄定然在内,我奉军门钧帖①,不是私事,便闯进去怕怎的?"李万一时粗莽,直撞入厅来,将照壁拍了又拍②,大叫道:"沈公子好走动了!"不见答应。一连叫唤了数声,只见里头走出一个年少的家童,出来问道:"管门的在哪里?放谁在厅上喧嚷?"李万正要叫住他说话,那家童在照壁后张了张儿③,向西边走去了。李万道:"莫非书房在那西边?我且自去看看,怕怎的!"从厅后转西走去,原来是一带长廊。李万看见无人,只顾望前而行。只见屋宇深邃,门户错杂,颇有妇人走动。李万不敢纵步④,依旧退回厅上。听得外面乱嚷。

李万到门首看时,却是张千来寻李万不见,正和门公在那里斗口⑤。张千一见了李万,不由分说,便骂道:"好伙计!只贪图酒食,不干正事!巳牌时分进城,如今申牌将尽⑥,还在此闲荡!不催趱犯人出城去,待怎么?"李万道:"呸!哪有什么酒食?连人也不见个影儿!"张千道:"是你同他进城的!"李万道:"我只登了个东⑦,被蛮子上前了几步⑧,跟他不上。一直赶到这里,门上说有个穿白的官人在书房中留饭,我说定是他了。等到如今不见出来,门上人又不肯通报,清水也讨不得一杯吃。老哥,烦你在此等候等候,替我到下处医了肚皮再来⑨。"张千道:"有你这样不干事的人!是甚么样犯人,却放他独自行走?就是书房中,少不得也随他进去。如今知他在里头不在里头?还亏你放慢线儿讲话⑩。这是你的干纪,不关我事!"说罢便走。李万赶上扯住道:"人是在里头,料没处去。大家在此帮说句话儿,

①军门钧帖:总督衙门的公文。
②照壁:院门之内、厅堂门之前的墙。也叫照墙、影壁。
③张了张:看了看,瞅了瞅。张,张看,张望。
④纵步:放开脚步。
⑤斗口:吵嘴。
⑥申牌:下午3~5时。
⑦登了个东:上了趟茅坑。古时茅厕多建在房屋东面,故称。
⑧蛮子:北方人对南方人的蔑称。
⑨替:替换。下处:这里指客店。
⑩放慢线儿:慢慢吞吞、拖拖沓沓。

催他出来，也是个道理。你是吃饱的人，如何去得这等要紧？"张千道："他的小老婆在下处，方才虽然嘱付店主人看守，只是放心不下。这是沈襄穿鼻子的索儿①，有他在，不怕沈襄不来。"李万道："老哥说得是。"当下张千先去了。

　　李万忍着肚饥守到晚，并无消息。看看日没黄昏，李万腹中饿极了，看见间壁有个点心店儿②，不免脱下布衫，抵当几文钱的火烧来吃③。去不多时，只听得扛门声响④，急跑来看，冯家大门已闭上了。李万道："我做了一世的公人，不曾受这般呕气！主事是多大的官儿，门上直恁作威作势⑤？也有那沈公子好笑，老婆、行李在下处，既然这里留宿，信也该寄一个出来。事已如此，只得在房檐下胡乱过一夜，天明等个知事的管家出来，与他说话。"此时十月天气，虽不甚冷，半夜里起一阵风，簌簌的下几点微雨，衣服都沾湿了，好生凄楚。

　　捱到天明雨止，只见张千又来了。却是闻氏再三再四催逼他来的。张千身边带了公文解批⑥，和李万商议，只等开门，一拥而入，在厅上大惊小怪⑦，高声发话。老门公拦阻不住，一时间家中大小都聚集来，七嘴八张⑧，好不热闹！街上人听得宅里闹炒⑨，也聚拢来，围住大门外闲看。惊动了那有仁有义、守孝在家的冯主事，从里面踱将出来。且说冯主事怎生模样？

　　　　头带栀子花匾摺孝头巾⑩，身穿反摺缝稀眼粗麻衫⑪，腰系麻绳⑫，足着草履。

① 穿鼻子的索儿：拴在器物鼻儿或牲口（尤指牛）鼻子上的绳索，作为抓手和牵引之具。
② 间壁：隔壁。
③ 抵当（dàng）：质换。火烧：一种类似烧饼的食品。
④ 扛门：闩门，顶门。
⑤ 直恁（nèn）：居然这样地。
⑥ 解（jiè）批：押解犯人的公文。
⑦ 大惊小怪：指一惊一咋、咋咋唬唬的。
⑧ 七嘴八张：犹"七嘴八舌"。
⑨ 闹炒：吵闹。炒，通"吵"。
⑩ 栀（zhī）子花：一种白色的花，夏天开放。这里形容孝巾颜色。匾摺（zhé）：即扁折，孝巾的一种折叠方式。孝头巾：服孝时的白色头巾。
⑪ "身穿"句：这一句指孝服。反摺缝，是指衣缝的摺边在外。稀眼，指针脚大。两者都是孝服的缝制规矩。
⑫ 腰系麻绳：与上一句同指斩缞（cuī）孝服（对父母之丧）的服制。所谓"披麻带孝"，即指此。

众家人听得咳嗽响,道一声"老爷来了",都分立在两边。主事出厅问道:"为甚事在此喧嚷?"张千、李万上前施礼道:"冯爷在上,小的是奉宣大总督爷公文来的,到绍兴拿得钦犯沈襄。经由贵府,他说是冯爷的年侄,要来拜望,小的不敢阻挡,容他进见。自昨日上午到宅,至今不见出来,有误程限①,管家们又不肯代禀。伏乞老爷天恩,快些打发上路。"张千便在胸前取出解批和官文呈上。

冯主事看了,问道:"那沈襄可是沈经历沈炼的儿子么?"李万道:"正是。"冯主事掩着两耳,把舌头一伸,说道:"你这班配军②,好不知利害!那沈襄是朝廷钦犯,尚犹自可③;他是严相国的仇人,哪个敢容纳他在家?他昨日何曾到我家来?你却乱话。官府闻知,传说到严府去,我是当得起他怪的?你两个配军,自不小心,不知得了多少钱财,买放了要紧人犯,却来图赖我④!"叫家童与他乱打那配军出去,把大门闭了,"不要惹这闲是非,严府知道,不是当耍!"冯主事一头骂,一头走进宅去了。大小家人奉了主人之命,推的推,挍的挍⑤,霎时间被众人拥出大门之外,闭了门,兀自听得嘈嘈的乱骂⑥。

张千、李万面面相觑,开了口,合不得;伸了舌,缩不进。张千埋怨李万道:"昨日是你一力撺掇,教放他进城,如今你自去寻他。"李万道:"且不要埋怨,和你去问他老婆,或者晓得他的路数⑦,再来抓寻便了⑧。"张千道:"说得是。他是恩爱的夫妻。昨夜汉子不回,那婆娘暗地流泪,巴巴

①程限:路程的规定日期。
②配军:发配充军的罪犯。这里是用作骂人的话。
③尚犹自可:倒还罢了,倒还不算什么。
④图赖:图谋嫁祸于人。赖,依靠,这里指把事情推到别人身上。
⑤挍(sǒng):用肘推撞,即"搡"。
⑥兀自:还在,仍然。
⑦路数:底细。
⑧抓寻:寻找,搜寻。

的独坐了两三个更次。他汉子的行藏①，老婆岂有不知？"两个一头说话，飞奔出城，复到饭店中来。

却说闻氏在店房里面听得差人声音，慌忙移步出来，问道："我官人如何不来？"张千指李万道："你只问他就是。"李万将昨日往毛厕出恭②，走慢了一步。到冯主事家，起先如此如此，以后这般这般，备细说了。张千道："今早空肚皮进城，就吃了这一肚寡气③。你丈夫想是真个不在他家了，必然还有个去处，难道不对小娘子说的？小娘子趁早说来，我们好去抓寻。"

说犹未了，只见闻氏噙着眼泪，一双手扯住两个公人叫道："好，好，还我丈夫来！"张千、李万道："你丈夫自要去拜什么年伯，我们好意容他去走走，不知走向哪里去了，连累我们在此着急，没处抓寻。你倒问我要丈夫，难道我们藏过了他？说得好笑！"将衣袂掣开④，气忿忿地对虎一般坐下⑤。闻氏倒走在外面，拦住出路，双足顿地，放声大哭，叫起屈来。老店主听得，忙来解劝。闻氏道："公公有所不知：我丈夫三十无子，娶奴为妾。奴家跟了他二年了，幸有三个多月身孕。我丈夫割舍不下，因此奴家千里相从，一路上寸步不离。昨日为盘缠缺少，要去见那年伯，是李牌头同去的⑥。昨晚一夜不回，奴家已自疑心。今早他两个自回，一定将我丈夫谋害了。你老人家替我做主，还我丈夫便罢休！"老店主道："小娘子休得急性，那排长与你丈夫前日无怨、往日无仇，着甚来由要坏他性命⑦？"闻氏哭声转哀道："公公，你不知道。我丈夫是严阁

①行藏：行踪，底细。
②出恭：大便。旧时科举考试非常严肃，入场称"入敬"，出场叫"出恭"，中间出来大小便要领"出恭入敬牌"，俗因以称大便为出恭。
③寡气：闷气。
④掣（chè）开：挣脱。
⑤对虎：一种儿童游戏，即两人撑眉怒目对视，谁先发笑谁输。这里形容两个公差又气又急、不知如何是好的情态。
⑥牌头：古代公差都带有腰牌，公差的头目叫牌头。这里是对公差的尊称。下文的"排长"，与此同样用意。
⑦来由：原因。

老的仇人，他两个必定受了严府的嘱托来的，或是他要去严府请功。公公，你详情他千乡万里①，带着奴家到此，岂有没半句说话，突然去了？就是他要走时，那同去的李牌头，怎肯放他？你要奉承严府，害了我丈夫不打紧，教奴家孤身妇女，看着何人②？公公，这两个杀人的贼徒，烦公公带着奴家同他去官府处叫冤。"

张千、李万被这妇人一哭一诉，就要分析几句③，没处插嘴。老店主听见闻氏说得有理，也不免有些疑心，倒可怜那妇人起来，只得劝道："小娘子说便是这般说，你丈夫未曾死也不见得，好歹再等候他一日。"闻氏道："依公公等候一日不打紧，那两个杀人的凶身，乘机走脱了，这干系却是谁当？"张千道："若果然谋害了你丈夫要走脱时，我弟兄两个又到这里则甚？"闻氏道："你欺负我妇人家没张智④，又要指望奸骗我。好好的说，我丈夫的尸首在哪里？少不得当官也要还我个明白。"

老店官见妇人口嘴利害，再不敢言语。店中闲看的，一时间聚了四五十人。闻说妇人如此苦切⑤，人人恼恨那两个差人，都道："小娘子要去叫冤，我们引你到兵备道去⑥。"闻氏向着众人深深拜福⑦，哭道："多承列位路见不平，可怜我落难孤身，指引则个！这两个凶徒，相烦列位替奴家拿他同去，莫放他走了。"众人道："不妨事，在我们身上。"张千、李万欲向众人分剖时⑧，未说得一言半字，众人便道："两个排长不消辩得。虚则虚，实则实。若是没有此情，随着小娘子到官，怕他则甚！"妇人一头哭、一头走，众

①详情：推详情理。
②看着：指望，依靠。
③分析：分辩、解释。下文的"分剖"意同。
④没张智：没见识，没主张。
⑤苦切：苦楚、痛切。
⑥兵备道：明代设有按察司，主管一省司法。司下设分司，以按察副使、按察佥事等任佥司之职，分察府、州、县，称分巡道；其中兼管兵备者，称兵备道。
⑦拜福：作万福。万福是旧时妇人对别人的见面礼节。
⑧分剖：分辩、剖白。

人拥着张千、李万，搅做一阵的，都到兵备道前，道里尚未开门。

那一日了正是放告日期①。闻氏束了一条白布裙，径抢进栅门②，看见大门上架着那大鼓，鼓架上悬着个槌儿。闻氏抢槌在手，向鼓上乱挝③，挝得那鼓振天的响④。唬得中军官失了三魂，把门吏丧了七魄，一齐跑来，将绳缚住，喝道："这妇人好大胆！"闻氏哭倒在地，口称"泼天冤枉⑤"。只见门内么喝之声，开了大门，王兵备坐堂，问"击鼓者何人"。中军官将妇人带进，闻氏且哭且诉，将家门不幸遭变，一家父子三口死于非命，只剩得丈夫沈襄，昨日又被公差中途谋害，有枝有叶的细说了一遍，王兵备唤张千、李万上来，问其缘故。张千、李万说一句，妇人就剪一句⑥；妇人说得句句有理，张千、李万抵搪不过⑦。王兵备思想道："那严府势大，私谋杀人之事，往往有之，此情难保其无。"便差中军官押了三人，发去本州勘审⑧。

那知州姓贺⑨，奉了这项公事，不敢怠慢，即时扣了店主人到来，听四人的口词。妇人一口咬定二人谋害他丈夫。李万招称"为出恭慢了一步，因而相失"。张千、店主人都据实说了一遍。知州委决不下：那妇人又十分哀切，像个真情；张千、李万又不肯招认。想了一回，将四人闭于空房，打轿去拜冯主事，看他口气若何。

冯主事见知州来拜，急忙迎接归厅。茶罢，贺知州提起沈襄之事，才说得"沈襄"二字，冯主事便掩着双耳道："此乃严相公

①放告：指官府在一定日期挂牌告示，受理控诉案件。

②径：径直。抢进：抢步闯入。

③挝（zhuā）：击，敲打。

④振天：即震天。振，通"震"。

⑤泼天：天大的。

⑥剪：打断反驳。

⑦抵搪（táng）：抵挡，搪塞。

⑧勘审：调查审理。

⑨知州：一州的最高行政长官。

仇家，学生虽有年谊①，平素实无交情，老公祖休得下问②，恐严府知道，有累学生。"说罢，站起身来道："老公祖既有公事，不敢留坐了。"贺知州一场没趣，只得作别。在轿上想道："据冯公如此惧怕严府，沈襄必然不在他家，或者被公人所害也不见得；或者去投冯公，见拒不纳③，别走个相识人家去了，亦未可知。"

回到州中，又取四人来，问闻氏道："你丈夫除了冯主事，州中还认得有何人？"闻氏道："此地并无相识。"知州道："你丈夫是甚么时候去的？那张千、李万几时来回复你的说话？"闻氏道："丈夫是昨日未吃午饭前就去的，却是李万同出店门。到申牌时分，张千假说催趱上路，也到城中去了，天晚方回来。张千兀自向小妇人说道：'我李家兄弟跟着你丈夫冯主事家歇了，明日我早去催他出城。'今早张千去了一个早晨，两人双双而回，单不见了丈夫。不是他谋害了是谁？若是我丈夫不在冯家，昨日李万就该追寻了，张千也该着忙，如何将好言语稳住小妇人？其情可知：一定张千、李万两个在路上预先约定，却教李万乘夜下手。今早张千进城，两个乘早将尸首埋藏停当，却来回复我小妇人。望青天爷爷明鉴④！"贺知州道："说得是。"张千、李万正要分辩，知州相公喝道："你做公差，所干何事？若非用计谋死，必然得财买放⑤，有何理说！"喝教手下将张、李重责三十，打得皮开肉绽，鲜血迸流。张千、李万只是不招。妇人在旁，只顾哀哀的痛哭，知州相公不忍，便讨夹棍将两个公差夹起。那公差其实不曾谋死，虽

①年谊：同榜考中者，互称有"同年之谊"。
②老公祖：旧时缙绅士对当地长官的尊称。
③见拒：被拒绝。不纳：不让进去。
④青天爷爷：旧时民众对审案官员的美称。青天，比喻正直无私的清官。
⑤若非……必然：如果不是……，那肯定就是。谋死，谋害人致死。买放，受人财贿而放走人犯。

然负痛，怎生招得？一连上了两夹，只是不招。知州相公再要夹时，张千、李万受苦不过，再三哀求道："沈襄实未曾死，乞爷爷立个限期，差人押小的捱寻沈襄①，还那闻氏便了。"知州也没有定见，只得勉从其言。闻氏且发尼姑庵住下。差四名民壮②，锁押张千、李万二人，追寻沈襄，五日一比③。店主释放宁家④，将情具由申详兵备道，道里依缴了⑤。

张千、李万一条铁链锁着，四名民壮，轮番监押。带得几两盘缠，都被民壮搜去，为酒食之费下；一把倭刀，也当酒吃了。那临清去处又大⑥，茫茫荡荡，来千去万，哪里去寻沈公子？也不过一时脱身之法。

闻氏在尼姑庵住下，刚到五日，准准的又到州里去啼哭，要生要死。州守相公没奈何，只苦得批较差人张千、李万⑦。一连比了十数限，不知打了多少竹批，打得爬走不动⑧。张千得病身死，单单剩得李万，只得到尼姑庵来拜求闻氏口道："小的情极⑨，不得不说了。其实奉差来时，有经历金绍，口传杨总督钧旨，教我中途害你丈夫，就所在地方，讨个结状回报⑩。我等口虽应承，怎肯行此不仁之事？不知你丈夫何故，忽然逃走，与我们实实无涉。青天在上，若半字虚情，全家祸灭！如今官府五日一比，兄弟张千已自打死，小的又累死也是冤枉⑪。你丈夫的确未死，小娘子他日夫妻相逢有日。只求小娘子休去州里啼啼哭哭，宽小的比限，完全狗命⑫，便是阴德。"闻氏道："据你说不曾谋害我丈夫，也难准信。既然如此说，奴家且不去禀官，容你从容查访。只是你们

①捱寻：追寻，寻访。
②民壮：州县的卫兵，背后都标有"壮"字，故称。
③比：官府限差役在一定期限内完成某项差事，到期检查是否完成，叫"比"，亦称"比较"。比的期限叫比期，比期长短根据公事缓急而定。如果比期到了而未能完成差事，差役要被打板子。
④宁家：回家。宁有"安定"的意思。
⑤依缴：上级官署批准下级官署的缴差报告。缴，下级向上级缴差的报告。
⑥临清：今山东临清。
⑦批较：即"比较"。
⑧竹批：一端劈开的竹杖，或扎在一起的一束竹片。
⑨情极：情急，着急。
⑩结状：证明事情已经了结的文书。
⑪累死：连累致死。
⑫完全：保全。

116

自家要上紧用心，休得怠慢。"李万喏喏连声而去。有诗为证：

> 白金廿两酿凶谋，
> 谁料中途已失囚。
> 锁打禁持熬不得①，
> 尼庵苦向妇人求。

官府立限缉获沈襄，一来为他是总督衙门的紧犯，二来为妇人日日哀求，所以上紧严比。今日也是那李万不该命绝，恰好有个机会。却说总督杨顺、御史路楷，两个日夜商量，奉承严府，指望旦夕封侯拜爵。谁知朝中有个兵科给事中吴时来②，风闻杨顺横杀平民冒功之事把他尽情劾奏一本，并劾路楷朋奸助恶③。嘉靖爷正当设醮祝釐④，见说杀害平民，大伤和气，龙颜大怒，着锦衣卫扭解来京问罪。严嵩见圣怒不测⑤，一是不及救护，到底亏他于中调停，止于削爵为民。可笑杨顺、路楷杀人媚人，至此徒为人笑，有何益哉？

再说贺知州听得杨总督去任，已自把这公事看得冷了；又闻氏连次不来哭禀⑥，两个差人又死了一个，只剩得李万，又苦苦哀求不已。贺知州分付，打开铁链，与他个广捕文书⑦，只教他用心缉访，明是放松之意。李万得了广捕文书，犹如捧了一道赦书，连连磕了几个头，出得府门，一道烟走了。身边又无盘缠，只得求乞而归。不在话下。

却说沈小霞在冯主事家复壁之中，住了数月，外边消息无有不知，都是冯主事打听将来，说与小霞知道。晓得闻氏在尼姑庵寄

①禁持：指严格的限制，即前文的"比较"。
②兵科给事中：兵部的官员。吴时来，字惟修，曾参劾严嵩父子专权不法，被充军横州。
③朋奸：朋比为奸，互相勾结做坏事。
④设醮（jiào）祝釐（xǐ）：设坛祷告，求神赐福。釐，同"禧"。
⑤不测：没有预料到。
⑥连次：好多次，接连多次。
⑦广捕文书：不受地域限制，可以到处缉捕逃犯的公文。

居，暗暗欢喜。过了年余，已知张千、李万都逃了，这公事渐渐懒散。冯主事特地收拾内书房三间，安放沈襄在内读书，只不许出外，外人亦无有知者。冯主事三年孝满，为有沈公子在家，也不去起复做官①。

光阴似箭，一住八年。值严嵩一品夫人欧阳氏卒，严世蕃不肯扶柩还乡②，唆父亲上本留己侍养，却于丧中簇拥姬妾，日夜饮酒作乐。嘉靖爷天性至孝，访知其事，心中甚是不悦。时有方士蓝道行③，善扶鸾之术④。天子召见，教他请仙，问以辅臣贤否。蓝道行奏道："臣所召乃是上界真仙，正直无阿。万一箕下判断有忤圣心⑤，乞恕微臣之罪。"嘉靖爷道："朕正愿闻天心正论⑥，与卿何涉⑦？岂有罪卿之理？"蓝道行书符念咒，神箕自动，写出十六个字来上，道是：

　　高山番草，父子阁老；
　　日月无光，天地颠倒。

嘉靖爷爷看了，问蓝道行道："卿可解之。"蓝道行奏道："微臣愚昧未解。"嘉靖爷道："朕知其说，'高山'者，'山'字连'高'个乃是'嵩'字；'番草'者，'番'字草头，乃是'蕃'字，此指严嵩、严世蕃父子二人也。朕久闻其专权误国，今仙机示朕，朕当即为处分，卿不可泄于外人。"蓝道行叩头，口称"不敢"，受赐而出。

从此，嘉靖爷渐渐疏了严嵩。有御史邹应龙⑧，看见机会可乘，遂劾奏："严世蕃凭借父势，卖官鬻爵，许多恶迹，宜加显戮⑨。"

①起复：丁忧期满，重新出来做官。
②扶柩还乡：旧时人死后都要归葬家乡的祖茔，因此死在外地的人，儿女要陪同父母的灵柩回乡安葬，并服丧三年。否则即为违背礼制。
③方士：专门从事请神、扶乩、炼丹一类神仙迷信活动的人。
④扶鸾（luán）：也叫扶乩、扶箕，即两人扶一丁字形木架，架上悬有木笔，下承沙盘，然后假托神仙降临，在沙盘上写字，指示福祸吉凶。
⑤箕（jī）：扶鸾用具。
⑥朕（zhèn）：皇帝自称。
⑦卿：皇帝对臣子的爱称。
⑧邹应龙：字云清，嘉靖时曾参劾严嵩。
⑨显戮：杀头示众。

其父严嵩溺爱恶子,植党蔽贤,宜亟赐休退①,以清政本。"嘉靖爷见疏大喜②,即升应龙为通政右参议③,严世蕃下法司④,拟成充军之罪;严嵩回籍。未几,又有江西巡按御史林润⑤,复奏严世蕃不赴军伍⑥,居家愈加暴横,强占民间田产,畜养奸人,私通倭虏⑦,谋为不轨。得旨,三法司提问,问官勘实覆奏,严世蕃即时处斩,抄没家财;严嵩发养济院终老⑧。被害诸臣,尽行昭雪。

冯主事得此喜信,慌忙报与沈襄知道,放他出来,到尼姑庵访问那闻淑女。夫妇相见,抱头而哭。闻氏离家时,怀孕三月,今在庵中生下一孩子,已十岁了。闻氏亲自教他念书,五经皆已成诵,沈襄欢喜无限。冯主事方上京补官,教沈襄同去讼理父冤,闻氏暂迎归本家园上居住。

沈襄从其言,到了北京。冯主事先去拜了通政司邹参议,将沈铼父子冤情说了,然后将沈襄讼冤本稿送与他看,邹应龙一力担当。次日,沈襄将奏本往通政司挂号投递⑨。圣旨下:沈铼忠而获罪,准复原官,仍进一级,以旌其直⑩;妻子召还原籍;所没入财产,府县官照数给还;沈襄食廪年久,准贡⑪,敕授知县之职。沈襄复上疏谢恩,疏中奏道:"臣父铼向在保安,因目击宣大总督杨顺杀戮平民冒功,吟诗感叹。适值御史路楷阴受严世蕃之嘱,巡按宣大,与杨顺合谋,陷臣父子极刑,并杀臣弟二人,臣亦几于不免。冤尸未葬,危宗几绝⑫,受祸之惨,莫如臣家。今严世蕃正法,而杨顺、路楷安

① 亟:急切,尽快。
② 爷:明清时民间常在年号下加"爷"字称呼皇帝。疏:奏章。
③ 通政右参议:通政即通政司,是掌管内外奏章的官署。通政司的长官是通政使,其次是左右参议。
④ 法司:即三法司,指刑部、都察院、大理寺三个最高司法机关。它们是平行的机关,有重大案件时,皇帝交三法司会同审理。
⑤ 林润:字若雨,为人刚直敢言。
⑥ 不赴军伍:指没有报到充军。
⑦ 倭虏:当时经常抢掠中国沿海地区的日本海盗。
⑧ 养济院:亦称孤老院、卑田院,一种官办的贫民收容所,主要收养贫困无依和残疾者。
⑨ 挂号:登记编号。
⑩ 旌(jīng):表彰。
⑪ 准贡:准予出贡,即给予贡生的功名。旧时由廪生升为贡生,获得做小官的资格。
⑫ 危宗:危殆的宗嗣。

然保首领于乡①，使边廷万家之怨骨，衔恨无伸；臣家三命之冤魂，含悲莫控。恐非所以肃刑典而慰人心也。"圣旨准奏，复提杨顺、路楷到京，问成死罪，监刑部牢中待决。

　　沈襄来别冯主事，要亲到云州，迎接母亲和兄弟沈褒到京，依傍冯主事寓所相近居住；然后往保安州访求父亲骸骨，负归埋葬。冯主事道："老年嫂处②，适才已打听个消息，在云州康健无恙，令弟沈褒，已在彼游庠了③。下官当遣人迎之。尊公遗体要紧，贤侄速往访问，到此相会令堂可也。"沈襄领命，径往保安。一连寻访两日，并无踪迹。第三日，因倦借坐人家门首，有老者从内而出，延进草堂吃茶④。见堂中挂一轴子，乃楷书诸葛孔明两次《出师表》也。表后但写年月，不着姓名。沈小霞看了又看，目不转睛。老者道："客官为何看之？"沈襄道："动问老丈，此字是何人所书？"老者道："此乃吾亡友沈青霞之笔也。"沈小霞道："为何留在老丈处？"老者道："老夫姓贾名石，当初沈青霞编管此地，就在舍下作寓。老夫与他八拜之交⑤，最相契厚⑥。不料后遭奇祸，老夫惧怕连累，也往河南逃避。带得这二幅《出师表》，裱成一幅，时常展视⑦，如见吾兄之面。杨总督去任后，老夫方敢还乡。嫂嫂徐夫人和幼子沈褒，徙居云州⑧，老夫时常去看他。近日闻得严家势败⑨，吾兄必当昭雪，已曾遣人去云州报信。恐沈小官人要来移取父亲灵柩，老夫将此轴悬挂在中堂，好教他认认父亲遗笔。"沈小霞听罢，连忙拜倒在地，口称"恩叔"。贾

①首领：指头。
②年嫂：同年称"年兄"，对其夫人则称"年嫂"。
③游庠（xiáng）：考进县学读书。庠，即县学。
④延：请。
⑤八拜之交：指结拜兄弟。因结拜时共有八拜，故称。
⑥契厚：情投意合。
⑦展视：展开观看。
⑧徙（xǐ）居：迁居。徙，迁移。
⑨势败：指威势衰败。

石慌忙扶起，道："足下果是何人①？"沈小霞道："小侄沈襄。此轴乃亡父之笔也。"贾石道："闻得杨顺这厮，差人到贵府来提贤侄，要行一网打尽之计。老夫只道也遭其毒手，不知贤侄何以得全？"沈小霞将临清事情，备细说了一遍。贾石口称"难得"，便分付家童治饭款待。沈小霞问道："父亲灵柩，恩叔必知，乞烦指引一拜。"贾石道："你父亲屈死狱中，是老夫偷尸埋葬，一向不敢对人说知。今日贤侄来此，搬回故土，也不枉老夫一片用心。"说罢，刚欲出门，只见外面一位小官人骑马而来，贾石指道："遇巧，遇巧！恰好令弟来也。"那小官便是沈襄。下马相见。贾石指沈小霞道："此位乃大令兄讳襄的便是②。"此日弟兄方才识面，恍如梦中相会，抱头而哭。贾石领路，三人同到沈青霞墓所，但见乱草迷离③，土堆隐起④。贾石引二沈拜了，二沈俱哭倒在地。贾石劝了一回道："正要商议大事，休得过伤⑤。"二沈方才收泪。贾石道："二哥、三哥，当时死于非命，也亏了狱卒毛公存仁义之心，可怜他无辜被害，将他尸藁葬于城西三里之外⑥。毛公虽然已故，老夫亦知其处，若扶令先尊灵柩回去，一起带回，使他父子魂魄相依。二位意下如何？"二沈道："恩叔所言，正合愚弟兄之意。"当日又同贾石到城西看了，不胜悲感。次日，另备棺木，择吉破土，重新殡殓。三人面色如生，毫不朽败⑦，此乃忠义之气所致也。二沈悲哭，自不必说。

当时备下车仗，抬了三个灵柩，别了贾石起身。临别，沈襄对贾石道："这一轴《出

①足下：对人的敬称。
②讳：指名。古人相互之间称字，以示尊重，忌讳称名。不得已时，则用"讳某"的说法。
③迷离：模糊，难以辨认。
④隐起：隐约凸起。
⑤过伤：过于哀伤。
⑥藁（gǎo）葬：用草席裹尸埋葬。也指不归祖茔，暂时草草埋葬。
⑦朽败：腐烂。

师表》，小侄欲问恩叔取去，供养祠堂，幸勿见拒。"贾石慨然许了，取下挂轴相赠。二沈就草堂拜谢，垂泪而别。沈襄先奉灵柩到张家湾①，觅船装载。

沈襄复身又到北京，见了母亲徐夫人，回复了说话，拜谢了冯主事起身。此时京中官员，无不追念沈青霞忠义，怜小霞母子扶柩远归，也有送勘合的②，也有赠赙金的③，也有馈赆仪的④。沈小霞只受勘合一张，余俱不受。到了张家湾，另换了官座船，驿递起人夫一百名牵缆⑤，走得好不快。不一日，来到临清，沈襄吩咐座船，暂泊河下，单身入城，到冯主事家，投了主事平安书信。园上领了闻氏淑女并十岁儿子下船，先参了灵柩，后见了徐夫人。那徐氏见了孙儿如此长大，喜不可言。当初只道灭门绝户，如今依旧有子有孙；昔日冤家，皆恶死见报⑥。天理昭然，可见做恶人的到底吃亏，做好人的到底便宜。

闲话休题。到了浙江绍兴府，孟春元领了女儿孟氏，在二十里外迎接。一家骨肉重逢，悲喜交集。将丧船停泊码头，府县官员都在吊孝⑦。旧时家产，已自清查给还。二沈扶柩葬于祖茔⑧，重守三年之制⑨，无人不称大孝。抚按又替沈炼建造表忠祠堂⑩，春秋祭祀。亲笔《出师表》一轴，至今供奉在祠堂之中。

服满之日，沈襄到京受职，做了知县。为官清正，直升到黄堂知府⑪。闻氏所生之子，少年登科⑫，与叔叔沈襄同年进士。子孙世世，书香不绝。

冯主事为救沈襄一事，京中重其义气，

①张家湾：现在北京通州南十五里，明代为南北水陆交通枢纽。
②勘合：加盖骑缝半印以凭校勘对合的文凭。这里指的是一种在路上使用驿站用的凭证。因不记姓名、不限年月，故可以作为礼品赠送。
③赙(fù)金：助人办理丧事的礼金。
④赆(jìn)仪：送人远行的礼金。
⑤驿递：驿站。因各驿站各管一段，诸驿站递相衔接，故也称驿递。起：征发。
⑥恶死：不得好死。见报：现报。
⑦吊孝：即吊唁。
⑧祖茔：祖坟。
⑨守三年之制：守三年孝。
⑩抚按：巡抚及巡按御史。此指当地长官。
⑪黄堂：古代州郡太守的衙署正厅涂饰雌黄以驱除灾殃，叫"黄堂"，后来则以黄堂作知府的代称。
⑫登科：考中进士。

累官至吏部尚书。忽一日，梦见沈青霞来拜候道："上帝怜某忠直，已授北京城隍之职①。屈年兄为南京城隍，明日午时上任。"冯主事觉来，甚以为疑。至日午，忽见轿马来迎，无疾而逝。二公俱已为神矣。有诗为证上诗曰：

　　生前忠义骨犹香，
　　魂魄为神万古扬。
　　料得奸魂沉地狱，
　　皇天果报自昭彰②。

① 城隍（huáng）：掌管地方事务的神祇。各地均有各自的城隍，一般由刚直不阿、卓有政绩的官员死后担任。相传包拯等就曾做过城隍。
② 果报：因果报应。

玉堂春落难逢夫

《警世通言》

【题解】

　　本篇选自《警世通言》第四十二卷。小说的故事为明代实事。作品写官宦公子王景隆与烟花女子玉堂春的一段传奇故事，先叙玉堂春救王景隆于落魄，后叙王景隆救玉堂春于冤狱，讴歌了人间超越身份地位的患难之情。同时，故事背景中的妓院、官府，又深刻反映了世态的炎凉、官场的黑暗。作品集爱情、世情、公案于一身，产生了极大影响。后世戏曲曲艺多有取材于此者。

公子初年柳陌游①，
玉堂一见便绸缪②；
黄金数万皆消费，
红粉双眸枉泪流。
财货拐，仆驹休，
犯法洪同狱内囚③；
按临骢马冤愆脱④，
百岁姻缘到白头。

　　话说正德年间⑤，南京金陵城有一人，姓王，名琼，别号思竹；中乙丑科进士⑥，累官至礼部尚书。因刘瑾擅权⑦，劾了一本，圣旨发回原籍。不敢稽留⑧，收拾轿马和家眷起身。王爷暗想：有几两俸银，都借在他人名下，一时取讨不及。况长子南京中书⑨，次子时当大比⑩，踌躇半晌，乃呼公子三官前来。那三官双名景隆，字顺卿，年方一十七岁；生得眉目清新，丰姿俊雅；读书一目十行，举笔即便成文，原是个风流才子。王爷爱惜胜如心头之气、掌上之珍。当下王爷唤至，分付道："我留你在此读书，叫王定

①柳陌：即柳巷，花街柳巷，妓院聚集的地方。
②绸缪：缠绵。
③洪同：即今山西省洪洞县。
④按临骢马：指下文王景隆点了山西巡按巡察平阳府洪同县事。
⑤正德：明武宗朱厚照的年号（1506～1521年）。
⑥乙丑：明孝宗（朱祐樘）弘治十八年（1505）。
⑦刘瑾：朱厚照宠信的宦官，掌司礼监，专权胡为。
⑧稽留：停留。
⑨中书：中书舍人。唐、宋中书舍人掌管诏令、承办文书，权位很重，到明代只分管缮写文书之类。
⑩大比：乡试。

讨帐，银子完日，作速回家①，免得父母牵挂。我把这里帐目，都留与你。"叫王定过来，"我留你与三叔在此读书讨帐，不许你引诱他胡行乱为。吾若知道，罪责非小。"王定叩头说："小人不敢。"次日收拾起程，王定与公子送别，转到北京，另寻寓所安下。公子谨依父命，在寓读书。王定讨帐。

不觉三月有余，三万银帐，都收完了。公子把底帐扣算②，分厘不欠。分付王定，选日起身。公子说："王定，我们事体俱已完了，我与你到大街上各巷口闲耍片时，来日起身。"王定遂即锁了房门，分付主人家用心看着生口。房主说："放心，小人知道。"二人离了寓所，至大街观看皇都景致。但见：

人烟凑集，车马喧阗③。人烟凑集，合四山五岳之音④；车马喧阗，尽六部九卿之辈⑤。做买做卖，总四方土产奇珍⑥；闲荡闲游，靠万岁太平洪福。处处胡同铺锦绣，家家杯斝醉笙歌⑦。

公子喜之不尽，忽然又见五七个宦家子弟⑧，各拿琵琶、弦子，欢乐饮酒。公子道："王定，好热闹去处！"王定说："三叔，这等热闹，你还没到那热闹去处哩！"二人前至东华门，公子睁眼观看，好锦绣景致。只见门彩金凤，柱盘金龙。王定道："三叔，好么？"公子说："真个好所在！"又走前面去，问王定："这是那里？"王定说："这是紫金城⑨。"公子往里一视，只见城内瑞气腾腾，红光闪闪。看了一会，果然富贵无过于帝王，

① 作速：从速。
② 扣算：指对比着底账一笔一笔核算。
③ 喧阗（tián）：大声喧器。
④ 四山五岳之音：全国各地的方音方言。四山，东岳泰山、西岳华山、南岳衡山、北岳恒山。五岳，上述四山加中岳嵩山。
⑤ 六部九卿：六部指吏、户、礼、兵、刑、工六部，九卿指六部尚书再加都察院都御史、通政司使、大理寺卿。
⑥ 总：汇聚。
⑦ 斝（jiǎ）：玉爵，饮酒器具。或说六升为一斝。
⑧ 宦家子弟：做官人家的子弟。
⑨ 紫金城：即紫禁城。

叹息不已。离了东华门往前，又走多时，到一个所在，见门前站着几个女子，衣服整齐。公子便问："王定，此是何处？"王定道："此是酒店。"乃与王定进到酒楼上，公子坐下。看那楼上有五七席饮酒的，内中一席有两女子坐着同饮。公子看那女子，人物清楚①，比门前站的更胜几分。公子正看中间，酒保将酒来，公子便问："此女是那里来的？"酒保说："这是一秤金家丫头翠香、翠红。"三官道："生得清气。"酒保说："这等就说标致？他家里还有一个粉头②，排行三姐，号玉堂春，有十二分颜色。鸨儿索价太高③，还未梳栊④。"公子听说留心。叫王定还了酒钱，下楼去，说："王定，我与你春院胡同走走⑤。"王定道："三叔不可去，老爷知道怎了⑥？"公子说："不妨，看一看就回。"乃走至本司院门首⑦。果然是：

　　花街柳巷，绣阁朱楼。家家品竹弹丝⑧，处处调脂弄粉。黄金买笑，无非公子王孙；红袖邀欢，都是妖姿丽色。正疑香雾弥天霭，忽听歌声别院娇。总然道学也迷魂⑨，任是真僧须破戒⑩。

公子看得眼花撩乱，心内踌躇，不知那是一秤金的门。正思中间，有个卖瓜子的小伙叫做金哥走来，公子便问："那是一秤金的门？"金哥说："大叔莫不是要耍？我引你去。"王定便道："我家相公不嫖，莫错认了。"公子说："但求一见。"那金哥就报与老鸨知道。老鸨慌忙出来迎接，请进待茶⑪。王定见老鸨留茶，心下慌张，说："三叔可

① 清楚：清秀齐楚。
② 粉头：妓女。
③ 鸨（bǎo）儿：妓女的假母，妓院的女主人。
④ 梳栊：妓女在未接客之前结发为辫，接客之后才开始梳髻，叫做梳栊、梳笼或梳弄。故梳栊又通常指妓女第一次接客。
⑤ 春院胡同：明代北京妓院集中的地方。
⑥ 怎了：怎么了结。
⑦ 本司院：妓院。明代的娼妓归教坊司管理，故称妓院为"本司院"。
⑧ 品竹弹丝：演奏乐器。竹，指管乐器；丝，指弦乐器。
⑨ 总然：纵然。道学：宋代儒学称道学，又叫理学。这里是指道学先生。
⑩ 任是：任凭是，即使是。真僧：修养较高的僧人。破戒：破除戒律，这里指破色戒。
⑪ 待茶：招待茶水。

回去罢!"老鸨听说,问道:"这位何人?"公子说:"是小价①。"鸨子道:"大哥,你也进来吃茶去,怎么这等小器!"公子道:"休要听他。"跟着老鸨往里就走。王定道:"三叔不要进去,俺老爷知道,可不干我事。"在后边自言自语。公子那里听他,竟到了里面坐下。老鸨叫丫头看茶。茶罢,老鸨便问:"客官贵姓?"公子道:"学生姓王,家父是礼部正堂②。"老鸨听说,拜道:"不知贵公子,失瞻休罪③。"公子道:"不碍,休要计较。久闻令爱玉堂春大名,特来相访。"老鸨道:"昨有一位客官,要梳栊小女,送一百两财礼,不曾许他。"公子道:"一百两财礼小哉!学生不敢夸大话,除了当今皇上,往下也数家父。就是家祖,也做过侍郎④。"老鸨听说,心中暗喜。便叫:"翠红,请三姐出来见尊客!"翠红去不多时,回话道:"三姐身子不健,辞了罢。"老鸨起身带笑说:"小女从幼养娇了,直待老婢自去唤他⑤。"王定在傍喉急⑥,又说:"他不出来就罢了,莫又去唤。"老鸨不听其言,走进房中,叫:"三姐,我的儿,你时运到了!今有王尚书的公子特慕你而来。"玉堂春低头不语,慌得那鸨儿便叫:"我儿,王公子好个标致人物,年纪不上十六七岁,囊中广有金银。你若打得上这个主儿⑦,不但名声好听,也勾你一世受用⑧。"玉姐听说,即时打扮,来见公子。临行,老鸨又说:"我儿,用心奉承,不要怠慢他。"玉姐道:"我知道了。"

公子看玉堂春,果然生得好:

①小价:价,仆役。小价是在别人面前对自家仆人的谦称。
②正堂:部门正职,部门长官。这里指礼部尚书。
③失瞻:看走眼。
④侍郎:六部的副职。
⑤老婢:老妇人的自我贱称。
⑥喉急:着急。也有称猴急的。
⑦打:搭。
⑧勾:够。

鬓挽乌云，眉弯新月；肌凝瑞雪，脸衬朝霞。袖中玉笋尖尖①，裙下金莲窄窄②。雅淡梳妆偏有韵，不施脂粉自多姿。便数尽满院名姝③，总输他十分春色。

玉姐偷看公子，眉清目秀，面白唇红，身段风流，衣裳清楚④，心中也是暗喜。当下玉姐拜了公子。老鸨就说："此非贵客坐处，请到书房小叙。"公子相让，进入书房，果然收拾得精致，明窗净几，古画古炉。公子却无心细看，一心只对着玉姐。鸨儿帮衬⑤，教女儿捱着公子肩下坐了⑥，分付丫环摆酒。王定听见摆酒，一发着忙，连声催促三叔回去。老鸨丢个眼色与丫头："请这大哥到房里吃酒。"翠香、翠红道："姐夫请进房里⑦，我和你吃钟喜酒⑧。"王定本不肯去，被翠红二人，拖拖拽拽扯进去坐了，甜言美语，劝了几杯酒。初时还是勉强，以后吃得热闹，连王定也忘怀了，索性放落了心⑨，且偷快乐。

正饮酒中间，听得传语公子叫王定。王定忙到书房，只见杯盘罗列，本司自有答应乐人⑩，奏动乐器，公子开怀乐饮。王定走近身边，公子附耳低言："你到下处取二百两银子⑪，四匹尺头⑫，再带散碎银二十两，到这里来。"王定道："三叔要这许多银子何用？"公子道："不要你闲管。"王定没奈何，只得来到下处，开了皮箱，取出五十两元宝四个，并尺头、碎银，再到本司院说："三叔，有了。"公子看也不看，都教送与鸨儿，

① 玉笋：指女子的纤手。
② 金莲：形容脚很小。古代称许女子的纤足为金莲。
③ 姝（shū）：美女。
④ 清楚：洁净鲜明。
⑤ 帮衬：凑趣。
⑥ 肩下：并肩。
⑦ 姐夫：妓院妓女、杂役对嫖客的称呼。
⑧ 钟：即盅。
⑨ 放落了心：放下了心，把心放塌实了。
⑩ 答应乐人：专门承应、伺候嫖客饮酒助兴的乐工。
⑪ 下处：下脚之处，指住处。
⑫ 尺头：绫罗绸缎之类。

说:"银两、尺头,权为令爱初会之礼①。这二十两碎银,把做赏人杂用。"王定只道公子要讨那三姐回去,用许多银子;听说只当初会之礼,吓得舌头吐出三寸。

却说鸨儿一见许多东西,就叫丫头转过一张空桌。王定将银子、尺头放在桌上,鸨儿假意谦让了一回,叫玉姐:"我儿,拜谢了公子。"又说:"今日是王公子,明日就是王姐夫了。"叫丫头收了礼物进去。"小女房中还备得有小酌②,请公子开怀畅饮。"公子与玉姐两手相搀,同至香房。只见围屏小桌③,果品珍羞④,俱已摆设完备。公子上坐,鸨儿自弹弦子,玉堂春清唱侑酒⑤。弄得三官骨松筋痒,神荡魂迷。王定见天色晚了,不见三官动身,连催了几次。丫头受鸨儿之命,不与他传,王定又不得进房。等了一个黄昏,翠红要留他宿歇,王定不肯,自回下处去了。公子直饮到二鼓方散⑥。玉堂春殷勤伏侍公子上床,解衣就寝,真个男贪女爱,倒凤颠鸾,彻夜交情,不在话下。

天明,鸨儿叫厨下摆酒煮汤,自进香房,追红讨喜⑦,叫一声:"王姐夫,可喜!可喜!"丫头、小厮都来磕头。公子分付王定,每人赏银一两。翠香、翠红各赏衣服一套,折钗银三两。王定早晨本要来接公子回寓,见他撒漫使钱⑧,有不然之色⑨。公子暗想:"在这奴才手里讨针线⑩,好不爽利。索性将皮箱搬到院里,自家便当。"鸨儿见皮箱来了,愈加奉承。真个朝朝寒食⑪,夜夜元宵⑫,不觉住了一个多月。老鸨要生心科派⑬,设一大席酒,搬戏演乐,专请三官、玉姐二人赴席。鸨子举杯敬公子说:"王姐

① 权:暂且。
② 小酌:小酒席。
③ 围屏:可折叠的屏风。
④ 珍羞:名贵的菜肴。
⑤ 侑(yòu)酒:劝酒助兴。侑,助。
⑥ 二鼓:二更,晚上九、十点钟。
⑦ 讨红追喜:讨要红喜钱。红喜,这里指妓女初次接客的喜钱。
⑧ 撒漫使钱:随便用钱,胡乱花钱。
⑨ 不然之色:不以为然的神色。
⑩ 讨针线:讨生活,过日子。
⑪ 寒食:传统节日,时间在清明节前一二日。节日里不生火做饭,故称寒食。
⑫ 元宵:传统节日,这里的"朝朝寒食,夜夜元宵",是说公子每天都像过节,豪宴纵饮,风流快活。
⑬ 科派:摊派,假借名目索钱。

夫，我女儿与你成了夫妇，地久天长，凡家中事务，望乞扶持。"那三官心里只怕鸨子心里不自在，看那银子犹如粪土，凭老鸨说谎，欠下许多债负，都替他还。又打若干首饰酒器，做若干衣服，又许他改造房子。又造百花楼一座，与玉堂春做卧房。随其科派，件件许了。正是：

　　酒不醉人人自醉，
　　色不迷人人自迷。

急得家人王定手足无措，三回五次，催他回去。三官初时含糊答应，以后逼急了，反将王定痛骂。王定没奈何，只得到求玉姐劝他。玉姐素知虔婆利害①，也来苦劝公子道："'人无千日好，花有几时红？'你一日无钱，他番了脸来②，就不认得你。"三官此时手内还有钱钞，那里信他这话。王定暗想："心爱的人还不听他，我劝他则甚？"又想："老爷若知此事，如何了得！不如回家报与老爷知道，凭他怎么裁处③，与我无干。"王定乃对三官说："我在北京无用，先回去罢！"三官正厌王定多管，巴不得他开身④，说："王定，你去时，我与你十两盘费。你到家中禀老爷，只说帐未完，三叔先使我来问安。"玉姐也送五两，鸨子也送五两。王定拜别三官而去。正是：

　　各人自扫门前雪，
　　莫管他家瓦上霜⑤。

　　且说三官被酒色迷住，不想回家。光阴

①虔婆：花言巧语的老太婆。
②番了脸：变出另一样的的脸，也即翻了脸。
③裁处：裁断，处置。
④开身：身子离开，即离去。
⑤这里的两句话，与上文的两句一样，都是流行的俗语，说书人借用来表意，有时用得并不十分贴切。

似箭，不觉一年。亡八、淫妇①，终日科派。莫说上头②、做生③、讨粉头、买丫环，连亡八的寿圹都打得到④。三官手内财空。亡八一见无钱，凡事疏淡⑤，不照常答应奉承。又住了半月，一家大小作闹起来⑥。老鸨对玉姐说："'有钱便是本司院，无钱便是养济院⑦。'王公子没钱了，还留在此做甚！那曾见本司院举了节妇，你却呆守那穷鬼做甚？"玉姐听说，只当耳边之风。一日三官下楼往外去了，丫头来报与鸨子。鸨子叫玉堂春下来："我问你，几时打发王三起身？"玉姐见话不投机，复身向楼上便走。鸨子随即跟上楼来，说："奴才，不理我么？"玉姐说："你们这等没天理，王公子三万两银子，俱送在我家。若不是他时，我家东也欠债，西也欠债，焉有今日这等足用⑧？"鸨子怒发，一头撞去，高叫："三儿打娘哩！"亡八听见，不分是非，便拿了皮鞭，赶上楼来，将玉姐撑跌在楼上⑨，举鞭乱打，打得髻偏发乱，血泪交流。

且说三官在午门外，与朋友相叙，忽然面热肉颤，心下怀疑⑩，即辞归，径走上百花楼。看见玉姐如此模样，心如刀割，慌忙抚摩，问其缘故。玉姐睁开双眼，看见三官，强把精神挣着说："俺的家务事，与你无干！"三官说："冤家，你为我受打，还说无干？明日辞去，免得累你受苦。"玉姐说："哥哥，当初劝你回去，你却不依我。如今孤身在此，盘缠又无，三千余里，怎生去得？我如何放得心？你若不能还乡，流落在外，又不如忍气且住几日。"三官听说，闷

① 亡八、淫妇：这里是骂妓院的男、女主人。
② 上头：女子成年梳髻叫上头。这里是指妓女梳栊。
③ 做生：做生日。
④ 寿圹（kuàng）：墓穴。旧时老人在世时即有做棺材、砌墓穴者，俗说或可增寿。
⑤ 疏淡：疏远冷淡。
⑥ 作闹：故意寻事吵闹。
⑦ 养济院，亦称孤老院、卑田院，一种官办的贫民收容所，主要收养贫困无依和残疾者。
⑧ 焉有：哪有。足用：用度充足。
⑨ 撑跌：踢倒。
⑩ 心下怀疑：心中有所疑虑，有某种预感。

倒在地①。玉姐近前抱住公子，说："哥哥，你今后休要下楼去，看那亡八、淫妇怎么样行来②？"三官说："欲待回家，难见父母兄嫂；待不去，又受不得亡八冷言热语。我又舍不得你；待住，那亡八、淫妇只管打你。"玉姐说："哥哥，打不打你休管他，我与你是从小的儿女夫妻，你岂可一旦别了我③！"看看天色又晚，房中往常时丫头秉灯上来④，今日火也不与了。玉姐见三官痛伤，用手扯到床上睡了，一递一声长吁短气⑤。三官与玉姐说："不如我去罢！再接有钱的客官，省你受气。"玉姐说："哥哥，那亡八、淫妇，任他打我，你好歹休要起身⑥。哥哥在时，奴命在；你真个要去，我只一死。"二人直哭到天明。起来，无人与他碗水。玉姐叫丫头："拿钟茶来与你姐夫吃。"鸨子听见，高声大骂："大胆奴才，少打！叫小三自家来取。"那丫头、小厮都不敢来⑦。玉姐无奈，只得自己下楼，到厨下盛碗饭，泪滴滴自拿上楼去，说："哥哥，你吃饭来。"公子才要吃，又听得下边骂；待不吃，玉姐又劝。公子方才吃得一口，那淫妇在楼下说："小三，大胆奴才，那有巧媳妇做出无米粥？"三官分明听得他话，只索隐忍⑧。正是：

　　囊中有物精神旺，
　　手内无钱面目惭。

却说亡八恼恨玉姐，待要打他，倘或打伤了，难教他挣钱；待不打他，他又恋着王小三。十分逼的小三极了，他是个酒色迷了

①闷倒在地：无可奈何，颓然坐在地上。
②行来：做出来。
③一旦：一朝，突然一天。
④秉灯：持灯。秉，持，执。
⑤一递一声长吁短气：你一声我一声地长吁短叹。
⑥好歹：无论如何。
⑦小厮：供役使的小僮。
⑧只索：只得，只好。

的人，一时他寻个自尽，倘或尚书老爷差人来接，那时把泥做也不干①。左思右算，无计可施。鸨子说："我自有妙法，叫他离咱们去。明日是你妹子生日，如此如此，唤做'倒房计'。"亡八说："到也好。"鸨子叫丫头楼上问："姐夫吃了饭还没有？"鸨子上楼来说："休怪！俺家务事，与姐夫不相干。"又照常摆上了酒。吃酒中间，老鸨忙陪笑道："三姐，明日是你姑娘生日②，你可禀王姐夫，封上人情③，送去与他。"玉姐当晚封下礼物。第二日清晨，老鸨说："王姐夫早起来，趁凉可送人情到姑娘家去。"大小都离司院，将半里④，老鸨故意吃一惊，说："王姐夫，我忘了锁门，你回去把门锁上。"公子不知鸨子用计，回来锁门不题。

且说亡八从那小巷转过来，叫："三姐，头上吊了簪子⑤。"哄的玉姐回头，那亡八把头口打了两鞭⑥，顺小巷流水出城去了⑦。三官回院，锁了房门，忙往外赶，看不见玉姐。遇着一伙人，公子躬身便问："列位曾见一起男女⑧，往那里去了？"那伙人不是好人，却是短路的⑨。见三官衣服齐整，心生一计，说："才往芦苇西边去了。"三官说："多谢列位。"公子往芦苇里就走。这人哄的三官往芦苇里去了，即忙走在前面等着。三官至近⑩，跳起来喝一声，却去扯住三官，齐下手剥去衣服帽子，拿绳子捆在地上。三官手足难挣，昏昏沉沉，捱到天明，还只想了玉堂春，说："姐姐，你不知在何处去，那知我在此受苦！"

不说公子有难，且说亡八、淫妇拐着玉

① 把泥做也不干（gān）：用泥捏了也来不及干。是说仓猝无法可施。
② 姑娘：指姑姑（姑母），即妓院男主人的妹妹。
③ 封上人情：准备好送人的礼物。封，旧时送礼，外面要用红纸封好。
④ 将：快要。
⑤ 吊：掉。
⑥ 头口：牲口。
⑦ 流水：如流水般，指迅速利索地。
⑧ 一起：一拨儿，一伙。
⑨ 短路的：拦路抢劫的。
⑩ 至近：到了跟前。

姐，一日走了一百二十里地，野店安下①。玉姐明知中了亡八之计，路上牵挂三官，泪不停滴。

　　再说三官在芦苇里，口口声声叫救命。许多乡老近前看见，把公子解了绳子，就问："你是那里人？"三官害羞，不说是公子，也不说嫖玉堂春，浑身上下又无衣服，眼中吊泪说："列位大叔，小人是河南人，来此小买卖，不幸遇着歹人，将一身衣服尽剥去了，盘费一文也无②。"众人见公子年少，舍了几件衣服与他③，又与了他一顶帽子。三官谢了众人，拾起破衣穿了，拿破帽子戴了。又不见玉姐，又没了一个钱，还进北京来，顺着房檐，低着头，从早至黑，水也没得口④，三官饿的眼黄。到天晚寻宿，又没人家下他⑤。有人说："想你这个模样子，谁家下你？你如今可到总铺门口去⑥，有觅人打梆子，早晚勤谨，可以度日。"三官径至总铺门首，只见一个地方来雇人打更⑦。三官向前叫："大叔，我打头更。"地方便问："你姓甚么？"公子说："我是王小三。"地方说："你打二更罢！失了更，短了筹⑧，不与你钱，还要打哩！"三官是个自在惯了的人，贪睡了，晚间把更失了。地方骂："小三，你这狗骨头，也没造化吃这自在饭，快着走。"三官自思无路，乃到孤老院里去存身⑨。正是：

　　　　一般院子里，苦乐不相同⑩。

　　却说那亡八、鸨子，说："咱来了一个月，想那王三必回家去了，咱们回去罢。"

①野店：荒僻之处的旅店。
②盘费：盘缠，旅费。
③舍：施舍，接济。
④没得口：没喝上一口。
⑤下：收留，安排。
⑥总铺：守夜巡更的人临时住的窝铺。
⑦地方：基层地方的保长、里正之类。
⑧失了更，短了筹：耽误了时间。古代夜间用更筹计时，故云。
⑨孤老院：养济院。
⑩一般院子：同样的院子。指妓院和孤老院。

收拾行李,回到本司院。只有玉姐每日思想公子,寝食俱废。鸨子上楼来,苦苦劝说:"我的儿,那王三已是往家去了,你还想他怎么?北京城内多少王孙公子,你只是想着王三不接客,你可知道我的性子,自讨分晓①,我再不说你了。"说罢自去了。玉姐泪如雨滴,想王顺卿手内无半文钱,不知怎生去了②?"你要去时,也通个信息,免使我苏三常常挂牵。不知何日再得与你相见。"

不说玉姐想公子,且说公子在北京院讨饭度日③。北京大街上有个高手王银匠,曾在王尚书处打过酒器。公子在虔婆家打首饰物件,都用着他。一日往孤老院过,忽然看见公子,唬了一跳,上前扯住,叫:"三叔!你怎么这等模样?"三官从头说了一遍。王银匠说:"自古狠心亡八!三叔,你今到寒家④,清茶淡饭,暂住几日,等你老爷使人来接你。"三官听说大喜,随跟至王匠家中。王匠敬他是尚书公子,尽礼管待,也住了半月有余。他媳妇见短⑤,不见尚书家来接,只道丈夫说谎,乘着丈夫上街,便发说话:"自家一窝子男女,那有闲饭养他人;好意留吃几日,各人要自达时务⑥,终不然在此养老送终⑦。"三官受气不过,低着头,顺着房檐往外出来,信步而行。走至关王庙⑧,猛省关圣最灵,何不诉他?乃进庙,跪于神前,诉以亡八、鸨儿负心之事。拜祷良久,起来闲看两廊画的三国功劳⑨。

却说庙门外街上,有一个小伙儿叫云:"本京瓜子,一分一桶;高邮鸭蛋,半分一个。"此人是谁?是卖瓜子的金哥。金哥说

① 自讨分晓:自己放明白点。
② 怎生:怎么,怎么样。
③ 院:即上文的"孤老院"。
④ 寒家:谦词,即我家。
⑤ 见短:通作"短见",即见识短浅的意思。
⑥ 自达时务:自己通达时务,有些眼头见识。
⑦ 终不然:总不会,总不至于。
⑧ 关王庙:即关帝庙,供奉关圣帝君关羽的庙宇。旧时,城乡随处都有关帝庙。
⑨ 三国功劳:指蜀魏吴三国的著名人物和重要事件的图画。

道："原来是年景消疏①，买卖不济。当时本司院有王三叔在时，一时照顾二百钱瓜子，转的来②，我父母吃不了。自从三叔回家去了，如今谁买这物？二三日不曾发市③，怎么过？我到庙里歇歇再走。"金哥进庙里来，把盘子放在供桌上，跪下磕了头。三官却认得是金哥，无颜见他，双手掩面，坐于门限侧边④。金哥磕了头，起来，也来门限上坐下。三官只道金哥出庙去了，放下手来，却被金哥认出，说："三叔！你怎么在这里？"三官含羞带泪，将前事道了一遍。金哥说："三叔休哭，我请你吃些饭。"三官说："我得了饭。"金哥又问："你这两日，没见你三婶来？"三官说："久不相见了！金哥，我烦你到本司院密密的与三婶说，我如今这等穷，看他怎么说，回来复我。"金哥应允，端起盘，往外就走。三官又说："你到那里看风色，他若想我，你便题我在这里如此。若无真心疼我，你便休话⑤，也来回我。他这人家有钱的另一样待，无钱的另一样待。"金哥说："我知道。"辞了三官，往院里来，在于楼外边立着。

说那玉姐手托香腮，将汗巾拭泪⑥，声声只叫："王顺卿，我的哥哥！你不知在那里去了？"金哥说："呀，真个想三叔哩！"咳嗽一声。玉姐听见，问："外边是谁？"金哥上楼来，说："是我。我来买瓜子与你老人家磕哩！"玉姐眼中吊泪，说："金哥，纵有羊羔美酒⑦，吃不下，那有心绪磕瓜仁！"金哥说："三婶，你这两日怎么淡了⑧？"玉姐不理。金哥又问："你想三叔，还想谁？你对我说，我与你接去。"玉姐说："我自三

①消疏：萧条。
②转的来：指周转得开，生意有赚头。转，周转。
③发市：开张。
④门限：门槛。
⑤休话：不要说。
⑥汗巾：手帕。
⑦羊羔：羊羔肉，鲜嫩可口。这里代指美味佳肴。
⑧淡：消瘦。

叔去后，朝朝思想，那里又有谁来？我曾记得一辈古人①。"金哥说："是谁？"玉姐说："昔有个亚仙女②，郑元和为他黄金使尽，去打莲花落③。后来收心，勤读诗书，一举成名。那亚仙风月场中显大名。我常怀亚仙之心，怎得三叔他像郑元和方好。"金哥听说，口中不语，心内自思："王三到也与郑元和相像了，虽不打莲花落，也在孤老院讨饭吃。"金哥乃低低把三姊叫了一声，说："三叔如今在庙中安歇，叫我密密的报与你，济他些盘费④，好上南京。"玉姐唬了一惊⑤："金哥休要哄我。"金哥说："三姊，你不信，跟我到庙中看看去。"玉姐说："这里到庙中有多少远？"金哥说："这里到庙中有三里地。"玉姐说："怎么敢去？"又问："三叔还有甚话？"金哥说："只是少银子钱使用，并没甚话。"玉姐说："你去对三叔说，十五日在庙里等我⑥。"金哥去庙里回复三官，就送三官到王匠家中，"倘若他家不留你，就到我家里去。"幸得王匠回家，又留住了公子不题。

却说老鸨又问："三姐！你这两日不吃饭，还是想着王三哩！你想他，他不想你。我儿好痴，我与你寻个比王三强的，你也新鲜些。"玉姐说："娘！我心里一件事不得停当⑦。"鸨子说："你有甚么事？"玉姐说："我当初要王三的银子，黑夜与他说话，指着城隍爷爷说誓⑧，如今待我还了愿，就接别人。"老鸨问："几时去还愿⑨？"玉姐道："十五日去罢。"老鸨甚喜，预先备下香烛纸马⑩。等到十五日，天未明，就叫丫头起来：

①一辈：同行。
②关于李亚仙和郑元和的故事，最早见于唐代白行简的《李娃传》，到元代石君宝的杂剧《李亚仙花酒曲江池》，才正式有了李亚仙、郑元和的名字，到明代郑若庸的传奇《绣襦记》，故事较前更加曲折完整。
③莲花落：旧时乞丐乞讨时打的快板。
④济：接济，帮助。
⑤唬（xià）：同"吓"。
⑥十五日：旧时庙宇里进香，除特定节日、纪念日外，一般初一、十五也有庙会。
⑦停当：了当。
⑧城隍爷爷：城隍神。
⑨还愿：旧时在神前求其佑助往往要许下誓愿（多为烧香、供奉），实现所求后要到神前还愿。
⑩纸马：在神前焚化的黄表纸等。

"你与姐姐烧下水洗脸。"玉姐也怀心①，起来梳洗，收拾私房银两，并钗钏首饰之类，叫丫头拿着纸马，径往城隍庙里去。进的庙来，天还未明，不见三官在那里。那晓得三官却躲在东廊下相等。先已看见玉姐，咳嗽一声。玉姐就知，叫丫头烧了纸马，"你先去，我两边看看十帝阎君②。"玉姐叫了丫头转身，径来东廊下寻三官。三官见了玉姐，羞面通红。玉姐叫声："哥哥王顺卿，怎么这等模样？"两下抱头而哭。玉姐将所带有二百两银子东西，付与三官，叫他置办衣帽，买骡子，再到院里来，"你只说是从南京才到，休负奴言。"二人含泪各别。玉姐回至家中，鸨子见了，欣喜不胜，说："我儿还了愿了？"玉姐说："我还了旧愿，发下新愿。"鸨子说："我儿，你发下甚么新愿？"玉姐说："我要再接王三，把咱一家子死的灭门绝户，天火烧了。"鸨子说："我儿这愿，忒发得重了些③。"从此欢天喜地不题。

且说三官回到王匠家，将二百两东西，递与王匠。王匠大喜，随即到了市上，买了一身衲帛衣服④，粉底皂靴，绒袜，瓦楞帽子⑤，青丝绦⑥，真川扇，皮箱，骡马，办得齐整。把砖头瓦片，用布包裹，假充银两，放在皮箱里面。收拾打扮停当，雇了两个小厮跟随，就要起身。王匠说："三叔！略停片时，小子置一杯酒饯行⑦。"公子说："不劳如此，多蒙厚爱，异日须来报恩。"三官遂上马而去。

　　妆成圈套入胡同，
　　鸨子焉能不强从。

① 怀心：记挂在心。
② 十帝阎君：即十殿阎王。俗说阴曹地府共有十殿，由十位阎王管辖。城隍与阎王同属冥神，故城隍庙中供有阎王。
③ 忒（tuī）：太。
④ 衲帛衣服：绣花绸衣。
⑤ 瓦楞帽子：明代普通人戴的帽子。王景隆是读书人，应戴头巾，但王匠不懂，给他买了顶普通人的帽子。
⑥ 绦（tāo）：带子。
⑦ 小子：自称谦词。

亏杀玉堂垂念永①,
固知红粉亦英雄。

却说公子辞了王匠夫妇,径至春院门首。只见几个小乐工,都在门首说话。忽然看见三官气象一新,唬了一跳,飞风报与老鸨。老鸨听说,半晌不言:"这等事怎么处?向日三姐说②,他是宦家公子,金银无数,我却不信,逐他出门去了。今日到带有金银,好不惶恐人也③!"左思右想,老着脸走出来见了三官,说:"姐夫从何而至?"一手扯住马头。公子下马唱了半个喏④,就要行,说:"我伙计都在船中等我。"老鸨陪笑道:"姐夫好狠心也。就是寺破僧丑,也看佛面,纵然要去,你也看看玉堂春。"公子道:"向日那几两银子值甚的,学生岂肯放在心上?我今皮箱内,见有五万银子,还有几船货物。伙计也有数十人。有王定看守在那里。"鸨子一发不肯放手了。公子恐怕掣脱了⑤,将机就机,进到院门坐下。鸨儿分付厨下,忙摆酒席接风。三官茶罢,就要走,故意攞出两锭银子来⑥,都是五两头细丝⑦。三官检起,袖而藏之。鸨子又说:"我到了姑娘家,酒也不曾吃,就问你,说你往东去了,寻不见你,寻了一个多月,俺才回家。"公子乘机便说:"亏你好心,我那时也寻不见你。王定来接我,我就回家去了。我心上也欠挂着玉姐,所以急急而来。"老鸨忙叫丫头去报玉堂春。丫头一路笑上楼来。玉姐已知公子到了,故意说:"奴才笑甚么?"丫头说:"王姐夫又来了。"玉姐故意唬了一跳,说:"你不要哄我!"不肯下楼。老鸨慌忙自

①垂念:思念。永,长,久。
②向日:往日,过去。
③惶恐:这里指忐忑不安。
④唱了半个喏(rě):行了个半礼。表现王景隆爱理不理的情态。
⑤掣脱:拉脱,决裂,弄僵。
⑥攞(shǎi)出:甩出。
⑦细丝:生银中加少许白铜,一起熔炼,倾成银锭后,上有丝纹,俗称细丝白银。

来，玉姐故意回脸往里睡。鸨子说："我的亲儿！王姐夫来了，你知道么？"玉姐也不语，连问了四五声，只不答应。这一时待要骂①，又用着他。扯一把椅子拿过来，一直坐下，长吁了一声气。玉姐见他这模样，故意回过头起来，双膝跪在楼上，说："妈妈！今日饶我这顿打。"老鸨忙扯起来说："我儿！你还不知道，王姐夫又来了，拿有五万两花银，船上又有货物并伙计数十人，比前加倍。你可去见他，好心奉承。"玉姐道："发下新愿了，我不去接他。"鸨子道："我儿！发愿只当取笑②。"一手挽玉姐下楼来，半路就叫："王姐夫，三姐来了。"三官见了玉姐，冷冷的作了一揖，全不温存③。老鸨便叫丫头摆桌，取酒斟上一钟，深深万福④，递与王姐夫："权当老身不是⑤。可念三姐之情，休走别家，教人笑话。"三官微微冷笑，叫声："妈妈，还是我的不是。"老鸨殷勤劝酒，公子吃了几杯，叫声"多扰"，抽身就走。翠红一把扯住，叫："玉姐，与俺姐夫陪个笑脸。"老鸨说："王姐夫，你忒做绝了。丫头，把门顶了，休放你姐夫出去。"叫丫头把那行李抬在百花楼去。就要楼下重设酒席，笙琴细乐，又来奉承。吃了半更，老鸨说："我先去了，让你夫妻二人叙话。"三官、玉姐正中其意，携手登楼。

> 如同久旱逢甘雨，
> 好似他乡遇故知。

二人一晚叙话，正是："欢娱嫌夜短，寂寞恨更长。"不觉鼓打四更，公子爬将起

① 这一时：这光景，这个时候。
② 取笑：开玩笑，闹着玩。
③ 温存：热情，亲热。
④ 万福：旧时妇女对人行礼，一面用双手在左衣襟前拜一拜，一面口称"万福"。
⑤ 权当：就当，姑且算作。

来，说："姐姐！我走罢！"玉姐说："哥哥！我本欲留你多住几日，只是留君千日，终须一别。今番作急回家①，再休惹闲花野草②。见了二亲，用意攻书③。倘或成名，也争得这一口气。"玉姐难舍王公子，公子留恋玉堂春。玉姐说："哥哥，你到家，只怕娶了家小④，不念我。"三官说："我怕你在北京另接一人，我再来也无益了。"玉姐说："你指着圣贤爷说了誓愿⑤。"两人双膝跪下。公子说："我若南京再娶家小，五黄六月害病死了我⑥。"玉姐说："苏三再若接别人，铁锁长枷永不出世。"就将镜子拆开，各执一半，日后为记。玉姐说："你败了三万两银子⑦，空手而回，我将金银首饰器皿，都与你拿去罢。"三官说："亡八、淫妇知道时，你怎打发他？"玉姐说："你莫管我，我自有主意。"玉姐收拾完备，轻轻的开了楼门，送公子出去了。

  天明，鸨儿起来，叫丫头烧下洗脸水，承下净口茶⑧，"看你姐夫醒了时，送上楼去。问他要吃甚么，我好做去。若是还睡，休惊醒他。"丫头走上楼去，见摆设的器皿都没了，梳妆匣也出空了⑨，撇在一边。揭开帐子，床上空了半边。跑下楼，叫："妈妈罢了！"鸨子说："奴才，慌甚么？惊着你姐夫。"丫头说："还有甚么姐夫？不知那里去了。俺姐姐回脸往里睡着。"老鸨听说，大惊，看小厮、骡脚都去了⑩。连忙走上楼来，喜得皮箱还在。打开看时，都是砖头瓦片。鸨儿便骂："奴才！王三那里去了？我就打死你！为何金银器皿他都偷去了？"玉姐说："我发过新愿了，今番不是我接他来

①作急：作速，赶快。
②闲花野草：在外的非妻非妾的女子，这里指妓女。
③攻书：用功读书。攻，读。
④家小：此处指妻子。
⑤圣贤爷：指各种神圣。
⑥五黄六月：农历的五六月是一年中粮食最为缺乏、天气最热、农事最忙的时节，最不适宜办红白之事。
⑦败：坏，破费。
⑧承下：盛上。
⑨出空：腾空，把东西拿空。
⑩骡脚：行脚的骡子。

的。"鸨子说："你两个昨晚说了一夜说话，一定晓得他去处。"亡八就去取皮鞭，玉姐拿个首帕①，将头扎了，口里说："待我寻王三还你。"忙下楼来，往外就走。鸨子、乐工恐怕走了，随后赶来。玉姐行至大街上，高声叫屈："图财杀命！"只见地方都来了。鸨子说："奴才，他到把我金银首饰尽情拐去，你还放刁②！"亡八说："由他，咱到家里算帐。"玉姐说："不要说嘴，咱往那里去？那是我家？我同你到刑部堂上讲讲，恁家里是公侯宰相③，朝郎驸马④，你那里的金银器皿？万物要平个理⑤。一个行院人家⑥，至轻至贱，那有甚么大头面⑦，戴往那里去坐席？王尚书公子在我家，费了三万银子，谁不知道？他去了，就开手⑧；你昨日见他有了银子，又去哄到家里，图谋了他行李，不知将他下落在何处⑨？列位做个证见。"说得鸨子无言可答。亡八说："你叫王三拐去我的东西，你反来图赖我。"玉姐舍命就骂："亡八、淫妇，你图财杀人，还要说嘴？见今皮箱都打开在你家里，银子都拿过了。那王三官不是你谋杀了是那个？"鸨子说："他那里有甚么银子？都是砖头瓦片哄人。"玉姐说："你亲口说带有五万银子，如何今日又说没有？"两下厮闹。众人晓得三官败过三万银子是真的⑩，谋命的事未必，都将好言劝解。玉姐说："列位，你既劝我不要到官，也得我骂他几句，出这口气。"众人说："凭你骂罢！"玉姐骂道：

"你这亡八是喂不饱的狗，鸨子是填不满的坑。不肯思量做生理，只是排

① 首帕：包头巾。
② 放刁：撒泼耍赖。
③ 恁：您，你们。
④ 朝郎：朝中郎官，如侍郎、郎中、员外郎等各部要职。驸（fù）马：皇帝的女婿，公主的丈夫。
⑤ 平个理：即理要平，理要说得通。
⑥ 行院：这里指妓院。
⑦ 大头面：贵重首饰。
⑧ 开手：丢开。
⑨ 下落：发落，处置。
⑩ 败：破费，挥霍。

局骗别人①。奉承尽是天罗网，说话皆是陷人坑。只图你家长兴旺，那管他人贫不贫。八百好钱买了我，与你挣了多少银。我父叫做周彦亨，大同城里有名人。买良为贱该甚罪②？兴贩人口问充军③。哄诱良家子弟犹自可，图财杀命罪非轻！你一家万分无天理，我且说你两三分。"

众人说："玉姐，骂得勾了。"鸨子说："让你骂许多时，如今该回去了。"玉姐说："要我回去，须立个文书执照与我④。"众人说："文书如何写？"玉姐说："要写'不合买良为娼，及图财杀命'等话。"亡八那里肯写。玉姐又叫起屈来。众人说："买良为娼，也是门户常事⑤。那人命事不的实⑥，却难招认。我们只主张写个赎身文书与你罢！"亡八还不肯。众人说："你莫说别项，只王公子三万银子也勾买三百个粉头了。玉姐左右心不向你了⑦，舍了他罢！"众人都到酒店里面，讨了一张绵纸，一人念，一人写，只要亡八、鸨子押花⑧。玉姐道："若写得不公道，我就扯碎了。"众人道："还你停当⑨。"写道：

"立文书本司乐户苏淮⑩，同妻一秤金，向将钱八百文，讨大同府人周彦亨女玉堂春在家，本望接客靠老，奈女不愿为娼……"

写到"不愿为娼"，玉姐说："这句就是了。须要写收过王公子财礼银三万两。"亡八道：

① 排局：设圈弄套。
② 买良为贱：指买良家女子进入妓院。
③ 问：问罪，判罪。
④ 执照：凭证。
⑤ 门户：指妓院。
⑥ 的实：确实。
⑦ 左右：反正。
⑧ 押花：画花押。花押可以是签名，也可以是特殊的符号等。后文写一秤金就画了一个十字。
⑨ 停当：妥当。
⑩ 乐户：旧时妓女入乐籍管理，故妓院称乐户。

"三儿，你也拿些公道出来，这一年多费用去了，难道也算？"众人道："只写二万罢。"又写道：

> "……有南京公子王顺卿，与女相爱，淮得过银二万两，凭众议作赎身财礼。今后听凭玉堂春嫁人，并与本户无干。立此为照。"

后写"正德年月日，立文书乐户苏淮同妻一秤金"，见人有十余人①。众人先押了花。苏淮只得也押了，一秤金也画个十字。玉姐收讫②。又说："列位老爹！我还有一件事，要先讲个明。"众人曰："又是甚事？"玉姐曰："那百花楼，原是王公子盖的，拨与我住。丫头原是公子买的，要叫两个来伏侍我。以后米面、柴薪、菜蔬等项，须是一一供给，不许揸勒短少③，直待我嫁人方止。"众人说："这事都依着你。"玉姐辞谢先回。亡八又请众人吃过酒饭方散。正是：

> 周郎妙计高天下，
> 赔了夫人又折兵④。

话说公子在路，夜住晓行，不数日，来到金陵自家门首下马⑤。王定看见，唬了一惊。上前把马扯住，进的里面。三官坐下，王定一家拜见了。三官就问："我老爷安么？"王定说："安。""大叔、二叔、姑爷、姑娘何如⑥？"王定说："俱安。"又问："你听得老爷说我家来，他要怎么处？"王定不言，长吁一口气，只看看天。三官就知其意："你不言语，想是老爷要打死我。"王定

①见人：见证人。
②收讫：收好。讫，完结，结束。
③揸（kèn）勒：刁难，克扣。
④周郎妙计高天下，赔了夫人又折兵：三国时吴国的大将周瑜施美人计，把吴主孙权的妹妹嫁给蜀主刘备，目的是要取荆州。刘备的军师诸葛亮将计就计，结果刘备真的娶走了孙权妹妹，吴国还打了败仗。事见《三国演义》。后人常用以比喻存心想占人便宜，结果反而吃亏。
⑤金陵：南京。
⑥"大叔"等：这里是从仆人的角度，询问自己的大哥、二哥、姐夫、姐姐。

说："三叔，老爷誓不留你，今番不要见老爷了，私去看看老奶奶和姐姐、兄嫂，讨些盘费，他方去安身罢①！"公子又问："老爷这二年，与何人相厚②？央他来与我说个人情。"王定说："无人敢说。只除是姑娘、姑爹③，意思间稍题题④，也不敢直说。"三官道："王定，你去请姑爹来，我与他讲这件事。"王定即时去请刘斋长⑤、何上舍到来⑥。叙礼毕，何、刘二位说："三舅，你在此，等俺两个与咱爷讲过，使人来叫你。若不依时，捎信与你，作速逃命。"

二人说罢，竟往潭府来见了王尚书⑦。坐下，茶罢，王爷问何上舍："田庄好么？"上舍答道："好！"王爷又问刘斋长："学业何如？"答说："不敢，连日有事，不得读书。"王爷笑道："'读书过万卷，下笔如有神。'秀才将何为本？'家无读书子，官从何处来？'今后须宜勤学，不可将光阴错过。"刘斋长唯唯谢教。何上舍问："客位前这墙几时筑的？一向不见。"王爷笑曰："我年大了，无多田产，日后恐怕大的二的争竞⑧，预先分为两分。"二人笑说："三分家事，如何只做两分？三官回来，叫他那里住？"王爷闻说，心中大恼："老夫平生两个小儿，那里又有第三个？"二人齐声叫："爷，你如何不疼三官王景隆？当初还是爷不是，托他在北京讨帐，无有一个去接寻⑨。休说三官十六七岁，北京是花柳之所；就是久惯江湖，也迷了心。"二人双膝跪下，吊下泪来。王爷听说："没下梢的狗畜生⑩，不知死在那里了，再休题起了！"

正说间，二位姑娘也到。众人都知三官

①他方：别处。
②相厚：交往多，交情深。
③姑爹：也即前文的姑爷。
④意思间稍题题：看说话的气氛，稍微提一下。
⑤斋长：太学斋舍里的头领。这里是对读书人的敬称。
⑥上舍：太学有三舍，刚入学叫外舍，由外舍升内舍，再由内舍升上舍。这里的上舍也是对读书人的敬称。
⑦潭府：深宅大院的意思，一般用作对别人宅第的敬称。
⑧争竞：争抢。
⑨接寻：接应，寻问。
⑩没下梢：没结局。

到家，只哄着王爷一人。王爷说："今日不请都来，想必有甚事情？"即叫家奴摆酒。何静庵欠身打一躬曰："你闺女昨晚作一梦，梦三官王景隆身上蓝缕①，叫他姐姐救他性命。三更鼓做了这个梦，半夜搥床捣枕哭到天明，埋怨着我不接三官，今日特来问问三舅的信音②。"刘心斋亦说："自三舅在京，我夫妇日夜不安，今我与姨夫凑些盘费，明日起身去接他回来。"王爷含泪道："贤婿，家中还有两个儿子，无他又待怎生？"何、刘二人往外就走。王爷向前扯住问："贤婿何故起身？"二人说："爷撒手，你家亲生子还是如此，何况我女婿也？"大小儿女放声大哭，两个哥哥一齐下跪，女婿也跪在地上，奶奶在后边吊下泪来。引得王爷心动，亦哭起来。

　　王定跑出来说："三叔，如今老爷在那里哭你，你好过去见老爷，不要待等恼了。"王定推着公子进前厅跪下说："爹爹！不孝儿王景隆今日回了。"那王爷两手擦了泪眼，说："那无耻畜生，不知死的往那里去了。北京城街上最多游食光棍③，偶与畜生面庞厮像④，假充畜生来家，哄骗我财物，可叫小厮拿送三法司问罪⑤！"那公子往外就走。二位姐姐赶至二门首拦住，说："短命的⑥，你待往那里去？"三官说："二位姐姐，开放条路与我逃命罢！"二位姐姐不肯撒手，推至前来双膝跪下，两个姐姐手指说："短命的！娘为你痛得肝肠碎，一家大小为你哭得眼花，那个不牵挂！"

　　众人哭在伤情处⑦，王爷一声喝住众人不要哭，说："我依着二位姐夫，收了这畜

①蓝缕：破破烂烂。
②信音：音信。
③游食光棍：到处吃白食的流浪汉。
④厮像：相像。
⑤三法司：在明代，刑部、都察院、大理司都是职掌司法狱讼的，故统称三法司。当时的南京也有这三个机关。
⑥短命的：这是骂亲近的人的常用语。
⑦伤情：即伤心。

生，可叫我怎么处他①？"众人说："消消气再处。"王爷摇头。奶奶说："凭我打罢。"王爷说："可打多少？"众人说："任爷爷打多少。"王爷道："须依我说，不可阻我，要打一百。"大姐、二姐跪下说："爹爹严命②，不敢阻当，容你儿代替罢！"大哥、二哥每人替上二十，大姐、二姐每人亦替二十。王爷说："打他二十。"大姐、二姐说："叫他姐夫也替他二十，只看他这等黄瘦，一棍打在哪里？等他膘满肉肥，那时打他不迟。"王爷笑道："我儿，你也说得是。想这畜生，天理已绝，良心已丧，打他何益？我问你：'家无生活计，不怕斗量金③。'我如今又不做官了，无处挣钱，作何生意以为糊口之计？要做买卖，我又无本钱与你。二位姐夫问他那银子还有多少？"何、刘便问："三舅银子还有多少？"王定抬过皮箱打开，尽是金银首饰器皿等物。王爷大怒，骂："狗畜生！你在哪里偷的这东西？快写首状④，休要玷辱了门庭。"三官高叫："爹爹息怒，听不肖儿一言。"遂将初遇玉堂春，后来被鸨儿如何哄骗尽了，如何亏了王银匠收留，又亏了金哥报信，玉堂春私将银两赠我回乡，这些首饰器皿，皆玉堂春所赠，备细述了一遍。王爷听说，骂道："无耻狗畜生！自家三万银子都花了，却要娼妇的东西，可不羞杀了人！"三官说："儿不曾强要他的，是他情愿与我的。"王爷说："这也罢了。看你姐夫面上，与你一个庄子⑤，你自去耕地布种⑥。"公子不言。王爷怒道："王景隆，你不言，怎么说？"公子说："这事不是孩儿做的。"王爷说："这事不是你做的，你还去嫖

① 处他：安排他，拿他怎么办。
② 严命：指父命。旧时父亲称严父，故而父亲之命也称严命。
③ 家无生活计，不怕斗量金：家里如无生财之道，就是有斗量之金也无济于事，总要坐吃山空的。
④ 首状：自首的状纸。
⑤ 庄子：田庄。
⑥ 布种：下种，播种。

院罢!"三官说:"儿要读书。"王爷笑曰:"你已放荡了,心猿意马,读甚么书?"公子说:"孩儿此回笃志用心读书①。"王爷说:"既知读书好,缘何这等胡为?"何静庵立起身来说:"三舅受了艰难苦楚,这下来改过迁善②,料想要用心读书。"王爷说:"就依你众人说,送他到书房里去,叫两个小厮去伏侍他。"即时就叫小厮送三官往书院里去。两个姐夫又来说:"三舅久别,望老爷留住他,与小婿共饮则可③。"王爷说:"贤婿,你如此乃非教子之方,休要纵他。"二人道:"老爷言之最善。"于是翁婿大家痛饮,尽醉方归。这一出父子相会,分明是:

　　月被云遮重露彩,
　　花遭霜打又逢春。

　　却说公子进了书院,清清独坐,只见满架诗书,笔山砚海。叹道:"书呵!相别日久,且是生涩④。欲待不看,焉得一举成名,却不辜负了玉姐言语;欲待读书,心猿放荡,意马难收。"公子寻思一会,拿着书来读了一会,心下只是想着玉堂春。忽然鼻闻甚气,耳闻甚声,乃问书童道:"你闻这书里甚么气?听听甚么响?"书童说:"三叔,俱没有。"公子道:"没有?呀,原来鼻闻乃是脂粉气,耳听即是筝板声⑤。"公子一时思想起来:"玉姐当初嘱付我,是甚么话来?叫我用心读书。我如今未曾读书,心意还丢他不下⑥,坐不安,寝不宁,茶不思,饭不想,梳洗无心,神思恍忽。"公子自思:"可怎么处他?"走出门来,只见大门上挂着一

①笃(dǔ)志:立定志向,下定决心。
②改过迁善:改掉过错,向好转变。迁,转变。
③则可:即则个。
④生涩:生疏,艰涩。
⑤筝:乐器名,类似琴,十三弦。板:拍板,歌唱时打拍子用。
⑥丢他不下:放不下他,抛不开他。

联对子①:"十年受尽窗前苦,一举成名天下闻。""这是我公公作下的对联②。他中举会试③,官到侍郎。后来咱爹爹在此读书,官到尚书。我今在此读书,亦要攀龙附凤④,以继前人之志。"又见二门上有一联对子:"不受苦中苦,难为人上人。"公子急回书房,看见《风月机关》、《洞房春意》⑤,公子自思:"乃是此二书乱了我的心。"将一火而焚之。破镜分钗⑥,俱将收了。心中回转,发志勤学⑦。

  一日书房无火,书童往外取火。王爷正坐,叫书童。书童近前跪下。王爷便问:"三叔这一会用功不曾?"书童说:"禀老爷得知,我三叔先时通不读书,胡思乱想,体瘦如柴。这半年整日读书,晚上读至三更方才睡,五更就起,直至饭后,方才梳洗,口虽吃饭,眼不离书。"王爷道:"奴才!你好说谎,我亲自去看他。"书童叫:"三叔,老爷来了。"公子从从容容迎接父亲,王爷暗喜。观他行步安详,可以见他学问。王爷正面坐下,公子拜见。王爷曰:"我限的书你看了不曾?我出的题你做了多少?"公子说:"爹爹严命,限儿的书都看了,题目都做完了,但有余力,旁观子史⑧。"王爷说:"拿文字来我看⑨。"公子取出文字。王爷看他所作文课,一篇强如一篇,心中甚喜,叫:"景隆,去应个儒士科举罢!"公子说:"儿读了几日书,敢望中举?"王爷说:"一遭中了虽多,两遭中了甚广⑩。出去观观场⑪,下科好中。"王爷就写书与提学察院⑫,许公子科举。竟到八月初九日,进过头场,写出文字与父亲看。王爷喜道:"这七篇,中有

①对子:即对联。
②公公:爷爷。
③会试:乡试考中举人之后,再到京城参加进士考试,叫会试。
④攀龙附凤:这里指效法前人,飞黄腾达。
⑤《风月机关》、《洞房春意》:旧时有关男女之事的色情书。当是泛指。
⑥破镜分钗:旧时情侣间常用的信物。前文中只提到了破镜。
⑦发志:发下志愿,立志。
⑧子史:传统四部书中的子部和史部。
⑨文字:即文章。指按科举考试规范所作的文章。
⑩"一遭"二句:是说一次就中了虽然有些侥幸,两次考中却很有可能。
⑪观场:指首次进场体会科考。
⑫提学察院:职掌地方学政的衙门。

何难？"到二场三场俱完，王爷又看他后场，喜道："不在散举，决是魁解①。"

话分两头。却说玉姐自上了百花楼，从不下梯。是日闷倦，叫丫头："拿棋子过来，我与你下盘棋。"丫头说："我不会下。"玉姐说："你会打双陆么②？"丫头说："也不会。"玉姐将棋盘、双陆一皆撇在楼板上。丫头见玉姐眼中吊泪，即忙掇过饭来③，说："姐姐，自从昨晚没用饭，你吃个点心。"玉姐拿过分为两半。右手拿一块吃，左手拿一块与公子。丫头欲接又不敢接。玉姐猛然睁眼见不是公子，将那一块点心掉在楼板上。丫头又忙掇过一碗汤来，说："饭干燥，吃些汤罢！"玉姐刚呷得一口，泪如涌泉，放下了，问："外边是甚么响？"丫头说："今日中秋佳节，人人玩月④，处处笙歌，俺家翠香、翠红姐都有客哩！"玉姐听说，口虽不言，心中自思："哥哥今已去了一年了。"叫丫头拿过镜子来照了一照，猛然唬了一跳："如何瘦的我这模样？"把那镜丢在床上，长吁短叹，走至楼门前，叫丫头："拿椅子过来，我在这里坐一坐。"坐了多时，只见明月高升，谯楼敲转⑤，玉姐叫丫头："你可收拾香烛过来，今日八月十五日，乃是你姐夫进三场日子，我烧一炷香保佑他。"玉姐下楼来，当天井跪下，说："天地神明，今日八月十五日，我哥王景隆进了三场，愿他早占鳌头⑥，名扬四海。"祝罢，深深拜了四拜。有诗为证：

对月烧香祷告天，
何时得泄腹中冤。

① 不在散举，决是魁解：科举考试，在乡试中中了前五名，叫"经魁"，其余中式的叫"散举"。这两句是说，王景隆一定会考中前五名。
② 双陆：一种类似下棋的游戏。
③ 掇：搬，取。
④ 玩月：中秋节的传统活动，即在月下宴饮玩乐。
⑤ 谯（qiáo）楼：更楼。
⑥ 占鳌头：指中状元。旧时殿试传胪（唱名）完毕，赞礼官引状元、榜眼二人到殿陛下，迎殿试榜，状元稍前，立在中陛石上，石上刻有巨鳌，故称中状元为"占鳌头"。

王郎有日登金榜，
不枉今生结好缘。

　　却说西楼上有个客人，乃山西平阳府洪同县人①，拿有整万银子，来北京贩马。这人姓沈名洪，因闻玉堂春大名，特来相访。老鸨见他有钱，把翠香打扮当作玉姐，相交数日，沈洪方知不是，苦求一见。是夜丫头下楼取火，与玉姐烧香。小翠红忍不住多嘴，就说了："沈姐夫，你每日间想玉姐，今夜下楼，在天井内烧香，我和你悄悄地张他②。"沈洪将三钱银子买嘱了丫头，悄然跟到楼下，月明中，看得仔细。等他拜罢，趋出唱喏③。玉姐大惊，问："是甚么人？"答道："在下是山西沈洪，有数万本钱，在此贩马。久慕玉姐大名，未得面睹。今日得见，如拨云雾见青天。望玉姐不弃，同到西楼一会。"玉姐怒道："我与你素不相识，今当贪夜④，何故自夸财势，妄生事端？"沈洪又哀告道："王三官也只是个人，我也是个人。他有钱，我亦有钱，那些儿强似我？"说罢，就上前要搂抱玉姐，被玉姐照脸啐一口⑤，急急上楼关了门，骂丫头："好大胆，如何放这野狗进来？"沈洪没意思，自去了。玉姐思想起来，分明是小翠香、小翠红这两个奴才报他。又骂："小淫妇，小贱人，你接着得意孤老也好了⑥，怎该来啰唣我⑦？"骂了一顿，放声悲哭："但得我哥哥在时，那个奴才敢调戏我！"又气又苦，越想越毒⑧。正是：

①平阳府：府治在今山西省临汾县南。
②张：望，看。
③趋出：急忙走出。唱喏：打招呼，行礼。
④贪（yín）夜：深夜。
⑤啐（cuì）一口：唾了一口。啐，唾唾沫。
⑥孤老：妓女所接的客人，有时也指作风不好的女人所偷的汉子。
⑦啰唣（zào）：吵闹，扰乱。
⑧毒：痛苦。

可人去后无日见①，
俗子来时不待招②。

却说三官在南京乡试终场，闲坐无事，每日只想玉姐。南京一般也有本司院，公子再不去走。到了二十九关榜之日③，公子想到三更以后，方才睡着。外边报喜的说："王景隆中了第四名。"三官梦中闻信，起来梳洗，扬鞭上马，前拥后簇，去赴鹿鸣宴④。父母，兄嫂、姐夫、姐姐，喜做一团。连日做庆贺筵席。公子谢了主考，辞了提学，坟前祭扫了，起了文书："禀父母得知，儿要早些赴京，到僻静去处安下，看书数月，好入会试。"父母明知公子本意牵挂玉堂春，中了举，只得依从。叫大哥、二哥来："景隆赴京会试，昨日祭扫，有多少人情？"大哥说："不过三百余两。"王爷道："那只勾他人情的，分外再与他一二百两拿去。"二哥说："禀上爹爹，用不得许多银子。"王爷说："你那知道，我那同年⑤、门生⑥，在京颇多，往返交接，非钱不行。等他手中宽裕，读书也有兴。"叫景隆收拾行装，有知心同年，约上两三位。分付家人到张先生家看了良辰。公子恨不的一时就到北京，邀了几个朋友，雇了一只船，即时拜了父母，辞别兄嫂。两个姐夫邀亲朋至十里长亭⑦，酌酒作别。公子上的船来，手舞足蹈，莫知所之⑧。众人不解其意，他心里只想着玉姐玉堂春。不则一日⑨，到了济宁府，舍舟起岸，不在话下。

再说沈洪自从中秋夜见了玉姐，到如今朝思暮想，废寝忘餐。叫声："二位贤姐，只

①可人：意中人。
②俗子：俗气的人。
③关榜：张榜公布。
④鹿鸣宴：指乡试发榜的第二天，为宴请主考、同考执事官和乡贡士而举办的宴会。
⑤同年：同一榜考中的人，互称同年。
⑥门生：学生。
⑦十里长亭：旧时城郊有驿亭，供旅人歇息。一般十里一长亭，五里一短亭。
⑧莫知所之：不知如何是好。形容极为高兴。
⑨不则一日：不止一日。

为这冤家害的我一丝两气①，七颠八倒，望二位可怜我孤身在外，举眼无亲。替我劝化玉姐，叫他相会一面，虽死在九泉之下，也不敢忘了二位活命之恩。"说罢，双膝跪下。翠香、翠红说："沈姐夫，你且起来。我们也不敢和他说这话，你不见中秋夜骂的我们不耐烦？等俺妈妈来，你央浼他②。"沈洪说："二位贤姐，替我请出妈妈来。"翠香姐说："你跪着我，再磕一百二十个大响头。"沈洪慌忙跪下磕头。翠香即时就去，将沈洪说的言语述与老鸨。老鸨到西楼见了沈洪，问："沈姐夫唤老身何事？"沈洪说："别无他事，只为不得玉堂春到手。你若帮衬我成就了此事③，休说金银，便是杀身难报。"老鸨听说，口内不言，心中自思："我如今若许了他，倘三儿不肯，教我如何？若不许他，怎哄出他的银子？"沈洪见老鸨踌躇不语，便看翠红。翠红丢了一个眼色，走下楼来，沈洪即跟他下去。翠红说："常言'姐爱俏，鸨爱钞④'。你多拿些银子出来打动他，不愁他不用心。他是使大钱的人，若少了，他不放在眼里。"沈洪说："要多少？"翠香说："不要少了！就把一千两与他，方才成得此事。"也是沈洪命运该败，浑如鬼迷一般，即依着翠香，就拿一千两银子来，叫："妈妈，财礼在此。"老鸨说："这银子，老身权收下。你却不要性急，待老身慢慢的偎他⑤。"沈洪拜谢说："小子悬悬而望⑥。"正是：

①一丝两气：气息微弱，有气无力。
②央浼（měi）：即央求。浼，请托。
③帮衬：这里是"帮助"的意思。
④姐爱俏，鸨爱钞：有关妓院的俗语。是说妓女喜欢长得好看的嫖客，老鸨喜欢有钱的嫖客。
⑤偎：缠，哄。
⑥悬悬而望：即悬望，惴惴不安而又十分殷切地盼望。

请下烟花诸葛亮，
欲图风月玉堂春。

且说十三省乡试榜都到午门外张挂，王银匠邀金哥说："王三官不知中了不曾？"两个跑在午门外南直隶榜下，看解元是《书经》①，往下第四个乃王景隆。王匠说："金哥好了，三叔已中在第四名。"金哥道："你看看的确，怕你识不得字。"王匠说："你说话好欺人，我读书读到《孟子》，难道这三个字也认不得，随你叫谁看。"金哥听说大喜。二人买了一本乡试录②，走到本司院里去报玉堂春说："三叔中了。"玉姐叫丫头将试录拿上楼来，展开看了，上刊"第四名王景隆"，注明"应天府儒士③，《礼记》"。玉姐步出楼门，叫丫头忙排香案，拜谢天地。起来先把王匠谢了，转身又谢金哥。唬得亡八、鸨子魂不在体。商议说："王三中了举，不久到京，白白地要了玉堂春去，可不人财两失？三儿向他孤老，决没甚好言语，搬斗是非④，教他报往日之仇，此事如何了？"鸨子说："不若先下手为强。"亡八说："怎么样下手？"老鸨说："咱已收了沈官人一千两银子，如今再要了他一千，贱些价钱卖与他罢。"亡八道："三儿不肯如何？"鸨子说："明日杀猪宰羊，买一桌纸钱，假说东岳庙看会⑤，烧了纸，说了誓，合家从良⑥，再不在烟花巷里。小三若闻知从良一节，必然也要往岳庙烧香。叫沈官人先安轿子，径抬往山西去。公子那时就来，不见他的情人，心下就冷了。"亡八说："此计大妙。"即时暗暗地与沈洪商议，又要了他一千银子。

次早，丫头报与玉姐："俺家杀猪宰羊，上岳庙哩⑦。"玉姐问："为何？"丫头道："听得妈妈说，'为王姐夫中了，恐怕他到京

① 解元是《书经》：解元，乡试第一名。明代以五经取士，每经各取一名为首，名为经魁。解元是《书经》，是说中了《书经》考试的第一名。下文还提到王景隆是《礼记》，是说王景隆《礼记》考的是第四。
② 乡试录：有关乡试的名录，上刊中式者姓名、籍里、所中科目等。
③ 应天府：即今江苏省南京市。
④ 搬斗：搬弄，播弄。
⑤ 东岳庙：供奉东岳大帝的道教庙宇。东岳大帝是东岳泰山之神，相传是掌管人间寿命的。
⑥ 从良：妓女脱离乐籍嫁人叫做从良。
⑦ 岳庙：即上文所说的东岳庙。

来报仇，今日发愿，合家从良。'"玉姐说："是真是假？"丫头说："当真哩！昨日沈姐夫都辞去了。如今再不接客了。"玉姐说："既如此，你对妈妈说，我也要去烧香。"老鸨说："三姐，你要去，快梳洗，我唤轿儿抬你。"玉姐梳妆打扮，同老鸨出的门来。正见四个人，抬着一顶空轿。老鸨便问："此轿是雇的？"这人说："正是。"老鸨说："这里到岳庙要多少雇价？"那人说："抬去抬来，要一钱银子。"老鸨说："只是五分。"那人说："这个事小，请老人家上轿。"老鸨说："不是我坐，是我女儿要坐。"玉姐上轿，那二人抬着，不往东岳庙去，径往西门去了①。走有数里，到了上高转折去处②，玉姐回头，看见沈洪在后骑着个骡子。玉姐大叫一声："吆！想是亡八、鸨子盗卖我了！"玉姐大骂："你这些贼狗奴，抬我往那里去？"沈洪说："往那里去？我为你去了二千两银子，买你往山西家去。"玉姐在轿中号啕大哭③，骂声不绝。那轿夫抬了飞也似走。行了一日，天色已晚。沈洪寻了一座店房，排合卺美酒④，指望洞房欢乐。谁知玉姐题着便骂，触着便打。沈洪见店中人多，恐怕出丑，想道："瓮中之鳖，不怕他走了，权耐几日⑤，到我家中，何愁不从。"于是反将好话奉承，并不去犯他。玉姐终日啼哭，自不必说。

却说公子一到北京，将行李上店，自己带两个家人，就往王银匠家，探问玉堂春消息。王匠请公子坐下："有见成酒⑥，且吃三杯接风，慢慢告诉。"王匠就拿酒来斟上。三官不好推辞，连饮了三杯。又问："玉姐

① 径往西门：从北京城内往山西，一般要走西门。
② 上高：爬高。转折：转弯。
③ 号啕（háo táo）：形容大声哭。也作号咷、嚎啕、嚎咷。
④ 合卺（jǐn）：旧时婚礼的一个仪节。卺，即瓢，古时亦用于盛酒。古代结婚时，新郎新娘各执半瓢酒对饮，叫做合卺。后世的饮交杯酒大略相当。
⑤ 权耐：暂且忍耐。
⑥ 见成：即现成。见，同"现"。

敢不知我来①？"王匠叫："三叔开怀，再饮三杯！"三官说："勾了，不吃了。"王匠说："三叔久别，多饮几杯，不要太谦②。"公子又饮了几杯，问："这几日曾见玉姐不曾？"王匠又叫："三叔且莫问此事，再吃三杯。"公子心疑，站起说："有甚或长或短，说个明白，休闷死我也！"王匠只是劝酒。

却说金哥在门首经过，知道公子在内，进来磕头叫喜。三官问金哥："你三婶近日何如？"金哥年幼多嘴，说："卖了。"三官急问说："卖了谁？"王匠瞅了金哥一眼，金哥缩了口。公子坚执盘问③，二人瞒不过，说："三婶卖了。"公子问："几时卖了？"王匠说："有一个月了。"公子听说，一头撞在尘埃④，二人忙扶起来。公子问金哥："卖到那里去了？"金哥说："卖与山西客人沈洪去了。"三官说："你那三婶就怎么肯去？"金哥叙出："鸨儿假意从良，杀猪宰羊上岳庙，哄三婶同去烧香，私与沈洪约定，雇下轿子抬去，不知下落。"公子说："亡八盗卖我玉堂春，我与他算帐！"

那时叫金哥跟着，带领家人，径到本司院里。进的院门，亡八眼快，跑去躲了。公子问众丫头："你家玉姐何在？"无人敢应。公子发怒，房中寻见老鸨，一把揪住，叫家人乱打。金哥劝住。公子就走在百花楼上，看见锦帐罗帏，越加怒恼。把箱笼尽行打碎⑤，气得痴呆了。问："丫头，你姐姐嫁那家去？可老实说，饶你打。"丫头说："去烧香，不知道就偷卖了他。"公子满眼落泪，说："冤家，不知是正妻，是偏妾⑥？"丫头说："他家里自有老婆。"公子听说，心中大

①敢：恐怕。
②太谦：太过廉让。谦，廉让，客气。
③坚执：坚持，一定。
④撞在：跌向。尘埃：地下。
⑤尽行：全部。
⑥正妻、偏妾：即妻妾。一般正妻称妻，其他的配偶称妾、偏房、小星等，正、偏、小均表示嫡庶的身份。

怒，恨骂亡八、淫妇不仁不义！丫头说："他今日嫁别人去了，还疼他怎的？"公子满眼流泪。

正说间，忽报朋友来访。金哥劝："三叔休恼，三婶一时不在了，你纵然哭他，他也不知道。今有许多相公在店中相访①，闻公子在院中，都要来。"公子听说，恐怕朋友笑话，即便起身回店。公子心中气闷，无心应举，意欲束装回家②。朋友闻知，都来劝说："顺卿兄，功名是大事，表子是末节③，那里有为表子而不去求功名之理？"公子说："列位不知，我奋志勤学，皆为玉堂春的言语激我。冤家为我受了千辛万苦，我怎肯轻舍？"众人叫："顺卿兄，你倘联捷④，幸在彼地⑤，见之何难？你若回家，忧虑成病，父母悬心⑥，朋友笑耻⑦，你有何益？"三官自思言之最当，倘或侥幸，得到山西，平生愿足矣。数言劝醒公子。会试日期已到，公子进了三场，果中金榜二甲第八名，刑部观政⑧。三个月，选了真定府理刑官⑨。即遣轿马迎请父母兄嫂。父母不来，回书说："教他做官勤慎公廉⑩，念你年长未娶，已聘刘都堂之女⑪，不日送至任所成亲。"公子一心只想玉堂春，全不以聘娶为喜。正是：

　　已将路柳为连理⑫，
　　翻把家鸡作野鸳⑬。

且说沈洪之妻皮氏，也有几分颜色，虽然三十余岁，比二八少年，也还风骚。平昔间嫌老公粗蠢，不会风流，又出外日多，在

①相公：这里是指一般读书做官的人。
②束装：收拾行李。
③表子：即婊子，妓女。
④联捷：连科及第，具体是指此次来京城会试考中。
⑤幸在彼地：幸好到那里去做官。
⑥悬心：担心。
⑦笑耻：笑话，耻笑。
⑧观政：实习政事。
⑨真定府：治所在今河北省正定县。理刑官：即推官，专门负责刑名等事的推勘。
⑩勤慎公廉：勤勉，谨慎，公正，廉洁。
⑪都堂：都察院的主要官员。
⑫路柳：路边之柳，指在外的相好。连理：原指两树枝杈连合生长在一起。这是比喻夫妻相亲相爱。
⑬家鸡：指父母聘定的妻子。野鸳：野鸳鸯，在外的相好。

家日少，皮氏色性太重，打熬不过。间壁有个监生①，姓赵名昂，自幼惯走花柳场中，为人风月②。近日丧偶，虽然是纳粟相公③，家道已在消乏一边。一日，皮氏在后园看花，偶然撞见赵昂，彼此有心，都看上了。赵昂访知巷口做歇家的王婆④，在沈家走动识熟，且是利口⑤，善于做媒说合。乃将白银二十两，贿赂王婆，央他通脚⑥。皮氏平昔间不良的口气，已有在王婆肚里；况且今日你贪我爱，一说一上，幽期密约，一墙之隔，梯上梯下，做就了一点不明不白的事。赵昂一者贪皮氏之色，二者要骗他钱财。枕席之间，竭力奉承。皮氏心爱赵昂，但是开口⑦，无有不从，恨不得连家当都津贴了他。不上一年，倾囊倒箧，骗得一空。初时只推事故，暂时挪借；借去后，分毫不还。皮氏只愁老公回来盘问时，无言回答。一夜与赵昂商议，欲要跟赵昂逃走他方。赵昂道："我又不是赤脚汉⑧，如何走得？便走了，也不免吃官司。只除暗地谋杀了沈洪，做个长久夫妻，岂不尽美。"皮氏点头不语。

却说赵昂有心打听沈洪的消息，晓得他讨了院妓玉堂春一路回来，即忙报与皮氏知道，故意将言语触恼皮氏⑨。皮氏怨恨不绝于声，问："如今怎么样对付他说好？"赵昂道："一进门时，你便数他不是，与他寻闹，叫他领着娼根另住⑩，那时凭你安排了。我央王婆赎得些砒霜在此⑪，觑便放在食器内⑫，把与他两个吃。等他双死也罢，单死也罢！"皮氏说："他好吃的是辣面。"赵昂说："辣面内正好下药。"两人圈套已定，只等沈洪入来。

①监生：明清时代，凡有入监（乡学）读书资格的，不管是否在监读书，都称监生。
②风月：风流放荡。
③纳粟相公：用金钱谷物捐纳的监生。
④歇家：旧时开设客栈，并兼营说媒拉纤、代人做保等职业的，叫做歇家。
⑤利口：能说会道。
⑥通脚：穿针引线，传递消息。
⑦但是：凡是，只要。
⑧赤脚汉：光脚汉，没有妻儿、家私、房屋牵累的人。
⑨触恼：惹恼。
⑩娼根：娼妓。
⑪砒霜：一种有毒的矿物质，旧时常用做毒药。
⑫觑（qù）便：瞅空，看着方便的时候。

不一日，沈洪到了故乡，叫仆人和玉姐暂停门外。自己先进门，与皮氏相见，满脸陪笑说："大姐休怪，我如今做了一件事。"皮氏说："你莫不是娶了个小老婆？"沈洪说："是了。"皮氏大怒，说："为妻的整年月在家守活孤孀①，你却花柳快活，又带这泼淫妇回来，全无夫妻之情。你若要留这淫妇时，你自在西厅一带住下，不许来缠我；我也没福受这淫妇的拜，不要他来。"昂然说罢，啼哭起来，拍台拍凳，口里"千亡八，万淫妇"骂不绝声。沈洪劝解不得，想道："且暂时依他言语，在西厅住几日，落得受用。等他气消了时，却领玉堂春与他磕头。"沈洪只道浑家是吃醋，谁知他有了私情，又且房计空虚了②，正怕老公进房，借此机会，打发他另居。正是：

你向东时我向西，
各人有意自家知。

不在话下。

却说玉堂春曾与王公子设誓③，今番怎肯失节于沈洪？腹中一路打稿④："我若到这厌物家中⑤，将情节哭诉他大娘子⑥，求他做主，以全节操。慢慢的寄信与三官，教他将二千两银子来赎我去，却不好。"及到沈洪家里，闻知大娘不许相见，打发老公和他往西厅另住，不遂其计，心中又惊又苦。沈洪安排床帐在厢房，安顿了苏三。自己却去窝伴皮氏⑦，陪吃夜饭。被皮氏三回五次催赶。沈洪说："我去西厅时，只怕大娘着恼。"皮氏说："你在此，我反恼；离了我眼

①守活孤孀：守活寡。孤孀，即寡妇。
②房计：房中生计，指财物等。
③设誓：立誓。
④打稿：思量，谋划。
⑤厌物：讨厌的家伙。一般指粗鄙讨厌之人。
⑥情节：情况。
⑦窝伴：也作"窝盘"，含有陪伴、安慰等意。

睛，我便不恼。"沈洪唱个淡喏①，谢声"得罪"，出了房门，径望西厅而来。原来玉姐乘着沈洪不在，检出他铺盖撇在厅中，自己关上房门自睡了。任沈洪打门，那里肯开。却好皮氏叫小段名到西厅看老公睡也不曾。沈洪平日原与小段名有情，那时扯在铺上，草草合欢，也当春风一度。事毕，小段名自去了。沈洪身子困倦，一觉睡去，直至天明。

却说皮氏这一夜等赵昂不来，小段名回后，老公又睡了。番来复去，一夜不曾合眼。天明早起，赶下一轴面②，煮熟分作两碗。皮氏悄悄把砒霜撒在面内，却将辣汁浇上，叫小段名送去西厅，"与你爹爹吃"。小段名送至西厅，叫道："爹爹！大娘欠你③，送辣面与你吃。"沈洪见是两碗，就叫："我儿，送一碗与你二娘吃。"小段名便去敲门。玉姐在床上问："做甚么？"小段名说："请二娘起来吃面。"玉姐道："我不要吃。"沈洪说："想是你二娘还要睡，莫去闹他。"沈洪把两碗都吃了，须臾而尽④。小段名收碗去了。沈洪一时肚疼，叫道："不好了，死也死也！"玉姐还只认假意，看看声音渐变，开门出来看时，只见沈洪九窍流血而死⑤。正不知甚么缘故，慌慌的高叫："救人！"只听得脚步响，皮氏早到，不等玉姐开言，就变过脸，故意问道："好好的一个人，怎么就死了？想必你这小淫妇弄死了他，要去嫁人？"玉姐说："那丫头送面来，叫我吃，我不要吃，并不曾开门。谁知他吃了，便肚疼死了。必是面里有些缘故。"皮氏说："放屁！面里若有缘故，必是你这小淫妇做下的。

①唱个淡喏：敷衍着行个礼。
②轴：本指擀面杖。这里作量词。指擀面杖一次擀出的面。
③欠：挂念，想念。
④须臾，一会儿，马上。
⑤九窍流血：一般说七窍流血。七窍指人首之上的七个孔道（耳孔、鼻孔、眼、嘴）。这里的九窍，当加下体两窍。

不然，你如何先晓得这面是吃不得的，不肯吃？你说并不曾开门，如何却在门外？这谋死情由①，不是你，是谁？"说罢，假哭起"养家的天"来。家中僮仆、养娘都乱做一堆②。

　　皮氏就将三尺白布摆头③，扯了玉姐，往知县处叫喊。正直王知县升堂，唤进问其缘故。皮氏说："小妇人皮氏，丈夫叫沈洪，在北京为商，用千金娶这娼妇叫做玉堂春为妾。这娼妇嫌丈夫丑陋，因吃辣面，暗将毒药放入，丈夫吃了，登时身死④。望爷爷断他偿命。"王知县听罢，问："玉堂春，你怎么说？"玉姐说："爷爷，小妇人原籍北直隶大同府人氏，只因年岁荒旱，父亲把我卖在本司院苏家。卖了三年后，沈洪看见，娶我回家。皮氏嫉妒，暗将毒药藏在面中，毒死丈夫性命。反倚刁泼⑤，展赖小妇人⑥。"知县听玉姐说了一会，叫："皮氏，想你见那男人弃旧迎新，你怀恨在心，药死亲夫，此情理或有之⑦。"皮氏说："爷爷！我与丈夫，从幼的夫妻，怎忍做这绝情的事。这苏氏原是不良之妇，别有个心上之人，分明是他药死，要图改嫁。望青天爷爷明镜⑧。"知县乃叫苏氏："你过来，我想你原系娼门，你爱那风流标致的人，想是你见丈夫丑陋，不趁你意⑨，故此把毒药药死是实。"叫皂隶⑩："把苏氏与我夹起来。"玉姐说："爷爷！小妇人虽在烟花巷里，跟了沈洪又不曾难为半分，怎下这般毒手？小妇人果有恶意，何不在半路谋害？既到了他家，他怎容得小妇人做手脚？这皮氏昨夜就赶出丈夫，不许他进房。今早的面，出于皮氏之手，小妇人并无

①情由：情理、缘由。
②养娘：婢女。
③摆头：这里是包头、缠头的意思。
④登时：瞬间，立刻。
⑤倚：恃。刁泼：放刁撒泼。
⑥展赖：转赖，反赖。
⑦理或有之：道理上也许是有的。
⑧青天、明镜：都是对官长公正断案的誉称。
⑨趁：即称。
⑩皂隶：衙役。

干涉①。"王知县见他二人各说有理。叫皂隶："暂把他二人寄监②，我差人访实再审。"二人进了南牢不题。

却说皮氏差人密密传与赵昂，叫他快来打点③。赵昂拿着沈家银子，与刑房吏一百两④，书手八十两⑤，掌案的先生五十两，门子五十两，两班皂隶六十两，禁子每人二十两⑥，上下打点停当。封了一千两银子，放在坛内，当酒送与王知县。知县受了。次日清晨升堂，叫皂隶把皮氏一起提出来。不多时到了，当堂跪下。知县说："我夜来一梦，梦见沈洪说：'我是苏氏药死，与那皮氏无干。'"玉堂春正待分辨，知县大怒，说："人是苦虫，不打不招。"叫皂隶："与我拶起着实打⑦，问他招也不招？他若不招，就活活敲死。"玉姐熬刑不过，说："愿招。"知县说："放下刑具。"皂隶递笔与玉姐画供⑧。知县说："皮氏召保在外，玉堂春收监。"皂隶将玉姐手铐脚镣，带进南牢。禁子、牢头都得了赵上舍银子，将玉姐百般凌辱。只等上司详允之后⑨，就递罪状，结果他性命。正是：

安排缚虎擒龙计，
断送愁鸾泣凤人。

且喜有个刑房吏，姓刘名志仁，为人正直无私，素知皮氏与赵昂有奸，都是王婆说合。数日前撞见王婆在生药铺内赎砒霜⑩，说："要药老鼠。"刘志仁就有些疑心。今日做出人命来，赵监生使着沈家不疼的银子来衙门打点，把苏氏买成死罪，天理何在？踌

①干涉：牵涉，关系。
②寄监：暂时收监。
③打点：这里指行贿。
④刑房吏：知县衙门里分管刑事的属吏。
⑤书手：记录审案的文书写手，犹今法庭的书记员。
⑥禁子：看守监狱的人。
⑦拶（zǎn）：拶指，用拶子夹手指，古代刑罚之一。拶，拶子，一种夹手指用的刑具。着实：实实在在。
⑧画供：在供状上画押。
⑨详允：审查批准。
⑩赎：买。

蹰一会，"我下监去看看。"那禁子正在那里逼玉姐要灯油钱①。志仁喝退众人，将温言宽慰玉姐，问其冤情。玉姐垂泪拜诉来历。志仁见四傍无人，遂将赵监生与皮氏私情及王婆赎药始末，细说一遍。分付："你且耐心守困②，待后有机会，我指点你去叫冤。日逐饭食③，我自供你。"玉姐再三拜谢。禁子见刘志仁做主，也不敢则声。此话阁过不题④。

却说公子自到真定府为官，兴利除害，吏畏民悦。只是想念玉堂春，无刻不然⑤。一日正在烦恼，家人来报，老奶奶家中送新奶奶来了。公子听说，接进家小。见了新人，口中不言，心内自思："容貌到也齐整，怎及得玉堂春风趣⑥?"当时摆了合欢宴⑦，吃下合卺杯，毕姻之际，猛然想起多娇⑧，"当初指望白头相守，谁知你嫁了沈洪，这官诰却被别人承受了⑨。"虽然陪伴了刘氏夫人，心里还想着玉姐，因此不快。当夜中了伤寒。又想当初与玉姐别时，发下誓愿，各不嫁娶。心下疑惑⑩，合眼就见玉姐在傍。刘夫人遣人到处祈禳⑪，府县官都来问安，请名药切脉调治。一月之外，才得痊可⑫。

公子在任年余，官声大著，行取到京⑬。吏部考选天下官员，公子在部点名已毕，回到下处，焚香祷告天地，只愿山西为官，好访问玉堂春消息。须臾马上人来报："王爷点了山西巡按⑭。"公子听说，两手加额："趁我平生之愿矣。"次日领了敕印⑮，辞朝⑯，连夜起马，往山西省城上任讫。即时发牌⑰，先出巡平阳府。公子到平阳府，坐

① 灯油钱：买灯油钱的。这是狱吏勒索犯人钱财的一个名目。
② 守困：坚守困境。
③ 日逐：逐日，每天。
④ 阁过：即搁过。
⑤ 无刻：没有一刻。不然：不这样，不如此。
⑥ 风趣：风流，有趣。
⑦ 合欢宴：旧时婚礼新郎新娘在新房中的私宴。
⑧ 多娇：对所爱之人的昵称。
⑨ 官诰：旧时朝廷封官，除本人外，兼及父母妻子等。封赠的文书称官诰。
⑩ 心下疑惑：心中恍惑不安。
⑪ 祈禳：求神消灾。
⑫ 痊可：痊愈。
⑬ 行取：行文调取。
⑭ 巡按：巡按御史，专以巡察州县吏治民情。
⑮ 敕印：皇帝颁下的任命书。
⑯ 辞朝：在朝中辞别。
⑰ 发牌：发公文。

了察院①，观看文卷。见苏氏玉堂春问了重刑，心内惊慌，其中必有跷蹊。随叫书吏过来："选一个能干事的，跟着我私行采访。你众人在内，不可走漏消息。"

公子时下换了素巾青衣，随跟书吏，暗暗出了察院，雇了两个骡子，往洪同县路上来。这赶脚的小伙②，在路上闲问："二位客官往洪同县有甚贵干？"公子说："我来洪同县要娶个妾，不知谁会说媒？"小伙说："你又说娶小③。俺县里一个财主，因娶了个小，害了性命。"公子问："怎的害了性命？"小伙说："这财主叫沈洪，妇人叫做玉堂春，他是京里娶来的。他那大老婆皮氏与那邻家赵昂私通，怕那汉子回来知道，一服毒药把沈洪药死了。这皮氏与赵昂反把玉堂春送到本县，将银买嘱官府衙门，将玉堂春屈打成招，问了死罪，送在监里。若不是亏了一个外郎④，几时便死了⑤。"公子又问："那玉堂春如今在监死了？"小伙说："不曾。"公子说："我要娶个小，你说可投着谁做媒？"小伙说："我送你往王婆家去罢，他极会说媒。"公子说："你怎么知道他会说媒？"小伙说："赵昂与皮氏都是他做牵头⑥。"公子说："如今下他家里罢。"小伙竟引到王婆家里，叫声："干娘！我送个客官在你家来。这客官要娶个小，你可与他说媒。"王婆说："累你，我转了钱来，谢你。"小伙自去了。公子夜间与王婆攀话。见他能言快语，是个积年的马泊六了⑦。到天明，又到赵监生前后门看了一遍，与沈洪家紧壁相通，可知做事方便。回来吃了早饭，还了王婆店钱。说："我不曾带得财礼，到省下回来，再作

①察院：都察院设在下面的办事机关。
②赶脚：赶牲口。
③娶小：娶小老婆。
④外郎：汉代官名，这里代称刑房吏刘志仁。
⑤几时便死了：即早就死了。几时，指多时。
⑥牵头：牵线搭桥。
⑦积年：多年，有年头了的。马泊六：撮合男女搞不正当关系的人。

商议。"公子出的门来，雇了骡子，星夜回到省城，到晚进了察院，不题。

次早，星火发牌①，按临洪同县。各官参见过，分付就要审录。王知县回县，叫刑房吏书，即将文卷审册，连夜开写停当，明日送审不题。

却说刘志仁与玉姐写了一张冤状，暗藏在身。到次日清晨，王知县坐在监门首，把应解犯人点将出来。玉姐披枷带锁，眼泪纷纷。随解子到了察院门首②，伺候开门。巡捕官回风已毕③，解审牌出④。公子先唤苏氏一起⑤。玉姐口称冤枉，探怀中诉状呈上。公子抬头见玉姐这般模样，心中凄惨，叫听事官接上状来。公子看了一遍，问说："你从小嫁沈洪，可还接了几年客？"玉姐说："爷爷，我从小接着一个公子，他是南京礼部尚书三舍人。"公子怕他说出丑处，喝声："住了，我今只问你谋杀人命事，不消多讲。"玉姐说："爷爷，若杀人的事，只问皮氏便知。"公子叫皮氏问了一遍。玉姐又说了一遍。公子分付刘推官道："闻知你公正廉能，不肯玩法徇私，我来到任，尚未出巡，先到洪同县访得这皮氏药死亲夫，累苏氏受屈，你与我把这事情用心问断⑥。"说罢，公子退堂。

刘推官回衙，升堂，就叫："苏氏，你谋杀亲夫，是何意故⑦？"玉姐说："冤屈！分明是皮氏串通王婆，和赵监生合计毒死男子，县官要钱，逼勒成招⑧。今日小妇拚死诉冤，望青天爷爷做主。"刘爷叫皂隶把皮氏采上来，问："你与赵昂奸情可真么？"皮

①星火：急如星火，形容快速。
②解子：押解犯人的人。
③回风：旧时高级官员升厅，手下人向主官报告一切准备停当，可以开厅了，叫做回风。
④牌：一种依次标记的筹牌。
⑤一起：一桩，指一起案件。
⑥问断：勘问，判断。
⑦意故：原因。
⑧逼勒：施刑逼迫。

氏抵赖没有。刘爷即时拿赵昂和王婆到来面对①，用了一番刑法，都不肯招。刘爷又叫小叚名："你送面与家主吃，必然知情！"喝教夹起。小叚名说："爷爷，我说罢！那日的面，是俺娘亲手盛起，叫小妇人送与爹爹吃。小妇人送到西厅，爹叫新娘同吃②。新娘关着门，不肯起身，回道：'不要吃。'俺爹自家吃了，即时口鼻流血死了。"刘爷又问赵昂奸情，小叚名也说了。赵昂说："这是苏氏买来的硬证③。"刘爷沉吟了一会，把皮氏这一起分头送监，叫一书吏过来："这起泼皮奴才，苦不肯招。我如今要用一计，用一个大柜，放在丹墀内④，凿几个孔儿，你执纸笔暗藏在内，不要走漏消息。我再提来问他，不招，即把他们锁在柜左柜右，看他有甚么说话，你与我用心写来。"刘爷分付已毕，书吏即办一大柜，放在丹墀，藏身于内。刘爷又叫皂隶，把皮氏一起提来再审。又问："招也不招？"赵昂、皮氏、王婆三人齐声哀告，说："就打死小的，那里招？"刘爷大怒，分付："你众人各自去吃饭来，把这起奴才着实拷问。把他放在丹墀里，连小叚名四人锁于四处，不许他交头接耳⑤。"皂隶把这四人锁在柜的四角，众人尽散。

却说皮氏抬起头来，四顾无人，便骂："小叚名！小奴才！你如何乱讲？今日再乱讲时，到家中活敲杀你⑥！"小叚名说："不是夹得疼，我也不说。"王婆便叫："皮大姐，我也受这刑杖不过，等刘爷出来，说了罢。"赵昂说："好娘，我那些亏着你？倘捱出官司去，我百般孝顺你，即把你做亲母⑦。"

①面对：当面对质。
②新娘：娘是婢女对家庭女主人的称谓。这里的新娘指妾。
③买来的硬证：假证词。
④丹墀（chí）：红漆阶台。
⑤交头接耳：这里实际上是指接触，即让这些人只能动嘴，不能动手。
⑥敲杀：打死。
⑦做：当。

王婆说:"我再不听你哄我。叫我圆成了①,认我做亲娘,许我两石麦②,还欠八升;许我一石米,都下了糠秕③;段衣两套④,止与我一条蓝布裙;许我好房子,不曾得住。你干的事,没天理,教我只管与你熬刑受苦。"皮氏说:"老娘,这遭出去,不敢忘你恩。捱过今日不招,便没事了。"柜里书吏把他说的话尽记了,写在纸上。刘爷升堂,先叫打开柜子。书吏跑将出来,众人都唬软了。刘爷看了书吏所录口词,再要拷问,三人都不打自招。赵昂从头依直写得明白⑤。各各画供已完,递至公案⑥。刘爷看了一遍,问苏氏:"你可从幼为娼,还是良家出身?"苏氏将苏淮买良为贱,先遇王尚书公子,挥金三万,后被老鸨一秤金赶逐,将奴赚卖与沈洪为妾⑦,一路未曾同睡,备细说了。刘推官情知王公子就是本院⑧,提笔定罪:

皮氏凌迟处死⑨,赵昂斩罪非轻。王婆赎药是通情,杖责殷名示警。王县贪酷罢职,追赃不恕衙门。苏淮买良为贱合充军,一秤金三月立枷罪定。

刘爷做完申文⑩,把皮氏一起俱已收监。次日亲捧招详⑪,送解察院,公子依拟。留刘推官后堂待茶,问:"苏氏如何发放?"刘推官答言:"发还原籍,择夫另嫁。"公子屏去从人,与刘推官吐胆倾心,备述少年设誓之意:"今日烦贤府密地差人送至北京王银匠处暂居⑫,足感足感。"刘推官领命奉行,自不必说。

①圆成:撮合成功。
②石(dàn):旧时度量粮食的单位,一石等于十斗,一斗等于十升。
③下了糠秕(bǐ):掺了糠秕。
④段衣:即缎衣。
⑤依直:照直。
⑥公案:这里指官长审案的大案台。
⑦赚卖:骗卖。
⑧本院:本院官,指巡按御史。
⑨凌迟:古代的一种酷刑,即刀逐片割下死刑犯的肉,直到割够一定的刀数。
⑩申文:向上申报的文字,即指上面的判决书。
⑪招详:详细供词。
⑫贤府:这里是对刘推官的客气称呼。

却说公子行下关文①，到北京本司院提到苏淮、一秤金依律问罪。苏淮已先故了。一秤金认得是公子，还叫王姐夫，被公子喝教重打六十，取一百斤大枷枷号。不勾半月，呜呼哀哉！正是：

　　万两黄金难买命，
　　一朝红粉已成灰。

再说公子一年任满，复命还京。见朝已过②，便到王匠处问信。王匠说有金哥伏侍，在顶银胡同居住。公子即往顶银胡同。见了玉姐，二人放声大哭。公子已知玉姐守节之美，玉姐已知王御史就是公子，彼此称谢。公子说："我父母娶了刘氏夫人，甚是贤德，他也知道你的事情，决不妒忌。"当夜同饮同宿，浓如胶漆。次日，王匠、金哥都来磕头贺喜。公子谢二人昔日之恩，分付：本司院苏淮家当原是玉堂春置办的，今苏淮夫妇已绝，将遗下家财，拨与王匠、金哥二人管业，以报其德。上了个省亲本③，辞朝，和玉堂春起马共回南京④。到了自家门首，把门人急报老爷说："小老爷到了。"老爷听说甚喜。公子进到厅上，排了香案，拜谢天地，拜了父母兄嫂，两位姐夫、姐姐都相见了。又引玉堂春见礼已毕。玉姐进房，见了刘氏说："奶奶坐上，受我一拜。"刘氏说："姐姐怎说这话？你在先，奴在后。"玉姐说："奶奶是名门宦家之子⑤，奴是烟花，出身微贱。"公子喜不自胜，当日正了妻妾之分，姊妹相称，一家和气。公子又叫："王

①关文：公文。
②见朝：朝见皇帝。
③省（xǐng）亲本：省亲的折子。省亲，回乡探亲。
④起马：发动车马，犹启程。
⑤奶奶：旧时婢仆对主人的称呼。妾也如此称呼丈夫的正妻。子：旧时子有时也指女子。

定，你当先在北京三番四复规谏我①，乃是正理。我今与老老爷说，将你做老管家。"以百金赏之。后来王景隆官至都御史②，妻妾俱有子，至今子孙繁盛。有诗叹云：

> 郑氏元和已著名，
> 三官嫖院是新闻。
> 风流子弟知多少，
> 夫贵妻荣有几人？

① 三番四复：即几次三番。复，又。规谏：规劝，进谏言。
② 都御史，都察院的长官。

白娘子永镇雷峰塔

《警世通言》

【题解】

　　本篇选自《警世通言》第二十八卷。小说叙述许宣与白娘子的婚姻爱情故事。作品塑造了白娘子热烈追求自由爱情的形象,她机智勇敢,用情专一执著,不惜为爱冒犯天条,虽为白蛇,但可亲可敬。作品洋溢着浪漫主义的光辉,具有长久的艺术魅力,影响深远。

　　　　山外青山楼外楼,
　　　　西湖歌舞几时休?
　　　　暖风熏得游人醉,
　　　　直把杭州作汴州①。

　　话说西湖景致,山水鲜明②。晋朝咸和年间③,山水大发,汹涌流入西门。忽然水内有牛一头见④,浑身金色。后水退,其牛随行至北山,不知去向。哄动杭州市上之人,皆以为显化⑤。所以建立一寺,名曰金牛寺。西门,即今之涌金门,立一座庙,号金华将军。

　　当时有一番僧⑥,法名浑寿罗,到此武林郡云游⑦,玩其山景,道:"灵鹫山前小峰一座⑧,忽然不见,原来飞到此处。"当时人皆不信。僧言:"我记得灵鹫山前峰岭,唤做灵鹫岭,这山洞里有个白猿,看我呼出为验。"果然呼出白猿来⑨。山前有一亭,今唤做冷泉亭。又有一座孤山,生在西湖中。先曾有林和靖先生在此山隐居⑩,使人搬挑泥石,砌成一条走路,东接断桥,西接栖霞岭,因此唤作孤山路。又唐时有刺史白乐天⑪,筑

①此诗为南宋林昇所作。讽刺宋高宗赵构君臣由汴京南迁之后,沉迷于西湖歌舞而不思恢复。
②鲜明:鲜艳明丽。
③咸和:晋成帝(司马衍)年号(326~331)。
④见:同"现"。
⑤显化:神灵显形。
⑥番僧:外国和尚。
⑦武林郡:今浙江杭州。云游:行踪飘忽不定,一般指僧道四处游历。
⑧灵鹫山:这里指印度上茅城附近的灵山(也叫鹫峰),相传如来佛曾在这里讲经。
⑨果然呼出白猿来:据清代陆次云《湖壖杂记》记载,此呼猿僧即晋代印度僧人慧理。
⑩林和靖:宋代诗人林逋(bū),别号和靖。
⑪刺史:州最高行政长官。白乐天:唐代著名诗人白居易,字乐天。

一条路,南至翠屏山,北至栖霞岭,唤做白公堤①,不时被山水冲倒,不只一番,用官钱修理。后宋时,苏东坡来做太守②,因见有这两条路被水冲坏,就买木石,起人夫③,筑得坚固。六桥上朱红栏杆,堤上栽种桃柳,到春景融和,端的十分好景④,堪描入画,后人因此只唤做苏公堤。又孤山路畔,起造两条石桥,分开水势,东边唤做断桥,西边唤做西宁桥。真乃:

> 隐隐山藏三百寺,
> 依稀云锁二高峰⑤。

说话的⑥,只说西湖美景,仙人古迹。俺今日且说一个俊俏后生,只因游玩西湖,遇着两个妇人,直惹得几处州城,闹动了花街柳巷。有分教才人把笔⑦,编成一本风流话本⑧。单说那子弟,姓甚名谁?遇着甚般样的妇人?惹出甚般样事?有诗为证:

> 清明时节雨纷纷,
> 路上行人欲断魂。
> 借问酒家何处有,
> 牧童遥指杏花村。

话说宋高宗南渡⑨,绍兴年间⑩,杭州临安府过军桥黑珠巷内,有一个宦家⑪,姓李,名仁。见做南廊阁子库募事官⑫,又与邵太尉管钱粮。家中妻子,有一个兄弟许宣,排行小乙⑬。他爹曾开生药店,自幼父母双亡,却在表叔李将仕家生药铺做主管⑭,年方二十二岁。那生药店开在官巷口。

① 白公堤:即白堤。下文"苏公堤"即苏堤。
② 苏东坡:北宋著名文学家苏轼,号东坡。太守:一府(或郡)的最高行政长官。
③ 人夫:犹今之民工。
④ 端的:真的,确实。
⑤ 依稀:隐约可见。
⑥ 说话的:指说书人。此处指别的说书人。
⑦ 才人:宋代说话人的行会组织叫书会,书会里擅长编撰话本的人叫才人。
⑧ 话本:说书人说书(当时叫"说话")所使用的故事底本。后来也指宋代的话本小说。把笔:提笔,指编撰。
⑨ 宋高宗:即赵构。南渡:金灭北宋,掳徽、钦二宗,康王赵构渡江南逃,在杭州建立南宋政权,史称南渡。
⑩ 绍兴:宋高宗年号。
⑪ 宦家:做官的人家。
⑫ 见:即"现"。南廊阁子库募事官:南宋左藏南库(军需库)的杂职小吏。
⑬ 乙:同"一"。
⑭ 将仕:本是散官名,为宋代文官最低官阶(从九品)。因这种官可以用钱捐,所以后来就逐渐变成了对富商的尊称。

忽一日，许宣在铺内做买卖，只见一个和尚来到门首，打个问讯，道："贫僧是保叔塔寺内僧，前日已送馒头并卷子在宅上。今清明节近，追修祖宗，望小乙官到寺烧香①，勿误。"许宣道："小子准来②。"和尚相别去了。许宣至晚归姐夫家去。原来许宣无有老小③，只在姐姐家住。当晚与姐姐说："今日保叔塔和尚来请烧筵子④，明日要荐祖宗⑤，走一遭了来。"次日早起买了纸马⑥、蜡烛、经幡⑦、钱垛一应等项⑧，吃了饭，换了新鞋袜衣服，把筵子、钱马使条袱子包了⑨，径到官巷口李将仕家来。李将仕见了，问许宣何处去。许宣道："我今日要去保叔塔烧筵子，追荐祖宗，乞叔叔容暇一日。"李将仕道："你去便回。"

许宣离了铺中，入寿安坊、花市街，过井亭桥，往清河街后钱塘门，行石函桥，过放生碑，径到保叔塔寺。寻见送馒头的和尚，忏悔过疏头⑩，烧了筵子，到佛殿上看众僧念经。吃斋罢，别了和尚，离寺迤逦闲走⑪，过西宁桥、孤山路、四圣观，来看林和靖坟，到六一泉闲走。

不期云生西北，雾锁东南，落下微微细雨，渐大起来。正是清明时节，少不得天公应时，催花雨下⑫，那阵雨下得绵绵不绝。许宣见脚下湿，脱下了新鞋袜，走出四圣观来寻船，不见一只。正没摆布处⑬，只见一个老儿⑭，摇着一只船过来。许宣暗喜，认时，正是张阿公。叫道："张阿公，搭我则个⑮。"老儿听得叫，认时，原来是许小乙。将船摇近岸来，道："小乙官，着了雨，不

①官："官人"的简称，宋代对男子的尊称。
②小子：男子自称谦词。
③老小：这里指老婆、孩子。有时也包括父母。
④筵（ān）子：用草编制的盛放纸马香烛之类的器具。
⑤荐：献祭，进献祭品。
⑥纸马：一种绘有神像的烧纸。
⑦经幡：拜佛时焚烧的纸幡，上面印有简单的字样。
⑧钱垛：成串的纸钱。
⑨袱子：包袱，包裹单。
⑩疏头：和尚诵经时在佛前焚化的祝词。
⑪迤逦（yǐ lǐ）：曲折连绵。这里意同"蹓蹓跶跶"。
⑫催花雨：催促花开的雨。民间俗称仲春时节的雨为催花雨。
⑬没摆布处：不知怎么办好。
⑭老儿：老头儿。
⑮则个：加强语气的助词。

知要何处上岸?"许宣道:"涌金门上岸①。"这老儿扶许宣下船,离了岸,摇近丰乐楼来。

摇不上十数丈水面,只见岸上有人叫道:"公公,搭船则个。"许宣看时,是一个妇人,头戴孝头髻②,乌云畔插着些素钗梳③,穿一领白绢衫儿,下穿一条细麻布裙④。这妇人肩下一个丫鬟⑤,身上穿着青衣服,头上一双角髻,戴两条大红头须⑥,插着两件首饰,手中捧着一个包儿,要搭船。那老张对小乙官道:"因风吹火⑦,用力不多,一发搭了他去。"许宣道:"你便叫他下来。"老儿见说,将船傍了岸边,那妇人同丫鬟下船,见了许宣,启一点朱唇,露两行碎玉,向前道一个万福。许宣慌忙起身答礼。那娘子和丫鬟舱中坐定了。娘子把秋波频转,瞧着许宣。许宣平生是个老实之人,见了此等如花似玉的美妇人,傍边又是个俊俏美女样的丫鬟,也不免动念。那妇人道:"不敢动问官人⑧,高姓尊讳⑨?"许宣答道:"在下姓许⑩,名宣,排行第一。"妇人道:"宅上何处?"许宣道:"寒舍住在过军桥黑珠儿巷⑪,生药铺内做买卖。"那娘子问了一回,许宣寻思道:"我也问他一问。"起身道:"不敢拜问娘子高姓?潭府何处⑫?"那妇人答道:"奴家是白三班白殿直之妹⑬,嫁了张官人,不幸亡过了,见葬在这雷岭。为因清明节近⑭,今日带了丫鬟,往坟上祭扫了方回。不想值雨⑮,若不是搭得官人便船,实是狼狈。"又闲讲了一回,迤逦船摇近岸。只见那妇人道:"奴家一时心忙,不曾带得

① 涌金门:西湖边的一处水旱码头。
② 孝头髻:服丧期的一种发髻。
③ 乌云畔:头发边;即头上。钗梳:可作梳子用的钗子。
④ 麻布:宋代称缎子为麻布。
⑤ 肩下:即身旁,并肩靠后。
⑥ 头须:头绳、绸带一类的头饰。
⑦ 因风吹火:借着风吹火,指顺势。因,凭借。
⑧ 不敢动问:这是询问别人事情的客气说法。
⑨ 讳:名字。
⑩ 在下:自称谦词。
⑪ 过军桥黑珠儿巷:杭州城内的桥梁坊巷。
⑫ 潭府:对人府第的尊称。有"深宅大院"的意思。
⑬ 殿直:宋代侍卫殿廷的武官。
⑭ 清明节:我国主要传统节日之一。节俗主要有祭扫坟墓、踏青游春等。
⑮ 值雨:碰上下雨。值,逢,碰上。

盘缠在身边，万望官人处借些船钱还了①，并不有负②。"许宣道："娘子自便，不妨，些须船钱③，不必计较。"还罢船钱，那雨越不住，许宣挽了上岸④。那妇人道："奴家只在箭桥双茶坊巷口，若不弃时⑤，可到寒舍拜茶⑥，纳还船钱。"许宣道："小事何消挂怀。天色晚了，改日拜望。"说罢，妇人共丫鬟自去。

许宣入涌金门，从人家屋檐下到三桥街，见一个生药铺，正是李将仕兄弟的店。许宣走到铺前，正见小将仕在门前。小将仕道："小乙哥，晚了哪里去？"许宣道："便是去保叔塔烧筶子，着了雨，望借一把伞则个。"将仕见说，叫道："老陈把伞来⑦，与小乙官去。"不多时，老陈将一把雨伞撑开，道："小乙官，这伞是清湖八字桥老实舒家做的，八十四骨，紫竹柄的好伞，不曾有一些儿破，将去休坏了！仔细⑧，仔细！"许宣道："不必分付⑨。"接了伞，谢了将仕，出羊坝头来，到后市街巷口。只听得有人叫道："小乙官人。"许宣回头看时，只见沈公井巷口小茶坊屋檐下，立着一个妇人，认得正是搭船的白娘子。许宣道："娘子如何在此？"白娘子道："便是雨不得住，鞋儿都踏湿了。教青青回家取伞和脚下⑩。又见晚下来⑪，望官人搭几步则个。"许宣和白娘子合伞到坝头，道："娘子到哪里去？"白娘子道："过桥投箭桥去。"许宣道："小娘子，小人自往过军桥去，路又近了，不若娘子把伞将去，明日小人自来取。"白娘子道："却是不当，感谢官人厚意！"

许宣沿人家屋檐下冒雨回来，只见姐夫

①还：付。
②有负：此处指说话不算数、对不起人。
③些须：些微，一点点。
④挽：牵引，搀扶。
⑤不弃：不嫌弃。是自谦的说法。
⑥拜茶：犹言奉茶。
⑦把：此处的"把"与下句的"将"都是"拿"的意思。
⑧仔细：小心在意。
⑨分付：即吩咐。
⑩脚下：指钉靴。
⑪见晚：现在这样晚，这么晚。

家当直王安①，拿着钉靴、雨伞来接不着，却好归来。到家内吃了饭。当夜思量那妇人，翻来覆去睡不着。梦中共日间见的一般②，情意相浓。不想金鸡叫一声，却是南柯一梦③。正是：

　　心猿意马驰千里④，
　　浪蝶狂蜂闹五更⑤。

到得天明起来，梳洗罢，吃了饭，到铺中，心忙意乱，做些买卖也没心想。到午时后⑥，思量道："不说一谎，如何得这伞来还人？"当时许宣见老将仕坐在柜上，向将仕说道："姐夫叫许宣归早些，要送人情⑦，请假半日。"将仕道："去了，明日早些来！"许宣唱个喏⑧，径来箭桥双茶坊巷口寻问白娘子家里。问了半日，没一个认得。正踌躇间⑨，只见白娘子家丫鬟青青，从东边走来。许宣道："姐姐，你家何处住？讨伞则个。"青青道："官人随我来。"许宣跟定青青⑩，走不多路，道："只这里便是。"许宣看时，见一所楼房，门前两扇大门，中间四扇看街槅子眼⑪，当中挂顶细密朱红帘子，四下排着十二把黑漆交椅，挂四幅名人山水古画。对门乃是秀王府墙⑫。那丫头转入帘子内，道："官人请入里面坐。"许宣随步入到里面，那青青低低悄悄叫道："娘子，许小乙官人在此。"白娘子里面应道："请官人进里面拜茶。"许宣心下迟疑，青青三回五次催许宣进去。许宣转到里面，只见四扇暗槅子窗，揭起青布幕，一个坐起⑬，桌上放一

①当直：仆役。
②共……一般：和……一样。
③南柯一梦：唐代李公佐著有传奇小说《南柯太守传》，写淳于梦做梦在槐安国被招为驸马，做了南柯太守。后人因以南柯一梦为做梦的代用语。
④心猿意马：指神不守舍，胡思乱想。
⑤浪蝶狂蜂：与"心猿意马"意思大体相同。均指为男女之事而安不下心来。
⑥午时：上午十一时至下午一时。
⑦送人情：即送礼。
⑧唱个喏（rě）：答应一声。
⑨踌躇：犹豫不决。
⑩跟定：紧紧跟着。
⑪看街槅子眼：下部是木板、上部有窗眼的临街落地窗。槅子眼，即窗眼。
⑫秀王：宋孝宗赵昚（shèn）生父"秀安僖王"的简称。他本是赵匡胤一系的子孙，赵构因无子，故自幼养了赵昚，后来继位为孝宗。
⑬坐起：也叫"坐起间"，房屋里隔出的隔间，用以日常休息谈天。

盆虎须菖蒲①，两边也挂四幅美人，中间挂一幅神像，桌上放一个古铜香炉花瓶。那小娘子向前深深的道一个万福，道："夜来多蒙小乙官人应付周全②，识荆之初③，甚是感谢不浅！"许宣道："些微何足挂齿。"白娘子道："少坐拜茶。"茶罢，又道："片时薄酒三杯，表意而已。"许宣方欲推辞，青青已自把菜蔬、果品流水排将出来④。许宣道："感谢娘子置酒，不当厚扰⑤。"饮至数杯，许宣起身道："今日天色将晚，路远，小子告回。"娘子道："官人的伞，舍亲昨夜转借去了⑥，再饮几杯，着人取来。"许宣道："日晚，小子要回。"娘子道："再饮一杯。"许宣道："饮馔好了⑦，多感，多感！"白娘子道："既是官人要回，这伞相烦明日来取则个。"许宣只得相辞了回家。

至次日，又来店中做些买卖，又推个事故，却来白娘子家取伞。娘子见来，又备三杯相款⑧。许宣道："娘子还了小子的伞罢，不必多扰。"那娘子道："既安排了，略饮一杯。"许宣只得坐下。那白娘子筛一杯酒⑨，递与许宣，启樱桃口，露榴子牙⑩，娇滴滴声音，带着满面春风，告道："小官人在上，真人面前说不得假话。奴家亡了丈夫，想必和官人有宿世姻缘⑪，一见便蒙错爱。正是你有心，我有意。烦小乙官人寻一个媒证⑫，与你共成百年姻眷，不枉天生一对，却不是好？"许宣听那妇人说罢，自己寻思："真个好一段姻缘，若取得这个浑家⑬，也不枉了。我自十分肯了，只是一件不谐⑭，思量我日间李将仕家做主管，夜间在姐夫家安歇，虽

① 虎须菖蒲：名贵的菖蒲品种。
② 夜来：昨天。应付：照应，照顾。
③ 识荆：初次见面的客气话，表示对人的尊敬。本于李白《与韩荆州书》："生不用封万户侯，但愿一识韩荆州。"韩荆州，指唐代荆州刺史韩朝宗。
④ 流水：形容迅速而接连不断。
⑤ 厚扰：太多打扰。
⑥ 舍亲：本家的亲戚。
⑦ 饮馔：本指酒菜，这里是吃喝的意思。
⑧ 相款：相待。款，款待，招待。
⑨ 筛：倒，斟。
⑩ 榴子牙：指牙齿如石榴籽一样细碎整齐。
⑪ 宿世：前世。
⑫ 媒证：媒人，证人。
⑬ 浑家：妻子。
⑭ 不谐：不行，不成。

有些少东西①，只好办身上衣服，如何得钱来娶老小？"自沉吟不答。只见白娘子道："官人何故不回言语？"许宣道："多感过爱②。实不相瞒，只为身边窘迫③，不敢从命。"娘子道："这个容易，我囊中自有余财，不必挂念。"便叫青青道："你去取一锭白银下来。"只见青青手扶栏杆，脚踏胡梯④，取下一个包儿来，递与白娘子。娘子道："小乙官人，这东西将去使用，少欠时再来取⑤。"亲手递与许宣。许宣接得包儿，打开看时，却是五十两雪花银子⑥。藏于袖中，起身告回。青青把伞来还了许宣，许宣接得相别，一径回家，把银子藏了。当夜无话。

明日起来，离家到官巷口，把伞还了李将仕。许宣将些碎银子，买了一只肥好烧鹅、鲜鱼、精肉、嫩鸡、果品之类，提回家来。又买了一樽酒⑦，分付养娘⑧、丫鬟安排整下。那日却好姐夫李募事在家。饮馔俱已完备⑨，来请姐夫和姐姐吃酒。李募事却见许宣请他，倒吃了一惊，道："今日做甚么子坏钞⑩？日常不曾见酒盏儿面，今朝作怪⑪！"三人依次坐定饮酒。酒至数杯，李募事道："尊舅⑫，没事教你坏钞做甚么？"许宣道："多谢姐夫，切莫笑话，轻微何足挂齿。感谢姐夫、姐姐管顾多时⑬。'一客不烦二主人。'许宣如今年纪长成，恐虑后无人养育，不是了处⑭。今有一头亲事在此说起，望姐夫、姐姐与许宣主张，结果了一生终身也好⑮。"姐夫、姐姐听得说罢，肚内暗自寻思，道："许宣日常一毛不拔，今日坏得些钱钞，便要我替他讨老小？"夫妻二人，你

① 些少：一些，一点。
② 过爱：与上文的"错爱"，都是对别人爱慕、看重的谦词。犹言爱错了、爱过了，自己不值得别人如此。
③ 窘迫：犹言拮据。
④ 胡梯：扶梯。
⑤ 少欠：不够，欠缺。
⑥ 雪花银子：白银。
⑦ 樽：古时盛酒器皿。
⑧ 养娘：婢女。
⑨ 饮馔（zhuàn）：喝的、吃的。馔，食物。
⑩ 坏钞：破费，花钱。
⑪ 今朝：今天。
⑫ 尊舅：这里是姐夫对小舅子的尊称。
⑬ 管顾：照管，管待。
⑭ 了处：结果，解决的办法，长久之计。
⑮ 结果：了结，了却。

我相看，只不回话。吃酒了①，许宣自做买卖。

过了三两日，许宣寻思道："姐姐如何不说起？"忽一日，见姐姐问道："曾向姐夫商量也不曾？"姐姐道："不曾。"许宣道："如何不曾商量？"姐姐道："这个事不比别样的事，仓卒不得。又见姐夫这几日面色心焦，我怕他烦恼，不敢问他。"许宣道："姐姐，你如何不上紧②？这个有甚难处？你只怕我教姐夫出钱，故此不理。"许宣便起身到卧房中，开箱取出白娘子的银来，把与姐姐，道："不必推故③，只要姐夫做主。"姐姐道："吾弟多时在叔叔家中做主管，积攒得这些私房④，可知道要娶老婆⑤！你且去，我安在此⑥。"

却说李募事归来，姐姐道："丈夫，可知小舅要娶老婆，原来自攒得些私房，如今教我倒换些零碎使用，我们只得与他完就这亲事则个⑦。"李募事听得说，道："原来如此。得他积得些私房也好。拿来我看！"做妻的连忙将出银子，递与丈夫。李募事接在手中，番来覆去⑧，看了上面凿的字号，大叫一声："苦！不好了，全家是死！"那妻吃了一惊，问道："丈夫，有甚么利害之事？"李募事道："数日前邵太尉库内封记锁押俱不动⑨，又无地穴得入，平空不见了五十锭大银。见今着落临安府提捉贼人⑩，十分紧急，没有头路得获⑪，累害了多少人⑫。出榜缉捕，写着字号、锭数，'有人捉获贼人、银子者，赏银五十两；知而不首⑬，及窝藏贼人者⑭，除正犯外，全家发边远充军。'这银子与榜上字号不差，正是邵太尉库内银子。

①了：结束，完了。
②不上紧：不着急，不抓紧。
③推故：找借口推却。故，缘故。
④积攒（zǎn）：陆续积蓄。私房：私下积蓄的钱财。
⑤可知道：也作"可知"，难怪的意思。
⑥安：放。
⑦完就：完成，成就。
⑧番来覆去：翻来覆去。
⑨封记锁押：封条门锁。
⑩着落：责成。
⑪头路：头绪。
⑫累害：牵连。
⑬首：告发。下文的"出首"，也是告发的意思。
⑭窝藏：指藏匿盗贼、赃物。

即今捕捉十分紧急①。正是火到身边，顾不得亲眷，自可去拨②。明日事露，实难分说③。不管他偷的、借的，宁可苦他，不要累我。只得将银子出首，免了一家之害。"老婆见说了，合口不得，目睁口呆。当时拿了这锭银子，径到临安府出首。

那大尹闻知这话④，一夜不睡。次日，火速差缉捕使臣何立。何立带了伙伴，并一班眼明手快的公人⑤，径到官巷口李家生药店提捉正贼许宣。到得柜边，发声喊，把许宣一条绳子绑缚了，一声锣，一声鼓，解上临安府来⑥。正值韩大尹升厅，押过许宣，当厅跪下，喝声："打！"许宣道："告相公⑦，不必用刑，不知许宣有何罪？"大尹焦躁道："真赃正贼，有何理说！还说无罪？邵太尉府中不动封锁，不见了一号大银五十锭，见有李募事出首，一定这四十九锭也在你处。想不动封皮，不见了银子，你也是个妖人！不要打……"喝教"拿些秽血来⑧"。许宣方知是这事，大叫道："不是妖人，待我分说！"大尹道："且住！你且说这银子从何而来？"许宣将借伞、讨伞的上项事⑨，一一细说一遍。大尹道："白娘子是甚么样人？见住何处？"许宣道："凭她说⑩，是白三班白殿直的亲妹子，如今见住箭桥边双茶坊巷口，秀王府墙对黑楼子高坡儿内住。"那大尹随即便叫缉捕使臣何立押领许宣，去双茶坊巷口捉拿本妇前来。

何立等领了钧旨⑪，一阵做公的径到双茶坊巷口秀王府墙对黑楼子前看时⑫，门前四扇看阶⑬，中间两扇大门，门外避藉陛⑭，坡前却是垃圾，一条竹子横夹着。何立等见

①即今：现在，当下。
②拨：挑开，挑明。
③分说：分辩，说明。
④大尹：府尹的俗称。
⑤公人：做公差的人。
⑥解（jiè）：押送。
⑦相公：本为对宰相的称呼，也用以称呼高官。
⑧秽血：不干净的血。传说秽血可以辟妖术。因为大尹把许宣认作妖怪，故要取秽血来辟邪。
⑨上项：以前发生的事情。
⑩凭他说：依他说。凭，依，根据。
⑪钧旨：本指皇帝的旨意，这里指上司的旨意、命令。
⑫一阵：一队，一伙。
⑬看阶：临街的窗户。
⑭避藉陛：高台阶。

179

了这个模样，倒都呆了！当时就叫捉了邻人，上首是做花的丘大，下首是做皮匠的孙公。那孙公摆忙的吃他一惊①，小肠气发②，跌倒在地。众邻舍都走来，道："这里不曾有甚么白娘子。这屋子五六年前有一个毛巡检③，合家时病死了④，青天白日，常有鬼出来买东西，无人敢在里头住。几日前，有个疯子立在门前唱喏。"何立教众人解下横门竹竿，里面冷清清地，起一阵风，卷出一道腥气来。众人都吃了一惊，倒退几步。许宣看了，则声不得⑤，一似呆的。

做公的数中，有一个能胆大⑥，排行第二，姓王，专好酒吃，都叫他做"好酒王二"。王二道："都跟我来。"发声喊，一齐哄将入去。看时，板壁、坐起、桌凳都有。来到胡梯边，教王二前行，众人跟着，一齐上楼。楼上灰尘三寸厚。众人到房门前，推开房门一望，床上挂着一张帐子，箱笼都有，只见一个如花似玉穿着白的美貌娘子，坐在床上。众人看了，不敢向前。众人道："不知娘子是神是鬼？我等奉临安大尹钧旨，唤你去与许宣执证公事⑦。"那娘子端然不动。好酒王二道："众人都不敢向前，怎的是了？你可将一坛酒来，与我吃了，做我不着⑧，捉他去见大尹。"众人连忙叫两三个下去，提一坛酒来与王二吃。王二开了坛口，将一坛酒吃尽了，道："做我不着！"将那空坛望着帐子内打将去。不打万事皆休，才然打去⑨，只听得一声响，却是青天里打一个霹雳，众人都惊倒了！起来看时，床上不见了那娘子，只见明晃晃一堆银子。众人向前看了，道："好了。"计数四十九锭。众人道：

①摆忙：突然。
②小肠气：即疝气。
③巡检：州县里负责保卫治安的武官。
④合家：也作"阖家"，全家。时病：也称时疫，指瘟病。
⑤则声：作声。
⑥能胆大：有能耐，胆子大。
⑦执证：对证。
⑧做我不着：当时俗语。这里是"我豁出去了"的意思。
⑨才然打去：刚刚打上去。

"我们将银子去见大尹也罢。"扛了银子,都到临安府。何立将前事禀复了大尹①。大尹道:"定是妖怪了。也罢,邻人无罪宁家②。"差人送五十锭银子与邵太尉处,开个缘由,一一禀复过了。许宣照"不应得为而为之事③",理重者决杖④,免刺⑤,配牢城营做工⑥,满日疏放⑦。

牢城营乃苏州府管下,李募事因出首许宣,心上不安,将邵太尉给赏的五十两银子,尽数付与小舅作为盘费。李将仕与书二封,一封与押司范院长⑧,一封与吉利桥下开客店的王主人。许宣痛哭一场,拜别姐夫、姐姐,带上行枷⑨,两个防送人押着⑩,离了杭州,到东新桥,下了航船。不一日,来到苏州。先把书去见了范院长并王主人。王主人与他官府上下使了钱,打发两个公人去苏州府,下了公文,交割了犯人,讨了回文,防送人自回。范院长、王主人保领许宣不入牢中,就在王主人门前楼上歇了。许宣心中愁闷,壁上题诗一首:

> 独上高楼望故乡,
> 愁看斜日照纱窗。
> 平生自是真诚士⑪,
> 谁料相逢妖媚娘⑫!
> 白白不知归甚处⑬?
> 青青岂识在何方?
> 抛离骨肉来苏地,
> 思想家中寸断肠⑭!

有话即长,无话即短。不觉光阴似箭,日月如梭,又在王主人家住了半年之上。忽

① 禀复:回复,禀告。
② 宁家:回家。
③ 不应得为而为之事:这是引用当时的刑法条文,意思是做了不应该做的事情。
④ 理重:从重处置。决:裁决,判定。杖:一种刑罚,打板子。
⑤ 刺:一种刑罚,在脸上刺上相应的字。
⑥ 配:发配。牢城营:专门关押囚犯的营地。
⑦ 疏放:释放。
⑧ 押司:这里是指衙门中掌管刑狱的吏役。院长:宋代的牢狱多隶属于军巡院或司理院,因此把掌管刑狱的吏役称做"院长"。
⑨ 行枷:路上戴的刑具。
⑩ 防送人:押解犯人的公差。
⑪ 真诚士:老实本分的人。
⑫ 妖媚娘:美丽而放荡的女子。
⑬ 白白:指娘子。与下句的"青青"相对。作者为了对仗,生硬地使用了这样一个称呼。
⑭ 思想:思念,想念。寸断肠:即肝肠寸断的意思。

遇九月下旬①，那王主人正在门首闲立，看街上人来人往，只见远远一乘轿子，傍边一个丫鬟跟着，道："借问一声：此间不是王主人家么？"王主人连忙起身，道："此间便是。你寻谁人？"丫鬟道："我寻临安府来的许小乙官人。"主人道："你等一等，我便叫了他出来。"这乘轿子便歇在门前。王主人便入去，叫道："小乙哥！有人寻你。"

　　许宣听得，急走出来，同主人到门前看时，正是青青跟着，轿子里坐着白娘子。许宣见了，连声叫道："死冤家！自被你盗了官库银子，带累我吃了多少苦，有屈无伸，如今到此地位②，又赶来做甚么？可羞死人③！"那白娘子道："小乙官人不要怪我，今番特来与你分辩这件事。我且到主人家里面与你说。"白娘子叫青青取了包裹下轿。许宣道："你是鬼怪，不许入来。"挡住了门不放她。那白娘子与主人深深道了个万福，道："奴家不相瞒，主人在上，我怎的是鬼怪？衣裳有缝，对日有影④。不幸先夫去世，教我如此被人欺负！做下的事是先夫日前所为，非干我事。如今怕你怨畅我⑤，特地来分说明白了，我去也甘心。"主人道："且教娘子入来，坐了说。"那娘子道："我和你到里面，对主人家的妈妈说。"门前看的人，自都散了。

　　许宣入到里面，对主人家并妈妈道："我为她偷了官银子事，如此如此，因此教我吃场官司。如今又赶到此，有何理说？"白娘子道："先夫留下银子，我好意把你⑥，我也不知怎的来的。"许宣道："如何做公的捉你之时，门前都是垃圾？就帐子里一响，

①忽遇：忽促间来到。
②地位：地步，境地。
③可羞死人：这句是说白娘子的，"你还有脸来见人"的意思。
④衣裳有缝，对日有影：俗信相传，鬼穿的衣服没有衣缝，鬼在太阳底下也没有身影。这里白娘子正是以此来证明自己不是鬼魅的。
⑤怨畅：埋怨，责备。
⑥把你：取来给你。

不见了你?"白娘子道:"我听得人说,你为这银子捉了去,我怕你说出我来,捉我到官,妆幌子羞人不好看①。我无奈何,只得走去华藏寺前姨娘家躲了,使人担垃圾堆在门前,把银子安在床上,央邻舍与我说谎。"许宣道:"你却走了去,教我吃官事②!"白娘子道:"我将银子安在床上,只指望要好,哪里晓得有许多事情?我见你配在这里,我便带了些盘缠,搭船到这里寻你。如今分说都明白了,我去也。敢是我和你前生没有夫妻之分③!"那王主人道:"娘子许多路来到这里,难道就去?且在此间住几日,却理会④。"青青道:"既是主人家再三劝解,娘子且住两日。当初也曾许嫁小乙官人。"白娘子随口便道:"羞杀人!终不成奴家没人要⑤?只为分别是非而来⑥。"王主人道:"既然当初许嫁小乙哥,却又回去?且留娘子在此。"打发了轿子,不在话下。

　　过了数日,白娘子先自奉承好了主人的妈妈⑦,那妈妈劝主人与许宣说合,选定十一月十一日成亲,共百年谐老⑧。光阴一瞬,早到吉日良时。白娘子取出银两,央王主人办备喜筵⑨,二人拜堂结亲⑩。酒席散后,共入纱厨⑪。白娘子放出迷人声态,颠鸾倒凤,百媚千娇,喜得许宣如遇神仙,只恨相见之晚。正好欢娱,不觉金鸡三唱⑫,东方渐白。正是:

　　　　欢娱嫌夜短,寂寞恨更长⑬。

自此日为始,夫妻二人如鱼似水,终日在王

① 妆幌子:这里是出乖露丑、丢人现眼的意思。
② 官事:即官司。
③ 敢是:大概是,十有八九是。
④ 却理会:再作分晓,再定行业。
⑤ 终不成:总不成,难道。
⑥ 分别:分开、区别。也即前文"分辩"的意思。
⑦ 奉承好:指用趋奉、巴结等手段说通别人向着自己说话。
⑧ 谐老:即偕老。
⑨ 喜筵:结婚筵席。
⑩ 拜堂:婚礼仪节,即拜天地、拜高堂、夫妻对拜,是极为重要的一环。
⑪ 纱厨:一种挂有纱帐的床。
⑫ 金鸡三唱:公鸡叫了三遍,指天大亮了。
⑬ 更:旧时夜间的计时单位。一夜为五更。

主人家快乐昏迷缠定①。

　　日往月来,又早半年光景。时临春气融和,花开如锦,车马往来,街坊热闹。许宣问主人家道:"今日如何人人出去闲游,如此喧嚷?"主人道:"今日是二月半,男子妇人,都去看卧佛。你也好去承天寺里闲走一遭。"许宣见说,道:"我和妻说一声,也去看一看。"许宣上楼来,和白娘子说:"今日二月半,男子、妇人都去看卧佛,我也看一看就来。有人寻说话,回说不在家,不可出来见人。"白娘子道:"有甚好看,只在家中却不好?看他做甚么?"许宣道:"我去闲耍一遭就回,不妨。"

　　许宣离了店内,有几个相识同走,到寺里看卧佛。绕廊下各处殿上观看了一遭。方出寺来,见一个先生②,穿着道袍③,头戴逍遥巾④,腰系黄丝绦⑤,脚着熟麻鞋,坐在寺前卖药,散施符水⑥。许宣立定了看。那先生道:"贫道是终南山道士,到处云游,散施符水,救人病患灾厄。有事的向前来。"那先生在人丛中看见许宣头上一道黑气,必有妖怪缠他,叫道:"你近来有一妖怪缠你,其害非轻。我与你二道灵符⑦,救你性命。一道符三更烧,一道符放在自头发内⑧。"许宣接了符,纳头便拜⑨,肚内道:"我也八九分疑惑那妇人是妖怪,真个是实。"谢了先生,径回店中。

　　至晚,白娘子与青青睡着了,许宣起来道:"料有三更了。"将一道符放在自头发内,正欲将一道符烧化,只见白娘子叹一口气道:"小乙哥和我许多时夫妻,尚兀自不

①快乐昏迷缠定:指两个人如胶似漆,打得火热,如昏似迷。
②先生:旧时民间对道士的称呼。
③道袍:这里是指道士的长衫。
④逍遥巾:道士戴的一种头巾。
⑤绦(tāo):带子。
⑥符水:道士给人治病消灾的符箓咒水。
⑦灵符:方士的符箓秘文。
⑧自头发:自己的头发。
⑨纳头便拜:倒头便拜,低下头去就礼拜。

把我亲热①,却信别人言语,半夜三更,烧符来压镇我!你且把符来烧看!"就夺过符来,一时烧化,全无动静。白娘子道:"却如何?说我是妖怪!"许宣道:"不干我事。卧佛寺前一云游先生②,知你是妖怪。"白娘子道:"明日同你去看他一看,如何模样的先生。"

次日,白娘子清早起来,梳妆罢,戴了钗环,穿上素净衣服,分付青青看管楼上。夫妻二人来到卧佛寺前。只见一簇人团团围着那先生,在那里散符水。只见白娘子睁一双妖眼,到先生面前喝一声:"你好无礼!出家人枉在我丈夫面前说我是一个妖怪,书符来捉我③!"那先生回言:"我行的是五雷天心正法④,凡有妖怪,吃了我的符,他即变出真形来。"那白娘子道:"众人在此,你且书符来我吃看。"那先生书一道符,递与白娘子。白娘子接过符来,便吞下去。众人都看,没些动静。众人道:"这等一个妇人,如何说是妖怪?"众人把那先生齐骂,那先生骂得口睁眼呆,半晌无言,惶恐满面。白娘子道:"众位官人在此,他捉我不得。我自小学得个戏术⑤,且把先生试来与众人看。"只见白娘子口内喃喃的,不知念些甚么,把那先生却似有人擒的一般,缩做一堆,悬空而起。众人看了,齐吃一惊。许宣呆了。娘子道:"若不是众位面上,把这先生吊他一年。"白娘子喷口气,只见那先生依然放下,只恨爹娘少生两翼,飞也似走了。众人都散了。夫妻依旧回来。不在话下。日逐盘缠,都是白娘子将出来用度。正是:夫唱妇随,朝欢暮乐。

① 尚兀自:犹然,尚且还。亲热:指相知、互信,不听别人的逸言。
② 云游先生:四处游走的术士。
③ 书符:写符,画符。
④ 五雷天心正法:传说中的方士法术之一。也叫掌心雷。
⑤ 戏术:即魔术、戏法。

不觉光阴似箭，又是四月初八日，释迦佛生辰①。只见街市上人抬着柏亭浴佛②，家家布施③。许宣对王主人道："此间与杭州一般。"只见邻舍边一个小的，叫作铁头，道："小乙官人，今日承天寺里做佛会，你去看一看。"许宣转身到里面，对白娘子说了。白娘子道："甚么好看，休去！"许宣道："去走一遭，散闷则个。"娘子道："你要去，身上衣服旧了，不好看，我打扮你去。"叫青青取新鲜时样衣服来④。许宣着得⑤，不长不短，一似像体裁的⑥。戴一顶黑漆头巾，脑后一双白玉环，穿一领青罗道袍⑦，脚着一双皂靴，手中拿一把细巧百摺描金美人珊瑚坠上样春罗扇⑧。打扮得上下齐整，那娘子分付一声，如莺声巧啭，道："丈夫早早回来，切勿教奴记挂！"

许宣叫了铁头相伴，径到承天寺来看佛会。人人喝采："好个官人！"只听得有人说道："昨夜周将仕典当库内，不见了四五千贯金珠细软物件⑨，见今开单告官挨查，没捉人处。"许宣听得，不解其意，自同铁头在寺。其日烧香官人、子弟、男女人等，往往来来，十分热闹。许宣道："娘子教我早回，去罢。"转身，人丛中不见了铁头，独自个走出寺门来。只见五六个人似公人打扮，腰里挂着牌儿⑩，数中一个看了许宣，对众人道："此人身上穿的，手中拿的，好似那话儿⑪。"数中一个认得许宣的道："小乙官，扇子借我一看。"许宣不知是计，将扇递与公人。那公人道："你们看这扇子扇坠，与单上开的一般！"众人喝声："拿了！"就把许宣一索子绑了，好似：

① 释迦佛：即释迦牟尼，习称佛、佛陀。相传农历四月初八是他降生的日子，称佛降生日，即文中的释迦佛生辰。
② 浴佛：佛降生日的一种仪式，即请出释迦降生佛像（小儿形象的赤身铜人），用香汤从顶上浇灌。相传释迦牟尼降生之时，天雨香花，九龙喷水，浴佛由此而来。柏亭是放佛像的小亭子。
③ 布施：施舍财物。
④ 时样：合时的样式。
⑤ 着得：穿着。
⑥ 像体：照着身体。
⑦ 道袍：一种敞领大袖、四周镶边的袍子，宋元时很流行。
⑧ 细巧百摺描金美人珊瑚坠上样春罗扇：是对扇子质地（春罗）、工艺（细巧）、样式（百摺）扇面图案（描金美人）和扇坠（珊瑚坠）的概括。
⑨ 金珠：指金银珠宝。细软：指绸缎布帛。
⑩ 牌儿：腰牌。旧时公人出外公干，腰间系着牌子，作为出入的凭证。
⑪ 那话儿：那物件。因不便明说，故用"那话儿"指代。

数只皂雕追紫燕①，
一群饿虎啖羊羔②。

许宣道："众人休要错了，我是无罪之人。"众公人道："是不是，且去府前周将仕家分解③！他店中失去五千贯金珠细软，白玉绦环，细巧百摺扇，珊瑚坠子，你还说无罪？真赃正贼，有何分说！实是大胆汉子，把我们公人作等闲看成④。见今头上、身上、脚上，都是他家物件，公然出外，全无忌惮！"许宣方才呆了，半晌不则声。许宣道："原来如此！不妨，不妨，自有人偷得。"众人道："你自去苏州府厅上分说。"

次日大尹升厅，押过许宣见了。大尹审问："盗了周将仕库内金珠宝物，在于何处？从实供来，免受刑法拷打⑤！"许宣道："禀上相公做主，小人穿的衣服物件，皆是妻子白娘子的，不知从何而来。望相公明镜详辨则个⑥！"大尹喝道："你妻子今在何处？"许宣道："见在吉利桥下王主人楼上。"大尹即差缉捕使臣袁子明，押了许宣，火速捉来。差人袁子明来到王主人店中，主人吃了一惊，连忙问道："做甚么？"许宣道："白娘子在楼上么？"主人道："你同铁头早去承天寺里，去不多时，白娘子对我说道：'丈夫去寺中闲耍，教我同青青照管楼上。此时不见回来，我与青青去寺前寻他去也，望乞主人替我照管。'出门去了，到晚不见回来。我只道与你去望亲戚⑦，到今日不见回来。"众公人要王主人寻白娘子，前前后后，遍寻不见。袁子明将王主人捉了，见大尹回话。大尹道："白娘子在何处？"王主人细细禀复

① 皂雕：黑色的老鹰。是凶猛的鸷鸟。
② 啖（dàn）：吞吃。这两句话本里常见的套话，用来形容以强对弱。
③ 分解：分辩，解释。
④ 等闲看成：视作等闲之辈。
⑤ 刑法：刑具。一如家庭体罚用具称"家法"。
⑥ 明镜详辨：如明镜一般细致分辨。明镜是对官吏断案公正严明的奉承话。
⑦ 望亲戚：看亲戚。

了，道："白娘子是妖怪。"大尹一一问了，道："且把许宣监了。"王主人使用了些钱，保出在外，伺候归结①。

且说周将仕正在对门茶坊内闲坐，只见家人报道："金珠等物都有了，在库阁头空箱子内。"周将仕听了，慌忙回家看时，果然有了。只不见了头巾、绦环、扇子并扇坠。周将仕道："明是屈了许宣，平白地害了一个人，不好。"暗地里倒与该房说了②，把许宣只问个小罪名。

却说邵太尉使李募事到苏州干事，来王主人家歇③。主人家把许宣来到这里，又吃官事，一一从头说了一遍。李募事寻思道："看自家面上亲眷，如何看做落④？"只得与他央人情⑤，上下使钱。一日，大尹把许宣一一供招明白，都做在白娘子身上，只做"不合不出首妖怪"等事，杖一百，配三百六十里，押发镇江府牢城营做工。李募事道："镇江去便不妨。我有一个结拜的叔叔，姓李，名克用，在针子桥下开生药店。我写一封书⑥，你可去投托他⑦。"许宣只得问姐夫借了些盘缠，拜谢了王主人并姐夫，就买酒饭与两个公人吃，收拾行李起程。王主人并姐夫送了一程，各自回去了。

且说许宣在路，饥餐渴饮，夜住晓行，不则一日⑧，来到镇江。先寻李克用家，来到针子桥生药铺内。只见主管正在门前卖生药，老将仕从里面走出来，两个公人同许宣慌忙唱个喏道："小人是杭州李募事家中人，有书在此。"主管接了，递与老将仕。老将仕拆开看了，道："你便是许宣？"许宣道："小人便是。"李克用教三人吃了饭，分付当

① 伺候归结：等待结案。
② 该房：刑房。
③ 歇：停留。
④ 看做落：袖手旁观，见死不救。
⑤ 央人情：托人情。央，央求，请托。
⑥ 书：信。
⑦ 投托：投靠，投奔。
⑧ 不则一日：不止一日。

直的同到府中，下了公文，使用了钱，保领回家，防送人讨了回文，自归苏州去了。许宣与当直一同到家中，拜谢了克用，参见了老安人①。克用见李募事书，说道："许宣原是生药店中主管。"因此留他在店中做买卖，夜间教他去五条巷卖豆腐的王公楼上歇。克用见许宣药店中十分精细，心中欢喜。

原来药铺中有两个主管，一个张主管，一个赵主管。赵主管一生老实本分，张主管一生克剥奸诈②，倚着自老了，欺侮后辈。见又添了许宣，心中不悦，恐怕退了他③，反生奸计，要嫉妒他④。忽一日，李克用来店中闲看，问："新来的做买卖如何？"张主管听了，心中道："中我机谋了⑤！"应道："好便好了，只有一件……"克用道："有甚么一件？"老张道："他大主买卖肯做，小主儿就打发去了，因此人说他不好。我几次劝他，不肯依我。"老员外说："这个容易，我自分付他便了，不怕他不依。"赵主管在傍听得此言，私对张主管说道："我们都要和气，许宣新来，我和你照管他才是⑥。有不是，宁可当面讲，如何背后去说他？他得知了，只道我们嫉妒。"老张道："你们后生家，晓得甚么！"天已晚了，各回下处⑦。

赵主管来许宣下处，道："张主管在员外面前嫉妒你，你如今要愈加用心，大主、小主儿买卖，一般样做。"许宣道："多承指教！我和你去闲酌一杯⑧。"二人同到店中，左右坐下。酒保将要饭果碟摆下⑨，二人吃了几杯。赵主管说："老员外最性直，受不得触⑩。你便依随他生性⑪，耐心做买卖。"许宣道："多谢老兄厚爱，谢之不尽！"又饮

①安人：旧时夫人的封号。宋朝时正七品以上官员的妻子封安人，后来逐渐成为对一般有钱有地位者的夫人的尊称。
②克剥：即刻薄。
③退：辞退。
④嫉妒：这里有算计的意思。
⑤机谋：即机变、计谋。
⑥照管：照顾，帮衬。
⑦下处：下脚处，住的地方。
⑧酌（zhuó）：本指斟酒，这里指喝酒。
⑨要饭：指饭食，"要"当作"肴"。
⑩触：冒犯。
⑪生性：脾气。

了两杯，天色晚了。赵主管道："晚了路黑难行，改日再会。"许宣还了酒钱，各自散了。

许宣觉道有杯酒醉了，恐怕冲撞了人，从屋檐下回去。正走之间，只见一家楼上推开窗，将熨斗播灰下来①，都倾在许宣头上。立住脚，便骂道："谁家泼男女不生眼睛②，好没道理！"只见一个妇人慌忙走下来，道："官人休要骂，是奴家不是③，一时失误了，休怪！"许宣半醉，抬头一看，两眼相观，正是白娘子。许宣怒从心上起，恶向胆边生，无明火焰腾腾高起三千丈④，掩纳不住⑤，便骂道："你这贼贱妖精！连累得我好苦，吃了两场官事！"恨小非君子，无毒不丈夫。正是：

　　踏破铁鞋无觅处，
　　得来全不费工夫。

许宣道："你如今又到这里，却不是妖怪？"赶将入去，把白娘子一把拿住，道："你要官休，私休⑥？"白娘子陪着笑面，道："丈夫，一夜夫妻百夜恩，和你说来事长。你听我说，当初这衣服，都是我先夫留下的。我与你恩爱深重，教你穿在身上。恩将仇报，反成吴越⑦。"许宣道："那日我回来寻你，如何不见了？主人都说你同青青来寺前看我，因何又在此间？"白娘子道："我到寺前，听得说你被捉了去，教青青打听不着，只道你脱身走了。怕来捉我，教青青连忙讨了一只船，到建康府娘舅家去⑧。昨日才到这里。我也道连累你两场官事，也有何面目

①熨（yùn）斗播灰：熨斗上的灰拨弄下来。旧时的熨斗要在炭火中烧热，故熨斗背往往粘有炭灰，故有此举。
②泼男女：骂人的话。不生眼睛：没长眼睛。
③奴家：旧时女子的自称。
④无明火：佛家语，即怒火。
⑤掩纳不住：按耐不住。
⑥官休、私休：见官了结还是私下了结。
⑦吴越：比喻仇敌、仇人。春秋时吴、越两国世代为仇，互相攻伐。后来就用"吴越"来形容积怨很深、无法相容的人事，就如用"秦晋"形容世代和好。
⑧建康府：今江苏南京。

见你！你怪我也无用了。情意相投，做了夫妻，如今好端端，难道走开了？我与你情似泰山，恩同东海，誓同生死。可看日常夫妻之面，取我到下处，和你百年谐老，却不是好！"许宣被白娘子一骗，回嗔作喜①，沉吟了半晌，被色迷了心胆，留连之意②，不回下处，就在白娘子楼上歇了。

次日，来上河五条巷王公楼家，对王公说："我的妻子同丫鬟从苏州来到这里。"一一说了，道："我如今搬回来一处过活③。"王公道："此乃好事，如何用说。"当日把白娘子同青青搬来王公楼上。次日，点茶请邻舍④。第三日，邻舍又与许宣接风。酒筵散了，邻舍各自回去，不在话下。第四日，许宣早起梳洗已罢，对白娘子说："我去拜谢东西邻舍，去做买卖去也。你同青青只在楼上照管，切勿出门！"分付已了，自到店中做买卖，早去晚回。

不觉光阴迅速，日月如梭，又过一月。忽一日，许宣与白娘子商量，去见主人李员外妈妈家眷。白娘子道："你在他家做主管，去参见了他，也好日常走动⑤。"到次日，雇了轿子，径进里面，请白娘子上了轿，叫王公挑了盒儿⑥，丫鬟青青跟随，一齐来到李员外家。下了轿子，进到里面，请员外出来。李克用连忙来见，白娘子深深道个万福，拜了两拜，妈妈也拜了两拜，内眷都参见了。原来李克用年纪虽然高大，却专一好色⑦，见了白娘子有倾国之姿，正是：

三魂不附体，七魄在他身。

① 回嗔（chēn）作喜：由愤怒转为喜悦。嗔，恼怒。
② 留连之意：不想离开，徘徊不去。
③ 过活：生活。
④ 点茶：准备饭菜酒食。茶，这里是指酒饭，宋元时的特殊用法。
⑤ 日常走动：经常往来。
⑥ 盒：指食盒、礼盒。
⑦ 专一好色：指唯独喜好女色。

那员外目不转睛看白娘子。当时安排酒饭管待①。妈妈对员外道:"好个伶俐的娘子!十分容貌②,温柔和气,本分老成。"员外道:"便是,杭州娘子生得俊俏③。"酒饮罢了,白娘子相谢自回。李克用心中思想:"如何得这妇人共宿一宵?"眉头一簇,计上心来,道:"六月十三是我寿诞之日,不要慌,教这妇人着我一个道儿④。"

不觉乌飞兔走⑤,才过端午⑥,又是六月初间⑦。那员外道:"妈妈,十三日是我寿诞,可做一个筵席,请亲眷朋友闲耍一日,也是一生的快乐。"当日亲眷、邻友、主管人等,都下了请帖。次日,家家户户都送烛、面、手帕物件来。十三日都来赴筵,吃了一日。次日,是女眷们来贺寿,也有廿来个⑧。

且说白娘子也来,十分打扮⑨,上着青织金衫儿,下穿大红纱裙,戴一头百巧珠翠金银首饰。带了青青,都到里面,拜了生日,参见了老安人。东阁下排着筵席。原来李克用吃虱子留后腿的人⑩,因见白娘子容貌,设此一计,大排筵席。各各传杯弄盏,酒至半酣,却起身脱衣净手⑪。李员外原来预先分付腹心养娘道:"若是白娘子登东⑫,他要进去,你可另引他到后面僻净房内去。"李员外设计已定,先自躲在后面。正是:

　　不劳钻穴逾墙事⑬,
　　稳做偷香窃玉人⑭。

只见白娘子真个要去净手,养娘便引他到后面一间僻净房内去,养娘自回。那员外心

①管待:招待。
②十分容貌:容貌有十分好,指容貌顶好。
③娘子:这里指女子。
④道儿:诡计,圈套。
⑤乌飞兔走:相传日中有三足乌,月中有兔。乌飞兔走,就是日月如梭、光阴迅速的意思。
⑥端午:指五月初五。
⑦初间:开头的几天。
⑧廿(niàn)来个:二十来个。廿,二十。
⑨十分打扮:指用了十分心思打扮,打扮得十出色。
⑩吃虱子留后腿:形容非常吝啬。
⑪净手:解手。因便后要洗手,故云。
⑫登东:上厕所。古代厕所设在住所东面,称为东厕,故云。
⑬钻穴逾(yù)墙:钻洞爬墙。
⑭偷香窃玉:指偷情。

中淫乱，捉身不住①，不敢便走进去，却在门缝里张②。不张万事皆休，则一张，那员外大吃一惊，回身便走，来到后边，望后倒了③。

不知一命如何，
先觉四肢不举④！

那员外眼中不见如花似玉体态，只见房中蟠着一条吊桶来粗大白蛇⑤，两眼一似灯盏⑥，放出金光来。惊得半死，回身便走，一绊一跤。众养娘扶起看时，面青口白⑦。主管慌忙用安魂定魄丹服了，方才醒来。老安人与众人都来看了，道："你为何大惊小怪做甚么？"李员外不说其事，说道："我今日起得早了，连日又辛苦了些，头风病发，晕倒了。"扶去房里睡了。

众亲眷再入席，饮了几杯，酒筵散罢，众人作谢回家。白娘子回到家中思想，恐怕明日李员外在铺中对许宣说出本相来。便生一条计，一头脱衣服，一头叹气。许宣道："今日出去吃酒，因何回来叹气？"白娘子道："丈夫，说不得，李员外原来假做生日，其心不善。因见我起身登东，他躲在里面，欲要奸骗我，扯裙扯裤来调戏我。欲待叫起来，众人都在那里，怕妆幌子。被我一推倒地，他怕羞没意思，假说晕倒了。这惶恐那里出气⑧！"许宣道："既不曾奸骗你，他是我主人家，出于无奈，只得忍了这遭⑨，休去便了。"白娘子道："你不与我做主，还要做人⑩？"许宣道："先前多承姐夫写书教我投奔他家，亏他不阻，收留在家做主管，如今教我怎的好？"白娘子道："男子汉，我被

①捉身不住：指把持不住自己。
②张：窥视。
③望后：向后。
④举：抬。
⑤蟠（pán）：盘曲，曲折环绕。
⑥一似：像……一样。
⑦面青口白：脸面青紫，嘴唇煞白。
⑧惶恐：这里是指意想不到的事或冤枉倒霉的事。
⑨遭：回。
⑩还要做人：意思是还怎么做人。

他这般欺负,你还去他家做主管?"许宣道:"你教我何处去安身?做何生理①?"白娘子道:"做人家主管也是下贱之事,不如自开一个生药铺。"许宣道:"亏你说,只是那讨本钱?"白娘子道:"你放心,这个容易。我明日把些银子,你先去赁了间房子②,却又说话。"

且说今是古,古是今③,各处有这等出热的④,间壁有一个人⑤,姓蒋,名和,一生出热好事。次日,许宣问白娘子讨了些银子,教蒋和去镇江渡口马头上,赁了一间房子,买下一付生药厨柜,陆续收买生药。十月前后,俱已完备,选日开张药店,不去做主管。那李员外也自知惶恐,不去叫他。

许宣自开店来,不匡买卖一日兴一日⑥,普得厚利。正在门前卖生药,只见一个和尚将着一个募缘簿子道⑦:"小僧是金山寺和尚,如今七月初七日,是英烈龙王生日,伏望官人到寺烧香,布施些香钱。"许宣道:"不必写名,我有一块好降香⑧,舍与你拿去烧罢。"即便开柜取出⑨,递与和尚。和尚接了,道:"是日望官人来烧香。"打一个问讯去了。白娘子看见,道:"你这杀才⑩,把这一块好香与那贼秃去换酒肉吃!"许宣道:"我一片诚心舍与他,花费了也是他的罪过。"

不觉又是七月初七日,许宣正开得店,只见街上闹热,人来人往。帮闲的蒋和道⑪:"小乙官,前日布施了香,今日何不去寺内闲走一遭?"许宣道:"我收拾了,略待略待,和你同去。"蒋和道:"小人当得相伴。"许宣连忙收拾了,进去对白娘子道:"我去金山寺烧香,你可照管家里则个。"白娘子

① 生理:生计。
② 赁(lìn):租。
③ 今是古,古是今:意思是古今一个样。
④ 出热:指热心,好管闲事。下文"出热好(hào)事"意同。
⑤ 间壁:隔壁。
⑥ 不匡:不料。
⑦ 募缘:也叫化缘。和尚沿街求人布施。
⑧ 降香:一种香木,也叫降真香。
⑨ 即便:当时就。
⑩ 杀才:犹言"该死的东西",蠢才。
⑪ 帮闲的:即"闲儿",食客。

道:"'无事不登三宝殿',去做甚么?"许宣道:"一者不曾认得金山寺,要去看一看;二者前日布施了,要去烧香。"白娘子道:"你既要去,我也挡你不得,只要依我三件事。"许宣道:"那三件?"白娘子道:"一件,不要去方丈内去①;二件,不要与和尚说话;三件,去了就回。来得迟,我便来寻你也。"许宣道:"这个何妨,都依得。"当时换了新鲜衣服鞋袜,袖了香盒②,同蒋和径到江边,搭了船,投金山寺来。

先到龙王堂烧了香,绕寺闲走了一遍,同众人信步来到方丈门前③。许宣猛省道:"妻子分付我休要进方丈内去。"立住了脚不进去。蒋和道:"不妨事。他自在家中,回去只说不曾去便了。"说罢,走入去看了一回,便出来。且说方丈当中座上,坐着一个有德行的和尚④,眉清目秀,圆顶方袍,看了模样,的是真僧⑤。一见许宣走过,便叫侍者⑥:"快叫那后生进来。"侍者看了一回,人千人万,乱滚滚的,又不记得他,回说:"不知他走那边去了?"和尚见说,持了禅杖⑦,自出方丈来,前后寻不见。复身出寺来看,只见众人都在那里等风浪静了落船⑧。那风浪越大了,道:"去不得。"正看之间,只见江心里一只船,飞也似来得快。许宣对蒋和道:"这般大风浪,过不得渡,那只船如何到来得快?"正说之间,船已将近。看时,一个穿白的妇人,一个穿青的女子,来到岸边。仔细一认,正是白娘子和青青两个。许宣这一惊非小。白娘子来到岸边,叫道:"你如何不归?快来上船!"许宣却欲⑨

① 方丈:寺院住持(当家和尚)的居室。其室照规矩应该横直各一丈,故云。方丈有时也用以称寺院住持。
② 袖了香盒:在袖子里揣了香盒。香盒,盛香的盒子。
③ 信步:随意走动。
④ 有德行的和尚:指修为精深、道行不浅的和尚。
⑤ 的:的确,确实。
⑥ 侍者:在寺院住持左右供使唤的小僧。
⑦ 禅杖:僧人用的手杖。
⑧ 落船:下船,搭船。
⑨ 却欲:正想。

上船，只听得有人在背后喝道："业畜在此做甚么①？"许宣回头看时，人说道："法海禅师来了②！"禅师道："业畜，敢再来无礼，残害生灵！老僧为你特来③。"白娘子见了和尚，摇开船，和青青把船一翻，两个都翻下水底去了。许宣回身看着和尚便拜："告尊师，救弟子一条草命！"禅师道："你如何遇着这妇人？"许宣把前项事情从头说了一遍。禅师听罢，道："这妇人正是妖怪，汝可速回杭州去④。如再来缠汝，可到湖南净慈寺里来寻我。有诗四句：

　　本是妖精变妇人，
　　西湖岸上卖娇声。
　　汝因不识遭他计⑤，
　　有难湖南见老僧⑥。

许宣拜谢了法海禅师，同蒋和下了渡船，过了江，上岸归家。白娘子同青青都不见了，方才信是妖精。到晚来，教蒋和相伴过夜。心中昏闷，一夜不睡。次日早起，叫蒋和看着家里，却来到针子桥李克用家，把前项事情告诉了一遍。李克用道："我生日之时，他登东，我撞将去，不期见了这妖怪，惊得我死去。我又不敢与你说这话。既然如此，你且搬来我这里住着，别作道理⑦。"许宣作谢了李员外，依旧搬到他家。

不觉住过两月有余。忽一日，立在门前，只见地方总甲分付排门人等⑧，俱要香花灯烛，迎接朝廷恩赦⑨。原来是宋高宗策立孝宗⑩，降赦通行天下，只除人命大事，其余小事，尽行赦放回家。许宣遇赦，欢喜

①业畜：作孽的畜生。
②禅师：对和尚的尊称。
③为你特来：特为你来。
④汝：你。
⑤遭他计：被他算计，落入他的圈套。
⑥湖南：杭州西湖南岸。
⑦别作道理：另作打算。
⑧总甲：宋代户籍制度，每二三十家居民为一甲，轮流推举一人做甲头，替官府办理催粮征役等事。总甲是一地甲头的总负责人。排门人等：挨家挨户的人们。
⑨恩赦：推恩大赦。在封建时代，遇有策立太子、新皇帝登基、皇帝寿诞等喜庆之事时要大赦天下犯，以示恩典。
⑩孝宗：即宋孝宗赵昚（1127～1194），1163～1189年在位。

不胜，吟诗一首，诗云：

感谢吾皇降赦文，
网开三面许更新①。
死时不作他邦鬼，
生日还为旧土人。
不幸逢妖愁更甚，
何期遇宥罪除根②？
归家满把香焚起，
拜谢乾坤再造恩。

许宣吟诗已毕，央李员外衙门上下打点③，使用了钱，见了大尹，给引还乡④。拜谢东邻西舍，李员外、妈妈、合家大小、二位主管，俱拜别了。央帮闲的蒋和买了些土物⑤，带回杭州。

来到家中，见了姐夫、姐姐，拜了四拜。李募事见了许宣，焦躁道："你好生欺负人，我两遭写书教你投托人，你在李员外家娶了老小，不直得寄封书来教我知道，直恁的无仁无义！"许宣说："我不曾娶妻小。"姐夫道："见今两日前，有一个妇人，带着一个丫鬟，道是你的妻子。说你七月初七日去金山寺烧香，不见回来，那里不寻到。直到如今，打听得你回杭州，同丫鬟先到这里，等你两日了。"教人叫出那妇人和丫鬟，见了许宣。许宣看见，果是白娘子、青青。许宣见了，目睁口呆，吃了一惊。不在姐夫、姐姐面前说这话本⑥，只得任他埋怨了一场。李募事教许宣共白娘子去一间房内去安身。许宣见晚了，怕这白娘子，心中慌了，不敢向前，朝着娘子跪在地下，道："不

①网开三面：指皇帝非常仁惠宽容。更新：悔过自新，重新做人。
②宥（yòu）：宽恕赦免。
③打点：这里是通关节、行贿赂的意思。
④引：证明。
⑤土物：土产。
⑥话本：本指说书人的底本，这里指自己的经历曲折离奇，仿佛话本。

知你是何神何鬼？可饶我的性命！"白娘子道："小乙哥，是何道理？我和你许多时夫妻，又不曾亏负你，如何说这等没力气的话①？"许宣道："自从和你相识之后，带累我吃了两场官司②。我到镇江府，你又来寻我。前日金山寺烧香，归得迟了，你和青青又直赶来，见了禅师，便跳下江里去了。我只道你死了，不想你又先到此。望乞可怜见，饶我则个！"白娘子圆睁怪眼，道："小乙官，我也只是为好，谁想到成怨本③！我与你平生夫妇，共枕同衾④，许多恩爱。如今却信别人闲言语，教我夫妻不睦。我如今实对你说，若听我言语，喜喜欢欢，万事皆休。若生外心，教你满城皆为血水，人人手攀洪浪，脚踏浑波⑤，皆死于非命⑥。"惊得许宣战战兢兢，半晌无言可答，不敢走近前去。青青劝道："官人，娘子爱你杭州人生得好⑦，又喜你恩情深重。听我说，与娘子和睦了，休要疑虑。"许宣吃两个缠不过，叫道："却是苦耶！"只见姐姐在天井里乘凉，听得叫苦，连忙来到房前，只道他两个儿厮闹⑧，拖了许宣出来。白娘子关上房门自睡。许宣把前因后事，一一对姐姐了告诉了一遍。却好姐夫乘凉归房，姐姐道："他两口儿厮闹了，如今不知睡了也未，你且去张一张了来⑨。"李募事走到房前看时，里头黑了，半亮不亮，将舌头舐破纸窗⑩，不万事皆休，一张时，见一条吊桶来大的蟒蛇，睡在床上，伸头在天窗内乘凉，鳞甲内放出白光来，照得房内如同白日。吃了一惊，回身便走。来到房中，不说其事。道："睡了，不见则声。"许宣躲在姐姐房中，不

①没力气的话：没有根据的话。
②带累：牵扯，连累。
③怨本：犹言"怨府"。说自己的一番好意倒成了别人埋怨的理由。
④衾（qīn）：被子。
⑤洪浪、浑波：均是洪涛、波浪的意思。
⑥死于非命：指横死。
⑦生得好：长得好看、俊美。
⑧厮闹：相闹，吵嘴。
⑨张一张：望一望，看一看。
⑩舐（shì）破：用舌头上的唾沫濡湿弄破。

敢出头,姐夫也不问他。

　　过了一夜,次日,李募事叫许宣出去,到僻静处,问道:"你妻子从何娶来?实实的对我说,不要瞒我!自昨夜亲眼看见他是一条大白蛇,我怕你姐姐害怕,不说出来。"许宣把从头事,一一对姐夫说了一遍。李募事道:"既是这等,白马庙前一个呼蛇戴先生①,如法捉得蛇。我同你去接他。"二人取路来到白马庙前,只见戴先生正立在门口。二人道:"先生拜揖。"先生道:"有何见谕②?"许宣道:"家中有一条大蟒蛇,相烦一捉则个!"先生道:"宅上何处?"许宣道:"过军将桥黑珠儿巷内李募事家便是。"取出一两银子道:"先生收了银子,待捉得蛇,另又相谢。"先生收了道:"二位先回,小子便来③。"李募事与许宣自回,那先生装了一瓶雄黄药水④,一直来到黑珠儿巷内,问李募事家。人指道:"前面那楼子内便是。"先生来到门前,揭起帘子,咳嗽一声,并无一个人出来。敲了半晌门,只见一个小娘子出来问道:"寻谁家?"先生道:"此是李募事家么?"小娘子道:"便是。"先生道:"说宅上有一条大蛇,却才二位官人来请小子捉蛇。"小娘子道:"我家那有大蛇?你差了。"先生道:"官人先与我一两银子,说捉了蛇后,有重谢。"白娘子道:"没有,休信他们哄你。"先生道:"如何作耍⑤?"白娘子三回五次发落不去⑥,焦躁起来,道:"你真个会捉蛇?只怕你捉他不得!"戴先生道:"我祖宗七八代呼蛇捉蛇,量道一条蛇有何难捉⑦!"娘子道:"你说捉得,只怕你见了要走!"先生道:"不走,不走!如走,罚一锭

① 呼蛇:用声音呼引出蛇来,甚至指使蛇。
② 见谕:见告,告诉。是一种客气话。
③ 小子:男子自称谦词。
④ 雄黄:一种矿物质,可入药。旧时也常用作镇邪之物,如端午节用雄黄在小儿额头画"王"字。
⑤ 作耍:戏弄,开玩笑。
⑥ 发落不去:打发不走。
⑦ 量道:估量来说。有轻蔑的意思。

白银。"娘子道:"随我来。"到天井内,那娘子转个弯,走进去了。那先生手中提着瓶儿,立在空地上。不多时,只见刮起一阵冷风,风过处,只见一条吊桶来大的蟒蛇,连射将来,正是:

　　　人无害虎心,虎有伤人意。

　　且说那戴先生吃了一惊,望后便倒,雄黄罐儿也打破了。那条大蛇张开血红大口,露出雪白齿,来咬先生。先生慌忙爬起来,只恨爹娘少生两脚,一口气跑过桥来,正撞着李募事与许宣。许宣道:"如何?"那先生道:"好教二位得知。"把前项事从头说了一遍。取出那一两银子,付还李募事道:"若不生这双脚,连性命都没了。二位自去照顾别人①。"急急的去了。

　　许宣道:"姐夫,如今怎么处②?"李募事道:"眼见实是妖怪了,如今赤山埠前张成家欠我一千贯钱。你去那里静处讨一间房儿住下。那怪物不见了你,自然去了。"许宣无计可奈③,只得应承④。同姐夫到家时,静悄悄的,没些动静。李募事写了书帖和票子做一封⑤,教许宣往赤山埠去。只见白娘子叫许宣到房中,道:"你好大胆,又叫甚么捉蛇的来!你若和我好意,佛眼相看⑥;若不好时,带累一城百姓受苦,都死于非命!"许宣听得,心寒胆战,不敢则声。将了票子,闷闷不已。来到赤山埠前,寻着了张成,随即袖中取票时,不见了。只叫得苦,慌忙转步,一路寻回来时,那里见!正闷之间,来到净慈寺前。忽地里想起那金山

① 照顾别人:把生意照顾了别的主顾,即找别人去做。
② 怎么处:怎么办。处,处理,对待。
③ 无计可奈:无计可施,无可奈何。
④ 应承:答应。
⑤ 书帖:信札。票子:这里当指借券。
⑥ 佛眼:慈悲之眼。这里的"佛眼相看"指善待。

寺长老法海禅师曾分付来①："倘若那妖怪再来杭州缠你，可来净慈寺内来寻我。"如今不寻，更待何时！急入寺中，问监寺道②："动问和尚，法海禅师曾来刹也未③？"那和尚道："不曾到来。"许宣听得说不在，越闷。折身便回来长桥堍下④，自言自语道："'时衰鬼弄人'，我要性命何用？"看着一湖清水，却待要跳！正是：

　　　　阎王判你三更到，
　　　　定不容人到四更。

　　许宣正欲跳水，只听得背后有人叫道："男子汉何故轻生！死了一万口，只当五千双⑤，有事何不问我？"许宣回头看时，正是法海禅师，背驮衣钵⑥，手提禅杖，原来真个才到。也是不该命尽，再迟一碗饭时，性命也休了。许宣见了禅师，纳头便拜，道："救弟子一命则个！"禅师道："这业畜在何处？"许宣把上项事一一诉了，道："如今又直到这里，求尊师救度一命。"禅师于袖中取出一个钵盂，递与许宣，道："你若到家，不可教妇人得知，悄悄地将此物劈头一罩，切勿手轻，紧紧的按住，不可心慌。你便回去。"

　　且说许宣，拜谢了禅师回家。只见白娘子正坐在那里，口内喃喃的骂道："不知甚人挑拨我丈夫和我做冤家⑦，打听出来，和他理会⑧！"正是有心等了没心的，许宣张得他眼慢⑨，背后悄悄的望白娘子头上一罩，用尽平生气力纳住⑩，不见了女子之形，随着钵盂慢慢的按下，不敢手松，紧紧的按住。只听得钵盂内道："和你数载夫妻，好

①忽地里：忽然间，一下子。
②监寺：寺庙里的职事僧。
③刹（chà）：寺庙。
④堍（tù）：桥头靠近平地的地方。
⑤死了一万口，只当五千双：意思是说死得不值得。
⑥衣钵（bō）：袈裟和钵盂。袈裟是和尚穿的衣衫。钵盂是和尚用的饭具。
⑦冤家：这里的冤家是对头、仇人的意思。
⑧理会：讲理。
⑨眼慢：目光迟钝，不注意。
⑩纳住：捺住。

没一些儿人情！略放一放！"许宣正没了结处①，报道："有一个和尚，说道'要收妖怪'。"许宣听得，连忙教李募事请禅师进来。来到里面，许宣道："救弟子则个！"不知禅师口里念的甚么，念毕，轻轻的揭起钵盂，只见白娘子缩做七八寸长，如傀儡人像②，双眸紧闭，做一堆儿伏在地下。禅师喝道："是何业畜妖怪，怎敢缠人？可说备细！"白娘子答道："禅师，我是一条大蟒蛇，因为风雨大作，来到西湖上安身，同青青一处。不想遇着许宣，春心荡漾，按纳不住，一时冒犯天条③，却不曾杀生害命，望禅师慈悲则个！"禅师又问："青青是何怪？"白娘子道："青青是西湖内第三桥下潭内千年成气的青鱼④，一时遇着，拖他为伴。他不曾得一日欢娱，并望禅师怜悯！"禅师道："念你千年修炼，免你一死，可现本相！"白娘子不肯。禅师勃然大怒，口中念念有词，大喝道："揭谛何在⑤？快与我擒青鱼怪来，和白蛇现形，听吾发落！"须臾⑥，庭前起一阵狂风，风过处，只闻得豁剌一声响⑦，半空中坠下一个青鱼，有一丈多长，向地拨剌的连跳几跳⑧，缩做尺余长一个小青鱼。看那白娘子时，也复了原形，变了三尺长一条白蛇，兀自昂头看着许宣。

　　禅师将二物置于钵盂之内，扯下褊衫一幅⑨，封了钵盂口，拿到雷峰寺前，将钵盂放在地下，令人搬砖运石，砌成一塔。后来许宣化缘，砌成了七层宝塔。千年万载，白蛇和青鱼不能出世。且说禅师押镇了，留偈四句⑩：

① 没了结处：不知如何了结。
② 傀儡（kuǐ lěi）人：用木头或其他物品做成的小人，旧时迷信活动以及木偶、皮影演出时使用。
③ 天条：天规。
④ 成气：成了气候，也就是民间所说的成精。
⑤ 揭谛：佛教神话里的护法神。
⑥ 须臾：一会儿。
⑦ 豁剌（lá）：物件掉下或倒塌的声音。
⑧ 拨剌（lá）：鱼跳声。
⑨ 褊衫：亦作偏衫，即袈裟。因袈裟披在身上，偏袒右臂，故名偏衫。
⑩ 偈（jì）：和尚的唱词。

西湖水干，江湖不起①，
　　雷峰塔倒，白蛇出世。

法海禅师言偈毕，又题诗八句，以劝后人：

　　奉劝世人休爱色，
　　爱色之人被色迷。
　　心正自然邪不扰，
　　身端怎有恶来欺。
　　但看许宣因爱色，
　　带累官司惹是非。
　　不是老僧来救护，
　　白蛇吞了不留些②。

法海禅师吟罢，各人自散。惟有许宣情愿出家，礼拜禅师为师，就雷峰塔披剃为僧③。修行数年，一夕坐化去了④。众僧买龛烧化⑤，造一座骨塔⑥，千年不朽。临去世时，亦有诗四句，留以警世，诗曰：

　　祖师度我出红尘，
　　铁树开花始见春。
　　化化轮回重化化⑦，
　　生生转变再生生。
　　欲知有色还无色，
　　须识无形却有形。
　　色即是空空即色，
　　空空色色要分明。

① 江湖不起：指江湖不起波涛。这首偈语的前三句，是说白蛇重新出世的条件，实则白蛇永无出世之日。
② 不留些：不留下一点儿，意指吞个干干净净。
③ 披剃：披袈裟，剃光头发，指出家做和尚。
④ 坐化：和尚盘膝端坐而逝。
⑤ 龛（kān）：和尚用以坐化或殓尸的木盒子。
⑥ 骨塔：安放骨灰的塔。
⑦ 轮回：佛家语，亦称六道轮回。意思是说世上众生辗转生死于六道（天道、人道、阿修罗道、畜生道、饿鬼道、地狱道）之中，如同车轮之回转不已，故称。

杜十娘怒沉百宝箱

《警世通言》

【题解】

　　本篇选自《警世通言》第三十二卷，是我国古代白话短篇小说的杰作之一。作品写妓女杜十娘与书生李甲的爱情故事，成功塑造了杜十娘要求人生自由、追求正常爱情的敢作敢为的形象。故事以悲剧结尾，突破了大多数古典小说"大团圆"的套路，最为振撼人心。

　　扫荡残胡立帝畿①，
　　龙翔凤舞势崔嵬。
　　左环沧海天一带，
　　右拥太行山万围。
　　戈戟九边雄绝塞②，
　　衣冠万国仰垂衣③。
　　太平人乐华胥世④，
　　永永金瓯共日辉⑤。

　　这首诗，单夸我朝燕京建都之盛⑥。说起燕都的形势，北倚雄关，南压区夏⑦，真乃金城天府⑧，万年不拔之基。当先洪武爷扫荡胡尘⑨，定鼎金陵，是为南京。到永乐爷从北平起兵靖难⑩，迁于燕都，是为北京。只因这一迁，把个苦寒地面变作花锦世界。自永乐爷九传至于万历爷⑪，此乃我朝第十一代的天子。这位天子，聪明神武，德福兼全，十岁登基，在位四十八年，削平了三处寇乱。那三处？

　　　　日本关白平秀吉⑫，西夏哱承恩⑬，播州杨应龙⑭。

① 残胡：指元朝残存的统治者。
② 戈戟：这里代指军队。九边：明代北方的九个边镇。
③ 衣冠万国：泛指外国。垂衣：垂衣拱手。
④ 华胥世：传说中的太平世界。
⑤ 金瓯（ōu）：比喻国土如金盆般完整巩固。
⑥ 我朝：指明朝。
⑦ 区夏：中原一带。
⑧ 金城：喻城的坚固。
⑨ 洪武爷：明太祖朱元璋。
⑩ 永乐爷：明成祖朱棣。
⑪ 万历爷：明神宗朱翊钧。
⑫ 关白：日本古代官名，相当于中国的宰相。平秀吉：又叫丰臣秀吉。
⑬ 哱（bō）承恩：宁夏退休副总兵哱拜之子。他与父亲兴兵作乱，后被击败。
⑭ 播州：今贵州遵义。播州宣慰使杨应龙起兵作乱，后被平定。

平秀吉侵犯朝鲜，哱承恩、杨应龙是土官谋叛①，先后削平。远夷莫不畏服②，争来朝贡。真个是：

　　一人有庆民安乐，
　　四海无虞国太平。

话中单表万历二十年间，日本国关白作乱，侵犯朝鲜。朝鲜国王上表告急，天朝发兵泛海往救。有户部官奏准：目今兵兴之际，粮饷未充，暂开纳粟入监之例③。原来纳粟入监的，有几般便宜：好读书，好科举，好中，结末来又有个小小前程结果。以此宦家公子、富室子弟，到不愿做秀才，都去援例做太学生④。自开了这例，两京太学生各添至千人之外⑤。

内中有一人，姓李名甲，字子先，浙江绍兴府人氏。父亲李布政所生三儿⑥，惟甲居长，自幼读书在庠⑦，未得登科，援例入于北雍。因在京坐监⑧，与同乡柳遇春监生同游教坊司院内⑨，与一个名姬相遇。那名姬姓杜名媺⑩，排行第十，院中都称为杜十娘，生得：

　　浑身雅艳，遍体娇香，两弯眉画远山青，一对眼明秋水润。脸如莲萼⑪，分明卓氏文君⑫；唇似樱桃，何减白家樊素⑬。可怜一片无瑕玉，误落风尘花柳中。

那杜十娘自十三岁破瓜⑭，今一十九岁，七年之内，不知历过了多少公子王孙，一个

①土官：边远地区由当地人担任的官职。
②远夷：远方国家。
③纳粟入监：通过交纳钱粮而获得进入国子监的资格。监生可以直接考取举人。
④援例：即照上述纳粟入监之例。太学生：即国子监学生。
⑤两京：北京和南京。分别叫"南雍"、"北雍"。
⑥布政：即布政使。
⑦庠（xiáng）：旧时的府、州、县学。
⑧坐监：正式在国子监读书。
⑨教坊司：原为妓院的管理机关，后泛指妓院。
⑩媺：读wēi。
⑪莲萼：莲花瓣。
⑫卓氏文君：即卓文君。
⑬樊素：唐代诗人白居易的爱姬，善歌。白居易有"樱桃樊素口"的诗句。
⑭破瓜：指女子破身子。

个情迷意荡，破家荡产而不惜。院中传出四句口号来①，道是：

> 坐中若有杜十娘，
> 斗筲之量饮千觞②。
> 院中若识杜老媺，
> 千家粉面都如鬼③。

却说李公子风流年少，未逢美色，自遇了杜十娘，喜出望外，把花柳情怀，一担儿挑在他身上。那公子俊俏庞儿，温存性儿，又是撒漫的手儿④，帮衬的勤儿⑤，与十娘一双两好，情投意合。十娘因见鸨儿贪财无义⑥，久有从良之志，又见李公子忠厚志诚，甚有心向他。奈李公子惧怕老爷⑦，不敢应承。虽则如此，两下情好愈密，朝欢暮乐，终日相守，如夫妇一般。海誓山盟，各无他志。真个：

> 恩深似海恩无底，
> 义重如山义更高。

再说杜妈妈，女儿被李公子占住，别的富家巨室，闻名上门，求一见而不可得。初时李公子撒漫用钱，大差大使，妈妈胁肩谄笑⑧，奉承不暇。日往月来，不觉一年有余，李公子囊箧渐渐空虚⑨，手不应心，妈妈也就怠慢了。老布政在家闻知儿子阕院⑩，几遍写字来唤他回去。他迷恋十娘颜色，终日延捱⑪。后来闻知老爷在家发怒，越不敢回。古人云："以利相交者，利尽而疏。"那杜十

① 口号：顺口溜。
② 斗筲（shāo）：形容酒量小。筲是一种竹器，容量一斗二升。觞：酒杯。
③ 粉面：本指年轻美貌的女子，这里指妓女。
④ 撒漫：挥霍，用钱大手大脚。
⑤ 帮衬：此处是讨好巴结之意。勤儿：殷勤的嫖客。
⑥ 鸨（bǎo）儿：年老的妓女，即妓母。又称老鸨。
⑦ 奈：怎奈，无奈。
⑧ 胁肩谄笑：耸肩媚笑、奉迎拍马的样子。
⑨ 囊箧（qiè）：口袋和箱子。囊箧空虚，指没有钱财了。
⑩ 阕（piáo）：同"嫖"。
⑪ 延捱：拖延。

娘与李公子真情相好，见他手头愈短①，心头愈热。妈妈也几遍教女儿打发李甲出院，见女儿不统口②，又几遍将言语触突李公子③，要激怒他起身。公子性本温克④，词气愈和。妈妈没奈何，日逐只将十娘叱骂道⑤："我们行户人家⑥，吃客穿客，前门送旧，后门迎新，门庭闹如火，钱帛堆成垛。自从那李甲在此，混帐一年有余⑦，莫说新客，连旧主顾都断了。分明接了个钟馗老⑧，连小鬼也没得上门。弄得老娘一家人家，有气无烟⑨，成什么模样！"

杜十娘被骂，耐性不住，便回答道："那李公子不是空手上门的，也曾费过大钱来。"妈妈道："彼一时，此一时。你只教他今日费些小钱儿，把与老娘办些柴米，养你两口也好。别人家养的女儿便是摇钱树，千生万活⑩，偏我家晦气，养了个退财白虎⑪！开了大门七件事⑫，般般都在老身心上。到替你这小贱人白白养着穷汉，教我衣食从何处来？你对那穷汉说：'有本事出几两银子与我，到得你跟了他去，我别讨个丫头过活却不好？'"十娘道："妈妈，这话是真是假？"妈妈晓得李甲囊无一钱，衣衫都典尽了，料他没处设法，便应道："老娘从不说谎，当真哩！"十娘道："娘，你要他许多银子？"妈妈道："若是别人，千把银子也讨了。可怜那穷汉出不起，只要他三百两，我自去讨一个粉头代替⑬。只一件，须是三日内交付与我，左手交银，右手交人。若三日没有银时，老身也不管三七二十一，公子不公子，一顿孤拐⑭，打那光棍出去。那时莫怪老身！"十娘道："公子虽在客边乏钞，谅三百

① 手头：手里的钱。短：少。
② 不统口：不吐口，不答应。
③ 触突：触犯，冒犯。
④ 温克：温和忍让。克，克制。
⑤ 日逐：逐日，每天。叱（chì）骂：大声叫骂。
⑥ 行户：妓院的隐称。
⑦ 混帐：胡乱纠缠。
⑧ 钟馗老：即钟馗，传说中捉鬼的神人。
⑨ 有气无烟：烟囱里只冒气不冒烟，形容快要断炊了。
⑩ 千生万活：生千活万，形容赚钱很多。
⑪ 白虎：白虎星。俗信中的凶神。传说它会使人家钱财耗尽、由富变穷。
⑫ 七件事：柴、米、油、盐、酱、醋、茶。泛指基本生活用度。
⑬ 粉头：指妓女。
⑭ 孤拐：脚踝骨。这里是指打脚踝骨。

金还措办得来。只是三日忒近,限他十日便好。"妈妈想道:"这穷汉一双赤手,便限他一百日,他那里来银子?没有银子,便铁皮包脸,料也无颜上门。那时重整家风,嫩儿也没得话讲。"答应道:"看你面,便宽到十日。第十日没有银子,不干老娘之事。"十娘道:"若十日内无银,料他也无颜再见了。只怕有了三百两银子,妈妈又翻悔起来。"妈妈道:"老身年五十一岁了,又奉十斋①,怎敢说谎?不信时与你拍掌为定。若翻悔时,做猪做狗!"

从来海水斗难量,
可笑虔婆意不良②。
料定穷儒囊底罄,
故将财礼难娇娘。

是夜,十娘与公子在枕边,议及终身之事。公子道:"我非无此心。但教坊落籍③,其费甚多,非千金不可。我囊空如洗,如之奈何!"十娘道:"妾已与妈妈议定,只要三百金,但须十日内措办。郎君游资虽罄④,然都中岂无亲友可以借贷?倘得如数,妾身遂为君之所有,省受虔婆之气。"公子道:"亲友中为我留恋行院⑤,都不相顾。明日只做束装起身⑥,各家告辞,就开口假贷路费,凑聚将来,或可满得此数。"起身梳洗,别了十娘出门。十娘道:"用心作速⑦,专听佳音。"公子道:"不须分付。"

公子出了院门,来到三亲四友处,假说起身告别,众人到也欢喜。后来叙到路费欠缺,意欲借贷。常言道:"说着钱,便无缘。"

①十斋:过去信佛的人每月初一、初八、十四、十五、十八、二十三、二十四、二十八、二十九、三十等十天,不吃荤腥,称"十斋"。一作"斗斋"。斗是二十八宿之一,信佛的人每逢斗降三八庚申、甲子本命日吃素,叫做"斗斋"。

②虔(qián)婆:犹言"贼婆",泛指凶恶、奸坏的妇女,这里指鸨母。

③落籍:脱籍,除名。妓女赎身脱离乐籍之后才可从良。

④罄(qìng):空,尽。

⑤行院:妓院的隐称。

⑥束装起身:结束(整理)衣装离开。

⑦作速:从速。

亲友们就不招架①。他们也见得是,道李公子是风流浪子,迷恋烟花,年许不归②,父亲都为他气坏在家。他今日抖然要回③,未知真假。倘或说骗盘缠到手,又去还脂粉钱④,父亲知道,将好意翻成恶意,始终只是一怪,不如辞了干净。便回道:"目今正值空乏⑤,不能相济,惭愧,惭愧!"人人如此,个个皆然,并没有个慷慨丈夫,肯统口许他一十二十两。

李公子一连奔走了三日,分毫无获,又不敢回决十娘⑥,权且含糊答应。到第四日又没想头,就羞回院中。平日间有了杜家,连下处也没有了,今日就无处投宿,只得往同乡柳监生寓所借歇。

柳遇春见公子愁容可掬,问其来历。公子将杜十娘愿嫁之情,备细说了。遇春摇首道:"未必,未必。那杜媺曲中第一名姬⑦,要从良时,怕没有十斛明珠⑧,千金聘礼。那鸨儿如何只要三百两?想鸨儿怪你无钱使用,白白占住他的女儿,设计打发你出门。那妇人与你相处已久,又碍却面皮,不好明言,明知你手内空虚,故意将三百两卖个人情,限你十日。若十日没有,你也不好上门;便上门时,他会说你笑你,落得一场亵渎⑨,自然安身不牢。此乃烟花逐客之计。足下三思,休被其惑。据弟愚意,不如早早开交为上⑩。"公子听说,半晌无言,心中疑惑不定。遇春又道:"足下莫要错了主意。你若真个还乡,不多几两盘费,还有人搭救;若是要三百两时,莫说十日,就是十个月也难。如今的世情,那肯顾'缓急'二字的!那烟花也算定你没处告债,故意设法难

①招架:接待,应酬。
②年许:一年多。
③抖然:突然。
④脂粉钱:嫖妓的花销。
⑤空乏:缺少。
⑥回决:回绝。
⑦曲:唐宋时妓女住的地方叫坊曲。曲中也就是指妓院里。
⑧斛(hú):五斗为一斛。
⑨亵渎:轻慢,侮辱。
⑩开交:分开,放手。

你。"公子道:"仁兄所见良是①。"口里虽如此说,心中割舍不下。依旧又往外边东央西告,只是夜里不进院门了。

公子在柳监生寓中,一连住了三日,共是六日了。杜十娘连日不见公子进院,十分着紧,就教小厮四儿街上去寻②。四儿寻到大街,恰好遇见公子。四儿叫道:"李姐夫,娘在家里望你。"公子自觉无颜,回复道:"今日不得功夫,明日来罢。"四儿奉了十娘之命,一把扯住,死也不放,道:"娘叫咱寻你,是必同去走一遭。"李公子心上也牵挂着婊子,没奈何,只得随四儿进院。见了十娘,嘿嘿无言③。十娘问道:"所谋之事如何?"公子眼中流下泪来。十娘道:"莫非人情淡薄,不能足三百之数么?"公子含泪而言,道出二句:

不信上山擒虎易,
果然开口告人难。

"一连奔走六日,并无铢两④,一双空手,羞见芳卿⑤,故此这几日不敢进院。今日承命呼唤,忍耻而来。非某不用心⑥,实是世情如此。"十娘道:"此言休使虔婆知道。郎君今夜且住⑦,妾别有商议。"十娘自备酒肴,与公子欢饮。睡至半夜,十娘对公子道:"郎君果不能办一钱耶⑧?妾终身之事,当如何也?"公子只是流涕,不能答一语。渐渐五更天晓。十娘道:"妾所卧絮褥内,藏有碎银一百五十两。此妾私蓄,郎君可持去。三百金,妾任其半,郎君亦谋其半,庶易为

①良是:很对。
②小厮:小僮。
③嘿嘿无言:默不作声。
④铢两:一点点银子。铢是两的二十四分之一。
⑤芳卿:男子对亲爱女子的称呼。
⑥某:这里是李甲自指。
⑦郎君:女子对男子的爱称。
⑧办:筹措。耶:疑问助词,近似于现代汉语的"吗"。

力①。限只四日，万勿迟误！"

十娘起身将褥付公子，公子惊喜过望，唤童儿持褥而去。径到柳遇春寓中，又把夜来之情与遇春说了。将褥拆开看时，絮中都裹着零碎银子，取出兑时②，果是一百五十两。遇春大惊道："此妇真有心人也。既系真情，不可相负，吾当代为足下谋之。"公子道："倘得玉成③，决不有负。"当下柳遇春留李公子在寓，自出头各处去借贷。两日之内，凑足一百五十两，交付公子道："吾代为足下告债，非为足下，实怜杜十娘之情也。"李甲拿了三百两银子，喜从天降，笑逐颜开，欣欣然来见十娘。刚是第九日，还不足十日。十娘问道："前日分毫难借，今日如何就有一百五十两？"公子将柳监生事情，又述了一遍。十娘以手加额道④："使吾二人得遂其愿者，柳君之力也！"两个欢天喜地，又在院中过了一晚。

次日十娘早起，对李甲道："此银一交，便当随郎君去矣。舟车之类，合当预备。妾昨日于姊妹中借得白银二十两，郎君可收下为行资也。"公子正愁路费无出，但不敢开口，得银甚喜。说犹未了，鸨儿恰来敲门叫道："媺儿，今日是第十日了。"公子闻叫，启户相延道⑤："承妈妈厚意，正欲相请。"便将银三百两放在桌上。鸨儿不料公子有银，嘿然变色⑥，似有悔意。十娘道："儿在妈妈家中八年，所致金帛⑦，不下数千金矣。今日从良美事，又妈妈亲口所订⑧，三百金不欠分毫，又不曾过期。倘若妈妈失信不许，郎君持银去，儿即刻自尽。恐那时人财

①庶易为力：大概才容易做到。
②兑：称量。
③玉成：成全。这里的玉有"美"的意思。
④以手加额：把手放在额头上，表示庆幸的动作。
⑤启户相延：开门请进。户，门。延，请。
⑥嘿然变色：哑口无言，变了脸色。
⑦所致金帛：所得到的金银绸缎。
⑧订：约定。

两失,悔之无及也①。"鸨儿无词以对。腹内筹画了半晌,只得取天平兑准了银子,说道:"事已如此,料留你不住了。只是你要去时,即今就去。平时穿戴衣饰之类,毫厘休想!"说罢,将公子和十娘推出房门,讨锁来就落了锁②。此时九月天气。十娘才下床,尚未梳洗,随身旧衣,就拜了妈妈两拜。李公子也作了一揖。一夫一妇,离了虔婆大门。

鲤鱼脱却金钩去,
摆尾摇头再不来。

公子教十娘且住片时③:"我去唤个小轿抬你,权往柳荣卿寓所去,再作道理。"十娘道:"院中诸姊妹平昔相厚④,理宜话别。况前日又承他借贷路费,不可不一谢也。"乃同公子到各姊妹处谢别。姊妹中惟谢月朗、徐素素与杜家相近,尤与十娘亲厚。十娘先到谢月朗家。月朗见十娘秃髻旧衫⑤,惊问其故。十娘备述来因,又引李甲相见。十娘指月朗道:"前日路资⑥,是此位姐姐所贷,郎君可致谢。"李甲连连作揖。月朗便教十娘梳洗,一面去请徐素素来家相会。十娘梳洗已毕,谢、徐二美人各出所有,翠钿金钏⑦,瑶簪宝珥⑧,锦袖花裙,鸾带绣履,把杜十娘装扮得焕然一新,备酒作庆贺筵席。月朗让卧房与李甲、杜媺二人过宿。次日,又大排筵席,遍请院中姊妹。凡十娘相厚者,无不毕集⑨,都与他夫妇把盏称喜⑩。吹弹歌舞,各逞其长,务要尽欢,直饮至夜分。十娘向众姊妹一一称谢。众姊妹道:"十

① 悔之无及:后悔也来不及。
② 落了锁:指锁上了。
③ 且住:暂停。片时:片刻,一会儿。
④ 平昔:平素,平时。
⑤ 秃髻:指发髻上没有插戴首饰。
⑥ 路资:犹"川资",路费。
⑦ 翠钿:镶嵌翡翠的首饰。金钏(chuàn):金镯子。
⑧ 瑶簪:玉簪。瑶,美玉。宝珥(ěr):镶嵌珠宝的耳环。
⑨ 毕集:都到。
⑩ 把盏(zhǎn):举杯。盏,酒盅。

姊为风流领袖，今从郎君去，我等相见无日。何日长行①，姊妹们尚当奉送。"月朗道："候有定期，小妹当来相报。但阿姊千里间关②，同郎君远去，囊箧萧条，曾无约束③，此乃吾等之事。当相与共谋之，勿令姊有穷途之虑也。"众姊妹各唯唯而散。

是晚，公子和十娘仍宿谢家。至五鼓，十娘对公子道："吾等此去，何处安身？郎君亦曾计议有定着否④？"公子道："老父盛怒之下，若知娶妓而归，必然加以不堪⑤，反致相累。展转寻思，尚未有万全之策。"十娘道："父子天性，岂能终绝？既然仓卒难犯⑥，不若与郎君于苏、杭胜地，权作浮居⑦。郎君先回，求亲友于尊大人面前劝解和顺，然后携妾于归⑧，彼此安妥。"公子道："此言甚当。"次日，二人起身辞了谢月朗，暂往柳监生寓中，整顿行装。杜十娘见了柳遇春，倒身下拜，谢其周全之德⑨："异日我夫妇必当重报。"遇春慌忙答礼道："十娘钟情所欢⑩，不以贫窭易心⑪，此乃女中豪杰。仆因风吹火⑫，谅区区何足挂齿！"三人又饮了一日酒。

次早，择了出行吉日，雇倩轿马停当⑬。十娘又遣童儿寄信，别谢月朗。临行之际，只见肩舆纷纷而至⑭，乃谢月朗与徐素素拉众姊妹来送行。月朗道："十姊从郎君千里间关，囊中消索⑮，吾等甚不能忘情。今合具薄赆⑯，十姊可检收，或长途空乏，亦可少助。"说罢，命从人挈一描金文具至前⑰，封锁甚固，正不知什么东西在里面。十娘也不开看，也不推辞，但殷勤作谢而已。须臾，舆马齐集，仆夫催促起身。柳监生三杯

①长行：远行。
②间关：行程辗转，道路艰险。
③约束：捆扎。这里是指准备。曾无约束，指全无准备。
④定着：确定的着落或办法。
⑤不堪：受不了，难以忍受。堪，忍耐。
⑥仓卒难犯：一时难以冒犯。
⑦浮居：流动住处。
⑧于归：古代称女子出嫁。语本《诗经·周南·汉广》："之子于归，宜其室家。"
⑨周全：周济，帮助。
⑩所欢：所爱的人。
⑪贫窭（jù）：贫穷。
⑫仆：旧时男子自称谦词。因风吹火：顺势帮忙、出力不大的意思。
⑬倩（qiàn）：请。
⑭肩舆：轿子。
⑮消索：空乏。
⑯赆（jìn）：赆仪。赠人路费或礼物。
⑰挈（qiè）：手提。文具：指文具箱或首饰箱。

别酒,和众美人送出崇文门外,各各垂泪而别。正是:

> 他日重逢难预必①,
> 此时分手最堪怜。

再说李公子同杜十娘行至潞河②,舍陆从舟。却好有瓜州差使船转回之便③,讲定船钱,包了舱口。比及下船时④,李公子囊中并无分文余剩。你道杜十娘把二十两银子与公子,如何就没了?公子在院中嫖得衣衫蓝缕,银子到手,未免在解库中取赎几件穿着⑤,又制办了铺盖,剩来只勾轿马之费。公子正当愁闷,十娘道:"郎君勿忧,众姊妹合赠,必有所济⑥。"乃取钥开箱。公子在傍,自觉惭愧,也不敢窥觑箱中虚实⑦。只见十娘在箱里取出一个红绢袋来,掷于桌上道:"郎君可开看之。"公子提在手中,觉得沉重,启而观之,皆是白银,计数整五十两。十娘仍将箱子下锁,亦不言箱中更有何物,但对公子道:"承众姊妹高情,不惟途路不乏,即他日浮寓吴越间⑧,亦可稍佐吾夫妻山水之费矣⑨。"公子且惊且喜道:"若不遇恩卿,我李甲流落他乡,死无葬身之地矣。此情此德,白头不敢忘也!"自此每谈及往事,公子必感激流涕,十娘亦曲意抚慰。一路无话。

不一日,行至瓜州,大船停泊岸口,公子别雇了民船,安放行李。约明日侵晨⑩,剪江而渡⑪。其时仲冬中旬⑫,月明如水,公子和十娘坐于舟首。公子道:"自出都门,困守一舱之中,四顾有人,未得畅语。今日

① 预必:预料,预先肯定。
② 潞河:在今北京市通州区境内,为大运河的北端。
③ 瓜州:在今江苏省扬州市南,是大运河和长江交会的地方。
④ 比及:等到。
⑤ 解库:典当铺。
⑥ 济:帮助。
⑦ 窥觑:偷看。
⑧ 吴越间:指苏、杭一带。
⑨ 佐:助。山水之费:游山玩水的费用。
⑩ 侵晨:凌晨。
⑪ 剪江而渡:横江而渡。
⑫ 仲冬:农历十一月。

独据一舟，更无避忌。且已离塞北，初近江南，宜开怀畅饮，以舒向来抑郁之气。恩卿以为何如？"十娘道："妾久疏谈笑①，亦有此心。郎君言及，足见同志耳②。"公子乃携酒具于船首，与十娘铺毡并坐，传杯交盏。饮至半酣，公子执卮对十娘道③："恩卿妙音，六院推首④。某相遇之初，每闻绝调⑤，辄不禁神魂之飞动⑥。心事多违⑦，彼此郁郁，鸾鸣凤奏⑧，久矣不闻。今清江明月，深夜无人，肯为我一歌否？"十娘兴亦勃发，遂开喉顿嗓，取扇按拍，呜呜咽咽，歌出元人施君美《拜月亭》⑨杂剧上"状元执盏与婵娟"一曲，名《小桃红》。真个：

　　　声飞霄汉云皆驻⑩，
　　　响入深泉鱼出游。

　　却说他舟有一少年，姓孙名富，字善赉⑪，徽州新安人氏⑫。家资巨万，积祖扬州种盐⑬。年方二十，也是南雍中朋友。生性风流，惯向青楼买笑，红粉追欢，若嘲风弄月，到是个轻薄的头儿。事有偶然，其夜亦泊舟瓜州渡口，独酌无聊，忽听得歌声嘹亮，风吟鸾吹，不足喻其美。起立船头，伫听半晌⑭，方知声出邻舟。正欲相访，音响倏已寂然⑮。乃遣仆者潜窥踪迹⑯，访于舟人。但晓得是李相公雇的船，并不知歌者来历。孙富想道："此歌者必非良家，怎生得他一见？"展转寻思，通宵不寐。捱至五更，忽闻江风大作。及晓，彤云密布⑰，狂雪飞舞。怎见得，有诗为证：

①疏：少。
②同志：志趣相同。
③卮（zhī）：酒杯。
④六院：明初南京妓院聚集的地方，后成为一般妓院的代称。
⑤绝调：绝妙的歌声。
⑥辄：每每，常常。
⑦心事多违：事情多不能如愿。
⑧鸾鸣凤奏：形容歌曲的美妙动听。
⑨《拜月亭》：相传为元代施君美所作的南戏，又名《幽闺记》。下文所说的"小桃红"曲见该戏第四十三折。
⑩霄汉：高空。
⑪赉（lài）：赏赐。
⑫徽州新安：即今安徽歙县。
⑬积祖：祖传，累代。种盐：制盐。旧时盐产（晒）自盐田，故制盐称"种"。
⑭伫（zhù）：长时间站立。
⑮倏（shū）：很快，指时间极短。
⑯潜窥：偷看。
⑰彤云：浓云。

千山云树灭,万径人踪绝。
扁舟蓑笠翁,独钓寒江雪①。

因这风雪阻渡,舟不得开。孙富命艄公移船②,泊于李家舟之傍。孙富貂帽狐裘,推窗假作看雪。值十娘梳洗方毕,纤纤玉手揭起舟傍短帘,自泼盂中残水③。粉容微露,却被孙富窥见了,果是国色天香。魂摇心荡,迎眸注目,等候再见一面,杳不可得④。沉思久之,乃倚窗高吟高学士⑤《梅花诗》二句,道:

雪满山中高士卧,
月明林下美人来。

李甲听得邻舟吟诗,舒头出舱⑥,看是何人。只因这一看,正中了孙富之计。孙富吟诗,正要引李公子出头,他好乘机攀话。当下慌忙举手,就问:"老兄尊姓何讳⑦?"李公子叙了姓名乡贯,少不得也问那孙富。孙富也叙过了。又叙了些太学中的闲话,渐渐亲熟。孙富便道:"风雪阻舟,乃天遣与尊兄相会,实小弟之幸也。舟次无聊⑧,欲同尊兄上岸,就酒肆中一酌,少领清诲⑨,万望不拒。"公子道:"萍水相逢,何当厚扰?"孙富道:"说那里话!'四海之内,皆兄弟也。'"喝教艄公打跳⑩,童儿张伞,迎接公子过船,就于船头作揖。然后让公子先行,自己随后,各各登跳上涯⑪。

行不数步,就有个酒楼。二人上楼,拣一副洁净座头⑫,靠窗而坐。酒保列上酒肴。孙富举杯相劝,二人赏雪饮酒。先说些斯文

① 蓑笠翁:身穿蓑衣、头戴笠帽的老渔翁。此诗系改窜柳宗元《江雪》诗而成,文字有出入。
② 艄公:舵手。
③ 盂(yú):敞口浅盆。
④ 杳(yǎo):无影无踪。
⑤ 高学士:明代诗人高启,曾为翰林院编修,故称高学士。
⑥ 舒头:伸头。
⑦ 讳:名讳,名。
⑧ 舟次:坐船旅行途中。
⑨ 清诲:清明的教诲。这是邀人攀谈时的客气话。
⑩ 打跳:放跳板。跳,跳板,上下船的木板。
⑪ 上涯:上岸。
⑫ 座头:座位。

中套话①,渐渐引入花柳之事。二人都是过来之人,志同道合,说得入港②,一发成相知了。孙富屏去左右③,低低问道:"昨夜尊舟清歌者,何人也?"李甲正要卖弄在行,遂实说道:"此乃北京名姬杜十娘也。"孙富道:"既系曲中姊妹,何以归兄?"公子遂将初遇杜十娘,如何相好,后来如何要嫁,如何借银讨他,始末根由,备细述了一遍。孙富道:"兄携丽人而归,固是快事,但不知尊府中能相容否?"公子道:"贱室不足虑④,所虑者老父性严⑤,尚费踌躇耳⑥!"孙富将机就机,便问道:"既是尊大人未必相容,兄所携丽人,何处安顿?亦曾通知丽人,共作计较否?"公子攒眉而答道⑦:"此事曾与小妾议之。"孙富欣然问道:"尊宠必有妙策⑧。"公子道:"他意欲侨居苏杭,流连山水⑨。使小弟先回,求亲友宛转于家君之前⑩,俟家君回嗔作喜,然后图归。高明以为何如⑪?"孙富沉吟半晌,故作愀然之色⑫,道:"小弟乍会之间⑬,交浅言深⑭,诚恐见怪。"公子道:"正赖高明指教,何必谦逊?"孙富道:"尊大人位居方面⑮,必严帷薄之嫌⑯,平时既怪兄游非礼之地,今日岂容兄娶不节之人?况且贤亲贵友,谁不迎合尊大人之意者?兄枉去求他,必然相拒。就有个不识时务的进言于尊大人之前,见尊大人意思不允,他就转口了。兄进不能和睦家庭,退无词以回复尊宠。即使留连山水,亦非长久之计。万一资斧困竭⑰,岂不进退两难!"

公子自知手中只有五十金,此时费去大半,说到资斧困竭,进退两难,不觉点头道

①斯文中套话:读书人的客套话。
②入港:说话投机。
③屏(bǐng)去左右:让旁边跟随的人走开。
④贱室:在别人面前对自己妻子的谦称。
⑤性严:生性严厉。
⑥踌躇(chóu chú):本指犹豫不决、拿不定主意。这里有"思虑"的意思。
⑦攒(cuán)眉:皱着眉头。
⑧尊宠:对人小妾的客气称呼。
⑨流连:尽情赏玩。
⑩宛转:委宛劝转。家君:家父,父亲。
⑪高明:对人的尊称。
⑫愀(qiǎo)然:神色忧愁的样子。
⑬乍会:初次见面。
⑭交浅言深:交情浅,言语深。指所谈与交情不搭配。
⑮方面:方面官,封疆大臣,掌管一个地区的最高行政长官。李甲的父亲任布政使,是明代省级最高官,故称位居方面。
⑯帷薄之嫌:指不合封建礼法的男女交往。帷薄,帷幔和帘子,是区隔内外室的物件。
⑰资斧:旅费。

是。孙富又道："小弟还有句心腹之谈，兄肯俯听否？"公子道："承兄过爱，更求尽言。"孙富道："疏不间亲①，还是莫说罢。"公子道："但说何妨。"孙富道："自古道：'妇人水性无常。'况烟花之辈，少真多假。他既系六院名姝②，相识定满天下；或者南边原有旧约，借兄之力，挈带而来③，以为他适之地④。"公子道："这个恐未必然。"孙富道："既不然，江南子弟，最工轻薄⑤。兄留丽人独居，难保无逾墙钻穴之事⑥。若挈之同归，愈增尊大人之怒。为兄之计，未有善策。况父子天伦⑦，必不可绝。若为妾而触父，因妓而弃家，海内必以兄为浮浪不经之人⑧。异日妻不以为夫，弟不以为兄，同袍不以为友⑨，兄何以立于天地之间？兄今日不可不熟思也！"

公子闻言，茫然自失，移席问计⑩："据高明之见，何以教我？"孙富道："仆有一计，于兄甚便。只恐兄溺枕席之爱⑪，未必能行，使仆空费词说耳！"公子道："兄诚有良策，使弟再睹家园之乐，乃弟之恩人也，又何惮而不言耶⑫？"孙富道："兄飘零岁余，严亲怀怒⑬，闺阁离心⑭。设身以处兄之地，诚寝食不安之时也。然尊大人所以怒兄者，不过为迷花恋柳，挥金如土，异日必为弃家荡产之人，不堪承继家业耳。兄今日空手而归，正触其怒。兄倘能割衽席之爱⑮，见机而作，仆愿以千金相赠。兄得千金以报尊大人，只说在京授馆⑯，并不曾浪费分毫，尊大人必然相信。从此家庭和睦，当无间言⑰。须臾之间，转祸为福。兄请三思。仆非贪丽人之色，实为兄效忠于万一也。"

① 疏不间（jiàn）亲：关系疏远的人不参与关系亲密者之间的事情。
② 姝（shū）：美貌女子，美色。
③ 挈（qiè）带：携带，带领。
④ 以为他适之地：作为另投所好的立足之地。适，去、到。地，余地、跳板之意。
⑤ 工：善于。
⑥ 逾墙钻穴：跳墙钻洞，指勾引妇女、偷情幽会之类的事情。
⑦ 天伦：封建时代认为人伦合于天，故称天伦。
⑧ 浮浪不经：放荡，不检点。
⑨ 同袍：这里是同事、朋友的意思。
⑩ 移席：移近座位。
⑪ 枕席之爱：指男女之爱。下文"衽席之爱"意同。
⑫ 惮（dàn）：害怕。
⑬ 严亲：指父亲。
⑭ 闺阁：这里指李甲家中的妻子。
⑮ 衽席之爱：男女之爱。这里指对杜十娘的爱。衽席，睡席。
⑯ 授馆：在官绅家做家庭教师。
⑰ 间（jiàn）言：嫌隙之言，闲言碎语。

李甲原是没主意的人，本心惧怕老子，被孙富一席话，说透胸中之疑，起身作揖道："闻兄大教，顿开茅塞。但小妾千里相从，义难顿绝，容归与商之。得妾心肯①，当奉复耳。"孙富道："说话之间，宜放婉曲。彼既忠心为兄，必不忍使兄父子分离，定然玉成兄还乡之事矣。"二人饮了一回酒，风停雪止，天色已晚。孙富教家僮算还了酒钱，与公子携手下船。正是：

逢人且说三分话，
未可全抛一片心。

却说杜十娘在舟中，摆设酒果，欲与公子小酌，竟日未回②，挑灯以待。公子下船，十娘起迎。见公子颜色匆匆③，似有不乐之意，乃满斟热酒劝之。公子摇首不饮，一言不发，竟自床上睡了。十娘心中不悦，乃收拾杯盘，为公子解衣就枕，问道："今日有何见闻④，而怀抱郁郁如此⑤？"公子叹息而已，终不启口。问了三四次，公子已睡去了。十娘委决不下⑥，坐于床头而不能寐。到夜半，公子醒来，又叹一口气。十娘道："郎君有何难言之事，频频叹息？"公子拥被而起，欲言不语者几次，扑簌簌掉下泪来。十娘抱持公子于怀间，软言抚慰道："妾与郎君情好，已及二载，千辛万苦，历尽艰难，得有今日。然相从数千里，未曾哀戚⑦。今将渡江，方图百年欢笑，如何反起悲伤？必有其故。夫妇之间，死生相共，有事尽可商量，万勿讳也⑧。"

公子再四被逼不过，只得含泪而言道：

①心肯：心里愿意。
②竟日：一整天。竟，终完。
③颜色匆匆：脸上表现出有某种急事的表情。
④有何见闻：听到、看到了什么，指发生了什么事情。
⑤怀抱郁郁：心情郁闷，不开心。如此：这样，到这种地步。
⑥委决不下：指放不下。
⑦哀戚：悲伤。
⑧讳：隐瞒。

"仆天涯穷困,蒙恩卿不弃,委曲相从,诚乃莫大之德也。但反复思之,老父位居方面,拘于礼法,况素性方严①,恐添嗔怒,必加黜逐②。你我流荡,将何底止③?夫妇之欢难保,父子之伦又绝。日间蒙新安孙友邀饮,为我筹及此事,寸心如割!"十娘大惊道:"郎君意将如何?"公子道:"仆事内之人,当局而迷④。孙友为我画一计颇善,但恐恩卿不从耳!"十娘道:"孙友者何人?计如果善,何不可从?"公子道:"孙友名富,新安盐商,少年风流之士也。夜间闻子清歌⑤,因而问及。仆告以来历,并谈及难归之故,渠意欲以千金聘汝⑥。我得千金,可借口以见吾父母,而恩卿亦得所天⑦。但情不能舍,是以悲泣。"说罢,泪如雨下。十娘放开两手,冷笑一声道:"为郎君画此计者,此人乃大英雄也!郎君千金之资既得恢复,而妾归他姓,又不致为行李之累⑧,发乎情,止乎礼⑨,诚两便之策也。那千金在那里?"公子收泪道:"未得恩卿之诺⑩,金尚留彼处,未曾过手。"十娘道:"明早快快应承了他,不可挫过机会。但千金重事,须得兑足,交付郎君之手,妾始过舟,勿为贾竖子所欺⑪。"

时已四鼓,十娘即起身挑灯梳洗道:"今日之妆,乃迎新送旧,非比寻常。"于是脂粉香泽,用意修饰,花钿绣袄,极其华艳,香风拂拂,光彩照人。装束方完,天色已晓。孙富差家童到船头候信。十娘微窥公子,欣欣似有喜色,乃催公子快去回话,及早兑足银子。公子亲到孙富船中,回复依允。

①方严:方正、严厉。
②黜(chù)逐:驱赶出去。
③底止:到底,收场。
④当局而迷:即当局者迷。
⑤子:您。
⑥渠:他。
⑦所天:指丈夫。旧时有"妻以夫为天"之说。
⑧行李之累:旅途中的累赘。
⑨发乎情,止乎礼:始于情感,止于礼制。这是封建时代对男女关系的基本要求。
⑩诺:应允。
⑪贾(gǔ)竖子:做买卖的小子。

孙富道："兑银易事，须得丽人妆台为信①。"公子又回复了十娘，十娘即指描金文具道："可便抬去。"孙富喜甚。即将白银一千两，送到公子船中。十娘亲自检看，足色足数②，分毫无爽③，乃手把船舷，以手招孙富。孙富一见，魂不附体。

十娘启朱唇，开皓齿道："方才箱子可暂发来④，内有李郎路引一纸⑤，可检还之也。"孙富视十娘已为瓮中之鳖，即命家童送那描金文具，安放船头之上。十娘取钥开锁，内皆抽替小箱⑥。十娘叫公子抽第一层来看，只见翠羽明珰⑦，瑶簪宝珥，充牣于中⑧，约值数百金。十娘遽投之江中⑨。李甲与孙富及两船之人，无不惊诧。又命公子再抽一箱，乃玉箫金管；又抽一箱，尽古玉紫金玩器，约值数千金。十娘尽投之于大江中。岸上之人，观者如堵。齐声道："可惜，可惜！"正不知什么缘故。最后又抽一箱，箱中复有一匣。开匣视之，夜明之珠约有盈把⑩。其他祖母绿⑪、猫儿眼⑫，诸般异宝，目所未睹，莫能定其价之多少。众人齐声喝彩，喧声如雷。十娘又欲投之于江。李甲不觉大悔，抱持十娘恸哭，那孙富也来劝解。

十娘推开公子在一边，向孙富骂道："我与李郎备尝艰苦，不是容易到此。汝以奸淫之意，巧为谗说⑬，一旦破人姻缘⑭，断人恩爱，乃我之仇人。我死而有知，必当诉之神明，尚妄想枕席之欢乎！"又对李甲道："妾风尘数年⑮，私有所积，本为终身之计。自遇郎君，山盟海誓，白首不渝⑯。前出都之际，假托众姊妹相赠，箱中韫藏百宝⑰，

①妆台：指嫁妆。
②色：这里是指银子的成色。
③不爽：不差，没有差错。爽，差错。
④发来：送过来。
⑤路引：行路的执照，犹今之通行证。此处指国子监发给的回籍证。
⑥抽替：即抽屉。
⑦翠羽明珰：翡翠首饰，明珠耳环。
⑧充牣（rèn）：充满。
⑨遽（jù）：急，骤然。
⑩盈把：满满的一把。
⑪祖母绿：一种通体透明的绿宝石。
⑫猫儿眼：一种内现折光、状似猫眼的黄宝石。
⑬巧为谗说：巧进谗言。
⑭一旦：一下子。
⑮风尘：这里是指妓女生涯。
⑯自首不渝（yú）：白头到老不变心。渝，改变。
⑰韫（yùn）：藏。

不下万金。将润色郎君之装①，归见父母，或怜妾有心，收佐中馈②，得终委托③，生死无憾。谁知郎君相信不深④，惑于浮议⑤，中道见弃⑥，负妾一片真心。今日当众目之前，开箱出视，使郎君知区区千金，未为难事。妾椟中有玉⑦，恨郎眼内无珠。命之不辰⑧，风尘困瘁⑨，甫得脱离⑩，又遭弃捐⑪。今众人各有耳目，共作证明，妾不负郎君，郎君自负妾耳！"于是众人聚观者，无不流涕，都唾骂李公子负心薄幸⑫。公子又羞又苦，且悔且泣，方欲向十娘谢罪。十娘抱持宝匣，向江心一跳。众人急呼捞救，但见云暗江心，波涛滚滚，杳无踪影。可惜一个如花似玉的名姬，一旦葬于江鱼之腹！

　　　　三魂渺渺归水府⑬，
　　　　七魄悠悠入冥途⑭。

当时旁观之人，皆咬牙切齿，争欲拳殴李甲和那孙富。慌得李、孙二人手足无措，急叫开船，分途遁去。李甲在舟中，看了千金，转忆十娘，终日愧悔，郁成狂疾，终身不痊⑮。孙富自那日受惊，得病卧床月余，终日见杜十娘在傍诟骂⑯，奄奄而逝。人以为江中之报也。

却说柳遇春在京坐监完满，束装回乡，停舟瓜步⑰。偶临江净脸，失坠铜盆于水，觅渔人打捞。及至捞起，乃是个小匣儿。遇春启匣观看，内皆明珠异宝，无价之珍。遇春厚赏渔人，留于床头把玩。是夜梦见江中一女子，凌波而来⑱，视之，乃杜十娘也。近前万福，诉以李郎薄幸之事，又道："向

① 润色：装点，充实。
② 收佐中馈（kuì）：收留下来帮着料理饮食。中馈，指料理饮食，因此也作为妻子的代称。佐中馈，指做妾。
③ 终：终身。委托：指依靠。
④ 相信：信任。
⑤ 浮议：没有根底的话。
⑥ 中道见弃：半路上被抛弃。
⑦ 椟（dú）中：箱柜里。
⑧ 不辰：生不逢时，时运不好。
⑨ 困瘁（cuì）：困顿、劳苦。
⑩ 甫：刚刚。脱离：指离开妓院。
⑪ 弃捐：抛弃。
⑫ 薄幸：薄情。
⑬ 水府：水中之府。
⑭ 冥途：到阴间的路途。
⑮ 痊（quán）：病愈。
⑯ 诟（gòu）骂：辱骂。
⑰ 瓜步：瓜步镇，在江苏省六合县南瓜步山下。
⑱ 凌波：踏波在水上行走。

承君家慷慨，以一百五十金相助。本意息肩之后①，徐图报答，不意事无终始②。然每怀盛情，悒悒未忘③。早间曾以小匣托渔人奉致，聊表寸心，从此不复相见矣。"言讫，猛然惊醒，方知十娘已死，叹息累日④。

后人评论此事，以为孙富谋夺美色，轻掷千金，固非良士；李甲不识杜十娘一片苦心，碌碌蠢才，无足道者。独谓十娘千古女侠，岂不能觅一佳侣，共跨秦楼之凤⑤，乃错认李公子，明珠美玉，投于盲人，以致恩变为仇，万种恩情，化为流水，深可惜也！有诗叹云：

  不会风流莫妄谈，
  单单情字费人参⑥。
  若将情字能参透，
  唤作风流也不惭。

①息肩：放下担子，这里指过上安定的生活。
②终始：终结，意思是说没有好结果。
③悒悒（yì）：愁闷的样子。
④累日：连日，多日。
⑤共跨秦楼之凤：相传春秋时萧史擅长吹箫，秦穆公把女儿弄玉嫁给了他。夫妻一同住在楼上，恩爱非常。一天，他们正在吹箫，招来了赤龙、紫凤，他们遂一同乘龙跨凤，升天而去。此处用以比喻夫妇的和谐美满。
⑥参：参详，理解。

卖油郎独占花魁

《醒世恒言》

【题解】

　　本篇选自《醒世恒言》第三卷，也是我国古典白话小说的杰作。小说写烟花女子莘瑶琴和小本商人秦重的爱情故事，突破了才子佳人的套路。作品肯定了小人物追求真正爱情和幸福生活的精神，赞扬了他们的纯朴善良和平凡高尚。小说对两主人公交替描写，情节近于双线发展，这在古典短篇小说中极为少见。人物形象的塑造也比较细腻丰满。

　　　　年少争夸风月①，场中波浪偏多。
　　有钱无貌意难和，有貌无钱不可。
　　　　就是有钱有貌，还须着意揣摩②。知情识趣俏哥哥，此道谁人赛我③。

　　这首词名为《西江月》，是风月机关中最要之论④。常言道："妓爱俏，妈爱钞⑤。"所以子弟行中⑥，有了潘安般貌⑦，邓通般钱⑧，自然上和下睦，做得烟花寨内的大王，鸳鸯会上的主盟⑨。然虽如此，还有个两字经儿，叫做帮衬。帮者，如鞋之有帮；衬者，如衣之有衬。但凡做小娘的⑩，有一分所长，得人衬贴，就当十分。若有短处，曲意替他遮护，更兼低声下气，送暖偷寒，逢其所喜，避其所讳，以情度情，岂有不爱之理。这叫做帮衬。风月场中，只有会帮衬的最讨便宜，无貌而有貌，无钱而有钱。假如郑元和在卑田院做了乞儿⑪，此时囊箧俱空，容颜非旧，李亚仙于雪天遇之，便动了一个恻隐之心，将绣襦包裹⑫，美食供养，与他做了夫妻。这岂是爱他之钱，恋他之貌？只

① 风月：一般是指男女之情，这里专指妓院中事。
② 着意：用心。
③ 此道：指嫖客的"知情识趣"，即下文的"帮衬"。
④ 风月机关：指妓院。
⑤ 妈：指鸨母，行中俗称妈妈。
⑥ 子弟：这里专指嫖客。
⑦ 潘安：潘岳，字安仁，晋代人。《晋书》说他"美姿仪"，后世用以指代美貌男子。
⑧ 邓通：汉文帝的宠臣，家室巨富。
⑨ 烟花寨、鸳鸯会：均指情场。
⑩ 小娘：妓女。
⑪ 卑田院：收容乞丐的场所。
⑫ 绣襦（rú）：绣花袄。

为郑元和识趣知情,善于帮衬,所以亚仙心中舍他不得。你只看亚仙病中想马板肠汤吃①,郑元和就把个五花马杀了,取肠煮汤奉之。只这一节上,亚仙如何不念其情?后来郑元和中了状元,李亚仙封做汧国夫人。莲花落打出万年策②,卑田院只做了白玉堂③。一床锦被遮盖,风月场中反为美谈。这是:

运退黄金失色,时来铁也生光。

话说大宋自太祖开基④,太宗嗣位⑤,历传真、仁、英、神、哲⑥,共是七代帝王,都则偃武修文⑦,民安国泰。到了徽宗道君皇帝⑧,信任蔡京⑨、高俅⑩、杨戬⑪、朱勔之徒⑫,大兴苑囿⑬,专务游乐,不以朝政为事。以致万民嗟怨,金虏乘之而起⑭,把花锦般一个世界,弄得七零八落。直至二帝蒙尘⑮,高宗泥马渡江⑯,偏安一隅,天下分为南北,方得休息。其中数十年,百姓受了多少苦楚。正是:

甲马丛中立命,刀枪队里为家。
杀戮如同戏耍,抢夺便是生涯。

内中单表一人,乃汴梁城外安乐村居住⑰,姓莘,名善,浑家阮氏。夫妻两口,开个六陈铺儿⑱。虽则粜米为生,一应麦豆茶酒油盐杂货,无所不备,家道颇颇得过⑲。年过四旬,止生一女,小名叫做瑶琴。自小生得清秀,更且资性聪明。七岁上,送在村学中读书,日诵千言。十岁时,便能吟诗作

①板肠:大肠。
②莲花落:乞丐打的快板。
③白玉堂:豪华的官邸。
④太祖:宋太祖赵匡胤。
⑤太宗:宋太宗赵光义。
⑥真、仁、英、神、哲:即宋真宗赵恒、仁宗赵祯、英宗赵曙、神宗赵顼、宋哲宗赵煦。
⑦偃(yǎn)武修文:停止武备,大兴文教。
⑧道君皇帝:宋徽宗赵佶崇奉道教,自称。
⑨蔡京:宋徽宗时权臣,曾四次为相。
⑩高俅:宋徽宗时宠臣,官至太尉。
⑪杨戬:宋徽宗时弄权的太监。
⑫朱勔(miǎn):宋徽宗时宠臣,官至防御史。
⑬苑囿(yòu):园林。
⑭金虏:对金人的辱称。
⑮二帝蒙尘:指公元1127年徽、钦二帝被金人所掳之事。
⑯高宗泥马渡江:民间传说二帝蒙尘之后,徽宗之子赵构(康王,后为南宋高宗)被追得到处奔逃,有一次骑着崔府君庙里的泥马渡过长江,才得脱险。
⑰汴梁:北宋京城汴京,亦称东京。
⑱六陈铺儿:粮食店。
⑲颇颇:相当。

赋。曾有《闺情》一绝，为人传诵。诗云：

> 朱帘寂寂下金钩①，
> 香鸭沉沉冷画楼②。
> 移枕怕惊鸳并宿，
> 挑灯偏惜蕊双头③。

到十二岁，琴棋书画，无所不通。若题起女工一事，飞针走线，出入意表。此乃天生伶俐，非教习之所能也。

莘善因为自家无子，要寻个养女婿，来家靠老。只因女儿灵巧多能，难乎其配。所以求亲者颇多，都不曾许。不幸遇了金虏猖獗，把汴梁城围困，四方勤王之师虽多④，宰相主了和议，不许厮杀。以致虏势愈甚，打破了京城，劫迁了二帝。那时城外百姓，一个个亡魂丧胆，携老扶幼，弃家逃命。

却说莘善领着浑家阮氏，和十二岁的女儿，同一般逃难的，背着包裹，结队而走。忙忙如丧家之犬，急急如漏网之鱼。担渴担饥担劳苦，此行谁是家乡？叫天叫地叫祖宗，惟愿不逢鞑虏⑤。正是：

> 宁为太平犬，莫作乱离人！

正行之间，谁想鞑子到不曾遇见，却逢着一阵败残的官兵。他看见许多逃难的百姓，多背得有包裹，假意呐喊道："鞑子来了！"沿路放起一把火来。此时天色将晚，吓得众百姓落荒乱窜，你我不相顾。他就乘机抢掠，若不肯与他，就杀害了。这是乱中生乱，苦上加苦。

①朱帘：红色的帘子。金钩：挂帘子的钩子。
②香鸭：一种鸭形的熏炉。
③蕊：这里指灯蕊。油灯或蜡烛点久了灯芯结碳（称灯花），影响光亮，故要挑掉灯花。蕊双头，指灯芯出了两叉的蕊。
④勤王之师：援救皇帝的驻外军队。勤王，起兵为王室平乱。
⑤鞑虏：与下文的"鞑子"都是指金人。

却说莘氏瑶琴,被乱军冲突①,跌了一交,爬起来,不见了爹娘。不敢叫唤,躲在道傍古墓之中,过了一夜。到天明,出外看时,但见满目风沙,死尸横路。昨日同时避难之人,都不知所往。瑶琴思念父母,痛哭不已。欲待寻访,又不认得路径。只得望南而行,哭一步,捱一步②。约莫走了二里之程③,心上又苦,腹中又饥。望见土房一所,想必其中有人,欲待求乞些汤饮④。及至向前,却是破败的空屋,人口俱逃难去了。瑶琴坐于土墙之下,哀哀而哭。

自古道:"无巧不成话。"恰好有一人从墙下而过。那人姓卜,名乔,正是莘善的近邻。平昔是个游手游食⑤,不守本分,惯吃白食、用白钱的主儿⑥,人都称他是卜大郎。也是被官军冲散了同伙,今日独自而行。听得啼哭之声,慌忙来看。瑶琴自小相认,今日患难之际,举目无亲,见了近邻,分明见了亲人一般,即忙收泪,起身相见,问道:"卜大叔,可曾见我爹妈么?"卜乔心中暗想:"昨日被官军抢去包裹,正没盘缠。天生这碗衣饭,送来与我,正是奇货可居⑦。"便扯个谎,道:"你爹和妈,寻你不见,好生痛苦。如今前面去了,分付我道:'倘或见我女儿,千万带了他来,送还了我。'许我厚谢。"瑶琴虽是聪明,正当无可奈何之际,"君子可欺以其方"⑧,遂全然不疑,随着卜乔便走。正是:

情知不是伴,事急且相随。

卜乔将随身带的干粮,把些与他吃了,

① 冲突:冲撞,驱赶。突,触,碰。
② 捱(ái):同"挨"。
③ 约莫:大概,大约。
④ 汤:热水。
⑤ 游手游食:游手好闲,到处蹭饭吃。
⑥ 吃白食、用白钱:白吃别人的东西,白用别人的钱。
⑦ 奇货可居:把名贵的货物屯积起来以待高价卖出。这里是说卜乔遇上瑶琴,好比得了一宗奇货。居,积蓄。
⑧ 君子可欺以其方:由"君子可欺其以方,不可欺其以道"化用而来,是说在原则问题上欺骗不了君子,但如果用巧妙手段(方)把情节编得入情入理,聪明人也会被蒙骗。

分付道:"你爹妈连夜走的,若路上不能相遇,直要过江到建康府①,方可相会。一路上同行,我权把你当女儿,你权叫我做爹。不然,只道我收留迷失子女,不当稳便②。"瑶琴依允。从此陆路同步,水路同舟,爹女相称。到了建康府,路上又闻得金兀术四太子③,引兵渡江,眼见得建康不得宁息。又闻得康王即位,已在杭州驻跸④,改名临安,遂趁船到润州⑤。过了苏、常、嘉、湖⑥,直到临安地面,暂且饭店中居住。

也亏卜乔,自汴京至临安,三千余里,带那莘瑶琴下来。身边藏下些散碎银两,都用尽了。连身上外盖衣服⑦,脱下准了店钱⑧。止剩得莘瑶琴一件活货,欲行出脱⑨。访得西湖上烟花王九妈家要讨养女⑩,遂引九妈到店中,看货还钱。九妈见瑶琴生得标致,讲了财礼五十两。卜乔兑足了银子,将瑶琴送到王家。

原来卜乔有智,在王九妈前,只说:"瑶琴是我亲生之女,不幸到你门户人家⑪,须是软款的教训⑫,他自然从顺,不要性急。"在瑶琴面前,又说:"九妈是我至亲,权时把你寄顿他家。待我从容访知你爹妈下落,再来领你。"以此,瑶琴欣然而去。

　　可怜绝世聪明女,
　　堕落烟花罗网中。

王九妈新讨了瑶琴,将他浑身衣服,换个新鲜,藏于曲楼深处⑬,终日好茶好饭去将息他⑭,好言好语去温暖他。瑶琴既来之,

①建康:即今江苏南京。
②不当稳便:不大妥当。
③金兀术(zhú)四太子:完颜宗弼,本名斡啜,又作兀术,金太祖第四子。曾屡次带兵侵宋。江南呼为四太子。
④驻跸(bì):皇帝在京城之外临时止宿叫驻跸。
⑤润州:即今江苏省镇江市。
⑥苏、常、嘉、湖:苏州、常州(现属江苏省)、嘉兴、湖州(现属浙江省)。实际路线顺序应是常、苏、湖、嘉。
⑦外盖衣服:穿在外面的衣服。
⑧准:等价抵偿。
⑨出脱:脱手,卖出。
⑩烟花:妓女。养女:妓院里老鸨与妓女以母女相称,故此处养女即妓女。
⑪门户人家:指妓院。
⑫软款:温柔和缓。
⑬曲楼:有曲折(拐弯)的楼。
⑭茶:这里指莱肴。民间常把饮食称为"茶饭"。将息:调养。

则安之。住了几日,不见卜乔回信。思量爹妈①,噙着两行珠泪,问九妈道:"卜大叔怎不来看我?"九妈道:"那个卜大叔?"瑶琴道:"便是引我到你家的那个卜大郎。"九妈道:"他说是你的亲爹。"瑶琴道:"他姓卜,我姓莘。"遂把汴梁逃难,失散了爹妈,中途遇见了卜乔,引到临安,并卜乔哄他的说话,细述一遍。九妈道:"原来恁地②。你是个孤身女儿,无脚蟹③。我索性与你说明罢。那姓卜的把你卖在我家,得银五十两去了。我们是门户人家,靠着粉头过活④。家中虽有三四个养女,并没个出色的。爱你生得齐整⑤,把做个亲女儿相待。待你长成之时,包你穿好吃好,一生受用⑥。"瑶琴听说,方知被卜乔所骗,放声大哭。九妈劝解,良久方止。自此九妈将瑶琴改做王美,一家都称为美娘,教他吹弹歌舞⑦,无不尽善⑧。长成一十四岁,娇艳非常。临安城中,这些富豪公子,慕其容貌,都备着厚礼求见。也有爱清标的⑨,闻得他写作俱高⑩,求诗求字的,日不离门。弄出天大的名声出来,不叫他美娘,叫他做花魁娘子⑪。西湖上子弟编出一只《挂枝儿》⑫,单道那花魁娘子的好处:

  小娘中,谁似得王美儿的标致,又会写,又会画,又会做诗,吹弹歌舞都余事。常把西湘比西子,就是西子比他也还不如。那个有福的汤着他身儿⑬,也情愿一个死!

只因王美有了个盛名,十四岁上,就有

①思量:想念。
②恁地:这样。
③无脚蟹:比喻无法行动。这里形容无依无靠的人。
④粉头:妓女。
⑤齐整:端正,好看。
⑥受用:享受。
⑦吹弹:吹指演奏管乐器,弹指演奏弦乐器。
⑧尽善:都好。这里的善指娴熟、出色。
⑨清标:高雅的追求。
⑩写作:指写字、作诗。
⑪花魁:本指女中魁首,这里指妓院中居首位的名妓。
⑫《挂枝儿》:明代民间小曲。略同于唐代的《竹枝词》,多用民间俚语写市井民情。
⑬汤(tàng)着:挨着,碰着。

人来讲梳弄①。一来王美不肯,二来王九妈把女儿做金子看成②,见他心中不允,分明奉了一道圣旨,并不敢违拗③。又过了一年,王美年方十五。原来门户中梳弄,也有个规矩。十三岁太早,谓之试花。皆因鸨儿爱财,不顾痛苦。那子弟也只博个虚名,不得十分畅快取乐。十四岁谓之开花。此时天癸已至④,男施女受,也算当时了。到十五,谓之摘花。在平常人家,还算年小,惟有门户人家,以为过时。王美此时未曾梳弄,西湖上子弟又编出一只《挂技儿》来。王九妈听得这些风声,怕坏了门面⑤,来劝女儿接客。王美执意不肯,说道:"要我会客时,除非见了亲生爹妈。他肯做主时,方才使得。"王九妈心里又恼他,又不舍得难为他。

　　捱了好些时,偶然有个金二员外,大富之家,情愿出三百两银子,梳弄美娘。九妈得了这主大财,心生一计,与金二员外商议,若要他成就,除非如此如此。金二员外意会了。其日八月十五日,只说请王美湖上看潮⑥。请至舟中,三四个帮闲,俱是会中之人⑦,猜拳行令,做好做歉⑧,将美娘灌得烂醉如泥。扶到王九妈家楼中,卧于床上,不省人事。此时天气和暖,又没儿层衣服,妈儿亲手伏侍。五鼓时,美娘酒醒,已知鸨儿用计,破了身子。自怜红颜命薄,遭此强横,起来解手,穿了衣服,自在床边一个斑竹榻上,朝着里壁睡了,暗暗垂泪。金二员外来亲近他时,被他劈头劈脸,抓有几个血痕。金二员外好生没趣,捱得天明,对妈儿说声:"我去也!"妈儿要留他时,已自出门去了。

① 梳弄:也叫"梳笼",指妓女第一次接客。妓院里未接客的妓女结发为辫,第一次接客后,客人要准备首饰衣服等彩礼,妓女改梳辫为梳髻。
② 看成:看待。
③ 违拗(niù):违背、改变。
④ 天癸已至:指月经初次来潮。
⑤ 门面:门风,名声。
⑥ 看潮:即观潮。农历八月十五前后,杭州海潮最盛,向来有观潮之俗。
⑦ 会中之人:内行,行家。
⑧ 做好做歉:做好做歹。

从来梳弄的子弟,早起时,妈儿进房贺喜,行户中都来称庆①,还要吃几日喜酒。那子弟多则住一二月,最少也住半月二十日。只有金二员外侵早出门②,是从来未有之事。王九妈连叫诧异,披衣起身上楼。只见美娘卧于榻上,满眼流泪。九妈要哄他上行③,连声招许多不是,美娘只不开口,九妈只得下楼去了。

美娘哭了一日,茶饭不沾。从此托病,不肯下楼,连客也不肯会面了。九妈心下焦燥,欲待把他凌虐④,又恐他烈性不从,反冷了他的心肠。欲待由他,本是要他赚钱,若不接客时,就养到一百岁也没用。踌躇数日,无计可施。忽然想起,有个结义妹子⑤,叫做刘四妈,时常往来。他能言快语,与美娘甚说得着⑥,何不接取他来,下个说词⑦。若得他回心转意,大大的烧个利市⑧。

当下叫保儿去请刘四妈到前楼坐下⑨,诉以衷情。刘四妈道:"老身是个女随何⑩,雌陆贾⑪,说得罗汉思情,嫦娥想嫁。这件事都在老身身上⑫。"九妈道:"若得如此,做姐的情愿与你磕头。你多吃杯茶去,免得说话时口干。"刘四妈道:"老身天生这副海口,便说到明日,还不干哩。"

刘四妈吃了几杯茶,转到后楼。只见楼门紧闭。刘四妈轻轻的叩了一下,叫声:"侄女!"美娘听得是四妈声音,便来开门。两个相见了,四妈靠桌朝下而坐,美娘傍坐相陪。四妈看他桌上铺着一幅细绢,才画得个美人的脸儿,还未曾着色。四妈称赞道:"画得好!真是巧手!九阿姐不知怎生样造化⑬,偏

①行(háng)户:同行。称庆:道贺。
②侵早:清早,一大早。
③上行:上路,指接客。
④凌虐:凌辱,虐待。
⑤结义:结拜。
⑥说得着:说得来。
⑦说词:劝转的话。
⑧烧个利市:旧时迷信,商店开业或车船启行,往往要烧纸敬神,祈求福祐,叫做烧利市。利市,利市神,即财神。
⑨保儿:妓院里的帮工。
⑩随何:汉初人,以能说善辩著名,曾劝说英布叛楚归汉。
⑪陆贾:汉初的名士,能言善辩。
⑫老身:上了年纪的人的自称。
⑬怎生样:怎么这样。造化:运气,有福气。

生遇着你这一个伶俐女儿。又好人物①，又好技艺，就是堆上几千两黄金，满临安走遍，可寻出个对儿么？"美娘道："休得见笑。今日甚风吹得姨娘到来？"刘四妈道："老身时常要来看你，只为家务在身，不得空闲。闻得你恭喜梳弄了，今日偷空而来，特特与九阿姐叫喜。"

美儿听得提起"梳弄"二字，满脸通红，低着头不来答应。刘四妈知他害羞，便把椅儿掇上一步②，将美娘的手儿牵着，叫声："我儿，做小娘的，不是个软壳鸡蛋③，怎的这般嫩得紧？似你恁地怕羞，如何赚得大主银子？"美娘道："我要银子做甚？"四妈道："我儿，你便不要银子，做娘的，看得你长大成人④，难道不要出本⑤？自古道：'靠山吃山，靠水吃水。'九阿姐家有几个粉头，那一个赶得上你的脚跟来？一园瓜，只看得你是个瓜种。九阿姐待你也不比其他。你是聪明伶俐的人，也须识些轻重。闻得你自梳弄之后，一个客也不肯相接⑥，是甚么意儿？都像你的意时⑦，一家人口，似蚕一般，那个把桑叶喂他？做娘的抬举你一分，你也要与他争口气儿，莫要反讨众丫头们批点⑧。"美娘道："由他批点，怕怎地！"刘四妈道："阿呀，批点是个小事，你可晓得门户中的行径么⑨？"美娘道："行径便怎的？"刘四妈道："我们门户人家，吃着女儿，穿着女儿，用着女儿，侥幸讨得一个像样的，分明是大户人家置了一所良田美产。年纪幼小时，巴不得风吹得大。到梳弄过后，便是田产成熟，日日指望花利到手受用⑩。前门迎新，后门送旧，张郎送米，李郎送柴，往

① 好人物：指外表貌好，所谓仪表堂堂。
② 掇（duō）：搬，挪。掇上一步，即往前挪了一步。
③ 软壳鸡旦：形容面嫩怕羞的人。
④ 看得：看着。
⑤ 出本：下本钱。
⑥ 相接：这里的"相"是偏指。
⑦ 像你的意：称你的心。
⑧ 批点：议论，说闲话。
⑨ 行径：行为，做法，规矩。
⑩ 花利：花红，利息。

来热闹，才是个出名的姊妹行家。"美娘道："羞答答，我不做这样事！"

刘四妈掩着口，格的笑了一声，道："不做这样事，可是由得你的？一家之中，有妈妈做主。做小娘的若不依他教训，动不动一顿皮鞭，打得你不生不死。那时不怕你不走他的路儿。九阿姐一向不难为你，只可惜你聪明标致，从小娇养的，要惜你的廉耻，存你的体面。方才告诉我许多话，说你不识好歹，'放着鹅毛不知轻，顶着磨子不知重'①，心下好生不悦②，教老身来劝你。你若执意不从，惹他性起，一时翻过脸来，骂一顿，打一顿，你待走上天去！凡事只怕个起头。若打破了头时，朝一顿，暮一顿，那时熬这些痛苦不过，只得接客。却不把千金声价弄得低微了，还要被姊妹中笑话。依我说，吊桶已自落在他井里，挣不起了③。不如千欢万喜，倒在娘的怀里，落得自己快活。"

美娘道："奴是好人家儿女，误落风尘。倘得姨娘主张从良，胜造九级浮图④。若要我倚门献笑⑤，送旧迎新，宁甘一死⑥，决不情愿！"刘四妈道："我儿，从良是个有志气的事，怎么说道不该？只是从良也有几等不同。"美娘道："从良有甚不同之处？"

刘四妈道："有个真从良，有个假从良；有个苦从良，有个乐从良；有个趁好的从良，有个没奈何的从良；有个了从良，有个不了的从良。我儿耐心听我分说。

"如何叫做真从良？大凡才子必须佳人，佳人必须才子，方成佳配。然而好事多磨，

① 放着鹅毛不知轻，顶着磨子不知重：当时俗谚，意思是不知轻重、不知好歹。磨子，加工粮食的传统用具，石制，手磨约有几十斤，大磨则可数百斤。
② 好生：非常，十分。
③ 挣不起：挣扎不起，这里是脱离不了的意思。
④ 浮图：也称浮屠。梵语音译，通常指佛塔。
⑤ 倚门献笑：妓女招揽客人。这里指妓女生活。
⑥ 宁甘：宁愿，甘愿。

往往求之不得。幸然两下相逢①，你贪我爱，割舍不下。一个愿讨，一个愿嫁。好像捉对的蚕蛾，死也不放。这个谓之真从良。怎么叫做假从良？有一等子弟爱着小娘②，小娘却不爱那子弟。本心不愿嫁他，只把个'嫁'字儿哄他心热，撒漫使钱③。比及成交④，却又推故不就。又有一等痴心的子弟，晓得小娘心肠不对他，偏要娶他回去。拚着一主大钱，动了妈儿的火⑤，不怕小娘不肯。勉强进门，心中不顺，故意不守家规。小则撒泼放肆，大则公然偷汉。人家容留不得，多则一年，少则半载，依旧放他出来，为娼接客。把'从良'二字，只当个撰钱的题目⑥。这个谓之假从良。

"如何叫做苦从良？一般样子弟爱小娘⑦，小娘不爱那子弟，却被他以势凌之。妈儿惧祸，已自许了。做小娘的，身不由主，含泪而行。一入侯门，如海之深⑧，家法又严⑨，抬头不得。半妾半婢⑩，忍死度日。这个谓之苦从良。如何叫做乐从良？做小娘的，正当择人之际，偶然相交个子弟，见他情性温和，家道富足，又且大娘子乐善⑪，无男无女，指望他日过门，与他生育，就有主母之分⑫。以此嫁他，图个日前安逸，日后出身⑬。这个谓之乐从良。

"如何叫做趁好的从良？做小娘的，风花雪月，受用已勾⑭，趁这盛名之下，求之者众，任我拣择个十分满意的嫁他，急流勇退，及早回头，不致受人怠慢。这个谓之趁好的从良。如何叫做没奈何的从良？做小娘的，原无从良之急，或因官司逼迫，或因强

① 幸然：侥幸。
② 有一等：有一类。等，等级，种类。
③ 撒漫：大手大脚，挥霍。
④ 比及：等到。
⑤ 动……火：眼红。
⑥ 撰钱：即赚钱。
⑦ 一般样：照样，同样。
⑧ 一入侯门，如海之深：即侯门似海。意思是说显贵人家门禁森严，出入不得自由。
⑨ 家法：指家规。后来也指执行家规惩罚家人的工具。
⑩ 半妾半婢：又做小老婆，又做婢女。
⑪ 大娘子：指大老婆，正妻。乐（lè）善：好善，好心。
⑫ 分（fèn）：身份，地位。
⑬ 出身：身份。
⑭ 勾：同"够"。

横欺瞒,又或因债负太多①,将来赔偿不起,憋口气,不论好歹,得嫁便嫁,买静求安,藏身之法。这谓之没奈何的从良。

"如何叫做了从良?小姐半老之际,风波历尽,刚好遇个老成的孤老②,两下志同道合,收绳卷索③,白头到老。这个谓之了从良。如何叫做不了的从良?一般你贪我爱,火热的跟他,却是一时之兴,没有个长算④。或者尊长不容,或者大娘妒忌,闹了几场,发回妈家,追取原价。又有个家道凋零,养他不活,苦守不过,依旧出来赶趁⑤。这谓之不了的从良。"

美娘道:"如今奴家要从良,还是怎地好?"刘四妈道:"我儿,老身教你个万全之策。"美娘道:"若蒙教导,死不忘恩!"刘四妈道:"从良一事,入门为净。况且你身子已被人捉弄过了,就是今夜嫁人,叫不得个黄花女儿⑥。千错万错,不该落于此地,这就是你命中所招了⑦。做娘的费了一片心机,若不帮他几年,趁过千把银子⑧,怎肯放你出门?还有一件,你便要从良,也须拣个好主儿。这些臭嘴臭脸的,难道就跟他不成?你如今一个客也不接,晓得那个该从,那个不该从?假如你执意不肯接客,做娘的没奈何,寻个肯出钱的主儿,卖你去做妾,这也叫做从良。那主儿或是年老的,或是貌丑的,或是一字不识的村牛⑨,你却不肮脏了一世⑩?比着把你抖在水里⑪,还有扑通的一声响,讨得傍人叫一声可惜。依着老身愚见,还是俯从人愿,凭着做娘的接客。似你恁般才貌,等闲的料也不敢相扳⑫。无非

① 债负:负债,亏空。
② 孤老:妓女称相好的男人叫孤老。
③ 收绳卷索:这里是收心敛性的意思。
④ 长算:长远打算。
⑤ 赶趁:下等妓女前往酒店、饭馆给人陪酒、伴唱赚钱叫赶趁。这里指趁机会赶紧做生意。
⑥ 黄花女儿:处女。
⑦ 命中所招:命里头招来的,即命中注定。
⑧ 趁过:赚进。
⑨ 村牛:粗野无知的人。
⑩ 肮脏:这里是被糟践、活得龌龊的意思。
⑪ 比着:比起,和……相比。抖在水里:扔在水里。这三句是说如果嫁了年老、貌丑的或不识字的村牛,一辈子窝囊,比扔在水里都不如。
⑫ 扳:攀。

是王孙公子，贵客豪门，也不辱莫了你①。一来风花雪月，趁着年少受用；二来作成妈儿起个家事；三来使自己也积趱些私房②，免得日后求人。过了十年五载，遇个知心着意的③，说得来，话得着，那时老身与你做媒，好模好样的嫁去，做娘的也放得你下了。可不两得其便？"

美娘听说，微笑而不言。刘四妈已知美娘心中活动了，便道："老身句句是好话。你依着老身的话时，后来还当感激我哩。"说罢起身。

王九妈伏在楼门之外，一句句都听得的。美娘送刘四妈出房门，劈面撞着了九妈，满面羞惭，缩身进去。王九妈随着刘四妈，再到前楼坐下。刘四妈道："侄女十分执意④，被老身右说左说，一块硬铁看看溶做热汁。你如今快快寻个覆帐的主儿⑤，他必然肯就⑥。那时做妹子的再来贺喜。"王九妈连连称谢。是日备饭相待，尽醉而别。后来西湖上子弟们又有只《挂枝儿》，单说那刘四妈说词一节：

　　刘四妈，你的嘴舌儿好不利害！便是女随何，雌陆贾，不信有这大才！说着长，道着短，全没些破败⑦。就是醉梦中，被你说得醒；就是聪明的，被你说得呆。好个烈性的姑娘，也被你说得他心地改⑧。

再说王美娘才听了刘四妈一席话儿，思之有理。以后有客求见，欣然相接。覆帐之后，宾客如市。捱三顶五，不得空闲，声价

①辱莫：辱没。
②积趱：积聚。
③着意：满意，看得上。
④执意：执拗，固执。
⑤覆帐：指妓女第二次接客。
⑥肯就：肯答应。就，靠近。
⑦破败：破绽。
⑧心地：心思，想法。

愈重。每一晚白银十两，兀自你争我夺①。王九妈趁了若干钱钞，欢喜无限。美娘也留心要拣个知心着意的，急切难得②。正是：

易求无价宝，难得有情郎。

话分两头。再说临安城清波门外③，有个开油店的朱十老，三年前过继一个小厮④，也是汴京逃难来的，姓秦名重。母亲早丧，父亲秦良，十三岁上将他卖了，自己在上天竺去做香火⑤。朱十老因年老无嗣，又新死了妈妈⑥，把秦重做亲子看成，改名朱重，在店中学做卖油生意。初时父子坐店甚好，后因十老得了腰痛的病，十眠九坐，劳碌不得。另招个伙计，叫做邢权，在店相帮⑦。

光阴似箭，不觉四年有余。朱重长成一十七岁，生得一表人才，须然已冠⑧，尚未娶妻。那朱十老家有个侍女，叫做兰花，年已二十之外，存心看上了朱小官人，几遍的倒下钩子去勾搭他。谁知朱重是个老实人，又且兰花龌龊丑陋，朱重也看不上眼。以此落花有意，流水无情。那兰花见勾搭朱小官人不上，别寻主顾，就去勾搭那伙计邢权。邢权是望四之人⑨，没有老婆，一拍就上。两个暗地偷情，不止一次。反怪朱小官人碍眼，思量寻事赶他出门⑩。邢权与兰花两个，里应外合，使心设计。兰花便在朱十老面前，假意撇清说⑪："小官人几番调戏，好不老实！"朱十老平时与兰花也有一手，未免有拈酸之意⑫。邢权又将店中卖下的银子藏过，在朱十老面前说道："朱小官在外赌博，不长进，柜里银子，几次短少，都是他偷去

①兀自：尚且，仍然。
②急切：一下子。
③清波门：宋时杭州城的一个城门。
④小厮：小男孩。
⑤上天竺（zhú）：天竺寺之一。香火：旧时寺庙里烧香、点火的杂役。
⑥妈妈：这里指妻子。
⑦相帮：帮工。
⑧须然：虽然。已冠：这里指成人。古时男子二十而行冠礼，表示成人。
⑨望四之人：年近四十的人。
⑩寻事：找茬儿。
⑪假意撇清：推脱干系，表示清白。
⑫拈酸：吃醋。

了。"初次朱十老还不信,接连几次,朱十老年老糊涂,没有主意①,就唤朱重过来,责骂了一场。

朱重是个聪明的孩子,已知邢权与兰花的计较②,欲待分辨,惹起是非不小。万一老者不听,枉做恶人。心生一计,对朱十老说道:"店中生意淡薄③,不消得二人。如今让邢主管坐店,孩儿情愿挑担子出去卖油。卖得多少,每日纳还④,可不是两重生意?"朱十老心下也有许可之意,又被邢权说道:"他不是要挑担出去,几年上偷银子做私房,身边积趱有余了,又怪你不与他定亲,心下怨怅⑤,不愿在此相帮,要讨个出场⑥,自去娶老婆,做人家去⑦。"朱十老叹口气道:"我把他做亲儿看成,他却如此歹意!皇天不佑!罢,罢,不是自身骨血⑧,到底粘连不上,由他去罢!"遂将三两银子,把与朱重,打发出门。寒夏衣服和被窝都教他拿去。这也是朱十老好处。朱重料他不肯收留,拜了四拜,大哭而别。正是:

　　孝己杀身因谤语⑨,
　　申生丧命为谗言⑩。
　　亲生儿子犹如此,
　　何怪螟蛉受枉冤⑪。

原来秦良上天竺做香火,不曾对儿子说知。朱重出了朱十老之门,在众安桥下赁了一间小小房儿,放下被窝等件,买个锁儿锁了门,便往长街短巷,访求父亲。连走几日,全没消息。没奈何,只得放下。在朱十老家四年,赤心忠良,并无一毫私蓄。只有

① 主意:主见。
② 计较:阴谋,圈套。
③ 淡薄:清冷、少利。
④ 纳还:缴还。
⑤ 怨怅(chàng):怨恨。
⑥ 出场:出路。
⑦ 做人家,这里是过日子的意思。
⑧ 自身骨血:指亲生的子女。
⑨ 孝己杀身因谤语:殷高宗(武丁)的儿子孝己很善良,有孝道。但他的母亲早死,武丁听信后妻的毁谤,把他放逐,使他郁郁而死。
⑩ 申生丧命为谗言:春秋时秦献公宠爱骊姬,要改立骊姬的儿子奚齐为太子,命太子申生出居曲沃。后来又听信骊姬的谗言,逼迫申生自杀。
⑪ 螟蛉(míng líng):义子,养子。螟蛉虫常被蜾蠃捕捉喂自己的幼虫,古人误以为蜾蠃养螟蛉为义子。

临行时打发这三两银子，不勾本钱，做什么生意好？左思右量，只有油行买卖是熟闲①。这些油坊多曾与他识熟，还去挑个卖油担子，是个稳足的道路②。当下置办了油担家火，剩下的银两，都交付与油坊取油。那油坊里认得朱小官是个老实好人。况且小小年纪，当初坐店，今朝挑担上街，都因邢伙计挑拨他出来，心中甚是不平。有心扶持他，只拣窨清的上好净油与他③，签子上又明让他些④。朱重得了这些便宜，自己转卖与人，也放些宽，所以他的油比别人分外容易出脱⑤。每日所赚的利息，又且俭吃俭用，积下东西来，置办些日用家业⑥，及身上衣服之类，并无妄废⑦。心中只有一件事未了，牵挂着父亲，思想："向来叫做朱重，谁知我是姓秦。倘或父亲来寻访之时，也没个因由⑧。"遂复姓为秦。

说话的，假如上一等人，有前程的，要复本姓，或具札子奏过朝廷⑨，或关白礼部⑩、太学、国学等衙门，将册籍改正，众所共知。一个卖油的，复姓之时，谁人晓得？他有个道理⑪，把盛油的桶儿，一面大大写个"秦"字，一面写"汴梁"二字，将油桶做个标识，使人一览而知。以此临安市上⑫，晓得他本姓，都呼他为秦卖油。

时值二月天气，不暖不寒，秦重闻知昭庆寺僧人，要起个九昼夜功德⑬，用油必多，遂挑了油担来寺中卖油。那些和尚们也闻知秦卖油之名，他的油比别人又好又贱，单单作成他⑭。所以一连这九日，秦重只在昭庆寺走动。正是：

①熟闲：很熟练。闲，即娴。
②稳足：稳当，有保证。
③窨（yìn）清的：在地窨里久藏而澄清的。窨，窨子，即地窨。
④签子：当指有关出货的单据。
⑤出脱：脱手，售出。
⑥家业：家伙，家当。
⑦妄废：瞎花，随意挥霍浪废。
⑧因由：根据，凭据。
⑨札子：一种奏事文体。
⑩关白：禀告。
⑪道理：这里也有"办法"的意思。
⑫以此：因此。
⑬功德：佛家用语，指诵经行善等事，佛门认为行此事功可以积德。
⑭作成：成全。

刻薄不赚钱，忠厚不折本①。

这一日是第九日了。秦重在寺出脱了油，挑了空担出寺。其日天气晴明②，游人如蚁。秦重绕河而行，遥望十景塘③，桃红柳绿，湖内画船箫鼓④，往来游玩，观之不足，玩之有余⑤。走了一回，身子困倦，转到昭庆寺右边，望个宽处⑥，将担子放下，坐在一块石上歇脚。近侧有个人家，面湖而住，金漆篱门，里面朱栏内，一丛细竹。未知堂室何如，先见门庭清整⑦。只见里面三四个戴巾的从内而出⑧，一个女娘后面相送⑨。到了门首，两下把手一拱，说声请了，那女娘竟进去了。

秦重定睛观之，此女容颜娇丽，体态轻盈，目所未睹，准准的呆了半晌⑩，身子都酥麻了。他原是个老实小官，不知有烟花行径，心中疑惑，正不知是什么人家。方在疑思之际⑪，只见门内又走出个中年的妈妈，同着一个垂发的丫鬟，倚门闲看。那妈妈一眼瞧着油担，便道："阿呀！方才我家无油，正好有油担子在这里，何不与他买些？"那丫鬟同那妈妈出来，走到油担子边，叫声"卖油的"，秦重方才听见，回言道："没有油了。妈妈要用油时，明日送来。"那丫环也识得几个字，看见油桶上写个"秦"字，就对妈妈道："卖油的姓秦。"妈妈也听得人闲讲，有个秦卖油，做生意甚是忠厚。遂分付秦重道："我家每日要油用，你肯挑来时，与你做个主顾。"秦重道："承妈妈作成，不敢有误。"

那妈妈与丫鬟进去了。秦重心中想道：

① 折（shé）本：亏本。
② 晴明：晴朗明丽。
③ 十景塘：即孙堤，明万历十七年（1589）司礼太监孙隆主持修筑。原堤由白堤插向里湖，今不存。
④ 画船：即画舫（fǎng），彩绘雕镂的船。箫鼓：泛指音乐戏曲之类。
⑤ 观之不足，玩之有余：即看不够、玩不够的意思。
⑥ 宽处：宽展的地方。
⑦ 清整：干净整齐。
⑧ 戴巾的：做官的或读书人。
⑨ 女娘：年轻女子。
⑩ 准准的：足足的。
⑪ 疑思：疑惑、思虑。

"这妈妈不知是那女娘的什么人？我每日到他家卖油，莫说赚他利息，图个饱看那女娘一回，也是前生福分。"正欲挑担起身，只见两个轿夫，抬着一顶青绢幔的轿子，后边跟着两个小厮，飞也似跑来。到了其家门首，歇下轿子。那小厮走进里面去了。秦重道："却又作怪！看他接什么人？"少顷之间，只见两个丫鬟，一个捧着猩红的毡包①，一个拿着湘妃竹攒花的拜匣②，都交付与轿夫，放在轿座之下。那两个小厮手中，一个抱着琴囊，一个捧着几个手卷③，腕上挂碧玉箫一枝，跟着起初的女娘出来。女娘上了轿，轿夫抬起望旧路而去。丫鬟小厮，俱随轿步行。秦重又得亲炙一番④，心中愈加疑惑，挑了油担子，洋洋的去⑤。

不过几步，只见临河有一个酒馆。秦重每常不吃酒⑥，今日见了这女娘，心下又欢喜，又气闷，将担子放下，走进酒馆，拣个小座头坐下。酒保问道："客人还是请客，还是独酌？"秦重道："有上好的酒，拿来独饮三杯。时新果子一两碟，不用荤菜。"酒保斟酒时，秦重问道："那边金漆篱门内是什么人家？"酒保道："这是齐衙内的花园⑦，如今王九妈住下。"秦重道："方才看见有个小娘子上轿，是什么人？"酒保道："这是有名的粉头，叫做王美娘，人都称为花魁娘子。他原是汴京人，流落在此。吹弹歌舞，琴棋书画，件件皆精。来往的都是大头儿，要十两放光⑧，才宿一夜哩。可知小可的也近他不得⑨。当初住在涌金门外，因楼房狭窄，齐舍人与他相厚⑩，半载之前，把这花园借与他住。"

①猩红：大红。
②湘妃竹：也叫斑竹。湘妃即娥皇、女英姐妹，她们是黄帝的女儿，一起嫁给了舜，居住在洞庭湖的君山。舜死后，她们的泪珠掉在竹子上，从此有了斑竹。攒（cuán）花：一种工艺手法。拜匣：旧时专门用做送礼或投递柬帖的一种长方形的小木匣。
③手卷：便于用手卷舒的横幅书画长卷。
④亲炙（zhì）：本指直接受到教诲，这里指直接看到、感受到。
⑤洋洋的：慢慢地。
⑥每常：平常，惯常。
⑦衙内：原本指世袭武官子弟，这里泛指显贵子弟。
⑧放光：宋代称白银为细丝放光银子。
⑨小可的：一般的人，寻常人。小可，本人的自谦之词。
⑩舍人：这里也是指显贵子弟。

秦重听得说是汴京人，触了个乡里之念①，心中更有一倍光景②。吃了数杯，还了酒钱，挑了担子，一路走，一路的肚中打稿道③："世间有这样美貌的女子，落于娼家，岂不可惜！"又自家暗笑道："若不落于娼家，我卖油的怎生得见！"又想一回，越发痴起来了，道："人生一世，草木一秋④。若得这等美人搂抱了睡一夜，死也甘心！"又想一回道："呸！我终日挑这油担子，不过日进分文，怎么想这等非分之事？正是癞蛤蟆在阴沟里想着天鹅肉吃，如何到口！"又想一回道："他相交的，都是公子王孙。我卖油的，纵有了银子，料他也不肯接我。"又想一回道："我闻得做老鸨的，专要钱钞。就是个乞儿，有了银子，他也就肯接了，何况我做生意的，清清白白之人。若有了银子，怕他不接！只是那里来这几两银子？"一路上胡思乱想，自言自语。

你道天地间有这等痴人，一个做小经纪的，本钱只有三两，却要把十两银子去嫖那名妓，可不是个春梦⑤？自古道："有志者事竟成。"被他千思万想，想出一个计策来。他道："从明日为始，逐日将本钱扣出，余下的积趱上去。一日积得一分，一年也有三两六钱之数，只消三年，这事便成了；若一日积得二分，只消得年半；若再多得些，一年也差不多了。"想来想去，不觉走到家里，开锁进门。只因一路上想着许多闲事，回来看了自家的睡铺，惨然无欢，连夜饭也不要吃⑥，便上了床。这一夜翻来覆去，牵挂着美人，那里睡得着。

①乡里：家乡、故里。
②心中更有一倍光景：指乡里之念增加了一倍。光景，情形，这里指复杂的感情状态。
③打稿：打腹稿。这里指反复思虑。
④人生一世，草木一秋：人的一辈子，就如同草木的一年。意指人生短暂，应该及时行乐。一秋，一年，如说"一日三秋"。
⑤春梦：这里指不切实际的幻想。
⑥夜饭：晚饭。

只因月貌花容，引起心猿意马①。

捱到天明，爬起来，就装了油担，煮早饭吃了，锁了门，挑着油担子，一径走到王妈妈家去。进了门，却不敢直入，舒着头②，往里面张望。王妈妈恰才起床，还蓬着头，正分付保儿买饭菜。秦重认得声音，叫声："王妈妈！"九妈往外一张，见是秦卖油，笑道："好忠厚人！果然不失信。"便叫他挑担进来，称了一瓶，约有五斤多重，公道还钱，秦重并不争论。王九妈甚是欢喜，道："这瓶油，只勾我家两日用。但隔一日③，你便送来，我不往别处去买油。"

秦重应诺，挑担而出。只恨不曾遇见花魁娘子。"且喜扳下主顾，少不得一次不见，二次见；二次不见，三次见。只是一件，特为王九妈一家挑这许多路来，不是做生意的勾当④。这昭庆寺是顺路，今日寺中虽然不做功德，难道寻常不用油的？我且挑担去问他。若扳得各房头做个主顾，只消走钱塘门这一路，那一担油尽勾出脱了。"

秦重挑担到寺内问时，原来各房和尚也正想着秦卖油。来得正好，多少不等，各各买他的油。秦重与各房约定，也是间一日⑤，便送油来用。这一日是个双日，自此日为始，但是单日，秦重别街道上做买卖；但是双日，就走钱塘门这一路。一出钱塘门，先到王九妈家里，以卖油为名，去看花魁娘子。有一日会见，也有一日不会见。不见时费了一场思想，便见时也只添了一层思想。正是：

① 心猿意马：心如猿跳、意如马驰。形容心思不专、胡思乱想。
② 舒着头：伸着头。
③ 但隔一日：只隔一天。但，只。
④ 勾当：做法，行事。
⑤ 间（jiàn）：一天，隔一天。

天长地久有时尽，
此恨此情无尽期①。

再说秦重到了王九妈家多次，家中大大小小，没一个不认得是秦卖油。时光迅速，不觉一年有余。日大日小②，只拣足色细丝③，或积三分，或积二分，再少也积下一分。凑得几钱，又打作大块头。日积月累，有了一大包银子，零星凑集，连自己也不识多少。其日是单日，又值大雨④，秦重不出去做买卖。积了这一大包银子，心中也自喜欢。"趁今日空闲，我把他上一上天平，见个数目。"打个油伞⑤，走到对门倾银铺里⑥，借天平兑银⑦。那银匠好不轻薄⑧，想着："卖油的多少银子，要架天平？只把个五两头等子与他⑨，还怕用不着头纽哩⑩。"秦重把银子包解开，都是散碎银两。大凡成锭的见少，散碎的就见多。银匠是小辈，眼孔极浅⑪，见了许多银子，别是一番面目，想道："人不可貌相，海水不可斗量。"慌忙架起天平，搬出若大若小许多法马⑫。秦重尽包而兑，一厘不多，一厘不少，刚刚一十六两之数，上秤便是一斤。

秦重心下想道："除去了三两本钱，余下的做一夜花柳之费⑬，还是有余。"又想道："这样散碎银子，怎好出手？拿出来也被人看低了。见成倾银店中方便⑭，何不倾成锭儿，还觉冠冕⑮。"当下兑足十两，倾成一个足色大锭；再把一两八钱，倾成水丝一小锭；剩下四两二钱之数，拈一小块⑯，还了火钱。又将几钱银子，置下镶鞋净袜，新

①"天长地久"二句：这两句是化用白居易《长恨歌》而来，原诗为"天长地久有时尽，此恨绵绵无绝期"。
②日大日小：天长天短。
③细丝：旧时银锭上要敲印细纹，细丝说明银子的成色好。
④值：逢，碰上。
⑤油伞：旧时的伞是在布上涂油漆制成的，故称。
⑥倾银铺：熔铸银子的店铺。
⑦兑：称。
⑧轻薄：势利。
⑨等子：亦即戥（děng）子，一种专门称量金银、药品等物的小秤。
⑩头纽：戥、秤的第一道提纽。第一道提纽称最轻量的物品。
⑪眼孔极浅：指没见过大世面。
⑫若大若小：大大小小。法马：即砝码。
⑬花柳之费：指嫖妓的费用。
⑭见成：现成。见，同"现"。
⑮冠冕：体面。
⑯拈：取，拿。

褶了一顶万字头巾①。回到家中，把衣服浆洗得干干净净②，买几根安息香③，薰了又薰。拣个晴明好日，侵早打扮起来。

> 虽非富贵豪华客，
> 也是风流好后生。

秦重打扮得齐齐整整，取银两藏于袖中，把房门锁了，一径望王九妈家而来④。那一时好不高兴！及至到了门首，愧心复萌，想道："时常挑了担子在他家卖油，今日忽地去做嫖客，如何开口？"正是踌躇之际，只听得呀的一声门响，王九妈走将出来。见了秦重，便道："秦小官，今日怎的不做生意，打扮得恁般齐楚⑤，往那里去贵干？"事到其间，秦重只得老着脸⑥，上前作揖，妈妈也不免还礼。秦重道："小可并无别事，专来拜望妈妈。"那鸨儿是老积年⑦，见貌辨色，见秦重恁般装束，又说拜望，一定是看上了我家那个丫头，要嫖一夜，或是会一个房⑧。虽然不是个大势主菩萨⑨，搭在篮里便是菜，捉在篮里便是蟹，赚他钱把银子买葱菜，也是好的。便满脸堆下笑来，道："秦小官拜望老身，必有好处。"秦重道："小可有句不识进退的言语⑩，只是不好启齿。"王九妈道："但说何妨。且请到里面客座里细讲。"

秦重为卖油虽曾到王家准百次，这客座里交椅，还不曾与他屁股做个相识。今日是个会面之始。王九妈到了客座，不免分宾而坐⑪，向着内里唤茶。少顷，丫鬟托出茶来，看时却是秦卖油，正不知什么缘故，妈妈恁

① 褶（zhě）：折叠。万字头巾：当时一般人戴的一种绣有卍字的头巾。
② 浆洗：洗涤。旧时为了衣服挺刮，洗净后要刷浆，故称。但后来浆洗一般偏指洗。
③ 安息香：一种薰香。因最早由安息传来，故称。安息，即今伊朗。
④ 一径：一直，直接。
⑤ 齐楚：整齐、好看。
⑥ 老着脸：厚着脸皮。
⑦ 老积年：老手，行家里手。
⑧ 会房：嫖客和妓女同居一次就走，叫做会房。
⑨ 大势主菩萨：这里是大主顾的意思。
⑩ 不识进退：大胆冒昧的意思。
⑪ 分宾而坐：把客人让在客座就坐。这里是说老鸨以主顾之礼对待秦重。下文"恁般相待"、"对客全没些规矩"就是进一步的证明。

般相待，格格低了头只是笑。王九妈看见，喝道："有甚好笑！对客全没些规矩！"丫鬟止住笑，收了茶杯自去。王九妈方才开言问道："秦小官有甚话，要对老身说？"秦重道："没有别话，要在妈妈宅上请一位姐姐吃杯酒儿。"九妈道："难道吃寡酒①？一定要嫖了。你是个老实人，几时动这风流之兴？"秦重道："小可的积诚，也非止一日。"九妈道："我家这几个姐姐，都是你认得的。不知你中意那一位？"秦重道："别个都不要，单单要与花魁娘子相处一宵。"九妈只道取笑他，就变了脸道："你出言无度，莫非奚落老娘么②？"秦重道："小可是个老实人，岂有虚情。"九妈道："粪桶也有两个耳朵，你岂不晓得我家美儿的身价？倒了你卖油的灶③，还不勾半夜歇钱哩！不如将就拣一个适兴罢④。"秦重把颈一缩，舌头一伸，道："恁的好卖弄！不敢动问，你家花魁娘子一夜歇钱要几千两？"九妈见他说耍话⑤，却又回嗔作喜⑥，带笑而言道："那要许多！只要得十两敲丝⑦，其他东道杂费⑧，不在其内。"秦重道："原来如此，不为大事。"袖中摸出这秃秃里一大锭放光细丝银子⑨，递与鸨儿道："这一锭十两重，足色足数，请妈妈收着。"又摸出一小锭来，也递与鸨儿，又道："这一小锭，重有二两，相烦备个小东。望妈妈成就小可这件好事⑩，生死不忘，日后再有孝顺⑪。"

九妈见了这锭大银，已自不忍释手，又恐怕他一时高兴，日后没了本钱，心中懊悔，也要尽他一句才好⑫。便道："这十两银子，你做经纪的人，积趱不易，还要三思而

① 吃寡酒：只吃酒，不用下酒菜。这里是只要陪酒、不要宿妓的意思。
② 奚（xī）落：取笑，玩笑。
③ 倒了你卖油的灶：把你卖油的老本都贴上去。旧时开门七件事，以灶为中心，倒灶即生计受挫，意近破产。
④ 适兴：将就着开心。
⑤ 耍话：玩笑话。
⑥ 回嗔作喜：转怒为笑。嗔，怒，怨。
⑦ 敲丝：白银。旧时的银两都敲印着圆丝纹，所以又叫敲丝。
⑧ 东道杂费：做东道的招待费用。
⑨ 秃秃里：独独的。
⑩ 成就：成全，完成。
⑪ 孝顺：孝敬。指小辈给长辈的礼物等。
⑫ 尽：这里有尽心、关照的意思。

行。"秦重道:"小可主意已定,不要你老人家费心。"九妈把这两锭银子收于袖中,道:"是便是了,还有许多烦难哩①。"秦重道:"妈妈是一家之主,有甚烦难?"九妈道:"我家美儿,往来的都是王孙公子,富室豪家,真个是'谈笑有鸿儒②,往来无白丁③'。他岂不认得你是做经纪的秦小官,如何肯接你?"秦重道:"但凭妈妈怎的委曲宛转,成全其事,大恩不敢有忘!"

九妈见他十分坚心,眉头一皱,计上心来,扯开笑口道:"老身已替你排下计策,只看你缘法如何④。做得成,不要喜;做不成,不要怪。美儿昨日在李学士家陪酒⑤,还未曾回。今日是黄衙内约下游湖。明日是张山人一班清客⑥,邀他做诗社⑦。后日是韩尚书的公子,数日前送下东道在这里。你且到大后日来看。还有句话,这几日你且不要来我家卖油,预先留下个体面。又有句话,你穿着一身的布衣布裳,不像个上等嫖客。再来时,换件绸缎衣服,教这些丫头们认不出你是秦小官,老娘也好与你装谎⑧。"秦重道:"小可一一理会得。"说罢,作别出门,且歇这三日生理,不去卖油。到典铺里买了一件见成半新不旧的绸衣⑨,穿在身上,到街坊闲走,演习斯文模样。正是:

  未识花院行藏⑩,先习孔门规矩⑪。

丢过那三日不题。到第四日,起个清早,便到王九妈家去。去得太早,门还未开,意欲转一转再来。这番装扮希奇⑫,不敢到昭庆寺去,恐怕和尚们批点,且到十景

① 烦难:麻烦、困难。
② 鸿儒:博学的读书人。
③ 白丁:平民百姓,没有知识的人。
④ 缘法:机缘。
⑤ 学士:一种为皇帝起草诏书、批复奏章的重要文官。
⑥ 山人:隐士。清客:不做官的文人墨客。
⑦ 做诗社:一种文人聚会,以作诗评诗为指归。
⑧ 装谎:圆谎,遮掩谎话。
⑨ 典铺:典当铺。
⑩ 花院行藏:妓院里的行止。
⑪ 孔门规矩:读书人的规矩。孔子被奉为读书人的祖师,而且又精通礼仪,故而世人把读书人的礼仪规范归之于他。孔门,孔子门下,泛指读书的行当。
⑫ 希奇:稀奇。

塘散步。良久又趑转去①，王九妈家门已开了。那门前却安顿得有轿马，门内有许多仆从，在那里闲坐。秦重虽然老实，心下到也乖巧②，且不进门，悄悄的招那马夫问道："这轿马是谁家的？"马夫道："韩府里来接公子的。"秦重已知韩公子夜来留宿③，此时还未曾别。重复转身，到一个饭店之中，吃了些见成茶饭，又坐了一回，方才到王家探信。只见门前轿马已自去了。进得门时，王九妈迎着，便道："老身得罪，今日又不得工夫了。恰才韩公子拉去东庄赏早梅。他是个长嫖④，老身不好违拗。闻得说，来日还要到灵隐寺，访个棋师赌棋哩。齐衙内又来约过两三次了。这是我家房主，又是辞不得的。他来时，或三日五日的住了去，连老身也定不得个日子。秦小官，你真个要嫖，只索耐心再等几日。不然，前日的尊赐，分毫不动，要便奉还。"秦重道："只怕妈妈不作成。若还迟，终无失⑤，就是一万年，小可也情愿等着。"九妈道："恁地时，老身便好张主⑥！"秦重作别，方欲起身，九妈又道："秦小官人，老身还有句话。你下次若来讨信，不要早了。约莫申牌时分⑦，有客没客，老身把个实信与你。倒是越晏些越好⑧，这是老身的妙用⑨，你休错怪。"秦重连声道："不敢，不敢！"

这一日，秦重不曾做买卖。次日，整理油担，挑往别处去生理⑩，不走钱塘门一路。每日生意做完，傍晚时分就打扮齐整，到王九妈家探信。只是不得工夫，又空走了一月有余。

① 趑（xué）：转。
② 乖巧：此处是机灵的意思。
③ 夜来：昨天夜里。
④ 长嫖：经常来的嫖客。
⑤ 若还迟，终无失：如果还要迟延，那终究也不会错过。
⑥ 张主：作主。
⑦ 申牌时分：下午3～5时。
⑧ 晏：晚。
⑨ 妙用：巧办法，老经验。
⑩ 生理：做生意。

那一日是十二月十五，大雪方霁①，西风过后，积雪成冰，好不寒冷。却喜地下干燥。秦重做了大半日买卖，如前妆扮，又去探信。王九妈笑容可掬，迎着道："今日你造化，已是九分九厘了。"秦重道："这一厘是欠着什么？"九妈道："这一厘么？正主儿还不在家。"秦重道："可回来么？"九妈道："今日是俞太尉家赏雪②，筵席就备在湖船之内。俞太尉是七十岁的老人家，风月之事，已是没分。原说过黄昏送来。你且到新人房里，吃杯烫风酒③，慢慢的等他。"秦重道："烦妈妈引路。"

王九妈引着秦重，弯弯曲曲，走过许多房头，到一个所在，不是楼房，却是个平屋三间④，甚是高爽。左一间是丫鬟的空房，一般有床榻桌椅之类，却是备官铺的⑤。右一间是花魁娘子卧室，锁着在那里，两旁又有耳房⑥。中间客座上面挂一幅名人山水，香几上博山古铜炉⑦，烧着龙涎香饼⑧，两旁书桌，摆设些古玩，壁上贴许多诗稿⑨。秦重愧非文人，不敢细看。心下想道："外房如此整齐，内室铺陈，必然华丽。今夜尽我受用。十两一夜，也不为多！"九妈让秦小官坐于客位，自己主位相陪。

少顷之间，丫鬟掌灯过来，抬下一张八仙桌儿，六碗时新果子，一架攒盒⑩，佳肴美醖⑪，未曾到口，香气扑人。九妈执盏相劝道："今日众小女都有客，老身只得自陪，请开怀畅饮几杯。"秦重酒量本不高，况兼正事在心⑫，只吃半杯。吃了一会，便推不饮。九妈道："秦小官想饿了，且用些饭再吃酒。"丫鬟捧着雪花白米饭，一吃一添，放

① 霁（jì）：雨雪停止，天放晴。
② 太尉：宋代最高军事长官。
③ 烫风酒：驱寒暖身的酒。
④ 平屋：平房。
⑤ 官铺：当是供有身份嫖客的随从人员临时歇宿的铺位。
⑥ 耳房：正房或厢房两侧相连的屋子。如耳与首之关系，故称。
⑦ 香几：放置香炉的小几。博山古铜炉：博山出品的古代铜香炉。博山，汉代地名，故城在今河南省浙东县东。当地出产的香炉称博山炉，极为著名。
⑧ 龙涎香饼：名贵香名。相传是用龙的唾涎调制而成，故名。
⑨ 诗稿：这里当指诗词书法作品。
⑩ 攒（zǎn）盒：一种盛果品的盒子。
⑪ 醖：这里作"酒"解。
⑫ 况兼：况且又。

于秦重面前，就是一盏杂和汤①。鸨儿量高，不用饭，以酒相陪。秦重吃了一碗，就放箸②。九妈道："夜长哩，再请些。"秦重又添了半碗。丫鬟提个行灯来③，说："浴汤热了，请客官洗浴。"秦重原是洗过澡来的，不敢推托，只得又到浴堂，肥皂香汤，洗了一遍，重复穿衣入坐④。九妈命撤去肴盒，用暖锅下酒。此时黄昏已绝⑤，昭庆寺里的钟都撞过了，美娘尚未回来。

　　玉人何处贪欢耍⑥？
　　等得情郎望眼穿！

　　常言道："等人心急。"秦重不见表子回家，好生气闷。却被鸨儿夹七夹八⑦，说些风话劝酒⑧。不觉又过了一更天气。只听外面热闹闹的⑨，却是花魁娘子回家。丫鬟先来报了，九妈连忙起身出迎，秦重也离座而立。只见美娘吃得大醉，侍女扶将进来，到于门首，醉眼朦胧，看见房中灯烛辉煌，杯盘狼藉，立住脚问道："谁在这里吃酒？"九娘道："我儿，便是我向日与你说的那秦小官人⑩。他心中慕你⑪，多时的送过礼来⑫。因你不得工夫，担阁他一月有余了⑬。你今日幸而得空，做娘的留他在此伴你。"美娘道："临安郡中，并不闻说起有什么秦小官人；我不去接他。"转身便走。九妈双手托开⑭，即忙拦住道⑮："他是个至诚好人，娘不误你。"美娘只得转身，才跨进房门，抬头一看那人，有些面善，一时醉了，急切叫不出来，便道："娘，这个人我认得他的，不是有名称的子弟，接了他，被人笑话。"

①杂和汤：有果蔬等的羹汤。
②箸（zhù）：筷子。
③行灯：一种有透明罩子、可以防风的灯。外出时使用，故称"行灯"。
④重复：重又，重新。
⑤黄昏已绝：已过黄昏，指已从傍晚进入夜晚。
⑥玉人：美人。
⑦夹七夹八：东拉西扯。
⑧风话：风情话。
⑨热闹闹：形容人声较多。
⑩向日：过去，一向以来。
⑪慕：仰慕。
⑫多时的送过礼来：好久以前就送了礼（指嫖妓的一应费用）来。
⑬担阁：耽搁。
⑭托开：张开
⑮即忙：当下赶忙。

九妈道："我儿，这是涌金门内开缎铺的秦小官人。当初我们住在涌金门时，想你也曾会过①，故此面善。你莫识认错了。做娘的见他来意志诚②，一时许了他，不好失信。你看做娘的面上，胡乱留他一晚。做娘的晓得不是了，明日却与你陪礼。"一头说，一头推着美娘的肩头向前。美娘拗妈妈不过，只得进房相见。正是：

千般难出虔婆口，
万般难脱虔婆手。
饶君纵有万千般③，
不如跟着虔婆走。

这些言语，秦重一句句都听得，佯为不闻④。美娘万福过了⑤，坐于侧首，仔细看着秦重，好生疑惑，心里甚是不悦，嘿嘿无言⑥。唤丫鬟将热酒来，斟着大钟。鸨儿只道他敬客，却自家一饮而尽。九妈道："我儿醉了，少吃些么！"美娘那里依他，答应道："我不醉！"一连吃上十来杯。这是酒后之酒，醉中之醉，自觉立脚不住。唤丫鬟开了卧房，点上银釭⑦，也不卸头，也不解带，跐脱了绣鞋⑧，和衣上床，倒身而卧。

鸨儿见女儿如此做作⑨，甚不过意。对秦重道："小女平日惯了，他专会使性。今日他心中不知为什么有些不自在⑩，却不干你事，休得见怪！"秦重道："小可岂敢！"鸨儿又劝了秦重几杯酒，秦重再三告止⑪。鸨儿送入卧房，向耳傍分付道："那人醉了，放温存些。"又叫道："我儿起来，脱了衣服，好好的睡。"美娘已在梦中，全不答应。

① 会过：见过面。
② 志诚：与上文"至诚"都是诚心诚意的意思。
③ 饶：即使。
④ 佯为：假装。
⑤ 万福：女子对别人的见面礼节。
⑥ 嘿嘿无言：默不作声。
⑦ 银釭（gāng）：银灯。
⑧ 跐（cǎi）脱：用脚把鞋蹬脱。跐，同"踩"。
⑨ 做作：做法，作派。
⑩ 不自在：不舒坦。
⑪ 告止：请求停止，推脱。

鸨儿只得去了。丫鬟收拾了杯盘之类，抹了桌子，叫声："秦小官人，安置罢①。"秦重道："有热茶要一壶。"丫鬟泡了一壶浓茶，送进房里，带转房门，自去耳房中安歇。

秦重看美娘时，面对里床，睡得正熟，把锦被压于身下。秦重想酒醉之人，必然怕冷，又不敢惊醒他。忽见阑干上又放着一床大红纻丝的锦被②，轻轻的取下，盖在美娘身上。把银灯挑得亮亮的，取了这壶热茶，脱鞋上床，捱在美娘身边，左手抱着茶壶在怀，右手搭在美娘身上，眼也不敢闭一闭。正是：

　　未曾握雨携云③，也算偎香倚玉④。

却说美娘睡到半夜，醒将转来，自觉酒力不胜⑤，胸中似有满溢之状。爬起来，坐在被窝中，垂着头，只管打干哕⑥。秦重慌忙也坐起来，知他要吐，放下茶壶，用手抚摩其背。良久，美娘喉间忍不住了，说时迟，那时快，美娘放开喉咙便吐。秦重怕污了被窝，把自己的道袍袖子张开⑦，罩在他嘴上。美娘不知所以，尽情一呕，呕毕，还闭着眼，讨茶漱口。秦重下床，将道袍轻轻脱下，放在地平之上⑧。摸茶壶还是暖的，斟上一瓯香喷喷的浓茶⑨，递与美娘。美娘连吃了二碗，胸中虽然略觉豪燥⑩，身子兀自倦怠，仍旧倒下，向里睡去了。秦重脱下道袍，将吐下一袖的腌臜⑪，重重裹着，放于床侧，依然上床，拥抱似初。

美娘那一觉直睡到天明方醒，覆身转来⑫，

①安置：安歇。
②纻（zhù）丝：宋代称缎子为纻丝。
③握雨携云：指男女交欢。
④偎香倚玉：依偎、搂抱女子。
⑤酒力不胜：抵挡不住酒力。
⑥打干哕（yuě）：想吐又吐不出来，干呕。
⑦道袍：本指道士所穿的长袍，这里指普通人所穿的像道袍的长袍。
⑧地平之上：地板上。
⑨瓯（ōu）：小碗。
⑩豪燥：燥热。
⑪腌臜（ān zān）：肮脏，不干净。
⑫覆身转来：翻过身来。

见傍边睡着一人,问道:"你是那个?"秦重答道:"小可姓秦。"美娘想起夜来之事,恍恍惚惚,不甚记得真了①,便道:"我夜来好醉!"秦重道:"也不甚醉。"又问:"可曾吐么?"秦重道:"不曾。"美娘道:"这样还好。"又想一想道:"我记得曾吐过的,又记得曾吃过茶来,难道做梦不成?"秦重方才说道:"是曾吐来。小可见小娘子多了杯酒,也防着要吐,把茶壶暖在怀里。小娘子果然吐后讨茶,小可斟上,蒙小娘子不弃,饮了两瓯。"美娘大惊道:"脏巴巴的②,吐在那里?"秦重道:"恐怕小娘子污了被褥,是小可把袖子盛了。"美娘道:"如今在那里?"秦重道:"连衣服裹着,藏过在那里。"美娘道:"可惜坏了你一件衣服。"秦重道:"这是小可的衣服有幸,得沾小娘子的余沥③。"美娘听说,心下想道:"有这般识趣的人!"心里已有四五分欢喜了。

　　此时天色大明,美娘起身,下床小解。看着秦重,猛然想起是秦卖油,遂问道:"你实对我说,是什么样人?为何昨夜在此?"秦重道:"承花魁娘子下问④,小子怎敢妄言⑤。小可实是常来宅上卖油的秦重。"遂将初次看见送客,又看见上轿,心下想慕之极,及积趱嫖钱之事,备细述了一遍。"夜来得亲近小娘子一夜,三生有幸,心满意足。"美娘听说,愈加可怜⑥,道:"我昨夜酒醉,不曾招接得你⑦。你干折了许多银子⑧,莫不懊悔?"秦重道:"小娘子天上神仙,小可惟恐伏侍不周,但不见责,已为万幸,况敢有非意之望⑨!"美娘道:"你做经纪的人,积下些银两,何不留下养家?此地

①不甚记得真:不那么记得真切。
②脏巴巴的:形容十分肮脏。
③余沥:剩余的点滴东西。这里是奉承话。
④下问:即问,是对问话者的尊敬说法。
⑤小子:同"小可",自称谦词。
⑥可怜:怜爱。怜,爱。
⑦招接:招待,伺候。这里指没有交欢。
⑧干折(shé):白费。
⑨非意之望:非分之想。

不是你来往的。"秦重道:"小可单只一身①,并无妻小②。"美娘顿了一顿,便道:"你今日去了,他日还来么?"秦重道:"只这昨宵相亲一夜,已慰生平,岂敢又作痴想!"美娘想道:"难得这好人,又忠厚,又老实,又且知情识趣,隐恶扬善③,千百中难遇此一人。可惜是市井之辈④,若是衣冠子弟,情愿委身事之⑤。"

正在沉吟之际,丫鬟捧洗脸水进来,又是两碗姜汤。秦重洗了脸,因夜来未曾脱帻⑥,不用梳头,呷了几口姜汤,便要告别。美娘道:"少住不妨⑦,还有话说。"秦重道:"小可仰慕花魁娘子,在傍多站一刻,也是好的。但为人岂不自揣⑧!夜来在此,实是大胆。惟恐他人知道,有玷芳名,还是早些去了安稳⑨。"美娘点了一点头,打发丫鬟出房,忙忙的开了减妆⑩,取出二十两银子,送与秦重,道:"昨夜难为了你,这银两权奉为资本,莫对人说。"秦重那里肯受。美娘道:"我的银子,来路容易。这些须酬你一宵之情⑪,休得固逊⑫。若本钱缺少,异日还有助你之处。那件污秽的衣服,我叫丫鬟湔洗干净了⑬,还你罢!"秦重道:"粗衣不烦小娘子费心,小可自会湔洗。只是领赐不当。"美娘道:"说那里话。"将银子挜在秦重袖内⑭,推他转身。秦重料难推却,只得受了,深深作揖,卷了脱下这件龌龊道袍,走出房门。打从鸨儿房前经过,保儿看见,叫声:"妈妈!秦小官去了!"王九妈正在净桶上解手⑮,口中叫道:"秦小官,如何去得恁早?"秦重道:"有些贱事⑯,改日特

①单只一身:指独身一个。
②妻小:妻子和儿女。
③隐恶扬善:指不揭短,尽夸好的方面。
④市井之辈:街市中寻常之人。
⑤委身事之:即嫁给他、伺奉他。
⑥帻(zé):包头巾。
⑦少住:稍稍停留。
⑧自揣:自我揣摸,自己掂量。
⑨安稳:合适,稳当。
⑩减妆:轻便的梳妆匣子。
⑪些须:一点点。
⑫固逊:执意推辞。
⑬湔(jiān):洗。
⑭挜(yā):硬塞。
⑮净桶:便桶。
⑯贱事:琐碎的小事。

来称谢①！"

不说秦重去了，且说美娘与秦重虽然没点相干②，见他一片诚心，去后好不过意③。这一日因害酒，辞了客在家将息④。千个万个孤老都不想，倒把秦重整整的想了一日。有《挂枝儿》为证：

俏冤家⑤，须不是串花家的子弟⑥，你是个做经纪本分人儿，那匡你会温存⑦，能软款，知心知意。料你不是个使性的，料你不是个薄情的。几番待放下思量也，又不觉思量起。

话分两头，再说邢权在朱十老家，与兰花情热，见朱十老病废在床，全无顾忌。十老发作了几场。两个商量出一条计策来，俟夜静更深，将店中资本席卷⑧，双双的桃之夭夭⑨，不知去向。次日天明，十老方知。央及邻里，出了个失单⑩，寻访数日，并无动静。深悔当日不合为邢权所惑⑪，逐了朱重。如今日久见人心。闻说朱重，赁居众安桥下，挑担卖油，不如仍旧收拾他回来⑫，老死有靠。只怕他记恨在心，教邻舍好生劝他回家，但记好，莫记恶。秦重一闻此言，即日收拾了家伙，搬回十老家里。相见之间，痛哭了一场。十老将所存囊橐⑬，尽数交付秦重。秦重自家又有二十余两本钱，重整店面，坐柜卖油。因在朱家，仍称朱重，不用秦字。不上一月，十老病重，医治不痊，呜呼哀哉。朱重捶胸大恸⑭，如亲父一般，殡殓成服⑮，七七做了些好事⑯。朱家祖坟在清波门外，朱重举丧安葬，事事成礼，

①称谢：道谢。
②没点相干：指没有发生关系。
③好不过意：过意不去，心中不忍。
④将息：休息，休养。
⑤俏冤家：民间俗语对情人的称谓。
⑥串花家：指来往花街柳巷。
⑦那匡：不料。
⑧席卷：如卷席一般攫取一空。
⑨桃之夭夭：语出《诗经》。因"桃"谐"逃"音，后世即以"逃之夭夭"指逃跑。
⑩失单：略相于今天的寻人启事。
⑪不合：不该。
⑫收拾：收留。
⑬囊橐（tuó）：盛放钱物的口袋。囊，口袋的一种。
⑭大恸（tòng）：即大哭。恸，极其悲哀地大哭。
⑮殡殓成服：指一切丧葬事宜。殡，指停放灵柩；殓指把遗体装进棺材；成服，指孝子们披麻戴孝。
⑯七七：旧时人死之后，每七天祭奠一次，共做七次，第七次是在第四十九天上，叫做"七七"。好事：此指斋醮之事。

邻里皆称其厚德。事定之后，仍先开店①。原来这油铺是个老店，从来生意原好，却被邢权刻剥存私，将主顾弄断了多少。今见朱小官在店，谁家不来作成？所以生理比前越盛。

朱重单身独自，急切要寻个老成帮手。有个惯做中人的②，叫做金中，忽一日引着一个五十余岁的人来。原来那人正是莘善，在汴梁城外安乐村居住。因那年避乱南奔，被官兵冲散了女儿瑶琴，夫妻两口，凄凄惶惶，东逃西窜，胡乱的过了几年。今日闻临安兴旺，南渡人民，大半安插在彼③。诚恐女儿流落此地④，特来寻访，又没消息。身边盘缠用尽，欠了饭钱，被饭店中终日赶逐，无可奈何。偶然听见金中说起朱家油铺，要寻个卖油帮手。自己曾开过六陈铺子，卖油之事，都则在行。况朱小官原是汴京人，又是乡里⑤，故此央金中引荐到来。朱重问了备细⑥，乡人见乡人，不觉感伤。"既然没处投奔，你老夫妻两口，只住在我身边，只当个乡亲相处，慢慢的访着令爱消息，再作区处⑦。"当下取两贯钱把与莘善，去还了饭钱，连浑家阮氏也领将来⑧，与朱重相见了。收拾一间空房，安顿他老夫妇在内。两口儿也尽心竭力，内外相帮。朱重甚是欢喜。

光阴似箭，不觉一年有余。多有人见朱小官年长未娶，家道又好，做人又志诚，情愿白白把女儿送他为妻。朱重因见了花魁娘子，十分容貌，等闲的不看在眼⑨，立心要访求个出色的女子，方才肯成亲。以此日复一日，担搁下去。正是：

①仍先：仍旧，照常。
②中人：指中间人，介绍人。略相当于今天的经纪人。
③安插：指夹杂在原居民中间居住。
④诚恐：很是担心。有相对肯定的意思。
⑤乡里：这里指乡亲。
⑥备细：详细情况。
⑦区处：打算，安排。
⑧浑家：旧时对妻子的称呼。
⑨等闲的：平常的，一般的。

曾观沧海难为水，
除却巫山不是云①。

再说王美娘在九妈家，盛名之下，朝欢暮乐，真个口厌肥甘，身嫌锦绣②。然虽如此，每遇不如意之处，或是子弟们任情使性③，吃醋跳槽④，或自己病中醉后，半夜三更，没人疼热⑤，就想起秦小官人的好处来，只恨无缘再会。也是他桃花运尽，合当变更⑥，一年之后，生出一段事端来。

却说临安城中，有个吴八公子，父亲吴岳，见为福州太守。这吴八公子，打从父亲任上回来，广有金银。平昔间也喜赌钱吃酒⑦，三瓦两舍走动⑧。闻得花魁娘子之名，未曾识面，屡屡遣人来约，欲要嫖他。王美娘闻他气质不好⑨，不愿相接，托故推辞，非止一次。那吴八公子也曾和着闲汉们亲到王九妈家几番，都不曾会。

其时清明节届⑩，家家扫墓，处处踏青⑪。美娘因连日游春困倦，且是积下许多诗画之债⑫，未曾完得，分付家中："一应客来，都与我辞去！"闭了房门，焚起一炉好香，摆设文房四宝。方欲举笔，只听得外面沸腾⑬，却是吴八公子，领着十余个狠仆，来接美娘游湖。因见鸨儿每次回他，在中堂行凶，打家打伙，直闹到美娘房前，只见房门锁闭。

原来妓家有个回客法儿，小娘躲在房内，却把房门反锁，支吾客人⑭，只推不在。那老实的就被他哄过了。吴公子是惯家⑮，这些套子⑯，怎地瞒得？分付家人扭断了锁，把房门一脚踢开。美娘躲身不迭，被公子看

①"曾观"句：是传统的套用，原句多为"曾纪沧海难为水，除（划）却巫山不是云"。意思是说经历过最出色的，别的就算不上什么了。
②口厌肥甘，身嫌锦绣：指吃腻了山珍海味，穿腻了锦绣衣裳。
③子弟们：即前文所说的那些富贵人家的嫖客。
④跳槽：嫖客抛弃旧交，另结新欢。
⑤疼热：指心疼，知冷知热地照顾。
⑥合当：该当。
⑦平昔间：平素，平日里。
⑧三瓦两舍：瓦舍，宋时群众娱乐场所，也有专指妓院的。
⑨气质：这里指人品、趣味。
⑩清明节：我国主要传统节日之一。时间在二十四节气的清明日，主要节俗是上坟扫墓以及踏青春游等。届：到。
⑪踏青：即下文的"游春"，指春日到郊外游玩。
⑫诗画之债：指答应送别人的字画还没有了结。
⑬沸腾：指吵闹如水之沸。
⑭支吾：搪塞。
⑮惯家：行家，老手。
⑯套子：套数，把戏。

见，不由分说，教两个家人，左右牵手，从房内直拖出房外来。口中兀自乱嚷乱骂。王九妈欲待上前陪礼解劝①，看见势头不好，只得闪过②。家中大小，躲得没半个影儿。吴家狠仆牵着美娘，出了王家大门，不管他弓鞋窄小③，望街上飞跑。八公子在后，扬扬得意。直到西湖口，将美娘揪下了湖船④，方才放手。

美娘十二岁到王家，锦绣中养成，珍宝般供养，何曾受恁般凌贱⑤。下了船，对着船头，掩面大哭。吴八公子见了，放下面皮⑥，气忿忿的像关云长单刀赴会，一把交椅，朝外而坐，狠仆侍立于傍。一面分付开船，一面数一数二的发作一个不住⑦："小贱人！小娼根⑧！不受人抬举！再哭时，就讨打了！"美娘那里怕他，哭之不已。船至湖心亭，吴八公子分付摆盒在亭子内，自己先上去了，却分付家人："叫那小贱人来陪酒。"美娘抱住了栏杆，那里肯去，只是嚎哭。吴八公子也觉没兴⑨。自己吃了几杯淡酒，收拾下船，自来扯美娘。美娘双脚乱跳，哭声愈高。八公子大怒，教狠仆拔去簪珥。美娘蓬着头，跑到船头上，就要投水，被家童们扶住。公子道："你撒赖便怕你不成⑩！就是死了，也只费得我几两银子，不为大事。只是送你一条性命，也是罪过。你住了啼哭时，我就放你回去，不难为你。"

美娘听说放他回去，真个住了哭。八公子分付移船到清波门外僻静之处，将美娘绣鞋脱下，去其裹脚⑪，露出一对金莲⑫，如两条玉笋相似。教狠仆扶他上岸，骂道："小贱人！你有本事，自走回家，我却没人

①解劝：劝解。
②闪过：闪开，躲在一边。
③弓鞋：旧时妇女缠足，脚弯如弓，鞋亦如之，故称。
④揪（sǒng）：推。
⑤凌贱：凌辱，贱待。
⑥放下面皮：拉下脸来，沉下脸来。
⑦发作一个不住：指不停地发作。
⑧娼根：娼妓。
⑨没兴：没有兴致。
⑩撒赖：耍赖，放刁。
⑪裹脚：裹脚布，缠脚的带子。
⑫金莲：形容脚很小。古代称许女子的纤足为金莲。

相送。"说罢，一篙子撑开，再向湖中而去。正是：

> 焚琴煮鹤从来有①，
> 惜玉怜香几个知！

美娘赤了脚，寸步难行。思想："自己才貌两全，只为落于风尘，受此轻贱。平昔枉自结识许多王孙贵客②，急切用他不着③。受了这般凌辱，就是回去，如何做人？到不如一死为高。只是死得没些名目，枉自享个盛名。到此地位，看着村庄妇人，也胜我十二分。这都是刘四妈这个花嘴④，哄我落坑堕堑⑤，致有今日！自古红颜薄命，亦未必如我之甚！"越思越苦，放声大哭。

事有偶然，却好朱重那日到清波门外朱十老的坟上，祭扫过了，打发祭物下船，自己步回⑥，从此经过。闻得哭声，上前看时，虽然蓬头垢面，那玉貌花容，从来无两，如何不认得！吃了一惊，道："花魁娘子，如何这般模样？"美娘哀哭之际，听得声音厮熟⑦，止啼而看，原来正是知情识趣的秦小官。美娘当此之际，如见亲人，不觉倾心吐胆，告诉他一番。朱重心中十分疼痛，亦为之流泪。袖中带得有白绫汗巾一条⑧，约有五尺多长，取出劈半扯开，奉与美娘裹脚⑨，亲手与他拭泪。又与他挽起青丝⑩，再三把好言宽解。等待美娘哭定，忙去唤个暖轿⑪，请美娘坐了，自己步送⑫，直到王九妈家。

九妈不得女儿消息，在四处打探，慌迫之际⑬，见秦小官送女儿回来，分明送一颗夜明珠还他，如何不喜！况且鸨儿一向不见

①焚琴煮鹤：指把琴当柴烧，煮了鹤来吃。琴、鹤本为高雅之物，可抚可赏，焚之煮之则大煞风景。后以此比喻糟踏美好的事物。
②枉自：自己白白地。
③急切：仓猝间，紧要关头。
④花嘴：骗子嘴。
⑤落坑堕堑：掉进火坑。
⑥步回：步行回家。
⑦厮熟：十分熟悉。
⑧汗巾：这里是指系腰用的长巾。
⑨裹脚：这里是指缠上汗巾充当的裹脚布。
⑩青丝：指妇女的头发。
⑪暖轿：四周用毡帷遮护的轿子，可保暖防风，故称。
⑫步送：步行相送。
⑬慌迫：慌忙急迫。

秦重挑油上门，多曾听得人说，他承受了朱家的店业①，手头活动②，体面又比前不同，自然刮目相待③。又见女儿这等模样，问其缘故，已知女儿吃了大苦，全亏了秦小官，深深拜谢，设酒相待。日已向晚，秦重略饮数杯，起身作别。美娘如何肯放，道："我一向有心于你，恨不得你见面。今日定然不放你空去。"鸨儿也来扳留④，秦重喜出望外。

是夜，美娘吹弹歌舞，曲尽生平之技⑤，奉承秦重。秦重如做了一个游仙好梦，喜得魄荡魂消，手舞足蹈。夜深酒阑⑥，二人相挽就寝。美娘道："我有句心腹之言与你说，你休得推托。"秦重道："小娘子若用得着小可时，就赴汤蹈火，亦所不辞，岂有推托之理。"美娘道："我要嫁你。"秦重笑道："小娘子就嫁一万个，也还数不到小可头上。休得取笑，枉自折了小可的食料⑦。"美娘道："这话实是真心，怎说'取笑'二字？我自十四岁被妈妈灌醉，梳弄过了，此时便要从良⑧。只为未曾相处得人⑨，不辨好歹，恐误了终身大事。以后相处的虽多，都是豪华之辈，酒色之徒，但知买笑追欢的乐意⑩，那有怜香惜玉的真心。看来看去，只有你是个志诚君子，况闻你尚未娶亲。若不嫌我烟花贱质⑪，情愿举案齐眉⑫，白头奉侍。你若不允之时，我就将三尺白罗，死于君前，表白我一片诚心。也强如昨日死于村郎之手⑬，没名没目，惹人笑话。"说罢，呜呜的哭将起来。秦重道："小娘子休得悲伤。小可承小娘子错爱⑭，将天就地⑮，求之不得，岂敢推托？只是小娘子千金声价，小可家贫

① 承受：继承。
② 活动：钱财周转灵活。指宽裕。
③ 刮目相待：另眼看待，高看一眼。
④ 扳留：挽留。
⑤ 曲尽：竭尽。
⑥ 酒阑：酒尽席散。
⑦ 折了小可的食料：俗信以为人一生所吃的食物有一定的量，提前吃了就会减寿。这里是说秦重认为自己是个小人物，命薄福浅，过分抬举高看会折了寿数。
⑧ 此时：当时，那时。
⑨ 得人：遇到合适的人。
⑩ 乐意：乐趣。
⑪ 贱质：卑贱的出身。
⑫ 举案齐眉：用梁鸿、孟光典故。本意是把食案举到与眉齐，后指妻子敬奉丈夫。
⑬ 村郎：粗野的人。
⑭ 错爱：对别人看重、爱护的谦虚说法，意思是别人爱错了，自己配不上。
⑮ 将天就地：从天至地，表示程度极高。

力薄,如何摆布①,也是力不从心了。"美娘道:"这却不妨。不瞒你说,我只为从良一事,预先积趱些东西,寄顿在外②。赎身之费,一毫不费你心力。"秦重道:"就是小娘子自己赎身,平昔住惯了高堂大厦,享用了锦衣玉食,在小可家,如何过活?"美娘道:"布衣蔬食③,死而无怨。"秦重道:"小娘子虽然④,只怕妈妈不从。"美娘道:"我自有道理。"如此如此,这般这般。两个直说到天明。

原来黄翰林的衙内,韩尚书的公子,齐太尉的舍人,这几个相知的人家,美娘都寄顿得有箱笼。美娘只推要用⑤,陆续取到密地,约下秦重,教他收置在家。然后一乘轿子,抬到刘四妈家,诉以从良之事。刘四妈道:"此事老身前日原说过的⑥。只是年纪还早,又不知你要从那一个?"美娘道:"姨娘,你莫管是甚人,少不得依着姨娘的言语,是个真从良,乐从良,了从良;不是那不真、不假、不了、不绝的勾当。只要姨娘肯开口时,不愁妈妈不允。做侄女的没别孝顺,只有十两金子,奉与姨娘,胡乱打些钗子⑦。是必在妈妈前做个方便⑧。事成之时,媒礼在外。"刘四妈看见这金子,笑得眼儿没缝,便道:"自家儿女,又是美事,如何要你的东西?这金子权时领下⑨,只当与你收藏。此事都在老身身上。只是你的娘,把你当个摇钱之树,等闲也不轻放你出去,怕不要千把银子。那主儿可是肯出手的么⑩?也得老身见他一见,与他讲通方好。"美娘道:"姨娘莫管闲事,只当你侄女自家赎身便了。"刘四妈道:"妈妈可晓得你到我家

①如何摆布:无论怎么去做。
②寄顿:寄存,存放。
③蔬食:粗食。
④虽然:虽然这样,尽管如此。然,如此。
⑤推:推说,借口。
⑥前日:从前,以前的日子。
⑦胡乱:随便。这种说法有自己送的东西不值什么,只配如此。
⑧是必:一定要。做个方便:寻个方便。
⑨权时:暂且。领下:收下。领,领受。这是一种谦虚的说法。
⑩出手:放手使钱。

来?"美娘道:"不晓得。"四妈道:"你且在我家便饭,待老身先到你家,与妈妈讲。讲得通时,然后来报你。"

刘四妈雇乘轿子,抬到王九妈家,九妈相迎入内。刘四妈问起吴八公子之事,九妈告诉了一遍。四妈道:"我们行户人家,到是养成个半低不高的丫头①,尽可赚钱,又且安稳。不论什么客就接了,倒是日日不空的。侄女只为声名大了,好似一块鲞鱼落地②,马蚁儿都要钻他,虽然热闹,却也不得自在。说便许多一夜,也只是个虚名。那些王孙公子来一遍,动不动有几个帮闲③,连宵达旦④,好不费事。跟随的人又不少,个个要奉承得他好,有些不到之处,口里就出粗⑤,哩喠罗喠的骂人⑥,还要弄损你家伙,又不好告诉得他家主,受了若干闷气。况且山人墨客,诗社棋社,少不得一月之内,又有几时官身⑦。这些富贵子弟,你争我夺,依了张家,违了李家,一边喜,少不得一边怪了。就是吴八公子这一个风波,吓杀人的,万一失差⑧,却不连本送了?官宦人家,与他打官司不成?只索忍气吞声。今日还亏着你家时运高,太平没事,一个霹雳空中过去了。倘然山高水低⑨,悔之无及。妹子闻得吴八公子不怀好意,还要到你家索闹⑩。侄女的性气又不好⑪,不肯奉承人⑫,第一是这件,乃是个惹祸之本。"九妈道:"便是这件,老身常是担忧。就是这八公子,也是有名有称的人,又不是微贱之人。这丫头抵死不肯接他⑬,惹出这场寡气⑭。当初他年纪小时,还听人教训。如今有了个虚名,被这些富贵子弟夸他奖他,惯了他性情,

①半高不低:这里指才貌中等。
②鲞(xiǎng)鱼:腌鱼,腊鱼。
③帮闲:指游手好闲、没正经事干,跟着王孙公子混饭吃的人。
④连宵达旦:即通宵达旦,从夜晚直到天亮。
⑤出粗:说粗话。
⑥哩喠罗喠:叽哩咕噜,骂骂咧咧。
⑦官身:在乐籍的妓女要应承官府,官府在平时或节日唤她们去侍酒陪筵,叫做"唤官身"。这种应酬是义务的。
⑧失差:出了闪失、差错。
⑨山高水低:指不顺利、出叉子。
⑩索闹:取闹。
⑪性气:性格,脾气。
⑫奉承:这里是顺从、不驳脸面的意思。
⑬抵死不肯:死也不肯。抵死,就是到死。
⑭寡气:没趣。

骄了他气质，动不动自作自主。逢着客来，他要接便接。他若不情愿时，便是九牛也休想牵得他转！"刘四妈道："做小娘的略有些身分，都则如此。"

王九妈道："我如今与你商议，倘若有个肯出钱的，不如卖了他去，到得干净。省得终身担着鬼胎过日①。"刘四妈道："此言甚妙。卖了他一个，就讨得五六个。若凑巧撞得着相应的②，十来个也讨得的。这等便宜事，如何不做！"王九妈道："老身也曾算计过来。那些有势有力的不肯出钱，专要讨人便宜。及至肯出几两银子的，女儿又嫌好道歉，做张做智的不肯③。若有好主儿，妹子做媒，作成则个。倘若这丫头不肯时节，还求你撺掇④。这丫头做娘的话也不听，只你说得他信，话得他转。"刘四妈呵呵大笑道："做妹子的此来，正为与侄女做媒。你要许多银子，便肯放他出门？"九妈道："妹子，你是明理的人。我们这行户中，只有赎买，那有贱卖？况且美儿数年盛名，满临安谁不知他是花魁娘子。难道三百四百，就容他走动⑤？少不得要他千金。"

刘四妈道："待妹子去讲，若肯出这个数目，做妹子的便来多口。若合不着时⑥，就不来了。"临行时，又故意问道："侄女今日在那里？"王九妈道："不要说起，自从那日吃了吴八公子的亏，怕他还来淘气⑦，终日里抬个轿子，各宅去分诉⑧。前日在齐太尉家，昨日在黄翰林家，今日又不知在那家去了！"刘四妈道："有了你老人家做主，按定了坐盘星⑨，也不容侄女不肯。万一不肯时，做妹子自会劝他。只是寻得主顾来，你

①担着鬼胎：怀着不安。这里的鬼胎是形容惴惴不安。
②相应的：合适的。
③做张做智：装模作样。
④撺掇（cuān duō）：怂恿，说合。
⑤走动：这里指离开妓院，赎身从良。
⑥合不着：够不上。
⑦淘气：这里指胡闹。
⑧分诉：分辩、诉说。这里指和别人讲清楚事情经过等，以获得同情和支持。
⑨坐盘星：也叫定盘星，即秤杆上的第一颗星。常用以比喻一件事情的定准。这里"按定了坐盘星"指打定了主意。

却莫要捉班做势①。"九妈道："一言既出，并无他说。"九妈送至门首。刘四妈叫声聒噪②，上轿去了。这才是：

> 数黑论黄雌陆贾，
> 说长话短女随何。
> 若还都像虔婆口，
> 尺水能兴万丈波。

刘四妈回到家中，与美娘说道："我对你妈妈如此说，这般讲，你妈妈已自肯了。只要银子见面，这事立地便成③。"美娘道："银子已曾办下，明日姨娘千万到我家来，玉成其事。不要冷了场，改日又费讲④。"四妈道："既然约定，老身自然到宅。"

美娘别了刘四妈，回家一字不题。次日午牌时分⑤，刘四妈果然来了。王九妈问道："所事如何⑥？"四妈道："十有八九，只不曾与侄女说过。"四妈来到美娘房中，两下相叫了，讲了一回说话。四妈道："你的主儿到了不曾？那话儿在那里⑦？"美娘指着床头道："在这几只皮箱里。"美娘把五六只皮箱一时都开了，五十两一封，搬出十三四封来，又把些金珠宝玉算价⑧，足勾千金之数。把个刘四妈惊得眼中出火，口内流涎，想道："小小年纪，这等有肚肠⑨！不知如何设处⑩，积下许多东西？我家这几个粉头，一般接客，赶得着他那里！不要说不会生发⑪，就是有几文钱在荷包里⑫，闲时买瓜子磕，买糖儿吃，两条脚布破了，还要做妈的与他买布哩。偏生九阿姐造化，讨得着，年时赚

①捉班做势：装腔作势。
②聒（guō）噪：打扰。
③立地：立刻，马上，当下。
④费讲：费口舌。
⑤午牌时分：此指中午。
⑥所事：所谈之事。
⑦那话儿：那件事或那样东西，是不便明说时常用的隐语，但不一定指什么，只有当事人才知晓。这里是指银子。
⑧算价：这里指折价计算。
⑨肚肠：心计。
⑩设处：谋划，想办法。
⑪生发：生利，赚钱。
⑫荷包：钱包。

了若干钱钞①，临出门还有这一主大财，又是取诸宫中②，不劳余力。"这是心中暗想之语，却不曾说出来。

美娘见刘四妈沉吟，只道他作难索谢③，慌忙又取出四匹潞绸，两股宝钗，一对凤头玉簪，放在桌上，道："这几件东西，奉与姨娘为伐柯之敬④。"刘四妈欢天喜地对王九妈说道："侄女情愿自家赎身，一般身价，并不短少分毫。比着孤老赎身更好。省得闲汉们从中说合，费酒费浆，还要加一加二的谢他。"

王九妈听得说女儿皮箱内有许多东西，到有个怫然之色⑤。你道却是为何？世间只有鸨儿最狠，做小娘的设法些东西⑥，都送到他手里，才是快活。也有做些私房在箱笼内，鸨儿晓得些风声，专等女儿出门，捵开锁钥⑦，翻箱倒笼，取个罄空。只为美娘盛名之下，相交都是大头儿，替做娘的挣得钱钞⑧，又且性格有些古怪，等闲不敢触犯。故此卧房里面，鸨儿的脚也不搠进去⑨，谁知他如此有钱。

刘四妈见九妈颜色不善，便猜着了，连忙道："九阿姐，你休得三心两意。这些东西，就是侄女自家积下的，也不是你本分之钱。他若肯花费时，也花费了。或是他不长进，把来津贴了得意的孤老⑩，你也那里知道？这还是他做家的好处⑪。况且小娘自己手中没有钱钞，临到从良之际，难道赤身赶他出门？少不得头上脚下，都要收拾得光鲜⑫，等他好去别人家做人。如今他自家拿得出这些东西，料然一丝一线⑬，不费你的

① 年时：这些年。指美娘接客的这些年。
② 取诸宫中：语本《孟子》，意思是说从自家里现成拿出来的。
③ 索谢：要谢礼。
④ 伐柯：执柯作伐，即做媒。敬：指礼物。
⑤ 怫（fú）然：不高兴的样子。
⑥ 设法：这里指想办法积攒。
⑦ 捵（chēn）开：拽开。捵，同"抻"。
⑧ 挣得钱钞：挣到了不少钱。
⑨ 搠（shuò）：本义指刺、扎，这里有"伸"的意思。
⑩ 得意：中意。
⑪ 做家：这里是节俭的意思。
⑫ 光鲜：簇新，体面。
⑬ 料然：谅必，想必。

心。这一主银子，是你完完全全鳖在腰胯里的①。他就赎身出去，怕不是你女儿？倘然他挣得好时，时朝月节②，怕他不来孝顺你？就是嫁了人时，他又没有亲爹亲娘，你也还去做得着他的外婆，受用处正有哩。"只这一套话，说得王九妈心中爽然③，当下应允。刘四妈就去搬出银子，一封封兑过，交付与九妈。又把这些金珠宝玉，逐件指物作价。对九妈说道："这都是做妹子的故意估下他些价钱④。若换与人，还便宜得几十两银子。"

王九妈虽同是个鸨儿，倒是个老实头⑤，但凭刘四妈说话，无有不纳⑥。刘四妈见王九妈收了这主东西，便叫亡八写了婚书⑦，交付与美儿。美儿道："趁姨娘在此，奴家就拜别了爹妈出门⑧，借姨娘家住一两日，择吉从良⑨。未知姨娘允否？"刘四妈得了美娘许多谢礼，生怕九妈翻悔，巴不得美娘出了他门，完成一事，便道："正该如此。"

当下美娘收拾了房中自己的梳台、拜匣、皮箱、铺盖之类。但是鸨儿家中之物，一毫不动。收拾已完，随着四妈出房，拜别了假爹假妈，和那姨娘行中都相叫了⑩。王九妈一般哭了几声。美娘唤人挑了行李，欣然上轿，同刘四妈到刘家去。四妈出一间幽静的好房，顿下美娘行李⑪，众小娘都来与美娘叫喜。

是晚，朱重差莘善到刘四妈家讨信，已知美娘赎身出来。择了吉日，笙箫鼓乐娶亲。刘四妈就做大媒送亲，朱重与花魁娘子花烛洞房，欢喜无限。

① 鳖在腰胯里：俗语，即安然放在自己的腰包里。
② 时朝月节：逢年过节。
③ 爽然：形容心里明白、透亮。
④ 估下：估低。
⑤ 老实头：老实人。
⑥ 纳：采纳，听从。
⑦ 亡八：也作王八，指妓院的男主人，也指在妓院里做事的男人。
⑧ 爹妈：即妓院的男女主人。
⑨ 择吉：选择吉日良辰。
⑩ 行：辈。相叫：打招呼。
⑪ 顿：安顿，安放。

虽然旧事风流，不减新婚佳趣。

次日，莘善老夫妇请新人相见，各各相认，吃了一惊。问起根由，至亲三口，抱头而哭。朱重方才认得是丈人、丈母。请他上坐，夫妻二人，重新拜见。亲邻闻知，无不骇然①。是日整备筵席，庆贺两重之喜，饮酒尽欢而散。

三朝之后②，美娘教丈夫备下几副厚礼，分送旧相知各宅③，以酬其寄顿箱笼之恩，并报他从良信息。此是美娘有始有终处。王九妈、刘四妈家，各有礼物相送，无不感激。

满月之后，美娘将箱笼打开，内中都是黄白之资④，吴绫蜀锦⑤，何止百计，共有三千余金，都将匙钥交付丈夫，慢慢的买房置产，整顿家当⑥。油铺生理，都是丈人莘公管理。不上一年，把家业挣得花锦般相似，驱奴使婢，甚有气象⑦。

朱重感谢天地神明保佑之德，发心于各寺庙喜舍合殿油烛一套⑧，供琉璃灯油三个月⑨。斋戒沐浴，亲往拈香礼拜⑩。先从昭庆寺起，其他灵隐、法相、净慈、天竺等寺，以次而行。

就中单说天竺寺，是观音大士的香火⑪，有上天竺、中天竺、下天竺三处，香火俱盛，却是山路，不通舟楫。朱重叫从人挑了一担香烛，三担清油，自己乘轿而往。先到上天竺来，寺僧迎接上殿，老香火秦公点烛添香。

此时朱重居移气，养移体⑫，仪容魁岸⑬，非复幼时面目⑭，秦公那里认得他是儿子。只因油桶上有个大大的"秦"字，又

① 骇（hài）然：这里是惊奇、惊叹的意思。
② 三朝（zhāo）：新婚三天。旧时婚俗，新娘子新婚三天之内不做事、不出门。
③ 相知各宅：相互交往的各家宅邸。但这里的"知"当是往来之意，并非"知交"之意。
④ 黄白之资：黄金白银。
⑤ 吴绫蜀锦：吴地（苏州一带）产的绫，蜀地（四川）产的锦。都是知名出产。
⑥ 整顿：整理、置办。
⑦ 气象：气派。
⑧ 发心：许愿。喜舍：施舍。合殿：所有佛殿。油烛：这里当指油灯。
⑨ 琉璃灯：一种用琉璃做灯罩的灯。
⑩ 拈香：即烧香。
⑪ 观音大士：即观音菩萨，民间俗称其为观音大士。香火：本指供奉神佛的香烟和灯火，这里则指此寺主要供奉观音大士。
⑫ 居移气，养移体：语出《孟子·尽心》，意思是说吃住等生活条件好了，气质和身体都朝好的方向改变了。
⑬ 魁岸：魁伟。
⑭ 非复：不再是。

有"汴梁"二字，心中甚以为奇。也是天然凑巧①，刚刚到上天竺，偏用着这两只油桶。朱重拈香已毕，秦公托出茶盘，主僧奉茶。秦公问道："不敢动问施主②，这油桶上为何有此三字？"朱重听得问声，带着汴梁人的土音，忙问道："老香火，你问他怎么？莫非也是汴梁人么？"秦公道："正是。"朱重道："你姓甚名谁？为何在此出家？共有几年了？"秦公把自己姓名乡里，细细告诉："某年上避兵来此，因无活计③，将十三岁的儿子秦重，过继与朱家，如今有八年之远④。一向为年老多病，不曾下山问得信息。"朱重一把抱住，放声大哭道："孩儿便是秦重。向在朱家挑油买卖⑤，正为要访求父亲下落，故此于油桶上写'汴梁秦'三字，做个标识。谁知此地相逢！真乃天与其便⑥！"众僧见他父子别了八年，今朝重会，各各称奇。

朱重这一日就歇在上天竺，与父亲同宿，各叙情节⑦。次日，取出中天竺、下天竺两个疏头换过⑧。内中朱重，仍改做秦重，复了本姓。两处烧香礼拜已毕，转到上天竺，要请父亲回家，安乐供养⑨。秦公出家已久，吃素持斋，不愿随儿子回家。秦重道："父亲别了八年，孩儿有缺侍奉。况孩儿新娶媳妇，也得他拜见公公方是。"秦公只得依允。秦重将轿子让与父亲乘坐，自己步行，直到家中。秦重取出一套新衣，与父亲换了，中堂设坐，同妻莘氏双双参拜⑩。亲家莘公、亲母阮氏，齐来见礼⑪。

此日大排筵席，秦公不肯开荤，素酒素食。次日，邻里敛财称贺⑫。一则新婚，二则新娘子家眷团圆，三则父子重逢，四则秦

①天然：天使之然，犹言"天缘"。
②施主：给寺院、僧人布施财物的人。
③活计：生活之计。
④远：久。
⑤向：一向，过去。
⑥天与其便：老天给予方便。
⑦情节：指各自的经历、情况。
⑧疏头：和尚诵经时在神前焚化的祝词。
⑨安乐供养：悉心供养，使享安乐。
⑩参拜：这里指拜见、行礼。
⑪见礼：行礼。
⑫敛财：凑钱，凑分子。

小官归宗复姓①,共是四重大喜。一连又吃了几日喜酒。

秦公不愿家居,思想上天竺故处清净出家。秦重不敢违亲之志,将银二百两,于上天竺另造净室一所②,送父亲到彼居住。其日用供给,按月送去。每十日亲往候问一次③,每一季同莘氏往候一次。那秦公活到八十余,端坐而化④。遗命葬于本山⑤。此是后话。

却说秦重和莘氏,夫妻偕老,生下两个孩儿,俱读书成名。至今风月中市语⑥,凡夸人善于帮衬,都叫做"秦小官",又叫"卖油郎"。有诗为证:

> 春来处处百花新,
> 蜂蝶纷纷竞采春。
> 堪爱豪家多子弟,
> 风流不及卖油人。

① 归宗复姓:恢复本姓,回归宗族。旧时过继外姓要有相应手续、礼节,归宗复姓亦同。
② 净室:佛门用语,指持斋念佛的清静之处。
③ 候问:伺候,问寒暖。
④ 端坐而化:即坐化,佛教僧人盘腿端坐而逝世。化,死的委婉说法。
⑤ 遗命:遗言命令。
⑥ 市语:行话。

灌园叟晚逢仙女

《醒世恒言》

【题解】

  本篇选自《醒世恒言》第四卷。小说写一个种花老人的遭遇，展现了两类人和两种世界：善良的灌园叟和里老乡民，凶恶的豪强和贪官；繁花似锦的花园及其主人、仙客，肮脏龌龊的庄园和官府。作者借助仙姬予奖予惩，褒贬自明。全篇洋溢着强烈的抒情气息，对主人公浓墨重彩的刻画独具特色。

  连宵风雨闭柴门，
  落尽深红只柳存①。
  欲扫苍苔且停帚，
  阶前点点是花痕。

  这首诗为惜花而作。昔唐时有一处士②，姓崔名玄微，平昔好道③，不娶妻室，隐于洛东④。所居庭院宽敞，遍植花卉竹木⑤。构一室在万花之中，独处于内。童仆都居花外，无故不得辄入⑥。如此三十余年，足迹不出园门。时值春日，院中花木盛开，玄微日夕徜徉其间⑦。

  一夜，风清月朗，不忍舍花而睡，乘着月色，独步花丛中。忽见月影下，一青衣冉冉而来⑧。玄微惊讶道："这时节哪得有女子到此行动？"心下虽然怪异，又说道："且看他到何处去？"那青衣不往东，不往西，径至玄微面前⑨，深深道个万福。玄微还了礼，问道："女郎是谁家宅眷⑩？因何深夜至此？"那青衣启一点朱唇，露两行碎玉，道："儿家与处士相近⑪。今与女伴过上东门⑫，访

①深红：指开透的花。
②处士：不去做官在家闲居的读书人。
③平昔：平素，一向。好道：喜好仙道之事。
④洛东：洛阳之东。
⑤花卉（huì）：各种花草。卉，草的总称。
⑥辄（zhé）入：擅自入内，随便进去。
⑦徜徉（cháng yáng）：漫步，自由自在地走来走去。
⑧青衣：丫环，使女。冉冉（rǎn）：形容走路从容、脚步舒缓的样子。
⑨径至：一直走到。
⑩宅眷：家眷，家属。
⑪儿家。古时女子自称。
⑫上东门：洛阳城东的一个城门，也叫建春门。

270

表姨，欲借处士院中暂憩①，不知可否？"玄微见来得奇异，欣然许之。青衣称谢，原从旧路转去。

不一时，引一队女子，分花约柳而来②，与玄微一一相见。玄微就月下仔细看时，一个个姿容媚丽，体态轻盈，或浓或淡，妆束不一；随从女郎，尽皆妖艳。正不知从那里来的。相见毕，玄微邀进室中，分宾主坐下，开言道："请问诸位女娘姓氏。今访何姻戚③，乃得光降敝园④？"一衣绿裳者答道⑤："妾乃杨氏。"指一穿白的道："此位李氏。"又指一衣绛服的道⑥："此位陶氏。"遂逐一指示⑦。最后到一绯衣小女⑧，乃道："此位姓石，名阿措。我等虽则异姓，俱是同行姊妹。因封家十八姨⑨，数日云欲来相看⑩，不见其至。今夕月色甚佳，故与姊妹们同往候之。二来素蒙处士爱重，妾等顺便相谢。"

玄微方待酬答，青衣报道："封家姨至。"众皆惊喜出迎。玄微闪过半边观看⑪。众女子相见毕，说道："正要来看十八姨，为主人留坐，不意姨至⑫，足见同心。"各向前致礼。十八姨道："屡欲来看卿等，俱为使命所阻⑬。今乘闲至些。"众女道："如此良夜，请姨宽坐⑭，当以一尊为寿⑮。遂授旨青衣去取⑯。十八姨问道："此地可坐否？"杨氏道："主人甚贤，地极清雅。"十八姨道："主人安在？"玄微趋出相见⑰。举目看十八姨，体态飘逸，言词泠泠⑱，有林下风气⑲。近其旁，不觉寒气侵肌，毛骨竦然。逊入堂中⑳，侍女将桌椅已是安排停当。请十八姨居于上席，众女挨次而坐，玄微末位

① 憩（qì）：休息。
② 分花约柳：分开花枝，撑开柳条。约，约束，这里指把攥着的柳条移开，以使人通过。
③ 姻戚：亲戚。
④ 光降敝园：光临我的花园。敝，自称谦词。
⑤ 衣：这里是穿的意思。
⑥ 绛：深红色。
⑦ 指示：指点告诉，即介绍。
⑧ 绯：粉红色。
⑨ 封家十八姨：神话传说中的风神。有时简称"封家姨"或"封姨"。
⑩ 数日云：几天以前说过。
⑪ 半边：旁边。
⑫ 不意：不料。
⑬ 使命：公务，差事。
⑭ 宽坐：从从容容地多坐一会儿。
⑮ 一尊为寿：祝一杯酒。尊，酒杯。寿，祝贺的意思。
⑯ 授旨：授意，叫。
⑰ 趋出：急忙走出。
⑱ 泠泠（líng）：清脆。
⑲ 林下风气：也作"林下风"。指人的举止、仪态潇洒优雅。林下，乡野，与城市、官场相对。
⑳ 逊：谦让，请。

相陪。

不一时，众青衣取到酒肴，摆设上来。佳肴异果，罗列满案。酒味醇，其甘如饴①，俱非人世所有。此时月色倍明，室中照耀，如同白日。满座芳香，馥馥袭人②。宾主酬酢③，杯觥交杂④。酒至半酣，一红裳女子满斟大觥，送与十八姨道："儿有一歌，请为歌之。"歌云：

绛衣披拂露盈盈，
淡染胭脂一朵轻。
自恨红颜留不住，
莫怨春风道薄情⑤。

歌声清婉，闻者皆凄然。又一白衣女子送酒道："儿亦有一歌。"歌云：

皎洁玉颜胜白雪，
况乃当年对芳月。
沉吟不敢怨春风，
自叹容华暗消歇⑥。

其音更觉惨切。

那十八姨性颇轻佻，却又好酒。多了几杯，渐渐狂放。听了二歌，乃道："值此芳辰美景，宾主正欢，何遽作伤心语⑦！歌旨又深刺干⑧，殊为慢客⑨，须各罚以大觥，当另歌之。"遂手斟一杯递来。酒醉手软，持不甚牢，杯才举起，不想袖在箸上一兜，扑碌的连杯打翻。这酒若翻在别个身上，却也罢了，恰恰里尽泼在阿措身上。阿措年娇貌美，性爱整齐，穿的却是一件大红簇花绯

①其甘如饴（yí）：酒味甜如糖浆。饴，糖浆。
②馥馥（fù）：香气重重。
③酬酢（zuò）：相互敬酒。
④觥（gōng）：大酒杯。
⑤此歌为桃花仙女所咏。披拂：飘动。
⑥此歌为梨花仙女所咏。消歇：衰减。
⑦何遽（jù）：为何突然。
⑧歌旨：歌的内容。刺干（gān）：讽刺、冒犯。指两诗中"莫怨春风道薄情"、"沉吟不敢怨春风"等句含有讥刺、冒犯风神的意思。
⑨殊为慢客：指待客太不周到、太不礼貌。殊，很。

衣。那红衣最忌的是酒,才沾滴点,其色便败①,怎经得这一大杯酒!况且阿措也有七八分酒意,见污了衣服,作色道②:"诸姊妹有所求,吾不畏尔③!"即起身往外就走。十八姨也怒道:"小女弄酒④,敢与吾为抗耶⑤?"亦拂衣而起。众女子留之不住,齐劝道:"阿措年幼,醉后无状⑥,望勿记怀。明日当率来请罪⑦!"相送下阶。

十八姨忿忿向东而去。众女子与玄微作别,向花丛中四散而走。玄微却观其踪迹,随后送之。步急苔滑,一交跌倒,挣起身来看时,众女子俱不见了。心中想道:"是梦,却又未曾睡卧。若是鬼,又衣裳楚楚⑧,言语历历⑨。是人,如何又倏然无影⑩?"胡猜乱想,惊疑不定。回入堂中,桌椅依然摆设,杯盘一毫已无;惟觉余馨满室⑪。虽异其事⑫,料非祸祟⑬,却也无惧。

到次晚,又往花中步玩。见诸女子已在,正劝阿措往十八姨处请罪。阿措怒道:"何必更恳此老妪⑭?有事只求处士足矣。"众皆喜道:"言甚善。"齐向玄微道:"吾姊妹皆住处士苑中⑮,每岁多被恶风所挠⑯,居止不安,常求十八姨相庇。昨阿措误触之⑰,此后应难取力⑱。处士倘肯庇护,当有微报耳。"玄微道:"某有何力,得庇诸女?"阿措道:"只求处士每岁元旦,作一朱幡⑲,上图日月五星之文⑳,立于苑东,吾辈则安然无恙矣。今岁已过,请于此月二十一日平旦㉑,微有东风,即立之,可免本日之难。"玄微道:"此乃易事,敢不如命㉒。"齐声谢道:"得蒙处士慨允㉓,必不忘德。"

① 败:坏。
② 作色:变了脸色,即翻脸。
③ 尔:你。
④ 弄酒:借着酒意使性子,耍酒疯。
⑤ 抗:敌对。
⑥ 无状:没样子,无礼。
⑦ 率来:都来。
⑧ 楚楚:鲜明的样子。
⑨ 历历:清清楚楚。
⑩ 倏(shū)然:忽然间,一下子。
⑪ 余馨:余香。
⑫ 异:以……为异,感到奇怪。
⑬ 祸祟(suì):鬼怪妖魅带来的祸灾。
⑭ 老妪(yù):老太婆。
⑮ 苑:花园。
⑯ 挠:扰乱。
⑰ 触:冒犯。
⑱ 取力:借力,指依靠神保护。
⑲ 朱幡:红色长条直挂旗。
⑳ 上图日月五星之文:朱幡上面画日月及五星(金星、木星、水星、火星、土星)的图案。文,图案。
㉑ 平旦:天快亮的时候。
㉒ 如命:从命。
㉓ 慨允:慨然允诺。

言讫而别①，其行甚疾。玄微随之不及。忽一阵香风过处，各失所在。

　　玄微欲验其事，次日即制办朱幡。候至廿一日，清早起来，果然东风微拂，急将幡竖立苑东。少顷，狂风振地，飞沙走石，自洛南一路②，摧林折树；苑中繁花不动。玄微方晓诸女者，众花之精也。绯衣名阿措，即安石榴也。封十八姨，乃风神也。到次晚，众女各裹桃李花数斗来谢道："承处士脱某等大难，无以为报。饵此花英③，可延年却老④。愿长如此卫护某等，亦可致长生。"玄微依其服之，果然容颜转少，如三十许人⑤。后得道仙去。有诗为证：

　　　　洛中处士爱栽花，
　　　　岁岁朱幡绘采茶⑥。
　　　　学得餐英堪不老⑦，
　　　　何须更觅枣如瓜⑧。

　　列位莫道小子说风神与花精往来⑨，乃是荒唐之语。那九州四海之中，目所未见，耳所未闻，不载史册，不见经传⑩，奇奇怪怪，跷跷蹊蹊的事，不知有多多少少。就是张华的《博物志》⑪，也不过志其一二⑫；虞世南的行书厨⑬，也包藏不得许多。此等事甚是平常，不足为异。然虽如此，又道是子不语怪⑭，且搁过一边。只那惜花致福，损花折寿，乃见在功德⑮，须不是乱道。列位若不信时，还有一段《灌园叟晚逢仙女》的故事，待小子说与列位看官们听。若平日爱花的，听了自然将花分外珍重；内中或有不惜花的，小子就将这话劝他，惜花起来。虽

①言讫：说完。
②洛南：洛阳南面。
③饵（ěr）：吃。
④却老：抵御衰老。却，退。
⑤许：上下。
⑥采茶：指图案。
⑦餐英：吃花。英，指花。堪：能够。
⑧枣如瓜：神话传说，秦代仙人安期生吃的枣子像瓜一样大。
⑨小子：这里是说话人自称。
⑩经传：指经书及解释经书的典籍。
⑪张华的《博物志》：张华，字茂先，西晋人。《博物志》是他所写的一部记载奇物异事的笔记小说。
⑫志（zhì）：记载。
⑬虞世南的行书橱：虞世南，字伯施，唐初书法家、学者。因他非常博学，故有"行书橱"（活书柜）之称。
⑭子不语怪：语见《论语》。原文为"子不语怪力乱神"，意思是说孔子不谈怪异的事。
⑮见在：实在的。

不能得道成仙，亦可以消闲遣闷。

你道这段话文出在哪个朝代①？何处地方？就在大宋仁宗年间②，江南平江府东门外长乐村中③。这村离城只去三里之远，村上有个老者，姓秋名先，原是庄家出身④，有数亩田地，一所草房。妈妈水氏已故⑤，别无儿女。那秋先从幼酷好栽花种果，把田业都撇弃了，专于其事。若偶觅得种异花⑥，就是拾着珍宝，也没有这般欢喜。随你极紧要的事出外，路上逢着人家有树花儿，不管他家容不容，便陪着笑脸，挺进去求玩。若平常花木，或家里也在正开，还转身得快。倘然是一种名花，家中没有的，虽或有，已开过了，便将正事撇在半边，依依不舍，永日忘归⑦。人都叫他是花痴。或遇见卖花的有株好花，不论身边有钱无钱，一定要买，无钱时便脱身上衣服去解当⑧。也有卖花的知他僻性，故高其价⑨，也只得忍贵买回。又有那破落户，晓得他是爱花的，各处寻觅好花折来，把泥假捏个根儿哄他，少不得也买。有恁般奇事！将来种下⑩，依然肯活。日积月累，遂成了一个大园。那园周围编竹为篱，篱上交缠蔷薇、荼蘼、木香、刺梅、木槿、棣棠、金雀，篱边撒下蜀葵、凤仙、鸡冠、秋葵、莺粟等种。更有那金萱、百合、剪春罗、剪秋罗、满地娇、十样锦、美人蕉、山踯躅、高良姜、白蛱蝶、夜落金钱、缠枝牡丹等类，不可枚举。遇开放之时，烂如锦屏⑪。远篱数步，尽植名花异卉。一花未谢，一花又开。向阳设两扇柴门，门内一条竹径，两边都结柏屏遮护⑫。转过柏

①话文：话本的故事。
②宋仁宗：赵祯，公元1023～1063年在位。
③平江府：即今江苏省苏州市。
④庄家：庄户人家，即农民。
⑤妈妈：这里指老伴。
⑥种：样。
⑦永日：整天。
⑧解当（dàng）：典当，抵押换钱。
⑨故高其价：故意抬高花的价钱。
⑩将来：拿来。
⑪烂：烂漫。
⑫柏屏：柏树构成的墙屏。

屏，便是三间草堂。房虽草覆①，却高爽宽敞，窗槅明亮。堂中挂一幅无名小画，设一张白木卧榻。桌凳之类，色色洁净。打扫得地下无纤毫尘垢。堂后精舍数间，卧室在内。那花卉无所不有，十分繁茂。真个四时不谢②，八节长春③。但见：

梅标清骨，兰挺幽芳。茶呈雅韵，李谢浓妆。杏娇疏雨，菊傲严霜。水仙冰肌玉骨，牡丹国色天香。玉树亭亭阶砌④，金莲冉冉池塘⑤。芍药芳姿少比，石榴丽质无双。丹桂飘香月窟⑥，芙蓉冷艳寒江。梨花溶溶夜月⑦，桃花灼灼朝阳⑧。山茶花宝珠称贵⑨，蜡梅花磬口方香⑩。海棠花西府为上⑪，瑞香花金边最良⑫。玫瑰杜鹃，烂如云锦，绣球郁李，点缀风光。说不尽千般花卉，数不了万种芬芳。

篱门外，正对着一个大湖，名为朝天湖，俗名荷花荡。这湖东连吴淞江，西通震泽，南接庞山湖。湖中景致，四时晴雨皆宜。秋先于岸傍堆土作堤，广植桃柳。每至春时，红绿间发，宛似西湖胜景。沿湖遍插芙蓉，湖中种五色莲花。盛开之日，满湖锦云烂熳，香气袭人，小舟荡桨采菱，歌声泠泠。遇斜风微起，偎船竞渡，纵横如飞。柳下渔人，舣船晒网⑬。也有戏鱼的，结网的，醉卧船头的，没水赌胜的⑭，欢笑之音不绝。那赏莲游人，画船箫管鳞集⑮，至黄昏回棹⑯，灯火万点，间以星影萤光，错落

① 草覆：茅草作房顶。
② 四时：四季。
③ 八节：即立春、春分、立夏、夏至、立秋、秋分、立冬、冬至。
④ 亭亭：立直的样子。阶砌：台阶。
⑤ 冉冉：柔弱的样子。
⑥ 月窟：月宫。
⑦ 溶溶：水灵灵的样子。
⑧ 灼灼：鲜明的样子。
⑨ 宝珠：一种名贵的山茶花。
⑩ 磬（qìng）口：一种名贵的腊梅花。
⑪ 西府：一种名贵的海棠花。
⑫ 金边：俗称金莲瑞香。
⑬ 舣（yǐ）船：停船。
⑭ 没（mò）水：钻到水里。赌胜：比赛胜负。
⑮ 鳞集：像鱼鳞那样密集。
⑯ 回棹（zhào）：回船。

难辨①。深秋时，霜风初起，枫林渐染黄碧，野岸衰柳芙蓉，杂间白苹红蓼②，掩映水际；芦苇中鸿雁群集，嘹呖干云③，哀声动人。隆冬天气，彤云密布，六花飞舞④，上下一色。那四时景致，言之不尽。有诗为证：

朝天湖畔水连天，
天唱渔歌即采莲。
小小茅堂花万种，
主人日日对花眠。

按下散言，且说秋先每日清晨起来，扫净花底落叶，汲水逐一灌溉，到晚上又浇一番。若有一花将开，不胜欢跃。或暖壶酒儿，或烹瓯茶儿⑤，向花深深作揖，先行浇奠⑥，口称花万岁三声，然后坐于其下，浅斟细嚼⑦。酒酣兴到，随意歌啸⑧。身子倦时，就以石为枕，卧在根傍。自半含至盛开，未尝暂离。如见日色烘烈，乃把棕拂蘸水沃之⑨。遇着月夜，便连宵不寐。倘值了狂风暴雨，即披顶笠，周行花间检视⑩。遇有欹枝⑪，以竹扶之⑫。虽夜间，还起来巡看几次。若花到谢时，则累日叹息，常至堕泪。又不舍得那些落花，以棕拂轻轻拂来，置于盘中，时赏观玩。直至干枯，装入净瓮之日再用茶酒浇奠⑬，惨然若不忍释。然后亲捧其瓮，深埋长堤之下，谓之"葬花"。倘有花片，被雨打泥污的，必以清水再四涤净⑭，然后送入湖中，谓之"浴花"。

平昔最恨的是攀枝折朵。他也有一段议论，道："凡花一年只开得一度，四时中只占得一时，一时中又只占得数日。他熬过了

①错落：交错。
②白苹红蓼（lù）：两种水草。
③嘹呖（liáo lì）干云：鸟鸣声响彻云霄。
④六花：又称六出飞花，指雪花。
⑤瓯（ōu）：小茶碗。
⑥浇奠：以酒浇花，表示敬重。
⑦浅斟：一点一点地喝酒。
⑧歌啸：歌吟长啸。
⑨棕拂：用棕丝做成的笤帚。沃：浇淋。
⑩周行：遍行。
⑪欹（qī）枝：倒伏的枝条。欹，倾倒。
⑫扶：支撑。
⑬净瓮：洁净的瓮。
⑭涤（dí）净：洗净。

三时的冷淡，才讨得这数日的风光。看他随风而舞，迎人而笑，如人正当得意之境，忽被摧残，巴此数日甚难①，一朝折损甚易。花若能言，岂不嗟叹。况就此数日间，先犹含蕊，后复零残②。盛开之时，更无多了。又有蜂采鸟啄虫钻，日炙风吹③，雾迷雨打，全仗人去护惜他，却反恣意拗折，于心何忍！且说此花自芽生根，自根生本，强者为干，弱者为枝，一干一枝，不知养成了多少年月。及候至花开，供人清玩，有何不美，定要折他！花一离枝，再不能上枝；枝一去干，再不能附干。如人死不可复生，刑不可复赎④。花若能言，岂不悲泣！又想他折花的，不过择其巧干，爱其繁枝，插之瓶中，置之席上，或供宾客片时侑酒之欢⑤，或助婢妾一日梳妆之饰。不思客觞可饱玩于花下⑥，闺妆可借巧于人工⑦。手中折了一枝，鲜花就少了一枝；今年伐了此干，明年便少了此干。何如延其性命，年年岁岁，玩之无穷乎？还有未开之蕊，随花而去，此蕊竟槁灭枝头⑧，与人之童夭何异⑨。又有原非爱玩，趁兴攀折。既折之后，拣择好歹⑩，逢人取讨，即便与之。或随路弃掷，略不顾惜⑪。如人横祸枉死，无处申冤。花若能言，岂不痛恨！"

他有了这段议论，所以生平不折一枝⑫，不伤一蕊。就是别人家园上，他心爱着那一种花儿，宁可终日看玩；假饶那花主人要取一枝一朵来赠他⑬，他连称罪过，决然不要。若有旁人要来折花者，只除他不看见罢了；他若见时，就把言语再三劝止。人若不从其言，他情愿低头下拜，代花乞命。人虽叫他

①巴：巴望，盼望。
②零残：凋零，残损。
③日炙（zhì）：太阳烤。炙，本指烤肉，这里指暴晒。
④刑不可复赎：上过刑法之后已不可能再行赎免。
⑤侑（yòu）酒：劝酒助兴。
⑥觞（shāng）：酒杯。这里代指饮酒。客觞，指招客饮酒。
⑦闺妆：妇女的妆扮。
⑧槁灭：枯死。
⑨童夭：幼年夭亡。
⑩好歹：好坏。
⑪略不：毫不，一点儿也不。
⑫生平：平生，一生。
⑬假饶：即使。

是花痴,多有可怜他一片诚心,因而住手者,他又深深作揖称谢。又有小厮们要折花卖钱的①,他便将钱与之,不教折损。或他不在时,被人折损,他来见有损处,必凄然伤感,取泥封之,谓之"医花"。为这件上,所以自己园中不轻易放人游玩。偶有亲戚邻友要看,难好回时②,先将此话讲过,才放进去。又恐秽气触花,只许远观,不容亲近。倘有不达时务的,捉空摘了一花一蕊③,那老便要面红颈赤,大发喉急④。下次就打骂他,也不容进去看了。后来人都晓得了他的性子,就一叶儿也不敢摘动。

大凡茂林深树,便是禽鸟的巢穴,有花果处,越发千百为群。如单食果实,到还是小事,偏偏只拣花蕊啄伤。惟有秋先却将米谷置于空处饲之,又向禽鸟祈祝⑤。那禽鸟却也有知觉,每日食饱,在花间低飞轻舞,宛啭娇啼,并不损一朵花蕊,也不食一个果实。故此产的果品最多,却又大而甘美。每熟时先望空祭了花神,然后敢尝,又遍送左近邻家试新⑥,余下的方鬻⑦,一年到有若干利息。那老者因得了花中之趣,自少至老,五十余年,略无倦意。筋骨愈觉强健。粗衣淡饭,悠悠自得。有得赢余,就把来周济村中贫乏⑧。自此合村无不敬仰,又呼为秋公。他自称为灌园叟⑨。有诗为证:

朝灌园兮暮灌园⑩,
灌成园上百花鲜。
花开每恨看不足⑪,
为爱看园不肯眠。

①小厮:仆人。
②难好回时:不便于回绝的时候。
③捉空(kòng):瞅空,抓住空子。
④喉急:因窘迫而发急。
⑤祈祝:祈祷,祝愿。
⑥试新:也叫尝新,即在瓜果菜蔬初熟时,以之馈送亲友等。
⑦方鬻(yù):才卖。
⑧把来:拿来。贫乏:贫困,缺乏。
⑨灌园叟:浇灌花园的老人。叟,老公公。
⑩兮(xī):语助词,相当于现代汉语的"啊"。
⑪每恨:常常遗憾。

话分两头。却说城中有一人姓张名委,原是个宦家子弟,为人奸狡诡谲①、残忍刻薄,恃了势力,专一欺邻吓舍,扎害良善②。触着他的,风波立至③,必要弄得那人破家荡产,方才罢手。手下用一班如狼似虎的奴仆,又有几个助恶的无赖子弟,日夜合做一块,到处闯祸生灾,受其害者无数。不想却遇了一个又狠似他的,轻轻捉去,打得个臭死。及至告到官司,又被那人弄了些手脚④,反问输了。因妆了幌子⑤,自觉无颜,带了四五个家人,同那一班恶少,暂在庄上遣闷⑥。那庄正在长乐村中,离秋公家不远。一日早饭后,吃得半酣光景,向村中闲走,不觉来到秋公门首,只见篱上花枝鲜媚,四围树木繁翳⑦,齐道:"这所在到也幽雅,是哪家的?"家人道:"此是种花秋公园上,有名叫做花痴。"张委道:"我常闻得说庄边有甚么秋老儿,种得异样好花。原来就住在此。我们何不进去看看?"家人道:"这老儿有些古怪,不许人看的。"张委道:"别人或者不肯,难道我也是这般?快去敲门!"

那时园中牡丹盛开,秋公刚刚浇灌完了,正将着一酒儿,两碟果品,在花下独酌,自取其乐。饮不上三杯,只听得的敲门响,放下酒杯,走出来开门。一看,见站着五六个人,酒气直冲。秋公料道必是要看花的,便拦住门口,问道:"列位有甚事到此?"张委道:"你这老儿不认得我么?我乃城里有名的张衙内⑧,那边张家庄便是我家的。闻得你园中好花甚多,特来游玩。"秋公道:"告衙内,老汉也没种甚好花,不过是桃杏之类,都已谢了,如今并没别样花卉。"张

①诡谲(guǐ jué):刁滑。
②扎害:陷害。
③风波:此处指祸害。
④手脚:小动作。此处指行贿。
⑤妆了幌子:丢了脸,出了丑。
⑥遣闷:排遣烦闷,散心。
⑦繁翳(yì):繁茂遮掩。
⑧衙内:原本指世袭武官子弟,这里泛指显贵子弟。

委睁起双眼道:"这老儿恁般可恶!看看花儿打甚紧①,却便回我没有。难道吃了你的?"秋公道:"不是老汉说谎,果然没有。"张委哪里肯听,向前叉开手,当胸一搡②,秋公站立不牢,踉踉跄跄③,直撞过半边④。众人一齐拥进。秋公见势头凶恶,只得让他进去,把篱门掩上,随着进来,向花下取过酒果,站在旁边。众人看那四边花草甚多,惟有牡丹最盛。那花不是寻常玉楼春之类⑤,乃五种有名异品。哪五种?

  黄楼子、绿蝴蝶、西瓜穰、舞青猊、大红狮头。

  这牡丹乃花中之王,惟洛阳为天下第一,有"姚黄"、"魏紫"名色,一本价值五千⑥。你道因何独盛于洛阳?只为昔日唐朝有个武则天皇后⑦,淫乱无道,宠幸两个官儿,名唤张易之、张昌宗⑧,于冬月之间,要游后苑,写出四句诏来⑨,道:

  来朝游上苑⑩,火速报春知。
  百花连夜发,莫待晓风吹。

  不想武则天原是应运之主,百花不敢违旨,一夜发蕊开花。次日驾幸后苑⑪,只见千红万紫,芳菲满目,单有牡丹花有些志气,不肯奉承女主、幸臣⑫,要一根叶儿也没有。则天大怒,遂贬于洛阳。故此洛阳牡丹冠于天下。有一支《玉楼春》词,单赞牡丹花的好处。词云:

① 打甚紧:有什么要紧。
② 一搡(sōng):一推。搡,搡。
③ 踉踉(liàng)跄跄(qiāng):跌跌撞撞,形容站立不稳。
④ 半边:一边。
⑤ 玉楼春:和下文的黄楼子、绿蝴蝶、西瓜穰、舞青猊、大红狮头、姚黄、魏紫等都属牡丹的品种。玉楼春为儿品,下文的五种为名品,魏紫、姚黄则是极品,最为名贵。
⑥ 本:株。
⑦ 武则天:唐高宗李治的皇后。后自立称帝,改国号为周,公元690~704年在位。
⑧ 张易之、张昌宗:武则天的男宠,兄弟二人均极为得宠,宫中号为五郎、六郎,后为张柬之等所杀。
⑨ 诏:皇帝的命令。
⑩ 来朝(zhāo):明早。
⑪ 驾幸:皇帝驾到。
⑫ 幸臣:宠臣。指上文提到的张易之、张宗昌。

名花绰约东风里①，占断韶华都在此②。芳心一片可人怜③，春色三分愁雨洗。　　玉人尽日恹恹地④，猛被笙歌惊破睡。起临妆镜似娇羞，近日伤春输与你。

　　那花正种在草堂对面，周围以湖石拦之，四边竖个木架子，上覆布幔，遮蔽日色。花本高有丈许⑤，最低亦有六七尺，其花大如丹盘，五色灿烂，光华夺目。众人齐赞："好花！"张委便踏上湖石去嗅那香气。秋先极怪的是这节⑥，乃道："衙内站远些看，莫要上去！"张委恼他不容进来，心下正要寻事，又听了这话，喝道："你那老儿住在我庄边，难道不晓得张衙内名头么？有恁样好花，故意回说没有。不计较就勾了⑦，还要多言，哪见得闻一闻就坏了花？你便这说，我偏要闻。"遂把花逐朵攀下来，一个鼻子凑在花上去嗅。那秋老在旁，气得敢怒而不敢言。也还道略看一回就去，谁知这厮故意卖弄道："有恁样好花，如何空过？须把酒来赏玩。"吩咐家人快去取。秋公见要取酒来赏，更加烦恼，向前道："所在蜗窄⑧，没有坐处。衙内止看看花儿，酒还到贵庄上去吃。"张委指着地上道："这地下尽好坐。"秋公道："地上龌龊⑨，衙内如何坐得？"张委道："不打紧，少不得有毡条遮衬。"不一时，酒肴取到，铺下毡条，众人团团围坐，猜拳行令，大呼小叫，十分得意。只有秋公骨笃了嘴⑩，坐在一边。那张委看见花木茂盛，就起个不良之念，思想要吞占他的，斜着醉眼，向秋公道："看你这

①绰约：形容体态的柔美。
②韶华：青春时光。
③怜：爱惜。
④玉人：即美人。恹恹(yān)地：无精打采的样子。
⑤花本：花干，花身。
⑥这节：这种事。
⑦勾：即够。
⑧蜗窄：比喻像蜗牛壳里一样狭小。
⑨龌龊(wò chuò)：不干净。
⑩骨笃了嘴：撅着嘴生气。

蠢丈儿不出，到会种花，却也可取，赏你一杯。"秋公哪里有好气答他，气忿忿的道："老汉天性不会饮酒，不敢从命！"张委又道："你这园可卖么？"秋公见口声来得不好，老大惊讶①，答道："这园是老汉的性命，如何舍得卖？"张委道："甚么性命不性命！卖与我罢了。你若没去处，一发连身归在我家，又不要做别事，单单替我种些花木，可不好么？"众人齐道："你这儿好造化②，难得衙内恁般看顾③，还不快些谢恩？"秋公看见逐步欺负上来，一发气得手足麻软，也不去睬他。张委道："这老儿可恶！肯不肯，如何不答应我？"秋公道："说过不卖了，怎的只管问？"张委道："放屁！你若再说句不卖，就写帖儿④，送到县里去。"秋公气不过，欲要抢白几句⑤，又想一想，他是有势力的人，却又醉了，怎与他一般样见识？且哄了去再处。忍着气答道："衙内总要买⑥，必须从容一日，岂是一时急骤的事⑦。"众人道："这话也说得是。就在明罢。"

此时都已烂醉，齐立起身，家人收拾家伙先去。秋公恐怕折花，预先在花边防护。那张委真个走向前，便要蹿上湖石去采⑧。秋先扯住道："衙内，这花虽是微物，但一年间不知废多少工夫⑨，才开得这几朵。不争折损了⑩，深为可惜。况折去不过二三日就谢了，何苦作这样罪过！"张委喝道："胡说！有甚罪过？你明日卖了，便是我家之物，就都折尽，与你何干！"把手去推开。委公揪住死也不放，道："衙内便杀了老汉，这花决不与你摘的。"众人道："这丈其实可

①老大：很，非常。
②好造化：好运气。
③看顾：看重，照顾。
④帖儿：名片。
⑤抢白：顶撞，争辩。
⑥总要买：纵要买。
⑦急骤：急迫。骤，快。
⑧蹿：踏，登。
⑨废：用去。
⑩不争：若是，如果。

恶！衙内采朵花儿，值甚么大事，妆出许多模样！难道怕你就不摘了？"遂齐走上前乱摘。把那老儿急得叫屈连天，舍了张委，拼命去拦阻。扯了东边，顾不得西首，顷刻间摘下许多。

秋老心疼肉痛①，骂道："你这班贼男女，无事登门，将我欺负，要这性命何用！"赶向张委身边，撞个满怀。去得势猛，张委又多了几杯酒，把脚不住②，翻斤斗跌倒。众人都道："不好了，衙内打坏也！"齐将花撇下，便赶过来，要打秋公。内中有一个老成些的，见秋公年纪已老，恐打出事来，劝住众人，扶起张委。张委因跌了这交，心中转恼。赶上前打得个只蕊不留③，撒作遍地，意犹未足，又向花中践踏一回。可惜好花，正是：

  老拳毒手交加下，
  翠叶娇花一旦休。
  好似一番风雨恶，
  乱红零落没人收。

当下只气得个秋公抢地呼天④，满地乱滚。邻家听得秋公园中喧嚷，齐跑进来。看见花枝满地狼藉⑤，众人正在行凶，邻里尽吃一惊，上前劝住。问知其故，内中到有两三个是张委的租户，齐替秋公陪个不是，虚心冷气⑥，送出篱门。张委道："你们对那老贼说，好好把园送我，便饶了他。若说半个不字，须教他仔细着⑦！"恨恨而去。

邻里们见张委醉了，只道酒话，不在心上。复身转来，将秋公扶起，坐在阶沿上。

①心疼肉痛：形容极其痛惜。
②把脚不住：把握不住脚，脚底不稳。
③只蕊不留：一朵花蕊也不留下。
④抢地：撞地。
⑤狼藉：纵横散乱。
⑥虚心冷气：低声下气，陪着小心。
⑦仔细：当心。

那老儿放声号恸①。众邻里劝慰了一番，作别出去，与他带上篱门，一路行走。内中也有怪秋公平日不容看花的，便道："这老官儿真是个忒煞古怪②，所以有这样事，也得他经一遭儿，警戒下次！"内中又有直道的道③："莫说这没天理的话！自古道：种花一年，看花十日。那看的但觉好看，赞声好花罢了，怎得知种花的烦难④。只这几朵花，正不知费了许多辛苦，才培植得恁般茂盛。如何怪得他爱惜！"

不题众人。且说秋公不舍得这些残花，走向前将手去捡起来看，见践踏得凋残零落，尘垢沾污，心中凄惨，又哭道："花阿！我一生爱护，从不曾损坏一瓣一叶，那知今日遭此大难！"

正哭之间，只听得背后有人叫道："秋公为何恁般痛哭？"秋公回头看时，乃是一个女子，年约二八⑤，姿容美丽，雅淡梳妆，却不认得是谁家之女。乃收泪问道："小娘子是那家？至此何干？"那女子道："我家住在左近⑥，因闻你园中牡丹花茂盛，特来游玩，不想都已谢了！"秋公题起"牡丹"二字，不觉又哭起来。女子道："你且说有甚苦情，如此啼哭？"秋公将张委打花之事说出。那女子笑道："原来为此缘故！你可要这花原上枝头么⑦？"秋公道："小娘子休得取笑！那有落花返枝的理？"女子道："我祖上传得个落花返枝的法术，屡试屡验。"秋公听说，化悲为喜道："小娘子真个有这术法么？"女子道："怎的不真？"秋公倒身下拜道："若得小娘子施此妙术，老汉无以为报，但每一种花开，便来相请赏玩。"女子

①号恸（tòng）：嚎啕大哭。
②老官儿：即老头子。忒煞：太。
③直道：正直。
④烦难：麻烦，困难。
⑤二八：十六岁。泛指正当青春年纪。
⑥左近：附近。
⑦原：还，再。

道:"你且莫拜,去取一碗水来。"秋公慌忙跳起去取水①,心下又转道②:"如何有这样妙法?莫不是见我哭泣,故意取笑?"又想道:"这小娘子从不相认,岂有耍我之理!还是真的。"急舀了一碗清水出来③,抬头不见了女子,只见那花都已在枝头,地下并无一瓣遗存。起初每本一色④,如今却变做红中间紫⑤,淡内添浓,一本五色俱全,比先更觉鲜妍⑥。有诗为证:

曾闻湘子将花染⑦,
又见仙姬会返枝⑧。
信是至诚能动物⑨,
愚夫犹自笑花痴。

当下秋公又惊又喜道:"不想这小娘子果然有此妙法⑩。"只道还在花丛中,放下水,前来作谢⑪。园中团团寻遍,并不见影。乃道:"这小娘子如何就去了?"又想道:"必定还在门口,须上去求他,传了这个法儿。"一径赶至门边,那门却又掩着。拽开看时⑫,门首坐着两个老者,就是左右邻家,一个唤做虞公,一个叫做单老,在那里看渔人晒网。见秋公出来,齐立起身拱手道:"闻得张衙内在此无理,我们恰往田头,没有来问得。"秋公道:"不要说起,受了这班泼男女的殴气⑬。亏得一位小娘子走来,用个妙法,救起许多花朵,不曾谢得他一声,径出来了⑭。二位可看见往那一边去的?"二老闻言,惊讶道:"花坏了,有甚法儿救得?这女子去几时了?"秋公道:"刚方出来⑮。"二老道:"我们坐在此好一回,并没个人走

①跳起:跃起。表示极为高兴。
②心下又转道:心里转而又想到。
③舀(yǎo):用瓢取水。
④每本:每株。
⑤红中间(jiàn)紫:红色中间杂着紫色。间,隔。
⑥鲜妍(yán):鲜艳美丽。
⑦湘子将花染:传说唐代的韩湘子劝叔父韩愈弃官学道,用火盆栽莲,顷刻开花,花上有韩愈诗句"云横秦岭家何在,雪拥蓝关马不前"。韩湘子是传说中的八仙之一。
⑧仙姬:仙女。
⑨信:真。动物:使无知觉的东西(这里指花木)受到感动。
⑩小娘子:对年轻女子的称呼。
⑪作谢:致谢,道谢。
⑫拽(zhuài):拉。
⑬泼男女:坏家伙。殴气:即呕气,斗气。
⑭径:直接。
⑮刚方:刚刚。

动,那见什么女子?"秋公听说,心下恍悟道①:"恁般说,莫不这位小娘子是神仙下降?"二老问道:"你且说怎的救起花儿?"秋公将女子之事叙了一遍。二老道:"有如此奇事!待我们去看看。"秋公将门拴上,一齐走至花下,看了连声称异道:"这定然是个神仙,凡人那有此法力!"秋公即焚起一炉好香,对天叩谢。二老道:"这也是你平日爱花心诚,所以感动神仙下降。明日索性到教张衙内这几个泼男女看看,羞杀了他!"秋公道:"莫要!莫要!此等人即如恶犬,远远见了就该避之,岂可还引他来?"二老道:"这话也有理。"

秋公此时非常欢喜,将先前那瓶酒热将起来,留二老在花下玩赏,至晚而别。二老回去即传,合村人都晓得,明日俱要来看,还恐秋公不许。谁知秋公原是有意思的人②,因见神仙下降,遂有出世之念③,一夜不寐,坐在花下存想④。想至张委这事,忽地开悟道:"此皆我平日心胸褊窄⑤,故外侮得至。若神仙汪洋度量,无所不容,安得有此!"至次早,将园门大开,任人来看。先有几个进来打探,见秋公对花而坐,但分付道:"任凭列位观看,切莫要采便了。"众人得了这话,互相传开。那村中男子妇女,无有不至。

按下此处。且说张委至次早,对众人道:"昨日反被老贼撞了一交,难道轻恕了不成?如今再去要他这园。不肯时,多教些人从,将花木尽打个希烂⑥,方出这气!"众人道:"这园在衙内庄边,不怕他不肯。只是昨日不该把花都打坏,还留几朵,后日看

① 恍(huǎng)悟:恍然醒悟,忽然明白。
② 有意思:有心思。指另有想法。
③ 出世:出家修道,脱离尘世。
④ 存想:收心静想。
⑤ 褊(biǎn)窄:褊狭,不宽阔。
⑥ 希烂:即稀烂。

看，便是。"张委道："这也罢了，少不得来年又发。我们快去，莫要使他停留长智①。"众人一齐起身，出得庄门，就有人说："秋公园上神仙下降，落下的花，原都上了枝头，却又变做五色。"张委不信道："这老贼有何好处，能感神仙下降？况且不前不后，刚刚我们打坏，神仙就来？难道这神仙是养家的不成②？一定是怕我们又去，故此诌这话来央人传说③，见得他有神仙护卫④，使我们不摆布他。"众人道："衙内之言极是。"

顷刻，到了园门口，见两扇门大开，往来男女络绎不绝，都是一般说话。众人道："原来真有这等事！"张委道："莫管他，就是神仙见坐着，这园少不得要的。"弯弯曲曲，转到草堂前。看时，果然话不虚传。这花却也奇怪，见人来看，姿态愈艳，光采倍生，如对人笑一般。张委心中虽十分惊讶，那吞占念头，全然不改。看了一回，忽地又起一个恶念，对众人道："我们且去。"齐出了园门。众人问道："衙内如何不与他要园？"张委道："我想得个好策在此，不消与他说得，这园明日就归于我。"众人道："衙内有何妙算？"张委道："见今贝州王则谋反⑤，专行妖术。枢密府行下文书来⑥，天下军、州严禁左道⑦，捕缉妖人。本府见出三千贯赏钱，募人出首⑧。我明日就将落花上枝为由，教张霸到府，首他以妖术惑人。这个老儿熬刑不过，自然招承下狱。这园必定官卖。那时谁个敢买他的？少不得让与我。还有三千贯赏钱哩。"众人道："衙内好计！事不宜迟，就去打点起来。"当时即进

① 停留长（zhǎng）智：意思是说时间耽搁久了，就会使对方想出对策来。
② 养家的：养在家里的。
③ 诌（zhōu）：编造。
④ 见得：显出，显示。
⑤ 贝州王则谋反：宋仁宗庆历七年（1047）冬，涿州（今河北涿县）人王则在贝州（今河北省清河县）起义，称东平郡王，历六十六天，后遭镇压而失败被杀。
⑥ 枢密府：即枢密院，宋代最高军事机关。
⑦ 军、州：行政区划名称，宋代的军、州同属于路。左道：邪道。
⑧ 募人出首：号召人出来告发。出首，告发。下文的"首"也是告发的意思。

城，写下首状①。次早，教张霸到平江府出首。这张霸是张委手下第一出尖的人②，衙门情熟，故此用他。

　　大尹正在缉访妖人③，听说此事，合村男女都见的，不由不信。即差缉捕使臣带领做公的④，押张霸作眼⑤，前去捕获。张委将银布置停当，让张霸与缉捕使臣先行，自己与众子弟随后也来。缉捕使臣一径到秋公园上。那老儿还道是看花的，不以为意。众人发一声喊，赶上前一索捆翻。秋公吃这一吓不小，问道："老汉有何罪犯⑥？望列位说个明白。"众人口口声声，骂做妖人反贼，不由分诉，拥出门来。邻里看见，无不失惊，齐上前询问。缉捕使臣道："你们还要问么？他所犯的事也不小，只怕连村上人都有分哩。"那些愚民，被这大话一吓，心中害怕，尽皆洋洋走开⑦，惟恐累及⑧。只有虞公、单老，同几个平日与秋公相厚的⑨，远远跟来观看。

　　且说张委俟秋公去后⑩，便与众子弟来锁园门。恐还有人在内，又检点一过，将门锁上，随后赶上府前。缉捕使臣已将秋公解进，跪在月台上⑪，见傍边又跪着一人，却不认得是谁。那些狱卒都得了张委银子，已备下诸般刑具伺候。大尹喝道："你是何处妖人，敢在此地方上将妖术煽惑百姓？有几多党羽⑫？从实招来！"秋闻言，恰如黑暗中闻个火炮，正不知从何处起的，禀道⑬："小人家世住于长乐村中，并非别处妖人，也不晓得甚么妖术。"大尹道："前日你用妖术使落花上枝，还敢抵赖！"秋公见说到花上，情知是张委的缘故，即将张委要占园打花，

①首状：即状纸，告发别人的书面材料。
②出尖：出头露脸的意思。
③大尹：旧时对知府、知县的尊称。
④缉捕使臣：衙门里掌握搜捕人犯的公差头目。
⑤作眼：引路，认人。
⑥有何罪犯：犯有何罪。
⑦洋洋：慢慢腾腾地。
⑧累及：连累到。
⑨相厚：有交情，交情深。
⑩俟（sì）等到。
⑪月台：庭前稍高一点的平台。
⑫几多：多少。
⑬禀（bǐng）：报告。

并仙女下降之事，细诉一遍。不想那大尹性是偏执的①，哪里肯信，乃笑道："多少慕仙的②，修行至老，尚不能得遇神仙；岂有因你哭，花仙就肯来？既来了，必定也留个名儿，使人晓得，如何又不别而去？这样话哄哪个！不消说得，定然是个妖人。快夹起来！"狱卒们齐声答应，如狼虎一般，蜂拥上来，揪翻秋公，扯腿拽脚。刚要上刑，不想大尹忽然一个头晕，险些儿跌下公座，自觉头目森森③，坐身不住。吩咐上了枷扭，发下狱中监禁，明日再审。狱卒押着，秋公一路哭泣出来，看见张委，道："张衙内，我与你前日无怨，往日无仇，如何下此毒手，害我性命！"张委也不答应，同了张霸和那一班恶少，转身就走。虞公、单老接着秋公，问知其细，乃道："有这等冤枉的事！不打紧④，明日同合村人，具张连名保结⑤，管你无事。"秋公哭道："但愿得如此便好。"狱卒喝道："这死囚还不走！只管哭甚么！"秋公含着眼泪进狱。邻里又寻些酒食，送至门上。那狱卒谁个拿与他吃，竟接来自去受用⑥。

到夜间，将他上了囚床，就如活死人一般，手足不能少展。心中苦楚，想道："不知哪位神位神仙救了这花，却又被那厮借此陷害。神仙呵！你若怜我秋先，亦来救拔性命⑦，情愿弃家入道。"一头正想，只见前日那仙女，冉冉而至。秋公急叫道："大仙救拔弟子秋先则个⑧！"仙女笑道："汝欲脱离苦厄么⑨？"上前把手一指，那枷扭纷纷自落。秋先爬起来，向前叩头道："请问大仙

① 性：性格。偏执：片面，固执。
② 慕仙：追慕成仙。
③ 头目森森：头晕目眩。
④ 不打紧：不要紧。
⑤ 连名保结：联合签名的担保文字。
⑥ 受用：享受。
⑦ 救拔：解救，脱出。
⑧ 大仙：这里是对仙女的尊称。弟子：徒弟，信徒。则个：句末加强语气的助词。
⑨ 苦厄（è）：苦难。

姓氏。"仙女道:"吾乃瑶池王母座下司花女①,怜汝惜花志诚,故令诸花返本。不意反资奸人谗口②。然亦汝命中合有此灾,明日当脱。张委损花害人,花神奏闻上帝,已夺其算③;助恶党羽,俱降大灾。汝宜笃志修行④,数年之后,吾当度汝⑤。"秋先又叩首道:"请问上仙修行之道。"仙女道:"修仙径路甚多,须认本源。汝原以惜花有功,今亦当以花成道。汝但饵百花,自能身轻飞举⑥。"遂教其服食之法。秋先稽首叩谢起来⑦,便不见了仙子,抬头观看,却在狱墙之上,以手招道:"汝亦上来,随我出去!"秋先便向前攀援了一大回,还只到得半墙,甚觉吃力。渐渐至顶,忽听得下边一棒锣声⑧,喊道:"妖人走了,快拿下!"秋公心下惊慌,手酥脚软,倒撞下来,撒然惊觉⑨,原在囚床之上。想起梦中言语,历历分明,料必无事,心中稍宽。正是:

但存方寸无私曲⑩,
料得神明有主张。

① 瑶池王母:王母即西王母,是神话传说中的仙人。瑶池是她的住所。司:主持,掌管。
② 资:给,帮助。谗口:诬陷,中伤别人。
③ 夺其算:减了他的寿命。算,寿数。
④ 笃(dǔ)志:志向专一不渝。
⑤ 度:引度出世。
⑥ 飞举:飞升,成仙。
⑦ 稽(qǐ)首:磕头。
⑧ 一棒锣声:一声锣响。棒,敲锣棰。用"棒"字显示锣声之响亮。
⑨ 撒然:惊醒的样子。
⑩ 方寸:指心。私曲:邪念。

且说张委见大尹已认做妖人,不胜欢喜,乃道:"这丈儿许多清奇古怪,今夜且请在囚床上受用一夜,让这园儿与我们乐罢。"众人都道:"前日还是那老儿之物,未曾尽兴;今日是大爷的了,须要尽情欢赏。"张委道:"言之有理!"遂一齐出城,教家人整备酒肴,径至秋公园上,开门进去。那邻里看见是张委,心下虽然不平,却又惧怕,谁敢多口。

且说张委同众子弟走至草堂前,只见牡

丹枝头一朵不存，原如前日打下时一般，纵横满地。众人都称奇怪。张委道："看起来，这老贼果系有妖法的。不然，如何半日上倏尔又变了①？难道也是神仙打的？"有一个子弟道："他晓得衙内要赏花，故意弄这法儿来吓我们。"张委道："他便弄这法儿，我们就赏落花。"当下依原铺设毡条②，席地而坐，放开怀抱恣饮③，也把两瓶酒赏张霸到一边去吃。看看饮至月色挫西④，俱有半酣之意，忽地起一阵大风。那风好利害！

　　善聚庭前草，能开水上萍。
　　腥闻群虎啸，响合万松声⑤。

那阵风却把地下这花朵吹得都直竖起来，眨眼间俱变做一尺来长的女子。众人大惊，齐叫道："怪哉！"言还未毕，那些女子迎风一幌，尽已长大，一个个姿容美丽，衣服华艳，团团立做一大堆。众人因见恁般标致，通看呆了。内中一个红衣女子却又说起话来，道："吾姊妹居此数十余年，深蒙秋公珍重护惜。何意蓦遭狂奴⑥，俗气熏炽⑦，毒手摧残，复又诬陷秋公，谋吞此地。今仇在目前，吾姊妹曷不戮力击之⑧！上报知己之恩，下雪摧残之耻，不亦可乎？"众女郎齐道："阿妹之言有理！须速下手，毋使潜遁⑨！"说罢，一齐举袖扑来。那袖似有数尺之长，如风旛乱飘⑩，冷气入骨。众人齐叫有鬼，撇了家伙⑪，望外乱跑，彼此各不相顾。也有被石块打脚的，也有被树枝抓面的，也有跌而复起、起而复跌的，乱了多时，

① 倏（shū）尔：忽然。
② 依原：照样。
③ 恣饮：尽情喝酒。
④ 挫西：渐渐向西落下。
⑤ 这道诗的大意是说，大风使庭前草聚在一处，把水上草吹开，如群虎的叫声和万松之声。极言风力之猛、风声之大。
⑥ 蓦（mò）：突然。
⑦ 熏炽（chì）：气味浓郁熏人。
⑧ 曷（hé）不戮（lù）力：何不并力。戮力，齐心协力。
⑨ 潜遁：偷偷逃掉。
⑩ 旛：同"幡"，旗子。
⑪ 家伙：手里的东西。

方才收脚①。点检人数都在，单不见了张委、张霸二人。此时风已定了，天色已昏，这班子弟各自回家，恰像捡得性命一般，抱头鼠窜而去。

　　家人喘息定了，方唤几个生力庄客②，打起火把，复身去抓寻③。直到园上，只听得大梅树下有呻吟之声。举火看时，却是张霸被梅根绊倒，跌破了头，挣扎不起。庄客着两个先扶张霸归去。众人周围走了一遍，但见静悄悄的万籁无声。牡丹棚下，繁花如故，并无零落。草堂中杯盘狼藉，残羹淋漓。众人莫不吐舌称奇。一面收拾家伙，一面重复照看④。这园子又不多大，三回五转，毫无踪影。难道是大风吹去了？女鬼吃去了？正不知躲在哪里。延捱了一会，无可奈何，只索回去过夜⑤，再作计较。方欲出门，只见门外又有一伙人，提着行灯进来。不是别人，却是虞公、单老闻知众人见鬼之事，又闻说不见了张委，在园上抓寻，不知是真是假，合着三邻四舍，进园观看。问明了众庄客，方知此事果真。二老惊诧不已，教众庄客："且莫回去，老汉们同列位还去抓寻一遍。"众人又细细照看了一下，正是兴尽而归，叹了口气，齐出园门。二老道："列位今晚不来了么？老汉们告过⑥，要把园门落锁。没人看守得，也是我们邻里的干系⑦。"此时庄客们"蛇无头而不行"，已不似先前声势了，答应道："但凭，但凭⑧。"

　　两边人犹未散，只见一个庄客在东边墙角下叫道："大爷有了！"众人蜂拥而前。庄客指道："那槐枝上挂的，不是大爷的软翅

①收脚：收住脚步，立定下来。
②生力：强壮。
③抓寻：找寻。
④照看：用灯火照着看。
⑤只索：只得。
⑥告过：告罪，对不起。
⑦干系：责任。
⑧但凭：只靠。近似今语"偏劳"、"有劳"的意思。

纱巾么①？"众人道："既有了巾儿，人也只在左近②。"沿墙照去，不多几步，只叫得声："苦也！"原来东角转弯处，有个粪窖，窖中一人，两脚朝天，不歪不斜，刚刚倒插在内。庄客认得鞋袜衣服，正是张委，顾不得臭秽，只得上前打捞起来。虞、单二老暗暗念佛③，和邻舍们自回。众庄客抬了张委，在湖边洗净。先有人报去庄上。合家大小，哭哭啼啼，置备棺衣入殓，不在话。其夜，张霸破头伤重，五更时亦死。此乃作恶的见报④。正是：

  两个凶人离世界，
  一双恶鬼赴阴司。

  次日，大尹病愈升堂，正欲吊审秋公之事，只见公差禀道："原告张霸同家长张委，昨晚都死了。"如此如此，这般这般。大尹大惊，不信有此异事。须臾间，又见里老乡民，共有百十人，连名具呈前事，诉说秋公平日惜花行善，并非妖人；张委设谋陷害，神道报应。前后事情，细细分剖。大尹因昨日头晕一事，亦疑其枉，到此心下豁然⑤，还喜得不曾用刑。即于狱中吊出秋公，立时释放。又给印信告示⑥，与他园门张挂，不许闲人损坏他花木。众人叩谢出府。秋公向邻里作谢，一路同了虞、单二老，开了园门，同秋公进去。秋公见牡丹茂盛如初，伤感不已。众人治酒⑦，与秋公压惊。秋公便同众人连吃了数日酒席。

  闲话休题。自此之后，秋公日饲百花，

① 软翅纱巾：一种官宦子弟常戴的包头巾。
② 左近：附近。
③ 暗暗念佛：暗中念诵佛号（阿弥陀佛）。意思略相当于"老天有眼，报应不爽"。
④ 见报：现世报。见，同"现"。
⑤ 豁然：明白。
⑥ 印信告示：盖有官印的文告。
⑦ 治酒：操办酒宴。

渐渐习惯，遂谢绝了烟火之物①。所鬻果实之资，悉皆布施②。不数年间，发白更黑③，颜色转如童子。一日正值八月十五，丽日当天，万里无瑕。秋公正在房中趺坐④，忽然祥风微拂，彩云如蒸，空中音乐嘹亮，异香扑鼻，青鸾白鹤，盘旋翔舞，渐至庭前。云中正立着司花女，两边幢幡宝盖⑤，仙女数人，各奏乐器。秋公一见，扑翻身便拜。司花女道："秋先，汝功行圆满，吾已申奏上帝，有旨封汝为护花使者，专管人间百花，令汝拔宅上升⑥。但有爱花惜花的，加之以福；残花毁花的，降之以灾。"秋公向空叩首谢恩讫，随着众仙，登时带了花木，一齐冉冉升起，向南而去。虞公、单老和那邻里之人都看见的，一齐下拜。还见秋公在云端延头望着众人⑦，良久方没。此地遂改名升仙里，又谓之惜花村。

园公一片惜花心，
道感仙姬下界临。
草木同升随拔宅，
淮南不用炼黄金⑧。

① 烟火之物：烧熟的食物。
② 布施：向佛寺道观施舍财物。
③ 更：又。
④ 趺（fū）坐：盘腿而坐。佛教修禅者的坐法。趺，脚背。
⑤ 幢（chuáng）幡：用为仪仗的旗帜。宝盖，用金、银等七种宝物装饰的伞盖。
⑥ 拔宅上升：全家成仙。相传汉代淮南王刘安白日升天，全家连鸡犬也一同升天。拔宅，意即整个宅子一毫不留。
⑦ 延头：伸着头颈。
⑧ 淮南：指淮南王刘安。炼黄金，指炼丹术。整首诗的意思是，只要像灌园叟那样诚心诚意就可以成仙，不必像淮南王刘安那样炼丹服药。

乔太守乱点鸳鸯谱

《醒世恒言》

【题解】

本篇选自《醒世恒言》第八卷，《今古奇观》收在第二十八卷。小说叙述三对青年男女的婚姻纠葛，体现了年轻人要求婚姻自主的愿望，并以乔太守的乱点鸳鸯谱予以突出。对青年人背后的家庭及其邻里的刻画，则反映了当时的市民社会的真实情形。作品结构圆熟，人物性格鲜明，对话富有鲜明个性特点。

自古姻缘天定，不由人力谋求。有缘千里也相投，对面无缘不偶。仙境桃花出水①，宫中红叶传沟②。三生簿上注风流③，何用冰人开口④。

这首《西江月》词，大抵说人的婚姻乃前生注定，非人力可以勉强。今日听在下说一桩意外姻缘的故事，唤做"乔太守乱点鸳鸯谱"。这故事出在那个朝代？何处地方？那故事出在大宋景祐年间⑤，杭州府。有一人姓刘，名秉义，是个医家出身。妈妈谈氏，生得一对儿女。儿子唤做刘璞，年当弱冠⑥，一表非俗，已聘下孙寡妇的女儿珠姨为妻。那刘璞自幼攻书，学业已就。到十六岁上，刘秉义欲令他弃了书本，习学医业。刘璞立志大就⑦，不肯改业，不在话下。女儿小名慧娘，年方一十五岁，已受了邻近开生药铺裴老家之聘。那慧娘生得姿容艳丽，意态妖娆，非常标致。怎见得？但见：

蛾眉带秀，凤眼含情，腰如弱柳迎

①仙境桃花出水：传说晋代刘晨、阮肇二人采樵入山，摘食仙果，并逆流至仙境，与二仙子好合。事见刘义庆《幽明录》。
②宫中红叶传沟：唐僖宗时，宫女韩氏用红叶题诗，叶自御沟中流出，为士子于祐所得；于祐亦题诗红叶，在上游放入御沟，诗为韩氏所得。后宫女被放出宫，二人结为夫妻。事见《太平广记》。
③风流：这里指姻缘。
④冰人：媒人。
⑤景祐：宋仁宗赵祯年号，公元1034～1038年。
⑥弱冠：年刚二十。
⑦大就：指科举做官。

风,面似娇花拂水。体态轻盈,汉家飞燕同称①;性格风流,吴国西施并美②。蕊宫仙子谪人间③,月殿嫦娥临下界④。

不题慧娘貌美,且说刘公见儿子长大,同妈妈商议,要与他完姻。方待教媒人到孙家去说,恰好裴九老也教媒人来说,要娶慧娘。刘公对媒人道:"多多上覆裴亲家,小女年纪尚幼,一些妆奁未备⑤,须再过几时,待小儿完姻过了,方及小女之事,目下断然不能从命。"媒人得了言语,回复裴家。

那裴九老因是老年得子,爱惜如珍宝一般,恨不能风吹得大⑥,早些儿与他毕了姻事,生男育女。今日见刘公推托,好生不喜。又央媒人到刘家说道:"令爱今年一十五岁,也不算做小了。到我家来时,即如女儿一般看待,决不难为。就是妆奁厚薄,但凭亲家,并不计论。万望亲家曲允则个⑦。"刘公立意先要与儿子完姻,然后嫁女。媒人往返了几次,终是不允。裴九老无奈,只得忍耐。当时若是刘公允了,却不省好些事休,止因执意不从,到后生出一段新闻,传说至今。正是:

只因一着错,满盘俱是空。

却说刘公回脱了裴家,央媒人张六嫂到孙家去说儿子的姻事。原来孙寡妇母家姓胡,嫁的丈夫孙恒,原是旧家子弟。自十六岁做亲,十七岁就生下一个女儿,唤名珠姨。才隔一岁,又生个儿子,取名孙润,小

① 汉家飞燕:即赵飞燕。汉成帝的宠妃,后封为后。美姿容,善歌舞。
② 吴国西施:春秋时越国美女。越国被吴国打败之后,越王勾践派范蠡把她献给吴王夫差。后来吴国被越国所灭,一说西施归于范蠡,一说西施被沉于江。
③ 蕊宫:即蕊珠宫,概指神仙所居的宫殿。谪(zhé):贬谪,这里指下到。
④ 月殿嫦娥:月宫中的嫦娥。临,降临。
⑤ 妆奁(lián):嫁妆。
⑥ 风吹得大:意思是快快长大。
⑦ 曲允:委曲应允。则个:语助词,下文也作"只个"。

字玉郎。两个儿女方在襁褓①中，孙恒就亡过了②。亏孙寡妇有些节气，同着养娘③，守这两个儿女，不肯改嫁，因此人都唤他是孙寡妇。光阴迅速，两个儿女渐渐长成，珠姨便许了刘家，玉郎从小聘定善丹青徐雅的女儿文哥为妇④。那珠姨、玉郎都生得一般美貌，就如良玉碾成、白粉团就一般⑤。加添资性聪明，男善读书，女工针指⑥。还有一件，不但才貌双美，且又孝悌兼全。

闲话休题。且说张六嫂到孙家传达刘公之意，要择吉日娶小娘子过门。孙寡妇母子相依，满意欲要再停几时⑦，因想男婚女嫁乃是大事，只得应承；对张六嫂道："上覆亲翁亲母，我家是孤儿寡母，没甚大妆奁嫁送，不过随常粗布衣裳。凡事不要见责。"张六嫂覆了刘公。刘公备了八盒羹果礼物并吉期⑧，送到孙家。孙寡妇受了吉期，忙忙的制办出嫁东西。看看日子已近，母女不忍相离，终日啼啼哭哭。谁想刘璞因冒风之后，出汗虚了，变为寒症⑨，人事不省，十分危笃⑩，吃的药就如泼在石上，一毫没用。求神问卜，俱说无救。吓得刘公夫妻魂魄都丧，守在床边，吞声对泣。

刘公与妈妈商量道："孩儿病势恁样沉重，料必做亲不得。不如且回了孙家，等待病痊，再择日罢。"刘妈妈道："老官儿，你许多年纪了，这样事难道还不晓得？大凡病人势凶，得喜事一冲就好了⑪。未曾说起的，还要去相求；如今现成事体，怎么反要回他！"刘公道："我看孩儿病体，凶多吉少。若娶来家，冲得好时，此是万千之喜，不必讲了；倘或不好，可不害了人家子女，有个

① 襁褓（qiǎng bǎo）：包裹婴儿的包袱。
② 亡过：亡故，去世。
③ 养娘：婢女。
④ 丹青：绘画。这里的"善丹青"似为绰号。
⑤ 良玉碾成、白粉团就：是说像美玉琢成，白面捏成。即玉琢粉团，形容美貌无瑕。
⑥ 工针指：擅长做针线。
⑦ 满意：满心，很想。
⑧ 吉期：结婚的日期。这里是指写有结婚日期的婚帖。
⑨ 寒症：中医把患者畏冷、手脚冰冷、腹泻、不想喝水、脉搏迟缓等症状叫做寒症。
⑩ 危笃（dǔ）：危重。笃，病重。
⑪ 得喜事一冲就好：旧时习俗，认为订婚的男子有病，可举办婚礼来疗救疾病，称冲喜。俗谓冲喜可使患者病愈。

晚嫁的名头①？"刘妈妈道："老官，你但顾了别人，却不顾自己。你我费了许多心机，定得一房媳妇。谁知孩儿命薄，临做亲，却又患病起来。今若回了孙家，孩儿无事，不消说起。万一有些山高水低②，有甚把臂③？那原聘还了一半，也算是他们忠厚了，却不是人财两失！"刘公道："依你便怎样？"刘妈妈道："依着我，分付了张六嫂，不要题起孩儿有病，竟娶来家，就如养媳妇一般。若孩儿病好，另择吉结亲；倘然不起，媳妇转嫁时，我家原聘并各项使费少，不得班足了④，放他出门，却不是个万全之策！"刘公耳朵原是棉花做的⑤，就依着老婆，忙去叮嘱张六嫂不要泄漏。

　　自古道："若要不知，除非莫为。"刘公便瞒着孙家。那知他紧间壁的邻家姓李，名荣，曾在人家管过解库⑥，下人都叫做李都管⑦。为人极是刁钻，专一打听人家的细事，喜谈乐道。因他做主管时得了些不义之财，手中有钱，所居与刘家基址相连⑧，意欲强买刘公房子，刘公不肯，为此两下面和意不和，巴不能刘家有些事故，幸灾乐祸。晓得刘璞有病危急，满心欢喜，连忙去报知孙家。孙寡妇听见女婿病凶，恐防误了女儿，即使养娘去叫张六嫂来问。张六嫂欲待不说，恐怕刘璞有变，孙寡妇后来埋怨；欲要说了，又怕刘家见怪。事在两难，欲言又止。孙寡妇见他半吞半吐，越发盘问得急了。张六嫂隐瞒不过，乃说："偶然伤风，原不是十分大病，将息到做亲时，料必也好了。"孙寡妇道："闻得他病势十分沉重，你

①晚嫁：改嫁。名头：名声。
②山高水低：比喻发生意外，这里是指万一刘璞死了。
③把臂：把柄，凭据。
④班足：等量还足。
⑤耳朵原是棉花做的：俗谓耳朵根子软，易从人言。
⑥解库：典当铺。
⑦都管：总管，主管。
⑧基址：房屋地基。

怎说得这般轻易①？这事不是当耍的，我受了千辛万苦，守得这两个儿女成人，如珍宝一般。你若含糊赚了我女儿时②，少不得和你性命相搏，那时不要见怪。"又道："你去到刘家说：若果然病重，何不待好了，另择日子？总是儿女年纪尚小，何必恁样忙迫③？问明白了，快来回报一声。"张六嫂领了言语，方欲出门，孙寡妇又叫转道："我晓得你决无实话回我的，我令养娘同你去走遭，便知端的④！"张六嫂见说教养娘同去，心中着忙道："不消得⑤。好歹不误大娘之事。"孙寡妇那里肯听，教了养娘些言语，跟张六嫂同去。

张六嫂丽脱不得⑥，只得同到刘家。恰好刘公走出来，张六嫂欺养娘不认得，便道："小娘子少待，等我问句话来。"急走上前，拉刘公到一边，将孙寡妇适来言语细说⑦，又道："他因放心不下，特教养娘同来讨个实信。却怎的回答？"刘公听见养娘来看，手足无措，埋怨道："你怎不阻挡住了？却与他同来！"张六嫂道："再三拦阻，如何肯听？教我也没奈何。如今且留他进去坐了，你们再去从长计较回他⑧，不要连累我后日受气。"说还未毕，养娘已走过来。张六嫂就道："此间便是刘老爹⑨。"养娘深深道个万福⑩。刘公还了礼，道："小娘子请里面坐。"一齐进了大门。到客坐内，刘公道："六嫂，你陪小娘子坐着，待我教老荆出来⑪。"张六嫂道："老爹自便。"

刘公急急走到里面，一五一十学于妈妈，又说："如今养娘在外，怎地回他？倘要进来探看孩儿，却又如何掩饰？不如改了

①轻易：轻松，随便。
②赚：哄骗。
③忙迫：急忙，急迫。
④端的：确实，底细。
⑤不消得：不需要，不用了。
⑥丽脱：摆脱，甩掉。
⑦适来：刚才。
⑧计较：计议，谋划。
⑨此间：这里。
⑩万福：旧时妇女对人行礼，一面用双手在左衣襟前拜一拜，一面口称"万福"。
⑪老荆：老妻。在人面前对自己妻子的谦称。荆是"荆钗布裙"的简称。

日子罢!"妈妈道:"你真是个死货!他受了我家的聘,便是我家的人了,怕他怎的!不要着忙,自有道理。"便教女儿慧娘道:"你去将新房中收拾整齐,留孙家妇女吃点心。"慧娘答应自去。

刘妈妈即走向外边,与养娘相见毕,问道:"小娘子下顾①,不知亲母有甚话说②?"养娘道:"俺大娘闻得大官人有恙③,放心不下,特教男女来问候④。二为上覆老爹老娘⑤:若大官人病体初痊,恐未可做亲。不如再停几时,等大官人身子健旺,另拣日罢。"刘妈妈道:"多承亲母过念⑥。大官人虽是身子有些不快,也是偶然伤风,原非大病。若要另择日子,这断不能勾的。我们小人家的买卖,千难万难,方才支持得停当;如错过了,却不又费一番手脚。况且有病的人正要得喜事来冲,他病也易好。常见人家要省事时,还借这病来见喜;何况我家吉期送已多日,亲戚都下了帖儿,请吃喜筵。如今忽地换了日子,他们不道你家不肯,必认做我们讨媳妇不起,传说开去,却不被人笑耻,坏了我家名头?烦小娘子回去上覆亲母,不必担忧,我家干系大哩⑦!"养娘道:"大娘话虽说得是,请问大官人睡在何处?待男女候问一声,好家去回报大娘,也教他放心。"刘妈妈道:"适来服了发汗的药,正熟睡在那里,我与小娘子代言罢。事体总在刚才所言了,更无别说。"张六嫂道:"我原说偶然伤风,不是大病。你们大娘不肯相信,又要你来。如今方见老身不是说谎的了。"养娘道:"既如此,告辞罢。"便要起身。刘妈妈道:"那有此理!说话忙了,茶

①下顾:光顾。
②亲母:亲家母。
③恙(yàng):病。
④男女:这里是奴仆自称。
⑤老爹老娘:这里是婢女对主父主母的称呼。
⑥过念:过于挂念,是谦逊的说法。
⑦干系:连带关系。干,牵连,涉及。

也还没有吃，如何便去？"即邀到里边，又道："我房里腌腌臜臜①，到在新房里坐罢。"引入房中，养娘举目看时，摆设得十分齐整。刘妈妈又道："你看我诸事齐备，如何肯又改日子？就是做了亲，大官人到还要留在我房中歇宿，等身子全愈了，然后同房哩。"养娘见他整备得停当②，信以为实。当下刘妈妈教丫环将出点心茶来摆上③，又教慧娘也来相陪。养娘心中想道："我家珠姨是极标致的了，不想这女娘也恁般出色④！"吃了茶儿，作别出门。临行，刘妈妈又再三嘱咐张六嫂："是必来覆我一声⑤！"

　　养娘同着张六嫂回到家中，将上项事说与主母。孙寡妇听了，心中到没了主意，想道："欲待允了，恐怕女婿真个病重，变出些不好来，害了女儿；将欲不允，又恐女婿果是小病已愈，误了吉期。"疑惑不定，乃对张六嫂道："六嫂，待我酌量定了，明早来取回信罢。"张六嫂道："正是。大娘从容计较计较，老身早早来也。"说罢自去。

　　且说孙寡妇与儿子玉郎商议："这事怎生计较？"玉郎道："想起来还是病重，故不要养娘相见。如今必要回他另择日子，他家也没奈何，只得罢休。但是空费他这番东西，见得我家没有情义⑥，倘后来病好，相见之间，觉道没趣⑦。若依了他们时，又恐果然有变，那时进退两难，懊悔却便迟了。依着孩儿，有个两全之策在此，不知母亲可听？"孙寡妇道："你且说是甚两全之策？"玉郎道："明早教张六嫂去说，日子便依着他家，妆奁一毫不带。见喜过了，到第三朝

①腌腌（ān）臜臜：肮里肮脏。
②整备：整理，准备。
③点心茶：指饭菜。
④女娘：指年轻女子。
⑤是必：一定。
⑥见得：显得。
⑦没趣：没意思。指相处起来有隔阂，不痛快。

就要接回①。等待病好，连妆奁送去。是恁样，纵有变故，也不受他们笼络②。这却不是两全其美？"孙寡妇道："你真是个孩子家见识。他们一时假意应承娶去，过了三朝，不肯放回，却怎么处？"玉郎道："如此怎好？"孙寡妇又想了一想，道："除非明日教张六嫂依此去说，临期教姐姐闪过一边③，把你假扮了送去。皮箱内原带一副道袍鞋袜④，预防到三朝，容你回来，不消说起；倘若不容，且住在那里，看个下落。倘有三长两短，你取出道袍穿了，竟自走回，那个扯得你住？"玉郎："别事便可，这事却使不得！后来被人晓得，教孩儿怎生做人⑤？"孙寡妇见儿子推却，心中大怒道："纵别人晓得，不过是耍笑之事，有甚大害！"玉郎平昔孝顺，见母亲发怒，连忙道："待孩儿去便了。只不会梳头，却怎么好？"孙寡妇道："我教养娘伏侍你去便了。"计较已定。

次早张六嫂来讨回音，孙寡妇与他说如此如此、恁般恁般，"若依得，便娶过去；依不得，便另择日罢。"张六嫂覆了刘家，一一如命。你道他为何就肯了？只因刘璞病势愈重，恐防不妥，单要哄媳妇到了家里，便是买卖了。故此将错就错，更不争长竞短。那知孙寡妇已先参透机关⑥，将个假货送来，刘妈妈反做了：

　　周郎妙计安天下，
　　赔了夫人又折兵⑦。

话休烦絮。到了吉期，孙寡妇把玉郎妆扮起来，果然与女儿无二，连自己也认不出

①第三朝：第三天。旧俗新娘过门头三天不外出、不待客。
②笼络：指牵制、束缚。
③闪过一边：躲在一边。闪，躲。
④道袍：指一般人穿的像道袍一样的长袍。
⑤怎生：怎样。
⑥参透机关：看穿把戏。
⑦"周郎"二句：指诸葛亮三气周瑜，东吴既让刘备娶走孙权之妹，军事上又未占到便宜之事。周郎，即周瑜。

真假。教习些女人礼数。诸色好了①，只有两件难以遮掩，恐露出事来。那两件？第一件是足与女子不同。那女子的尖尖趫趫②，凤头一对③，露在湘裙之下，莲步轻移，如花枝招颭一般④。玉郎是个男子汉，一只脚比女子的有三四只大，虽然把扫地长裙遮了⑤，教他缓行细步，终是有些蹊跷。这也还在下边，无人来揭起裙儿观看，还隐藏得过。第二件是耳上的环儿，乃女子平常时所戴，爱轻巧的也少不得戴对丁香儿，那极贫小户人家，没有金的银的，就是铜锡的，也要买对儿戴着。今日玉郎扮做亲人，满头珠翠，若耳上没有环儿，可成模样么？他左耳还有个环眼，乃是幼时恐防难养穿过的⑥，那右耳却没眼儿，怎生戴得？孙寡妇左思右想，想出一个计策来。你道是甚计策？他教养娘讨个小小膏药，贴在右耳。若问时，只说环眼生着疳疮⑦，戴不得环子，露出左耳上眼儿掩饰。打点停当，将珠姨藏过一间房里，专候迎亲人来。

　　到了黄昏时候。只听得鼓乐喧天，迎亲轿子已到门首。张六嫂先入来，看见新人打扮得如天神一般，好不欢喜。眼前不见玉郎，问道："小官人怎地不见？"孙寡妇道："今日忽然身子有些不健，睡在那里，起来不得。"那婆子不知就里⑧，不来再问。孙寡妇将酒饭犒赏了来人。傧相念起诗赋⑨，请新人上轿。玉郎兜上方巾⑩，向母亲作别。孙寡妇一路假哭，送出门来，上了轿子，教养娘跟着，随身只有一只皮箱，更无一毫妆奁。孙寡妇又叮嘱张六嫂道："与你说过，三朝就要送回的，不要失信！"张六嫂连声

①诸色：各样。
②尖尖趫趫（qiāo）：即尖尖跷跷，形容女子缠过的脚的小巧和弓弯之状。
③凤头：旧时女子绣鞋头上的彩色绒球，其状如凤头，故名。
④招颭（zhān）：招展。颭，风吹物动。
⑤扫地长裙：古时妇女穿的一种裙摆拖地的裙子。
⑥幼时恐防难养穿过：民间旧俗，怕小孩难以养活，有寄名、起贱名、男穿女衣等习俗，认为如此则邪魅不敢或无法作祟，小孩可顺利成长。这里男子穿耳，亦属此类。
⑦疳（gān）疮：一种小疮。
⑧就里：内情，底细。
⑨傧相念起诗赋：司仪念起喜歌。傧相，即婚礼司仪。诗赋，指婚礼仪式上的歌谣，俗称喜歌。这里念的当是上轿歌。
⑩兜上方巾：古时结婚风俗，新娘头上要用一块大红方巾遮盖着，俗名盖头。

答应道:"这个自然。"

不题孙寡妇。且说迎亲的一路笙箫聒耳①,灯烛辉煌。到了刘家门首,侯相进来说道:"新人将已出轿,没新郎迎接,难道教他独自拜堂不成?"刘公道:"这却怎好?不要拜罢。"刘妈妈道:"我自有道理,教女儿陪拜便了。"即令慧娘出来相迎。侯相念了拦门诗赋②,请新人出了轿子,养娘和张六嫂两边扶着,慧娘相迎。进了中堂③,先拜了天地,次及公姑、亲戚④。双双却是两个女人同拜,随从人没一个不掩口而笑。都相见过了,然后姑嫂对拜。刘妈妈道:"如今到房中去,与孩儿冲喜。"乐人吹打,引新进房,来至卧床边。刘妈妈揭起帐子,叫道:"我的儿,今日娶你媳妇来家冲喜,你须挣扎精神则个。"连叫三四次,并不则声。刘公将灯照时,只见头儿歪在半边,昏迷去了。原来刘璞病得身子虚弱,被鼓乐一震,故此迷昏。当下老夫妻手忙脚乱,掐住人中⑤,即教取过热汤,灌了几口,出了一身冷汗,方才苏醒。刘妈妈教刘公看着儿子,自己引新人进新房中去。揭起方巾,打一看时⑥,美丽如画,亲戚无不喝采。只有刘妈妈心中反觉苦楚,他想:"媳妇恁般美貌,与儿子正是一对儿。若得双双奉侍老夫妇的暮年,也不枉一生辛苦。谁想他没福,临做亲却染此大病,十分中到有九分不妙。倘有一差两误⑦,媳妇少不得归于别姓,岂不目前空喜!"

不题刘妈妈心中之事。且说玉郎也举目看时,许多亲戚中,只有姑娘生得风流标致,想道:"好个女子!我孙润可惜已定了

① 聒(guō)耳:指吵闹。
② 拦门诗赋:喜歌的一种。旧时婚礼,新娘迎到夫家,不让轿子进门,称拦门;意在考验新娘的耐性,俗称"憋性子"。
③ 中堂:中厅。
④ 公姑:公婆。
⑤ 人中:针灸穴位,即上唇正中凹下处。
⑥ 打一看:刚一看。
⑦ 一差两误:也作一差两错,即差错。

妻子，若早知此女恁般出色，一定要求他为妇。"这里玉郎方在赞美，谁知慧娘心中也想道："一向张六嫂说他标致，我还未信，不想话不虚传。只可惜哥哥没福受用，今夜教他孤眠独宿。若我丈夫像得他这样美貌，便称我的生平了①，只怕不能够哩。"

不题二人彼此欣羡。刘妈妈请众戚赴过花红筵席②，各自分头歇息。候相乐人③，俱已打发去了。张六嫂没有睡处，也自归家。玉郎在房，养娘与他卸了首饰，秉烛而坐，不敢便寝。刘妈妈与刘公商议道："媳妇初到，如何教他独宿？可教女儿去陪伴。"刘公道："只怕不稳便。由他自睡罢。"刘妈妈不听，对慧娘道："你今夜相伴嫂嫂在新房中去睡，省得他怕冷静④。"慧娘正爱着嫂嫂，见说教他相伴，恰中其意。刘妈妈引慧娘到新房中，道："娘子，只因你官人有些不恙，不能同房，特令小女来陪你同睡。"玉郎恐露出马脚，回道："奴家自来最怕生人，倒不消罢。"刘妈妈道："呀！你们姑嫂年纪相仿，即如姊妹一般，正好相处，怕怎的？你若嫌不稳时，各自盖着条被儿，便不妨了。"对慧娘道："你去收拾了被窝过来。"慧娘答应而去。

玉郎此时又惊又喜，喜的是，心中正爱着姑娘标致，不想天与其便，刘妈妈令来陪卧，这中便有几分了；惊的是，恐他不允，一时叫喊起来，反坏了自己之事。又想道："此番挫过，后会难逢。看这姑娘年纪，已在当时，情窦料也开了⑤。须用计缓缓撩拨热了⑥，不怕不上我钩。"心下正想，慧娘教丫环拿了被儿，同进房来。放在床上。刘妈

①生平：这里是平生之愿的意思。
②花红筵席：喜庆筵席。
③乐（yuè）人：指鼓乐班子的人。旧时婚礼，迎亲要有鼓乐班子一路跟随演奏。
④冷静：冷清。
⑤情窦（dòu）：情感的孔道。指对男女之事的了解。窦，孔，洞。
⑥撩拨：挑逗。

妈起身，同丫环自去。慧娘将房门闭上，走到玉郎身边，笑容可掬，乃道："嫂嫂，适来见你一些东西不吃，莫不饿了？"玉郎道："到还未饿。"慧娘又道："嫂嫂，今后要甚东西，可对奴家说知，自去拿来，不要害羞不说。"玉郎见他意儿殷勤，心下暗喜，答道："多谢姑娘美情。"慧娘见灯上结着一个大大花儿①，笑道："嫂嫂，好个灯花儿，正对着嫂嫂，可知喜也！"玉郎也笑道："姑娘休得取笑，还是姑娘的喜信。"慧娘道："嫂嫂话儿，到会耍人。"

两个闲话一回。慧娘道："嫂嫂，夜深了，请睡罢。"玉郎道："姑娘先请。"慧娘道："嫂嫂是客，奴家是主，怎敢僭先②！"玉郎道："这个房中，还是姑娘是客人。"慧娘笑道："恁般占先了③。"便解衣先睡。养娘见两下取笑，觉道玉郎不怀好意，低低说道："官人，你须要斟酌，此事不是当耍的。倘大娘知了，连我也不好。"玉郎道："不消嘱咐，我自晓得。你自去睡。"养娘便去旁边打个铺儿睡下。

玉郎起身携着灯儿，走到床边，揭起帐子照看。只见慧娘卷着被儿，睡在里床，见玉郎将灯来照，笑嘻嘻的道："嫂嫂，睡罢了，照怎的？"玉郎也笑道："我看姑娘睡在那一头，方好来睡。"把灯放在床前一只小桌儿上，解衣入帐，对慧娘道："姑娘，我与你一头睡了，好讲话耍子④。"慧娘道："如此最好。"玉郎钻下被里，卸了上身衣服，下体小衣却穿着⑤，问道："姑娘，今年青春了⑥？"慧娘道："一十五岁。"又问："姑娘许的是那一家？"慧娘怕羞，不肯回言。

①灯上结着一个大大花儿：花儿，指灯花。旧时俗信认为，灯花爆、喜鹊噪都预兆喜事。这里慧娘说大灯花正对着嫂嫂，正是说嫂嫂喜事已临。
②僭（jiàn）先：占先。僭，越过。慧娘这里是从主客角度说的，即按礼，客先主后。
③恁（nèn）般：那样（的话，我就）。
④耍子：玩耍，逗乐。
⑤小衣：指内衣，亵衣。
⑥青春：年龄，年纪。这里是"多大"的意思。

玉郎把头捱到他枕上，附耳道："我与你一般女儿家，何必害羞？"慧娘方才答道："是开生药铺的裴家。"又问道："可见说佳期还在何日？"慧娘低低道："近日曾教媒人再三来说，爹道奴家年纪尚小①，回他们再缓几时哩。"玉郎笑道："回了他家，你心下可不气恼么？"慧娘伸手把玉郎的头推下枕来，道："你不是个好人！哄了我的话，便来耍人。我若气恼时，你今夜心里还不知怎地恼着哩！"玉郎依旧又捱到枕上道："你且说有甚烦？"慧娘道："今夜做亲没有个对儿②，怎地不恼？"玉郎道："如今有姑娘在此，便是个对儿了，又有甚恼？"慧娘笑道："恁样说，你是我的娘子了？"玉郎道："我年纪长似你③，丈夫还是我。"慧娘道："我今夜替哥哥拜堂，就是哥哥一般，还该是我。"玉郎道："大家不要争。只做个女夫妻罢。"两个说风话耍子④，愈加亲热。

且说养娘恐怕玉郎弄出事来，卧在旁边铺上，眼也不合。听着他们初时还说话笑耍，次后只听得二人成了那事，暗暗叫苦。到次早起来，慧娘自向母亲房中梳洗，养娘替玉郎梳妆，低低说道："官人，你昨夜恁般说了，却又口不应心⑤，做下那事！倘被他们晓得，却怎处？"玉郎道："又不是我去寻他，他自送上门来，教我怎生推却？"养娘道："你须拿住主意便好⑥。"玉郎道："你想恁样花一般的美人同床而卧，便是铁石人也打熬不住，叫我如何忍耐得过！你若不泄漏时，更有何人晓得？"妆扮已毕，来刘妈妈房里相见。刘妈妈道："儿，环子也忘戴了？"养娘道："不是忘了，因右耳上环眼生

①奴家：女性自称之词。
②做亲：成亲。
③长似：大过。
④风话：风情话。
⑤口不应心：即心口不一，口是心非。
⑥拿住：拿定，把握住。

了疮疖，戴不得，还贴着膏药哩。"刘妈妈："原来如此。"玉郎依旧来至房中坐下，亲戚女眷都来相见，张六嫂也到。慧娘梳裹罢①，也到房中，彼此相视而笑。是日刘公请内外亲戚吃庆喜筵席，大吹大擂②，直饮到晚，各自辞别回家。慧娘依旧来伴玉郎，这一夜颠鸾倒凤，海誓山盟，比昨倍加恩爱。看看过了三朝，二人行坐不离。到是养娘捏着两把汗，催玉郎道："如今已过三朝，可对刘大娘说，回去罢。"玉郎与慧娘正火一般热，那想回去，假意说："我怎好启齿说要回去？须是母亲叫张六嫂来说便好。"养娘道："也说得是。"即便回家③。

却说孙寡妇虽将儿子假妆嫁去，心中却怀着鬼胎，急切不见张六嫂来回覆④，眼巴巴望到第四日，养娘回家，连忙来回。养娘将女婿病凶⑤，姑娘陪拜，夜间同睡相好之事，细细说知。孙寡妇跌足叫苦道⑥："这事必然做出来也！你快去寻张六嫂来。"养娘去不多时，同张六嫂来家。孙寡妇道："六嫂，前日讲定，约三朝便送回来。今已过了，劳你去说，快些送我女儿回来。"张六嫂得了言语，同养娘来至刘家。恰好刘妈妈在玉郎房中闲话，张六嫂将孙家要接新人的话说知。玉郎、慧娘不忍割舍，到暗暗道："但愿不允便好。"谁想刘妈妈真个说道："六嫂，你媒也做了，难道恁样事还不晓得？从来可有三朝媳妇便归去的理么？前日他不肯嫁来，这也没奈何。今既到我家，便是我家的人了，还像得他意⑦？我千难万难娶得个媳妇，到三朝便要回去，说也不当人子⑧。既如此不舍得，何不当初莫许人家？他也有

①梳裹：梳妆打扮，穿衣裹脚。
②大吹大擂：这里指鼓乐齐鸣。吹指唢呐等管乐，擂指锣鼓等打击乐。
③即便：当即就。
④急切：一时间，这里含有着急、盼望等义。
⑤病凶：病势重。
⑥跌足：顿足。
⑦像得他意：遂得了他的意。
⑧不当人子：意思是不该、罪过。

儿子，少不也要娶媳妇，看三朝可肯放回家去？闻得亲母是个知礼之人，亏他怎样说了出来！"一番言语，说得张六嫂哑口无言，不敢回覆孙家。那养娘恐怕有人闯进房里，冲破二人之事①，到紧紧守着房门，也不敢回家。

且说刘璞自从结亲这夜惊出一身汗来，渐渐痊可②。晓得妻子又娶来家，人物十分标致，心中欢喜，这病愈觉好得快了。过了数日，挣扎起来，半眠半坐，日渐健旺，即能梳裹，要到房中来看浑家③。刘妈妈恐他初愈，不耐行动④，叫丫环扶着，自己也随其后，慢腾腾的走到新房门口。养娘正坐在门槛之上，丫环道："让大官人进去。"养娘立起身来，高声叫道："大官人进来了！"玉郎正搂着慧娘调笑，听得有人进来，连忙走开。刘璞掀开门帘，跨进房来。慧娘道："哥哥，且喜梳洗了，只怕还不宜劳动⑤。"刘璞道："不打紧。我也暂时走走，就去睡的。"便向玉郎作揖。玉郎背转身。道了个万福。刘妈妈道："我的儿，你且慢作揖么⑥！"又见玉郎背立，便道："娘子，这便是你官人，如今病好了，特来见你，怎么到背转身子？"走向前，扯近儿子身边，道："我的儿，与你恰好正是个对儿。"刘璞见妻子美貌异常，甚是快乐。真个是"人逢喜事精神爽"，那病平去了几分⑦。刘妈妈道："儿去睡了罢，不要难为身子。"原叫丫环扶着⑧，慧娘也同进去。

玉郎见刘璞虽然是个病容，却也人材齐整，暗想道："姐姐得配此人，也不辱抹了⑨。"又想道："如今姐夫病好，倘然要来同卧，这

①冲破：撞破。
②痊可：痊愈，病好。
③浑家：妻子。
④不耐：经受不住，吃不消。耐，经受。
⑤劳动：劳累。
⑥作揖：这里指行礼。
⑦平：平白，无端。
⑧原：照旧。
⑨辱抹：辱没。

事便要决撒①。快些回去罢。"到晚上对慧娘道:"你哥哥病已好了,我须住身不得。你可撺掇母亲送我回家②,换姐姐过来,这事便隐过了。若再住时,事必败露。"慧娘道:"你要回家,也是易事,我的终身却怎么处?"玉郎道:"此事我已千思万想,但你已许人,我已聘妇,没甚计策挽回,如之奈何?"慧娘道:"君若无计娶我,誓以魂魄相随,决然无颜更事他人③!"说罢,呜呜咽咽哭将起来。玉郎与他拭了眼泪,道:"你且勿烦恼,容我再想。"自此两相留恋,把回家之事到搁起一边,一日午饭已过,养娘向后边去了。二人将房门闭上,商议那事,长算短算,没个计策,心下苦楚,彼此相抱暗泣。

且说刘妈妈自从媳妇到家之后,女儿终日行坐不离。刚到晚,便闭上房门去睡,直至日上三竿方才起身。刘妈妈好生不乐。初时认做姑嫂相爱,不在其意。已后日日如此④,心中老大疑惑。也还道是后生家贪眠懒惰⑤,几遍要说,因想媳妇初来,尚未与儿子同床,还是个娇客⑥,只得耐往。那日也是合当有事⑦,偶在新房前走过,忽听得里边有哭泣之声。向壁缝中张时⑧,只见媳妇共女儿互相搂抱,低低而哭。刘妈妈见如此做作⑨,料道这事有些蹊跷⑩。欲待发作,又想儿子才好,若知得,必然气恼,权且耐住。便掀门帘进来,门却闭着。叫道:"快些开门!"二人听见是妈妈声音,拭干眼泪,忙来开门。刘妈妈走将进去,便道:"为甚青天白日把门闭上,在内搂抱啼哭?"二人被问,惊得满面通红,无言可答。刘妈妈见

①决撒:败露。
②撺掇(cuān duō):怂恿,从中促使。
③更事他人:再事奉别的人。事,事奉,指和别人成亲。
④已后:以后。
⑤后生家:年轻人。贪眠:贪睡。
⑥娇客:这里指处女。
⑦合当:该当。
⑧张:窥探,张望。
⑨做作:不自然、不正常的行为。
⑩蹊跷(qī qiāo):奇怪,不寻常。

二人无言，一发是了①，气得手足麻木，一手扯着慧娘道："做得好事！且进来和你说话。"扯到后边一间空屋中来。丫环看见，不知为甚，闪在一边。刘妈妈扯进里屋，将门闩上。丫环伏在门上张时，见妈妈寻了一根木棒，骂道："贱人！快快实说，便饶你打骂。若一句含糊，打下这下半截来②！"慧娘初时抵赖，妈妈道："贱人！我且问你：他来得几时，有甚恩爱割舍不得，闭着房门搂抱啼哭？"慧娘对答不来。妈妈拿起棒子要打，心中却又不舍得。慧娘料是隐瞒不过，想道："事已至此，索性说个明白，求爹妈辞了裴家，配与玉郎。若不允时，拚个自尽便了③！"乃道："前日孙家晓得哥哥有病，恐误了女儿，要看下落，叫爹妈另自择日。因爹妈执意不从，故把儿子玉郎假妆嫁来。不想母亲叫孩儿陪伴，遂成了夫妇，恩深义重，誓必图百年偕老。今见哥哥病好，玉郎恐怕事露，要回去换姐姐过来。孩儿思想：一女无嫁二夫之理，叫玉郎寻门路娶我为妻。因无良策，又不忍分离，故此啼哭。不想被母亲看见，只此便是实话。"刘妈妈听罢，怒气填胸，把棒撇在一边，双足乱跳，骂道："原来这老乞婆恁般欺心④，将男作女哄我！怪道三朝便要接回⑤。如今害了我女儿，须与他干休不得⑥！拚这老性命结识这小杀才罢⑦！"开了门，便赶出来。慧娘见母亲去打玉郎，心中着忙，不顾羞耻⑧，上前扯住，被妈妈将手一推，跌在地上。爬起时，妈妈已赶向外面去了。慧娘随后也赶将来，丫环亦跟在后边。

且说玉郎见刘妈妈扯去慧娘，情知事露，

①一发：越发，更加。
②下半截：下半身，或指腿脚。
③拚（pàn）：舍弃不顾。
④乞婆：讨饭婆子。骂人的话。欺心：昧着良心。
⑤怪道：怪不得说。
⑥干（gān）休：罢手。
⑦结识：犹今语"会一会"。杀才：骂人话，该死的家伙。
⑧羞耻：这里指害羞、别人的耻笑。

正在房中着急。只见养娘进来道:"官人,不好了!弄出事来也!适在后边来①,听得空屋中乱闹。张看时,见刘大娘拿大棒子拷打姑娘,逼问这事哩!"玉郎听说打着慧娘,心如刀割,眼中落下泪来,没了主意。养娘道:"今若不走,少顷便祸到了②!"玉郎即忙除下簪钗,挽起一个角儿③,皮箱内开出道袍鞋袜穿起。走出房来,将门带上。离了刘家,带跌奔回家里④。正是:

　　拆破玉笼飞彩凤,
　　顿开金锁走蛟龙⑤。

　　孙寡妇见儿子回来,恁般慌急,又惊又喜,便道:"如何这般模样?"养娘将上项事说知。孙寡妇埋怨道:"我教你去,不过权宜之计,如何即做出这般没天理事体?你若三朝便回,隐恶扬善,也不见得事败。可恨张六嫂这老虔婆⑥,自从那日去了,竟不来覆我。养娘你也不回家走遭,教我日夜担愁。今日弄出事来,害这姑娘,却怎么处?要你不肖子何用⑦!"玉郎被母亲嗔责⑧,惊愧无地⑨。养娘道:"小官人也自要回的,怎奈刘大娘不肯。我因恐他们做出事来,日日守着房门,不敢回家。今日暂走到后边,便被刘大娘撞破。幸喜得急奔回来,还不曾吃亏。如今且教小官人躲过两日,他家没甚话说,便是万千之喜了。"孙寡妇真个教玉郎闪过,等候他家消息。

　　且说刘妈妈赶到新房门,只见门闭着,只道玉郎还在里面,在外骂道:"天杀的贼

①适在:适从,刚从。
②少顷:不一会儿。
③挽起:卷起,结起。
④带跌:连跑带跌,跌跌撞撞。
⑤这两句是话本小说里写人逃脱的套话。顿开,扯开。
⑥虔婆:贼婆子。骂人的话。
⑦不肖:品行不好。
⑧嗔责:怒骂。
⑨无地:无地自容。

贱才！你把老娘当作什么样人，敢来弄空头①，坏我的女儿！今日与你性命相搏，方见老娘手段。快些走出来！若不开时，我就打进来了！"正骂时，慧娘已到，便去扯母亲进去。刘妈妈骂道："贱人！亏你羞也不羞，还来劝我！"尽力一摔②，不想用力猛了，将门靠开，母子两个都跌进去，搅做一团。刘妈妈骂道："好天杀的贼贱才，到放老娘这一交！"即忙爬起寻时，那里见个影儿。那婆子寻不见玉郎，乃道："天杀的好见识，走得好！你便走上天去，少不得也要拿下来！"对着慧娘道："如今做下这等丑事，倘被裴家晓得，却怎地做人？"慧娘哭道："是孩儿一时不是，做差这事。但求母亲怜念孩儿，劝爹爹怎生回了裴家，嫁着玉郎，犹可挽回前失。倘若不允，有死而已！"说罢，哭倒在地。刘妈妈道："你说得好自在话儿③！他家下财纳聘定着媳妇④，今日平白地要休这亲事，谁个肯么？倘然问因甚事故要休这亲，教你爹怎生对答？难道说我女儿自寻了一个汉子不成？"慧娘被母亲说得满面羞惭，将袖掩着痛哭。

　　刘妈妈终是禽犊之爱⑤，见女儿恁般啼哭，却又恐哭伤了身子，便道："我的儿，这也不干你事。都是那老虔婆设这没天理的诡计，将那杀才乔妆嫁来。我一时不知，教你陪伴，落了他圈套。如今总是无人知得⑥，把来阁过一边，全你的体面，这才是个长策。若说要休了裴家嫁那杀才，这是断然不能！"慧娘见母亲不允，愈加啼哭。刘妈妈又怜又恼，到没了主意。

　　正闹间，刘公正在人家看病回来，打房

① 弄空头：弄玄虚，弄虚作假。
② 一摔：一挥，一抢。
③ 自在话：与己无关的话。
④ 下财纳聘：按礼俗正式缔结的婚姻。财，指财礼；聘，指聘礼。
⑤ 禽犊之爱：禽犊，小牛犊。禽犊之爱是指老母牛对小牛犊的爱，常用以比喻父母对子女的怜爱。
⑥ 总是：总归是。

门口经过，听得房中啼哭，乃是女儿的声音；又听得妈妈话响①，正不知为着甚的，心中疑惑。忍耐不住，揭开门帘，问道："你们为甚恁般模样？"刘妈妈将前项事一一细说，气得刘公半晌说不出话来。想了一想，倒把妈妈埋怨道："都是你这老乞婆害了女儿！起初儿子病重时，我原要另择日子，你便说长道短，生出许多话来，执意要那一日。次后孙家教养娘来说②，我也罢了，又是你弄嘴弄舌，哄着他家。及至娶来家中，我说待他自睡罢，你又偏生推女儿伴他③。如今伴得好么！"刘妈妈因玉郎走了，又不舍得女儿难为④，一肚子气正没发脱⑤，见老公倒前倒后，数说埋怨，急得暴躁如雷，骂道："老亡八！依你说起来，我的孩儿应该与这杀才骗的！"一头撞个满怀，刘公也在气恼之时，揪过来便打。慧娘便来解劝，三人搅做一团，滚做一块，分拆不开。

丫环着了忙，奔到房中报与刘璞道："大官人，不好了！大爷大娘在新房中相打哩！"刘璞在榻上爬起来，走至新房，向前分解⑥。老夫妻见儿子来劝，因惜他病体初愈，恐劳碌了他，方才罢手，犹兀自"老亡八，老乞婆"相骂⑦。刘璞把父亲劝出外边，乃问："妹子为甚在这房中厮闹⑧？娘子怎又不见？"慧娘被问，心下惶惶，掩面而哭，不敢则声⑨。刘璞焦躁道："且说为着甚的？"刘婆方把那事细说，将刘璞气得面如土色，停了半晌，方道："家丑不可外扬。倘若传到外边，被人耻笑。事已至此，且再作区处⑩！"刘妈妈方才住口，走出房来。慧娘挣

①话响：说话声高。
②次后：后来，以后。
③偏生：偏偏地。
④难为：委屈，憋闷。
⑤发脱：出脱，发泄。
⑥分解：劝解。
⑦兀自：还，尚且。
⑧厮闹：吵闹。
⑨则声：作声。
⑩区处：处置，安排。

住不行①,刘妈妈一手扯着便走,取巨锁将门锁上。来至房里,慧娘自觉无颜,坐在一个壁角边哭泣。正是:

> 饶君掬尽湘江水②,
> 难洗今朝满面羞。

且说李都管听得刘家喧嚷,伏在壁上打听。虽然晓得些风声,却不知其中细底③。次早,刘家丫环走出门前,李都管招到家中问他。那丫环初时不肯说,李都管取出四五十钱来与他道:"你若说了,送这钱与你买东西吃。"丫环见了铜钱,心中动火④,接过来藏在身边,便从头至尾尽与李都管说知。李都管暗喜道:"我把这丑事报与裴家,撺掇来闹吵一场,他定无颜在此居住,这房子可不归于我了?"忙忙的走至裴家,一五一十报知,又添些言语⑤,激恼裴九老。

那九老夫妻因前日娶亲不允,心中正恼着刘公;今日听见媳妇做不丑事,如何不气!一径赶到刘家,唤出刘公来,发话道:"当初我央媒来说要娶亲时,千推万阻,道女儿年纪尚小,不肯应承⑥。护在家中,私养汉子。若早依了我,也不见得做出事来。我是清清白白的人家,决不要这样败坏门风的好东西。快还了我昔年聘礼,另自去对亲,不要误我孩儿的大事。"将刘公嚷得面上一回红人、一回白,想道:"我家昨夜之事,他如何今早便晓得了?这也怪异⑦!"又不好承认,只得赖道:"亲家,这是那里说起,造恁般言语,污辱我家?倘被外人听得,只道真有这事,你我体面何在?"裴九

①挣住:用力抵住。
②饶:即使。掬(jū):用双手捧。
③细底:底细。
④动火:指起贪心。
⑤添些言语:意即添油加醋。
⑥应承:答应。
⑦怪异:奇怪。

老便骂道:"打脊贱才①,真个是老亡八!女儿现做着恁般丑事,那个不晓得的!亏你还长着鸟嘴②,在我面前遮掩!"赶近前把手向刘公脸上一撳③,道:"老亡八!羞也不羞?待我送个鬼脸儿与你戴了见人④!"刘公被他羞辱不过,骂道:"老杀才!今日为甚赶上门来欺我?"便一头撞去,把裴九老撞倒在地,两下相打起来。里边刘妈妈与刘璞听得外面喧嚷,出来看时,却是裴九老与刘公厮打急,向前拆开。裴九老指着骂道:"老亡八打得好!我与你到府里去说话。"一路骂出门去了。刘璞便问父亲:"裴九因甚清早来厮闹?"刘公把他言语学了一遍。刘璞道:"他家如何便晓得了?此甚可怪。"又道:"如今事已彰扬⑤,却怎么处?"刘公又想起裴九老恁般耻辱⑥,心中转恼,顿足道:"都是孙家乞婆害我家坏了门风,受这样恶气!若不告他,怎出得这气?"刘璞劝解不住。刘公央人写了状词,望着府前奔来。正值乔太守早堂放告⑦。这乔太守虽则关西人,又正直,又聪明,怜才爱民,断狱如神,府中都称为乔青天。

却说刘公刚到府前,劈面又遇着裴九老。九老见刘公手执状词,认做告他,便骂道:"老亡八,纵女做了丑事,到要告我。我同你去见太爷!"上前一把扭住,两下又打将起来,两张状词都打失了⑧。二人结做一团,相至堂上。乔太守看见,喝教各跪一边,问道:"你二人叫甚名字?为何结扭相打?"二人一齐乱嚷。乔太守道:"不许搀越⑨!那老儿先上来说。"裴九老跪上去诉道:"小人叫做裴九,有个儿子裴政,从幼

①打脊贱才:骂人话,打折脊梁骨的坏东西。
②鸟(diǎo)嘴:贱嘴。骂人话。
③撳(qìn):按。
④鬼脸儿:假面具。此处指巴掌印。
⑤彰扬:张扬,传扬了出去。彰,明。
⑥耻辱:污辱,羞辱。
⑦放告:官府在一定日期受理诉讼,叫做放告。
⑧打失了:打丢了。
⑨搀越:抢先。这里是指抢着讲话。

聘下边刘秉义的女儿慧娘为妻,今年都已十五岁了。小人因是老年爱子,要早与他完姻①。几次央媒去说,要娶媳妇。那刘秉义只推女儿年纪尚小,勒掯不许②。谁想他纵女卖奸,恋着孙润,暗招在家,要图赖亲事。今早到他家理说③,反把小人殴辱④。情极了⑤,来爷爷台下投告,他又赶来扭打。求爷爷作主,救小人则个!"乔太守听了,道:"且下去!"唤刘秉义上去,问道:"你怎么说?"刘公道:"小人有一子一女,子刘璞聘孙寡妇女儿珠姨为妇,女儿便许裴九的儿子。向日裴九要娶时⑥,一来女儿尚幼,未曾整备妆奁;二来正与儿子完姻,故此不允。不想儿子临婚时,忽地患起病来,不敢教与媳妇同房⑦,令女儿陪伴嫂子。那知孙寡妇欺心,藏过女儿,却将儿子孙润假妆过来,到强奸了小人女儿。正要告官,这裴九却得知了,登门打骂。小人气忿不过,与他争嚷,实不是图赖他的婚姻。"乔太守见说男扮为女,甚以为奇,乃道:"男扮女妆自然有异,难道你认他不出?"刘公道:"婚嫁乃是常事,那曾有男子假扮之理,却去辨他真假?况孙润面貌美如女子,小人夫妻见了,已是万分欢喜,有甚疑惑?"乔太守道:"孙家即以女许为媳,因甚却又把儿子假妆?其中必有缘故。"又道:"孙润还在你家么?"刘公道:"已逃回去了。"乔太守即差人去拿孙寡妇母子三人,又差人去唤刘璞、慧娘兄妹俱来听审。

不多时,都已拿到。乔太守举目看时,玉郎姊弟果然一般美貌,面庞无二;刘璞却也人物俊秀,慧娘艳丽非常。暗暗欣羡道:

①完姻:完婚。
②勒掯(kèn):勒索,刁难。
③理说:理论,说清楚。
④殴辱:殴打,折辱。
⑤情极:情急。
⑥向日:前些日子。
⑦同房:住在一起,指男女发生性关系。

"好两对青年儿女！"心中便有成全之意。乃问孙寡妇："因甚将男作女，哄骗刘家，害他女儿？"孙寡妇乃将女婿病重，刘秉义不肯更改吉期，恐怕误了女儿终身，故把儿子妆去冲喜，三朝便回，是一时权宜之策。不想刘秉义却教女儿陪卧，做出这事。乔太守道："原来如此！"问刘公道："当初你儿子既是病重，自然该另换吉期。你执意不肯，却主何意？假若此时依了孙家①，那见得女儿有此丑事？这都是你自起衅端，连累女儿。"刘公道："小人一时不合听了妻子说话，如今悔之无及！"乔太守道："胡说！你是一家之主，却听妇人言语。"又唤玉郎、慧娘上去道："孙润，你以男假女，已是不该，却又奸骗处女，当得何罪？"玉郎叩头道："小人虽然有罪，但非设意谋求②，乃是刘亲母自遣其女陪伴小人。"乔太守道："他因不知你是男子，故令他来陪伴，乃是美意，你怎不推却？"玉郎道："小人也曾苦辞③，怎奈坚执不从④。"乔太守道："论起法来，本该打一顿板子才是。姑念你年纪幼小，又系两家父母酿成，权且饶恕。"玉郎叩头泣谢。乔太守又问慧娘道："你事已做错，不必说起。如今还是要归裴氏⑤，要归孙润？实说上来。"慧娘哭道："贱妾无媒苟合，节行已亏，岂可更事他人⑥；况与孙润恩义已深，誓不再嫁。若爷爷必欲判离⑦，贱妾即当自尽，决无颜苟活，贻笑他人。"说罢，放声大哭。乔太守见他情词真恳⑧，甚是怜惜，且喝过一边。唤裴九老分付道："慧娘本该断归你家，但已失身孙润，节行已亏，你若娶回去，反伤门风，被人耻笑；

①此时：指刘家欲娶、孙家不允之时。
②设意：有意，故意。
③苦辞：苦苦推辞。
④坚执：坚决、执意。
⑤还是：这里表示选择。
⑥更事：再伺候，再嫁。
⑦爷爷：百姓对官长的敬称。
⑧真恳：真切、诚恳。

他又蒙二夫之名，各不相安。今判与孙润为妻，全其体面。令孙润还你昔年聘礼，你儿子另自聘妇罢！"裴九老道："媳妇已为丑事，小人自然不要。但孙润破坏我家婚姻，今原归于他，反周全了奸夫、淫妇①，小人怎得甘心？情愿一毫原聘不要，求老爷断媳妇另嫁别人，小人这口气也还消得一半。"乔太守道："你既已不愿娶他，何苦又作此冤家？"刘公亦禀道："爷爷，孙润已有妻子，小人女儿岂可与他为妾？"乔太守初时只道孙润尚无妻子，故此斡旋②。见刘公说已有妻，乃道："这却怎么处？"对孙润道："你既有妻子，一发不该害人闺女了！如今置此女于何地？"玉郎不敢答应。乔太守又道："你妻子是何等人家？可曾过门么？"孙润道："小人妻子是徐雅女儿，尚未过门。"乔太守道："这等易处了③。"叫道："裴九，孙润原有妻未娶。如今他既得了你媳妇，我将他妻子断偿你的儿子④，消你之忿。"裴九老道："老爷明断，小人怎敢违逆？但恐徐雅不肯。"乔太守道："我作了主，谁敢不肯！你快回家引儿子过来，我差人去唤徐雅带女儿来，当堂匹配。"裴九老忙即归家，将儿子裴政领到府中，徐雅同女儿也唤到了。乔太守看时，两家男女却也相貌端正，是个对儿。乃对徐雅道："孙润因诱了刘秉义女儿，今已判为夫妇。我今作主，将你女儿配与裴九儿子裴政，限即日三家俱便婚配回报⑤。如有不伏者，定行重治。"徐雅见太守作主，怎敢不依，俱各甘伏⑥。乔太守援笔判道⑦：

弟代姊嫁，姑伴嫂眠。爱女爱子，

①周全：成全。
②斡（wò）旋：调停。
③易处：好办。
④断偿：裁断抵偿。
⑤即日：当天。
⑥甘伏：甘心服从。
⑦援笔：提笔，拿起笔。援，以手牵引。

情在理中；一雌一雄，变出意外①。移干柴近烈火，无怪其燃；以美玉配明珠，适获其偶②。孙氏子因姊而得妇，搂处子不用逾墙③；刘氏女因嫂而得夫，怀吉士初非衒玉④。相悦为婚，礼以义起，所厚者薄，事可权宜。使徐雅别婿裴九之儿，许裴政改娶孙郎之配。夺人妇人亦夺其妇，两家恩怨总息风波；独乐乐不若与人乐⑤，三对夫妻各谐鱼水。人虽兑换，一十六两原只一斤⑥；亲是交门⑦，五百年决非错配⑧。以爱及爱，伊父母自作冰人；非亲是亲，我官府权为月老⑨。已经明断，各赴良期。

乔太守写毕，叫押司当堂朗诵与众人听了⑩。众人无不心服，各各叩头称谢。乔太守在库上支取喜红六段⑪，教三对夫妻披挂起来，唤三起乐人、三顶花花轿儿，抬了三位新人，新郎及父母，各处随轿而出。

此事闹动了杭州府，都说好个行方便的太守，人人诵德，个个称贤。自此各家完亲之后，都无说话。李都管本欲唆孙寡妇、裴九老两家与刘秉义讲嘴⑫，鹬蚌相持，自己渔人得利。不期太守善于处分⑬，反作成了孙玉郎一段良姻，街坊上当做一件美事传说，不以为丑，他心中甚是不乐。未及一年，乔太守又取刘璞、孙润都做了秀才，起送科举。李都管自知惭愧，安身不牢，反躲避乡居。后来刘璞、孙润同榜登科，俱任京职，仕途有名，扶持裴政，亦得了官职。一门亲眷，富贵非常。刘璞官直至龙图阁学士⑭，连李都管家宅反归并于刘宅。刁钻小人，亦何

① 变：变化。
② 偶：匹配。
③ 搂处子不用逾墙：用《孟子》"逾东家墙而搂其处子"的话而稍加改动。处子，处女。
④ 怀吉士初非衒玉：用《诗经·野有死麕》"有女怀春，吉士诱之"的话而稍加改动。衒（xuàn）玉：炫耀，卖弄。
⑤ "独乐（yuè）乐"句：意思是自己享受快乐，不如与大家一起快乐。语出《孟子》。
⑥ "十六两"句：旧秤一斤为十六两。
⑦ 交门：几家交错。
⑧ 五百年：这里有前生注定的意思。
⑨ 月老：即月下老人。
⑩ 押司：职掌刑名官司的书吏。
⑪ 喜红：做喜事时给新人披挂的红绸子。
⑫ 讲嘴：吵嘴，吵架。
⑬ 不期：想不到。
⑭ 龙图阁学士：宋真宗（赵恒）大中祥符年间建龙图阁，以奉太宗（赵光义）御书、御制文集及典籍图画宝瑞等物，设有学士、直学士等职。

益哉！后人有诗，单道李都管为人不善，以为后戒。诗云：

> 为人忠厚为根本，
> 何苦刁钻欲害人；
> 不见古人卜居者①，
> 千金只为买乡邻②。

又有一诗，单夸乔太守此事断得甚好：

> 鸳鸯错配本前缘，
> 全赖风流太守贤。
> 锦被一床遮尽丑。
> 乔公不枉叫青天。

①卜居：选择居所。
②千金只为买乡邻：用南朝宋秀雅典故。宋氏买屋奇贵，别人不解，他说"百万买宅，千万买邻"。

刘东山夸技顺城门

《初刻拍案惊奇》

【题解】

《初刻拍案惊奇》，凌蒙初编著。凌蒙初（1580～1644），字玄房，号初成，别号即空观主人，浙江乌程人。明代小说、戏曲作家。编辑、创作了许多通俗文学作品，代表作为《初刻拍案惊奇》和《二刻拍案惊奇》。

本篇选自《初刻拍案惊奇》第三回，原题"刘东山夸技顺城门，十八兄奇踪村酒肆"。作品的开头有三个小故事，加上正文，全文共四个故事，主题是"强中更有强中手，莫向人前夸海口"。以故事讲生活道理是本篇的特色之一。此外，夸张、渲染手法的运用也非常出色。

诗曰：

弱为强所制，不在形巨细①。
蝍蛆带是甘②，何曾有长喙③？

话说天地间，有一物必有一制，夸不得高，恃不得强。这首诗所言"蝍蛆"是甚么？就是那赤足蜈蚣，俗名"百脚"，又名"百足之虫"。这"带"又是甚么？是那大蛇。其形似带一般，故此得名。岭南多大蛇④，长数十丈，专要害人。那边地方里居民，家家蓄养蜈蚣，有长尺余者，多放在枕畔或枕中。若有蛇至，蜈蚣便啧啧作声。放他出来，他鞠起腰来⑤，首尾着力，一跳有一丈来高，便搭住在大蛇七寸内⑥，用那铁钩也似一对钳来钳住了，吸他精血，至死方休。这数十丈长、斗来大的东西，反缠死在尺把长、指头大的东西手里，所以古语道"蝍蛆钳带"，盖谓此也。

①巨细：大小。
②蝍蛆带是钳：蜈蚣专门钳蛇。蝍蛆，也作"即且"，蜈蚣的别名。带，即蛇。带是钳，唯带是钳，专门钳带。
③喙（huì）：鸟嘴。也借指其他动物的嘴。
④岭南：五岭以南，泛指广东、广西一带。
⑤鞠起：弓起。
⑥七寸：蛇身上的要害部位。

汉武帝征和三年①，西胡月支国献猛兽一头②，形如五六十日新生的小狗，不过比狸猫般大，拖一个黄尾儿。那国使抱在手里，进门来献。武帝见他生得猥琐③，笑道："此小物何谓猛兽？"使者对曰："夫威加于百禽者④，不必计其大小。是以神麟为巨象之王⑤，凤凰为大鹏之宗，亦不在巨细也。"武帝不信，乃对使者说："试叫他发声来朕听⑥。"使者乃将手一指，此兽舐唇摇首一会⑦，猛发一声，便如平地上起一个霹雳，两目闪烁，放出两道电光来。武帝登时颠出兀金椅子⑧，急掩两耳，颤一个不住。侍立左右及羽林摆立仗下军士⑨，手中所拿的东西悉皆震落。武帝不悦，即传旨意，教把此兽付上林苑中⑩，待群虎食之。上林苑令遵旨⑪。只见拿到虎圈边放下，群虎一见，皆缩做一堆，双膝跪倒。上林苑令奏闻，武帝愈怒，要杀此兽。明日⑫，连使者与猛兽皆不见了。

猛悍到了虎豹，却乃怕此小物。所以人之膂力强弱⑬，智术长短，没个限数。正是：

强中更有强中手，
莫向人前夸大口。

唐时有一个举子⑭，不记姓名地方。他生得膂力过人，武艺出众。一生豪侠好义，真正路见不平，拔刀相助。他进京会试⑮，不带仆从，恃着一身本事，鞴着一匹好马⑯，腰束弓箭短剑，一鞭独行。一路收拾些雉兔野味⑰，到店肆中宿歇，便安排下酒。

一日在山东路上，马跑得快了，赶过了

① 征和三年：公元前90年。征和，汉武帝的年号（公元前92～前90年）。
② 西胡月（ròu）支国：西胡，即西域。月支国，古西域国名，又作"月氏"或"月氐"，位于现在的兰州、西宁一带。
③ 猥琐：瘦小。
④ 夫：发语词。
⑤ 是以：因此，所以。
⑥ 朕（zhèn）：皇帝的自称。
⑦ 舐（shì）：舔。
⑧ 兀金：包金，镶金。
⑨ 羽林：羽林军，皇帝的禁卫军。摆立：排列。
⑩ 上林苑：汉代的皇家花园，里面养有很多禽兽。
⑪ 上林苑令：掌管上林苑的小官。
⑫ 明日：第二天。
⑬ 膂（lǔ）力：筋力，气力。
⑭ 举子：应举之士。
⑮ 会试：在京城举行的选拔进士的考试。
⑯ 鞴（bèi）：在马身上装备鞍镫、缰绳等。
⑰ 雉（zhì）：野鸡。

宿头。至一村庄，天已昏黑，自度不可前进①。只见一家人家开门在那里，灯光射将出来。举子下了马，一手牵着。挨进看时，只见进了门，便是一大空地，空地上有三四块太湖石叠着。正中有三间正房，有两间厢房。一老婆子坐在中间绩麻②，听见庭中马足之声，起身来问。举子高声道："妈妈，小生是失路借宿的③。"那老婆子道："官人④，不方便，老身做不得主。"听他言词中间，带些凄惨。举子有些疑心，便问道："妈妈，你家男人多在那里去了⑤？如何独自一个在这里？"老婆子道："老身是个老寡妇，夫亡多年，只有一子，在外做商人去了。"举子道："可有媳妇？"老婆子蹙着眉头道⑥："是有一个媳妇，赛得过男子，尽挣得家住⑦。只是一身大气力，雄悍异常。且是气性粗急，一句差池经不得⑧，一指头擦着便倒。老身虚心冷气⑨，看他眉头眼后⑩，常是不中意，受他凌辱的。所以官人借宿，老身不敢做主。"说罢，泪如雨下。举子听得，不觉双眉倒竖、两眼圆睁道："天下有如此不平之事！恶妇何在？我为尔除之⑪。"遂把马拴在庭中太湖石上了，拔出剑来。老婆子道："官人不要太岁头上动土⑫，我媳妇不是好惹的。他不习女工针指⑬，每日午饭已毕，便空身走去山里寻几个獐鹿兽兔还家，腌腊起来，卖与客人，得几贯钱。常是一二更天气才得回来。日逐用度⑭，只靠着他这些，所以老身不敢逆他⑮。"举子按下剑入了鞘，道："我生平专一欺硬怕软，替人出力。谅一个妇女⑯，到得那里⑰？既是妈妈靠他度日，我饶他性命，不杀他，只痛打

①自度（duó）：自己盘算。度，考虑，这里有预想的意思。
②绩麻：纺麻。
③小生：读书人谦称。
④官人：旧时妇女对男人的敬称。
⑤多：有"都"的意思。
⑥蹙（cù）：皱。
⑦挣得家住：管得了家，包括生计、安全。
⑧一句差池经不得：一句不合意的话也担不起。
⑨虚心冷气：低声下气。
⑩眉头眼后：指眼色、脸色。
⑪尔：你。
⑫太岁：传说中的凶神，相传在土中，居处不定。在其头上动土，就会遭殃。
⑬女工针指：妇女的针线活儿。
⑭日逐：逐日，每天。
⑮逆：违背，不顺着。
⑯谅：料想。
⑰到得哪里：意思是说能厉害到哪里去，能有多大本事。

他一顿，教训他一番，使他改过性子便了。"老婆子道："他将次回来了①，只劝官人莫惹事的好。"举子气忿忿地等着。

　　只见门外一大黑影，一个人走将进来，将肩上叉口也似一件东西往庭中一摔②，叫道："老嬷③，快拿火来，收拾行货④。"老婆子战兢兢地道："是甚好物事呵⑤？"把灯一照⑥，吃了一惊，乃是一只死了的斑斓猛虎⑦。说时迟，那时快，那举子的马在火光里，看见了死虎，惊跳不住起来。那人看见，便道："此马何来？"举子暗里看时，却是一个黑长妇人。见他模样，又背了个死虎来，忖道⑧："也是个有本事的。"心里就有几分惧他。忙走去带开了马，缚住了，走向前道："小生是失路的举子，赶过宿头，幸到宝庄⑨，见门尚未阖⑩，斗胆求借一宿。"那妇人笑道："老嬷好不晓事！既是个贵人，如何更深时候，叫他在露天立着？"指着死虎道："贱婢今日山中遇此泼花团⑪，争持多时，才得了当⑫。归得迟些，有失主人之礼，贵人勿罪。"举子见他语言爽快，礼度周全，暗想道："也不是不可化诲的⑬。"连应道："不敢，不敢。"妇人走进堂，提一把椅来，对举子道："该请进堂里坐，只是姑媳两人⑭，都是女流，男女不可相混，屈在廊下一坐罢。"又掇张桌来⑮，放在面前，点个灯来安下。然后下庭中来，双手提了死虎，到厨下去了。

　　须臾之间⑯，烫了一壶热酒，托出一个大盘来，内有热腾腾的一盘虎肉，一盘鹿脯⑰，又有些腌腊雉兔之类五六碟，道："贵

①将次：快要，马上。
②叉口：大口袋。
③老嬷（mā）：古时对老年妇女的称呼，相当于今天称老太太。
④行（háng）货：货物。
⑤物事：东西。
⑥把：拿。
⑦斑斓（bān lán）：五彩花纹。
⑧忖（cǔn）：思量，揣想。
⑨宝庄：贵庄。
⑩阖（hé）：关。
⑪贱婢：旧时女子自称谦词。泼花团：指五色猛虎。
⑫了当：停当，指完成。
⑬化诲：教育，开导。
⑭姑媳：婆媳。姑，古时妇女对婆婆的称呼。
⑮掇（duō）：搬。
⑯须臾（yú）：一会儿，很快。
⑰鹿脯：鹿肉干。

人休嫌轻亵则个①。"举子见他殷勤,接了自斟自饮。须臾间酒尽肴完,举子拱手道:"多谢厚款②。"那妇人道:"惶愧③,惶愧。"便将了盘来收拾桌上碗盏。举子乘间便说道④:"看娘子如此英雄,举止恁地贤明,怎么尊卑分上觉得欠些个?"那妇人将盘一搠⑤,且不收拾,怒目道:"适间老死魅曾对贵人说些甚谎么⑥?"举子忙道:"这是不曾,只是看见娘子称呼词色之间⑦,甚觉轻倨⑧,不像个婆媳妇道理。及见娘子待客周全,才能出众,又不像个不近道理的,故此好言相问一声。"

那妇人见说,一把扯了举子的衣袂⑨,一只手移着灯,走到太湖石边来道:"正好告诉一番。"举子一时间挣扎不脱,暗道:"等他说得没理时,算计打他一顿。"只见那妇人倚着太湖石,就在石上拍拍手道:"前日有一事,如此如此,这般这般,是我不是,是他不是?"道罢,便把一个食指向石上一划道:"这是一件了。"划了一划,只见那石皮乱爆起来,已自抠去了一寸有余深⑩。连连数了三件,划了三划,那太湖石便似锥子凿成一个"川"字,斜看来又是"三"字,足足皆有寸余,就像个刻的一般。那举子惊得浑身汗出,满面通红,连声道:"都是娘子的是。"把一片要与他分个皂白的雄心⑪,好像一桶雪水当头一淋,气也不敢抖了。妇人说罢,擎出一张筐床来与举子自睡⑫,又替他喂好了马。却走进去与老婆子关了门,息了火睡了。

举子一夜无眠,叹道:"天下有这等大力的人!早是不曾与他交手,不然,性命休

① 轻亵:轻慢,慢待。则个:加强语气的助词。
② 厚款:盛情招待。
③ 惶愧:客套话,略同于今"不敢当"。
④ 乘间(jiàn):趁空儿。
⑤ 搠(shuò):用力一推。
⑥ 老死魅:老死鬼。骂人的话。
⑦ 词色:口气。
⑧ 轻倨:傲慢。
⑨ 衣袂(mèi):衣袖。
⑩ 抠(kōu):挖。
⑪ 皂白:黑白,是非。
⑫ 筐床:一种用绳子拴拢的简单的床。

矣。"巴到天明，鞴了马，作谢了，再不说一句别的话，悄然去了。自后收拾了好些威风，再也不去惹闲事管，也只是怕逢着刚强似他的吃了亏。

今日说一个恃本事说大话的，吃了好些惊恐，惹出一场话柄来①。正是：

　　虎为百兽尊，百兽伏不动。
　　若逢狮子吼，虎又全没用。

话说国朝嘉靖年间②，北直隶河间府交河县一人姓刘名钦③，叫做刘东山，在北京巡捕衙门里当一个缉捕军校的头④。此人有一身好本事，弓马熟娴⑤，发矢再无空落，人号他连珠箭。随你异常狠盗，逢着他便如瓮中捉鳖，手到拿来。因此也积攒得有些家事⑥。年三十余，觉得心里不耐烦做此道路，告脱了⑦，在本县去别寻生理⑧。

一日，冬底残年，赶着驴马十余头，到京师转卖⑨。约卖得一百多两银子。交易完了，至顺城门（即宣武门）雇骡归家。在骡马主人店中⑩，遇见一个邻舍张二郎入京来，同在店买饭吃。二郎问道："东山何往？"东山把前事说了一遍，道："而今在此雇骡。今日宿了，明日走路。"二郎道："近日路上好生难行，良乡、郑州一带⑪，盗贼出没，白日劫人。老兄带了偌多银子⑫，没个做伴，独来独往，只怕着了道儿⑬，须放仔细些！"东山听罢，不觉须眉开动，唇齿奋扬，把两只手捏了拳头，做一个开弓的手势，哈哈大笑道："二十年间张弓追讨，矢无虚发，不

①话柄：故事。
②嘉靖：明世宗朱厚熜年号（公元1522～1566年）。
③直隶：明代行政区域名，指直接隶属于京师（北京）的一部分府县，大致相当于现在河北省的北部和中部地区。熜：读qīn。
④巡捕衙门：掌管缉盗贼的官署。
⑤熟娴（xián）：熟练。
⑥家事：家当，家产。
⑦告脱：告退，退职。
⑧生理：生计，行业。
⑨京师：京城。
⑩骡马主人：即骡马行主人，买卖骡马的经纪人。
⑪郑州：由北京到交河县不经郑州，此处疑为"鄚州"之误。鄚州州治在今河北省任丘县北。
⑫偌（ruò）多：那么多。
⑬着了道儿：中了圈套。指碰上强盗。

曾撞个对手。今番收场买卖，定不到得折本①。"店中满座听见他高声大喊，尽回头来看。也有问他姓名的，道："久仰，久仰。"二郎自觉有些失言，作别出店去了。

东山睡到五更头，爬起来，梳洗结束。将银子紧缚裹肚内，扎在腰间。肩上挂一张弓，衣外挎一把刀，两膝下藏矢二十簇②。拣一个高大的健骡，腾地骑上，一鞭前走。走了三四十里，来到良乡，只见后头有一人奔马赶来，遇着东山的骡，便按辔少驻③。东山举目觑他，却是一个二十岁左右的美少年，且是打扮得好。但见：

　　黄衫毡笠，短剑长弓。箭房中新矢二十余枝④，马额上红缨一大簇。裹腹闹装灿烂⑤，是个白面郎君；随人紧辔喷嘶⑥，好匹高头骏骑！

东山正在顾盼之际，那少年遥叫道："我们一起走路则个。"就向东山拱手道："造次行途⑦，愿问高姓大名。"东山答道："小可姓刘名钦，别号东山，人只叫我是刘东山。"少年道："久仰先辈大名，如雷贯耳，小人有幸相遇。今先辈欲何往？"东山道："小可要回本籍交河县去。"少年道："恰好，恰好。小人家住临淄⑧，也是旧族子弟，幼年颇曾读书，只因性好弓马，把书本丢了。三年前带了些资本往京贸易，颇得些利息⑨。今欲归家婚娶，正好与先辈作伴同路行去，放胆壮些。直到河间府城，然后分路。有幸，有幸。"东山一路看他腰间沉重，语言温谨，相貌俊逸，身材小巧，谅道不是

①不到得：不至于。
②两膝下藏矢二十簇：在两只裹腿里插着二十枚箭。
③辔（pèi）：马缰绳。
④箭房：箭囊。
⑤闹装：珠宝镶嵌的腰带。
⑥喷嘶：马喷响鼻。形容马的奋发骏健。
⑦造次：匆忙。这里是匆促相遇的意思。
⑧临淄：县名，今属山东省，在济南之东。
⑨利息：指获利。

歹人。且路上有伴,不至寂寞,心上也欢喜,道:"当得相陪。"是夜一同下了旅居①,同一处饮食歇宿,如兄若弟,甚是相得②。

明日,并辔出涿州③。少年在马上问道:"久闻先辈最善捕贼,一生捕得多少?也曾撞着好汉否?"东山正要夸逞自家手段,这一问揉着痒处④,且量他年小可欺⑤,便侈口道⑥:"小可生平两只手、一张弓,拿尽绿林中人⑦,也不记其数,并无一个对手。这些鼠辈何足道哉!而今中年心懒,故弃此道路。倘若前途撞着⑧,便中拿个把儿,你看手段。"少年但微微冷笑道⑨:"元来如此。"就马上伸手过来,说道:"借肩上宝弓一看。"东山在骤上递将过来,少年左手把住,右手轻轻一拽就满⑩,连放连拽,就如一条软绢带。东山大惊失色,也借少年的弓过来看。看那少年的弓,约有二十斤重,东山用尽平生之力,面红耳赤,不要说扯满,只求如初八夜头的月⑪,再不能勾。东山惶恐无地,吐舌道:"使得好硬弓也!"便向少年道:"老弟神力,何至于此!非某所敢望也⑫。"少年道:"小人之力可足称神?先辈弓自太软耳⑬。"东山赞叹再三,少年极意谦谨。晚上又同宿了。至明日又同行,日西时过雄县。少年拍一拍马,那马腾云也似前面去了。

东山望去,不见了少年。他是贼窠中弄老了的⑭,见此行止,如何不慌?私自道:"天教我这番倒了架⑮!倘是个不良人,这样神力,如何敌得?势无生理⑯。"心上正如十五个吊桶打水,七上八落的。没奈何,迍迍行去⑰。行得一二铺⑱,遥望见少年在百步外,正弓挟矢,扯个满月,向东山道:"久

①旅居:旅馆。
②相得:相处得来。
③并辔:并马同行。
④揉着痒处:即挠着痒处。痒处,难忍之处。
⑤量(liàng):估量。
⑥侈(chǐ)口:夸大口,吹牛皮。
⑦绿林中人:指强盗。
⑧前途:前面路上。
⑨但:只。
⑩拽(zhuài)拉。
⑪初八夜头的月:指半圆。这里是说刘东山拉不满弓,只能将弓拉一半。
⑫某:刘东山自称。
⑬耳:语气词,罢了。
⑭弄老了的:弄熟了的,富有经验的。
⑮倒了架:掉了架,坍了台。
⑯生理:这里是活路的意思。
⑰迍迍(zhūn):缓缓地,小心翼翼地。
⑱铺:古时为传递公文,每隔十里设一个站头,叫做铺。

闻足下手中无敌,今日请先听箭风。"言未罢,飕的一声,东山左右耳根但闻肃肃如小鸟前后飞过,只不伤着东山。又将一箭引满,正对东山之面,大笑道:"东山晓事人①,腰间骠马钱快送我罢,休得动手。"东山料是敌他不过,先自慌了手脚,只得跳下鞍来,解了腰间所系银袋,双手捧着,膝行至少年马前②,叩头道:"银钱谨奉好汉将去③,只求饶命!"少年马上伸手提了银包,大喝道:"要你性命做甚?快走!快走!你老子有事在此,不得同儿子前行了。"掇转马头④,向北一道烟跑,但见一路黄尘滚滚,霎时不见了。

东山呆了半响,捶胸跌足起来道:"银钱失去也罢,叫我如何做人?一生好汉名头,到今日弄坏,真是张天师吃鬼迷了⑤。可恨!可恨!"垂头丧气,有一步没一步的,空手归交河。到了家里,与妻子说知其事,大家懊恼一番。夫妻两个商量,收拾些本钱,在村郊开个酒铺,卖酒营生⑥,再不去张弓挟矢了。又怕有人知道,坏了名头,也不敢向人说着这事,只索罢了⑦。

过了三年,一日,正值寒冬天道⑧,有词为证:

　　霜瓦鸳鸯,风帘翡翠⑨,今年早是寒少。矮钉明窗,侧开朱户,断莫乱教人到⑩。　重阴未解,云共雪商量未了⑪。青帐垂毡要密,红幕放围宜小。(调寄《天香子》⑫)

却说冬日间,东山夫妻正在店中卖酒,

① 晓事人:明白人,懂得事理的人。
② 膝行:跪着走。
③ 将去:拿去。
④ 掇转:拨转。
⑤ 张天师吃鬼迷了:汉代道教领袖张道陵后裔张宗演,在元顺帝至元年间被封为辅汉天师,后即笼统地称道教领袖为张天师。相传张天师能用符水禁咒捉鬼拿妖。
⑥ 营生:过活,谋生活。
⑦ 只索:只得,只好。
⑧ 天道:天气。
⑨ 霜瓦鸳鸯,风帘翡翠:霜盖鸳鸯瓦,风打翡翠帘。
⑩ "矮钉"三句:是说尽可能低调居处。
⑪ 云共雪商量未了:是说天一直不晴,雪下起来没完没了。
⑫ 天香子:词牌名。这里引用的是宋代词人王观的咏雪词。

只见门前来了一伙骑马的客人，共是十一个。个个骑的是自备的高头骏马，鞍辔鲜明①。身上俱紧束短衣，腰带弓矢刀剑。次第下了马②，走入肆中来③，解了鞍舆。刘东山接着，替他赶马归槽。后生自去锉草煮豆④，不在话下。内中只有一个未冠的人⑤，年纪可有十五六岁⑥，身长八尺，独不下马，对众道："弟十八自向对门住休⑦。"众人都答应一声道："咱们在此少住，便来伏侍。"

只见其人自走对门去了，十人自来吃酒。主人安排些鸡豚牛羊肉来做下酒⑧。须臾之间，狼吞虎咽，算来吃勾有六七十斤的肉，倾尽了六七坛的酒⑨。又教主人将酒肴送过对门楼上，与那未冠的人吃。众人吃完了店中东西，还叫未畅⑩，遂开皮囊，取出鹿蹄、野雉、烧兔等物，笑道："这是我们的东道⑪，可叫主人来同酌。"东山推逊一回，才来坐下。把眼去逐个瞧了一瞧，瞧到北面左手那一人，毡签儿垂下，遮着脸不甚分明。猛见他抬起头来，东山仔细一看，吓得魂不附体，只叫得苦。你道那人是谁？正是在雄县劫了骡马钱去的那一个同行少年。东山暗想道："这番却是死也！我些些生计⑫，怎禁得他要起？况且前日一人尚不敢敌，今人多如此，想必个个是一般英雄，如何是了？"心中忒忒的跳⑬，真如小鹿儿撞，面向酒杯，不敢则一声⑭。众人多起身与主人劝酒。坐定一回，只见北面左手坐的那一个少年把头上毡笠一掀，呼主人道："东山别来无恙么⑮？往昔承挈同行周旋⑯，至今想念。"东山面如土色，不觉双膝跪下道："望好汉恕罪！"少年跳离席间，也跪下去，

① 鲜明：鲜艳明丽。
② 次第：依次。
③ 肆：店铺。
④ 锉草：铡草。
⑤ 未冠：未行冠礼，未成年。
⑥ 可：大约。
⑦ 休：语尾助词，相当于现代汉语的"去了"。
⑧ 豚（tún）：猪。
⑨ 倾：倒。
⑩ 未畅：指没有吃喝痛快。
⑪ 东道：作东道主，以酒食招待别人吃喝。
⑫ 些些：一些儿，一点儿。
⑬ 忒忒的跳：突突地跳。
⑭ 则一声：作一声。
⑮ 别来无恙（yàng）：别后可好。见面时的问候语。无恙，没有患病。
⑯ 承挈（qiè）同行（xíng）周旋：承蒙带领一道行走照顾。

扶起来，挽了他手道："快莫要作此状！快莫要作此状！羞死人！昔年俺们众兄弟在顺城门店中，闻卿自夸手段天下无敌①。众人不平，却教小弟在途间作此一番轻薄事，与卿作耍，取笑一回。然负卿之约，不到得河间。魂梦之间，还记得与卿并辔任丘道上。感卿好情，今当还卿十倍。"言毕，即向囊中取出千金，放在案上②，向东山道："聊当别来一敬，快请收进。"东山如醉如梦，呆了一响，道又是取笑③，一时不敢应承④。那少年见他迟疑，拍手道："大丈夫岂有欺人的事？东山也是个好汉，直如此胆气虚怯！难道我们弟兄直到得真个取你的银子不成⑤？快收了去。"

刘东山见他说话说得慷慨，料不是假，方才如醉初醒，如梦方觉，不敢推辞。走进去与妻子说了，就叫他出来同收拾了进去。安顿已了，两人商议道："如此豪杰，如此恩德，不可轻慢。我们再须杀牲开酒，索性留他们过宿顽耍几日则个⑥。"东山出来称谢，就把此意与少年说了。少年又与众人说了，大家道："即是这位弟兄故人⑦，有何不可？只是还要去请问十八兄一声。"便一齐走过对门，与未冠的那一个说话。东山也随了去看。这些人见了那个未冠的，甚是恭谨。那未冠的待他众人甚是庄重。众人把主人要留他们过宿顽耍的话说了，未冠的说道："好，好，不妨。只是酒醉饭饱，不要贪睡，负了主人殷勤之心。少有动静，俺腰间两刀有血吃了⑧。"众人齐声道："弟兄们理会得。"东山一发莫测其意⑨。

众人重到肆中，开怀再饮，又携酒到对

①卿：你。尊称。
②案：大桌子。
③道：以为。
④应承：答应，照办。
⑤直到得：竟至于。
⑥顽耍：即玩耍。
⑦故人：老朋友。
⑧"少有动静，俺腰间"二句：是说一旦有人来暗算，我就要动手杀人。
⑨一发：越发。

门楼上。众人不敢陪,只是十八兄自饮。算来他一个吃的酒肉,比得店中五个人。十八兄吃阑①,自探囊中取出一个纯银笊篱来②,煸起炭火,做煎饼自啖③。连啖了百余个,收拾了,大踏步出门去,不知所向。直到天色将晚,方才回来,重到对门住下,竟不到刘东山家来。众人自在东山家吃耍,走去对门相见,十八兄也不甚与他们言笑,大是倨傲。东山疑心不已,背地扯了那同行少年问他道:"你们这个十八兄是何等人?"少年不答应,反去与众人说了,各各大笑起来。不说来历,但高声吟诗曰:"杨柳桃花相间出,不知若个是春风④?"吟毕,又大笑。住了三日,俱各作别了,结束上马⑤。未冠的在前,其余众人在后,一拥而去。

东山到底不明白,却是骤得了千来两银子,手头从容⑥,又怕生出别事来,搬在城内,另做营运去了⑦。后来见人说起此事,有识得的道:"详他两句语意⑧,是个'李'字;况且又称十八兄,想必未冠的那人姓李,是个为头的了。看他对众人的说话,他恐防有人暗算,故在对门,两处住了,好相照察⑨。亦且不与十人作伴同食,有个尊卑的意思。夜间独出,想又去做甚么勾当来⑩,却也没处查他的确⑪。"

那刘东山一生英雄,遇此一番,过后再不敢说一句武艺上头的话,弃弓折箭,只是守着本分营生度日,后来善终⑫。可见人生一世,再不可自恃高强。那自恃的,只是不曾逢着狠主子哩⑬。有诗单说这刘东山道:

生平得尽弓矢力,

①阑(lán):将尽,快要结束。
②笊(zhào)篱:在汤水中捞东西的一种炊具,犹如今之漏勺。
③啖(dàn):吃。
④若个:哪个。
⑤结束:扎捆,绑扎。
⑥从容:宽裕。
⑦营运:营生,生意。
⑧详:推详,琢磨。
⑨照察:照应,察看。
⑩勾当:事情。
⑪的确:确实。
⑫善终:指年老而正常去世。
⑬狠主子:狠家伙,厉害对头。

直到下场逢大敌。
人世休夸手段高，
霸王也有悲歌日①。

又有诗说这少年道：

英雄从古轻一掷②，
盗亦有道真堪述③。
笑取千金偿百金，
途中竟是好相识。

① 霸王也有悲歌日：西楚霸王项羽在垓下被刘邦大军围困，料到大势已去，悲歌曰："力拔山兮气盖世，时不利兮骓不逝。骓不逝兮可奈何，虞兮虞兮奈若何！"
② 一掷：一掷千金的省称。轻一掷指一掷千金，毫不吝惜。
③ 堪述：值得叙述。

女秀才移花接木

《二刻拍案惊奇》

【题解】

　　本篇选自《二刻拍案惊奇》，原题为"同窗友认假作真　女秀才移花接木"，这里用的是《今古奇观》的标题。小说写武将世家女子蛼娥因慕学而女扮男装入庠读书、参加科考的故事，由此而生出一番爱情婚姻的风波来。女主人公外出求学、一考得中以及追求爱情、自主婚姻，展现了灿烂的自由主义光辉，是对当时封建礼教的极大冲击。作品中女性形象的塑造比较成功，其重情、机智、果敢的品格使人印象深刻，洋溢着清新的浪漫主义色彩。

诗曰：

　　万里桥边薛校书[1]，
　　枇杷窗下闭门居。
　　扫眉才子知多少[2]，
　　管领春风总不如。

　　这四句诗乃唐人赠蜀中妓女薛涛之作。这个薛涛，乃是女中才子。南康王韦皋做西川节度使时[3]，曾表奏他做军中校书，故人多称为薛校书。所往来的是高千里、元微之、杜牧之一班儿名流[4]。又将浣花溪水造成小笺，名曰"薛涛笺"。词人墨客得了此笺，犹如拱璧[5]。真正名重一时，芳流百世。
　　国朝洪武年间[6]，有广东广州府人田洙，字孟沂，随父田百禄到成都赴教官之任[7]。那孟沂生得风流标致，又兼才学过人，书画琴棋之类无不通晓。学中诸生日与嬉游，爱同骨肉。过了一年，百禄要遣他回家。孟沂的母亲心里舍不得他去，又且寒官冷署，盘

[1] 薛校书：即薛涛，为唐代名妓，知音律，工诗词，与韦皋、元稹、白居易、杜牧等都有唱和。校书，一种文书官。
[2] 扫眉才子：有才学的女子。扫眉，画眉。
[3] 韦皋：唐德宗李适时任剑南西川节度使，治蜀二十一年，封南康郡王。
[4] 高千里：高骈字千里，曾任成都尹、剑南西川节度使。元微之：元稹字微之。杜牧之：杜牧字牧之。元、杜均为唐代诗人。
[5] 拱璧：大璧。拱，两手合围。
[6] 洪武：明太祖朱元璋年号（公元1368～1398年）。
[7] 教官：即县学的学官。

费难处。百禄与学中几个秀才商量,要在地方上寻一个馆与儿子坐坐①,一来可以早晚读书,二来得些馆资,可为归计。这些秀才巴不得留住他,访得附郭一个大姓张氏②,要请一馆宾③,众人遂将孟沂力荐于张氏。张氏送了馆约,约定明年正月元宵后到馆。至期,学中许多有名的少年朋友,一同送孟沂到张家来,连百禄也自送去。张家主人曾为运使④,家道饶裕,见是老广文带了许多时髦到家⑤,甚为喜欢。开筵相待,酒罢各散,孟沂就在馆中宿歇。

到了二月花朝日⑥,孟沂要归省父母。主人送他节仪二两⑦,孟沂藏在袖子里了,步行回去。偶然一个去处,望见桃花盛开,一路走去看,境甚幽僻。孟沂心里喜欢,伫立少顷⑧,观玩景致。忽见桃林中一个美人掩映花下。孟沂晓得是良人家,不敢顾盼⑨,径自走过。未免带些卖俏身子,拖下袖来,袖中之银不觉落地。美人看见,便叫随侍的丫鬟拾将起来,送还孟沂。孟沂笑受,致谢而别。

明日,孟沂有意打那边经过,只见美人与丫鬟仍立在门首。孟沂望着门前走去,丫鬟指道:"昨日遗金的郎君来了⑩。"美人略略敛身⑪,避入门内。孟沂见了丫鬟,叙述道:"昨日多蒙娘子美情,拾还遗金,今日特来造谢⑫。"美人听得,叫丫鬟请入内厅相见。孟沂喜出望处,急整衣冠,望门内而进。美人早已迎着至厅上。相见礼毕,美人先开口道:"郎君莫非是张运使宅上西宾么⑬?"孟沂道:"然也。昨日因馆中回家,道经于此,偶遗少物,得遇夫人盛情,命尊

①寻一个馆坐坐:即坐馆,受聘做家塾教师。
②附郭:靠近外城的地方。郭,外城。
③馆宾:学馆先生。
④运使:"转运使"的简称。掌管粮饷水陆转运等事。
⑤广文:唐玄宗时创立广文馆,设博士官,职闲俸薄。明、清两代的儒学教官处境与广文馆博士相似,故亦称作"广文"或"广文先生"。时髦:这里是"一时俊杰"的意思。
⑥花朝(zhāo)日:俗传农历二月十二(或十四)日是百花生日,称"花朝"。
⑦节仪:逢时过节送的礼品。
⑧伫(zhù)立:停立。
⑨顾盼:回视,四处看。
⑩郎君:这里是指青年男子。
⑪敛身:收身,指略微弯身以示行礼。
⑫造谢:登门拜谢。
⑬西宾:私宅或官署聘请的教书、管帐或负责文书的人。

姬拾还①，实为感激。"美人道："张氏一家亲戚，彼西宾即我西宾。还金小事，何足为谢？"孟沂道："欲问夫人高门姓氏，与敝东何亲②？"美人道："寒家姓平，成都旧族也。妾乃文孝坊薛氏女，嫁与平氏子康，不幸早卒，妾独孀居于此。与郎君贤东乃乡邻姻娅③，郎君即是通家了④。"孟沂见说是孀居，不敢久留。两杯茶罢，起身告退。美人道："郎君便在寒舍过了晚去。若贤东晓得郎君到此，妾不能久留款待，觉得没趣了⑤。"即分付快办酒馔。不多时，设着两席，与孟沂相对而坐。坐中殷勤劝酬，笑语之间，美人多带些谑浪话头⑥。孟沂认道是张氏至戚，虽然心里技痒难熬，还拘拘束束，不敢十分放肆。美人道："闻得郎君倜傥俊才⑦，何乃作儒生酸态？妾虽不敏，颇解吟咏。今遇知音，不敢爱丑⑧，当与郎君赏鉴文墨，唱和词章。郎君不以为鄙，妾之幸也。"遂叫丫鬟取出唐贤遗墨⑨，与孟沂看。孟沂从头细阅，多是唐人真迹手翰诗词，惟元稹、杜牧、高骈的最多，墨迹如新。孟沂爱玩不忍释手，道："此希世之宝也⑩。夫人情钟此类，真是千古韵人了⑪。"美人谦谢。两个谈话有味，不觉夜已二鼓。孟沂辞酒不饮，美人延入寝室⑫，自荐枕席道："妾独处已久，今见郎君高雅，不能无情，愿得奉陪。"孟沂道："不敢请耳；固所愿也⑬。"两个解衣就枕，鱼水欢情，极其缱绻⑭。枕边切切叮咛道："慎勿轻言。若贤东知道，彼此名节丧尽了。"次日，将一个卧狮玉镇纸赠与孟沂⑮，送至门外道："无事就

①姬：这里是对人家丫环的尊称。
②敝东：指本人的东家。东，东家，主人。敝，自称谦词。
③姻娅（yà）：联姻亲戚。
④通家：指家庭间世代往来交好。
⑤没趣：不够意思。指失礼。
⑥谑（xuè）浪话头：调情话。
⑦倜傥（tì tǎng）：落落大方。
⑧爱丑：略当于"藏拙"。
⑨唐贤：唐代名人。
⑩希世：即稀世。
⑪韵人：有韵味的人，雅人。
⑫延入：请进。
⑬不敢请耳，固所愿也：意思说某事自己不敢提出请求，但却是打心眼里情愿的。
⑭缱绻（qiǎn quǎn）：恩爱难舍。
⑮镇纸：压在纸上以便写字作画的文房用具。常见的为尺形，也称镇尺。此处镇纸为玉质卧狮形状。

来走走,勿学薄幸人①。"孟沂道:"这个何劳分付。"孟沂到馆,哄主人道:"老母想念,必要小生归家宿歇,小生不敢违命留此。从今早来馆中,晚归家里便了。"主人信了说话,道:"任从尊便。"自此,孟沂在张家只推家里去宿,家里又说在馆中宿,竟夜夜到美人处宿了。整有半年,并没一个人知道。

　　孟沂与美人赏花玩月,酌酒吟诗,曲尽人间之乐②。两人每每你唱我和,做成联句,如《落花》二十四韵,《月夜》五十韵,斗巧争妍,真成敌手③。诗句太多,恐看官每厌听④,不能尽述。只将他两人四时回文诗表白一遍⑤。美人诗道:

　　　　花朵几枝柔傍砌⑥,
　　　　柳丝千缕细摇风。
　　　　霞明半岭西斜日,
　　　　月上孤村一树松。(《春》)

　　　　凉回翠簟冰人冷⑦,
　　　　齿沁清泉夏月寒。
　　　　香篆袅风清缕缕⑧,
　　　　纸窗明月白团团。(《夏》)

　　　　芦雪覆汀秋水白⑨,
　　　　柳风凋树晚山苍。
　　　　孤帏客梦惊空馆⑩,
　　　　独雁征书寄远乡⑪。(《秋》)

　　　　天冻雨寒朝闭户⑫,
　　　　雪飞风冷夜关城。

①薄幸人:负心人。
②曲尽:全部穷尽。曲,曲折周到。
③敌手:对手。
④看官每:看官们,读书的人。每,方言,即"们"。
⑤回文诗:诗中字句正读倒读皆通的诗歌。
⑥砌:台阶。
⑦翠簟(diàn):青青的竹席。
⑧香篆:形容烟缕经风一吹,像篆文一样弯弯曲曲,千姿百态。
⑨芦雪覆汀:芦花飘落水面,犹如覆盖。
⑩孤帏(wéi):孤帐,指孤身。
⑪征书:游子的书信。征,征人,游子。
⑫朝(zhāo)闭户:白昼关着门。朝,指白天。户,门。

鲜红炭火围炉暖,
浅碧茶瓯注茗清①。(《冬》)

　　这个诗怎么叫得回文?因是顺读完了,倒读转去,皆可通得。最难得这样浑成②,非是高手不能。美人一挥而就,孟沂也和他四首道:

芳树吐花红过雨,
入帘飞絮白惊风。
黄添晓色青舒柳,
粉落晴香雪覆松。(《春》)

瓜浮瓮水凉消暑③,
藕叠盘冰翠嚼寒④。
斜石近阶穿笋密,
小池舒叶出荷团⑤。(《夏》)

残石绚红霜叶出,
薄烟寒树晚林苍。
鸾书寄恨羞封泪⑥,
蝶梦惊愁怕念乡⑦。(《秋》)

风卷雪蓬寒罢钓,
月辉霜柝冷敲城⑧。
浓香酒泛霞杯满,
淡影梅横纸帐清⑨。(《冬》)

　　孟沂和罢,美人甚喜。真是才子佳人,情味相投,乐不可言。
　　却是"好物不坚牢,自有散场时节"。一日,张运使偶过学中,对老广文田百禄说

① 瓯(ōu):小碗。茗:茶。
② 浑成:自然,不雕琢。
③ 瓜浮瓮水:指把南瓜放入凉水瓮中,用以消暑。浮,漂,这里指浸泡。
④ 藕叠盘冰:指把莲藕放在搁了冰的盘中,用作冷食。
⑤ 荷团:莲蓬。
⑥ 鸾书寄恨多封泪:《绿窗新话》有"灼灼染泪寄裴质"故事,叙述有一个名叫灼灼的锦城官妓,在一次相府的宴会上,与河东御史裴质一见钟情。但此后再未相见。灼灼不能忘情,遂以软绡多聚红泪,偷偷寄与裴质。
⑦ 蝶梦:借用庄生梦蝶故事以代指梦。
⑧ 霜柝(tuò):寒夜的更声。柝,夜间打更的梆子。
⑨ 纸帐:如纸薄的帷帐。

道:"令郎每夜归家,不胜奔走之劳。何不仍留寒舍住宿,岂不为便?"百禄道:"自开馆后,一向只在公家①。止因老妻前日有疾,曾留得数日,这几时并不曾来家宿歇,怎么如此说?"张运使晓得内中必有跷蹊②,恐碍着孟沂,不敢尽言而别。

是晚孟沂告归,张运使不说破他,只叫馆仆尾着他去③。到得半路,忽然不见。馆仆赶去追寻,竟无下落。回来对家主说了。运使道:"他少年放逸④,必然花柳人家去了⑤。"馆仆道:"这条路上,何曾有什么妓馆?"运使道:"你还到他衙中问问看。"馆仆道:"天色晚了,怕关了城门,出来不得。"运使道:"就在田家宿了,明日早晨来回我不妨。"到了天明,馆仆回话,说是不曾回衙。运使道:"这等,那里去了?"正疑怪间,孟沂恰到。运使问道:"先生昨宵宿于何处?"孟沂道:"家间⑥。"运使道:"岂有此理!学生昨日叫人跟随先生回去,因半路上不见了先生,小仆直到学中去问,先生不曾到宅,怎如此说?"孟沂道:"半路上遇到一个朋友处讲话,直到天黑回家,故此盛仆来时问不着⑦。"馆仆道:"小人昨夜宿在相公家了,方才回来的。田老爹见说了,甚是惊慌,要自来寻问。相公如何还说着在家的话?"孟沂支吾不来,颜色尽变。运使道:"先生若有别故,当以实说。"孟沂晓得遮掩不过,只得把遇着平家薛氏的话说了一遍,道:"此乃令亲相留,非小生敢作此无行之事⑧。"运使道:"我家何尝有亲戚在此地方?况亲戚中也无平姓者,必是鬼祟⑨。今后先生自爱,不可去了。"

①公家:您家。公,对张运使的尊称。
②跷蹊(qī):怪异。
③尾着:尾随着,盯梢。
④放逸:放纵,洒脱。
⑤花柳人家:指妓院。
⑥家间:家里。
⑦盛仆:对别人仆役的尊称。
⑧无行:缺乏修养,品行不好。
⑨鬼祟:鬼怪邪祟。祟,亦即鬼怪。

孟沂口里应承,心里那里信他?傍晚又到美人家里,备对美人说形迹已露之意①。美人道:"我已先知道了。郎君不必怨悔,亦是冥数尽了②。"遂与孟沂痛饮,极尽欢情。到了天明,哭对孟沂道:"从此永别矣!"将出洒墨玉笔管一枝③,送与孟沂道:"此唐物也④。郎君慎藏在身,以为记念。"挥泪而别。

那边张运使料先生晚间必去,叫人看着,果不在馆。运使道:"先生这事必要做出来。这是我们做主人的干系⑤,不可不对他父亲说知。"遂步至学中⑥,把孟沂之事备细说与百禄知道。百禄大怒,遂叫了学中一个门子⑦,同着张家馆仆,到馆中唤孟沂回来。孟沂方别了美人回到张家,想念道:"他说永别之言,只是怕风声败露,我便耐守几时⑧,再去走动,或者还可相会。"正踌躇间⑨,父命已至,只得跟着回去。百禄一见,喝道:"你书倒不读,夜夜在那里游荡?"孟沂看见张运使一同在家了,便无言可对。百禄见他不说,就拿起一条拄杖⑩,劈头打去,道:"还不实告!"孟沂无奈,只得把相遇之事,及录成联句一本,与所送镇纸、笔管二物,多将出来道:"如此佳人,不容不动心。不必罪儿了。"百禄取来,逐件一看,看那玉色是几百年出土之物,管上有篆刻"渤海高氏清玩"六个字。又揭开诗来从头细阅,不觉心服。对张运使道:"物既稀奇,诗又俊逸,岂寻常之怪?我每可同了不肖子⑪,亲到那地方去查一查踪迹看。"遂三人同出城来。

将近桃林,孟沂道:"此间是了。"进前

①备:详尽。
②冥数:运限。
③洒墨玉笔管:一种用来写大字的笔。
④唐物:唐代的物品。
⑤干系:牵连,责任。
⑥步至:行至。
⑦门子:此指旧时衙门的看门人。
⑧耐守:忍耐,等待。
⑨踌躇(chóu chú):犹豫不定。
⑩拄(zhǔ)杖:即拐杖。
⑪我每:我们。

一看，孟沂惊道："怎生屋宇俱无了？"百禄与运使齐抬头一看，只见水碧山青，桃株茂盛。荆棘之中，有冢累然①。张运使点头道："是了，是了。此地相传是唐妓薛涛之墓。后人因郑谷诗有'小桃花绕薛涛坟'之句②，所以种桃百株，为春时游赏之所。贤郎所遇，必是薛涛也。"百禄道："怎见得？"张运使道："他说所嫁是平氏子康，分明是平康巷了。又说文孝坊，城中并无此坊，'文孝'乃是'教'字，分明是教坊了。平康巷教坊，乃是唐时妓女所居。今云薛氏，不是薛涛是谁？且笔上有高氏字，乃是西川节度使高骈。骈在蜀时，涛最蒙宠待，二物是其所赐无疑。涛死已久，其精灵犹如此。此事不必穷究了。"

百禄晓得运使之言甚确，恐怕儿子还要着迷，打发他回归广东。后来孟沂中了进士，常对人说，便将二玉物为证。虽然想念，再不相遇了。至今传有《田洙遇薛涛》故事。

小子为何说这一段鬼话③？只因蜀中女子，从来号称多才。如文君④、昭君⑤，多是蜀中所生，皆有文才。所以薛涛一个妓女，生前诗名不减当时词客，死后犹且诗兴勃然。这也是山川的秀气。唐人诗有云：

　　锦江腻滑蛾眉秀⑥，
　　　幻出文君与薛涛。

诚为千古佳话。至于黄崇嘏女扮为男⑦，做了相府掾属⑧，今世传有《女状元》⑨，本也是蜀中故事。可见蜀女多才，自古为然。至

①冢（zhǒng）：坟墓。累然：荆棘缠绕的样子。
②郑谷：唐代诗人。
③鬼话：即鬼故事。
④文君：卓文君，汉代才女。她是成都富商之女，后嫁于司马相如，曾在成都当垆卖酒。
⑤昭君：王嫱，字昭君，汉元帝时宫女，史书上说她"光彩射人"、"貌为后宫冠"。后嫁于匈奴呼韩邪单于为妻。她的籍里，相传为湖北秭归。
⑥锦江：在四川境内，为岷江支流。据说此水濯锦最为鲜明，故名濯锦江，简称锦江。峨嵋：峨嵋山。
⑦黄崇嘏：五代前蜀临邛（qióng）人，曾女扮男妆，游历两川。蜀相周庠爱其才，曾召为相府掾属。
⑧掾属：掌管文牍等事的僚属。
⑨《女状元》：明代徐渭根据黄崇嘏故事作有《女状元》杂剧。

今两川风俗,女人自小从师上学,与男人一般读书,还有考试进庠①,做青衿弟子②。若在别处,岂非大段奇事?而今说着一家子的事,委曲奇咤③,最是好听。

> 从来女子守闺房,
> 几见裙钗入学堂④?
> 文武习成男子业,
> 婚姻也只自商量⑤。

话说四川成都府绵竹县,有一个武官,姓闻名确,乃是卫中世袭指挥⑥。因中过武举两榜⑦,累官至参将⑧,就镇守彼处地方。家中富厚,赋性豪奢⑨。夫人已故,房中有一班姬妾,多会吹弹歌舞。有一子,也是妾生,未满三周。有一个女儿,年十七岁,名曰蜚娥,丰姿绝世,却是将门将种,自小习得一身武艺,最善骑射,直能百步穿杨。模样虽是娉婷⑩,志气赛过男子。他起初因见父亲是个武出身,受那外人指目⑪,只说是个武弁人家⑫,必须得个子弟在黉门中出入⑬,方能结交斯文士夫⑭,不受人的欺侮。争奈兄弟尚小⑮,等他长大不得,所以一向妆做男子,到学堂读书。外边走动,只是个少年学生;到了家中内房,方还女扮。如此数年,果然学得满腹文章,博通经史。这也是蜀中做惯的事。遇着提学到来⑯,他就报了名,改为胜杰,说是胜过豪杰男人之意,表字俊卿,一般的入了队⑰,去考童生⑱。一考就进了学,做了秀才。他男扮久了,人多认他做闻参将的小舍人⑲,一进了学,多来贺喜。府县迎送到家,参将也只是将错就

①庠(xiáng):乡学。
②青衿:青领,旧时学子所服,代称士子。青衿弟子,指秀才。
③委曲奇咤:曲折离奇。
④裙钗:这里以女子衣饰代指女子。
⑤自商量:指婚姻由自己作主。
⑥卫:明代军队编制,大者叫卫,小者叫所,以驻防的地方命名。
⑦中过武举两榜:即中过武秀才和武举人。
⑧参将:武官名,在总兵、副将之下。
⑨赋性:禀性。
⑩娉婷:美好的样子。
⑪指目:指指点点,冷眼相看。
⑫武弁:低级军官。
⑬黉(hóng)门:乡学的门。
⑭斯文士夫:读书人。
⑮争奈:怎奈。
⑯提学:明代在按察分司设有提学道,分掌府、州的学政。
⑰一般的:同样的。
⑱童生:未经考试录取入学的考生。
⑲小舍人:明代军卫应袭子弟称"舍人"。闻确是卫中世袭指挥,故闻俊卿被称为"小舍人"。

错，一面欢喜开宴。盖是武官人家，秀才乃极难得的，从此参将与官府往来，添了个帮手，有好些气色。为此，内外大小却像忘记他是女儿一般的，凡事尽是他支持过去①。

他同学朋友，一个叫做魏造，字撰之；一个叫做杜亿，字子中。两人多是出群才学②，英锐少年，与闻俊卿意气相投，学业相长。况且年纪差不多：魏撰之年十九岁，长闻俊卿两岁；杜子中与闻俊卿同年，又是闻俊卿月生大些③。三人就像一家弟兄一般，极是过得好，相约了同在学中一个斋舍里读书④。两个无心，只认做一伴的好朋友⑤。闻俊卿却有意，要在两个里头拣一个嫁他。两个人比起来，又觉得杜子中同年所生，凡事仿佛些⑥，模样也是他标致些，更为中意，比魏撰之分外说得投机。杜子中见闻俊卿意思又好⑦，丰姿又妙，常对他道："我与兄两人，可惜多做了男子。我若为女，必当嫁兄；兄若为女，我必当娶兄。"魏撰之听得，便取笑道："而今世界盛行男色，久已颠倒阴阳，那见得两男便嫁娶不得？"闻俊卿正色道："我辈俱是孔门弟子，以文艺相知⑧，彼此爱重，岂不有趣？若想着淫昵⑨，便把面目放在何处？我辈堂堂男子，谁肯把身子做顽童乎⑩？魏兄该罚东道便好⑪。"魏撰之道："适才听得杜子中爱慕俊卿，恨不得身为女子，故尔取笑。若俊卿不爱此道，子中也就变不及身子了。"杜子中道："我原是两下的说话，今只说得一半，把我说得失便宜了⑫。"魏撰之道："三人之中，谁叫你独小些？自然该吃亏些。"大家笑了一回。

俊卿归家来，脱了男服，还是个女人。

①支持：支应，处置。
②多是：犹都是。出群：出众。
③月生：诞生的月份和日子。
④斋舍：书房。
⑤一伴的：同伴。
⑥仿佛：相像，相近。
⑦意思：指气质禀性。
⑧文艺：这里是"文墨"的意思。
⑨淫昵：淫邪的狎昵。昵，亲近。
⑩顽童：即娈童，男宠。
⑪东道：做东道请客。
⑫失便宜：失掉便宜。即下文的吃亏。

自家想道："我久与男人做伴，已是不宜，岂可他日舍此同学之人，另寻配偶不成？毕竟止在二人之内了。虽然杜生更觉可喜①，魏兄也自不凡。不知后来还是那个结果好，姻缘还在那个身上。"心中委决不下②。他家中一个小楼，可以四望。一个高兴，趁步登楼③。见一只乌鸦在楼窗前飞过，却去住在百来步外一株高树上④，对着楼窗"呀呀"的叫。俊卿认得这株树，乃是学中斋前之树。心里道："叵耐这业畜叫得不好听⑤，我结果他去。"跑下来自己卧房中，取了弓箭。跑上楼来，那乌鸦还在那里狠叫。俊卿道："我借这业畜，卜我一件心事则个⑥。"扯开弓，搭上箭，口里轻轻道："不要误我！"飕的一响，箭到处，那边乌鸦坠地。这边望去看见，情知中箭了，急急下楼来，仍旧改了男妆，要到学中看那枝箭的下落。

且说杜子中在斋前闲步，听得鸦鸣正急，忽然扑的一响，掉下地来。走去看时，鸦头上中了一箭，贯睛而死⑦。子中拔了箭出来，道："谁有此神手？恰恰贯着他头脑。"仔细看那箭干上，有两行细字道：

　　矢不虚发，发必应弦。

子中念罢，笑道："那人好夸口！"魏撰之听得，跳出来急叫道："拿与我看。"在杜子中手里接了过去。正同看时，忽然子中家里有人来寻，子中掉着箭自去了⑧。魏撰之细看之时，八个字下边还有"蜚娥记"三小字。想道："蜚娥乃女人之号，难道女人中有此

①可喜：可爱，可亲近。
②委决：决定。
③趁步：信步。
④住在：停在。
⑤叵（pǒ）耐：可恶，可恨。业畜：畜生。
⑥卜：占卜，预测。
⑦贯睛：从眼睛穿过。贯，贯穿。
⑧掉着：丢掉，丢下。

妙手?这也咤异①。适才子中不看见这三个字,若见时,必然还要称奇了。"沉吟间,早有闻俊卿走将来。看见魏撰之捻了这枝箭立在那里,忙问道:"这枝箭是兄拾了么?"撰之道:"箭自何来的,兄却如此盘问?"俊卿道:"箭上有字的么?"撰之道:"因为有字,在此念想②。"俊卿道:"念想些甚么?"撰之道:"有'蜚娥记'三字。蜚娥必是女人,故此想着,难道有这般善射的女子不成?"俊卿捣个鬼道:"不敢欺兄,蜚娥即是家姊。"撰之道:"令姊有如此巧艺!曾许聘那家了?"俊卿道:"未曾许人家。"撰之道:"模样如何?"俊卿道:"与小弟有些厮像③。"撰之道:"这等,必是极美的了。俗语道:'未看老婆,先看阿舅。'小弟尚未有室④,吾兄与小弟做个撮合山何如⑤?"俊卿道:"家下事多是小弟作主⑥。老父面前,只消小弟一说,无有不依。只未知家姐心下如何。"撰之道:"令姊面前,也在吾兄帮衬⑦。通家之雅⑧,料无推拒。"俊卿道:"小弟谨记在心。"撰之喜道:"得兄应承,便十有八九了。谁想姻缘却在此枝箭上,小弟谨当宝此⑨,以为后验。"便把箭来收拾在拜匣内了⑩,取出羊脂玉闹妆一个⑪,递与俊卿道:"以此奉令姊,权答此箭,作个信物⑫。"俊卿收来束在腰间。撰之道:"小弟作诗一首,道意于令姊何如⑬?"俊卿道:"愿闻。"撰之吟道:

闻得罗敷未有夫⑭,
支机肯许问津无⑮?

①咤异:叫怪,即诧异。
②念想:思量,推想。
③厮像:十分相像。
④未有室:没有成家,没有娶妻。室,家室,指妻子。
⑤撮合山:指媒人。
⑥家下事:家中之事。
⑦帮衬:这里指从旁出力。
⑧通家之雅:两家一向往来交好。
⑨宝此:以此为宝。
⑩拜匣:旧时放束帖或送礼份的长方形木匣。
⑪羊脂玉闹妆:镶嵌白玉的漂亮腰带。
⑫信物:凭证,凭据。
⑬道意:表达情意。
⑭罗敷:相传为战国时赵王家令王仁之妻,采桑陌上,赵王欲夺,罗敷作乐府歌《陌上桑》以拒。后用以指良家美女。
⑮支机肯许问津无:传说汉代张骞探勘黄河水源,走到一个生疏的地方,向两个洗衣妇女问津(渡口),妇女回答说:"这是天河。"并给了他一块石头。回来他把这事告诉严君平,并拿石头向严请教,严说:"这是织女的支机石。"此句意思是问求婚能否得到允许。

　　　　他年得射如皋雉①，
　　　　珍重今朝仆射姑②。

　　俊卿笑道："诗意最妙。只是兄貌不陋，似太谦了些。"撰之笑道："小弟虽不便似贾大夫之丑③，却与令姊相并，必是不及。"俊卿含笑自去了。

　　从此撰之胸中，痴痴里想着闻俊卿有个姊姊，美貌巧艺，要得为妻。有了这个念头，并不与杜子中知道，因为箭是他拾着的，今自己把做宝贝藏着，恐怕他知因来要了去。谁想这个箭元有来历，俊卿学射时，便怀有择配之心④。竹干上刻那二句，固是夸着发矢必中，也暗藏个应弦的哑谜。他射那乌鸦之时，明知在书斋树上，射去这枝箭，心里暗卜一卦，看他两人那个先拾得者，即为夫妻，为此急急来寻下落。不知是杜子中先拾着，后来掉在魏撰之手里。俊卿只见在魏撰之处，以为姻缘有定，故假意说是姐姐，其实多暗隐着自己的意思。魏撰之不知其故，凭他捣鬼⑤，只道真有个姐姐罢了。俊卿固然认了魏撰之是天缘，心里却为杜子中十分相爱，好些撇打不下⑥。叹口气道："一马跨不得双鞍，我又违不得天意，他日别寻件事端，补还他美情罢。"明日来对魏撰之道："老父与家姊面前，小弟十分撺掇，已有允意。玉闹妆也留在家姊处了。老父的意思，要等秋试过⑦，待兄高捷了⑧，方议此事。"魏撰之道："这个也好。只是一言既定，再无翻变才妙⑨。"俊卿道："有小弟在，谁翻变得？"魏撰之不胜之喜。

①他年得射如皋雉：春秋时祁国大夫贾辛相貌丑陋，但他的妻子非常美丽，嫁后三年，不说不笑。后来贾辛在如皋打猎，射中了雉（野鸡），他的妻子才见笑容，并开始讲话。
②仆射姑：即金仆姑，名箭。
③贾大夫：即上文典故中的贾辛。
④择配：选择配偶。
⑤捣鬼：编造。
⑥撇打不下：割舍不下。
⑦秋试：乡试。明、清乡试例于农历八月举行，故称秋试。
⑧高捷：高中（zhòng）。
⑨翻变：反复变化。

时值秋闱①,魏撰之与杜子中、闻俊卿多考在优等,起送乡试。两人来拉了俊卿同去。俊卿与父参将计较道:"女孩儿家只好瞒着人,暂时做秀才耍子。若当真去乡试,一下子中了举人,后边露出真情来,就要关着奏请干系②。事体弄大了,不好收场,决使不得。"推了有病不行。魏、杜两生只得撇了,自去赴试。揭晓之日,两生多得中了。闻俊卿见两家报了,也自欢喜。打点等魏撰之迎到家时,方把求亲之话与父亲说知,图成此亲事。

不想安绵兵备道与闻参将不合③,时值军政考察,在按院处开了款数④,递了一个揭帖⑤,诬他冒用国课⑥,妄报功绩,侵克军粮⑦,累赃巨万。按院参上一本,奉圣旨着本处抚院提问⑧。此报一至,闻家合门慌做了一团。也就有许多衙门人寻出事端来缠扰。还亏得闻俊卿是个出名的秀才,众人不敢十分啰唣⑨。过不多时,兵道行个牌到府来⑩,说是奉旨犯人,把闻参将收拾在府狱中去了。闻俊卿自把生员出名⑪,去递投诉,就求保候父亲⑫。府间准了诉词,不肯召保。俊卿就央了同窗新中的两个举人去见府尊⑬,府尊说:"碍上司分付,做不得情。"三人袖手无计。

此时魏撰之自揣道⑭:"他家患难之际,料说不得求亲的闲话。只好不提起,且一面去会试再处⑮。"两人临行之时,又与俊卿作别。撰之道:"我们三人同心之友,我两人喜得侥幸,方恨俊卿因病蹉跎⑯,不得同登。不想又遭此家难。而今我们匆匆进京去了,心下如割,却是事出无奈。多致意尊翁,且

① 秋闱:即秋试。
② 关着:意犹担着。奏请:上奏皇帝。干系:责任。
③ 兵备道:明代设有按察司,主管一省司法。司下设分司,以按察副使、按察佥事等任佥司之职,分察府、州、县,称分巡道;其中兼管兵备者,称兵备道。
④ 按院:即提刑按察使,一省的司法长官。款数:条款。
⑤ 揭帖:条陈,启示之类。
⑥ 国课:国家税收。
⑦ 侵克:侵占,克扣。
⑧ 抚院:即巡抚。与总督一起为地方(省)的最高长官。
⑨ 啰唣:骚扰。
⑩ 牌:这里是指上级给下级的指令公文。
⑪ 生员:秀才。
⑫ 保候:即取保候审。
⑬ 府尊:对知府的尊称。
⑭ 自揣:自己寻思。揣,寻思,揣摩。
⑮ 会试:乡试考中举人之后,再到京城参加进士考试,叫会试。
⑯ 蹉跎(cuō tuó):错过机会。

自安心听问①。我们若少得进步，必当出力相助，来白此冤！"子中道："此间官官相护，做定了圈套陷人。闻兄只在家营救，未必有益。我两人进去，倘得好处，闻兄不若径到京来商量，与尊翁寻个出场②。还是那边上流头好辨白冤枉③，我辈也好相机助力。切记！切记！"撰之又私自叮嘱道："令姊之事，万万留心。不论得意不得意，此番回来，必求事谐了。"俊卿道："闹妆现在，料不使兄失望便了。"三人洒泪而别。

闻俊卿自两人去后，一发没有商量可救父亲④。亏得"官无三日急，到有七日宽⑤"，无非凑些银子，上下分派一分派，使用得停当，狱中的也不受苦，官府也不来急急要问，丢在半边，做一件未结公案了。参将与女儿计较道："这边的官司既未问理，我们正好做手脚⑥。我意要修下一个辨本⑦，做成一个备细揭帖，到京中诉冤。只没个能干的人去得，心下踌躇未定。"闻俊卿道："这件事须得孩儿自去，前日魏、杜两兄临别时，也教孩儿进京去，可以相机行事。但得两兄有一人得第，也就好做靠傍了⑧。"参将道："虽然你是个女中丈夫，是你去毕竟停当。只是万里程途，路上恐怕不便。"俊卿道："自古多称缇萦救父⑨，以为美谈。他也是个女子。况且孩儿男妆已久，游庠已过⑩，一向算在丈夫之列，有甚去不得？虽是路途遥远，孩儿弓矢可以防身。倘有甚么人盘问，凭着胸中见识，也支持得他过，不足为虑。只是须得个男人随去，这却不便。孩儿想得有个道理，家丁闻龙夫妻⑪，多是

① 听问：听取审问。
② 出场：出路。
③ 上流头：上游，这里指京师。
④ 一发：越发，更加。
⑤ 官无三日急，到有七日宽：当时俗语，是说管府虎头蛇尾，凡事来得急，其后就拖延耽搁了下去。
⑥ 做手脚：这里指想办法。
⑦ 辨本：辨白的奏章。
⑧ 靠傍：依靠。
⑨ 缇萦救父。汉文帝时淳于意犯了罪当受肉刑，其女缇萦上书愿为奴婢以赎父罪，汉文帝刘恒受到感动，竟废除了肉刑。
⑩ 游庠：考进县学读书。庠，即县学。
⑪ 家丁：家仆。

苗种①，多善弓马②，孩儿把他妻子也打扮做男人，带着他两个，连孩儿共是三人一起走。既有妇女伏侍，又有男仆跟随，可以放心一直到京了。"参将道："既然算计得停当，事不宜迟，快打点动身便是。"

俊卿依命，一面去收拾。听得街上报进士，说魏、杜两人多中了。俊卿不胜之喜，来对父亲说道："有他两人在京做主，此去一发不难做事。"就拣定一日，作急起身。在学中动了一个游学呈子③，批个文书执照，带在身边了。路经省下，再察听一察听上司的声口消息。你道闻小姐怎生打扮？

> 飘飘巾帻④，覆着两鬓青丝；窄窄靴鞋，套着一双玉笋⑤。上马衣裁成短后，蛮狮带妆就偏垂⑥。囊一张玉靶弓，想开时，舒臂扭腰多体态；插几枝雁翎箭⑦，看放处，猿啼雕落逞高强。争羡道⑧，能文善武的小郎君，怎知是，女扮男妆的乔秀士⑨？

一路来到了成都府中，闻龙先去寻下了一所幽静饭店。闻俊卿后到，歇下了行李，叫闻龙妻子取出带来的山菜几件，放在碟内，向店中取了一壶酒，斟着慢吃。

又道是："无巧不成话。"那坐的所在与隔壁人家窗口相对，只隔得一个小天井。正吃之间，只见那边窗里一个女子，掩着半窗，对着闻俊卿不转眼的看。及到闻俊卿抬起眼来，那边又闪了进去，遮遮掩掩，只不走开。忽地打个照面，乃是个绝色佳人。闻俊卿想道："原来世间有这样标致的！"看官，

①苗种：苗族人。
②善弓马：能射箭骑马。
③游学呈子：出外游学的报告。旧时府县学生出外游学，官府发给执照。
④巾帻（zé）：头巾。
⑤玉笋：指妇女的小脚，又尖又白。
⑥蛮狮带妆：绣有蛮狮的腰带。
⑦雁翎箭：雁翎做箭羽的箭。
⑧争羡道：争相赞赏说。
⑨乔：乔装，假扮。

你道此时若是个男人，必然动了心，就想妆出些风流家数①，两下做起光景来②。怎当得闻俊卿自己也是个女身，那里放在心上？一面取饭来吃了，且自衙门前干事去。

　　到得出去了半日，傍晚转来，俊卿刚得坐下，隔壁听见这里有人声，那个女子又在窗边来看了。俊卿私下自笑道："看我做甚？岂知我与你是一般样的。"正嗟叹间，只见门外一个老姥走将进来③，手中拿着一个小榼儿④，见了俊卿，放下榼子，道了万福⑤，对俊卿道："间壁景家小娘子见舍人独酌⑥，送两件果子与舍人当茶。"俊卿开看，乃是南充黄柑，顺庆紫梨，各十来枚。俊卿道："小生在此经过的，与娘子非亲非戚，如何承此美意？"老姥道："小娘子说来，此间来万去千的人，不曾见有似舍人这等丰标的⑦，必定是富贵家的出身。及至问人来，说是参府中小舍人。小娘子说这俗店无物可口，叫老媳妇送此二物来解渴。"俊卿道："小娘子何等人家⑧，却居此间壁？"老姥道："这小娘子是井研景少卿的小姐⑨，只因父母双亡，他依着外婆家住。他家里自有万金家事，只为寻不出中意的丈夫，所以还未嫁人。外公是此间富员外，这城中极兴的客店⑩，多是他家的房子，何止有十来处，进益甚广。只有这里幽静些，却同家小每住在间壁。他也不敢主张把外甥许人⑪，恐怕做了对头，后来怨怅⑫。常对景小娘子道⑬：'凭你自家看得中意的，实对我说，我就主婚。'这个小娘子也古怪，自来会拣相人物，再不曾说那一个好。方才见了舍人，便十分称赞，

①家数：套数，派头。
②做起光景来：指调情。
③老姥（mǔ）：老妇人。
④榼（kē）：一种盛放酒菜的器具。
⑤万福：旧时妇女对人行礼，一面用双手在左衣襟前拜一拜，一面口称"万福"。
⑥间壁：隔壁。
⑦丰标：丰采标致。
⑧何等：怎样。
⑨井研：县名，在今四川省。
⑩极兴的客店：最兴隆的客店。兴，兴隆，生意好。
⑪主张：这里指自作主张。外甥：即今外孙。
⑫怨怅：怨恨，埋怨。
⑬小娘子：指年轻女子。

敢是舍人有些姻缘动了①。"俊卿不好答应，微微笑道："小生那有此福？"老姥道："好说，好说。老媳妇且去着。"俊卿道："致意小娘子，多承佳惠②，客中无可奉答，但有心感盛情③。"老姥去了，俊卿自想一想，不觉失笑道："这小娘子看上了我，却不枉费春心？"吟诗一首，聊寄其意。诗云：

为念相如渴不禁④，
交梨邛橘出芳林⑤。
却惭未是求凰客⑥，
寂寞囊中绿绮琴⑦。

次日早起，老姥又来，手中将着四枚剥净的熟鸡子，做一碗盛着，同了一小壶好茶，送到俊卿面前道："舍人吃点心。"俊卿道："多谢妈妈盛情。"老姥道："这是景小娘子昨夜分付了，老身支持来的⑧。"俊卿道："又是小娘子美情，小生如何消受？有一诗奉谢，烦妈妈与我带去。"俊卿就把昨夜之诗写在笺纸上，封好了付妈妈。诗中分明是推却之意。妈妈将去与景小姐看了。景小姐一心喜着俊卿，见他以相如自比，反认做有意于文君，后边两句不过是谦让些说话。遂也回他一首，和其末韵。诗云：

宋玉墙东思不禁⑨，
愿为比翼止同林。
知音已有新裁句⑩，
何用重挑焦尾琴⑪。

① 敢是：恐怕是，多半是。
② 惠：惠赠。
③ 但有：只有。
④ 相如：司马相如，汉代文学家，以才气著称。这里是暗喻闻俊卿。渴不禁（jīn）：渴得不能忍受。
⑤ 交梨邛（qióng）橘：即前文所说的南充黄柑、顺庆紫梨，都是名产。
⑥ 求凰客：向女方求爱者。相传司马相如曾弹奏《凤求凰》曲以挑动卓文君。
⑦ 绿绮琴：司马相如弹奏《凤求凰》时所用的琴。
⑧ 支持：拿。
⑨ 宋玉墙东思不禁：宋玉东邻有一女子，非常美丽，因思慕宋玉才貌，经常登墙偷看宋玉，一直看了三年。见宋玉《登徒子好色赋》。
⑩ 新裁句：新写好的诗句。
⑪ 焦尾琴：相传东汉时有一吴人烧桐木做饭，蔡邕听到声音，知道是好木材，拿来做成琴，琴音美妙。因尾端已被火烧焦，故称"焦尾琴"。

吟罢，也写在乌丝茧纸上，教老姥送将来。俊卿看罢，笑道："元来小姐如此高才！难得，难得！"俊卿见他来缠得紧，生一个计较①，对老姥道："多谢小姐美意。小生不是无情，争奈小生已聘有妻室，不敢欺心妄想。上覆小姐，这段姻缘种在来世罢！"老姥道："既然舍人已有了亲事，老身去回覆了小娘子，省得他牵肠挂肚，空想坏了。"老姥去得，俊卿自出门去，打点衙门事体，央求宽缓日期。诸色停当②，到了天晚才回得下处。是夜无话。

来日天早，这老姥又走将来笑道："舍人小小年纪，倒会掉谎③。老婆滚到身边，推着不要。昨日回了小娘子，小娘子教我问一问两位管家，多说道舍人并不曾聘娘子过。小娘子喜欢不胜，已对员外说过。少刻员外自来奉拜说亲，好歹要成事了。"俊卿听罢，呆了半晌，道："这冤家帐，那里说起？只索收拾行李起来④，趁早去了罢。"分付闻龙与店家会了钞⑤，急待起身。只见店家走进来报道："主人富员外相拜闻相公。"说罢，一个七十多岁的老人家笑嘻嘻进来堂中，望见了闻俊卿，先自欢喜，问道："这位小相公想就是闻舍人了么？"老姥还在店内，也跟将来说道："正是这位。"富员外把手一拱道："请过来相见。"闻俊卿见过了礼，整了客座坐了。富员外道："老汉无事不敢冒叩新客⑥。老汉有一外甥，乃是景少卿之女，未曾许着人家。舍甥立愿不肯轻配凡流⑦，老汉不敢擅做主张，凭他意中自择。昨日对老汉说，有个闻舍人，下在本店，丰

①计较：计策，打算。
②诸色：各种事情。
③掉谎：编谎话。
④只索：只好，只须。
⑤会了钞：结了账。
⑥冒叩：冒昧叩见。
⑦舍甥：对自己外甥的称呼。立愿：立下誓愿，下定决心。凡流：凡俗之辈。

标不凡，愿执箕帚①。所以要老汉自来奉拜，说此亲事。老汉今见足下，果然俊雅非常。舍甥也有几分姿容，况且粗通文墨，实是一对佳偶，足下不可错过。"闻俊卿道："不敢欺老丈，小生过蒙令甥谬爱②，岂敢自外。一来令甥是公卿阀阅③，小生是武弁门风，恐怕攀高不着。二来老父在难中，小生正要入京辨冤，此事既不曾告过，又不好为此担阁，所以应承不得。"员外道："舍人是簪缨世胄④，况又是黉宫名士，指日飞腾，岂分甚么文武门楣⑤？若为令尊之事，慌速入京，何不把亲事议定了，待归时禀知令尊，方才完娶？既安了舍甥之心，又不误了足下之事⑥，有何不可？"闻俊卿无计推托，心下想道："他家不晓得我的心病，如此相逼，却又不好十分过却⑦，打破机关。我想魏撰之有竹箭之缘，不必说了。还有杜子中更加相厚，到不得不闪下了他。一向有个主意，要在骨肉女伴里边别寻一段姻缘，发付他去。而今既有此事，我不若权且应承，定下在这里。他日作成了杜子中，岂不为妙？那时晓得我是女身，须怪不得我说谎。万一杜子中也不成，那时也好开交了⑧，不像而今碍手。"算计已定，就对员外说："既承老丈与令甥如此高情，小生岂敢不受人提挈⑨？只得留下一件信物在此为定，待小生京中回来，上门求娶就是了。"说罢，就在身边解下那个羊脂玉闹妆，双手递与员外道："奉此与令甥表信。"富员外千欢万喜，接受在手，一同老姥去回覆景小姐道："一言已定了。"员外就叫店中办起酒来，与闻舍人饯行。俊卿推却不得，吃得尽欢而罢。

① 愿执箕帚：愿嫁为妻。箕帚，畚箕、扫帚。执箕帚，指做家务。这是旧时对做人妻子的代称。
② 谬爱：错爱。
③ 公卿阀阅：指官宦大户人家。
④ 簪缨世胄（zhòu）：指官宦人家的后裔。胄，后代。
⑤ 门楣：本指门上的横木，又指家庭出身。
⑥ 足下：对别人的敬称。
⑦ 过却：过分推辞。却，推辞，退让。
⑧ 开交：交待摆脱。
⑨ 提挈（qiè）：提携，抬举。

相别了，起身上路。少不得风餐水宿，夜住晓行。不一日，到了京城。叫闻龙先去打听魏、杜两家新进士的下处①，问着了杜子中一家。元来那魏撰之已在部给假回去了。杜子中见说闻俊卿来到，不胜之喜，忙差长班来接到下处②。两人相见，寒温已毕③，俊卿道："小弟专为老父之事，前日别时，承兄每分付入京图便④，切切在心。后闻两兄高发⑤，为此不辞跋涉，特来相托。不想魏撰之已归，今幸吾兄尚在京师，小弟不致失望了。"杜子中道："仁兄先将老伯被诬事款⑥，做一个揭帖，逐一辨明，刊刻起来，在朝门外逢人就送。等公论明白了，然后小弟央个相好的同年在兵部的⑦，条陈别事⑧，带上一段，就好到本籍去生发出脱了⑨。"俊卿道："老父有个本稿，可以上得否？"子中道："而今重文轻武，老伯是按院题的，若武职官出名自辨，他们不容起来，反致激怒，弄坏了事。不如小弟方才说的为妙，仁兄不要轻率。"俊卿道："感谢指教。小弟是书生之见，还求仁兄做主行事。"子中道："异姓兄弟，原是自家身上的事，何劳叮咛？"俊卿道："撰之为何回去了？"子中道："撰之原与小弟同寓了多时，他说有件心事，要归来与仁兄商量。问其何事，又不肯说。小弟说仁兄见吾二人中了，未必不进京来。他说这是不可期的⑩，况且事体要来家里做的，必要先去，所以告假去了⑪。正不知仁兄却又到此，可不两相左了⑫？敢问仁兄，他果然要商量何等事？"俊卿明知为婚姻之事，却只做不知，推说道："连小弟也不晓得他为甚么，想来无非为家里的事。"子中

①下处：落脚之处，住处。
②长班：旧时京中各省会馆里面服役的人。
③寒温：寒暄。暄，暖。
④图便：寻方便，看机会。
⑤高发：高中（zhòng）。
⑥事款：事项。
⑦同年：同一榜考中的人，互称同年。
⑧条陈：分条陈述。
⑨生发出脱：想办法救出来。
⑩不可期：不能期待。
⑪告假：请假。
⑫相左：相违，错过。

道:"小弟也想他没甚么,为何恁地等不得①?"两个说了一回,子中分付治酒接风,就叫闻家家人安顿好了行李,不必另寻寓所,只在此间同寓。盖是子中先前与魏家同寓,今魏家去了,房舍尽有,可以下得闻家主仆三人②。子中又分付打扫闻舍人的卧房,就移出自己的榻来,相对铺着,说晚间可以联床清话③。俊卿看见,心里有些突兀起来④,想道:"平日与他们同学,不过是日间相与⑤,会文会酒,并不看见我的卧起⑥,所以不得看破。而今弄在一间房内了,须闪避不得,露出马脚来怎么处?"却又没个说话可以推掉得两处宿,只是自己放着精细⑦,遮掩过去便了。

虽是如此说,却是天下的事是真难假,是假难真。亦且终日相处,这些细微举动,水火不便的所在⑧,那里妆饰得许多来?闻俊卿日间虽是长安街上去送揭帖,做着男人的勾当⑨;晚间宿歇之处,有好些破绽现出在杜子中的眼里了。杜子中是个聪明的人,有甚省不得的事⑩?晓得有些咤异,越加留心闲觑⑪,越看越是了。

这日俊卿出去忘锁了拜匣,子中偷揭开来一看,多是些文翰柬帖⑫,内有一幅草稿,写着道:

成都绵竹县信女闻氏⑬,焚香拜告关真君神前⑭:愿保父闻确冤情早白,自身安稳还乡,竹箭之期、闹妆之约,各得如意。谨疏。

子中见了,拍手道:"眼见得公案在此了!

① 恁(nèn)地:这样的。
② 下得:指住得下。
③ 联床清话:床并在一起聊天。
④ 突兀:突然,没有思想准备。
⑤ 相与:相交,相处。
⑥ 卧起:睡下、起床。
⑦ 精细:仔细,小心。
⑧ 水火:大小便等事。
⑨ 勾当:事情。
⑩ 省(xǐng)不得:不明白,不晓得。
⑪ 闲觑(qù):细看。闲,同"娴"。
⑫ 文翰柬帖:指文稿和信件、拜帖一类。
⑬ 信女:犹信徒。这里指关真君的信徒。
⑭ 关真君:指关羽。关羽是我国民间俗神,信奉极广,所执掌的事情极多,几乎无所不能。真君,道教对得道高人的称谓。

我枉为男子，被他瞒过了许多时。今不怕他飞上天去。只是后边两句解他不出，莫不许过了人家？怎么处？"心里狂荡不禁①。忽见俊卿回来，子中接在房里坐了，看着俊卿只是笑。俊卿疑怪，将自己身子上下前后看了又看，问道："小弟今日有何举动差错了，仁兄见哂之甚②？"子中道："笑你瞒得我好。"俊卿道："小弟到此来做的事，不曾瞒仁兄一些。"子中道："瞒得多哩，俊卿自想么！"俊卿道："委实没有③。"子中道："俊卿记得当初同斋时言语么？原说弟若为女，必当嫁兄；兄若为女，必当娶兄。可惜弟不能为女，谁知兄果然是女，却瞒了小弟。不然娶兄多时了，怎么还说不瞒？"俊卿见说着心中病，脸上通红起来，道："谁是这般说？"子中袖中摸出这纸疏头来，道："这须是俊卿的亲笔。"俊卿一时低头无语。

　　子中就挨过来，坐在一处了，笑道："一向只恨两雄不能相配，今却遂了人愿也。"俊卿站了起来道："行踪为兄识破，抵赖不得了。只有一件：一向承兄过爱，慕兄之心，非不有之；争奈有件缘事已属了撰之，不能再以身事兄，望兄见谅。"子中愕然道："小弟与撰之同为俊卿窗友，论起相与意气④，还觉小弟胜他一分，俊卿何得厚于撰之薄于小弟？况且撰之又不在此间，'现钟不打，反去炼铜'⑤，这是何说？"俊卿道："仁兄有所不知。仁兄可看疏上'竹箭之期'的说话么？"子中道："正是不解。"俊卿道："小弟因为与两兄同学，心中愿卜所从。那日向天暗祷：箭到处，先拾得者即为夫妇。后来这箭却在撰之处，小弟诡说是

① 狂荡：激动，跌宕起伏。
② 见哂（shěn）：见笑。
③ 委实：确实。
④ 相与意气：相互交往的情谊。
⑤ 现钟不打，反去炼铜：现成的钟不敲，反倒去炼铜（来铸钟敲）。意思是舍近求远。

家姐所射①，撰之遂一心想慕，把一个玉闹妆为定。此时小弟虽不明言，心已许下了。此天意有属，非小弟有厚薄也。"子中大笑道："若如此说，俊卿宜为我有无疑了②。"俊卿道："怎么说？"子中道："前日斋中之箭，原是小弟拾得。看见干上有两行细字，以为奇异，正在念诵，撰之听得走出来，在小弟手里接去看。此时偶然家中接小弟，就把竹箭掉在撰之处，不曾取得。何曾是撰之拾取的？若论俊卿所卜天意，一发正是小弟应占了③。撰之他日可问，须混赖不得④。"俊卿道："既是曾见箭上字来，可记得否？"子中道："虽然看时节仓卒无心⑤，也还记是'矢不虚发，发必应弦'八个字，小弟须是造不出。"俊卿见说得是真，心里已自软了，说道："果是如此，乃是天意了。只是枉了魏撰之，望空想了许多时，而今又赶将回去，日后知道，甚么意思⑥？"子中道："这个说不得。从来说先下手为强，况且元该是我的。"就拥了俊卿求欢道："相好弟兄，而今得同衾枕⑦，天上人间，无此乐矣。"俊卿推拒不得，只得含羞走入帏帐之内，一任子中所为。

事毕，闻小姐整容而起，叹道："妾一生之事，付之郎君，妾愿遂矣。只是哄了魏撰之，如何回他？"忽然转了一想，将手床上一拍道："有处法了⑧。"杜子中倒吃了一惊，道："这事有甚处法？"小姐道："好教郎君得知：妾身前日行至成都⑨，在店内安歇。主人有个甥女，窥见了妾身，对他外公说了，逼要相许。是妾身想个计较，将信物

① 诡说：骗说，谎说。
② 宜：应该。
③ 应占：应验了所占的事情。
④ 混赖：混淆、抵赖。
⑤ 看时节：看的时候。仓卒：即仓猝。
⑥ 意思：感受。
⑦ 衾（qīn）：被子。
⑧ 处法：处置的方法，办法。
⑨ 妾身：旧时女子对丈夫的自称。

权定①，推说归时完娶。当时妾身意思，道魏撰之有了竹箭之约，恐怕冷淡了郎君，又见那个女子才貌双全，可为君配，故此留下这头姻缘。今妾既归君，他日回去，魏撰之问起所许之言，就把这家的说合与他成了，岂不为妙？况且当时只说是姊姊，他心里并不曾晓得妾身自己，也不是哄他了。"子中道："这个最妙，足见小姐为朋友的美情。有了这个出场②，就与小姐配合，与撰之也无嫌了③。谁晓得途中又有这件奇事？还有一件要问：途中认不出是女容，不必说了，但小姐虽然男扮，同两个男仆行走，好些不便④。"小姐笑道："谁说同来的多是男人？他两个元是一对夫妇，一男一女，打扮做一样的，所以途中好伏侍走动，不必避嫌也。"子中也笑道："有其主必有其仆，有才思的人，做来多是奇怪的事。"小姐就把景家女子所和之诗拿出来与子中看。子中道："世间也还有这般的女子！魏撰之得此，也好意足了⑤。"

小姐再与子中商量着父亲之事。子中道："而今说是我丈人，一发好措词出力⑥。我吏部有个相知，先央他把做对头的兵道调了地方，就好营为了⑦。"小姐道："这个最是要着⑧，郎君在心则个。"子中果然去央求吏部。数日之间，推升本上⑨，已把兵道改升了广西地方。子中来回覆小姐道："对头改去，我今作速讨个差，与你回去，救取岳丈了事。此间辨白已透，抚按轻拟上来，无不停当了。"小姐愈加感激，转增恩爱。

子中讨下差来，解饷到山东地方⑩，就

① 权定：暂且确定。权：权且，暂且。
② 出场：出路。
③ 无嫌：没有隔阂、嫌怨。嫌，嫌怨。
④ 好些不便：有好些不方便之处。
⑤ 意足：心中满足。
⑥ 措词：说话。
⑦ 营为：设法。
⑧ 要着：关键。
⑨ 推升本：这里是指吏部为改升兵备道事而上给皇帝的奏章。
⑩ 解饷：解送粮饷。

便回籍①。小姐仍旧扮做男人,一同闻龙夫妻,擎弓带箭,照前妆束,骑了马,傍着子中的官轿,家人原以舍人相呼②。行了几日,将过鄚州③,旷野之中,一枝响箭擦着官轿射来。小姐晓得有歹人来了④,分付轿上:"你们只管前走,我在此对付他。"真是"忙家不会,会家不忙"。扯出囊弓,扣上弦,搭上箭。只见百步之外,一骑马飞也似的跑来⑤。小姐掣开弓⑥,喝声道:"着!"那边人不防备的,早中了一箭,倒撞下马,在地下挣扎。小姐疾鞭着坐马赶上前轿⑦,高声道:"贼人已了当了⑧,放心前去。"一路的人,多称赞小舍人好箭,个个忌惮⑨。子中轿里得意,自不必说。

　　自此完了公事,平平稳稳,到了家中。父亲闻参将已因兵道升去,保候在外了。小姐进见,备说了京中事体,及杜子中营为,调去了兵道之事。参将感激不胜,说道:"如此大恩,何以为报?"小姐又把被他识破,已将身子嫁他,共他同归的事也说了。参将也自喜欢,道:"这也是郎才女貌,配得不枉了。你快改了妆,趁他今日荣归吉日,我送你过门去罢。"小姐道:"妆还不好改得,且等会过了魏撰之看。"参将道:"正要对你说,魏撰之自京中回来,不知为何,只管叫人来打听,说我有个女儿,他要求聘。我只说他晓得些风声,是来说你了。及到问时,又说是同窗舍人许他的,仍不知你的事。我不好回得,只是含糊说等你回家。你而今要会他怎的?"小姐道:"其中有许多委曲⑩,一时说不及,父亲日后自明。"

　　正说话间,魏撰之来相拜。元来魏撰之

① 就便:顺便,趁便。
② 原:还仍。
③ 鄚(mào)州:旧州名,州治在今河北省任丘县北。
④ 歹(dǎi)人:盗贼之流的坏人。
⑤ 一骑(jì)马:一个人骑着马。一人一马称骑。
⑥ 掣(chè):用力拉。
⑦ 疾鞭:快赶着马。疾,快。鞭,以鞭赶马。
⑧ 了当:了结,完蛋。
⑨ 忌惮:敬畏。
⑩ 委曲:曲折。

正为前日婚姻事在心中，放不下，故此就回。不想问着闻舍人又已往京，叫人探听舍人有个姐姐的说话①，一发言三语四，不得明白。有的说，参将只有两个舍人，一大一小，并无女儿。又有的说，参将有个女儿，就是那个舍人。弄得魏撰之满肚疑心②，胡猜乱想。见说闻舍人回来了③，所以亟亟来拜④，要问明白。闻小姐照旧时家数⑤，接了进来。寒温已毕，撰之急问道："仁兄，令姊之说如何？小弟特为此赶回来的。"小姐说："包管兄有一位好夫人便了。"撰之道："小弟叫人宅上打听，其言不一，何也？"小姐道："兄不必疑。玉闹妆已在一个人处，待小弟再略调停，准备迎娶便了。"撰之道："依兄这等说，不像是令姐了。"小姐道："杜子中尽知端的⑥，兄去问他就明白。"撰之道："兄何不就明说了，又要小弟去问？"小姐道："中多委曲，小弟不好说得，非子中不能详言。"说得魏撰之愈加疑心。

　　他正要去拜杜子中，就急忙起身，来到杜子中家里。不及说别样说话⑦，忙问闻俊卿所言之事。杜子中把京中同寓，识破了他是女身，已成夫妇，始末根由说了一遍。魏撰之惊得木呆，道："前日也有人如此说，我却不信，谁晓得闻俊卿果是女身！这分明是我的姻缘，平白错过了。"子中道："怎见得是兄的？"撰之述当初拾箭时节，就把玉闹妆为定的说话。子中道："箭本小弟所拾，原系他向天暗卜的。只是小弟当时不知其故，不曾与兄取得此箭在手。今仍归小弟，原是天意。兄前日只认是他令姐，原未尝属

①说话：这里指舍人说的那些话。
②满肚疑心：即满腹狐疑之意。
③见说：听说。
④亟亟：急急。
⑤旧时家数：旧时的规矩。指像过去那样仍然兄弟相待。
⑥端的：究竟，事情的来龙去脉。
⑦别样说话：别的话。

意他自身，这个不必追悔。兄只管闹妆之约不罢了。"撰之道："符已去矣①，怎么还说不脱空②？难道当真还有个令姐？"子中又把闻小姐途中所遇景家之事说了一遍，道："其女才貌非常，那日一时难推，就把兄的闹妆权定在彼，而今想起来，这就有个定数在里边了。岂不是兄的姻缘么？"撰之道："怪不得闻俊卿道自己不好说，元来有许多委曲。只是一件，虽是闻俊卿已定下在彼，他家又不曾晓得明白，小弟难以自媒，何由得成？"子中道："小弟与闻氏虽已成夫妇，还未曾见过岳翁。打点就是今日迎娶③，少不得还借重一个媒妁④，而今就烦兄与小弟做一做。小弟成礼之后，代相恭敬，也只在小弟身上撮合就是了⑤。"撰之大笑道："当得！当得！只可笑小弟一向在睡梦中，又被兄占了头筹。而今不使小弟脱空，也还算是好了。既是这等⑥，小弟先到闻宅去道意⑦，兄可随后就来。"

魏撰之讨大衣服来换了，竟抬到闻家。此时闻小姐已改了女妆，不出来了。闻参将自己出来接着。魏撰之述了杜子中之言，闻参将道："小女娇痴慕学，得承高贤不弃。今幸结此良缘，蒹葭倚玉⑧，惶恐，惶恐。"闻参将已见女儿说过门，诸色准备停当。门上报说："杜爷来迎亲了。"鼓乐喧天，杜子中穿了大红衣服抬将进门。真是少年郎君，人人称羡。走到堂中，站了位次，拜见了闻参将。请出小姐来，又一同行礼。谢了魏撰之，启轿而行。迎至家里，拜告天地，见了祠堂⑨。杜子中与闻小姐正是新亲旧朋友，喜喜欢欢，一桩事完了。

① 符：凭信之物。
② 脱空：落空，没有着落。
③ 打点：计划，安排。
④ 媒妁（shuò）：媒人。古语有"父母之命，媒妁之言"。
⑤ 撮合：说合，说亲。
⑥ 这等：这样。
⑦ 道意：说明意思。
⑧ 蒹葭倚玉：即"蒹葭倚玉树"，比喻轻贱的依靠了高贵的。蒹葭，芦苇。玉树，槐树。
⑨ 见祠堂：旧时婚仪之一，即在祠堂里拜见祖先影像，表示正式成为该家族一员。

只有魏撰之有些眼热①，心里道："一样的同窗朋友，偏是他两个成双。平时杜子中分外相爱，常恨不将男作女，好做夫妇。谁知今日竟遂其志②，也是一段奇话。只所许我的事，未知果是如何。"次日就到子中家里贺喜，随问其事。子中道："昨晚弟妇就和小弟计较，今日专为此要同到成都去。弟妇誓欲以此报兄，全其口信③，心得佳音方回来。"撰之道："多感，多感！一样的同窗，也该记念着我的冷静④。但未知其人果是如何？"子中走进去，取出景小姐前日和韵之诗，与撰之看了。撰之道："果得此女，小弟便可以不妒兄矣！"子中道："弟妇赞之不容口⑤，大略不负所举⑥。"撰之道："这件事做成，真愈出愈奇了。小弟在家颙望⑦。"俱大笑而别。

杜子中把这些说话与闻小姐说了。闻小姐道："他盼望久了的，也怪他不得。只索作急成都去⑧，周全了这事⑨。"小姐仍旧带了闻龙夫妻跟随，同杜子中到成都来。认着前日饭店，歇在里头了。杜子中叫闻龙拿了帖，径去拜富员外。员外见说是新进士来拜，不知是甚么缘故，吃了一惊，慌忙迎接进去，坐下了，道："不知为何大人贵足赐踹贱地⑩？"子中道："学生在此经过⑪，闻知有位景小姐，是老丈令甥，才貌出众。有一敝友，也叨过甲第了⑫，欲求为夫人，故此特来奉访。"员外道："老汉是有个甥女，他自要择配。前日看上了一个进京去的闻舍人，已纳下聘物。大人见教迟了⑬。"子中道："那闻舍人也是敝友，学生已知他另有

①眼热：眼红。
②遂其志：达成了其心愿。遂，成就。
③全其口信：实践诺言。口信，许诺的话。
④冷静：冷清。
⑤不容口：不停口。
⑥大略不负所举：大概不会辜负闻氏的称赞。
⑦颙（yóng）望：抬头盼望。颙，仰慕。
⑧作急：赶紧，从速。
⑨周全：成全。
⑩贵足赐踹贱地：客套话。贵足，对人光临的尊称。赐踹贱地，犹"光临寒舍"。
⑪学生：读书人的谦称。
⑫叨过甲第：中过进士。
⑬见教：赐教，教诲。

所就，不来娶令甥了，所以敢来作伐①。"员外道："闻舍人也是读书君子，既已留下信物，两心相许，怎误得人家儿女？舍甥女也毕竟要等他的回信。"子中将出前日景小姐的诗笺来，道："老丈试看此纸，不是令甥写与闻舍人的么？因为闻舍人无意来娶了，故把与学生做执照②，来为敝友求令甥。即此是闻舍人的回信了。"员外接过来看，认得是甥女之笔，沉吟道："前日闻舍人也曾说道聘过了，不信其言，逼他应承的。元来当真有这话！老汉且与甥女商量一商量，来回覆大人。"

员外别了，进去了一会，出来道："适间甥女见说③，甚是不快。他也说得是，就是闻舍人负了心，是必等他亲身见一面，还了他玉闹妆，以为诀别④，方可别议姻亲。"子中笑道："不敢欺老丈说，那玉闹妆也即是敝友魏撰之的聘物，非是闻舍人的。闻舍人因为自己已有姻亲，不好回得，乃为敝友转定下了。是当日埋伏机关，非今日无因至前也⑤。"员外道："大人虽如此说，甥女岂肯心伏？必是闻舍人自来说明，方好处分⑥。"子中道："闻舍人不能复来，有拙荆在此⑦，可以进去一会令甥。等他与令甥说这些备细⑧，令甥必当见信⑨。"员外道："有尊夫人在此，正好与舍甥面会一会，有言可以尽吐，省得传递消息。最妙，最妙！"就叫前日老姥来接取杜夫人。老姥一见闻小姐举止形容，有些面善，只是改妆过了，一时想不出。一路相着⑩，只管迟疑，接到间壁。里边景小姐出来相接，各叫了万福⑪。闻小姐对景小姐笑道："认得闻舍人否？"景

① 作伐：即做媒。
② 把与：拿给。执照：凭信。
③ 适间：刚才。
④ 诀别：分别。
⑤ 无因至前：没有原因而前来。
⑥ 处分：处理，安排。
⑦ 拙荆：男子对自己妻子的谦称。拙，指男子自己；荆，是说妻子簪荆钗（树枝作钗子）穿布裙。
⑧ 备细：详细情由。
⑨ 见信：相信。
⑩ 相（xiàng）：打量。
⑪ 叫了万福：即道了万福。

小姐见模样厮象，还只道或是舍人的姊妹，答道："夫人与闻舍人何亲？"闻小姐道："小姐恁等识人①，难道这样眼钝②？前日到此、过蒙见爱的舍人③，即妾身是也。"景小姐吃了一惊，仔细一认，果然一毫不差。连老姥也在旁拍手道："是呀，是呀！我方才道面庞熟得紧④，那知就是前日的舍人！"景小姐道："请问夫人，前日为何这般打扮？"闻小姐道："老父有难，进京辩冤，故乔妆作男，以便行路。所以前日过蒙见爱，再三不肯应承者，正为此也。后来见难推却，又不敢实说真情，所以代友人纳了聘，以待后来说明。今纳聘之人已登黄甲⑤，年纪也与小姐相当，故此愚夫妇特来奉求，与小姐了此一段姻亲，报答前日厚情耳。"景小姐见说，半晌做声不得。老姥在旁道："多谢夫人美意。只是那位老爷姓甚名谁，夫人如何也叫他是友人？"闻小姐道："幼年时节，曾共学堂，后来同在庠中，与我家相公三人，年貌多相似，是异姓骨肉。知他未有亲事，所以前日就有心替他结下了。这人姓魏，好一表人物，就是我相公同年，也不辱没了小姐。小姐一去也就做夫人了。"景小姐听了这一篇说话，晓得是少年进士，有甚么不喜欢？叫老姥陪住了闻小姐，背地去把这些说话备细告诉员外。员外见说是许个进士，岂有不撺掇之理⑥？真个是一让一个肯。回覆了闻小姐，转说与杜子中，一言已定。富员外设起酒来谢媒，外边款待杜子中，内里景小姐作主款待杜夫人。两个小姐说得甚是投机，尽欢而散。

①恁等：这般。
②眼钝：眼拙，看不准。钝，迟钝。
③过蒙见爱：承蒙过分错爱。客套话。
④熟得紧：熟得很。
⑤登黄甲：中进士。旧时进士名单用黄纸公布，称黄榜。甲，指名字靠前，是一种泛指。
⑥撺掇：怂恿，鼓动。

约定了回来，先教魏撰之纳币①，拣个吉日，迎娶回家。花烛之夕，见了模样，如获天人②。因说起闻小姐闹妆纳聘之事，撰之道："那聘物元是我的。"景小姐问："如何却在他手里？"魏撰之又把先时竹箭题字，杜子中拾得，掉在他手里，认做另有个姐姐，故把玉闹妆为聘的根由，说了一遍。一齐笑道："彼此夙缘③，颠颠倒倒，皆非偶然也。"

明日，魏撰之取出竹箭来与景小姐看。景小姐道："如今只该还他了。"撰之就提笔写一柬与子中夫妻道④：

既归玉环⑤，返卿竹箭。两段姻缘，各从其便。一笑，一笑。

写罢，将竹箭封了，一同送去。杜子中收了，与闻小姐拆开来看，方见八字之下，又有"蜚娥记"三字，问道："'蜚娥'怎么解？"闻小姐道："此妾闺中之名也。"子中道："魏撰之错认了令姊，就是此二字了。若小生当时曾见此二字，这箭如何肯便与他？"闻小姐道："他若没有这箭起这些因头⑥，那里又绊得景家这头亲事来？"两人又笑了一回，也题了一柬，戏他道：

环为旧物，箭亦归宗⑦。两俱错认，各不落空。一笑，一笑。

从此两家往来，如同亲兄弟姊妹一般。两个甲科合力与闻参将辨白前事⑧，世间情

① 纳币：婚礼的六礼之一，即送财礼。
② 天人：天上之人，仙人。
③ 夙（sù）缘：早有缘分。夙，往昔。
④ 柬：短信。
⑤ 玉环：指上文的羊脂玉闹妆。
⑥ 因头：因由，由头。
⑦ 归宗：归还了主人。
⑧ 甲科：指中了进士的人。与：参与，过问。

面那里有不让缙绅的①？逐件赃罪，得以开释，只处得他革任回卫②。闻参将也不以为意了。后边魏、杜两人俱为显官。闻、景二小姐各生子女，又结了婚姻，世交不绝。这是蜀多才女，有如此奇奇怪怪的妙话。卓文君成都当垆，黄崇嘏相府掌记，又平平了。诗曰：

> 世上夸称女丈夫，
> 不闻巾帼竟为儒③。
> 朝廷若也开科取，
> 未必无人待贾沽④。

① 缙绅：指做官或做过官的人家。
② 革任：革职。
③ 巾帼：女子。
④ 待贾沽：等待高价出卖。贾，同"价"。《论语·子罕》："沽之哉！沽之哉！我待贾者也。"这里指参加科举考试中式。

转运汉巧遇洞庭红

《初刻拍案惊奇》

【题解】

　　本篇选自《初刻拍案惊奇》，原题为《转运汉遇巧洞庭红　波斯胡指破鼍龙壳》，这里用的是《今古奇观》的标题。小说讲了两个故事，其中主要讲一个倒运汉的发迹故事，涉及海外经历，充满了传奇色彩。作品的主旨不在于塑造人物，而是借助故事说明道理，双故事的结构正好从正反两个方面进行了诠释。作品虽然体现人生命定之理，但议论中又肯定了人的作为的积极作用。

词云：

　　日日深杯酒满，朝朝小圃花开。自歌自舞自开怀，且喜无拘无碍。　　青史几番春梦，红尘多少奇才。不须计较与安排，领取而今见在①！

　　这首词乃宋朱希真所作②，词寄《西江月》。单道着人生功名富贵，总有天数，不如图一个见前快活。试看往古来今，一部十七史中，多少英雄豪杰，该富的不得富，该贵的不得贵。能文的倚马千言③，用不着时，几张纸，盖不完酱瓿④；能武的穿杨百步，用不着时，几竿箭，煮不熟饭锅。极至那痴呆懵懂，生来有福分的，随他文学低浅，也会发科发甲⑤；随他武艺庸常，也会大请大受⑥。真所谓时也，运也，命也。俗语有两句道得好："命若穷，掘着黄金化作铜；命若富，拾着白纸变成布。"总来只听掌命司颠之倒之⑦。所以吴彦高又有词云⑧："造化小儿无定据⑨，翻来覆去，倒横直竖，眼见

① 领取而今见在：领受眼前的快活，义同下文"图一个见前（即眼前）快活"。
② 朱希真：朱敦儒，字希真，宋代词人。
③ 倚马千言：形容文思敏捷。
④ 盖不完酱瓿（bù）：盖酱罐子也用不完。比喻文章不值钱。
⑤ 发科发甲：科举中式。
⑥ 大请大受：享有很高的俸禄。请受，薪俸。
⑦ 掌命司：掌管人的命运的机构。
⑧ 吴彦高：吴激，字彦高，宋宰相吴栻之子，累官翰林待制。有词名。
⑨ 造化小儿：对掌管人的寿限的鬼神的戏称。

都如许!"僧晦庵亦有词云①:"谁不愿黄金屋②?谁不愿千钟粟③?算五行不是这般题目④。枉使心机闲计较,儿孙自有儿孙福。"苏东坡亦有词云:"蜗角虚名,蝇头微利⑤,算来着甚奔忙?事皆前定,谁弱又谁强!"这几位名人说来说去,都是一个意思。总不如古语云:"万事分已定,浮生空自忙。"

说话的,依你说来,不须能文善武。懒惰的,也只消天掉下前程,不须经商立业;败坏的,也只消天挣与家缘⑥,却不把人间向上的心都冷了?看官有所不知,假如人家出了懒惰的人,也就是命中该贱;出了败坏的人,也就是命中该穷,此是常理。却又自有转眼贫富出人意外,把眼前事分毫算不得准的哩!

且听说一人,乃是宋朝汴京人氏,姓金双名维厚,乃是经纪行中,少不得朝晨起早,晚夕眠迟,睡醒来,千思想,万算计,拣有便宜的才做。后来家事挣得从容了⑦,他便思想一个久远方法,手头用来用去的,只是那散碎银子。若是上两块头好银,便存着不动。约得百两,便熔成一大锭,把一综红线⑧,结成一绦⑨,系在锭腰,放在枕边。夜来摩弄一番,方才睡下。积了一生,整整熔成八锭,以后也就随来随去,再积不成百两,他也罢了。

金老生有四子。一日,是他七十寿诞,四子置酒上寿。金老见了四子,跻跻跄跄⑩,心中喜欢,便对四子说道:"我靠皇天覆庇⑪,虽则劳碌一生,家事尽可度日。况我平日留心,有熔成八大锭银子,永不动用的,

① 晦庵:待考。
② 黄金屋:指华丽的房屋。汉武帝在做太子的时候,长公主要把女儿阿娇嫁给他,问他阿娇好不好,他回答说:"若得阿娇,当以金屋贮之。"见《汉武故事》。
③ 千钟粟:指很高的俸禄。钟,古代计量单位,合六斛四斗。
④ 算五行:旧时用阴阳五行来占卜推测人事的吉凶祸福,叫算五行。这里是指人的命运。
⑤ 蜗角、蝇头:都是微小、微不足道的意思。
⑥ 天挣:上天的赋予。家缘:家庭的继承。
⑦ 家事:家业,家产。从容:宽余。
⑧ 一综:一束,一绺(liǔ)。
⑨ 绦(tāo):指编成绺的丝线。
⑩ 跻跻跄跄(qiāng):人丁兴旺,很有气派。
⑪ 覆庇:庇护,保裙。

在我枕边。见将绒线做对儿结着①。今将拣个好日子分与尔等②，每人一对，做个镇家之宝。"四子喜谢，尽欢而散。

是夜金老带些酒意，点灯上床，醉眼模糊，望去八个大锭，白晃晃排在枕边。摸了几摸，哈哈地笑了一声，睡下去了。睡未安稳，只听得床前有人行走脚步响，心疑有贼。又细听着，恰像欲前不前，相让一般。床前灯火微明，揭帐一看，只见八个大汉，身穿白衣，腰系红带，曲躬而前曰③："某等兄弟，天数派定，宜在君家听令。今蒙我翁过爱，抬举成人，不烦役使，珍重多年，冥数将满④。待翁归天后，再觅去向。今闻我翁将以我等分役诸郎君⑤，我等与郎君辈，原无前缘，故此先来告别，往某县某村王姓某者投托。后缘未尽，还可一面。"语毕，回身便走。金老不知何事，吃了一惊。翻身下床，不及穿鞋，赤脚赶去。远远见八人，出了房门。金老赶得性急，绊了房槛⑥，扑的跌倒，飒然惊醒⑦，乃是南柯一梦⑧。急起挑灯明亮，点照枕边，已不见了八个大锭。细思梦中所言，句句是实。叹了一口气，哽咽了一会，道："不信我苦积一世，却没分与儿子每受用⑨，到是别人家的？明明说有地方姓名，且慢慢跟寻下落则个⑩。"一夜不睡，次早起来与儿子们说知，儿子中也有惊骇的，也有疑惑的。惊骇的道："不该是我们手里东西，眼见得作怪。"疑惑的道："老人家欢喜中说话有失，许了我们，回想转来，一时间就不割舍得分散了，造此鬼话，也未见得。"

金老看见儿子们疑信不等，急急要验个

① 做对儿结着：一对一对地拴在一起。
② 尔等：你们。
③ 曲躬：弯腰打躬，表示对别人的礼敬。
④ 冥数：运期，期限。
⑤ 分役：分用，分送。
⑥ 房槛：即门坎。
⑦ 飒（sà）然：迅速，立刻。
⑧ 南柯一梦：唐代李公佐著有传奇小说《南柯太守传》，写淳于棼做梦在槐安国被招为驸马，做了南柯太守。后人因以南柯一梦为做白日梦的代用语。
⑨ 每：们。
⑩ 跟寻：寻找。则个：句尾加强语气的助词。

实话。遂访至某县某村果有王姓某者。叩门进去，只见堂前灯烛荧煌①，三牲福物②，正在那里献神。金老便开口问道："宅上有何事如此？"家人报知，请主人出来。主人王老见金老揖坐了③，问其来因。金老道："老汉有一疑事，特造上宅来问消息④。今见上宅正在此献神，必有所谓⑤，敢乞明示。"王老道："老拙偶因寒荆小恙⑥，买卜先生道⑦：'移床即好。'昨寒荆病中，恍惚见八个白衣大汉，腰系红束，对寒荆道：'我等本在金家，今在彼缘尽，来投身宅上。'言毕，俱钻入床下。寒荆惊出了一身冷汗，身体爽快了。及至移床，灰尘中得银八大锭，多用红绒系腰，不知是那里来的？此皆神天福佑，故此买福物酬谢。今我丈来问，莫非晓得些来历么？"金老跌跌脚道："此老汉一生所积，因前日也做了一梦，就不见了。梦中也道出老丈姓名居址的确⑧，故得访寻到此。可见天数已定，老汉也无怨处。但只求取出一看，也完了老汉心事。"王老道："容易。"笑嘻嘻地走进去，叫安童四人⑨，托出四个盘来。每盘两锭，多是红绒系束，正是金家之物。金老看了，眼睁睁无计所奈⑩，不觉扑簌簌吊下泪来，抚摩一番道："老汉直如此命薄⑪！消受不得⑫。"王老虽然叫安童仍旧拿了进去，心里见金老如此，老大不忍。另取三两零银封了，送与金老作别。金老道："自家的东西，尚无福，何须尊惠⑬！"再三谦让，必不肯受。王老强纳在金老袖中，金老欲待摸出还了，一时摸个不着，面儿通红，又被王老央不过，只得作揖别了。

　　直至家中，对儿子们一一把前事说了，

① 荧煌：辉煌。
② 三牲福物：祭品，祭礼。三牲，指牛、羊、猪。
③ 揖坐：请坐。
④ 造（zào）：到。
⑤ 所谓：讲究，因由。
⑥ 老拙：老汉，自称谦词。寒荆：对自己妻子的谦称。
⑦ 买卜先生：占卜测字的人。
⑧ 的确：确实，真切。
⑨ 安童：即小男仆。
⑩ 无计所奈：没有什么办法，干着急使不上劲。
⑪ 直：竟然。
⑫ 消受：享用。
⑬ 惠：惠赠。

大家叹息了一回。因言王老好处，临行送银三两，满袖摸遍，并不见有，只说路中掉了。却原来金老推逊时，王老往袖里乱塞，落在着外面一层袖中。袖有断线处，在王老家摸时，已自在脱线处落出在门槛边了。客去扫门，仍旧是王老拾得。可见一饮一啄，莫非前定①。不该是他的东西，不要说八百两，就是三两，也得不去。该是他的东西，不要说八百两，就是三两也推不出。原有的到无了，原无的到有了，并不由人计较。而今说一个人，在实地上行②，步步不着③，极贫极苦的；却在渺渺茫茫做梦不到的去处，得了一主没头没脑钱财，变成巨富。从来稀有，亘古新闻④，有诗为证：

诗曰：

分内功名匣里财⑤，
不关聪慧不关呆。
果然命是财官格⑥，
海外犹能送宝来。

话说国朝成化年间⑦，苏州府长洲县阊门外有一人⑧，姓文名实，字若虚。生来心思慧巧，做着便能，学着便会。琴棋书画，吹弹歌舞，件件粗通。幼年间，曾有人相他有巨万之富，他亦自恃才能，不十分去营求生产⑨。坐吃山空，将祖上遗下千金家事，看看消下来⑩。以后晓得家业有限，看见别人经商图利的，时常获利几倍，便也思量做些生意，却又百做百不着。

一日见人说"北京扇子好卖"，他便合了一个伙计，置办扇子起来。上等金面精巧

① 一饮一啄，莫非前定：一口水一口饭，没有不是命里注定的。啄，啄食，这里指所食。
② 实地：指实实在在的地方，即陆地。
③ 不着：落空，不走运。
④ 亘古：自古以来。
⑤ 分（fèn）内：命里该有的。
⑥ 格：算命的格局。财官格，即有官有财的格局。
⑦ 国朝：本朝人对当朝的称呼。这里指明朝。成化：明宪宗（朱见深）年号，公元1465～1437年。
⑧ 长洲县：即今江苏吴县。
⑨ 生产：生计。
⑩ 消：消乏，败坏。

的，先将礼物，求了名人诗画，免不得是沈石田①、文衡山②、祝枝山拓了几笔③，便值上两数银子；中等的自有一样乔人④，一只手学写了这几家字画，也就哄得人过，将假当真的买了，他自家也兀自做得来的；下等的无金无字画，将就卖几十钱，也有对合利钱⑤，是看得见的。拣个日子装了箱儿，到了北京。岂知北京那年自交夏来，日日淋雨不晴，并无一毫暑气，发市甚迟⑥。交秋早凉，虽不见及时，幸喜天色却晴，有妆晃子弟要买把苏州的扇子⑦，袖中笼着摇摆。来买时，开箱一看，只叫得苦。原来北京历泞⑧，却在七八月。更加日前雨湿之气，斗着扇上胶墨之性，弄做了个"合而言之"⑨，揭不开了。东粘一层，西缺一片，但是有字有画⑩，值价钱者，一毫无用。止剩下等没字白扇，是不坏的，能值几何？将就卖了，做盘费回家，本钱一空。频年做事⑪，大概如此。不但自己折本，但是搭他作伴，连伙计也弄坏了，故此人起他一个混名叫做"倒运汉"。不数年，把个家事乾圆洁净了⑫，连妻子也不曾娶得。终日间靠着些东涂西抹，东挨西撞⑬，也济不得甚事。但只是嘴头子诌得来，会说会笑，朋友家喜欢他有趣，顽耍去处，少他不得。也只好趁口⑭，不是做家的⑮。况且他是大模大样过来，帮闲行里，又不十分入得队。有怜他的，要荐他坐馆教学⑯，又有诚实人家嫌他是个杂板令⑰，高不凑，低不就，打从帮闲的处馆的两项人见了他⑱，也就做鬼脸，把"倒运"两字笑他，不在话下。

①沈石田：沈周，字启南，号石田。明代书画家。字学黄庭坚，尤工画，明代四大家之一。
②文衡山：文壁，字徵明，号衡。明代书画家。吴中四才子之一。
③祝枝山：祝允明，字希哲。明代长洲人。工画能诗。拓：涂抹。
④乔人：狡猾的人，弄虚作假的人。
⑤对合利钱：也叫"对本对利"，指可赚一倍钱。
⑥发市：买卖开张。
⑦妆晃：这里是装门面、摆样子的意思。
⑧历泞（lì）：类似梅雨季节的阴雨天气。
⑨合而言之：旧时文人套用古书的俏皮话，意思是指"粘在了一起"。
⑩但是：凡是。但，只。
⑪频年：连年，多年。
⑫乾圆洁净：弄得干干净净。
⑬东涂西抹，东挨西撞：东写西画，东赶西趁。
⑭趁口：混饭吃。
⑮做家：即做人家，这里是节俭的意思。
⑯坐馆：也叫处馆，做家塾教师。
⑰杂板令：指没有专门学问的人。
⑱帮闲的：即"闲儿"，食客。

一日，有几个走海泛货的①，邻近做头的，无非是张大、李二、赵甲、钱乙一班人，共四十余人，合了伙将行。他晓得了，自家思忖道："一身落魄，生计皆无。便附了他们航海，看看海外风光，也不枉人生一世。况且他们定是不却我的②，省得在家忧柴忧米，也是快活。"正计较间③，恰好张大踱将来。原来这个张大名唤张乘运，专一做海外生意，眼里认得奇珍异宝，又且秉性爽慨④，肯扶持好人，所以乡里起他一个混名叫"张识货"。文若虚见了，便把此意一一与他说了。张大道："好，好。我们在海船里头，不耐烦寂寞。若得兄去在船中说说笑笑，有甚难过的日子？我们众兄弟料想多是喜欢的。只是一件，我们多有货物将去⑤，兄并无所有，觉得空了一番往返，也可惜了。待我们大家计较，多少凑些出来，助你将就置些东西去也好。"文若虚便道："多谢厚情，只怕没人如兄肯周全小弟。"张大道："且说说看。"一竟自去了。

恰遇一个瞽目先生敲着报君知走将来⑥，文若虚伸手顺袋里摸了一个钱，扯他一卦，问问财气看。先生道："此卦非凡，有百十分财气，不是小可⑦。"文若虚自想道："我只要搭去海外耍耍，混过日子罢了，那里是我做得着的生意？要甚么赍助⑧？就赍助得来，能有多少？便直恁地财爻动⑨？这先生也是混帐。"只见张大气忿忿走来，说道："'说着钱，便无缘。'这些人好笑，说道'你去'，无不喜欢；说到'助银'，没一个则声⑩。今我同两个好的弟兄，辑凑得一两

① 走海泛货：从海上贩卖货物。
② 却：推辞，拒绝。
③ 计较：计议，打算。
④ 爽慨：爽快，慷慨。
⑤ 将去：带去。
⑥ 瞽（gǔ）目先生：瞎眼的算命人。报君知：算命者敲的招来生意的铁片。
⑦ 小可：轻微，一般。
⑧ 赍（jī）助：帮助。
⑨ 直恁地：竟如此。财爻（xiáo）：爻，卜卦上的"爻象"。这里指文若虚的爻象上有财气。
⑩ 则声：吱声，作声。

375

银子在此①，也办不成甚货，凭你买些果子船里吃罢。口食之类②，是在我们身上。"

若虚称谢不尽，接了银子。张大先行道："快些收拾，就要开船了。"若虚道："我没甚收拾，随后就来。"手中拿了银子，看了又笑，笑了又看，道："置得甚货么？"信步走去，只见满街上箧篮内盛着卖的③：

  红如喷火，巨若悬星。皮未皲④，尚有余酸；霜未降，不可多得。元殊苏井诸家树⑤；亦非李氏千头奴⑥。较"广"似曰"难兄"⑦，比"福"亦云"具体"⑧。

原来乃是太湖中有一洞庭山，地软土肥，与闽广无异，所以广桔福桔，播名天下，洞庭有一样桔树绝与他相似⑨，颜色正同，香气亦同。止是初出时，味略少酸，后来熟了，却也甜美，比福桔之价十分之一，名曰"洞庭红"。若虚看见了，便思想道："我一两银子买得百斤有余，在船可以解渴，又可分送一二，答众人助我之意。"买成装上竹篓，雇一闲的⑩，并行李挑了下船。众人都拍手笑道："文先生宝货来也！"文若虚羞惭无地⑪，只得吞声上船，再也不敢提起买桔的事。

开得船来，渐渐出了海口，只见：

  银涛卷雪，雪浪翻银。湍转则日月似惊⑫，浪动则星河如覆。

三五日间，随风漂去，也不觉过了多少路程。

① 𦭞凑：拼凑。𦭞，聚集。
② 口食：饭食。
③ 箧（qiè）篮：筐子、篮子。
④ 皲（jūn）：皮因寒冷而裂开。
⑤ 苏井：传说苏眈凿井种桔，以救乡里病人，有病者用井水服一桔叶即愈。见《神仙传》。
⑥ 李氏千头奴：传说东汉李衡曾种桔树千株，号称千头木奴。见《事物纪原》卷十。
⑦ 广：广桔的省称。
⑧ 福：福桔的省称。具体：具象，意思是说样子差不多。
⑨ 绝：极。
⑩ 闲的：闲汉。
⑪ 羞惭无地：羞愧得不知怎么好。
⑫ 湍（tuān）：急流。

忽至一个地方，舟中望去，人烟凑聚①，城郭巍峨，晓得是到了甚么国都了。舟人把船撑入藏风避浪的小港内，钉了桩橛，下了铁锚，缆好了。船中人多上岸打一看②，原来是来过的所在，名曰吉零国③。原来这边中国货物拿到那边，一倍就有三倍价，换了那边货物，带到中国也是如此。一往一回，却不便有八九倍利息，所以人都拚死走这条路。众人多是做过交易的，各有熟识经纪、歇家、通事人等④，各自上岸，找寻发货去了。只留文若虚在船中看船，路径不熟，也无走处。正闷坐间，猛可想起道⑤："我那一篓红桔，自从到船中，不曾开看，莫不人气蒸烂了？趁着众人不在，看看则个。"叫那水手在舱板底下翻将起来，打开了篓看时，面上多是好好的。放心不下，索性搬将出来，都摆在艎板上面⑥。

也是合该发迹⑦，时来福凑。摆得满船红焰焰的，远远望来，就是万点火光，一天星斗。岸上走的人，都拢将来问道⑧："是甚么好东西呀？"文若虚只不答应，看见中间有个把一点头的⑨，拣了出来，掐破就吃。岸上看的，一发多了。惊笑道："原来是吃得的。"就中有个好事的，便来问价："多少一个？"文若虚不省得他们说话⑩，船上人却晓得，就扯个谎哄他，竖起一个指头，说："要一钱一颗。"那问的人揭开长衣，露出那兜罗锦红裹肚来，一手摸出银钱一个来，道："买一个尝尝。"文若虚接了银钱，手中撷撷看⑪，约有两把重。心下想道："不知这些银子，要买多少？也不见秤秤，且先把一个与他看样。"拣个大些的，红得可爱的，递

① 凑聚：凑拢，聚集。即人烟稠密。
② 打一看：看一看。
③ 吉零国，小说家杜撰的海外国名。
④ 经纪：此指牙行之类。歇家：这里指非正式的客栈。通事人：翻译。
⑤ 猛可：突然。
⑥ 艎（huáng）板：船板。
⑦ 发迹：这里是发财的意思。
⑧ 拢将来：围拢来。
⑨ 一点头的：有点坏的。桔子要坏的时候，上面先长出白点子。一点头的就是指长了白点子的。
⑩ 省（xǐng）得：懂得。这里指听懂。
⑪ 撷撷（diān）看：在手里上下晃动估量轻重。撷，即掂。

一个上去。只见那个人接上手，撷了一撷道："好东西呀！"扑地就劈开来，香气扑鼻，连旁边闻着的许多人，大家喝一声采。那买的不知好歹，看见船上吃法，也学他去了皮，却不分瓣①，一块塞在口里，甘水满咽喉，连核都不吐，吞下去了，哈哈大笑道："妙哉！妙哉！"又伸手到裹肚里，摸出十个银钱来，说："我要买十个进奉去②。"文若虚喜出望外，拣十个与他去了。那看的人见那人如此买去了，也有买一个的，也有买两个、三个的，都是一般银钱。买了的，都千欢万喜去了。

原来彼国以银为钱，上有文采，有等龙凤文的，最贵重；其次人物；又次禽兽；又次树木；最下通用的，是水草。却都是银铸的，分两不异。适才买桔的，都是一样水草纹的，他道是把下等钱买了好东西去了，所以欢喜，也只是要小便宜心肠，与中国人一样。须臾之间，三停里卖了二停。有的不带钱在身边的，老大懊悔，急忙取了钱转来。文若虚已此剩不多了③，拿一个班道④："而今要留着自家用，不卖了。"其人情愿再增一个钱，四个钱买了二颗。口中哓哓说⑤："悔气！来得迟了。"旁边人见他增了价，就埋怨道："我每还要买个，如何把价钱增长了他的？"买的人道："你不听得他方才说，兀自不卖了。"

正在议论间，只见首先买十个的那一个人，骑了一匹青骢马，飞也似奔到船边，下了马，分开人丛，对船上大喝道："不要零卖！不要零卖！是有的⑥，俺多要买⑦。俺家头目，要买去进奉克汗哩⑧。"看的人听见这话，便远远走开，站住了看。文若虚是个

①瓣：这里指桔瓣。
②进奉：进献，给皇帝。
③已此：已是。
④拿一个班：即拿班，拿架子，卖关子。
⑤哓哓（xiāo）：这里是嘟哝的意思。
⑥是：凡是，所有。
⑦多：都。
⑧克汗：即可汗，古时回纥、突厥、蒙古等族称其君主为可汗。

伶俐的人，看见来势，已此瞧科在眼里①，晓得是个好主顾了。连忙把篓里尽数倾出来②，止剩五十余颗。数了一数，又拿起班来说道："适间讲过要留着自用③，不得卖了。今肯加些价钱，再让几颗去罢。适间已卖出两个钱一颗了。"其人在马背上拖下一大囊，摸出钱来，另是一样树木纹的，说道："如此钱一个罢了。"文若虚道："不情愿，只照前样罢了。"那人笑了一笑，又把手去摸出一个龙凤纹的来道："这样的一个如何？"文若虚又道："不情愿，只要前样的。"那人又笑道："此钱一个抵百个，料也没得与你，只是与你耍。你不要俺这一个，却要那等的，是个傻子！你那东西，肯都与俺了，俺再加你一个那等的，也不打紧。"文若虚数了一数，有五十二个，准准的要了他一百五十六个水草银钱④。那人连竹篓都要了，又丢了一个钱，把篓拴在马上，笑吟吟地一鞭去了，看的人见没得卖了，一哄而散。

文若虚见人散了，到舱里把一个钱秤一秤，有八钱七分多重。秤过数个，都是一般。总数一数，共有一千个差不多。把两个赏了船家，其余收拾在包里了。笑一声道："那盲子好灵卦也⑤！"欢喜不尽，只等同船人来对他说笑则个。

说话的你说错了⑥，那国里银子这样不值钱，如此做买卖，那久惯漂洋的，带去多是绫罗缎匹，何不多卖了些银钱回来？一发百倍了。看官有所不知⑦，那国里见了绫罗等物，都是以货交兑⑧。我这里人也只是要他货物，才有利钱。若是卖他银钱时，他都

①瞧科：看。"科"表示动作。
②倾：倒。
③适间：刚才。
④准准的：整整的，一毫不差的。
⑤盲子：指前文提到的瞎眼算命人。
⑥说话的：指说（写）书的人。这里是代言听众提出的问题。
⑦看官：看书的人。
⑧交兑：交换。

把龙凤、人物的来交易，作了好价钱，分量也只得如此，反不便宜。如今是买吃口东西①，他只认做把低钱交易，我却只管分两，所以得利了。说话的，你又说错了。依你说来，那航海的，何不只买吃口东西只换他低钱，岂不有利？用着重本钱，置他货物怎地？看官又不是这话。也是此人，偶然有此横财，带去着了手，若是有心第二遭再带去，三五日不遇巧，等得稀烂。即文若虚运未通时，卖扇子就是榜样。扇子还是放得起的，尚且如此，何况果品！是这样执一论不得的②。

闲话休提。且说众人领了经纪主人到船发货③，文若虚把上头事说了一遍，众人都惊喜道："造化，造化！我们同来，倒是你没本钱的，先得了手也！"张大便拍手道："人都道他倒运，而今想是运转了！"便对文若虚道："你这些银钱在此置货，作价不多，除是转发在伙伴中，回他几百两中国货物上去④，打换些土产珍奇⑤，带转去有大利钱⑥，也强如虚藏此银钱在身边，无个用处。"文若虚道："我是倒运的，将本求财，从无一遭不连本送的。今承诸公挈带⑦，做此无本钱生意，偶然侥幸一番，真是天大造化了！如何还要生利钱，妄想甚么？万一如前，再做折了⑧，难道再有洞庭红这样好卖不成？"众人多道："我们用得着的是银子，有的是货物。彼此通融，大家有利，有何不可？"文若虚道："'一年吃蛇咬，三年怕草索⑨。'说着货物，我就没胆气了。只是守了这些银钱回去罢。"众人齐拍手道："放着几倍利钱不取，可惜、可惜！"随同众人一齐

① 吃口，吃的。
② 执一：执于一端。只讲一面之理，不考虑别的。
③ 经纪主人：牙行主人。
④ 回：匀出。
⑤ 打换：调换。
⑥ 带转：带回。
⑦ 挈（qiè）带：提携，带领。
⑧ 折（shé）：亏本，赔本。
⑨ 一年吃蛇咬，三年怕草索：俗谚，通常作"一遭被蛇咬，十年怕井绳"。

上去,到了店家交货明白,彼此兑换,约有半月光景。文若虚眼中看过了若干好东西,他已自志得意满,不放在心上。

众人事体完了,一齐上船,烧了神福①,吃了酒开洋②。行了数日,忽然间天变起来。但见:

乌云蔽日,黑浪掀天。蛇龙戏舞起长空,鱼鳖惊惶潜水底。艨艟泛泛③,只如栖不定的数点寒鸦;岛屿浮浮,便似没不煞的几双水鹈④。舟中是方扬的米簸⑤;舷外是正熟的饭锅。总因风伯太无情⑥,以致篙师多失色⑦。

那船上人见风起了,扯起半帆,不问东西南北,随风势漂去。隐隐望见一岛,便带住篷脚,只看着岛边便来。看看渐近,恰是一个无人的空岛。但见:

树木参天,草莱遍地⑧。荒凉径界,无非些兔迹狐踪;坦迤土壤⑨,料不是龙潭虎窟。混茫内,未识应归何国辖?开辟来,不知曾否有人登?

船上人把船后抛了铁锚⑩,将橹橛泥犁上岸去钉停当了⑪,对舱里道:"且安心坐一坐,候风势则个。"那文若虚身边有了银子,恨不得插翅飞到家里,巴不得行路,却如此守风呆坐,心里焦躁。对众人道:"我且上岸去岛上望望则个。"众人道:"一个荒岛,有何好看?"文若虚道:"总是闲着何碍。"众人都被风颠得头晕,个个是呵欠连天的不肯

① 烧了神福:旧时迷信,出门远行要烧纸钱祭神,祈求途中神明护佑,一路平安。
② 开洋:出洋,即驶向大洋。
③ 艨艟(méng chōng):古代战船名,这里是指一般的航船。
④ 没不煞:淹不死。水鹈(tí):即鹈鹕,俗称塘鹅、淘河,以捕食鱼类为生。
⑤ 方扬:正在簸扬。簸:簸米谷的簸箕。
⑥ 风伯:风神。
⑦ 篙师:撑船人。这里指驾船人。
⑧ 草莱:泛指野草。
⑨ 坦迤:平坦广阔。
⑩ 把:这里是"停靠"的意思。
⑪ 橹橛泥犁:木桩一类系船的东西。

同去。文若虚便自一个抖擞精神,跳上岸来。只因此一去,有分交①:十年败壳精灵显,一介穷神富贵来②。若是说话的同年生、并时长,有个未卜先知的法儿,便双脚走不动,也拄个拐儿,随他同去一番也不枉的。

却说文若虚见众人不去,偏要发个狠,扳藤附葛,直走到岛上绝顶。那岛也苦不甚高③,不费甚大力,只是荒草蔓延,无好路径。到得上边,打一看时,四望漫漫,身如一叶,不觉凄然,吊下泪来。心里道:"想我如此聪明,一生命蹇④。家业消亡,剩得只身,直到海外,虽然侥幸有得千来个银钱在囊中,知他命里是我的?不是我的?今在绝岛中间,未到实地,性命也还是与海龙王合着的哩。"正在感怆⑤,只见望去,远远草丛中一物突高⑥,移步往前一看,却是床大一个败龟壳。大惊道:"不信天下有如此大龟!世上人那里曾看见,说也不信的。我自到海外一番,不曾置得一件海外物事⑦。今我带了此物去,也是一件稀罕的东西,与人看看,省得空口说着,道是苏州人会调谎⑧。又且一件,锯将开来,一盖一板,各置四足,便是两张床,却不奇怪!"遂脱下两只裹脚接了⑨,穿在龟壳中间,打个扣儿,拖了便走。走至船边,船上人见他这等模样,都笑道:"文先生那里又驮了纤来⑩?"文若虚道:"好教列位得知,这就是我海外的货了。"众人抬头一看,却便似一张无柱有底的硬脚床。吃惊道:"好大龟壳?你拖来何干?"文若虚道:"也是罕见的,带了他去。"众人笑道:"好货不置一件,要此何用?"有的道:"也有用处,有甚么天大的疑心事,灼

①有分交:即有分教。古典小说里常用的表示概括性的引起下文的套话。
②一介:一个。
③苦:很。
④蹇(jiǎn):命途多舛,穷困潦倒。
⑤感怆(chuàng):感伤。
⑥突高:突起。
⑦物事:东西,物品。
⑧调谎:说谎。
⑨裹脚:这里指男人的裹腿布。
⑩驮(tuó)了纤来:背了纤来。这是取笑文若虚的话。

他一卦①,只没有这样大龟药②。"又有的道:"是医家要煎龟膏,拿去打碎了煎起来,也当得几百个小龟壳。"文若虚道:"不要管有用没用,只是稀罕。又不费本钱,便带了回去。"当时叫个船上水手,一抬抬下舱来。初时山下空阔,还只如此;舱中看来,一发大了③。若不是海船,也着不得这样狼犺东西④。

众人大笑了一回,说道:"到家时,有人问,只说文先生做了个偌大的乌龟买卖来了。"文若虚道:"不要笑我,好歹有一个用处,决不是弃物⑤。"随他众人取笑,文若虚只是得意,取些水来内外洗一洗净,抹干了,却把自己钱包行李都塞在龟壳里面,两头把绳一绊⑥,却当了一个大皮箱子。自笑道:"兀的不眼前就有用处了⑦。"众人都笑将起来,道:"好算计,好算计!文先生到底是个聪明人。"

当夜无词。次日风息了,开船一走。不数日,又到了一个去处,却是福建地方了。才住定了船,就有一伙惯伺候接海客的小经纪牙人⑧,攒将拢来⑨,你说张家好,我说李家好,拉的拉,扯的扯,嚷个不住。海船上众人拣一个一向熟识的跟了去,其余的也就住了。众人到了一个波斯胡人店中坐定,里面主人见说海客到了,连忙先发银子,唤厨户,包办酒席几十桌,吩咐停当,然后踱将出来。

这主人是个波斯国里人,姓个古怪姓,是玛瑙的"玛"字,叫名玛宝哈,专一与海客兑换珍宝货物,不知有多少万数本钱。众人走海过的,都是熟主熟客,只有文若虚不

① 灼他一卦:卜它一卦。古时曾有用龟甲卜卦之制,即在龟甲上钻小孔,然后用火炙烤,以其裂纹推断吉凶等。
② 龟药:指炙烤龟壳时所用的炷药。
③ 一发:越发,更加。
④ 狼犺(kàng):笨重。
⑤ 弃物:废物。
⑥ 绊(bàn):捆扎。
⑦ 兀的不:这不是。
⑧ 牙人:居间买卖的人。
⑨ 攒将拢来:聚拢过来。攒,聚集。

曾认得。抬眼看时，原来波斯胡住得在中华久了，衣服言动①，都与中华不大分别，只是剃眉剪须，深目高鼻，有些古怪。出来见了众人，行宾主礼，坐定了。两杯茶罢，站起身来，请到一个大厅上。只见酒筵多完备了，且是摆得齐楚②。原来旧规，海舡一到主人家③，先领过这一番款待，然后发货讲价。主人家手执着一付珐琅菊花盘盏，拱一拱手道："请列位货单一看，好定坐席。"

看官，你道这是何意？原来波斯胡以利为重，只看货单上有奇珍异宝值得上万者，就送在首席。余者看货轻重，挨次坐去，不论年纪，不论尊卑，一向做下的规矩④。船上众人，货物贵的贱的，多的少的，你知我知，各自心照⑤，差不多领了酒杯，各自坐了。单单剩得文若虚一个，呆呆站在那里。主人道："这位老客长，不曾会面，想是新出海外的，置货不多了。"众人大家说道："这是我们好朋友，到海外耍去的。身边有银子，却不曾置货。今日没奈何，只是屈他在末席坐了。"文若虚满面羞惭，坐了末位。主人坐在横头。饮酒中间，这一个说道："我有猫儿眼多少⑥。"那一个说道："我有祖母绿多少⑦。"你夸我逞。文若虚一发嘿嘿无言⑧，自心里也微微有些懊悔道："我前日该听他们劝，置些货来的是。今枉有几百银子在囊中，说不得一句话。"又自叹了口气道："我原是一些本钱没有的，今已大幸，不可不知足。"自思自忖，无心发兴吃酒。众人却猜拳行令，吃得狼藉⑨。主人是个积年⑩，看出文若虚不快活的意思来，不好说破，虚劝了他几杯酒。众人都起身道："酒够了，天

①言动：言语、行为。
②完备：完全准备好。齐楚：整齐，好看。指酒筵上档次。
③海舡（chuán）：海船。
④一向做下：向来流传下来。
⑤心照：心里明白。
⑥猫儿眼：一种内现折光、状似猫眼的黄宝石。
⑦祖母绿：一神通体透明的绿宝石。
⑧嘿嘿无言：默不作声。
⑨狼藉：杯盘交错的样子。
⑩积年：多年。这里指经验丰富的人。

晚了，趁早上船去。明日发货罢。"别了主人去了。

主人撤了酒席，收拾睡了。明日起个清早，先走到海岸船边来拜这伙客人。主人登舟，一眼瞅去，那舱里狼狼犺犺这件东西，早先看见了。吃了一惊道："这是那一位客人的宝货？昨日席上并不曾见说起，莫不是不要卖的？"众人都笑指道："此敝友文兄的宝货。"中有一人衬道①："又是滞货②。"主人看了文若虚一看，满面挣得通红，带了怒色，埋怨众人道："我与诸公相处多年，如何恁地作弄我？教我得罪于新客。把一个末座屈了他，是何道理！"一把扯住文若虚对众客道："且慢发货，容我上岸谢过罪着。"众人不知其故，有几个与文若虚相知些的，又有几个喜事的③，觉得有些古怪，共十余人，赶了上来，重到店中，看是如何。只见主人拉了文若虚，把交椅整一整，不管众人好歹，纳他头一位坐下了④，道："适间得罪得罪，且请坐一坐。"文若虚心中镬铎⑤，忖道："不信此物是宝贝，这等造化不成？"

主人走了进去，须臾出来，又拱众人到先前吃酒去处⑥，又早摆下几桌酒。为首一桌，比先更齐整。主人向文若虚一揖，就对众人道："此公正该坐头一席。你每枉自一船的货，也还赶他不来。先前失敬失敬。"众人看见，又好笑，又好怪，半信不信的一带儿坐了⑦。酒过三杯，主人就开口道："敢问客长，适间此宝可肯卖否？"文若虚是个乖人⑧，趁口答应道："只要有好价钱，为甚不卖？"那主人听得肯卖，不觉喜从天降，笑逐颜开。起身道："果然肯卖，但凭吩咐

①衬：帮衬说话，搭话。
②滞货：不好销或卖不出去的货物。
③喜事的：好事之徒。
④纳：引入。
⑤镬（huò）铎：糊涂，纳闷。
⑥拱：即拱手。这里是"请"的意思。
⑦一带儿：一起。
⑧乖人：乖巧之人，即前文所说的伶俐人。

价钱,不敢吝惜。"文若虚其实不知值多少,讨少了,怕不在行;讨多了,怕吃笑①。忖了一忖,面红耳热,颠倒讨不出价钱来②。张大便向文若虚丢个眼色,将手放在椅子背后,竖着三个指头,再把第二个指,空中一撇道:"索性讨他这些。"文若虚摇头竖一指道:"这些我还讨不出口在这里。"却被主人看见道:"果是多少价钱?"张大捣一个鬼道:"依文先生手势,敢像要一万哩。"主人呵呵大笑道:"这是不要卖,哄我而已。此等宝物,岂止此价钱!"众人见说,大家目睁口呆,都立起了身来,扯文若虚去商议道:"造化,造化!想是值得多哩。我们实实不知,如何定价?文先生不如开个大口,凭他还罢。"文若虚终是碍口识羞③,待说又止。众人道:"不要不老气④!"主人又催道:"实说何妨。"文若虚只得讨了五万两。主人还摇头道:"罪过,罪过。没有此话。"扯着张大私问他道:"老客长们海外往来,不是一番了。人都叫你是张识货,岂有不知此物就里的⑤?必是无心卖他,奚落小肆罢了⑥。"张大道:"实不瞒你说,这个是我的好朋友,同了海外顽耍的⑦,故此不曾置货。适间此物,乃是避风海岛,偶然得来,不是出价置办的,故此不识得价钱。若果有这五万与他,够他富贵一生,他也心满意足了。"主人道:"如此说,要你做个大大保人,当有重谢,万万不可翻悔!"遂叫店小二拿出文房四宝来,主人家将一张供单绵纸料⑧,折了一折,拿笔递与张大道:"有烦老客长做主,写个合同文书,好成交易。"张大指着同来一人道:"此位客人褚中颖,写得好。"

①吃笑:被人笑话。
②颠倒:反而,无论如何也。
③碍口识羞:也作"碍口饰羞",意思是说因害羞而讲不出口。
④不老气:面嫩,怕羞。
⑤就里:底细,其中的缘由。
⑥小肆:小店。
⑦顽耍:即玩耍。
⑧供单绵纸料:一种供写文字单据的韧性比较强的纸料。

把纸笔让与他。褚客磨得墨浓，展好纸，提起笔来写道：

  立合同议单张乘运等，今有苏州客人文实，海外带来大龟壳一个，投至波斯玛宝哈店①，愿出银五万两买成，议定立契之后，一家交货，一家交银，各无翻悔。有翻悔者，罚契上加一。合同为照②。

一样两纸，后边写了年月日，下写张乘运为头，一连把在坐客人十来个写去，褚中颖因自己执笔，写了落末③，年月前边，空行中间，将两纸凑着，写了骑缝一行，两边各半，乃是"合同议约"四字，下写"客人文实，主人玛宝哈"，各押了花押④，单上有名的，从后头写起，写到了张乘运道："我们押字钱重些，这买卖才弄得成。"主人笑道："不敢轻，不敢轻。"写毕，主人进内，先将银一箱抬出来道："我先交明白了佣钱⑤，还有说话。"众人攒将拢来，主人开箱，却是五十两一包，共总二十包，整整一千两。双手交与张乘运道："凭老客长收明，分与众位罢。"众人初然吃酒写合同时⑥，大家撺哄鸟乱⑦，心下还有些不信的意思，如今见他拿出精晃晃白银来做佣钱，方知是实。

  文若虚恰像梦里醉里，话都说不出来，呆呆地看。张大扯他一把道："这佣钱如何分散？也要文兄主张。"文若虚方说一句道："且完了正事慢处⑧。"只见主人笑嘻嘻的对文若虚说道："有一事要与客长商议，价银

①投至：投售给，卖给。
②照：凭证。
③落末：最后一个。
④花押：订立契约文书时的草书签名或代替签名的特定符号。也称花书、押字。
⑤佣钱：替人介绍买卖，从中取得的酬金。
⑥初然：开始的时候。
⑦撺哄鸟乱：起哄凑热闹。
⑧慢处：慢慢处置。

现在里面阁儿上,都是向来兑过的①,一毫不少,只消请客长一两位进去,将一包过一过目,兑一兑为准,其余多不消兑得②。却又一说,此银数不少,搬动也不是一时功夫。况且文客官是个单身,如何好将下船去③?又要泛海回还,有许多不便处。"文若虚想了一想道:"见教得极是④。而今却待怎样?"主人道:"依着愚见,文客官目下回去未得⑤,小弟此间有一个缎匹铺,有本三千两在内。其前后大小厅屋楼房,共百余间,也是个大所在⑥,价值二千两,离此半里之地。愚见就把本店货物及房屋文契,作了五千两,尽行交与文客官,就留文客官在此住下了,做此生意。其银也做几遭搬了过去⑦,不知不觉。日后文客官要回去,这里可以托心腹伙计看守,便可轻身往来。不然小店交出不难,文客官收贮却难也,愚意如此。"说了一遍,说得文若虚与张大跌足道:"果然是客纲客纪⑧,句句有理。"文若虚道:"我家里原无家小,况且家业已尽了,就带了许多银子回去,没处安顿。依了此说,我就在这里,立起个家园来,有何不可?此番造化,一缘一会⑨,都是上天作成的,只索随缘做去便是⑩。货物房产价钱,未必有五千,总是落得的⑪。"便对主人说:"适间所言,诚是万全之算,小弟无不从命。"主人便领文若虚进去阁上看,又叫张、褚二人:"一同来看看,其余列位不必了,请略坐一坐。"他四人进去了。众人不进去的,个个伸头缩颈,你三我四,说道:"有此异事!有此造化!早知这样,懊悔岛边泊船时节⑫,也不去走走,或者还有宝贝,也未见得。"有的道:

① 兑过:称过。
② 不消兑得:用不着称。是说不差分量。
③ 将:拿,搬。
④ 见教:指教。是对别人教诲、建议的尊敬说法。
⑤ 目下:眼下,当下。
⑥ 所在:地方。
⑦ 做几遭:分几次。
⑧ 客纲客纪:经常出门在外之人的经验之谈。纲纪:道理,规则。
⑨ 缘会:缘分机会。
⑩ 只索:只要。
⑪ 落得:乐得,乐于得到,甘心情愿。
⑫ 泊船:停船。

"这是天大的福气撞将来的,如何强得?"

正欣羡间①,文若虚已同张、褚二客出来了。众人都问:"进去如何了?"张大道:"里边高阁,是个上库放银两的所在,都是桶子存着。适间进去看了,十个大桶,每桶上千;又五个小匣,每个一千,共是四万五千,已将文兄的封皮记号封好了②,只等交了货,就是文兄的了。"主人出来道:"房屋文书缎匹账目,俱已在此,凑足五万之数了。且到船上取货去。"一拥都到海船来。

文若虚于路对众人说:"船上人多,切勿明言!小弟自有厚报。"众人也只怕船上人知道,要分了佣钱去,各各心照③。文若虚到了船上,先向龟壳中,把自己包裹被囊取出了,手摸一摸壳口里,暗道:"侥幸,侥幸。"主人便叫店内后生二人来抬此壳④,吩咐道:"好生抬进去,不要放在外边。"船上人见抬了此壳去,便道:"这个滞货,也脱手了。不知卖了多少?"文若虚只不做声,一手提了包裹,往岸上就走。

这起初同上来的几个,又赶到岸上,将龟壳从头至尾,细细看了一遍,又向壳内张了一张,捞了一捞⑤,面面相觑道:"好处在那里?"主人仍拉了这十来个,一同上去,到店里说道:"而今且同文客官看了房屋铺面来。"众人与主人,一同走到一处,正是闹市中间,一所好大房子!门前正中是个铺子,旁有一弄⑥,走进转个湾,是两扇大石板门。门内大天井⑦,上面一所大厅,厅上有一匾,题曰"来琛堂⑧",堂旁有两楹侧屋⑨,屋内三面有橱,橱内都是绫罗各色缎匹,以后内房,楼房甚多。文若虚暗道:"得

①欣羡:羡慕。
②封皮:封条。记号:封条上写的字或做的记号等。
③心照:心照不宣。
④后生:年轻人,小伙子。
⑤张:瞧看。捞:捞摸。
⑥弄(lòng):巷子,胡同。
⑦天井:四周房屋围成的庭院。
⑧琛(chēn):珍宝。
⑨楹:这里是"排"的意思。

此为住居，王侯之家，不过如此矣。况又有缎铺营生，利息无尽①，便做了这里客人罢了。还思想家里做甚？"就对主人道："好却好，只是小弟是孤身，毕竟还要寻几房使唤的人才住得。"主人道："这个不难，都在小店身上。"

　　文若虚满心欢喜，同众人走归本店来。主人讨茶吃了，说道："文客官今晚不消船里去②，就在铺中住下。使唤的人，铺中现有，逐渐再讨便是。"众客人多道："交易事已成，不必说了。只是我们毕竟有些疑心，此壳有何好处，价值如此？还要主人见教一个明白。"文若虚道："正是，正是。"主人笑道："诸公枉了海上走了多遭，这些也不识得！列位岂不闻说，龙有九子乎③？内有一种是鼍龙④，其皮可以鞔鼓⑤，声闻百里⑥，所以谓之鼍鼓。鼍龙万年，到底蜕下此壳成龙。此壳有二十四肋，按天上二十四气，每肋中间节内有大珠一颗。若有肋未完全时节⑦，成不得龙，蜕不得壳。也有生捉得他来，只好将皮鞔鼓，其肋中也未有东西。直待二十四肋，肋肋完全，节节珠满，然后蜕了此壳，变龙而去。故此，是天然蜕下、气候俱到、肋节俱完的，与生擒活捉、寿数未满的不同，所以有如此之大。这个东西，我们肚中虽晓得，知他几时脱下？又在何处地方守得他着？壳不值钱，其珠皆有夜光，乃无价宝也！今天幸遇巧，得之无心耳。"众人听罢，似信不信。只见主人走将进去了一会，笑嘻嘻的走出来，袖中取出一西洋布的包来，说道："请诸公看看。"解开

①利息：盈利，生息。
②不消：不必，用不着。
③龙有九子：相传龙生九子，各不相同。其中之一形如大龟，性肯负重。
④鼍（tuó）龙：实为鳄鱼的一种。
⑤鞔（mán）鼓：用皮蒙鼓。
⑥声闻百里：声音可以传到百里之外。
⑦完全：全部长成。

来，只见一团绵裹着寸许大一颗夜明珠①，光彩夺目。讨个黑漆的盘，放在暗处，其珠滚一个不定，闪闪烁烁，约有尺余亮处。众人看了，惊得目睁口呆，伸了舌头，收不进去。

主人回身转来，对众逐个致谢道："多蒙列位作成了②，只这一颗，拿到咱国中，就值方才的价钱了。其余多是尊惠③。"众人个个心惊，却是说过的话，又不好翻悔得。主人见众人有些变色，取了珠子，急急走到里边，又叫抬出一个缎箱来。除了文若虚，每人送与缎子二端④，说道："烦劳了列位，做两件道袍穿穿⑤，也见小肆中薄意。"袖中又摸出细珠十数串⑥，每人送一串道："轻鲜⑦，轻鲜。备归途一茶罢了。"文若虚处另是粗些的珠子四串，缎子八匹，道是权且做几件衣服。文若虚同众人欢喜作谢了。

主人就同众人送了文若虚到缎铺中，叫铺里伙计后生们，都来相见。说道："今番是此位主人了。"主人自别了去道："再到小店中去去来。"只见须臾间数十个脚夫扛了好些杠来⑧，把先前文若虚封记的十桶五匣都发来了。文若虚搬在一个深密谨慎的卧房里头去处，出来对众人道："多承列位挈带，有此一套意外富贵，感激不尽。"走进去把自家包裹内所卖"洞庭红"的银钱，倒将出来，每人送他十个，止有张大与先前出银助他的两三个，分外又是十个。道："聊表谢意。"

此时文若虚把这些银钱，看得不在眼里了。众人却是快活，称谢不尽。文若虚又拿出几十个来对张大说道："有烦老兄将此分与船上同行的人，每位一个，聊当一茶。小

① 绵：丝绵。
② 作成：成全。
③ 尊惠：对别人的给予的敬称。
④ 端：这里是"匹"的意思。
⑤ 道袍：这里指像道袍一样的衣服。
⑥ 细珠：小珍珠。
⑦ 轻鲜：轻微，小意思。鲜，少。
⑧ 杠（gàng）：杠子，较粗的棍子。这里指用杠子抬的货物。

弟住在此间,有了头绪,慢慢到本乡来。此时不得同行,就此为别了。"张大道:"还有一千两佣钱,未曾分得,却是如何?须得文兄分开,方没得说。"文若虚道:"这倒忘了。"就与众人商议,将一百两散与船上众人,余九百两照现在人数,另外添出两股,派了股数,各得一股。张大为头的,褚中颖执笔的,多分一股。

众人千欢万喜,没有说话。内中一人道:"只是便宜了这回回,文先生还该多要他些。"文若虚道:"不要不知足。看我一个倒运汉,做着便折本的,造化到来,平空地有此一主财爻①。可见人生分定②,不必强求。我们若非这主人识货,也只当废物罢了。还亏他指点晓得,如何还好昧心争论?"众人都道:"文先生说得是,存心忠厚,所以该有此富贵。"大家千恩万谢,各各赍了所得东西③,自到船上发货。

从此文若虚做了闽中一个富商,就在那里,娶了妻小,立起家业。数年之间,才到苏州走一遭,会会旧相识,依旧去了。至今子孙繁衍④,家道殷富不绝。正是:

运退黄金失色,时来顽铁生辉⑤。
莫与痴人说梦,思量海外寻龟。

①财爻:这里指钱财。
②分(fèn)定:命运前定。
③赍:这里是"带"的意思。
④繁衍:繁茂,众多。
⑤顽铁:生铁,最低级的铁。